L'AFFAIRE

JESSICA REDON

Auteur : NATHALIE ROTH

DÉDICACE

À ces rêves tenaces qui ne quittent jamais le navire, qui contre vents et marais, sont toujours là pour réconforter, murmurant l'existence bien réelle d'un monde au-delà de l'arc-en-ciel.
Il suffit juste de tenir bon, accepter toute aide qui se présente à soi, et parvenir à s'harmoniser avec les astres, favorisant ainsi l'alignement idéal pour qu'on puisse enfin crier avec passion d'une vive voix, la gorge nouée : Terre ! Terre !
N.R.

<u>Remerciements</u> :

Nathalie B. - Christiane et Maurice P. pour la relecture et les corrections.

Chapitre I

Kingstown - St-Vincent, 1995

Pour son premier jour de travail à la banque, Benjamin n'avait qu'une chose à faire, retenir les explications que le technicien de surface lui donnait. Ce dernier devait prendre un congé prolongé pour rester auprès d'un parent malade ; l'adolescent le remplacerait. Premier travail dans une place d'importance – la Kingstown N.L.B. – l'une des banques de l'île qui vit essentiellement grâce à des clients qui doivent leur fortune à leurs activités illégales.
Cela faisait déjà une trentaine de minutes que l'adolescent endurait le blablas incessant que le technicien lui servait mais il s'efforça de ne rien oublier parce que cette place était inestimable pour lui. Hors de question d'être mis à la porte.

C'est au détour d'un couloir qu'il aperçut au loin, par-dessus l'épaule du technicien, deux hommes sortir de l'un des bureaux des cadres supérieurs. Il plissa légèrement les yeux pour mieux les distinguer. Ils se tenaient au bout du couloir mais ces deux visages, il les connaissait très bien : Jason Perry et Alexander Redon. Deux chercheurs en biologie moléculaire, travaillant pour le gouvernement des États-Unis à La Barbade, et pères de ses meilleurs amis : Mark et Jessica.
Ils se dirigèrent à présent vers la sortie de l'établissement.
Très étonné de les voir dans cette institution bancaire, sachant qu'ils étaient déjà clients dans la plus grande banque de Bridgetown à La Barbade, il se promit de fureter davantage pour en savoir plus. Son instinct lui disait qu'il y avait anguille sous roche parce qu'à sa connaissance, ces deux hommes étaient irréprochables. En attendant, il retourna au speech du technicien qui n'en finissait plus. Cette première journée allait être longue.

À peine quelques jours après ses débuts à la banque, Benjamin qui était en train de nettoyer un bureau inoccupé de l'un des cadres supérieurs, faisait la grise mine quand il aperçut, collée sous le meuble d'ébène, une collection impressionnante de boules de chewing-gum. Il attrapa une fine spatule en métal et se glissa avec déplaisir sous le meuble pour s'attaquer à la besogne. Presque au même moment, il entendit la porte de la pièce s'ouvrir rapidement et se refermer sur le bruit d'au moins deux personnes. Ces dernières venaient s'installer tout à côté du bureau où se trouvait l'adolescent. Finalement sa place inconfortable, mais très discrète, était parfaite d'autant qu'à sa plus grande surprise, il reconnaissait les voix qui s'élevèrent subitement : les pères de ses amis. Benjamin tendit bien l'oreille pour ne rien perdre de la conversation, en s'efforçant de ne faire aucun bruit qui trahirait sa présence dans la pièce.

«Cette fois, on ne peut plus faire machine arrière Jason. L'argent est déposé sur les comptes en banque, protégé tel qu'il a été décidé.

«On en a discuté plus d'une fois Alexander, est-ce que tu regrettes maintenant que c'est fait ?

«Non … bien sûr que non mais …

«Nous mettons cet argent de côté pour nos enfants, pour leur avenir. Je suis d'accord que ce n'est peut-être pas la meilleure chose à faire avec une découverte comme celle-là mais ce sont eux qui nous ont approchés. Qui plus est, eux ou notre propre gouvernement, il n'y a aucune différence.

«Tu parles de l'avenir de nos enfants mais qui sait si ce qu'on vient de faire n'aura pas un impact négatif pour eux … pour tout le monde ?

«On en a déjà discuté Alex … Il nous faut garder notre ligne de conduite, se comporter comme à l'habitude, continuer notre travail et notre vie comme si de rien n'était. On a eu une chance incroyable en réussissant à sortir les données sans que personne ne s'en aperçoive.

«Tu as raison. Il nous sera très facile de changer les résultats et puisqu'on travaille toujours sur différents projets en même temps, personne ne devrait demander de compte. Je ne veux simplement pas qu'il leur arrive quoi que ce soit.

«Est-ce que tu l'as déjà donné à Meredith ?

«Oui. Je lui ai bien spécifié que ça avait une immense valeur pour les collectionneurs et qu'elle ne s'en sépare jamais, sauf le jour où elle le transmettra à Jessica. J'ai largement insisté sur le temps mis à trouver cette pièce pour qu'elle comprenne toute l'importance à ne pas l'égarer. Tu as eu une très bonne idée Jason. Il ne peut y avoir meilleure cachette.

«Lydia en fera tout autant pour Marc plus tard. Sans ces éléments, ils ne pourront jamais accéder aux coffres.

«Et s'ils devaient être perdus … il leur restera toujours l'option que la banque nous a suggéré de faire. C'est vrai que c'est discret comme procédure mais ça leur garantit l'accès quoi qu'il arrive.

«Tout va bien se passer. Allons, il ne reste plus qu'à signer la nouvelle version du testament.

«Ils comprendront, Jessica a l'esprit vif, elle saura quoi faire.

«Il est temps d'y aller si on ne veut pas manquer la prochaine navette pour Bridgetown. Si tout se passe bien, on ne devrait plus avoir besoin de remettre les pieds ici.»

Benjamin pouvait entendre la porte s'ouvrir une nouvelle fois, des bruits de pas sur le carrelage du couloir s'en suivirent puis le silence une fois la porte close.
Il était à nouveau tout seul. Même s'il faisait un peu sombre sous le bureau en ébène, n'importe qui aurait pu distinguer les yeux de l'adolescent briller de mille feux à la suite de la conversation qu'il venait de surprendre.

«La chasse au trésor est ouverte !» lança Benjamin à voix haute, un large sourire en coin.

Chapitre II

Marina Oistin Bay - La Barbade, de nos jours

À cette époque de l'année, même si la mer est toujours bleu azur et le soleil brûlant, le ciel des Antilles quant à lui commence à se charger de nuages sombres annonçant la fin de l'accalmie et le début certain où la nature va se déchaîner. N.R.

À cette heure de la journée où le soleil a passé son zénith, quelques oiseaux planent au-dessus des flots, en attente d'un ban de poissons ou de détritus rejetés généreusement à la mer par les bateaux de croisières qui croisent au large de l'île. La chaleur est étouffante d'humidité.

Peu de commerces sont ouverts. Il n'y a pas grand monde dans les rues à l'heure de la sieste, laissant presque l'impression que la vie s'arrête pendant un moment.

Les Antilles, paradis terrestre à l'année longue pour les animaux alors que les touristes les délaissent facilement quand la saison des ouragans arrive, mais l'attrait de la fête et du farniente, ont la vie dure malgré tout. Que ce soit pour la digestion ou les restes de la fête de la veille, la plupart d'entre eux sont confortablement vautrés dans leur lit, leur couchette ou chaise longue.

La majeure partie des plaisanciers de la marina de Oistin Bay cuvent un mélange trop bien connu de rhum et de danses endiablées, dans leurs cabines qui n'ont rien à envier aux palaces hôteliers sur terre.

Tout au bout du principal ponton de la marina, une jeune femme se tient assise, laissant le bout des orteils se rafraîchir dans l'eau. Ses longs cheveux bruns bougent au gré de la légère brise qui souffle. Son regard isolé derrière de sombres lunettes de soleil, est fixé droit devant elle, vers l'horizon, au-delà de la barrière de corail. Cela doit faire une vingtaine de minutes qu'elle est assise ainsi, visiblement absorbée par le décor qui se dresse devant elle, à humer l'air salé, à s'imprégner des odeurs sucrées des fleurs et à laisser le soleil la transpercer de sa chaleur jusqu'à ce qu'une nouvelle sensation commence à l'envahir. Il ne s'agit plus d'émerveillement, c'est plutôt quelque chose qui ressemble à un immense vide, quelque chose semble vouloir l'attirer vers un néant qui gagne peu à peu tout son être et qui vient, comme une lame de fond, lui briser le cœur pour ne lui laisser que l'impression désagréable de mourir.

Elle est venue s'installer sur ces planches en bois avec une vitale nécessité de chasser de sa tête les événements qui venaient de marquer les dernières semaines de sa vie. Mais à présent, c'est comme si un bouton a été enclenché par une main invisible. Les effluves de sa mémoire la rattrapent et la ramènent sur le continent américain, dans son loft de Boston, le jour où elle est morte.

> *Dès qu'elle s'était installée à Boston, elle avait pris pour habitude à chaque fois qu'elle y séjournait, de faire chauffer les roues de ses patins dans les rues tranquilles du quartier du Commonwealth. Le mercredi a été désigné comme LA journée, sinon elle se laisserait complètement prendre par ses activités professionnelles. Ces quelques heures représentant une échappatoire au monde. Ses pensées s'envolaient ailleurs, son esprit se vidait complètement. C'est parce qu'elle se sentait rechargée qu'elle s'efforçait de maintenir cette habitude même si cela n'arrivait pas aussi souvent qu'elle le voulait.*

> *Ce jour-là, après une bonne douche, elle avait commencé à préparer un souper spécial pour marquer les six mois de relation avec Manuel. Ce n'était pas particulièrement long mais son métier ne facilitait nullement les relations de couple. Même si ça demandait de sérieux efforts sur tous les plans, elle avait toujours estimé que le jeu en valait malgré tout la chandelle.*

Elle se remémore assez bien la scène qui a suivi :

> *Un beau soleil de juin illuminait toutes les pièces du loft, certaines tentures étaient d'ailleurs tirées. Elle avait cuisiné un met asiatique dont le nom lui échappe encore aujourd'hui. Un succulent parfum embaumait la cuisine et se répandait*

allègrement dans la pièce voisine. La table était dressée et des fleurs disposées un peu partout, coloriaient parcimonieusement le loft.

Manuel était grand, de type latin, aux cheveux noirs mi-longs. Il était arrivé avec son sourire charmeur comme à son habitude. Le détail des 'six mois' n'était pas imprégné dans son esprit ; il lui a répondu que c'était plus un truc de fille. C'est autre chose qu'il avait alors en tête.
La jeune femme venait de le rejoindre dans le salon où il se tenait debout près d'une des grandes baies vitrées donnant sur la rue, il regardait vers l'extérieur, concentré. Plus grand qu'elle, c'était toujours sur la pointe des pieds qu'elle s'avançait vers lui pour l'embrasser dans la nuque. Elle était impatiente de le retrouver après trois semaines de séparation et peu d'échanges de nouvelles. Des affaires à l'étranger l'avaient retenu alors que pour elle, son travail la maintenait sur la Côte Ouest. Elle n'a jamais réussi à lui faire dire avec exactitude quel genre 'd'affaires' il menait. Il se contentait de lui dire que la compagnie pour laquelle il travaillait opérait dans le domaine de l'aéronautique et autres. Assez vague comme indications mais quand on est sous le charme latin, est-ce bien nécessaire de chercher plus loin? Et puis quand on aime … on peut être parfois tellement stupide d'insouciance, ce n'est généralement qu'après que la claque soit passée qu'on le réalise.

Manuel avait mis fin à ce rapprochement, se dégageant de son étreinte pour se préoccuper de ce qu'elle avait cuisiné. Elle se souvient qu'au moment de servir le dessert, elle le voyait marcher d'un air préoccupé dans le salon attenant. Il s'était arrêté seulement quand son chemin s'était retrouvé barré par la jeune femme. C'est à ce moment-là qu'elle aperçut une seringue dans le creux d'une de ses mains. Méfiante, elle faisait déjà un pas en arrière, son visage ayant instantanément perdu son enthousiasme. Le fixant du regard, elle essayait de comprendre ou de deviner ce qu'il allait lui dire, lui avouer, parce qu'à cet instant précis, elle aurait continué de l'aimer même s'il lui avait dit être toxicomane, mais il n'en était rien.
Sans vraiment regarder la jeune femme, il lui avoua qu'il allait devoir quitter la ville, peut-être même le continent. Son patron

l'envoyait quelque part continuer à faire ce qu'il faisait de mieux. Tout en l'écoutant, elle fixait la seringue et ne comprenait toujours pas ce qu'il voulait véritablement avouer.

Elle se souvient d'avoir exigé une explication pour la présence de l'objet mais Manuel lui donnait une fois de plus une réponse vague au possible. À cela, il ajoutait que leur relation ne pouvait continuer. Que cela avait été sympa, blablabla …

Soudainement, l'ambiance était devenue lourde et pendant quelques secondes, tous les deux s'étaient dévisagés. Jessica passait de la seringue au visage de son amant, lui réclamant une explication ou attendant qu'il fasse sa basse besogne mais il restait détaché, énigmatique.

S'approchant doucement d'elle, il s'était arrêté à quelques centimètres de son visage (elle peut encore aujourd'hui sentir l'odeur de son parfum – Hugo Boss). Elle essayait de garder son sang-froid en lui demandant ce qu'il avait l'intention de faire de la seringue, lâchant les mots presque dans un souffle. Pour seule réponse, il lui avait dit que tout se passerait bien, que ce serait rapide et qu'il resterait auprès d'elle jusqu'à la fin.

Retrouvant enfin ses sens, elle voulait se dégager de son étreinte mais Manuel l'avait déjà saisie fermement d'un bras et avec une agilité incroyable, trouva en quelques instants une veine dans le bras de la jeune femme et y vida le contenu de la seringue. Jessica avait beau se débattre, elle n'avait pas été de taille, la lutte fut courte.

Presque immédiatement, elle avait commencé à ressentir les effets. Son corps s'emballait tout bonnement : son cœur battait à tout rompre dans sa poitrine - prêt à en sortir, alors que sa respiration s'était faite plus difficile. Son amant avait lâché la seringue à terre pour la tenir complètement dans ses bras, la maintenant contre lui.

La jeune femme n'était plus capable de penser ou d'agir, son cœur et ses poumons réagissant de façon contradictoire. Ses jambes bientôt ne la maintenaient plus debout. Gardant son visage contre celui de Jessica, il essayait de la calmer comme un enfant en pleine crise. Elle commençait à manquer d'air.

Comme un souvenir embué, elle l'entend encore lui murmurer à l'oreille :

> «Je n'ai pas le choix Jessy. Ça vaut mieux pour toi et pour moi. Pardonne-moi ma belle.»

> *Sa tête pesait à présent une tonne, ne pouvant se concentrer sur rien du tout, ses paupières s'étaient fermées doucement. Rester éveillée était devenu insupportable. Sentant que la fin approchait, Manuel l'avait embrassé une dernière fois à pleine bouche, aspirant encore davantage les derniers souffles de vie de la jeune femme. Ce dernier baiser avait été celui de la mort.*

Elle ne veut plus se rappeler cette sensation. Il ne lui reste en mémoire quasiment rien de ce qui s'en était suivi.

Jessica rouvre les yeux sur l'eau bleue limpide de la marina. Son esprit reprend pied dans cette réalité-ci. Prenant son temps, elle se couche sur les planches chaudes du ponton, portant les mains à ses tempes et s'efforçant de prendre de grandes inspirations pour chasser ce mal de tête qui venait de la frapper, tout comme les larmes qui s'installaient aux coins de ses yeux.

Pour oublier cet événement, il faut qu'elle se concentre sur quelque chose de gai et d'heureux. Derrière ses verres fumés, elle fixe le ciel espérant pouvoir se divertir un instant en essayant de donner des formes aux nuages, un peu comme elle s'amusait à le faire durant son adolescence en Australie, mais aujourd'hui, il n'y en a justement aucun. Elle ferme les yeux et tente de faire le vide dans sa tête.

Lentement le cri des oiseaux la calme aussi sûrement que le bruit des vagues. Elle est certes à La Barbade dans un but bien précis mais elle a l'intention de profiter au mieux de ce court séjour pour se détendre un peu, pour se ressourcer. Depuis qu'elle a quitté le continent ces dernières heures, elle se demande si elle souffre de fatigue ou si elle commence sérieusement à perdre les pédales. Elle ne parvient pas à se souvenir à quand remonte son dernier souvenir sur les événements d'il y a un an … sur ceux d'il y a quinze ans.

Se redressant rapidement sur ses jambes, elle fixe une dernière fois pour la journée cet horizon avant de retourner à son bungalow et défaire sa valise.

Un yacht, qui était en train de quitter le principal ponton de la marina, attire cependant son attention ; elle le suit du regard un instant, sans vraiment savoir pourquoi, puis ferme les yeux, lève son visage vers le chaud soleil et prend une dernière bonne inspiration pour finir de recharger les batteries. Ce sont les sirènes du plaisancier retentissant brièvement qui lui font rouvrir les yeux et d'un coup, elle ressent une violente douleur aux tempes ainsi qu'à la poitrine, un peu comme si on venait de lui planter un pic à glace. Voulant porter naturellement une main à son front, ses jambes vacillent légèrement puis une vague de chaleur s'empare d'elle entièrement.

Cherchant à se tenir debout, Jessica s'efforce de trouver avec son autre main, un des poteaux de bois du ponton mais elle ne fait que tâter du vide. La douleur devient alors si forte qu'elle en perd le souffle, finissant par basculer, la tête la première dans l'eau claire.

Au même moment, un peu plus loin du lieu où se tient Jessica, le docteur James Connoly, debout au début de ce même ponton, écoute d'une oreille, la longue tirade que son dernier patient lui verse sur l'unique façon de préparer les pâtes aux fruits de mer à la sicilienne.

Habillé tout en blanc, grand, athlétique, cheveux courts blonds foncés et légèrement bouclés, bronzé, James vit à La Barbade depuis six mois. Après un internat réussi à Chicago et les diplômes lui permettant la pratique de la chirurgie plastique, il était parti rejoindre son oncle psychiatre – Ted Connoly - sur cette île des petites Antilles, au désespoir de ses parents. Un hasard incroyable a voulu qu'à la fin de l'internat, le confrère de Ted laissa sa place vacante dans leur clinique privée (tragique accident de la route un soir d'orage). La clientèle n'y avait pas perdu au change : jeunesse, charme et soyons quand même sérieux un instant – compétence.

Il y a toujours des fanatiques du bistouri pour se faire retoucher le nez, les fossettes ou pour augmenter la taille de leur bonnet. Et généralement, ces âmes-là ont toujours de quoi confesser dans le confortable fauteuil de Ted Connoly. Combinaison parfaite sous le soleil.

James admirait son oncle déjà depuis tout petit. Quand il a perdu sa femme et leur fils dans un accident de la route il y a des années de ça, la douleur était trop grande pour qu'il resta vivre à Chicago. Il avait fait ses valises et était allé s'installer sous le soleil de Bridgetown. Étant resté étroitement en contact avec James, il lui proposa immédiatement de combler la place de son confrère. De toute façon, qui résisterait à l'appel du soleil des Antilles ?

James s'était très facilement acclimaté à cette vie et, puisqu'il n'est pas qu'intéressé à faire de l'argent, il s'était proposé d'aider l'hôpital général de Bridgetown, en faisant du bénévolat aux urgences mais également en allant soigner des patients dans le besoin, directement chez eux. Une façon de redonner ce qu'il reçoit.

En ce début d'après-midi, c'est l'équipage de bord de ce sicilien qui a fait appeler un médecin après qu'il se soit fait une vilaine entaille au front en manquant la dernière marche de la passerelle. La vérité était toute autre en fait, il avait tellement d'alcool dans le sang qu'il n'était plus capable de mettre un pied devant l'autre sans finir par s'étaler comme une crêpe, parterre.

James finissait une visite à domicile dans le secteur quand il a été appelé. Ça ne l'a pas dérangé outre mesure d'aller à la marina puisqu'il y prend souvent un bon lunch dans l'un des restaurants.

Il en était justement à penser à ce futur instant de détente quand son regard s'était arrêté sur la silhouette de cette femme à l'autre bout du ponton. Elle y était installée depuis un bon moment maintenant, assise au bord du quai.

Pendant que d'une oreille discrète mais attentive il s'efforce de suivre la conversation – en fait plus l'argumentation du sicilien qui mélange allègrement anglais et italien, il garda un œil sur elle … peut-être est-elle en train de cuver son champagne comme tous les autres. Elle n'est pas très raisonnable rester sous ce soleil sans rien pour protéger sa tête. Qui peut savoir avec ces touristes qui ne font que boire à trop grandes doses, appliquant à la lettre la devise bien trop connue des Antilles : plage et rhum !! Son lunch va devoir attendre encore un peu, il a le pressentiment qu'elle va être sa prochaine patiente.

James continuait à l'observer discrètement par-dessus l'épaule du plaisancier. Elle se releva peut-être un peu trop rapidement selon lui. Elle lui laisse l'impression de jeter un dernier regard en avant portant ses mains à hauteur des yeux, sûrement pour mieux y voir malgré la forte réverbération du soleil à la surface de l'eau. Aussi rapidement qu'un battement d'aile, il la vit basculer dans l'eau transparente. Heureusement, aucune embarcation ne se trouvait amarrée autour d'elle.

Laissant derrière lui le sicilien, il se précipite au bout du ponton où la jeune femme vient de sombrer. Il faut la sortir de l'eau au plus vite, il n'a pas encore envie d'avoir à constater un décès, les deux d'hier sont largement suffisants.

Sous l'eau claire, il parvient très facilement à la repérer, elle ne bougeait pas. D'instinct, il plonge, la saisit à la taille et la remonte à la surface. Le plaisancier, avec qui il était deux minutes plus tôt, l'attend au bord après avoir hurlé à son personnel de bord d'appeler des secours. Un éclair de lucidité a visiblement réussi à fendre les volutes d'alcool de son cerveau et ses jambes ont trouvé le chemin en un temps record vu son état. Il aide James à sortir le corps inerte de l'eau mais se défend bien de faire quoi que ce soit, attendant que le médecin s'en charge.

Il s'agit de faire vite maintenant. Allongée sur le dos, la jeune femme est toujours inconsciente. Le médecin sent le pouls battre faiblement sous ses doigts, il dégage les cheveux mouillés plaqués sur son visage et commence à pratiquer le bouche-à-bouche. Au bout de quelques secondes, elle tousse et crache l'eau salée avalée puis ouvre enfin les yeux. Il tourne son corps sur le côté afin de faciliter l'expulsion de l'eau et continue à dégager les cheveux qui s'obstinent encore à s'étaler sur son visage. Une fois qu'elle n'avait plus rien à recracher, il la replace sur le dos. Alors qu'elle respirait péniblement, toussant de temps en temps, gardant les yeux clos, il lui tient le poignet vérifiant son pouls :

«Essayez de respirer lentement, ne vous pressez pas … c'est ça, oui, lentement, tout va bien, vous êtes saine et sauve. Concentrez-vous sur le son de ma voix et rien d'autre, écoutez ma voix … oui, c'est bien, calmez-vous, vous êtes sur la terre ferme, vous ne risquez plus rien.» La jeune femme s'efforce de reprendre son souffle, focalisant sur ce que James lui disait. Il continue à prendre son pouls, pas très rassuré. «Je ne sais pas si vous vous entraîniez pour les olympiques … je ne sais même pas quelle en serait la catégorie mais c'était plutôt lamentable selon moi. Personne ne vous donnerait de médaille pour ça. » Il lui parle d'une voix attentionnée et enjouée, se plaçant de façon à lui cacher le soleil du visage. Après quelques minutes, il finit par l'installer contre une des colonnades de bois, la jeune femme se laisse faire, tout son corps lui fait trop mal pour le moment. «Prenez votre temps madame, quand on vient aux Antilles c'est pour arrêter le temps.» Il lâche doucement son poignet, les pulsations ont meilleure allure à présent. «Avez-vous mal quelque part ? Ressentez-vous une douleur au thorax, à la tête ou aux jambes ? J'ai remarqué qu'avant votre plongeon vous vous teniez la tête. Je vais vous emmener à la clinique pour vous examiner, je veux être certain que vous n'avez rien». À ces mots, elle ouvre précipitamment les yeux sur James et lui saisit une main.

«Non, pas de clinique s'il vous plait ! Merci de vous soucier de ma santé mais je vais appeler un médecin de chez moi. Je vous en prie … mon bungalow ne se trouve pas loin d'ici, vous pouvez peut-être m'aider à me relever ?». Elle lui lance un regard suppliant, lui serrant fermement la main.

«Ça ne sera pas nécessaire … votre appel, je suis médecin. Docteur James Connolly.»

Les deux jeunes gens abandonnent derrière eux le plaisancier qui pendant tout ce temps a réussi tant bien que mal à rester debout et à garder le silence. Ils se dirigent d'un pas tranquille vers l'endroit qu'elle venait d'indiquer. Tout en marchant à ses côtés, elle le dévisageait discrètement. Jusqu'à maintenant, elle n'avait pas vraiment prêté attention à cet homme.

«Merci docteur, c'est gentil de prendre de votre temps, vous ferez vite, je ne tiens pas à vous retarder davantage.» En voyant qu'il ne répond rien, elle s'empresse d'ajouter quelque chose pour rattraper sa phrase qu'il pourrait avoir mal comprise. «Je parlais de votre consultation, chez moi.» Un timide sourire se dessine sur ses lèvres qui retrouvent de la pigmentation, lui redonnant ainsi un air vivant.

«Rassurez-vous madame, je n'ai pas pour habitude d'abuser de mes patientes.» Il lui répond sur un ton un peu taquin. Mieux vaut toujours désamorcer une situation ambiguë par de l'humour. «Prenez votre temps, vous avez fait suffisamment de sport pour la journée, d'autant que vous allez avoir encore un peu la tête qui tourne pendant les prochaines minutes, c'est tout à fait normal. Reposez bien votre bras sur moi, je m'occupe de vous ramener chez vous.» Il passe délicatement l'un de ses bras autour de la taille de la jeune femme et l'emmène vers le bungalow qu'elle lui a désigné tantôt ; ils seront rapidement à destination. La maisonnée est la première située sur la plage de sable fin avec un petit sentier qui la relie à la marina.

Ils avançaient lentement. Pendant tout le trajet, le médecin s'efforça de faire la conversation en racontant quelques anecdotes qu'il a entendues sur la construction de ces bungalows de luxe mais la jeune femme ne semblait pas vraiment prêter attention. La douleur au crâne s'estompe peu à peu, elle commence à sentir plus fermement le sol sous ses pieds mais depuis qu'elle est sortie de l'eau ou qu'elle a perdu connaissance, une sensation inhabituelle l'envahit doucement, quelque chose qu'elle ne parvient pas à définir pour l'instant.

Le jardin situé à l'arrière, donne sur la plage. Quelques palmiers et bananiers donnent toute l'ombre et la fraîcheur nécessaire. Des bougainvilliers parfument agréablement l'air et donnent une parfaite touche exotique. Des portes françaises, donnant sur une terrasse en bois blanc, sont toutes grandes ouvertes et les stores de bois sont baissés, on peut apercevoir les ventilateurs au plafond tourner à plein régime à l'intérieur. Pas de climatiseur semble-t-il.
James s'arrête sur le pas de la porte et lance un regard rapide autour de lui. Presque tous les bungalows de ce coin de mer sont faits à l'identique, même constructeur, même décorateur ou presque. Les murs sont tous peints de couleur crème, les pièces de grande taille sont à aire ouverte, à part la chambre à coucher. Des plantes et fleurs exotiques sont réparties un peu partout pour égailler et parfumer. Quelques sobres accessoires de décoration aux murs et sur les meubles d'acajou d'un style moderne mais colonial. La population locale désigne ces habitations comme les *bungalows paresseux*. À côté de la porte d'entrée, des bagages attendent qu'on s'occupe d'eux.

James Connoly aide la jeune femme à entrer.

«On va faire ça dans la chambre, ça sera plus intime au cas où.» Il la soutient jusqu'à ce qu'elle s'assoit sur le grand lit. Silencieuse et impassible, elle se laisse faire. «Allongez-vous, vous avez besoin de remettre vos sens en place, je vais vous chercher quelque chose à boire.» Il revient deux minutes plus tard avec un jus et une serviette humide qu'il pose soigneusement sur le front chaud de la jeune femme. «J'ai remarqué que vos valises sont fermées. Vous venez à peine d'arriver ou vous êtes sur le départ ?» À peine assis à ses côtés, il sort de sa mallette portée en bandoulière, son stéthoscope et une petite lampe torche ; il attend qu'elle finisse de boire avant de l'ausculter. Elle lui tend le verre presque vide et se rallonge, il en profite pour placer sous sa tête deux oreillers.

La pièce est peu éclairée. Dans un coin, une table ronde, deux chaises et un fauteuil à bascule antique sont installés.
Il commence par vérifier l'état de ses pupilles en passant un jet de lumière devant ses yeux, puis écoute son rythme cardiaque et prend sa pression artérielle.

«C'est pas étonnant que vous ayez fait le grand saut tout à l'heure, votre pression artérielle est très basse.

«Je viens d'arriver … New York. » En posant ses mains sur la serviette qui l'a rafraîchissait, elle en profite pour fermer les yeux et éviter le regard suspicieux qu'il lui jette. Son mal de tête est maintenant à peine perceptible mais elle se sent encore bizarre, pas vraiment capable de décrire la sensation. Nerveuse peut-être, impatiente, mais elle ne trouve pas d'explication, quoi qu'il en soit, elle décide de ne pas en parler à ce médecin, la seule chose qu'elle souhaite maintenant c'est de pouvoir être seule et se reposer.

«Oui, je vois. Buvez, ce n'est que du jus d'orange avec un peu de sucre, vous en manquez probablement, vous n'avez sûrement avalé aucun aliment solide depuis plus de quatre heures.» Il la regarde, essayant de comprendre si elle souffre véritablement de quelque chose ou si elle est simplement déshydratée.

«Évidemment que j'ai mangé !» Elle ne veut pas qu'il pense que la seule substance qu'elle ait ingurgitée, avait plus de vingt degrés d'alcool. «Je ne sais plus très bien quoi … mais si vous sous-entendez que je n'ai fait que prendre de l'alcool, vous vous trompez monsieur le docteur qui saute trop vite à des conclusions qui n'ont pas lieu d'être !!» Elle essaie de ne pas s'énerver mais James parvient sans difficulté à sentir une légère irritation dans le timbre de sa voix. «Attendez, laissez-moi réfléchir … je crois que j'ai pris une énorme salade et des fruits. Je me souviens par contre plus facilement avoir dormi la majeure partie du temps. J'ai eu pas mal de surmenage ces derniers temps.

«Une salade et des fruits ?» Il la regarde d'un air désespéré. «C'est tout ce que vous avez mangé ? Une malheureuse salade verte et trois grains de raisin qui se battaient en duel dans leur petit bol en plastique ? Et vous appelez ça s'alimenter ! Je ne suis plus étonné quant à votre plongeon de tout à l'heure.

«Arrêtez donc avec vos grains de raisin ...de toute façon ce n'est pas une nouveauté pour moi, ça m'arrive souvent de faire ce genre de plongeon, il n'y a vraiment pas de quoi en faire tout un fromage!! J'ai un travail qui peut être très exigeant par moment, je suis fatiguée voilà tout.» La jeune femme qui s'est légèrement redressée pour mieux lui parler enleva la serviette de son front et la tenait à présent fermement d'une main au-dessus du recouvre-lit.

La dévisageant plus calmement, il pose sa main sur le linge qui s'est réchauffé au contact du front de la jeune femme, se lève pour aller à la salle d'eau et le mouiller une nouvelle fois, sans dire un mot. De retour, il rafraîchit son visage.

«Je suis médecin, c'est normal que je m'inquiète quand j'entends ce genre de chose, je n'avais pas eu l'intention de vous froisser et encore moins de sous-entendre quoi que ce soit, désolé. Il est important à présent que vous vous alimentiez correctement et que vous hydratiez votre corps si vous voulez éviter de finir à l'hôpital. Et reposez-vous par pitié !» Il se tait un instant et range ses affaires dans son sac.

Pour la première fois, il prend véritablement le temps de la regarder dans les yeux, de la sonder, un peu intrigué.
Elle doit peut-être mesurer un mètre soixante-cinq, sa peau est naturellement halée ce qui, avec la couleur de ses cheveux, fait ressortir ses yeux d'un vert particulier.
Commençant à se sentir un peu mal à l'aise, elle se redresse et s'adosse à la tête du lit, remontant les coussins dans son dos. James, qui s'en rend compte, va s'asseoir sur l'une des chaises de la pièce.

«Vous êtes très gentil James ... je peux vous appeler par votre prénom ?» Le médecin acquiesce de la tête. «Croyez bien que j'apprécie cette attention ... enfin je sais que vous faites votre job. Je ne veux pas que vous vous imaginiez que je suis quelqu'un de déraisonnable, c'est juste que je n'ai pas pu résister en arrivant ici. J'ai toujours adoré l'eau et l'avoir fixé ainsi, je me suis sentie comme attirée par elle ou bien c'est plutôt parce que je me suis relevée trop rapidement ? À votre place, je n'y verrai pas de motif d'inquiétude, j'ai été pas mal surmenée ces derniers temps, comme je l'ai déjà dit, ce sont vraiment les premiers instants que je réussis à passer seule, sans toute ma troupe derrière moi. J'imagine que mon corps a choisi ce moment pour m'imposer le repos.

«Excusez-moi de vous dévisager ainsi mais je suis certain de vous avoir déjà vu quelque part, je ne me souviens tout simplement pas où. Étiez-vous déjà venue à La Barbade auparavant?

«Pas depuis de nombreuses années.»

Elle sent le regard du médecin se faire plus intense mais au lieu de le forcer à quitter les lieux comme elle ferait en temps normal, elle le laisse chercher et attend inévitablement les questions qu'il va lui soumettre. Elle ne peut pas bien expliquer pourquoi, si c'est la fatigue qui l'a fait agir de la sorte, l'indéniable charme de cet homme ou cet espèce de sensation bizarre qu'elle continue à ressentir, un peu comme si elle revenait à la réalité et qu'elle a besoin d'en parler. Elle fixe le bout de ses pieds et essaie d'analyser ce qui vient de se passer aussi bien que le ferait sa thérapeute. Elle a l'impression de reprendre doucement le contrôle de son corps même si elle se sent angoissée et qu'elle se retient de ne pas tapoter du bout des doigts le dessus du lit, comme elle le ferait en temps normal.

«Vous devez donc avoir un métier qui vous place à l'occasion devant les foules, un métier public. Est-ce que vous êtes journaliste, politicienne ou quelque chose comme ça ?» Il pose sa question, hésitant parce qu'il n'est vraiment pas convaincu de ses propositions.

«À l'occasion, oui, c'est une façon de voir les choses.» Elle répond songeuse, un sourire en coin. «Vous savez, vous n'êtes pas forcé de savoir ce que je fais dans la vie pour poser un diagnostic.» Elle le voit plisser légèrement les paupières en un mince filet, tournant la tête légèrement de côté, faisant fonctionner à plein régime ses cellules grises afin de trouver.

«Je suis sûr de vous avoir vu à la télévision ou en tout cas sur un écran. Attendez un instant … » Le visage de James pâlit un petit peu. «Est-ce que vous ne seriez pas Jessica Redon, l'actrice ?» Le regardant du coin de l'œil, elle se contente de lui sourire. «Eh bien eh bien … je sais que ça peut paraître surprenant mais vous êtes la première que je rencontre depuis que je suis sur l'île. La première vedette de cinéma, je veux dire. C'est difficile d'oublier des yeux comme les vôtres même pour quelqu'un qui n'est pas souvent devant un écran géant, ça explique pourquoi je ne vous ai pas reconnue plus tôt.

«Ne vous tracassez pas pour si peu, je préfère mieux rester dans l'anonymat que de devoir me retrouver avec une horde de paparazzis sur mes traces.» Elle lui lance un regard implorant et se tourne franchement vers lui : «Vous pensez pouvoir ne rien dire à personne ? Les derniers temps ont été assez éprouvants pour moi, ce séjour est aussi l'occasion de décompresser.

«Vous n'avez rien à craindre, je ne pratique pas le potinage, uniquement la médecine.» Il la contemple calmement, n'en revenant toujours pas d'avoir devant lui l'une des actrices les plus en demande à l'heure actuelle, parce que la plus récompensée cette année, selon ses souvenirs ; enfin c'est ce qu'il a entendu un jour à la télévision. Après quelques secondes, il repense à ce qu'elle vient de lui dire. «Pourquoi aussi ?

«Pardon ?

«Vous avez dit tantôt que votre présence sur l'île est <u>aussi</u> l'occasion de vous reposer. C'est quoi l'autre raison, je demande par curiosité c'est tout.

«Je voulais simplement parler de visiter toutes les merveilles qu'offre La Barbade.» La jeune femme a beau le trouver très gentil et séduisant, mais elle n'a pas l'intention de révéler toute sa vie à ce médecin.

«Combien de temps vous restez déjà ? Une semaine au moins sinon vous ne pourrez pas en profiter. Certes, l'île n'est pas si grande que ça mais on prend son temps quand on met les pieds ici!

«Je ne sais pas encore trop bien.»

James est un peu étonné de la réponse même s'il se doute que les artistes doivent être un peu capricieux, pourtant sans être un expert, les acteurs à la mode n'ont jamais beaucoup le loisir de faire de longues pauses loin des plateaux de cinéma sans risquer de ne plus être autant en demande.

«Oui, c'est mieux de laisser le temps décider pour soi. Vous partirez d'ici quand vous serez blasée de notre rhum. En attendant, si vous ressentez quoi que ce soit d'anormal, et je veux parler de votre état de santé, appelez-moi.» La jeune femme remarque qu'il dépose sur la table une carte d'affaires. «Pour aujourd'hui, restez couchée, buvez beaucoup d'eau et par pitié mangez un peu plus que de la salade et ...

«.. et trois grains de raisin. J'ai compris. Merci James, merci pour tout.» Elle lui sourit et le laisse se diriger vers la terrasse arrière jusqu'à ce qu'elle se retrouve toute seule, enfin.

Allongée sur le lit, elle perçoit le léger bruit que font les pales des ventilateurs au plafond venir jusqu'à ses oreilles. Elle essaie de se concentrer sur ce silence qui l'entoure – comparativement aux bruits de New York - et de se relaxer mais ça ne dure pas, déjà son esprit se met à analyser les dernières heures qui se sont écoulées. Comme un film, son cerveau fait un retour en arrière.

Elle se souvient du coup de fil de la secrétaire de Sam Brown, son agent. Elle comprit tout de suite que quelque chose venait de se passer d'après le timbre de sa voix. Étrangement, l'agression qu'il avait subie, coïncidait presque jour pour jour avec la sienne, un an plus tôt. C'est sur le chemin de l'hôpital qu'elle s'en rendit compte mais après la description de l'attaque faite par la police, elle s'était efforcée de ne rien y voir de suspect, selon leur dire c'est tellement commun de se faire frapper à mort juste pour de l'argent et une voiture.
Le visage tuméfié, Sam se retrouvait aujourd'hui avec des contusions sur tout le corps et deux côtes cassées mais finalement plus de peur que de mal. Elle n'a pu s'empêcher de faire le lien avec elle en le voyant ainsi sur son lit d'hôpital, même s'il prenait le tout assez sereinement. Il se reprochait au contraire d'avoir été imprudent en ayant stationné sa voiture dans une ruelle qui ne prêtait pas à fréquentation.
Le son que le moniteur cardiaque émettait, était identique à celui dans son souvenir. Rien que de repenser à son séjour à l'hôpital, un an plus tôt, lui glace le sang.

Jessica s'empresse de se tourner sur le côté, rouvre les yeux et fixe les stores de bois qui laissent filtrer une douce luminosité. Une nouvelle fois, elle laisse vagabonder ses pensées.

Elle a rendu visite à Sam plus tôt ce matin-là, afin de constater la lente amélioration de son état de santé et discuter d'un nouveau projet de film. Après toute la journée de la veille, accrochée à son téléphone, elle l'a trouvé complètement fatigué, ce qui n'est pas dans son habitude aussi étonnant que cela puisse être pour quelqu'un qui travaille constamment. Faut-il se retrouver à l'hôpital pour pouvoir être capable de relâcher un peu la pression ?

Son agent s'endormit peu de temps après son arrivée, la laissant en plan, seule avec elle-même. Elle lui prit son cellulaire, l'éteignant et s'apprêta à le ranger dans le tiroir de sa table de chevet parmi tout un tas d'objets qu'il transportait toujours avec lui, quand elle aperçut un trousseau de clés. Son regard resta accroché dessus, elle savait ce qu'elles ouvraient.

Il y a plusieurs jours de ça, Sam lui a proposé d'aller passer du temps dans sa maison aux Antilles, de se reposer un peu et de s'éloigner de tout le stress quotidien qui l'entoure, histoire de mieux se préparer pour son prochain film. Jessica a enchaîné récemment deux tournages qui lui ont pris beaucoup d'énergie. C'est à cause d'Anthony - en charge de sa sécurité - qu'elle refusait à chaque fois de s'accorder des vacances, elle ne demandait pas mieux que de suivre les conseils de son agent mais elle voulait pouvoir être seule et ça, c'était une situation qu'elle ne pouvait plus obtenir depuis un an.

Quand elle vit les clés, attendant tranquillement que quelqu'un les prenne, elle a suivi son instinct. Anthony à San Francisco depuis la veille au soir, elle à New York, c'était une occasion à ne pas rater. Elle prit le trousseau, ramassa ses affaires et s'arrangea pour quitter les lieux sans être vu de personne, sans que l'agent qui assurait sa protection pendant son séjour à Manhattan ne puisse s'en rendre compte, sans que Anthony n'en su mot … qu'importe les conséquences qui allaient suivre. Elle se fit discrète pour trouver un taxi, filer à l'aéroport Kennedy et prendre le premier vol en partance pour La Barbade. Quand elle ne dormait pas dans l'avion, elle n'avait rien d'autre à l'esprit que les images précises de ses derniers rêves. Si elle a pris ces clés, c'est uniquement pour se forcer au repos et pour remettre les pieds là où elle a vécu les premières années de sa vie. Peut-être qu'aujourd'hui son cerveau entrevoit la possibilité de tout lui révéler enfin.

Prenant une grande inspiration, la jeune femme se lève du lit et ramasse au passage le verre vide. Pieds nus, elle se dirige vers la cuisine et ouvre le réfrigérateur pour boire quelque chose. En ne voyant que des bouteilles d'eau de source réparties sur les deux étages supérieurs, elle pose le verre dans l'évier, préférant se rafraîchir avec de l'eau bien fraîche plutôt que de se gaver de jus, même si ce sont les recommandations du médecin … enfin d'ingurgiter autre chose que justement de l'eau. Elle jette un coup d'œil rapide dans les placards, il y a de quoi manger, pas besoin d'aller à l'épicerie du coin, mais décide de ne rien prendre pour le moment, la chaleur lui coupant toujours un peu l'appétit. La décision de se reposer prend finalement le dessus alors qu'elle sort de cette pièce.

Assise sur le lit, elle boit par petites gorgées à même le goulot de la bouteille ; elle doit reprendre des forces c'est évident, elle se sent encore bizarre après l'étourdissement à la marina. Hormis la sensation de déshydratation presque constante, qu'elle met sur le dos de la chaleur, ses oreilles bourdonnent par moments. Elle s'est efforcée de ne pas montrer à ce jeune médecin le léger tremblement de ses mains quand elle était allongée tantôt mais elle a surtout l'impression que quelque chose ne tourne pas rond avec elle, sans être capable de dire quoi exactement.

Jessica boit une dernière fois, referme la bouteille qu'elle dépose sur la table de chevet et s'allonge en installant confortablement les oreillers sous sa tête. Elle ferme les yeux, les mains croisées derrière sa nuque, écoutant religieusement le bruit des ventilateurs, elle essaie de faire le vide dans sa tête et de se reposer. Mais tout juste après quelques minutes, son cerveau reprend son cycle d'analyse quotidien de la situation. Action constante ces derniers jours pour la jeune femme, pas moyen de se vider l'esprit.

Combien de temps lui reste-il à passer ici en solitaire avant qu'Anthony ne vienne frapper à la porte ? Quelques heures au mieux … peut-être moins, il a probablement déjà découvert sa fuite et a mis tous les moyens en sa possession pour la retrouver. Entre les caméras devant l'hôpital et celles de l'aéroport … encore une chance qu'aucun photographe ne l'ait accrochée à New York, sans quoi la nouvelle serait déjà connue. Il est important qu'elle puisse bénéficier le plus longtemps possible de l'anonymat et qu'elle soit un fantôme pour tout le monde.

Elle soulève le bras où sa montre bracelet est accrochée, regarde l'heure qui y est affichée et fait rapidement le calcul pour savoir l'heure qu'il est à San Francisco : un peu plus de midi. Sa liberté s'arrêtera sûrement d'ici la fin de la journée.

Ces derniers rêves ont été comme le déclenchement pour revenir sur les traces de son passé. Elle n'avait jamais vraiment ressenti le besoin d'aller à la Barbade auparavant ; étrange en y pensant.
La jeune femme rouvre les yeux et, se soulevant sur un bras, saisit la bouteille d'eau de l'autre ; elle prend plusieurs gorgées avant de la remettre en place et de reprendre sa position initiale sur le lit.
Elle n'est même pas certaine que ce séjour lui révélera quoi que ce soit sur les heures entourant l'événement fatidique, sur son passé. Mais, tout en fixant le plafond de la pièce d'un regard décidé, elle préfère voir cette escapade plutôt comme une brève occasion d'être sans Anthony et d'être surtout libre d'aller là où elle le veut, sans restriction aucune.

Elle se tourne sur le côté, ses yeux se perdant sur la table en verre installée plus loin dans la pièce jusqu'à ce que son regard soit attiré par le bout de papier posé dessus. Elle quitte une nouvelle fois le lit pour s'approcher de l'endroit, tend le bras pour saisir la carte de visite au nom du Dr. James Connolly. Songeuse, elle la tapote sur son menton. Elle est bien tentée par aller le cueillir à sa clinique et, dévoilant quelques-uns de ses charmes, lui demander de l'emmener aux différents endroits où elle a vécu. Pourtant, elle sent que ce voyage à la Barbade, ressemble à un parcours initiatique où elle doit faire par elle-même le travail. De toute façon, ça va rapidement devenir ennuyeux pour lui. Entre la mémoire de la jeune femme qui est aux abonnés absents et aller sur les lieux où ses proches sont morts, il n'y a rien d'invitant pour un étranger.
Elle décide de se reposer un moment et de prendre la voiture de location garée devant l'entrée de la villa. Toutefois, avant de s'allonger une bonne fois pour toute, elle cherche dans son sac à mains son cellulaire, le rallume juste pour vérifier si elle a des messages. En effet, une dizaine sont enregistrés, tous en provenance du téléphone d'Anthony – elle s'attendait à pire. L'actrice éteint son appareil puis le remet à sa place. Elle a l'intention de faire une pause technologique.

Jessica laisse vagabonder ses pensées qui reviennent inévitablement sur son garde du corps.
Ça fait un an qu'il passe au peigne fin tout ce qui a trait à sa vie, de près ou de loin. Plusieurs fois déjà, elle a demandé qu'on lui affecte

quelqu'un d'autre ; pourquoi déjà elle n'a pas insisté davantage ? Elle ne se souvient pas mais cette fois-ci, elle est décidée à le faire dès son retour sur le continent. Il est temps de renouveler l'air qui est brassé autour d'elle.

Un an qu'Anthony lui impose rigoureusement ce qu'elle peut faire ou pas, où elle peut se rendre et qui peut entrer dans sa vie … Il est pire qu'une mère ! Le F.B.I, quant à lui … eh bien, elle a bien compris il y a un an, que le bureau est moyennement emballé à la voir faire un retour sur l'île, même s'ils gardent pour eux-mêmes la véritablement raison.
Quant à sa thérapeute qui soutient un jour l'avantage qu'il serait pour Jessica de retourner sur les lieux de son enfance afin de stimuler ses neurones, et puis le lendemain changeant radicalement son fusil d'épaule, elle souligne que la jeune femme risquerait en fait un bien plus grand choc nerveux en y allant, avec comme résultante un état végétatif ou quelque chose du genre.
Tout le monde a un avis sur la question mais personne ne se soucie de celui de Jessica.

Elle aurait très bien pu faire cette escapade plus tôt … semer Anthony Masson dans la nature et venir ici, alors pourquoi ne l'a-t-elle pas fait. Les choses se font quand elles doivent se faire, il n'y a pas à lutter.

Depuis la mort de ses parents, ça fait plus de quinze ans que la mémoire de la jeune femme n'a plus la moindre trace de souvenir précédent le tragique événement. Un néant total ! Les anniversaires, les câlins de ses parents, les jeux avec les camarades d'écoles … plus rien, le tiroir est vide et, même si des photos sont là pour prouver qu'elle a bien vécu ces premières années, ça lui fait autant d'effet qu'à une famille de scorpions face à la découverte de la crème glacée. Sa vie semble commencer après, plus exactement à son arrivée en Australie.

Elle a suivi différents thérapeutes, différentes méthodes de thérapies, l'hypnose n'a pas eu plus de succès bien que son inconscient réponde très positivement à la méthode. Son cerveau continue à bloquer.

Qu'est-ce que Grégory Bark, le patron d'Anthony, lui a dit lors de leur première rencontre déjà ? Ah oui, il est très difficile de savoir pour sûr si leur mort est accidentelle ou pas. Le fait que le collègue de travail, du père de Jessica, soit mort à peine quelques minutes avant, suite à des blessures par balles, le doute persiste d'autant plus. Les années et l'avancée des technologies n'y ont rien fait.

Est-ce qu'il y aurait quand même un risque pour sa vie en étant à la Barbade ? Le problème est que Bark ne perd pas de vue qu'on a tenté de la tuer il y a un an, léger détail.

Tout le monde est indécis mais pas Jessica, d'autant que ces derniers temps, elle voit le visage de sa mère dans ses rêves (grâce aux photos restantes). La nuit dernière, la jeune femme a même cru que sa mère lui disait quelque chose à propos de bijoux mais tout ça reste très vague … et ne lui permet pas de se souvenir pour autant de ce passé perdu. Si ça se trouve, ils ne sont même pas des souvenirs. Jessica veut tellement récupérer sa mémoire qu'elle pourrait très bien finir, malgré elle, par s'en inventer de nouveaux. Quoi qu'il en soit, inconsciemment, ce sont certainement ces rêves qui ont influencé l'actrice à prendre les clés de la villa de son agent.

Aujourd'hui, il n'y a qu'une chose qui est en tête de liste pour la jeune femme et il s'agit de récupérer sa vie.

La fatigue ou la chaleur finissent par prendre possession de la jeune femme qui s'endort enfin.

Chapitre III

San Francisco, presque au même moment (12h00)

Anthony Masson fait les cent pas devant le 450 Golden Gate avenue, tenant nerveusement son cellulaire d'une main, attendant que la sonnerie retentisse.

Dans la trentaine, cheveux courts foncés, yeux couleur noisette, il mesure au moins 1m78, il porte aujourd'hui un costume de couleur marine, élégant mais sans trop attirer l'attention. Il ne lui reste qu'une quinzaine de minutes avant de devoir se présenter au 13ème étage de l'édifice lui faisant dos, avant de rencontrer son patron depuis un an : Grégory Bark.
Les traits de son visage sont tirés et affichent une légère inquiétude, son regard est sombre. Ça fait tout juste une trentaine de minutes qu'il a été informé de la disparition de Jessica Redon par l'agent qui était en charge de sa surveillance à New York. Depuis, il attend, assez anxieux, d'avoir des nouvelles, de préférence avant de devoir faire son rapport.

Le cellulaire a à peine eu le temps d'entamer sa première vibration qu'il a déjà pris l'appel :

«Ça veut dire quoi " *tu l'as perdue* " ? Elle n'a pas pu te semer comme ça, enfin ! Ce n'est qu'une actrice, pas une espionne ou un agent du FBI comme toi, merde !!» L'agent de surveillance qui l'appelle ne semble pas lui donner de bonnes nouvelles. Anthony s'est arrêté de marcher, mécontent de ce qu'il entend à l'autre bout du fil. «Dis-moi que depuis ce matin, tu as fouillé partout, questionné tout le monde ? .. Je me fous que ce soit New York ou un patelin paumé de l'Arkansas, elle ne parvient jamais très longtemps à garder l'anonymat !? Tu as fait le tour du milieu, elle est forcément chez quelqu'un du métier ! Dis-moi à nouveau à quel endroit tu l'as vu pour la dernière fois ? ... bon, continue de la chercher là-bas, on ne sait jamais et questionne son agent, je vais voir ce que je peux trouver de mon côté. Et Diego ... je te souhaite qu'elle n'ait pas quitté la ville !» Il regarde rapidement l'heure affichée sur son écran. «Ne me rappelle pas si tu n'as pas mis la main sur elle.»

Il referme son cellulaire, le range dans la poche interne de sa veste tout en fixant le sol un bref instant pour retrouver son calme. Il se tourne enfin et se dirige vers l'entrée de l'édifice. Aujourd'hui plus que jamais, il faut être dans ses petits souliers avec Bark.

Après avoir franchi les portiques de sécurité, passé son badge au scanne pour enregistrer son entrée et qu'un agent armé l'ai fouillé, il peut enfin s'avancer vers les ascenseurs. Le hall d'entrée du quartier général du FBI de San Francisco est assez somptueux, comme dans toutes les autres grandes villes américaines en fait. Dans ces anciens bâtiments, il y a du marbre partout, des plafonds hauts avec des lustres très ouvragés mais la réalité mondiale rappelle qu'il y a aussi des caméras dans les moindres recoins. Ça lui fait toujours bizarre de se retrouver dans ces lieux, il ne parvient pas à s'y habituer.
En sortant de l'ascenseur, il longe un corridor où les photos des différents Présidents des États-Unis trônent de chaque côté des murs. Au bout de quelques minutes, il pousse une porte vitrée où des hommes et des femmes s'affairent au travail. Il salut de la tête plusieurs d'entre eux et se dirige au fond, vers un grand bureau où une secrétaire lui lance un sourire charmeur, dévoilant toute une rangée de dents blanches.

«Bonjour Helen. Comment faites-vous pour être toujours aussi belle ?

«Le célibat, agent Masson, me réussit plutôt bien.» La secrétaire rougit comme à son habitude quand il vient dans les bureaux. Elle ne fait pas du tout son âge - 45 ans, toujours vêtue de costumes foncés élégants, elle porte des lunettes qui rehaussent harmonieusement son visage sagement maquillé. «Vous arrivez tout juste pour la réunion. Allez-y, il vous attend.

«Merci Helen.»

La pièce est éclairée par de grandes fenêtres qui donnent sur la cour intérieure de l'édifice, Anthony se dirige vers l'un des fauteuils en cuir et s'assoit sans attendre d'invitation. Son patron se situe en face, consultant des documents devant lui.

«Agent Masson, quelles sont les nouvelles du jour en ce qui a trait à la vie de Mademoiselle Redon ?» Grégory Bark, posa sa question sans lever ses yeux bleus qui reflètent l'ennui que lui suscite cette rencontre.

Il n'est le supérieur direct d'Anthony que depuis un an et ne se passionne franchement pas énormément pour ce genre d'affaires. Athlétique, ses cheveux blonds foncés peignés impeccablement, grand, dans le début de la quarantaine, le directeur du département des enquêtes internes (autrement dit, tout dossier concernant les secrets de l'état) est un nouveau divorcé. L'occasion de ne presque plus du tout rentrer dans son nouveau chez lui. Ce n'est pas pour déplaire à ses supérieurs qui prônent toujours cette idée ancestrale de se marier avec son boulot.

Selon lui, le F.B.I a d'autres chats à fouetter que de s'occuper de la sécurité d'une actrice, quel que soit son statut de célébrité, quelle que soit son histoire personnelle. Devoir se bloquer du temps pour ces rencontres avec l'agent Masson est inutile selon lui. Savoir ce qu'elle fait de ses journées, à qui elle parle, à quelles fêtes elle se rend ou dans le lit de qui elle finit, équivaut pour Bark à devoir se taper l'un de ces magazines dont les adolescentes ou sa secrétaire raffolent tant, ça lui donne plutôt un redoutable mal de tête. De véritables affaires de sécurité nationales requièrent toute son attention. Depuis 2001, le pays est plus obnubilé par la sécurité que jamais et il prend son travail très au sérieux, peut-être même un peu trop parfois.
Il ne connaît pas vraiment cette Jessica Redon, son travail ne lui laisse pas le loisir d'aller au cinéma ou de faire grand-chose d'autre d'ailleurs. C'est l'une des raisons que sa femme a mentionné dans les papiers du divorce : *« … préfère vivre avec son bureau et ses employés plutôt qu'avec moi.»* Tels étaient les mots employés.

«Eh bien, Monsieur, rien de particulier. Vous savez maintenant ce que c'est, tous les mois se ressemblent ou presque, toujours un casting quelque part, des séances photos, des soirées, des premières, des tournages … enfin la routine quoi !»

L'agent Masson s'efforce de ne rien laisser paraître des derniers événements en cours à son supérieur, affichant du coup un air blasé mais assuré.

Grégory Bark le regarde enfin sans broncher, les traits tirés et la mâchoire serrée ; déjà que le monde du show-business ne le passionne pas, il regrette par-dessus tout de devoir constater avec quelle désinvolture son agent semble oublier ses véritables fonctions.

«Non, agent Masson, je ne sais pas ce que c'est que la vie d'une actrice. Et j'aimerais par-dessus tout ne plus voir votre visage figurer dans les magazines, vous n'êtes pas payé pour parader avec elle sur les tapis rouges ! Est-ce que j'ai besoin de vous rappeler que, passionnant ou non, votre travail est d'être auprès d'elle pour la protéger. Est-ce clair ?» Le ton qu'il emploie se veut délibérément cassant.

«Oui ... excusez-moi Monsieur, j'imagine que l'excitation qui existe parfois dans ce métier m'a légèrement ... gagné.» Anthony reprend son sérieux, se raclant rapidement la gorge avant d'entamer le compte-rendu du rapport à proprement parlé. «Elle a passé un casting à Los Angeles, enfin c'était plus un dîner d'affaires, il y a deux semaines pour un nouveau film mais ce tournage ne débutera pas avant trois mois. Il se déroulera à New York.

«Quoi d'autre ?» Grégory Bark a replongé la tête dans les documents devant lui, écoutant d'une oreille attentive l'énoncé fait par l'agent Masson.

«Elle commence un tournage dans une semaine, celui-là se passera ici même à San Francisco, il devrait durer un peu plus d'un mois.

«Pas la peine de me détailler son prochain emploi du temps, il est déjà dans votre rapport. Qu'est-ce que ça donne avec le courrier des fans, quelque chose d'inquiétant ?

«Rien d'anormal. Il y a toujours une ou deux lettres d'insultes ou de fans affirmant être les seuls à la comprendre et à l'aimer mais il n'y a rien d'alarmant. Après vérification, il ne s'agit que de femmes qui voudraient être à sa place pour côtoyer Brad Pitt ou George Clooney, ou d'hommes qui lui font des avances trop explicites.

«Ne négligez pas trop rapidement ces fans, il y en a qui ont déjà tué l'objet de leur adoration. Cependant, je suis d'accord avec vous, il n'y a sûrement rien à craindre de ce côté-là mais je ne souhaite pas que la presse ait matière à redire quant à la protection de mademoiselle Redon, surtout pas après la précédente tentative de meurtre. Je n'ai pas la moindre envie qu'ils commencent à fouiller dans la merde qui l'entoure et que tout le monde apprenne que c'est le F.B.I. qui assure sa protection et non un banal garde du corps comme ils le pensent. Ils comprendront tout de suite qu'il y a plus qui se cache dans la tentative de meurtre.»

Les deux hommes échangent un regard lourd de sens. Même si ce n'est que plusieurs semaines après les faits que Grégory Bark a pris le dossier en charge, il se souvient très bien de la difficulté qu'ils ont eue à faire passer un agent du F.B.I pour un garde du corps, particulièrement aux yeux des proches de la jeune femme.

«Il aurait été préférable que cette fille ne choisisse pas une telle carrière, pas après ce qui s'est passé avec ses parents. Elle ne fait qu'attirer l'attention. Qu'elle soit sous les feux de la rampe ne nous facilite nullement la tâche.

«Je comprends très bien vos inquiétudes Monsieur mais comme vous l'avez dit tantôt, je suis suffisamment bien placé pour constater l'absence de danger, je veux dire de réel danger.

«D'abord son agression il y a un an à Boston et, celle de la semaine dernière à l'encontre de son agent … Je trouve moi que ça fait beaucoup pour quelqu'un qui ne devrait avoir à se soucier que de la tenue de soirée qu'elle va porter à l'une de ses premières. D'autant que l'enquête sur la mort de ses parents, si je ne me trompe pas, n'est toujours pas bouclée. Ça, plus les raisons entourant la tentative de meurtre, je suis forcé de continuer ce programme de protection parce que je veux savoir qui est après sa famille, qui est après elle et pour quelles raisons. Maintenant que je suis responsable de ce département, je souhaite grandement résoudre ces affaires-fleuves, l'Affaire Redon en fait partie.

«Espionnage scientifique peut-être ?

«Contre son père ? J'en doute mais si c'était bien le cas ça n'est pas valable pour elle. Nous le saurons bien un jour, on ne va quand même pas rester à la protéger toute sa vie, je ne serais pas celui qui utilisera à outrance le portefeuille des contribuables pour ce genre d'histoires, il y a bien plus important. Quoi que, je suis certain que certains d'entre eux ne sont nullement peinés de savoir qu'ils participent à lui payer un garde du corps particulier mais je reconnais qu'elle n'aura pas eu beaucoup de chance d'un point de vue personnel.

«Justement, en ce qui concerne Sam Brown, son agent, elle souhaite avoir des nouvelles de l'enquête. Elle ne pense pas que c'était pour sa voiture ou son argent.

«Elle n'a jamais été stupide … que lui avez-vous dit ?

«Que ça suit son cours et que j'en saurais sûrement plus aujourd'hui.

«Hum …dites-lui que les gangs de rues sont un réel fléau et que son agent est malheureusement tombé sur l'un d'entre eux. Soyez convaincant ! Je ne souhaite vraiment pas qu'elle sache pour le moment que nos investigations nous mènent dans la même direction que sa tentative de meurtre.

«Ce Manuel Stanza faisait partie d'un groupe de trafiquants, c'est bien ce que vous aviez trouvé ? Et vous pensez qu'aujourd'hui, il s'agit du même groupe qui s'en prend à son agent ? Mais pourquoi, c'est plutôt étonnant ?» Anthony remet en question les informations de Bark.

«C'est ce que mon prédécesseur a trouvé mais ce Manuel n'était visiblement que du menu fretin dans l'organisation. Nous ne sommes toujours pas capables de remonter à la source. Qui est à la tête de ce groupe de merdeux, c'est là toute la question. Quand je pense aux moyens qui sont mis en place par nos services ainsi que ceux des stupéfiants … personne ne parvient à pénétrer ou à en savoir suffisamment pour avancer. C'est incroyable ! On en sait plus sur les mafias Russe, Chinoise et Italienne.» Grégory Bark se lève de son fauteuil en cuir foncé, visiblement énervé. Il s'accote à l'encadrement d'une des fenêtres derrière lui et regarde vers l'extérieur. Anthony change de position dans son siège mais reste silencieux, il observe son patron, attendant qu'il reprenne la conversation mais ce dernier reste plongé dans ses pensées.

«Monsieur, je voudrais me joindre à l'une des cellules de recherche sur le terrain, je suis certain de pouvoir faire avancer les choses. Mettez quelqu'un d'autre pour la protéger. Ce travail, n'importe quel agent peut le faire, j'ai signé pour travailler sur le terrain et non pour … ça !» Anthony Masson a lancé sa requête d'un ton ferme et déterminé.

«Je vous veux auprès d'elle et pas ailleurs. J'ai suffisamment d'agents sur le terrain pour cette affaire, ne vous inquiétez pas outre mesure et n'ayez pas non plus la prétention de croire que vous sauriez débloquer cette impasse qui dure depuis plusieurs années. De surcroît, mon prédécesseur a signalé que vous êtes la personne idéale pour ce job, désolé mais il va falloir faire avec.

«Bien, si vous insistez.

«Helen vous a vu sur plusieurs photos ... ce ne doit pas se reproduire. Vous êtes attitré à sa protection, non son chevalier servant pour les premières de films ou autres événements du genre. Est-ce que je me suis bien fait comprendre agent Masson ?» Grégory Bark lui tourne toujours en partie le dos.

«Monsieur, je peux vous assurer que je n'ai pas d'autres fonctions que celles que l'on m'a attribuées. De toute façon, pour la presse je suis son garde du corps personnel, de ce point de vue ce n'est pas exceptionnel que je puisse apparaître sur une photo ou deux ... mais je ferais en sorte que cela n'arrive plus à l'avenir.

«C'est l'agent Diego Radhee qui est avec elle en ce moment, n'est-ce pas ?» Grégory Bark retourne s'asseoir derrière son bureau en regardant son agent dans les yeux. «Comment ça se passe là-bas ?

«Je croyais que les détails ne vous intéressaient pas ?

«Ce n'est pas parce que son emploi du temps ne rivalise pas avec celui des terroristes que je ne me soucie pas de sa personne, agent Masson.» Son directeur lui lance un regard noir.

«Je suis désolé. Eh bien, c'est toujours lui qui prend la relève quand je ne peux être à ses côtés. Je viens d'ailleurs de lui parler et tout va bien. Elle a une séance photo chez Cosmopolitan toute la matinée. Je le remplacerai sitôt arrivé. Les prochains jours devront être un peu chargés pour elle, mais tout est vérifié comme d'habitude.

«Comment progresse sa mémoire ? Est-ce qu'elle se souvient de quelque chose ? Qu'est-ce que sa thérapeute en dit ? Comment s'appelle-t-elle déjà ?» Il ouvre le dossier qui est posé à côté de lui et le parcours rapidement des yeux. «Qu'est-ce que cette Nancy Fense pense de Mademoiselle Redon ?

«Il n'y a pas vraiment de progrès.

«Comment ça *"pas vraiment"* ? Il y en a ou pas, soyez plus précis.

«Elle dit avoir des espèces de flash, des images assez vagues de ses parents ou de certains lieux à La Barbade. Elle pense que mademoiselle Redon souhaite tellement se souvenir qu'elle voit ce qu'elle veut bien voir. Qu'elle les fabrique, en fait.

«J'avais cru comprendre. En fin de compte, il n'y a aucune progression. J'ai du mal à croire qu'elle ne pourra jamais se souvenir. Avec toutes les techniques actuelles pour stimuler le cerveau ... on aura qu'à changer de thérapeute. Je veux conclure cette affaire et pour cela, il est impératif qu'elle se souvienne des événements. Elle pourrait très bien avoir été témoin de quelque chose ce jour-là, on en sait rien à vrai dire, il ne faut rien négliger.

«Je croyais que votre prédécesseur a rassemblé tous les éléments nécessaires pour comprendre ce qui s'est passé à l'époque. Qu'est-ce qui vous fait douter aujourd'hui ?

«Douter de la compétence de cette Nancy Fense ou du contenu de ce dossier ? J'ai constaté des zones d'ombres dans l'affaire Redon et j'ai demandé une nouvelle analyse, c'est tout ce que j'ai à en dire.

«Peut-être qu'il serait bon d'envisager un futur séjour sur l'île ? Ce n'est pas comme si elle ne savait pas ce qui s'était passé … enfin à un ou deux détails près. Je crois que ça en vaut la peine.» L'agent Masson espère que son patron ne va pas mal prendre sa proposition.

«Je vais y réfléchir. Je ne vous retiens pas plus longtemps ici.» Déjà le patron d'Anthony retourne à son ordinateur ne faisant plus trop attention à son agent.

À peine l'agent Masson sorti du bâtiment qui abrite les bureaux du F.B.I, qu'une Buick bleu marine aux vitres teintées déboula du coin de la rue et s'arrêta juste devant lui. Les traits sévères, il monta rapidement à l'arrière du véhicule qui repartit aussitôt.
Il plonge une main dans la poche interne de sa veste et en sort son cellulaire. Après une courte navigation à travers différents menus, il consulte le message texte qu'il a reçu quelques instants avant d'entrer dans le bureau de Grégory Bark : *'Arrivée à Welches Beach. Seule'*
Bien qu'il s'agisse d'une bonne nouvelle, Anthony ne se déride pas, ses yeux fixant l'écran, complètement absorbé par ses pensées.

Le trafic n'est pas trop important sur les routes à cette heure de la journée. Quarante-cinq minutes plus tard, la voiture pénètre dans la portion des hangars privés de l'aéroport d'Oakland et s'immobilise devant le N° 48 où un jet l'attend, les moteurs déjà en marche. En quelques secondes, il se retrouve à l'intérieur et sans attendre, fait actionner le système pour remonter les marches et fermer hermétiquement la porte de l'avion. À peine le clic retentit de la fermeture qu'il entend une voix familière dans son dos.

«Bienvenue à bord agent Masson. Nous décollons dans cinq minutes, vous trouverez à bord tous les rafraîchissements nécessaires afin de vous faire passer un agréable … »

En voyant le visage sombre d'Anthony, l'homme qui venait de commencer son speech, ne finit pas sa phrase. Tous les deux échangèrent un long regard avant que le nouveau venu ne se lève de son siège et se dirige vers le bar, situé derrière lui.
L'agent du F.B.I prend place directement dans l'un des sièges en cuir clair et regarde la piste à travers le hublot, pensif, inquiet mais aussi excité. Déjà le jeune homme s'avança vers lui, tendant un verre de whisky, reprenant place dans le fauteuil qu'il occupait il y a un instant.

Légèrement plus grand qu'Anthony, des cheveux noirs courts, sa peau est légèrement tannée aidant ses yeux d'un vert foncé à être plus présent ; il sourit amicalement à Anthony en prenant à son tour une gorgée de son propre verre.

«Qui a douté de sa destination déjà ?
«Finalement, elle a décidé de tout plaquer à New York, sans rien dire à personne – évidemment - et de se pointer à La Barbade.» Anthony vide d'un trait le contenu du verre et le pose sur la petite table devant lui, les yeux toujours fixés sur la piste de décollage. Il reste songeur un instant de plus puis tourne son visage vers l'homme assis en face, calme, un sourire en coin. «Je te tire mon chapeau Mike. Tu as été toujours convaincu qu'elle irait là-bas au moment opportun … elle a saisi la balle au bond.
«Je t'avais dit d'avoir confiance en elle. Vous êtes ensemble 24h sur 24h, si quelqu'un devait douter de la trouver là-bas, c'était toi. Tu n'as plus le recul que moi j'ai dans cette histoire. Tu ferais bien de te ressaisir avant qu'une connerie n'arrive.»

Blessé dans son orgueil, Anthony se lève et passe derrière le bar pour remplir son verre mais cette fois, en y mettant du rhum blanc. Il a besoin que quelque chose de plus costaud.

«Oh oh … du rhum blanc, c'est pas devenu trop fort pour toi ? T'es sûr que t'es encore capable de te descendre ça ?» Mike a fait pivoter son siège pour faire face à Anthony.

«T'inquiètes pas, le F.B.I ne me fait pas oublier le goût du rhum ou qui je suis.» Il prend son temps pour verser le liquide et refermer la bouteille, visiblement concentré. «Tu trouves que je manque d'objectivité, que je me ramollie ?»

Mike observe calmement l'agent, prenant le temps de la réflexion avant de lui répondre.

«Tu es très impliqué, tu ne peux pas avoir le recul nécessaire pour évaluer correctement ce qui se passe, en tout cas, tu ne l'as plus autant qu'avant, c'est un fait.» L'agent Masson le fixe intensément du regard, essayant de se convaincre qu'il a raison. Seul le léger bourdonnement de l'appareil à cet instant est perceptible. «Tu ne peux pas mieux faire ton job que tel que tu le fais présentement. N'oublie pas que la situation n'a jamais été facile et idéale. Tu le savais et je le savais également avant que tu ne t'occupes de sa protection. Entre le F.B.I et la pression des gens de son milieu, je suis convaincu que depuis sa sortie d'hôpital, tu fais tout ce qu'il faut !» Mike lui parle à présent avec sévérité.

«La protéger … comme si elle risquait quoi que ce soit.» Anthony répond presque avec dédain.

«En tout cas, le F.BI le croit lui. Je te rappelle à l'ordre à chaque fois que c'est nécessaire. Tu as toujours travaillé dans l'ombre, c'est la première fois que tu te retrouves exposé et malheureusement pour toi, tu dois faire avec ces parias.

«Une fois de plus, tu es la voix de la sagesse.

«Tu ne tiendrais jamais le coup sans moi.» Mike lui retourne son sourire amical.

«N'exagère pas trop, j'ai quand même des compensations avec ce job, je ne peux pas me plaindre.» Anthony retourne s'asseoir en face de son interlocuteur.

«Comment ça évolue l'enquête sur l'agression ?

«Le Bureau pense avoir trouvé un lien entre cette affaire et Manuel.

«Manuel .. je l'avais presque oublié celui-là, intéressant.» Les deux hommes échangent un regard plein de sens. «C'est des plus logiques qu'elle retourne là où tout a commencé. Est-ce qu'il y a eu des souvenirs ces derniers temps ?» Mike continue la discussion sur le même ton dégagé du début.

«Je ne crois pas, en tout cas, elle ne m'a rien dit.

«Est-ce qu'elle se confie davantage à sa thérapeute ?

«Ces derniers temps, je suis sûr que non. Jessica en a tellement marre de cette folle qu'elle fait une pause quant à l'analyse de ses cellules grises.» En faisant allusion à Nancy Fense, Anthony ne peut s'empêcher d'exprimer son désespoir. «Tu penses qu'elle a recouvré la mémoire mais qu'elle s'abstient de le dire ?

«À quel point tu fais confiance à cette bonne femme ?

«Nancy ? Si elle continue d'être l'analyste de Jessica, c'est parce qu'elle est parfaite pour le job.

«Ça fait combien de temps qu'elle est amnésique maintenant ? Quinze ans ? Toute sa vie, Jessy a suivi des thérapies. Cette bonne femme l'aide soi-disant depuis presque un an ... et il n'y a toujours pas le moindre progrès. Je ne veux pas être pessimiste Tony, mais j'ai peur que l'avenir ne s'éclaircisse jamais comme tu le voudrais avec elle. C'est une éventualité que tu te dois d'envisager.» Mike observe l'agent Masson avec attention, essayant de voir l'effet de son discours sur son ami. «Mais je veux croire tout comme toi qu'un procédé va être efficace pour sa mémoire. Tout vient à point pour qui sait attendre.

«De l'espoir, il y en a tant qu'elle vit ! Certains psys pensent qu'en dernier recours forcer le souvenir vaut le coup. Avec ces flashs, elle est sûrement plus près d'y arriver que jamais auparavant. Il faut saisir l'opportunité qu'elle soit sur place pour l'aider à débloquer une fois pour toute sa boîte à souvenirs.

«J'espère sincèrement que les choses vont aller dans ce sens parce que j'en connais qui ne vont pas réagir aussi bien quand ils sauront où elle est. Qu'est-ce que tu as prévu de leur dire pour calmer leur curiosité ou leurs craintes ?

«Tu t'inquiètes pour ma place au F.B.I ? C'est nouveau ça.

«Je commence à trouver le temps long, moi, et ma vie d'avant me manque ...pas toi ?

«T'es pas croyable Mike, tu t'ennuies de ta vie d'avant ?! Comment tu peux t'ennuyer quand tu es à la tête de tout !?» Anthony le taquine un peu, comprenant malgré tout très bien ce qu'il veut dire puisqu'il a déjà eu la même pensée. «Si tout se passe comme je le crois, il n'y en a plus pour très longtemps à supporter cette situation. Bon, sérieusement, une fois qu'on aura atterri, je veux que tu ailles chercher sa thérapeute et ramène-là à Mendocitos.

«On s'y retrouve donc tous dans quelques heures ?

«Je n'ai pas l'intention de perdre du temps. Le plus tôt elle sera en sécurité sur la propriété, le mieux ce sera pour tout le monde. Je prendrai la voiture, qu'ils se tiennent prêts à mon signal. Là-bas, tu ne mets qu'un service minimal de surveillance mais qu'ils soient prêts pour plus si on a de la visite trop tôt.

«Quand on le saura, on aura encore le temps de partir. Je suis inquiet sur les capacités de la thérapeute à l'aider. J'ai l'impression que tu mises très gros sur cette femme mais que ça ne va pas t'apporter ce que tu cherches. Tu risques beaucoup plus si cela échoue, tu en es bien conscient n'est-ce pas ?

«Elle va avoir son utilité, tu verras. Le plus petit et insignifiant insecte existe pour une raison bien précise dans la nature.»

Anthony ferme les yeux, mettant un terme à leur conversation. Son ami le laisse tranquille, étudiant des documents qu'il a sorti d'une petite valise à terre.

L'agent Masson se laisse rapidement bercer par le bruit de l'avion et son esprit le ramène à Boston, il y a un peu plus d'un an de ça.

La chambre d'hôpital était pleine de bouquets de fleurs, de corbeilles de fruits, de ballons de couleurs attachés aux pieds d'une petite table roulante où l'on pouvait lire des mots d'encouragements et de bon rétablissement. Près de la fenêtre qui donnait sur l'entrée du bâtiment, se tenait Jessica. Elle était habillée simplement d'un pull et d'un jeans ; elle n'avait pas remarqué que quelqu'un venait d'entrer dans la pièce. Anthony, son manteau dans ses bras, frappa à la porte suffisamment fort pour qu'elle puisse l'entendre, sans pour autant la faire sursauter.

«Mademoiselle Redon ? F.B.I, je suis l'agent Anthony Masson, je viens pour vous ramener chez vous. C'est moi qui suis désormais en charge de votre protection personnelle.»

La jeune femme s'était retournée aux mots du nouvel arrivé et l'examina de la tête aux pieds.

Il se souvient très bien de cet instant, qui n'a peut-être duré que quelques secondes mais qui lui a paru s'éterniser.

L'expression de son visage était calme et sa résignation face à ce qui s'était passé, l'avait atteint en plein cœur. Finalement, elle a fini par se diriger vers lui, tendant une main chaleureuse et affichant un faible sourire, ses yeux exprimant une certaine tristesse, et ce qu'il lui avait semblé être, une immense douleur.

«Si vous êtes prête, on peut y aller. Nous passerons par la sortie arrière, un van aux vitres teintées nous y attend déjà.»

Une dernière fois, elle regarda autour d'elle tous les objets qui ont dû lui servir à puiser la force nécessaire pour se battre contre la mort durant tous les mois qu'elle avait passés dans les murs de cet hôpital.

«Ne vous inquiétez pas pour ça, quelqu'un va se charger de ramener le tout chez vous plus tard dans la journée.»
Elle avait saisi d'une main son manteau posé sur le lit, lança un coup d'œil à la chambre encore une fois et franchit pour la dernière fois le seuil de la porte.

Anthony se souvient, comme si c'était hier, à quel point son cœur battait fort dans sa poitrine. On venait de lui confier la protection de Jessica Redon, actrice d'origine américaine, en pleine ascension, une femme dont un simple regard peut vous transpercer d'un poignard ou d'amour – selon les dires des journalistes.
Cette première rencontre entre eux avait été très simple, très officielle ; la jeune femme n'avait pas parlé les deux premiers jours.

De retour au moment présent, l'agent s'efforce de reprendre ses esprits et de rester concentré sur la réalité actuelle. Il faut absolument qu'il se repose un peu, les prochaines heures, au mieux, les prochains jours, prennent déjà un parfum particulier, un parfum qui s'appelle : espoir.

<h1 style="text-align:center">Chapitre IV</h1>

La Barbade, même moment

Après une bonne sieste, Jessica pris entre autres avec elle, de l'eau (Ô surprise!), une carte routière de l'île et des notes qu'elle s'est faites dans l'avion sur lesquelles elle a pris soin d'écrire les différents endroits où elle a vécu ou ceux de son entourage de l'époque.
Résolue, elle grimpa dans la jeep garée devant l'entrée de la villa, fit démarrer rapidement le moteur et quitta la place sans perdre de temps.

<u>Première destination</u> – Gibbs Bay et le village de Gibbes, où elle a vécu les premières années de sa vie.

Alors qu'elle file tranquillement sur l'autoroute 1B, elle se met à penser à ce qui s'est passé plus tôt à la Marina Rosa, et à son malaise. Elle revoit chaque instant et essaie de comprendre ; ce n'est pas la première fois que son corps est mis à rude épreuve. Ça lui était déjà arrivé sur des plateaux de tournage de peu manger et d'être éreintée sous une chaleur accablante. Un tel malaise ne s'est jamais produit pour autant.
Elle se sentait bien sur le ponton, à part une légère déshydratation. Le bord de mer la fait revivre immanquablement. C'est au moment où elle a entendu la sirène du voilier que la douleur l'a entièrement submergée, sans ménagement, mettant sa tête dans un étau et pressant le tout avec minutie. Tout en continuant à réfléchir, elle prend une gorgée d'eau et au moment où elle s'apprête à remettre le bouchon sur la bouteille, elle remarque que pour la deuxième fois de la journée ses mains tremblent légèrement. Refusant d'y chercher pour le moment la cause, elle serre les points fermement sur le volant, se concentrant sur la route devant elle.

Plus elle s'éloigne de la capitale sur cette autoroute et plus le flot de voitures diminue. Bien que le véhicule soit équipé d'un GPS, la jeune femme préfère suivre sa carte routière pour l'instant. Le satellite entrera en fonction en dernier ressort. Elle aime se balader à l'ancienne, avant que toute la technologie n'entre en jeu et range au placard les essentiels de l'époque. En attendant, elle profite du paysage et des plages qu'elle longe, toutes plus belles les unes que les autres.

La fin de la journée s'annonce belle et chaude. Derrière son volant l'actrice profite de la ballade au son de la radio satellite, replaçant périodiquement de la main des mèches de cheveux que le vent fait danser follement, sans grande chance de jamais y parvenir.

La découverte des charmes de cette île opère sur elle à merveille, la plongeant davantage dans un état de détente qu'elle n'a pas ressenti depuis .... wow, assez longtemps à vrai dire. Sur cette route, il n'y a que les habitations assez chics et les plages à voir, les champs de canne à sucre (ou ce qu'il en reste) s'affichent plus à l'intérieur des terres.

Jessica arrive enfin à Gibbes. Elle quitte la voie rapide et, suivant les indications cette fois du GPS, entre dans un chemin plutôt bien entretenu, au bout duquel elle finit par arrêter le moteur de sa voiture devant ce qui fut sa maison. Est-ce possible d'avoir vécu à un endroit et de ne plus s'en souvenir, même quand on le contemple ? Ce quartier, cette rue – même s'ils ont certainement changé avec le temps – ne font résonner aucune émotion en elle, nada!

Encore une main sur les clés de contact, elle tourne la tête sur sa droite et observe la bâtisse blanche. Il n'y a personne dans la rue, pas un bruit. De façon assez stupide, elle s'était imaginé ce moment, convaincue qu'immédiatement une profusion d'émotions l'assailliraient, avec au bout, la révélation de son passé. Oui, c'est vrai que cette idée est complètement ridicule en y pensant à présent mais après toutes ces années, la jeune femme veut voir le bout du tunnel dans n'importe quel détail. Elle descend de voiture, et continuant à faire face à la maison, elle aurait espéré entendre, comme dans un lointain écho, des cris d'enfants qui s'amusent dans cette rue même, malheureusement il n'y a que le silence qui règne en maitre. Tranquillement, elle s'avance vers l'entrée mais le portail en fer forgé est fermé. Encore quelques secondes durant lesquelles elle ferme les yeux, essayant de trouver intérieurement quelque chose du passé, mais rien ne fait surface. Quelque peu déçue, l'actrice s'en retourne au véhicule de location et fait demi-tour.

La maison est habitée depuis par d'autres, elle ne peut donc aller plus loin ici et elle ne risque certainement pas de leur demander d'ouvrir les portes pour elle … avec sa notoriété, s'en serait fini de l'anonymat qu'elle apprécie pour le moment telle une douce couverture. Elle était pourtant persuadée que si un endroit avait toutes ses chances de l'influencer, ce ne pouvait être qu'ici, l'endroit où elle a définitivement vécu toutes ses joies d'enfant. Maintenant, comment savoir où se produira le déclic parce que dans sa tête, il ne fait aucun doute qu'il se produira ?

<u>Prochaines destinations</u>, son école et la marina de Port St-Charles où le voilier de son père mouillait.

Le premier lieu n'a pas plus évoqué de souvenirs que la maison de son enfance. La jeune femme gare à présent le véhicule de location à la marina de Port St-Charles, tout à côté de Six Men Bay et de la ville de Douglas. On arrive tranquillement vers les 19h et elle ne peut ignorer plus longtemps l'appel de son estomac, d'autant qu'elle entend encore la voix de ce médecin lui rappeler de manger quelque chose de plus solide que trois grains de raisin, ce qui ne manque pas de la faire rire !
Jessica décide de faire un tour à la marina, se donner un peu de temps pour s'imprégner des lieux, et de se trouver une place où manger quelque chose de sympa et de bon.
À cette heure de la soirée, la température reste encore chaude mais beaucoup moins lourde. Elle commence à déambuler, prenant son temps, en faisant presque tous les pontons, les uns après les autres, toujours dans l'espoir que quelque chose va réussir à stimuler son cerveau. Certes, les lieux sont superbes, et il est fort probable qu'il y a quinze ans la marina était légèrement différente. En fait, l'actrice est bien consciente qu'après toutes ces années, beaucoup de choses sur l'île ont dû changer, ne donnant que peu de chance à une réminiscence. Mais quand on s'accroche à un espoir aussi mince qu'il puisse être, on croit à tout.

Après une bonne vingtaine de minutes, la jeune femme a fait le tour complet de la marina. Rien ! C'est chou blanc sur toute la ligne … encore une fois. Il ne reste plus la moindre adresse à visiter sur sa liste. Elle avait bien pensé faire un tour au complexe scientifique où son père avait travaillé mais à quoi bon, elle-même ne s'y était jamais rendu. Et puis c'est un endroit sous contrôle militaire, si elle avait vraiment voulu y entrer, elle aurait dû s'y prendre à l'avance pour demander les autorisations en hauts lieux et même là, ce n'est pas en souvenir de son père ou pour ses beaux yeux que l'armée lui aurait donné accès au site.

Pour trouver une aiguille, il faut chercher dans la bonne botte de foin, autrement, c'est du temps de perdu. Heureusement, les paysages de l'île compensent pour cet insuccès de la journée.

Autant se réconforter en allant manger quelque chose. Jessica change d'objectif et commence à regarder autour d'elle pour trouver un restaurant, un bistro ou quelque chose du genre mais, il semble qu'il n'y ait rien d'autre que le Yacht Club. Ça risque de poser problème.

D'un pas sûr, la jeune femme se dirige vers la structure blanche et élégante qui se dresse devant elle. Bien qu'elle souhaite rester dans l'anonymat, elle a trop faim. Si révéler son identité peut lui permettre d'avoir accès au menu, qu'importe. Elle arrive enfin à la réception où un jeune homme habillé de façon décontractée mais avec des vêtements visiblement de marques, l'accueille avec grand sourire.

«Bonjour madame. Quelle belle soirée, n'est-ce pas ?

«Oh, merveilleuse, oui. Pensez-vous qu'il me serait possible de la rendre encore meilleure en savourant l'un de vos délicieux mets ?» Jessica n'hésite pas à prendre une voix particulièrement douce en même temps qu'elle utilise son regard envouteur.

«Mais certainement. Avez-vous fait une réservation ? Puis-je avoir votre nom ?» Le jeune homme baisse la tête sur le livre des réservations, commençant à chercher ce qu'il ignore encore pour le moment.

«Malheureusement je n'ai pas eu le temps de réserver. Je ne savais même pas que je viendrais dans les parages. J'avais espéré …

«Ce n'est pas grave madame, cela arrive fréquemment. Donnez-moi simplement votre numéro de membre et je vous donne une table immédiatement.» Tous les membres du Yacht Club ne se présentent pas avec une réservation en poche, quel serait l'intérêt d'être membre sinon. Autant manger dans n'importe quel bouiboui et l'affaire serait classée.

«Eh bien, je n'ai pas davantage cette information. Je suis de passage sur l'île.

«Oh … je suis navré madame. Vous n'êtes pas sans savoir que seuls les membres ont accès à un Yacht Club. Celui de Port St-Charles ne fait pas exception à la règle. Je vais devoir vous demander de quitter les lieux.» Le jeune homme reste courtois mais signifie clairement qu'il n'y aura pas d'exception.

«Je comprends parfaitement, cependant, j'ai pensé que peut-être vous avez encore mon père d'enregistré parmi vos membres. Ça remonte à plusieurs années certes mais je crois bien qu'il était membre à vie. Peut-être pourriez-vous vérifier cela ? Si vous ne le trouvez pas, je promets de ne plus vous embêter !»

Jessica tente un dernier coup, se disant que si son père amarrait leur voilier ici, il devait certainement être membre. Quant au statut de *'membre à vie'*, elle l'a un peu inventé.
Un peu à contre cœur, le jeune homme gardant son sourire – ne jamais afficher une mine sévère ou renfrognée devant un client, c'est une règle d'or – saisit un stylo et un bout de calepin pour y noter le fameux nom.

«Je vais devoir aller vérifier dans l'ordinateur. Quel est le nom de votre père ?
«Alexander Redon.
«Si vous voulez bien patienter un instant madame, ce ne sera pas très long.»

L'actrice acquiesce de la tête tout en voyant le jeune homme pénétrer à l'intérieur de la bâtisse. En l'attendant, elle décide d'aller s'asseoir sur l'un des bancs installés sur la terrasse extérieure, faisant face à une partie de la marina.
D'avoir prononcé le nom de son père à haute voix lui a fait bizarre, presque comme s'il était encore en vie. Jessica se doute bien que dans un instant, l'employé va lui demander de quitter les lieux parce qu'il n'y a jamais eu le moindre Redon Alexander d'enregistré comme membre du Yacht Club. Il va falloir se trouver alors rapidement un autre endroit à proximité où manger parce qu'elle commence sérieusement à avoir l'estomac dans les talons maintenant.
Pendant qu'elle fixe les bateaux amarrés devant elle sous les rayons du soleil qui faiblissent de plus en plus, l'actrice ne remarque pas que quelqu'un se tient devant l'espèce de trône où l'hôte se tient normalement, et qu'elle est observée.

«Mademoiselle Redon ? Est-ce bien vous ?» Jessica tourne sa tête en direction du son de la voix.

«Dr James Connolly, c'est bien ça ? Eh bien, pour une surprise ! Que faites-vous donc ici ? Est-ce que vous travaillez encore à cet heure-ci ?» Toujours assise sur son banc, c'est le médecin qui vient à elle, sourire aux lèvres.

«J'étais dans le coin pour mon dernier patient de la journée quand je me suis souvenu que ça faisait une éternité que je n'avais pas goûté à leur ragoût de la mer, c'est une spécialité du coin. Un pur délice. Vous attendez une table ?» À ces mots, James réfléchit un court instant. «Êtes-vous d'ailleurs membre de ce haut lieu de la villégiature ?

«Non malheureusement pour moi parce que j'ai vraiment faim. Dès que l'hôte sera de retour et qu'il confirmera que je n'y ai pas accès, je quitterai le Yacht Club à la recherche d'un endroit peut-être plus simple mais où je serai certaine d'être acceptée.» La jeune femme lui parle sur une note assez légère, connaissant les règles strictes de ces établissements mondains.

«J'aurai cru qu'avec votre statut de célébrité toutes les portes vous sont ouvertes.» Il en profite pour la taquiner gentiment.

«En temps normal j'aurais certainement donné mon identité mais je souhaite rester le plus longtemps possible incognito.» Jessica se lève enfin et prend lentement la direction de la sortie.

«Est-ce bien raisonnable de sacrifier son estomac et donc sa santé plutôt que de dire qui l'on est ?

«Oui.

«Vous n'allez pas avoir besoin de faire cela. Dès qu'il revient, il nous laissera entrer tous les deux. Vous êtes mon invitée.

«Vous êtes un membre de ce Yacht Club ?! Ce n'est pas un peu guindé pour vous ?

«Le ragoût de la mer vaut le détour … et je vais faire comme si je n'avais rien entendu.»

L'actrice sourit amusée de la réplique du médecin.
Ils se tiennent tous les deux devant le pupitre, quand justement le jeune homme fait son apparition, affichant toujours le même sourire.

«Navrée pour l'attente madame Redon. Il a fallu chercher dans les archives. Le statut de membre à vie était octroyé exceptionnellement à certains rares clients de l'époque. C'est quelque chose qui ne se pratique même plus aujourd'hui.»

À peine sa phrase était-elle finie qu'un homme dans la cinquantaine, bien vêtu, sort de l'encadrement et s'avance vers Jessica en lui tendant une main chaleureuse.

«Mademoiselle Redon, quelle bonne surprise de vous trouver ici. Quand Steven, ici présent, est venu me parler du statut de votre père … monsieur Alexander Redon, que paix à son âme, je n'osai y croire. Cela doit bien faire une quinzaine d'années ?

«Un peu plus, je le crains. Je suis désolée pour tout ceci, j'ignore le numéro de membre qu'il avait.» Elle répond un peu gênée.

«C'est bien normal, après cette terrible épreuve, un numéro de membre est le dernier des soucis à avoir. C'est un honneur de vous avoir dans notre établissement. Je vous ai préparé notre meilleure table.» L'homme vient de remarquer le médecin qui se tient tout à côté de l'actrice. «Ah, bonsoir docteur Connolly. On ne vous avait pas vu depuis un petit moment. Vous souhaitez votre table habituelle ?» Le gérant de l'établissement – puisqu'il s'agit bien de sa fonction – a retrouvé ses couleurs normales et son sourire jovial.

«Eh bien Donald, nous allons en fait diner ensemble mademoiselle Redon et moi, si cela ne vous embête pas ?

«Bien sûr que non. Je vous en prie, suivez-moi.» Le gérant leur fait signe de les suivre.

La jeune femme et le médecin lui emboîtent le pas, un peu amusés du cérémonieux de l'homme. Quelques instants après, ils sont assis, face à la mer, à la dernière table, celle qui offre le plus d'intimité. À cet endroit le soleil ne peut plus frapper fort, mais suffisamment quand même pour les éclairer. Presque aussitôt installés, un serveur a fait son apparition. James Connolly s'est permis de commander pour Jessica, après tout, il lui a tant vanté ce ragoût de la mer !

Chapitre V

San Francisco, même moment (16h - heure de l'Ouest)

La fin de la journée approche à grand pas, enfin plus que quelques heures, et la plupart des employés commenceront à déserter l'édifice par vagues, s'étalant ainsi jusqu'en début de soirée. À l'étage, seule Helen Harris, la secrétaire fidèle à Gregory Bark depuis dix ans, est encore à son poste, attendant patiemment que son patron finisse sa conversation téléphonique.

Divorcée, sans enfant, son lit ne manque jamais de se remplir au gré de ses envies, en parfaite célibataire moderne. Elle fait partie du principal mouvement féministe de la Côte Ouest mais ça ne l'empêche pas de vivre selon ses propres préceptes et de se nourrir des derniers potins showbiz des magazines, sites internet ou réseaux sociaux.
Comme tout le monde, ou presque, elle a suivi « *l'affaire Jessica Redon* » à l'époque des faits, dans la presse. Son enthousiasme a été comblé quand elle apprit que le F.B.I et son patron s'occupait dorénavant de la protection de la jeune femme. Elle se sait à une source d'informations des plus importantes à cause de son emploi et jamais elle n'a brisé la loi de la confidentialité qui lie ses lèvres comme du ciment. Aucune de ses amies n'est au courant de la protection spéciale dont bénéficie l'actrice. Pour une fois, elle a le sentiment d'en savoir plus que ces magazines, et d'une certaine façon c'était bien le cas.

Après le départ de l'agent Masson, elle est allée fureter sur le web pour glaner des informations concernant Jessica Redon, plus par curiosités qu'autre chose. C'est un petit rituel qu'elle pratique chaque jour – à moins d'être prise avec un problème majeur au bureau – avec une courte liste de personnalités qu'elle admire pour diverses raisons.

Au moment où elle s'apprêtait à reprendre son travail - elle utilise le temps de ses pauses comme bon lui semblait - elle faillit s'étouffer en avalant de travers sa troisième tasse de café de la journée. Un titre et une photo venaient de retenir son attention sur la toile : « **Jessica à La Barbade** ». Une fois la petite toux d'étouffement passée, interdite, elle parcourt les quelques lignes écrites, cherchant scrupuleusement une date illustrant la photographie. Elle finit par la trouver à la toute fin du texte : elle a été prise il y a à peine quelques minutes de ça. Elle se laisse tomber au fond de sa chaise de bureau, perplexe et essaye de se souvenir si son patron a parlé de ce voyage, mais en vain.

Le compte rendu de la rencontre qu'il a eue avec l'agent Masson est sur son bureau, elle le lit en toute hâte mais elle finit par s'enfoncer davantage dans son siège quand elle découvre que Jessica Redon est sensée être à New York. Son nez la démange soudainement, et à chaque fois qu'il lui fait ça, il y a anguille sous roche. Elle doit absolument en parler à son patron mais il vient de prendre un appel conférence avec le bureau de la Louisiane et ça va durer longtemps. Elle va donc devoir attendre son tour et ronger son frein en attendant.

Essayant de reprendre son travail habituel, elle a du mal à oublier ce qu'elle vient de découvrir. La curiosité étant plus forte, elle pousse de côté son travail et retourne à ses recherches sur le web. Elle veut en savoir plus. Sa patience est enfin récompensée quand deux minutes plus tard, le voyant téléphonique s'éteint. D'une main fébrile, sans même s'étonner que l'appel conférence ait été aussi court, elle saisit la feuille sur laquelle elle a pris le soin d'imprimer le contenu du site Internet qui a fait cette révélation plus tôt et va frapper à la porte de Grégory Bark. Sans vraiment attendre, Helen entre presque en coup de vent et referme la porte derrière elle.

«Mr. Bark, est-ce que je peux vous parler un instant ?» Elle va s'asseoir sur l'une des chaises en cuir, face à son patron qui la regarde plutôt surpris de son comportement inhabituel.

«Helen … qu'est-ce qui se passe ? Est-ce que tout va bien dans votre famille ? Il s'agit de votre mère, vous avez besoin de la rejoindre à l'hôpital ?» Posant son stylo, il l'observe avec attention, ne manquant pas de remarquer son excitation.

«Ma mère …?» La secrétaire fit mine de réfléchir à ce qu'il venait de lui dire, ne comprenant pas tout de suite l'allusion. « … oh non monsieur, il ne s'agit pas d'elle, non elle n'est pas encore sortie de la chirurgie, je vous remercie, il s'agit de mademoiselle Redon.

«Allons bon qu'est-ce que les derniers ragots nous apprennent aujourd'hui ?» Il l'écoute désormais d'une oreille distraite, ayant repris son travail, s'amusant quelque peu de l'intérêt de sa secrétaire pour le milieu du show-business (heureusement que c'est la fin de la journée, autrement, il n'aurait jamais accepté ce comportement).

«Monsieur Bark, de par mon travail, je suis au courant de certaines informations qui sont confidentielles pour presque tout le monde. Non, en fait pour tout le monde. J'ai suivi avec beaucoup d'intérêt ce qui est arrivé à cette pauvre enfant à l'époque de la tentative de meurtre. Je me souviens que dans son rapport … enfin …» La secrétaire marque un temps d'hésitation.

«Helen, si vous en veniez au fait.»

La secrétaire roule inlassablement la feuille de papier entre ses doigts, nerveuse et excitée en même temps.

«Eh bien, je crois me souvenir qu'elle a vécu à La Barbade et que depuis la tentative de meurtre, vous surveillez ses faits et gestes pour la protéger.

«Oui.» Bark garde la tête dans ses dossiers tout en l'écoutant.

«Je me demande juste, sachant que je suis votre secrétaire …

«Helen, par pitié, je n'ai pas toute la nuit à vous accorder.

«D'après ces informations… » Elle lui place sous le nez la feuille imprimée plus tôt. «… elle est à La Barbade …» Elle attend qu'il ait fini de lire le document avant de poursuivre. « …comme aujourd'hui, à l'heure où on se parle. Est-ce qu'elle n'est pas censée être à New York comme l'agent Masson l'a spécifié tantôt ? Je ne comprends pas … est-ce qu'il s'agirait d'une opération spéciale où le Bureau fait croire à quelque chose alors qu'en fait il se passe autre chose ailleurs ?!» La secrétaire dévisage son patron avec anxiété.

«Ils doivent se tromper, voyons ! Elle n'irait jamais là-bas sans qu'on le sache. Ce ne serait pas la première fois que ces foutus magazines racontent des conneries. Ne soyez pas aussi naïve Helen, je suis certain que si vous retournez sur ce site dans cinq minutes, ils vous diront qu'elle est à présent à Tokyo. Les paparazzis ne représentent pas une source fiable d'informations, vous savez bien que pour de l'argent ils sont prêts à tout.

«Je me suis dit exactement la même chose et c'est pour cela que j'ai continué à chercher et j'ai découvert deux ou trois autres sites de blogueurs ainsi que des allusions sur Facebook confirmant sa présence sur l'île monsieur. Cette information est exacte !» Elle attend une réaction de son patron qui reprend le document dans ses mains et le lit une nouvelle fois mais avec plus d'attention. «Je veux dire que l'agent Masson … pourquoi il n'a rien dit tout à l'heure ? Mademoiselle Redon était nécessairement déjà présente à La Barbade. Vous ne trouvez pas ça bizarre ?» Assise maintenant sur le rebord du grand fauteuil, elle dévisage Grégory Bark. Le document contient une photo de Jessica seule, sortant visiblement de l'aéroport de Bridgetown, quelques lignes d'explications s'en suivent.

«Vous finissez par voir le mal partout Helen.» Bark se veut rassurant pour calmer sa secrétaire, cependant il commence à avoir quelques petites palpitations qui n'ont rien à voir avec de l'excitation.

«Monsieur, sur Twitter, on l'a vue au Yacht Club de la Marina de Port St-Charles.» À l'évocation de ce lieu, Gregory Bark ne peut empêcher son sourcil de se froncer, ce que sa secrétaire n'a pas manqué de relever. «Si on la situait n'importe où ailleurs sur l'île peut-être que je penserais comme vous monsieur, mais ni vous ni moi ne sommes du genre à croire aux coïncidences. Monsieur, est-ce que vous voulez que je contacte l'agent Masson ?» Elle s'est levée avec empressement, prête à agir aux ordres de son patron.

«Appelez-le en priorité. Passez-le-moi, même si je suis déjà au téléphone.» Il voit sa secrétaire quitter en toute hâte son bureau, soucieuse. Se calant dans son fauteuil, Bark contemple la photo sur le document imprimé, réfléchissant à ce qui semble être un imprévu et possiblement un souci.

Que Jessica soit effectivement à La Barbade serait très fâchant mais que l'agent Masson ait volontairement omis de le lui dire, est inacceptable. Bark repense au contenu du dossier Redon.
À la mort des parents, Jessica devenait un témoin à risque ; que sa mémoire l'ait abandonnée, était évidemment problématique et en même temps bénéfique pour l'enfant, permettant de la garder à l'abri pendant plusieurs années en Australie. Non seulement l'enquête sur leur mort reste ouverte mais en plus la tentative de meurtre de l'année passée sur l'actrice ne fait que renforcer la prudence du Bureau d'Investigation dans cette affaire. Bark a beau dire qu'il perd son temps à la protéger mais au fond de lui, il sait très bien que le danger n'est pas écarté. C'est même pire en fait, parce que depuis que la jeune femme a quitté l'Australie pour poursuivre sa carrière aux États-Unis, les menaces ou attaques ont refait surface. Détails qui ne manquent pas de soulever de nombreuses questions chez lui.

Marina de Port St-Charles – La Barbade, même moment

À la marina de Port St-Charles, en attendant de savourer ce fameux plat, c'est du martini et de la pina-colada qui sont dégustés par Jessica et James.

«Finalement, vous êtes quand même membre du Yacht Club.

«Il semble que oui.

«En tout cas, votre père devait être quelqu'un d'important pour que Donald vienne en personne vous accueillir.» Comme il voit que la jeune femme ne semble pas le suivre, il développe davantage sa pensée. «Donald est le gérant de l'établissement.

«Ah, oui, j'ai cru qu'il venait pour me ficher dehors et m'interdire de revenir, ça a été une agréable surprise.

«Vous ne saviez pas pour l'adhésion de votre père ? Vous avez apparemment demandé de vérifier.» Le médecin questionne la jeune femme.

«C'est compliqué James. Mon père faisait mouiller notre voilier à l'époque. J'ai supposé qu'il avait peut-être été membre ... j'ai rajouté le fait que c'était à vie. Je n'aurai jamais cru que ce genre de distinction était même possible.»

Ne souhaitant pas pour le moment en tout cas discuter d'elle, l'actrice engage la conversation sur la vie du médecin, désirant le connaître davantage.
Acceptant la réserve de la jeune femme à se livrer, il commence à lui parler bien évidemment de l'incidence de son oncle sur son choix de carrière et de son lieu de résidence, sans manquer un tour à son adolescence qui fut un peu *'bruyante'* comme il le dit lui-même. Il était un fan assidu de Heavy Metal et de mauvais coups. À tel point que ses parents avaient eu peur qu'il ne finisse mal. Il a fait justement un passage de 4 ans dans une école militaire, c'était le dernier recours de ses parents, après ça il ne restait plus grande possibilité pour le remettre sur le droit chemin, une mission humanitaire forcée peut-être. Selon James, ça a été en fin de compte la meilleure chose qu'il lui soit arrivée à ce moment de sa vie. Il en est sorti grandi et prêt à

commencer l'université de médecine. Il a insisté auprès de ses parents pour poursuivre ses études et faire son internat mais loin de l'armée ; il voulait approfondir ses connaissances ou relever d'autres défis. Ses parents étaient déjà fiers d'avoir un possible médecin de famille mais un chirurgien plasticien sonne beaucoup mieux pour eux.

Finalement, avec son diplôme en poche et après un appel à son oncle, avec qui il a toujours gardé contact, il a annoncé son départ pour les Antilles.

C'est surtout sa mère qui ne s'en remet toujours pas de son choix : après toutes ces années et tous ces efforts pour réussir son internat, offrir de son temps comme simple généraliste aux pauvres, relève de l'échec pour elle qui l'a toujours vu très haut placé (oubliant facilement qu'il exerce bien sa spécialité). Il n'est en poste ici que depuis 6 mois mais Chicago ne lui manque pas, peut-être que Noël lui sera plus fatidique, sans la neige qui va de pair avec, l'ambiance risque d'être triste même avec le soleil au-dessus de la tête. Et puis, il a beau jouer le fier à bras, sa famille lui manque quand même.

L'actrice l'avait écouté attentivement, réagissant parfois avec intérêt. C'était une bonne façon de se distraire de tout ce qui lui passait par la tête depuis la veille.

«J'ai encore un peu d'amour propre pour ne pas vous avoir tout dit de moi, vous pourriez vous enfuir en courant. Maintenant, c'est à votre tour. Ne vous sentez pas obligé de tout me dire, je comprends bien l'importance qu'il y a dans votre profession à garder le plus de choses possibles privées.» Le médecin lui sourit de façon à l'encourager à parler.

Jessica savait bien que ce moment allait arriver. Avant de commencer son récit, son regard se perd légèrement au loin sur l'océan qui brille des rayons du soleil qui continue à décliner, un sourire nostalgique au coin des lèvres.

Elle a été élevée par sa tante en Australie depuis ses 14 ans. Ses parents sont morts dans l'explosion de leur voilier. Sa tante était alors devenue sa seule famille même si elle ne la connaissait pas particulièrement avant. Jessica ajoute qu'elle n'a plus le moindre souvenir précédent la perte de ses parents ou même leur disparition, le trou noir. Elle passe rapidement sur cette période de sa vie ou plutôt sur toutes les questions qu'il pourrait vouloir lui poser.

Elle explique que c'est grâce à sa tante qui était une véritable passionnée du 7ème Art, qu'elle s'est dirigée tôt vers les troupes de théâtre. Elle a entamé des études d'arts dramatiques à Sydney, a été rapidement repérée par les professionnels et c'est comme ça qu'elle a fait sa première apparition derrière une caméra dans une série télévisée. L'ambiance et toute la magie du métier l'ont immédiatement piquée.

Dès sa première année, son personnage lui a attiré divers prix et nominations, puis le cinéma est naturellement venu la débaucher. Son agent lui conseillait depuis un moment de continuer sa carrière sur le sol américain, de retourner chez elle en fait, mais tant que sa tante était en vie, la jeune femme refusait de s'éloigner d'elle étant son seul repère familial, refusant de la perdre.

C'est avec une voix pleine d'émotion qu'elle ajoute que sa tante est morte d'une leucémie. Jessica s'interrompt un instant, revoyant affectueusement le visage de sa tante avant la maladie, avant les traitements, le seul visage qu'elle s'est efforcée de garder en mémoire, le plus flatteur. À sa mort, plus rien ne la retenait alors en Australie, elle est donc partie pour les États-Unis il y a deux ans.

Elle s'est, dans un premier temps, installée à Los Angeles, comme tout le monde travaillant dans l'industrie cinématographique mais elle déteste cette ville où elle essaie d'expliquer à quel point le climat qui y règne la rend mal à l'aise, si c'est pas malade !

«Je pensais que tous les acteurs y vivaient ?» James est un peu étonné.

«Pour toute personne saine d'esprit, ce n'est pas une ville où vivre, où s'épanouir. Y'en a pour tous les goûts, je le reconnais, certains s'y trouvent comme un poisson dans l'eau, ce n'est pas mon cas.»

Jessica reprend le récit de sa vie dans les grandes lignes. Elle est habituée à le faire : se révéler en restant quand même secrète sur bon nombre de choses.

Finalement, elle a pris un agent sur le continent – Sam Brown – et a décidé de poser ses valises à Boston qu'elle a découvert lors d'un tournage. Elle fait souvent des Aller-retour avec la côte Ouest mais la vie y est tellement meilleure sur la Côte Est qu'elle ne regrette pas les inconvénients des déplacements. De toute façon, elle passe souvent plus de temps en avion, dans les aéroports, sur les plateaux de tournage et les chambres d'hôtels qu'elle se demande parfois si ça sert à grand-chose d'avoir un chez soi dans ces conditions.

«Ça vous manque pas d'avoir les pieds au même endroit ?

«J'y suis habituée maintenant, c'est un rythme à prendre mais il peut toujours changer selon le cas. Je ne suis pas certaine que beaucoup réussissent à tenir ce rythme-là sans y perdre leur santé physique et mentale, sans avoir recours à une aide chimique illégale.

«Je vois de quoi vous voulez parler. Quand vous dites de réduire la cadence, est-ce que c'est particulièrement quand vous serez en couple, possiblement mariée ? On dit pourtant que le métier ne facilite nullement les relations de couple.

«Rien n'est facile, c'est évident, mais quand on trouve la bonne personne, ça vaut la peine de modifier son mode de vie de célibataire et risquer un peu pour l'autre. Et en ce qui vous concerne, le mariage ? Vous avez l'intention de continuer à courir la gueuse toute votre vie ?» La jeune femme n'hésite pas à le piquer un peu au vif, histoire de détendre un peu l'atmosphère qu'elle trouve toujours trop lourde quand il s'agit de raconter sa vie.

«Ouch ... c'est un peu dur ça !» James fait une grimace mais rit de bon cœur.

«D'accord, le mot est peut-être un peu fort.» C'est avec un grand sourire que Jessica le dévisage.

«Un peu ?!.. vous avez un sacré sens de l'humour.

«Disons que vous avez l'air de vous plaire dans le rôle d'homme à femmes.» Elle est intéressée à connaître son point de vue quant à l'épidémie actuelle de la gente masculine qui tente d'éviter tout engagement sérieux et rester éternellement entre deux aventures.

«Je crois que vous ne devez pas vous plaindre vous non plus. Vous êtes une belle femme, vous ne devez pas manquer d'hommes prêts à faire n'importe quoi pour vos beaux yeux et votre sourire désarmant.

«Vous seriez surpris de la vie que je mène. Croire tout ce qui est colporté dans les journaux est la pire des choses à faire.»

James sent qu'il est temps de changer de sujet. Prenant une nouvelle gorgée d'eau et une bouchée de ce qui reste de son ragoût de la mer, il relance la conversation sur la carrière de la jeune femme.

«Parlant de votre agent, je suis étonné qu'il ne soit pas présent ici, ou qu'une horde de serviteurs ou je ne sais pas comment il faut les appeler, ces gens qui vous suivent partout et s'occupent de réaliser tous vos désirs, bref, que vous soyez toute seule ici est surprenant.»

En pensant à cette allusion d'avoir un entourage envahissant, comme beaucoup de ses collègues, elle lui explique que son agent est actuellement à l'hôpital depuis une semaine et lui raconte l'agression qu'il a subie. C'était notamment une des raisons de son escapade ici, s'éloigner de cette vie trop remplie par moments par de mauvaises ondes.

«Une des raisons, quelles en sont les autres ?

«Je vous ai dit tantôt que je n'ai plus le moindre souvenir de mon enfance incluant le jour de la disparition de mes parents. J'ai décidé de prendre les choses en main et de revenir sur les lieux de ma prime jeunesse en espérant que quelque chose, aussi infime que possible, se débloque.

«Et qu'est-ce que ça donne jusqu'à présent ?» James ne peut s'empêcher de ressentir de la pitié pour cette jeune femme, le peu qu'elle lui en a dit de sa vie, il se rend compte qu'elle ne l'a pas eue facile.

«Ce n'est pas ce que j'espérais.» Jessica ne se gêne pas pour montrer sa déception.

«Vous en attendez peut-être un peu trop de votre cerveau. Cette bête-là n'aime pas beaucoup être bousculée. Attendez un peu, si ça se trouve dans quelques jours le voile va se déchirer et il révélera tout. C'est rarement immédiat. Prenez votre temps, allez à la plage, faites du tourisme, bref profitez d'être au calme.

«Quand on attend depuis aussi longtemps, ça devrait l'être.

«Soyez patiente, ça viendra.» Il se veut encourageant mais il n'oublie pas que l'amnésie perdure depuis effectivement un sacré bout de temps. Il imagine que la patience de la jeune femme est quelque peu amoindrie.

Au lieu de répondre au médecin, l'actrice tourne plutôt son visage vers le bord de l'eau. Le silence s'impose entre eux mais l'ambiance reste détendue. On peut percevoir le bruit des vagues se briser non loin sur les rochers et les oiseaux qui hurlent gaiement autour, attendant avec délice que des poissons s'y trouvent pris au piège. Le ciel commence à prendre des couleurs orange sombre, même la surface de l'eau semble perdre de son bleu légendaire, mais la température reste élevée.

«C'est magnifique n'est-ce pas ?

«En effet.

«À quoi pensez-vous ?

«Je me disais que j'ai déjà dû admirer cet endroit … un tel coucher de soleil, ici, il y a des années. Ça fait bizarre pourtant de voir tout ça avec des yeux de novice. En général, on ressent le fameux effet du 'déjà vu' dans un endroit qui à priori est inconnu, pour moi c'est tout le contraire. Un lieu qui est censé être familier, reste désespérément … inconnu.

«La psychologie n'est pas ma spécialité mais je sais très bien écouter.» Il sent qu'elle veut se confier à quelqu'un. «Qu'est-ce qui a fait que ce soit maintenant le bon moment pour revenir sur l'île ?

«En vérité ? Je n'ai pas eu le temps jusqu'à hier. Et certaines décisions sont parfois prises sous le coup de l'impulsion. Vous en savez quelque chose, n'est-ce pas ?!» Elle lui lance un rapide coup d'œil entendu avant de poursuivre. «Sam, mon agent, possède une villa à La Barbade, accès sur la mer …

«Celle où je vous ai reconduit ce matin ?»

Jessica se contente d'acquiescer de la tête.

«Ça faisait déjà quelques semaines qu'il me disait d'aller à son refuge – comme il aime l'appeler – et de me reposer, loin de tout. Quand je suis allée le visiter à l'hôpital hier, je ne sais même plus pourquoi j'ai ouvert le tiroir de sa commode, pour y ranger ou y prendre quelque chose. J'y ai vu un trousseau de clés. Pour les avoir déjà vues dans le passé, je savais à quelle serrure elles appartenaient. Les voir ainsi, j'ai tout de suite su qu'il fallait les prendre et m'en venir ici. Je ne peux pas expliquer pourquoi, appelez ça un instinct mais tant que je les fixais, elles me brûlaient les yeux et une fois que je les tenais en main … j'étais comme rongé d'impatience. On pourrait dire que c'est un concours de circonstances qui fait que je sois ici aujourd'hui. Quoi qu'il n'y ait pas de coïncidence dans la vie.

«Comment ça ?» James ne semble pas bien la suivre.

«Je me suis arrangée pour sortir de l'hôpital sans être vue, j'ai sauté dans le premier taxi venu et suis allée directement à l'aéroport.

«Et quelques heures plus tard, on s'est croisé sur ce ponton de la marina.

«En effet.

«En dehors du trousseau de clés, je ne vois pas vraiment où est le concours de circonstances, pardonnez-moi. Vous ne croyez pas que vous avez tout simplement réagi aux événements qui venaient de se passer dans la vie de votre agent et que vous aviez besoin de vous éloigner un peu ? Tout simplement.

«C'est une possibilité, je ne dis pas le contraire.

«Mais ?» Le médecin attend la suite de l'explication.

«C'était la parfaite occasion pour m'évader toute seule, Anthony – mon garde du corps – était à San Francisco. Celui qui l'a remplacé, était bien plus facile à berner.» La jeune femme sourit avec plaisir en y repensant.

«Vous avez un garde du corps personnel ?» Le médecin en est très étonné. «Votre vie a déjà été menacée ? Pardon, je ne veux pas être indiscret ... quoi que toutes ces questions que je vous pose, sont complètement ... » Il venait de se voir dans la peau d'un de ces journalistes trop curieux et il n'avait pas du tout aimé la sensation.

À cette question, la jeune femme le regarde droit dans les yeux pour vérifier s'il fait une plaisanterie ou s'il semble réellement ignorer sa tentative de meurtre d'il y a un an. Le visage du médecin reste perplexe, sérieux et surtout ignorant. Il n'a apparemment jamais entendu parler de l'affaire. C'est rare pour Jessica.

«Anthony est très bon à ce qu'il fait mais il est très encombrant. Je ne peux rien faire sans sa permission. Vous n'avez pas idée à quel point je revis ici, loin de lui.» L'actrice se tourne une nouvelle fois pour faire face au bord de mer, son visage exprimant une profonde lassitude.

«Je ne veux pas vous décourager mais vous ne croyez pas que vous avez surtout besoin de relaxer, de faire une pause dans votre vie ? Votre corps vous envoie un message.» James venait de lui parler d'une voix douce parce qu'il sait bien que la jeune femme ne va pas nécessairement adhérer à sa théorie. Il y a des aspects de sa vie qu'elle lui a volontairement cachés, il le respecte et n'essaiera pas de la forcer à avouer quoi que ce soit.

«De toute façon cette liberté ne durera plus très longtemps.» La jeune femme pousse un soupir, découragée.

«Que voulez-vous dire par là ?

«Je suis certaine qu'Anthony est en chemin pour me rejoindre. Ce n'est désormais plus qu'une question d'heures.

«Vous n'avez qu'à lui dire de vous lâcher un peu les baskets. Vous êtes son employeur après tout.

«Les choses ne sont pas aussi faciles qu'il y parait de prime à bord, faites-moi confiance.»

James Connolly sent que cette fois la conversation doit s'achever même s'il est de plus en plus curieux au sujet de cette femme.
Le soleil continue sa descente vers l'horizon. Ils se levèrent presque en même temps de leur siège confortable, et prirent le chemin de leurs véhicules respectifs.

«Merci pour le repas James. C'est vrai que ce ragoût de la mer vaut le déplacement. Je ne manquerai pas de me noter l'adresse dans mon carnet d'adresses.» Jessica se tient à côté de sa voiture et regarde le médecin qui est un peu plus loin sur sa droite.

«C'est la moindre des choses. Soyez prudente sur la route, vous n'avez pas l'habitude du coin.

«Oh non … merde !.. je le crois pas !» La jeune femme qui s'apprêtait à ouvrir la portière, a remarqué un pneu à plat à l'avant de la voiture. Agacée, elle donne un léger coup de pieds dans le pneu en question.

«Qu'y a-t-il ?» James un peu inquiet, s'est approché de l'actrice et, dirigeant son regard dans la même direction qu'elle, remarque lui aussi le pneu dégonflé. «C'est vrai que c'est plutôt chiant.

«Plutôt ?!» Jessica est contrariée, elle n'a franchement pas envie de se prendre la tête avec un dépanneur.

«Allez, ce n'est pas la fin du monde. Mieux vaut ici que sur la route et avoir un accident.» Déjà il retourne à son véhicule. «Montez, je vous raccompagne.»

Sans attendre, il grimpe à l'intérieur de sa jeep. Elle le rejoint et s'installe sur le siège passager, encore un peu énervée de la situation.

«Et qu'est-ce que vous dit votre instinct maintenant ?» James la regarde droit dans les yeux, son sourire charmeur aux lèvres.

«Que ce n'était pas un hasard de se retrouver ici pour manger ... »
Elle lui rend son sourire mais ne pousse pas plus loin. Elle n'a pas
envie de se lancer dans une aventure avec lui. Celle qu'elle vit
présentement lui suffit. « ... et qu'il est temps pour moi de regagner
mes pénates et de suivre les conseils du médecin, en allant prendre du
repos.

«Alors, en route.» La répartie de la jeune femme l'amusa bien.

Chapitre VI

San Francisco (17h - heure de l'Ouest)

Une heure s'était écoulée depuis le moment où Helen Harris avait fait part de sa découverte à son patron, quant à l'emplacement géographique de Jessica Redon. Après de multiples coups de téléphone, elle retourna enfin dans le bureau de Gregory Bark.

«Monsieur, j'ai passé un nombre considérable d'appels téléphoniques et …

«Elle est à La Barbade, c'est confirmé ?» Il ne la laisse pas finir sa phrase, se rendant bien compte qu'à l'expression du visage de sa secrétaire, elle n'a pas de bonnes nouvelles à lui donner.

«Oui. Les caméras de surveillance de l'aéroport de Bridgetown l'ont clairement identifiée.

«Des nouvelles de l'agent Masson ?

«Son cellulaire reste éteint et …

«Allumez donc son traceur !

«Il est déconnecté monsieur.»

En entendant ces nouvelles, Gregory Bark se lève brusquement de son siège et va se placer en face de la principale fenêtre, donnant sur le jardin de la cours intérieure – c'est l'emplacement préféré de Bark pour se plonger dans des réflexions importantes.

«Si je peux ajouter monsieur, personne n'a eu de ses nouvelles depuis son passage dans nos bureaux, un peu plus tôt. Il n'est pas entré en contact avec l'agent qui était en charge de la surveillance de mademoiselle Redon à New York et c'est officiel maintenant, il n'a pas pris davantage l'avion pour la rejoindre sur la Côte Est.» Helen est embêtée par la tournure que prennent les événements, inquiète de ce que cela peut signifier.

Le Directeur du Département commence à être agité. En l'espace d'un instant, il décide de suivre son instinct.

«Helen, sortez-moi le dossier Masson. Je veux tout connaître depuis sa naissance. Entrez en contact avec nos bureaux à Bridgetown, qu'il la trouve, où qu'elle soit et qu'ils me fassent part de ce qui se passe là-bas.» Se tournant vers la secrétaire, il affiche cette fois un visage déterminé mais radicalement contrarié. «Et je veux ça pour hier ! Si vous avez besoin d'aide, faites le nécessaire. Il reste encore du monde dans les locaux à cette heure de la journée. Au pire, faites-les revenir. Autre chose, appelez son agent à New York – Sam Brown – et essayez de savoir s'il y a une raison professionnelle à sa présence à La Barbade. Genre un imprévu de dernière minute. Comment savoir avec cette profession.»

Sans se faire prier, la secrétaire quitte le bureau et s'affaire à l'exécution de ses tâches.
De nouveau seul, face à la fenêtre, Bark se plonge dans ses pensées, réexaminant tous les éléments de l'affaire Redon qu'il connaît par cœur.
Le Bureau d'Investigation n'aime pas perdre le contact avec ses agents sur le terrain et encore moins perdre la trace d'un de leurs témoins. Il s'agit pour l'instant de rester calme et d'agir avec efficacité et discrétion. Ce qu'il aimerait bien comprendre, c'est la raison pour laquelle son agent a préféré lui cacher la vérité … à moins qu'il n'en sache rien lui-même. C'est encore pire !

Quand on y pense, il y a vraiment quelque chose de troublant dans la vie de cette femme. La mort de ses parents restée inexpliquée, elle qui manque de mourir des mains d'un homme retrouvé peu de temps après, exécuté d'une balle dans la tête et une dans la nuque. Sûrement un criminel ou un trafiquant, ça ressemble à leurs méthodes d'exécution. Il y a beaucoup trop de zones d'ombres qui entourent la vie de Jessica Redon, beaucoup trop d'événements qui ne s'inscrivent pas dans la normalité.
Comment se peut-il qu'on n'ait pas été capable de retrouver la moindre information substantielle sur ce fiancé ? Ce n'est quand même pas commun de balancer dans les veines un mélange regroupant différentes nouvelles drogues. Pourquoi ? Et qui a tué cet homme ? De quelle organisation criminelle faisait-il parti ? Le patron d'Helen Harris

avait la tête remplie de questions restant sans réponse, quelque chose qu'il n'aimait pas.

Il ne peut pas croire un instant que ce ' fiancé ' était un drogué notoire, un vulgaire dealer et que, dans une crise de jalousie, ait voulu la tuer. Il n'y a pas le moindre doute sur le fait que depuis son retour sur le territoire américain le danger s'est réactivé. Après tout, pendant toutes ces années en Australie, il ne lui était rien arrivé! L'agression de son agent … encore un malheureux hasard ?! Oui, il y a autant de hasards dans cette affaire qu'il y a d'étoiles filantes en été. S'il dirige ce bureau, c'est pour son instinct qui ne l'a jamais trahi. Il n'aime pas cette presse à sensations mais … s'ils ont raison, et qu'elle soit présentement à La Barbade sans que Masson n'en ait soufflé mot … il a de sérieux problèmes.

Gregory Bark essaie d'analyser la situation avec calme et discernement. Jamais personne n'a perdu la vie par négligence depuis qu'il est en poste et ce n'est pas maintenant que ça va commencer. Merde, une actrice en plus, la presse ne va pas se gêner pour lyncher le Bureau une fois de plus !

Quand il mettra la main sur Masson, il veut le voir faire du travail de bureau au Minnesota … fini sa carrière ! Encore un qui a pris la grosse tête, il traîne dans ce milieu depuis trop longtemps, Bark se dit qu'il aurait dû le changer d'affectation plus tôt mais la jeune femme ne sait jamais plaint de lui, au contraire, ces derniers temps elle l'encense. Quelque chose qu'il devrait peut-être trouver un peu suspect, la presse leur attribue bien une liaison. Le Directeur du Département des Affaires Internes ne tolère pas ce genre de comportement dans son équipe, c'est pas le Club Med ici.

C'est la première fois que Jessica y retourne depuis 15 ans … on n'a jamais pu établir clairement les causes de l'explosion du bateau. Un accident ou un meurtre ? Beaucoup trop difficile pour le bureau des légistes à l'époque, plus suffisamment de preuves ou de traces de quoi que ce soit aujourd'hui. Comment être sûre ? Il s'est passé trop de choses cette journée-là pour que le doute continue de planer. S'il devait lui arriver quelque chose … Grégory jure de le tuer de ses propres mains cet imbécile !

Un rapide coup à la porte annonçait le retour d'Helen Harris, qui, dès son premier regard lui signifia tout de suite que quelque chose n'allait pas.

«Qu'est-ce qu'il y a encore Helen ? Le dossier de Masson, vous l'avez ?

«C'est précisément à propos de ça monsieur. Il semble qu'il y ait un accès limité au dossier d'Anthony Masson. Je n'ai pas l'autorisation pour l'obtenir. Vous ne trouvez pas ça bizarre, pour un agent de terrain comme lui ?

«Un accès limité ?! Vous en êtes sûre?

«Ce qui est plus étrange encore, c'est qu'à ma demande, ce soit les bureaux de New York, plus exactement celui de la secrétaire de monsieur Gattier, votre prédécesseur, qui m'ait répondu.

«Et qu'est-ce qu'elle vous a dit ?» Bark attend la réponse avec impatience.

«Comme je vous l'ai dit, je n'ai pas le niveau d'autorisation pour y accéder. Il relève d'un code 9.» Helen Harris se tait et observe son patron, devinant déjà quelle va être sa réaction.

«Un code 9 … c'est quoi ces conneries ? Depuis quand un simple agent est codé 9.»

Grégory Bark quitte la fenêtre et se dirige vers son bureau où il s'assied dans le fauteuil en cuir. D'un geste brusque, il saisit le combiné du téléphone et compose un numéro. En attendant la communication, il tapote nerveusement le meuble avec le bout de ses doigts.

«Grégory Bark, j'appelle de San Francisco. Je souhaite m'entretenir avec Maxwell Gattier.

«Je suis désolée monsieur Bark mais il vient d'entrer en réunion. Il en a pour plusieurs heures au moins. Je suis Vega Lamass, la secrétaire particulière de monsieur Gattier. Est-ce que je peux vous aider ?» Elle lui répond sur un ton courtois et professionnel.

«Je crois savoir que ma secrétaire s'est vu refuser l'accès au dossier d'un de mes agents.

«C'est exact.

«J'imagine qu'il ne me sert à rien de vous demander en personne de me faire parvenir ces documents si l'agent Masson est codé 9 ? Est-ce que je me trompe ?» Bark essaie de rester gentil mais il sent la colère monter en lui. «Dans ce cas, expliquez-moi comment un simple agent possède un code 9 ? Comment se fait-il que moi, avec le poste que j'occupe, je ne puisse y avoir accès ?

«Vous êtes classé 8 monsieur Bark.

«Vous êtes mignonne mademoiselle Lamass …

«C'est madame Lamass.» Le ton de la secrétaire reste toujours le même, voire à la limite de l'insolence.

«Alors, Madame Lamass, est-ce que vous pouvez me répondre ?

«Je ne fais qu'appliquer les règlements. Quant au pourquoi du comment ? On ne me l'a pas donné mais je suis certaine que monsieur Gattier se fera un plaisir de répondre à vos questions lors de votre prochain rapport. Je lui dirai que vous avez appelé.» La secrétaire a raccroché sans attendre, mettant le Directeur du Département dans une colère noire.

Gregory Bark raccrocha lentement le combiné téléphonique en prenant une grande inspiration. Il va devoir se calmer rapidement parce qu'il a la nette impression que les prochaines heures vont le faire grimper aux rideaux plus d'une fois. Il observe sa secrétaire qui reste perplexe.

«Helen, vous allez me composer illico une équipe efficace. Regroupez tout ce qu'on a de près ou de loin sur l'affaire Redon …

«Jessica ?» La secrétaire prend ses notes rapidement, la tête baissée.

«Depuis les parents. Affrétez-moi un avion. Nous partons pour Bridgetown dans deux heures.

«Bien monsieur, tout sera à bord.» Helen lève les yeux vers son patron, soucieuse mais ne pouvant empêcher une légère excitation de passer sur son visage. Enfin, les choses bougent un peu. «Si vous y allez, j'imagine que ce n'est pas une bonne chose.

«Pour le moment, je ne sais pas encore mais ça ne l'est sûrement pas pour l'agent Masson. Laissez-moi à présent, j'ai des appels à passer et à régler de la paperasse avant de partir.»

Sans se faire prier, la secrétaire quitte le bureau et fait le nécessaire pour répondre aux attentes de Bark malgré le peu de temps qu'elle a devant elle. Il s'agit presque d'une course contre la montre pour réunir tous les documents, composer une équipe d'analystes et affréter un jet privé, dans le temps imparti.

Le regard résolu, Gregory Bark ouvre sa liste de contacts sur son ordinateur, saisit le combiné téléphonique et compose le numéro affiché à l'écran.

«Bonjour mademoiselle, ici Gregory Bark. Je souhaite m'entretenir avec le Sénateur Sectum, c'est assez urgent.»

Le Directeur du Département des Affaires Internes n'a pas à attendre bien longtemps avant d'entendre à l'autre bout du fil une voix masculine qui lui est familière. Il a toujours eu de très bons rapports avec David Sectum, son ancien colocataire à l'université, aujourd'hui Sénateur de l'État de New York. Il lui doit un retour d'ascenseur pour un service que Grégory lui avait rendu au printemps dernier. C'est le moment de le lui rappeler. Il n'y a plus qu'à espérer qu'il aura le bras assez long pour obtenir le contenu du dossier Masson ou pour donner à Bark un accès codé 9.

«Greg ? Bon sang, quelle surprise! Quand ma secrétaire m'a donné ton nom en précisant qu'il y avait urgence … qu'est-ce qui se passe mon vieux ? Rien de grave au moins.
«David, j'ai des fois l'impression qu'on ne se parle que quand on a besoin l'un de l'autre.
«On arrive quand même à se voir un peu en-dehors de tout ça. Vas-y, balance la sauce.» David Sectum a toujours eu avec Gregory un langage franc, ce n'est pas pour rien qu'ils sont devenus de bons amis.
«David, j'ai besoin que tu me sortes le dossier d'un de mes agents.
«T'as plus Helen pour s'en occuper ?» La voix de l'homme se veut taquine.
«Il s'agit d'Anthony Masson. Je suis bloqué à New York avec Maxwell Gattier.
«En quoi est-ce qu'il te met des bâtons dans les roues pour le dossier d'un de tes hommes?
«C'est une question à laquelle j'attends, moi aussi des réponses, figures-toi. C'est une affaire bien précise et un peu délicate. Gattier a mis Masson en place avant mon arrivée. Comme tu le sais, j'ai une autorisation d'accès de niveau 8.
«Et c'est quoi le code d'accès de ton homme ?
« 9.

«Tu plaisantes ?! Depuis quand un simple agent de terrain est codé 9 ?» David Sectum ne cache pas sa surprise à son tour.

«C'est exactement ce que je voudrais savoir ! David, j'ai de toute évidence besoin de toi sur ce coup-là.

«Je vais m'en occuper, ne t'inquiètes Greg. Je te reviens dès que j'ai des nouvelles.

«C'est plutôt urgent. Penses-tu être capable de …

«Ah là, tu me fais du mal en disant ça !» Le sénateur glisse une petite note d'humour. Il a bien senti le ton grave de son ami. «T'inquiètes.»

David Sectum coupe court à la conversation en premier. Gregory Bark, après avoir raccroché le combiné, réfléchit un rapide instant, puis s'affaire à mettre un peu d'ordre dans ses dossiers en cours avant de prendre l'avion. Il est évident qu'à La Barbade, il n'aura pas le temps de s'occuper d'autre chose.

La Barbade – autoroute Ronald Mapp, direction Bridgetown

Sur le chemin de retour, James Connolly annonce tout de suite la couleur en disant qu'il va mettre la radio pour occuper le silence qui s'est installé entre eux. Il préfère rester concentré sur la route où certains conducteurs, particulièrement à la tombée du jour, peuvent être des dangers ambulants. Avoir du bruit dans les oreilles empêche la fatigue de la journée de s'installer. Cette suggestion ravit Jessica qui espérait secrètement mettre un terme au récit de sa vie. Elle a perdu depuis longtemps tout plaisir à parler d'elle, trop de choses à garder sous silence.

Son regard se plonge sur les derniers rayons de soleil qui s'engouffrent à l'horizon, dispersant une magnifique couleur rouge. Elle repense à ce que le médecin lui a dit à propos de son garde du corps. Rien n'est facile en ce qui le concerne.

En parlant de lui, sa mémoire décide de la ramener un an en arrière.

L'officier Glade était entré dans sa chambre à la suite de Sam Brown, son agent. Il était presque tous les jours présent devant la porte de sa chambre depuis son arrivée. Jessica, assise sur le lit, écrivait quelques mots de remerciements pour tous les encouragements qu'elle avait reçus durant son long séjour. Sam avait pris une chaise et s'était approché d'elle, l'air embêté, il souriait malgré tout. Il affiche à chaque fois cette face quand il a quelque chose à dire à Jessica, quelque chose qui aura du mal à passer.

«Jess ... c'est bien demain que tu vas pouvoir enfin quitter ces lieux. Prête ?»

Elle arrêta d'écrire et se tourna vers lui.

«Tu plaisantes ? J'ai l'impression de faire partie des meubles depuis le temps que je suis là. Et puis, je veux reprendre le travail au plus tôt.» Elle reprit son écriture, gardant un sourire sur les lèvres. Quitter l'hôpital pour elle signifie avant tout ne plus avoir à penser constamment à ce qui venait de se passer, croire l'espace de quelques instants que ça ne lui était pas arrivé.

Elle entendit l'agent Glade s'éclaircir la voix, peut-être qu'il s'apprêtait à parler à quelqu'un dans le couloir. Il se tenait toujours près de la porte, les observant avec attention et écoutant la conversation qu'ils avaient tous les deux. La jeune femme se doutait bien qu'il n'était pas là par courtoisie ou sympathie mais elle attendait que Sam lui annonce la mauvaise nouvelle. En effet, ce dernier se raclait à son tour la gorge et tapotait ses doigts nerveusement sur la table.

«Sam ?
« ...hum ? Oui.
«Je vois qu'il y a quelque chose que tu meurs d'impatience de me dire, alors vas-y, crache le morceau !» Elle continuait son écriture, restant concentrée au possible.
«Ça tombe bien que tu parles de ton travail, tu sais que tu commences dans deux semaines à Miami ...
«J'ai hâte, je ne suis pas encore allée là-bas. Il parait que c'est à voir, les clubs, les plages, les nuits endiablées.» Elle avait fait exprès de parler de la sorte, ça n'était pas vraiment son genre d'aller de fêtes en fêtes, encore moins maintenant.

«Il parait, effectivement … Jessica, je n'ai pas besoin de te dire que ce que tu viens de vivre est particulier, et donc, c'est pour cette raison que si tu veux continuer à évoluer en public en toute sécurité, il te faut un garde du corps personnel.» Ça y est, il l'avait dit.

«Je m'en doute Sam mais je voudrais bien comprendre pourquoi l'agent Glade fait une mine à déraciner une tortue des montagnes ?

«À déraciner quoi ? Jessica, tu me mélanges à chaque fois que tu utilises tes expressions qui n'ont de sens que pour toi.

«Est-ce que tu vas me le dire ou est-ce que je dois lui poser directement la question ?» La jeune femme dévisage son agent avec un sourire amical.

L'intéressé ne se fait pas prier pour entrer définitivement dans le vif du sujet.

«Ce que monsieur Brown essaie plutôt lamentablement de vous dire mademoiselle Redon, c'est que ce garde du corps personnel sera un agent du F.B.I.»

Elle s'arrêta d'écrire net et posa son stylo, lançant un regard plein de reproches vers Sam avant de se lever de façon bruyante, faisant tomber une partie des cartes qui reposaient sur le lit. Elle s'accota à l'une des fenêtres, les bras croisés sur la poitrine, s'empêchant ainsi de pester à haute voix. Elle finit par tourner la tête en direction de l'agent du F.B.I.

«J'imagine que je n'ai pas le choix d'accepter si je veux continuer à faire mon travail, c'est bien ça ?

«Je ne suis pas là aujourd'hui pour vous demander votre avis. Depuis que l'enquête est en cours, vous êtes surveillée. Maintenant que vous souhaitez reprendre le cours de votre vie, vous êtes assez intelligente pour comprendre que certaines de vos libertés sont quelque peu … suspendues, voire modifiées.» Il lui avait répondu assez sèchement même s'il appréciait la jeune femme. Il voulait lui faire comprendre qu'à cet instant, il n'était pas un ami ou une épaule compatissante, il ne faisait que son travail et transmettait en fait les décisions prises en haut lieu.

Le regard de l'actrice passa de son agent à l'officier Glade.

«Et toi, tu ne dis rien ? Ça ne te dérange pas. C'est bien une première !

«Jessica … je dois bien reconnaître que ça me rassure que le F.B.I assure personnellement ta protection. Je te mentirais en prétendant qu'un simple garde du corps ferait l'affaire. Rien n'est simple ici, n'oublie pas tes parents.

«On sait bien que beaucoup d'entre eux sont d'anciens militaires ou policiers … je ne vois donc pas la différence.» Aucun des deux hommes ne répondit à sa remarque.

« …je vois … il ne s'agit pas uniquement de ma protection … vous comptez sur lui pour m'espionner !

«N'utilisez pas de trop grands mots, mademoiselle Redon. Cet agent doit vous protéger. Pour ce faire, il fera son métier et celui-ci consiste à avoir suffisamment d'informations sur les personnes qui croisent votre chemin et les lieux où vous devez vous rendre. Nous ne pouvons pas vous garantir la moindre sécurité, vous baladant partout, sans que nous fassions notre job. Je suis désolé que ça vous déplaise mais si vous voulez sortir de cet endroit, ce sera à cette condition.»

Sam évitait son regard plein de désapprobation, baissant plutôt la tête. Il finit par se lever et rejoindre la jeune femme.

«Jessica, soit raisonnable, s'il te plait. C'est pas la mort que je te demande !» Sitôt prononcé, Sam regretta les mots prononcés. «Excuses-moi, ce n'est pas ce que je voulais dire.

«Je sais bien Sam.» Elle quitta le bord de la fenêtre pour se planter devant l'agent Glade. «Votre monsieur surveillance n'a pas intérêt à m'empêcher de faire mon métier, de rencontrer qui je veux ou d'aller là où ça me chante. Est-ce que c'est bien clair ? Je me fiche de savoir que c'est son travail, j'estime que j'en supporte assez comme ça !» Elle plongea son regard sévère, droit dans ses yeux, sans broncher.

Sam, pour calmer le jeu, vint à la rescousse de l'agent, prenant Jessica délicatement par les épaules et la ramena près de la fenêtre où elle se tenait plus tôt.

«Jess, les règles du jeu sont claires pour tout le monde je crois. Tu verras, tout va bien se passer. La plupart du temps, tu ne te rendras même pas compte de sa présence.

«La plupart du temps … ah ben, c'est réconfortant !

«La presse saura que tu as désormais un garde du corps personnel, elle ne trouvera rien à redire. Ceux du métier non plus, ne t'inquiètes pas pour ça. L'agent Anthony Masson viendra te chercher demain pour te ramener à la maison.

«C'est même pas toi ? Merci, tu te débarrasses déjà de moi. Je ne suis plus intéressante ou prometteuse pour les studios. Je suis désormais un investissement trop risqué, je vois.

«Mais non, je travaille pour toi, ne confond pas. Tu veux te plonger dans le travail, parfait, laisse-moi faire ce pour quoi tu me paies aussi bien.» Cette phrase réussit à arracher un léger sourire à la jeune femme.

L'agent Glade, qui s'apprêtait à partir maintenant que l'essentiel avait été dit, bougea un peu pour faire du bruit et rappeler sa présence.

«J'ai laissé une photo sur la table, vous pourrez le reconnaître aisément demain. Pendant, les six premiers mois, votre protection sera de niveau 4 : vous aurez une voiture conduite par l'un de nos agents, des caméras ont été installées chez vous, la nuit des patrouilles se relaieront. Le même type de surveillance sera pratiqué lors de vos déplacements. Si à la fin de cette période rien de suspect n'a été relevé ou ne se produit, et je suis certain qu'il en sera ainsi … » L'officier Glade marqua volontairement une pause, souhaitant diminuer ainsi l'impact de la nouvelle à l'actrice qui bouillonnait devant lui. « … vous tomberez au niveau 3. Vous serez enfin libre de nous ! Attention, vous gardez l'agent Masson auprès de vous, mais tout le reste ne sera plus effectif.

«Quel soulagement. Et combien de temps l'agent Masson restera attitré à ma sécurité?

«Le temps nécessaire.

«Ce n'est pas une réponse ça.! Six mois … un an … il ne va quand même pas me coller pour le reste de ma vie.

«Je vous ai prévenu que certaines libertés seront peut-être perdues, mais non, l'état américain ne souhaite pas payer pour votre sécurité jusqu'à la fin de vos jours.»

Sam s'empressa de venir une nouvelle fois à la rescousse, évitant ainsi un accrochage qui s'annonçait inévitable compte-tenu des dernières paroles de l'officier.

«Tu ne le verras même pas ma chérie, il sera aussi discret qu'une souris.
«Mouais, ça dépend de la taille de ta souris !
«Eh, c'est super, tu as toujours ton sens de l'humour. Tu vois, les choses ne sont pas si dramatiques qu'elles en ont l'air.
«Je ne pense pas que nous nous reverrons mademoiselle Redon, je vous souhaite un bon retour à la vie normale.»

Sur ce, l'agent du F.B.I sorti de la pièce, laissant l'actrice seule avec Sam, retrouvant son poste de garde à l'extérieur, dans le couloir.

«Oh, ce n'est pas la peine de me regarder avec ces yeux-là. Tu savais très bien que ça risquait de finir ainsi. Et puis, tu aurais été la première à pester s'il en avait été autrement. Tu penses que je ne te connais pas ?» Sam se voulait rassurant maintenant que la nouvelle avait été lâchée.
«La vie normale. Est-ce que j'ai jamais eu une vie normale ? C'est quoi pour moi une vie normale, Sam ? Être orpheline et amnésique ? Quitte à choisir, je préférais avoir désormais une vie pas normale.
«Je t'adore quand tu fais de l'humour, non vraiment. Tu devrais te lancer dans le comique.» Son agent riait de bon cœur.
«C'était pas une plaisanterie.
«Ce serait peut-être le meilleur moment pour aller te reposer un peu dans mon petit îlot paradisiaque ?
«Sam, ça fait combien de temps que je me repose maintenant, tu ne penses pas que j'ai emmagasiné le repos pour un bout ? Laisse-moi faire quelque chose, laisse-moi me changer les idées, s'il te plaît.» Jessica a retrouvé le lit et ramassait les quelques cartes qui étaient tombées à terre.

«Ok mais tu n'as qu'un mot à dire et je te donne les clés. D'ailleurs, elles sont toujours sur moi, à la minute où je sature, je prends toujours le premier avion et c'est sable chaud et rhum ! Tu verras, toi qui as vécu là-bas, ça te fera le plus grand bien de retourner aux sources.»

L'agent de la jeune femme lui déposa affectueusement un baiser sur son front.

«Promets-moi d'être gentille demain avec ton garde du corps. Je passerai voir comment tu t'en sors dans la soirée.»

Jessica le regarda s'éloigner. À nouveau seule dans cette chambre qui l'abritait depuis plusieurs mois, elle fixa les murs un court moment avant de reprendre l'écriture de ses cartes de remerciements.

De retour à la réalité, Jessica plongeait toujours son regard dans les méandres de l'horizon couleur ocre. Ça faisait plus d'un an maintenant que ce garde du corps particulier était derrière ses fesses, à suivre ses moindres faits et gestes. Il est temps d'en avoir un autre ou d'arrêter toute collaboration avec le F.B.I.

Pour la première fois depuis leur départ de Port St-Charles, l'actrice commence à faire attention à la route et à l'endroit où ils se trouvent. Bridgetown n'est plus qu'à quelques kilomètres, la Baie de Oistin se trouve un peu plus loin.

«Bientôt arrivé. C'était un beau coucher de soleil.

«Vous êtes sûre d'avoir vraiment fait attention ?» La voix du médecin est taquine. «Vous me sembliez plus absorbée par vos pensées que par les rayons du soleil.

«Je croyais qu'il n'y a rien de plus important pour vous, la nuit, que de porter toute votre attention sur la route.» Jessica lui répond amusée.

«Jeter un coup d'œil sur le passager à côté de soi n'est pas aussi perturbant que de discuter.

«Si vous le dites.

«Je sais qu'il commence à se faire tard mais ...

«Eh ... je ne suis pas une grand-mère ! Ce n'est pas parce que vous m'avez repêchée aujourd'hui, que je dois nécessairement me coucher avec les poules.

«Ce que je voulais dire ... » Il lui lance un regard paternel. « ... je vous propose de passer rapidement à ma clinique. J'y ai les coordonnées d'un ami garagiste, très compétent mais surtout très honnête. Je vais lui demander qu'il aille s'occuper de votre voiture et qu'il vous la ramène.

«Vous ne pensez pas que ça peut attendre à demain matin ?

«Il est important qu'il le sache encore ce soir. Il a toujours un emploi du temps très chargé. Il n'y en aura pas pour longtemps. À cette heure, mon oncle aura déjà quitté la clinique.

«Et ce serait un problème qu'il soit encore sur place ?

«Vous ne connaissez pas mon oncle. C'est un vrai curieux, une pipelette de village. Quand il aura compris qui vous êtes, je crains fort qu'il ne vous lâche plus.

«C'est un psy n'est-ce pas ? Il n'y a rien d'étonnant à cela, je veux dire le côté curiosité. Ça devient un défaut professionnel avec le temps.

«Le soir venu, il devient cette autre personne qui questionne sans interruption tout le monde, plus particulièrement encore quelqu'un qu'il ne connaît pas. Vous risquez d'y passer le restant de la nuit. On dirait qu'il se retient toute la journée et se lâche quand il a fini sa pratique.

«Mais pourquoi s'inquiéter puisqu'il n'est plus à la clinique. Et je suis certaine que vous devez un peu exagérer.»

Pour toute réponse, le docteur Connoly se contente de sourire à l'actrice tout en gardant son attention sur la route. Quelques minutes plus tard, la voiture du médecin se stationna non loin de l'entrée de la clinique.

Le hall du cabinet est désert, la secrétaire, rentrée après la dernière consultation de 18h00 mais les lumières sont pourtant encore allumées partout.

La décoration est de style colonial mais avec une touche moderne. Des ventilateurs au plafond partout - même si c'est l'air climatisé qui rafraîchit vraiment les patients - en est un exemple.

James, comme tout médecin attentionné, va d'abord jeter un coup d'œil à son agenda et vérifie s'il y a la moindre chose importante à savoir depuis qu'il a quitté la clinique. En entendant des voix dans le hall, l'oncle sorti de son bureau et alla à leur rencontre.

«James, est-ce que c'est toi mon garçon ?

«Oui, mon oncle.» Le médecin fait rapidement une grimace du visage à l'intention de Jessica, parce qu'il sait qu'ils ne sont pas prêts de s'en aller.

Le vieil homme s'arrête en voyant cette jeune femme brune aux côtés de son neveu.

«James, tu n'as donc pas expliqué à cette charmante jeune femme que la clinique est fermée pour aujourd'hui ? Je sais que mon neveu peut être très désintéressé quand il s'agit d'aider les autres mais, vous devez comprendre Mademoiselle, qu'il a aussi besoin de se reposer comme tout le monde.» Le ton de sa voix est doux mais ferme.

«Oh … non, Jessica n'est pas une patiente … enfin pas vraiment.» Il se tourne légèrement vers l'actrice. «Jessica, laissez-moi vous présenter mon oncle, le docteur Ted Connoly. »

La jeune femme tend la main au vieil homme en lui rendant son sourire chaleureux.

«Enchanté Mademoiselle. James, j'ignorais que tu t'étais enfin décidé à avoir une relation sérieuse. Pourquoi n'as-tu rien dit ?» Il vient prendre Jessica par le bras et l'amène sans demander son reste, vers ce qui semble être une cuisine, à l'arrière de la clinique.

«Nous ne sommes pas un couple docteur Connoly. » Un peu embarrassée, elle rougit à la remarque du psychiatre. James les talonne de près, souriant, ce n'est pas la première fois que Ted Connoly se comporte de même.

«Mon oncle, Jessica est une patiente. Arrête de vouloir à tout prix me voir marié. Je suis désolé, Jessica.» C'est à son tour d'être embarrassé, sachant qu'elle n'est pas n'importe qui, c'est encore pire.

Arrivé à la cuisine, Ted Connoly invite la jeune femme à prendre place sur une chaise en osier et prend une autre tout à fait identique, en face d'elle. James sort trois verres et les remplit d'eau de source fraîchement sortie du frigo.

«James, je ne comprends pas bien … est-elle une patiente pas ?

«Il se trouve que James m'a en quelque sorte sauvée la vie plus tôt aujourd'hui mais, après qu'on se soit retrouvés par hasard au Yacht Club de la marina de Port St-Charles, il a eu la gentillesse de me ramener alors que ma voiture s'est retrouvée avec un pneu à plat.» Elle prend le verre que le médecin lui tend et sans attendre, le vide presque entièrement. «Je suis habituée à boire beaucoup d'eau et celle-là est si rafraîchissante !» Les deux hommes l'ont vue boire avec une telle rapidité qu'ils en sont encore surpris, plutôt amusés en fait.

«Alors dites-moi Mademoiselle, vous êtes comme ça de passage sur l'île ?

«Appelez-moi Jessica s'il vous plait, et oui, je ne resterai pas très longtemps. Je viens faire du tourisme express avant de retourner au travail mais je reviendrais une autre fois passer plus de temps, La Barbade est vraiment un endroit dépaysant.».

James qui a pris place dans une autre chaise en osier, est placé entre la jeune femme et son oncle. Il semble surpris de la réponse de l'actrice. N'avait-elle pas dit qu'elle restait ici quelques jours ? Avec la prochaine arrivée de son garde du corps, rien ne l'empêche de prolonger son séjour … à moins qu'elle ne lui ait pas dit toute la vérité. Mais quelque part, ça ne le surprend pas.
Jessica a, malgré la discrétion du médecin, remarqué son étonnement. Elle se rend compte qu'elle vient de s'emmêler les pinceaux dans ses réponses et la seule réaction qui lui vient à l'esprit pour éviter toutes questions gênantes, est de se lever et de se diriger vers le comptoir où trône un panier de fruits. Elle prend le premier fruit à sa portée, un des couteaux rangés à côté et commence à le couper.

«Ces fruits sont tellement alléchants, c'est fou comme tout parait plus attirant ici que sur un étal d'épicerie sur le continent. J'adore les mangues, ça ne vous dérange pas ?»

James compris qu'elle ne souhaitait pas aborder ce sujet. Ted Connoly fixait avec attention le visage de la jeune femme alors qu'elle coupait le fruit, plus ou moins concentrée sur sa tâche.

«Est-ce que vous êtes quelqu'un de connue ? Votre visage me dit quelque chose …» Les yeux du psychiatre se mirent à briller soudainement de malice, ayant découvert qui il avait dans sa cuisine. « … mon dieu … mais oui, c'était vous mon enfant qui interprétiez Alexandra dans *''l'Aube Rouge''*. Oh, oui, je me souviens … Jessica

Redon. Vous m'avez fait pleurer ma chère comme peu d'acteurs en sont capable !»

Jessica rougit au compliment.

«C'est sûrement l'un des plus beaux compliments qu'on ne m'ait jamais fait, merci. Aïe! »

Le couteau de la jeune femme venait de déraper sur le noyau de la mangue qu'elle tenait d'une main, entaillant son pouce. Déjà du sang coulait sur la table. James qui s'est précipité vers elle, a attrapé un torchon à vaisselle et l'a enveloppé autour du doigt blessé. En moins de temps qu'il n'en faut pour le dire, ils étaient tous les trois dans le bureau de James et ce dernier cherchait le matériel nécessaire pour nettoyer la plaie et voir si la coupure était profonde ou pas. Pendant ce temps, l'oncle se tenait près de Jessica, tout en tenant fermement serré le torchon sur le doigt, il s'efforçait de la rassurer (bien qu'elle ne présentait aucun signe d'inquiétude).

«Vous avez de la chance Jessica, ces couteaux sont presque de véritables scalpels, vous vous en tirez avec une bonne entaille mais vous n'avez pas besoin de points de suture.» James referma la bouteille d'alcool avant d'appliquer un cicatrisant sur la plaie.
«Oui ... heureusement pour moi. J'ai besoin de tous mes doigts pour les prochaines semaines.» Elle a du mal à regarder ce que le médecin lui fait, son visage ayant perdu quelques nuances de couleurs. De toute évidence, elle a de la difficulté avec la vue du sang.

Le psychiatre qui est retourné à la cuisine les attend. Il termine de couper en morceau la mangue pour la jeune femme.
C'est elle qui revint la première, s'avançant déjà vers le comptoir avec l'intention de finir son travail mais elle remarque immédiatement le fruit coupé qui l'attendait sagement dans une assiette, posée sur la table. Le psychiatre l'invita d'un geste à reprendre sa place dans la chaise en osier. Bien qu'il lui sourit tendrement, elle ne peut s'empêcher de ressentir cette sensation qu'un psychiatre reste un psychiatre, à scruter un patient. Ce dernier s'en rend compte rapidement et essaie de détendre l'atmosphère en attendant le retour de son neveu.

«Ne vous en faites pas ma chère, heureusement que vous avez deux charmants médecins à vos côtés pour prendre soin de vous. Elle a intérêt à être bonne cette mangue, c'est moi qui vous le dit.» Ça lui arrive de faire un peu d'humour pour alléger l'atmosphère.

«J'ai à n'en pas douter, beaucoup de chance depuis que j'ai posé les pieds sur l'île. Je suis désolée pour tout ça, c'est bête, ce doit être la fatigue.»

Cinq minutes plus tard, James entre dans la pièce, tout sourire mais au lieu de les rejoindre, il reste debout derrière le comptoir, nettoie le couteau et jette les pelures de la mangue.

«Jessica, il semble que vous ayez trouvé un fan auprès de mon oncle.»

Le médecin lance la conversation sur un tout autre sujet mais n'écoute que d'une oreille ce que les deux autres se disent. En fait, il est en train de penser à ce torchon plein de sang qu'il vient tout juste de mettre de côté dans un des tiroirs de son bureau. Cette coupure est la parfaite occasion qui s'offre à lui pour faire quelques analyses, le hasard a finalement bien fait les choses. Il apportera ce bout de tissu plus tard dans la soirée à Séraphin, un bon ami qui travaille au laboratoire de l'hôpital. D'ici quelques heures il aura le cœur net sur l'état de santé de la jeune femme.
En pensant à elle, il les regarde assis, en train de goûter à ce fameux fruit, en riant visiblement d'une bonne blague que son oncle avait entendu le matin même d'un de ses patients. James se détend enfin et va s'asseoir auprès d'eux.

«N'est-ce pas qu'elle est bonne celle-là James ?» Son oncle riait à gorge déployée.
«Oui … ça fait longtemps que j'en ai pas entendu d'aussi bonne à vrai dire.»
Pendant l'espace d'un moment, Jessica se sent protégée, au calme, loin de la tempête. Pour un peu, elle renoncerait à quitter cette île. Après encore un petit moment passé ensemble à discuter de films, ils se séparèrent.

«Ted, j'ai été très contente de faire votre connaissance. Merci de votre gentillesse, je n'oublierai pas.» Elle se penche vers le vieil homme et lui pose un baiser sur la joue, ne manquant pas de le faire rougir. Elle sait comment faire avec un fan.

«Passez une bonne nuit mon enfant. J'espère que je vous reverrai, j'ai encore des questions à vous poser sur ce monde fascinant qu'est le vôtre.

«C'est quand vous voulez.

«Je vous raccompagne Jessica.» James, prenant déjà le bras de la jeune femme, l'amène vers le stationnement afin de reprendre sa voiture. «Je vous ramène chez vous, ça ne plairait pas à mon oncle de vous voir monter dans un taxi. Il est assez vieux jeu.

«Et vous, vous ne l'êtes pas ?

«Je ne joue pas le même jeu que lui avec les femmes, avec vous toutefois, c'est différent.

«Différent ? De quelle façon ?» Ayant sa petite idée sur la question, la jeune femme s'amuse un peu à le taquiner, histoire de voir comment il se comportera.

«Oubliez ce que je viens de dire.» James parait d'un coup bien gêné de sa remarque et ne trouve rien de mieux à faire que de démarrer le moteur, en évitant son regard. «Ça ne me réussit pas de sauver plusieurs fois dans une même journée votre vie.

«Ce n'est qu'une coupure, mon doigt est toujours attaché à ma main. Vous ne pensez pas que vous en faites un peu trop, j'apprécie mais un garde du corps, ça me suffit amplement.

«En parlant de ça, je serais rassuré de savoir qu'il vous attend sagement à la villa.

«Ah … oui … mon garde du corps. » Jessica détourne un bref instant son regard et les traits de son visage se ferment immédiatement.

La voiture du médecin démarra et une vingtaine de minutes plus tard, entrait dans la propriété de l'agent de Jessica.

«On dirait bien qu'il vous a retrouvée. Vous ne passerez pas la nuit toute seule.

«Vous n'avez pas idée.» Elle lâcha ses mots presque entre ses dents, ne souhaitant pas particulièrement qu'il les entende. «Yeah!» Jessica contemple la résidence qui était éclairée et réalise que son dernier espoir de ne pas trouver Anthony au bungalow venait de fondre comme neige au soleil au même moment. «Vous devez être soulagé, plus rien ne peut m'arriver à présent. Je m'en serais tellement voulue que vous passiez une mauvaise nuit.» Devenue bougonne, elle a perdu sa mine réjouie, essayant de se préparer à la discussion qui allait s'en suivre une fois James parti. «Merci pour la soirée, c'était très agréable. Je n'oublierai pas mon passage à La Barbade grâce à vous.

«Je passe vous prendre demain pour continuer la visite ?

«J'en doute fort. J'aurai probablement quitté la villa demain matin.

«Ne soyez pas mélodramatique, vous réagissez comme s'il décidait de ce que vous buvez au matin et de l'heure à laquelle vous vous couchez le soir.»

En l'écoutant, Jessica se disait que justement la situation avec Anthony était presque rendue de même. Comme elle ne disait mot et qu'elle ne bougeait pas de son siège, James descendit le premier et fit le tour jusqu'à la portière qu'il ouvra.

«Si ça ne vous dérange pas, je vais pousser la galanterie jusqu'à vous raccompagner à la porte. Ça rassurera sûrement votre garde du corps de savoir que je ne suis pas un tueur en série.

«Vous pouvez très bien cacher votre vraie personnalité sous ces apparences de séducteur.» Elle a décidé de ne pas se prendre la tête plus tôt que prévu, et affiche un sourire amical, d'autant qu'elle est certaine d'être observé par Anthony.

L'actrice le rejoint sur le pavé de l'entrée de la villa mais au lieu de se diriger vers la porte d'entrée, elle emprunte un chemin dallé qui mène vers l'arrière du bungalow, empruntant le jardin. Le soleil est désormais couché, la lune éclaire les alentours autant que des lampes solaires placées çà et là dans la végétation. L'air y est délicatement parfumé des bougainvilliers et une légère brise souffle dans les palmiers sous le chant des derniers oiseaux.

Le chemin débouche sur la terrasse arrière en bois, entourée d'autres arbres et de banquettes de fleurs. Tout au fond, on peut distinguer un coin de plage. Un homme se tient debout accoudé à la rambarde, un verre posé devant lui. James l'observa rapidement alors que Jessica s'arrêta au milieu du jardin, bien en face de la terrasse et se retourna vers le médecin. Elle est certaine que de là où il se trouve, Anthony ne va pas laisser échapper un mot de leur conversation.

«Encore une fois, merci James pour cette journée inoubliable.

«Ça sonne comme un : je n'ai plus besoin de vous.» James la regarde dans les yeux, espérant y trouver autre chose mais il ne sait pas quoi exactement.

«Ça sonne comme un : je ne suis plus seule à décider à présent. Je vous l'ai dit, avoir un garde du corps personnel ça n'a pas que des avantages.» Elle tourne rapidement la tête vers la terrasse pour observer du coin de l'œil Anthony mais il ne semble pas bouger. «Bonne nuit James.» Elle s'approche du médecin et pose un baiser sur sa joue mais contrairement à celui qu'elle a donné à son oncle, celui-là est plus tendre et vaut plusieurs mots.

«Ne faites plus de sorties nocturnes vers la marina, je ne suis pas de garde ce soir. Reposez-vous. J'espère quand même que vous serez encore là demain et avant que vous ne disiez quoi que soit ...» Il ne lui laisse pas le temps de l'interrompre et continue sa phrase. «... je passerai vous prendre à tout hasard vers 11h.» Il jette un dernier regard au garde du corps et s'en retourne par le même chemin d'où ils sont venus. «Ah oui, j'ai prévenu mon ami ... il s'occupera de votre voiture demain.» Cette fois, il la laisse en arrière et retourne vers son véhicule.

D'un pas sûr mais tranquille, elle se dirige enfin vers la terrasse. Anthony l'attend, il n'a pas bougé comme elle s'y attendait ; il n'a visiblement pas l'air content, là aussi, aucune surprise et elle ne peut s'empêcher de s'en réjouir. Elle est bien résolue à lui dire qu'à leur retour sur le continent elle demandera à son supérieur qu'il soit déchargé de l'affaire. Elle a même pensé demander à prendre un vrai garde du corps, quelqu'un que le Bureau pourrait lui recommander, à l'extérieur de l'Agence, elle s'en fiche bien de devoir payer pour sa protection, du moment qu'elle n'a plus de compte à leur rendre, une semi-liberté c'est toujours ça de pris. Elle n'a plus envie de supporter cette surveillance inquisitrice, elle a besoin de changement dans sa vie et ça va commencer tout de suite et maintenant. Cette discussion, elle la mènera d'une main de fer, pas question de dévier de cap. L'agent Masson, c'est de l'histoire ancienne.

Une fois à la hauteur de la dernière marche, elle ralentit ses pas en le voyant s'avancer vers elle, les traits remplis de reproches. Elle lui lance un regard sévère et entre dans la villa, pose son sac sur une table basse du salon. Il se tient derrière elle, occupant toute la largeur de la porte.

«Il me semble qu'une discussion s'impose, tu ne crois pas ? Je t'ai préparé un verre d'eau à la cuisine ... rejoins-moi.» Anthony quitte l'embrasure de la porte et retourne sur la terrasse, les mains dans les poches, les yeux fixés dans le vide, vers le fond du jardin.

Un peu partout, des lanternes y sont allumées assurant un doux éclairage. On peut entendre au loin de la musique, sûrement une fête qui est donnée dans l'une des villas du voisinage.
Après avoir pris une grande inspiration, la jeune femme va le rejoindre, le verre d'eau dans une main et s'accoude à la balustrade. Elle regarde au loin les timides reflets de la lune à la surface de l'eau. Quelques lanternes éclairent les abords de la plage permettant ainsi de passer du jardin à l'océan en trouvant son chemin.
En fait, elle fait tout pour ne pas croiser le regard d'Anthony. Elle le connaît suffisamment maintenant pour savoir qu'il fulmine, il ne va pas tarder à déverser sa colère, telle un venin, peut-être en partie méritée mais ô combien inutile. Elle est en vie, tout va bien dans le meilleur des mondes possibles.

«Est-ce que tu vas me dire ce qui t'as pris de partir ainsi ? T'es inconsciente ou quoi ?» Jessica ne répond pas. Il finit par s'arrêter à deux pas d'elle. «Est-ce que tu as la moindre idée de ce que tu as fait en venant ici ?! Sans avertir personne, sans m'avertir moi ! Depuis combien de temps maintenant tu connais les consignes … d'ailleurs c'est bien la première fois que tu ne les respectes pas. J'en reviens pas de ton manque de sérieux. Tu risques ta vie en faisant des conneries de ce genre. Sans compter de la position dans laquelle tu me mets par rapport au Bureau.

«Ça suffit Anthony !» Cette fois, elle lui plante son regard directement dans le sien. Pendant quelques secondes ils se regardent comme des chiens de faïence, en silence avant que ce soit lui qui reprenne la parole.

«Oh … excuses-moi si mes propos te dérangent ! Tu es sous ma responsabilité, tu crois que tu peux décider comme ça de tourner les talons à l'autre bout du monde, sournoisement ?

«Ce n'est pas le bout du monde que je sache. On n'est pas dans un recoin de l'Amazonie ici. Pourquoi tu en fais toute une montagne, tu m'as retrouvée et on dirait bien que tu as quand même encore ton poste.

«Oui, je t'ai retrouvée et … » Anthony vient de réaliser ce qu'elle lui a dit. «C'est pour ça que tu es partie en douce ? Tu veux donc que je sois retiré du programme de protection ?» Il la dévisage et cherche une réponse dans les yeux de la jeune femme, qui porte le verre d'eau à ses lèvres, avalant plusieurs gorgées, loin de se presser de lui donner une réponse. «C'est ça ? C'est ce que tu souhaites ? Tu veux quelqu'un d'autre ? Tout ça, toute cette escapade c'est pour avoir un autre agent à tes côtés.»

Pour toute réponse, elle le fixe, un sourire taquin au coin des lèvres et quitte la terrasse sans se presser, pour s'enfoncer dans le jardin en suivant les lanternes qui éclairent le chemin jusqu'à la plage.

«Bien sûr, fuis toute conversation, c'est très mature comme comportement.»

Frustré et en colère, il donne un coup de poing dans une des colonnes de bois de la balustrade et la regarde s'éloigner du coin de l'œil. Sa frustration est peut-être grande mais ça ne l'empêche pas de ressentir le coup qu'il vient de porter, pas très intelligent. C'est précisément à ce moment qu'il voit apparaître, par le même chemin qu'avait emprunté le médecin, une silhouette féminine aux cheveux blonds qui le regarde un peu perplexe.

«Agent Masson je suppose ?»

Une jeune femme, grande et mince, habillée en jeans et débardeur léger, s'avançait vers la terrasse, sortant enfin de la pénombre du jardin. Avant d'aller s'asseoir dans l'une des chaises longues, elle laissa son badge à Anthony. Ce dernier jeta un coup d'œil vers Jessica qui avait rejoint la plage, elle ne semblait pas avoir entendu ou vu la nouvelle venue.

«C'est bien connu que le soleil des Antilles cogne dur mais faudrait quand même pas oublier les consignes les plus élémentaires, comme de signifier votre présence par exemple. Est-ce que vous avez un problème avec votre cellulaire ?» Elle le regarde, le charmant de ses yeux bleus et de ses lèvres charnues. Allongée, elle ne manque pas de mettre son corps longiligne et bronzé en valeur. Un comportement très éloigné de ce qu'on attend d'un agent du F.B.I.
«Agent Naomi White, c'est bien ça ? Vous venez me souhaitez la bienvenue ?» Il se décide enfin à lui répondre, soutenant son regard et

s'approchant de l'endroit où elle se prélassait visiblement avec grand plaisir. Il lui lance l'insigne, il n'en a plus besoin.

« Est-ce que c'est Tony pour les intimes ?

« Vous pouvez déjà m'appeler Tony … en attendant d'être intime.

« Je crois comprendre que vous n'avez pas été sage récemment. Vous ne répondez pas à votre patron, ce n'est pas bien ça. »

Anthony lance un rapide regard en direction de la plage. Il peut distinguer Jessica, installée par terre dans le sable.

Il vient s'installer dans la chaise située tout à côté de l'agent White mais en restant assis sur le bord, se plaçant ainsi à quelques centimètres de la jeune femme. Ces gestes sont lents mais sûrs. Il sait très bien utiliser la sensualité qui se dégage de lui et compte bien s'en servir avec cette recrue.

« Je sais que j'aurais dû venir me déclarer dès mon arrivée mais mon paquet était plus important à mettre à l'abri. Je suis sûr que vous comprenez ma décision. »

Gonflant légèrement sa poitrine, Naomie White se redresse tranquillement de son siège, venant faire face à Anthony. Sans cesser de lui sourire en affichant une parfaite dentition, elle plonge son regard dans le sien, jouant également la carte de la séduction. C'est à qui en fera le plus.

« On m'a demandé de m'assurer que votre paquet est en bon état.

« Ce qui est le cas ! » Anthony fait un léger mouvement de tête en direction de la plage. « Qu'est-ce qu'on fait alors ? Une personne est suffisante pour sa sécurité.

« Dans ce cas, il reste à vous mettre en règle.

« On pourrait se prendre du temps pour faire cet enregistrement.

« À votre place, je ne paresserais pas de trop, votre patron est en route.

« Dans ce cas, pourquoi ne pas fixer à plus tard cette rencontre ? Disons, minuit … Conset Bay. J'aime particulièrement ce coin et j'ai justement un ami là-bas … »

Elle approche son visage du sien, leur bouche à quelques centimètres l'une de l'autre.

« D'une pierre deux coups.

«Dans le cas où je ne serais pas en règle … vous devez avoir des menottes sur vous, j'imagine, comme tout bon agent.» Il la regarde, amusé, sentant monter le désir chez la recrue.

«Qu'est-ce que vous avez en tête ?»

Alors qu'il laisse courir sa main en partant de la cheville gauche de l'agent, remontant tout doucement le long de sa jambe, il lui répond par un murmure à l'oreille de quoi finir par la convaincre d'accepter le rendez-vous. Elle lui sourit et sentant la conversation terminée, elle se lève de sa chaise et tourne la tête en direction de Jessica, reprenant un peu de son sérieux.

«À quel propos déjà vous vous querelliez tantôt ?

«Une simple opinion divergente sur le souper. Ces célébrités peuvent être de vraies bécasses quand elles le veulent.»

Elle le regarde sans trop y croire mais ça n'est pas son problème. D'un pas tranquille, elle redescend de la terrasse, reprenant le même chemin.

«Je vais prévenir votre patron que tout va bien ici … histoire de lui éviter un ulcère avant d'atterrir.

«Ça ne sera pas la peine Naomi. Mon cellulaire m'a lâché pendant un moment … saleté de technologie ! C'est rentré dans l'ordre maintenant. Je vais l'appeler moi-même, j'ai de toute façon des choses à discuter. Inutile qu'il soit dérangé deux fois pour le même sujet.»

Elle finit par s'éloigner, avec comme toute réponse, un signe de la main.
Anthony se retrouve à nouveau tout seul sur la terrasse en bois. Il sort son cellulaire d'une poche de son pantalon et l'allume pour la première fois depuis son arrivée. Près d'une quinzaine de messages l'attendent, tous du bureau de San Francisco. Il les sélectionne et les supprime sans avoir pris le temps de les écouter, puis remet l'appareil là où il l'avait sorti.

Pendant ce temps, Jessica vidait son verre d'eau, tranquillement assise sur le sable clair, hypnotisée par le mouvement des vaguelettes. Il faisait noir mais grâce à la lune et aux lanternes installées tout le long des clôtures de chaque bungalow, il y avait comme une douce pénombre. On pouvait toujours entendre une musique entraînante au loin. Lentement, elle fermait les yeux, se laissant submerger par les bruits alentours et les odeurs, ses pensées partant une nouvelle fois ailleurs.

À Boston, un soir de première.

Jessica se revoit en train de s'amuser à une fête organisée pour l'avant-première du dernier film de Colin Farrell – un bon ami - dans une des boîtes de nuit les plus branchées du moment. Beaucoup de célébrités et de personnalités du show-business étaient présentes ainsi que quelques animateurs de télévision. Ces soirées sont toujours de bonnes occasions pour côtoyer tous ceux de l'industrie cinématographique, se faire de nouveaux contacts ou pour les célibataires ... trouver son nouvel amant.

Ça faisait bien longtemps qu'elle n'avait pas eu l'occasion de s'amuser de la sorte, trop de travail mais surtout trop de surveillance. À présent elle en profitait et dansait en toute insouciance sous le regard de Sam et non loin de là, Anthony. Après quelques verres, elle pouvait sentir les premiers effets de l'alcool : euphorique pour un rien et désespérément extravertie. L'excès de boissons alcoolisées ne lui avait jamais vraiment réussi, c'est pourquoi elle pousse généralement jusqu'à la limite entre sobriété et la cuite totale par excitation sûrement, par jeu définitivement. Pour le moment, elle se déhanchait sur le rythme endiablé d'une salsa avec un beau brun, elle ne se souvient pas spécialement de qui il s'agissait alors.

Posté à l'une des entrées du club, Anthony surveillait l'assistance en même temps que d'autres gardes du corps présents, son regard le plus souvent fixé sur elle. Le club est particulièrement bondé ce soir-là, la lumière passait de l'orangé, au rouge et au blanc à intervalles réguliers. La fumée diffusée, ne facilitait nullement leur travail.
Après plusieurs danses langoureuses avec cet homme, elle se souvient qu'Anthony l'avait attrapée par le bras à la sortie des toilettes et sans dire un mot, l'avait traînée jusqu'à la limousine

de l'actrice, mettant ainsi un terme à la soirée et à toute possibilité de finir dans le lit de ce beau brun.

Quelques minutes plus tard, la voiture laissa descendre les trois individus (Sam Brown qui les avait rejoints in extrémis et faisait déjà le récapitulatif des contacts établis lors de la soirée) devant l'édifice où Jessica possède son loft situé au dernier étage. C'est un duplex aménagé en loft spacieux comprenant une superbe terrasse en bois avec des arbres et surtout une vue imprenable sur toute la ville.

Jessica se revoit dans l'entrée de son appartement en train de souhaiter une bonne nuit à Sam, le forçant gentiment à rentrer chez lui et la laisser seule. Anthony était directement allé à la cuisine, silencieux comme une carpe depuis qu'ils avaient quitté le club mais il ne cachait pas son mécontentement.

«Est-ce que ça va aller Jess? Tu veux que je lui parle ?»
Sam, avant de la quitter, avait bien remarqué l'état d'énervement de l'agent. C'était souvent dans ce genre d'occasions, que Sam regrettait cet arrangement avec le F.B.I. parce qu'il voyait bien à quel point l'agent Masson empiétait sur les libertés de Jessica.

«Ne t'inquiètes pas Sam, il va déjà se calmer dans 5 min.»
Elle lui répondit toute souriante et désinvolte, trop saoule pour réagir différemment.

«Écoute, il semble bien énervé ce soir, je crois pas qu'il va se calmer facilement, je devrais peut-être …

«Sam, rentre te coucher l'esprit tranquille. Une fois qu'il aura pris une bonne douche froide il sera déjà plus sociable. Je t'assure, il n'y a rien à craindre. Il est toujours comme ça lors de ce genre de fêtes, ça lui passe très vite. Il n'a jamais été violent, rassure-toi.» Elle lui déposa un baiser sur la joue et le mit dehors amicalement.

Une fois la porte refermée, elle enleva ses souliers qu'elle lança au hasard et se délecta du contact froid du plancher avec la plante de ses pieds. Ça lui fait toujours ça quand elle doit passer plusieurs heures en talons hauts.

À son tour, elle se dirigea dans la cuisine. Tout le rez-de-chaussée de l'appartement est conçu à aire ouverte, de façon à voir tout le monde de n'importe quel endroit, seul l'étage est partagé en pièces bien distinctes les unes des autres. Meublé avec soin, d'un style moderne et chaleureux, de grandes baies vitrées apportent une luminosité parfaite à l'endroit le jour et une vue sur la ville lumineuse la nuit venue.

Anthony était accoudé au comptoir en marbre, sirotant tranquillement un verre d'eau. Elle ne lui prêta pas attention, elle savait très bien qu'il était en colère contre elle. Elle ne sait pas pourquoi elle fait toujours tout son possible pour être contrariante avec lui. Ouvrant la porte du frigo, elle prit une bouteille d'eau et la passa dans la nuque pour se rafraîchir un peu ou pour baisser la température de son corps. Elle avait elle aussi besoin d'une bonne douche froide. Lui faisant dos, elle pouvait sentir sur sa nuque le regard intense du garde du corps. Elle se retourna alors un bref instant.

«Tu ferais mieux d'aller prendre l'air sur la terrasse.» Elle quitta la cuisine pour se diriger vers l'escalier qui mène au deuxième étage. Anthony tourna en rond en lâchant un ou deux jurons au passage et finit par sortir suivre son conseil.

Elle se souvient bien de cette nuit-là.

Quelques minutes plus tard, elle enfila un peignoir de style japonais à larges manches avec de magnifiques broderies dans le dos, et pieds nus, elle redescendait apercevant facilement Anthony sur la terrasse, fixant droit devant lui dieu sait quoi, les bras croisés sur la poitrine. C'était une nuit chaude d'été, une de celles où on n'a pas la moindre envie de se coucher.

Un sourire s'était installé sur les lèvres de l'actrice. Elle alluma le lecteur CD du salon, plaça un disque de jazz aux notes langoureuses puis ouvra la porte-fenêtre qui mène à l'extérieur et d'un pas feutré, s'approcha de l'agent par derrière. Elle a pris soin de laisser dans la cuisine une nouvelle bouteille d'eau sortie du frigo.

Elle passa ses mains sur le torse d'Anthony et sur la pointe des pieds, se dressa jusqu'à ce qu'elle soit au plus proche de son oreille et lui murmura de la faire danser. À ce moment précis, elle se sentait en feu, un désir insatiable la tenait et la poussait vers cet homme.

Il se retourna brusquement, saisit les bras de la jeune femme et les passa dans son dos, la maintenant ainsi tout contre lui, l'empêchant de se dégager. Son visage était sévère mais ses yeux pleins de désir. Il la fixait sans dire un mot, sans bouger.

«Si tu crois que tu vas finir la nuit avec moi, tu te trompes.»

Sans se laisser démonter, elle posa en premier son front sur la poitrine du garde du corps, puis tendit son visage vers son cou et l'embrassa délicatement. Il ne bougeait pas, se laissant faire. Une nouvelle fois, elle lui murmura de la faire danser. Elle reprit ses baisers et tout doucement il commença à bouger, ses pieds, ses jambes, ses hanches puis son torse se mirent à suivre le rythme de la musique, ses mains maintenaient toujours les bras de l'actrice. Une légère brise soufflait sur eux, faisant subtilement voler l'ourlet du peignoir de temps en temps et laissant apercevoir les jambes nues de Jessica.
Il finit par relâcher son étreinte et par caresser ses bras en l'embrassant sur ses cheveux encore mouillés. Rapidement ils s'embrassèrent avec passion, laissant aller leurs mains sur le corps de l'autre, oubliant le rythme à suivre. Il finit par la prendre dans ses bras et la porter jusqu'à l'intérieur de l'appartement puis jusqu'à l'étage et la chambre à coucher de l'actrice où il resta le reste de la nuit à lui faire l'amour.

C'est sur cette dernière image que Jessica rouvre les yeux. Elle prend une profonde inspiration avant d'expirer timidement. Pourquoi est-ce que ce souvenir refait surface maintenant ? Pas une seule fois ces dernières heures elle n'a pensé à lui, à leurs étreintes, à leurs baisers. Elle ne peut quand même pas être contente de le retrouver ? C'était un tel bonheur de bouger sans l'avoir dans ses pattes, elle a même dit qu'elle ne le veut plus dans sa vie.
Son regard se pose sur l'océan en face d'elle. Toujours déterminée à demander un autre agent pour assurer sa sécurité, elle ne peut s'empêcher pendant un bref instant de questionner ce souvenir. Cette soirée s'était déroulée quant déjà ? Un mois peut-être. Elle n'avouera jamais qu'elle a une liaison charnelle avec un agent du F.B.I, parce qu'il est tellement incrusté dans sa vie qu'elle le voit parfois plus comme un mari envahissant. Depuis le début, il a su la comprendre, la

rassurer et la consoler à l'occasion mieux que quiconque, c'est quelque chose qu'elle apprécie. Avec le métier qu'elle fait, la solitude est bien présente, avoir quelqu'un comme ça à ses côtés à des avantages.

La situation se révèle être tel un voile, déguisant la réalité en une douce fiction, à l'occasion. Jamais, elle ne renoncera à sa carrière parce qu'un agent du F.B.I ne peut être en couple avec une célébrité et lui-même ne lâchera jamais son métier pour se retrouver dans les souliers du fiancé qui suit partout et qui, sur demande, joue le rôle du garde du corps. Bon sang, pourquoi elle pense à tout ça ?! Elle ne l'aime pas, elle veut le voir quitter sa vie. À peine cinq minutes en sa présence et elle n'est déjà plus capable de faire la part des choses. Bon sang, tout allait si bien jusqu'à ce qu'il soit là. Elle déteste ce sentiment.
Elle porte le verre d'eau à ses lèvres mais se rend compte qu'il est déjà vide. Déçue, elle le repose dans le sable et c'est précisément à cet instant qu'elle voit que quelqu'un se tenait à côté d'elle. Elle ne s'en inquiète même pas, sachant très bien de qui il s'agit. Anthony s'assoit et dépose une bouteille d'eau par terre. Une légère brise vient rafraîchir l'air.

«J'ai pensé que tu devais être à sec.

«Ça ne fait pas partie de tes attributions de faire en sorte que je m'hydrate.

«J'aurai cru que tu t'étais calmée depuis tout à l'heure. Une journée sous le soleil, en toute liberté ne t'a pas rendue plus aimable à ce que je vois.

«C'est de me faire materner à longueur de journées qui me rend irritable. Et tu as tort !

«À propos de quoi ?

«J'étais parfaitement aimable jusqu'à ce que je te vois sur la terrasse du bungalow.

«Excuses-moi de vouloir faire mon travail avant toute chose et d'être peut-être ces derniers temps, la seule personne qui se soucie véritablement de toi.

«J'avais besoin de décrocher, même toi tu dois être capable de comprendre ça.

«Si tu me l'avais dit, je t'aurais encouragé à prendre des jours de congé, tu aurais pu rentrer en Australie, voir tes amis là-bas. Je t'ai toujours encouragé à rester en contact avec eux, ils t'apprécient tout autant. Je n'ai jamais souhaité te couper de ceux qui comptent à tes yeux.» Anthony lui parle à présent d'une voix douce et calme. Il veut faire tomber la tension entre eux.

«Peut-être bien mais c'est ici que je voulais être et pas ailleurs.

«Écoute, j'oublie facilement que mon travail ne consiste pas à t'empêcher de vivre et je suis désolé que tu le ressentes ainsi.» Il prend la main de la jeune femme entre les siennes et la porte à ses lèvres. Il la garde ainsi encore un peu. «Plaquer ta surveillance était inconscient et te rendre ici sans prévenir ... encore plus.

«T'as peur pour ta place ? Et puis ce n'est pas vrai ça, en quoi est-ce un problème de venir dans les Antilles ?

«Certaines de ces îles sont des repaires de prédilections pour les trafiquants ... et tu te dois d'être prudente avec ce qui s'est passé l'an dernier ... ton passé se trouve peut-être bien ici mais ...

«Il y a une différence entre être prudent et être paranoïaque Anthony. Si Sam pensait comme vous tous, il ne m'aurait certainement pas donné les clés de la villa, insistant pour que je vienne m'y reposer.

«Depuis quand il est une sommité en la matière ?

«Il n'y a que le F.B.I pour voir des trafiquant de drogues ou d'armes partout là où il y a des îles. Les gens normaux comme Sam et moi ont une vision moins dramatique des choses. Et puis, tu n'as donc jamais agi sous le coup de l'impulsion. Et c'est quoi le rapport avec mon enfance ? C'est la première fois depuis mes 14 ans que je prends le temps d'y remettre les pieds et vous paniquez tout de suite comme si ... je ne vois même pas pourquoi. Mais je ne devrais pas m'étonner que vous gardiez des secrets.» Elle le regarde avec un air de reproche, reprenant sa main et se tournant pour lui faire face.

«Partir en douce, c'est quelque chose que je peux me permettre, pas toi, pas dans ta position.

«Cette position comme tu l'appelles, c'est vous qui l'avez créée, toi et ton supérieur.

«Ce n'est pas moi qui ai manqué de mourir d'une injection mortelle de drogues, inconnue du marché, par un fiancé plutôt douteux.» Anthony lui répondit de façon très acerbe.

«C'est dégueulasse de dire ça.»

Même s'il n'y avait que peu d'éclairage autour d'eux, l'agent Masson pouvait facilement imaginer l'expression du visage de Jessica, rouge de colère.

«Excuse-moi, mes paroles ont dépassé ma pensée. Les dernières heures ont été très difficiles. Quand j'ai su que tu avais faussé compagnie à l'agent chargé de ta sécurité à New York ... j'ai plus d'une fois imaginé le pire.» Il n'a pas envie de passer le reste de la nuit à s'engueuler avec elle. «Cela dit, tu es au moins plus détendue que sur le continent. Alors peut-être que ça en valait la peine.

«Je croyais que j'étais aussi sympathique qu'une porte de prison.»

Anthony, pour toute réponse, se contente de passer une main dans les cheveux de Jessica, caressant du bout des doigts sa tempe, sa joue et finit par laisser sa main sur la nuque de l'actrice, faisant délicatement des cercles de part et d'autre pour la détendre. Effectivement, il ne tarda pas à la sentir baisser sa garde et à se relâcher. Il la voit saisir la bouteille d'eau qui attendait depuis tout à l'heure sur le sable et avaler plusieurs gorgées.

«Ne me refais juste plus vivre ça, c'est tout ce que je te demande.» Anthony a prononcé ces paroles en rapprochant ses lèvres de l'oreille de la jeune femme, presque en un murmure.

«Je ne te promets rien.» Elle se dégage fermement, se lève et se dirige vers le jardin de la villa.

Sur ses talons, il la rattrape et pour l'arrêter, lui pose ses mains sur ses épaules. Elle stoppe ses pas, d'un geste doux il la fait se retourner vers lui. Il la regarde tendrement, caresse sa joue et l'embrasse, elle se laisse faire pendant un instant, comme si tout mouvement était soudain devenu trop difficile à faire mais, finit par reprendre le contrôle d'elle-même et, se dégageant une nouvelle fois de son étreinte, reprend la direction de la terrasse puis s'installe sur la rambarde, face à la villa, les jambes dans le vide.

«Ce serait justement l'occasion pour qu'on discute un peu de toi puisqu'il n'y a personne pour nous espionner ici. Je me rends compte que depuis que tu travailles pour moi, tu ne m'as jamais vraiment parlé de toi, de ton enfance ou même de tes parents. Je réalise que c'est à peine si je sais qui tu es.» Comme elle le voit déjà devenir maussade, elle décide de changer son fusil d'épaule. «Ça me permettrait de mieux te comprendre et sûrement d'être capable de mieux te supporter quand tu es constamment sur mon dos.

«Je suis un agent du F.B.I. Tu n'as pas besoin d'en savoir plus pour comprendre que j'agis dans ton intérêt. Ce que tu sais est suffisant.» Il se tient debout, accoté à la rambarde mais de l'autre côté des escaliers.

«Ce n'est pas une réponse ça, j'ai l'impression d'entendre ton patron. Tu sais que tu peux avoir confiance en moi.

«Il n'est pas bon dans ma profession de mêler vie privée et boulot.

« Tu prêches pour ton église là, ou tu me débites le sermon que tu es sensé appliquer parce que la dernière nuit sur le continent, tu ne t'es pas trop fait prier pour mêler vie privée et boulot. Est-ce que tu as déjà oublié la position dans laquelle tu m'as placée ?» Elle le regarde avec un sourire taquin.

«Tu ne t'en es pas plainte ... au contraire. À moins que tu souhaites changer un peu cette routine et, en prenant un autre agent pour assurer ta sécurité, mettre de nouveau du piquant dans ta vie surfaite d'actrice. Pourquoi pas vivre ce que tu fantasmes à travers ces personnages que tu interprètes ?!

«En plein dans le mille pour les interprétations mais si je souhaitais un autre agent auprès de moi, ça n'est sûrement pas pour le mettre dans ma culotte.

«Tu peux le mettre ailleurs que là, je te connais.» Il attend un peu que la réaction provoquée chez Jessica se dissipe avant de reprendre plus calmement. «D'accord, dis-moi plutôt pourquoi tu veux me remplacer ?

«Tu t'investis beaucoup trop personnellement dans cette affaire. Je ne suis plus certaine que tu t'occupes de moi parce qu'il y a une infime possibilité qu'on veuille encore s'en prendre à moi, ou plutôt que tu penses avoir pris la place d'un petit ami ou d'un fiancé.

«Où est-ce que t'es allée chercher ça ?» Il se met à pouffer de rire.

«Je t'en prie, sois sincère avec moi et dis-moi que je me trompe.

«Tu te trompes, Jessica. Depuis le début de mon service, j'ai été soucieux de ta sécurité, peut-être un peu trop parfois, je te l'accorde mais je n'ai jamais imaginé autre chose.

«Dans ce cas, penses moins à mon cul et plus à ta véritable mission, sinon ...

«Sinon quoi ? Tu vas exiger un autre agent, c'est ça ? Dis-toi que ce n'est pas toi qui décides, ni moi d'ailleurs. Le F.B.I. n'est pas là pour satisfaire ton bon vouloir.

«Anthony, je vais être plus soft cette fois puisque même la vulgarité ne semble pas te faire comprendre le message.» Chacun se regarde en chien de faïence, les traits du visage tirés. «Tu veux connaître la raison pour laquelle je parais en meilleure forme depuis que je suis à La Barbade ? Et bien c'est parce que depuis un an j'ai réussi à passer enfin 24h sans toi sur mon dos, autant en façon de parler que littéralement parlant, et ça me fait un bien fou !

«Dans ce cas, en quoi ça changera que je te parle de ma vie privée puisque tu es heureuse sans moi ? Est-ce que tu sais vraiment ce que tu veux ?

«Peut-être … j'en sais rien, mais là, tu m'apparais uniquement comme un con qui est incapable d'éprouver le moindre sentiment. J'ai besoin d'humanité autour de moi, tu ne crois pas qu'avec mon métier je suis suffisamment entourée de superficiel, de fictif.» La jeune femme se radoucit avant de continuer à parler. «Parles-moi de tes parents, est-ce qu'ils sont encore en vie au moins ? Tu ne sembles voir personne pour Noël, tu ne …

«Mes parents sont morts depuis longtemps.» Il lâche l'information d'un ton neutre.

Le visage de Jessica se fige un bref instant, cette remarque lui glace le sang.

«Morts mais qu'est-ce qu'il s'est passé ?» La tristesse vient de la gagner mais sa voix est pleine de compassion.

«J'étais adolescent quand mon père est mort suite à une agression qui a mal tourné. Ma mère l'a suivi un peu plus tard rongée par le chagrin.» Il se tait un instant et détourne son visage.

«C'est terrible Anthony. Pourquoi ne m'as-tu jamais rien dit ? Ce n'est pas comme si je ne suis pas capable de comprendre ce que tu ressens.

«Je n'ai jamais vu l'intérêt de raviver de douloureux souvenirs en t'en parlant.» Il se rend compte qu'il vient de dire une absurdité. «Enfin … je veux dire par là que je ne veux pas que mon passé te rappelle davantage ce que tu as toi-même vécu. Quoi que je ne puisse pas me plaindre, par rapport à toi, au moins je me souviens d'eux.

«Je vois.» La nostalgie l'envahie soudainement. Son regard finit par se perdre au bout de la terrasse, loin derrière le garde du corps. En plus de la tristesse qu'elle éprouve pour Anthony, elle a mauvaise conscience à présent à avoir dit vouloir se défaire de lui. Ce dernier, finit par s'en apercevoir.

«Tu vois, c'est précisément pour ça que je ne voulais pas te le dire. Tu es suffisamment affectée par ton propre passé.» Elle semble perdue dans ses pensées, ne réagissant pas à ce qu'il vient de lui dire. «Jess ... ?

«Est-ce que c'est pour cette raison que tu as souhaité assurer ma protection ?

«Peut-être bien mais de toute façon, on m'a mis sur cette mission, je n'en ai pas fait la demande.»

Elle se lève et se plante devant le jardin, les mains posées sur la rambarde, ses pensées ailleurs.
Anthony en profite pour quitter sa place et rentrer dans le bungalow. Quelques minutes plus tard, il en ressort avec deux bouteilles d'eau fraîches, la jeune femme avait fini la sienne depuis un moment. En déposant l'une des deux sur la table basse à l'intention de l'actrice, il la voit essuyer quelques larmes aux coins de ses yeux.

«Parle-moi de ton enfance. Dis-moi un peu quel genre de mauvais garçon tu étais ?

«Eh bien, c'est plutôt amusant que tu utilises ce mot parce que pour certaines personnes du quartier, j'en étais un.» Il vient se placer en sens inverse, à côté d'elle, faisant face à la villa.

«Voyez-vous ça, je ne suis surprise qu'à moitié !» Jessica s'efforce de dissiper l'émotion dans sa voix. «Qu'est-ce que tu faisais donc pour mériter ce qualificatif ?

«Pour être honnête, rien de terrible. Les mêmes idioties que tous les gamins font : mettre des pétards dans la boîte aux lettres des voisins, sonner aux portes et s'enfuir, attacher des canettes à la queue des chiens ... » En y repensant, il se mit à rire de bon cœur.

«J'imagine que tu devais avoir tout un harem autour de toi, déjà tombeur de ces dames.

«Il n'y en avait qu'une qui retenait mon attention.

«Monsieur Masson, vous rougissez ! Vous étiez donc capable de sentiments amoureux à cette époque-là ? Que s'est-il passé exactement, je veux tout savoir.» L'actrice est visiblement très intéressée par le petit récit qu'il lui livre, espérant qu'il ne va pas se refermer comme une huître.

«Il n'y a pas grande chose à dire. Elle s'appelait Ambre, elle était capable de me comprendre rien qu'en me regardant dans le blanc des yeux, elle savait comment faire avec moi. En fait, elle faisait bien souvent ce qu'elle voulait de moi et je dois avouer que je ne lui refusais pas grand-chose moi-même.» Il sourit en évoquant ce souvenir. «On était fiancés et quelques jours avant de se marier elle s'était volatilisée.

«Tu plaisantes.

«Je suis très sérieux ! Elle avait fait ses bagages, vidé son compte en banque et était partie, je sais plus très bien où ... je crois en Europe.» Il s'était arrêté de parler et buvait au goulot de la bouteille plusieurs grandes gorgées, le regard perdu, s'efforçant de garder à l'intérieur ce flot d'émotions qui tentait de remonter à la surface.

«Je suis désolée pour toi mais c'est pas parce que ça s'est mal passé cette fois-là que tu ne trouveras pas quelqu'un d'autre ?

«J'oubliais que tu crois au vrai amour. Qu'on a tous notre moitié d'orange qui nous attend quelque part.

«Ne te moque pas de moi, c'est une théorie que bon nombre soutiennent.

«Si c'était vrai, comment tu expliques qu'elle m'a fait souffrir ?

«Il n'y a qu'une moitié d'orange, le parfait assortiment, mais par contre il y a plein de clémentines, de pamplemousses et de citrons. Il est facile de se méprendre.

«Qu'est-ce que c'est que ça, le panier de la ménagère ?

«C'est juste une version de Freud mise à jour. Pourquoi est-ce qu'on croit parfois avoir trouvé l'âme sœur, la bonne personne et que finalement tout s'écroule un jour ? C'est qu'elle lui ressemble ... d'où la clémentine ! C'est une copie presque parfaite de l'originale, je dis presque parfaite, c'est pour cette raison qu'à la longue l'un ou l'autre des deux finit par se rendre compte de l'erreur et décide d'arrêter les frais ... normalement, à moins qu'ils ne soient de peureux égoïstes qui resteront dans cette relation où l'amour n'existe plus, gâchant toute chance de trouver le véritable amour. Un beau gâchis pour 4 personnes.

«Alors heureusement que j'ai fini par m'en guérir ! Elle représente un ancien chapitre de ma vie et ça fait un bon moment que je suis dans l'écriture de nombreux autres.

«Oh là ... épargne-moi les détails d'accord, contente que tu t'en sois remis mais je ne veux pas savoir pour autant ce que tu fais de ta vie sentimentale.

«Ce n'est pas toi qui viens juste de dire vouloir connaître ma vie privée ? Ah non ... je sais maintenant, c'est parce que tu me vois comme ta moitié d'orange.

«Excuses-moi !?» Jessica, à l'évocation de cette éventualité ou absurdité, ne peut s'empêcher de lâcher un rire qui, pour quelqu'un d'attentif comme Anthony, renferme beaucoup de nervosité. «Dans tes rêves.

«Allez, tu peux bien me l'avouer. Après tout, est-ce qu'il y a quelqu'un d'aussi attentionné que moi dans ta vie ? Aux petits soins ? Qui te donne autant d'amour ?» Pour marquer ses paroles, il s'assure bien de jouer la carte de la séduction et du charme à fond.

«L'assistant de plateau.

«Lequel ? Celui qui sera autant aux petits soins pour toi que pour n'importe lequel de tes partenaires de jeu ?

«Sam !» La jeune femme essaie de trouver quelqu'un, sachant pertinemment qu'il n'y a en effet personne d'autre que lui.

«Tu le paies pour ça. À moins que tu ne crois que le médecin soit ta moitié d'orange ?»

Elle le regarde surprise et amusée en même temps.

«Quel médecin ?

«Je t'en prie, ne joue pas ce petit jeu avec moi. Est-ce que tu n'as pas passé les dernières heures à visiter cette île en compagnie …

«Tu veux parler de James.

«Tu l'appelles déjà par son petit nom … tu crois que c'est le bon ?

«Anthony arrête ça. Et puis comment est-ce que tu connais son nom et sa profession, pour les 5 min. où tu l'as aperçu ?» Après quelques brèves secondes, elle répond à sa propre question. «Bien sûr, l'agent du F.B.I n'est jamais loin. Question stupide, quand tu possèdes un dossier sur mon épicier.»

Anthony et Jessica restent côte à côte, silencieux. Il y a toujours cette soirée organisée dans le quartier et la musique qui résonne encore autour d'eux.

«Anthony, se retrouver au lit à l'occasion, se donner de l'affection … tout ça c'est très bien mais ça ne doit pas nous empêcher de vivre notre vie.

«Et la tienne n'est évidemment pas avec un agent du F.B.I.» Il a pris dans ses mains celles de l'actrice, et du bout de ses doigts, les caresse. Son regard est tendre et enveloppant. Elle le contemple de la même manière. Au bout d'un moment, il la prend dans ses bras et l'embrasse sur sa chevelure, comme il le fait souvent. Elle reste ainsi sans bouger jusqu'à ce qu'il relâche son étreinte et qu'il la laisse là.

Jessica va s'allonger dans le hamac suspendu un peu plus loin sur la terrasse et d'un pied le fait légèrement balancer.

«De toute façon, il n'y a pas pire que les actrices, tu n'as donc rien à craindre.» Il avait encore lâché cette remarque sur un ton jovial, avant de s'affairer à l'intérieur.

La tête sur le côté, vers le fond du jardin, vers le trou qui mène à la plage et qui dévoile un clair de lune magnifique, elle se laisse surprendre à apprécier ce moment qu'elle a échangé avec lui.
Elle repense aux mots qu'ils venaient de se dire, elle les analyse, essaie de comprendre pourquoi elle a toujours cette impression qu'il y a quelque chose chez lui qu'elle ne parvient pas à saisir. Elle veut le voir partir sur une autre mission mais pourtant il y a quelque chose qui l'attire inlassablement comme un aimant.

Prenant une nouvelle gorgée d'eau, la jeune femme laisse ses pensées vagabonder et ne peut s'empêcher de continuer à penser à lui. Peut-être qu'elle s'est un peu trop vite emportée ces derniers jours, peut-être qu'elle n'ira pas demander quelqu'un d'autre. Après tout, il fait son travail le plus professionnellement possible même si ça l'étouffe … elle ne peut le nier. C'est peut-être une bonne chose qu'il soit là. Elle peut essayer d'en profiter pour passer un peu de temps ici avec lui et se donner une chance de mieux le connaître. C'est vrai qu'elle apprécie l'avoir à ses côtés, qu'elle prend goût à leurs parties de jambes en l'air, elle ne peut se voiler la face aussi hypocritement. Depuis un an, c'est devenu presque impossible d'entamer une relation avec n'importe quel homme, alors autant profiter du fait qu'elle en a un à sa disposition. Le fait qu'il soit jeune et aussi séduisant aide, c'est évident qu'une telle relation n'existerait pas avec un vieux bedonnant.

Elle prend une nouvelle gorgée d'eau et vide la petite bouteille. Pourquoi déjà voulait-elle un autre agent ?
Anthony rangeait dans la commode à tiroirs de la chambre, les quelques vêtements qu'il avait achetés à l'aéroport. De la musique rythmée sortait du poste de radio de la cuisine, de la salsa pour être plus exact.

Jessica allongée, tout à côté, dans le hamac, belle et plus désirable que jamais. Sans faire de bruit, il s'est approché de la porte-fenêtre et la regarde à travers les persiennes de bois. Elle se balance doucement, comme elle aime le faire à chaque fois qu'elle ressent le besoin de laisser son esprit se vider. Il peut distinguer son corps, ses formes sensuelles. Il ferme un instant les yeux et se la remémore dans ses vêtements, le débardeur qu'elle porte, épousant parfaitement sa poitrine. À cette pensée, il sent un frisson parcourir son échine. Il rouvre les yeux, elle est toujours là et il n'a pas l'intention de lui faire oublier qu'il est là pour rester.

C'est vrai qu'elle a meilleure mine qu'à Boston, il doit bien reconnaître qu'elle commençait à être de plus en plus morose, triste et que les étincelles de joie de ses yeux avaient presque disparu. Ces yeux magnifiques, qui savent autant lui transpercer le cœur sans remords que le bercer avec amour.

D'accord, elle sait être difficile à vivre et chiante à tirer une armoire d'un orteil, mais quand elle est loin du stress d'un tournage, elle est parfaite. Le quotidien peut être pénible, un cauchemar perpétuel à gérer mais combien voudraient être à ma place.

La salsa résonne à ses oreilles. Il prend l'une des bouteilles d'eau posée sur le comptoir et se dirige à nouveau vers la terrasse, d'un pas feutré. Sans un mot, il dépose la bouteille au sol, non loin de la jeune femme puis s'en retourne.

«Merci.» Jessica, même les yeux clos, a senti la présence de l'agent et savait qu'une nouvelle bouteille d'eau l'attendait parterre.

Anthony ne put s'empêcher de sourire. Convaincu que les prochaines heures se dérouleront très bien, il retourne à la chambre, ouvre le tiroir d'une des commodes et en sort un drap de bain. Une douche froide lui fera le plus grand bien.

Quelques secondes plus tard, la jeune femme pouvait entendre le bruit de l'eau couler dans la salle de bain.

Seule, elle apprécie chaque seconde passée dans le hamac, bercée au son de la musique. Elle s'efforce de se vider la tête en se concentrant sur le bruit ambiant, sur les odeurs sucrées et légères des fleurs et de la mer, sur le bruissement à peine perceptible des arbres. Le calme au naturel et rien d'autre. Elle a beau aimer vivre en ville, le calme n'a pas de prix.

Dans la douce pénombre environnante, elle cherche à tâtons la bouteille d'eau nouvellement déposée. Elle a l'habitude d'en boire beaucoup et avec cette chaleur, sa consommation ne risque pas de diminuer.

Elle doit être honnête avec elle-même et reconnaître qu'il y a malgré tout plus d'un avantage à avoir Anthony à ses côtés. Non seulement elle se sent en sécurité mais depuis leur rencontre il y a un an, il se comporte de façon irréprochable dans la relation qu'ils ont définie. De toute évidence, lui apporter à boire ne fait pas partie des attributions d'un agent du F.B.I. mais il a très rapidement pris l'habitude de prendre soin d'elle. Elle pensait la première fois que c'était pour bien se faire voir mais aujourd'hui, maintenant en continuant à analyser la situation, son départ serait un grand vide dans sa vie.

Une fois la bouteille trouvée, Jessica l'amène jusqu'à ses lèvres et boit presque d'un coup tout le contenu. Elle visse le bouchon lentement, appréciant cette vague de fraîcheur qui traverse tout son corps. Pourtant une autre vague de chaleur commence à s'emparer d'elle. Elle tend l'oreille afin de s'avoir ce que Anthony fait. Elle l'entend pousser quelques notes de chansons. Le son ne semble pas venir de sous la douche. Ne tenant plus en place dans son hamac, elle se lève de façon résolue, son regard est brûlant comme des braises. Elle entre dans la villa, sans faire de bruit et, une après l'autre, éteint les lampes sur son passage, ne laissant au final que les bougies allumées.

Anthony se trouve dans la cuisine, derrière le comptoir, plus exactement près du frigo, en train de finir une des bouteilles d'eau.
Il sent la présence de la jeune femme, se retourne et la voit s'avancer vers lui de façon résolue, au fur et à mesure qu'elle éteint la lumière. Ses pas sont lents sur le plancher mais sûrs. Il devine très bien à son regard perçant ce qui va s'en suivre. Encore légèrement mouillé, avec juste une serviette attachée autour de sa taille, Anthony se tient debout, légèrement adossé au frigo, affichant un corps musclé et halé, la bouteille d'eau toujours en main.

Les bougies diffusent peut-être une douce lumière à l'intérieur de la villa et les plafonniers une légère brise, il n'en reste pas moins que l'air ambiant de la pièce est devenu aussi chaud qu'à l'extérieur à mesure que Jessica continue son avancée. Il reste planté là, tranquille, avalant de petites gorgées d'eau par à-coups. La jeune femme s'arrête finalement à un mètre et se plante devant lui. Tout en le fixant droit dans les yeux, ses mains tirent délicatement vers le haut de sa tête son débardeur qu'elle laisse nonchalamment tomber à terre, puis elles déboutonnent lentement son jeans. Toujours avec le même feu dans les yeux, Jessica, se tourne légèrement de côté en même temps qu'elle fait glisser le vêtement sur sa peau. Elle se cambre un peu au moment où le pantalon passe sur ses fesses, le bout de ses doigts poussant le jeans vers le bas de ses jambes et lentement, en dégage ses pieds et du bout des orteils, pousse au loin le pantalon.

Habillée de ses sous-vêtements, elle se tient devant lui, provocante et désinvolte pendant un court instant avant de se coller tout contre lui. Le bout de ses doigts effleure son torse et remonte jusqu'à la nuque d'Anthony. Elle vient poser langoureusement ses lèvres sur les siennes quelques secondes puis se détachant de lui, recule vers le comptoir de la cuisine. Ses yeux transpercent ceux de l'agent Masson, le provoquant. Une fois que le dos de l'actrice rencontre la surface froide du comptoir en marbre, elle y dépose une main de part et d'autre, les jambes un peu écartées, et le regarde, l'invitant à venir la rejoindre.

Enfin, il sort de son immobilisme pour s'approcher d'elle lentement. Il pose la bouteille sur le comptoir, sans vraiment faire attention où, ne détachant pas ses yeux de ceux enflammés de la jeune femme. Ses deux mains à présent libres, lui caressent délicatement les jambes musclées et remontant lentement vers sa culotte pour s'y arrêter. D'un coup, il empoigne ses fesses, soulève Jessica et la dépose sur le revêtement froid, ne manquant pas de percevoir le léger frisson qui parcourt l'échine de l'actrice. Tout doucement, le bout de ses doigts remonte vers la fermeture du soutien-gorge. Avec habileté et rapidité, celle-ci cède. Les mains d'Anthony finissent de remonter jusqu'aux épaules de la jeune femme, font tomber les fines bretelles le long de ses bras avant que le tout descende enfin sur les seins fermes et tendus, remplaçant ainsi le sous-vêtement.

L'agent du F.B.I embrasse du bout des lèvres celles charnues de Jessica, puis il les dépose sur sa joue, passe sur le lobe de son oreille et redescend vers son cou, finissant tranquillement par la faire basculer vers l'arrière.

Ses mains découvrent à présent les seins, sa langue chaude et humide vient se coller sur chaque mamelon, laissant échapper un léger cri de contentement de la part de l'actrice. Anthony savoure à chaque fois ce moment avant de poursuivre et de rejoindre son nombril.

Instinctivement, Jessica passe ses jambes autour de la taille de l'agent, prête à ne faire plus qu'un avec lui. Ce dernier se redresse, observe le visage de l'actrice qui exprime les premières notes de plaisir, puis de ses mains, saisit la culotte et la fait glisser le long de ses jambes, s'accroupissant à mesure qu'il descend. Arrivé aux pieds, il enlève le sous-vêtement, le jette derrière lui puis se redressant, il met un pied dans ses mains et de ce fait, soulève la jambe de l'actrice. Pendant qu'une des mains de l'agent soutient le pied, l'autre effleure à peine la peau lisse et douce en partant de la cheville, remontant ainsi lentement jusqu'à mi-cuisse. À partir de là, ses lèvres baisent délicatement l'intérieur de la cuisse tout en remontant jusqu'à l'entrejambe de Jessica. Sous ses baisers, il la sent se tordre langoureusement de plaisir mais il sent aussi l'impatience qui commence à la gagner. Écartant complètement la deuxième jambe qui pendait dans le vide, il détache enfin la serviette qui était restée étonnamment attachée autour de sa taille tout ce temps et d'un geste sûr, la pénètre, lui arrachant un cri.

À chaque fois, il réagissait de la même façon. Plus elle gémissait de plaisir au rythme de ses élans, plus il se sentait excité et continuait avec plus d'ardeur. Cette femme était pour lui une façon bien moins risquée qu'une pilule de Viagra ou de la drogue.

Ils restèrent dans la cuisine encore un moment avant qu'il ne l'emmène dans la chambre poursuivre.

Chapitre VII

États-Unis (22h30 – heure de l'Ouest)

Cela fait déjà près de trois heures maintenant que l'équipe d'analystes, composée à la demande de Bark, est au travail à bord de l'avion privé qui fait route vers La Barbade. Le Directeur du Département des Affaires Internes les a rapidement briefés au moment d'embarquer et tout le monde a remonté ses manches, passant minutieusement chaque carton d'archives contenant tous les documents en relation avec la mort des parents de Jessica Redon, sa tentative de meurtre à Boston et même l'agression faite sur la personne de Sam Brown. Des boîtes pleines de papiers ou de pièces à conviction sont à présent scrutées, passées à la loupe. La consigne est de trouver, depuis le début de toute cette affaire, il y a plus ou moins 15 ans de ça, coûte que coûte, quelque chose, un détail, aussi infime soit-il, qui puisse enfin faire avancer l'enquête. Il est temps de vérifier à quel point le recul des années peut permettre de voir les choses sous un autre jour. Trouver une corrélation, une raison mais plus important encore, savoir qui est derrière tout ça, est devenu capital.
Même si à l'heure actuelle, rien ne permet de dire que la vie de l'actrice soit en danger, l'instinct de Bark lui dit tout autre chose. Si cet homme occupe aujourd'hui au F.B.I. un poste aussi élevé en étant aussi jeune, c'est principalement grâce à cet instinct qui ne lui a jamais fait défaut.

Des canettes de boissons énergisantes, du café et des sandwichs permettent à chacun de rester concentré sur le travail titanesque en cours.
Pour l'instant, peu de discussions se sont tenues. De temps en temps, l'un d'entre eux lève un bref instant la tête et fait faire une rotation à son cou, entraînant parfois un léger craquement des cervicales. L'ambiance reste studieuse et lourde, Grégory Bark ayant suffisamment fait comprendre à son équipe toute l'importance de l'affaire. À date, il n'y a eu que les documents issus de l'affaire Redon, qui ont été épluchés pour la énième fois. Les seuls qui continuent pour

le moment à manquer à l'appel sont ceux concernant l'agent Masson. Maxwell Gattier reste injoignable et il n'y a encore aucune nouvelle de David Sectum.

«Bon, je crois qu'il est nécessaire de se lancer dans un résumé de ce que vous avez déjà réussi à passer à travers. Anita, qu'est-ce que vous avez trouvé jusqu'à présent ?

«À la mort des parents Redon, Jessica resta alitée pendant plusieurs jours, inconsciente. Les médecins ont déclaré que, d'avoir vu de quelle façon ses parents sont morts, ça l'a placée dans un état d'extrême stress. Le résultat a été une poussée de fièvre importante, incapacité à s'alimenter – son estomac rejetait toute nourriture.
«Comment …
«Par intraveineuse.» Anita a anticipé la question d'un de ses collègues. «Bref, les rapports des médecins disent que trois jours après l'accident, elle a repris conscience mais a perdu tout souvenir des événements ainsi que toute son enfance, il ne restait plus rien. Elle était âgée de 14 ans au moment des faits.» Anita marque une légère pause avant de reprendre ses notes. «Le seul membre de sa famille encore en vie, à ce moment-là, était sa tante – Paula Riddell, qui l'a emmenée en Australie dès que les médecins lui ont donné le feu vert pour le voyage. Elles ont vécu dans le quartier de Rose Bay de Sydney. La tante y tenait une librairie, celle de son mari à vrai dire. Celui-ci était mort dix ans plus tôt d'un AVC. Pas une grande fortune mais suffisamment pour qu'elle n'ait pas à prendre un deuxième job avec l'arrivée de Jessica. Paula Riddell est décédée il y a deux ans : leucémie. Jessica Redon quitta l'Australie quelques mois après l'enterrement pour revenir aux États-Unis.
«Qu'est-ce qu'elle a fait entre quatorze et vingt-neuf ans ?
«C'était une enfant modèle … jamais de phase rebelle, d'arrestation ou autre. Élève studieuse, elle s'est découverte très rapidement une passion pour le théâtre. Elle a participé à de nombreuses pièces à l'université et s'est notamment fait remarquer en jouant *"Ophélia"*. C'est à ce moment qu'elle va rencontrer Sam Brown, devenant son agent. Les deux font du bon travail parce qu'en un rien de temps, on la voit autant à la télévision qu'au cinéma. Les critiques parlent d'elle comme de la nouvelle Nicole Kidman, c'est son rôle dans le film *"Souviens-toi de nous"* qui lui ouvrira les portes de Hollywood.»

Grégory Bark fait mine de ne pas savoir de quel film sa collaboratrice fait allusion.

«Avec Robert Redford ?... père et fille qui essaient de recoller les morceaux après des années de silence …

«Ça ne me dit rien. Je crois bien ne plus être allé au cinéma depuis des années.» Grégory Bark qui est âgé dans la quarantaine, se sent un peu décalé avec les autres personnes assises à table. Il s'est affairé à construire sa carrière plus qu'à avoir une vie sociale, c'est le plus gros reproche que sa femme lui a lancé à la figure le jour où elle a demandé le divorce. «Quoi d'autre ?

«Eh bien, après ça, tout va plutôt vite pour sa carrière : submergée par les propositions, elle décida de quitter son pays d'accueil et de poursuivre son évolution en Amérique. Sam Brown fait partie du voyage, ses contacts étant également bien ancrés sur ce continent. Sa carrière continua à grimper, toujours très bonne réputation autant dans son travail qu'en dehors. Selon les dire : gentille, attentionnée et généreuse avec tous ceux qu'elle croise.

«Est-ce qu'elle a laissé quelqu'un derrière elle ?

«Des rumeurs veulent qu'elle ait fréquenté différents acteurs australiens ou néo-zélandais mais rien de confirmé de côté-là. Son agent a toujours fait en sorte que la vie privée de Jessica ne se retrouve dans aucun magazine et, dans la mesure, où à cette époque, on ne s'occupait pas de sa surveillance … alors non, on ne sait pas de façon catégorique si elle a laissé quelqu'un derrière elle mais dans la mesure où personne ne s'est précipité à son chevet après sa tentative de meurtre pour rester dans sa vie ensuite … on peut dire que non.

«Bon d'accord, si je comprends bien, on a pour ainsi dire rien sur sa vie privée dans le Pacifique, c'est bien ça ?» Bark regarde Anita Weber avant de pouvoir continuer le compte-rendu avec un autre collaborateur.

«Malheureusement.» La jeune femme repose ses notes devant elle, contente de son énoncé.

«Marry, qu'est-ce que vous avez ?» Bark se tourne vers la jeune femme qui était en train d'apporter quelques corrections à ses notes.

«Le père, Alexander et la mère, Mérédith. On sait qu'elle s'occupait de leur fille unique et que lui, travaillait pour le Gouvernement américain dans le complexe scientifique de La Barbade

– MX67 - mais c'est impossible de connaître la nature exacte de ses travaux.

«Top secret, c'est ça ? ... mais quelle était sa spécialité ?

«Biologie moléculaire, c'est tout ce qu'on a.

«Les mots *pleine collaboration'* n'auront décidément jamais la même signification pour l'armée ! Bon, quoi d'autre ?» Son patron ne peut cacher son agacement.

«Le couple était très amoureux et chacun était apparemment très proche de leur fille. Aucune infraction ou autre problème de commis durant leur vie. Le jour de l'accident, ils partaient en mer avec leur voilier – un deux mas, bimoteurs – pour célébrer leur treizième anniversaire de mariage. Ils ont confié Jessica au couple Perry, dont le mari – Jason était collègue de travail au complexe militaire. L'enquête du coroner à l'époque n'a pu déterminer avec certitude l'origine de l'explosion du bateau. Cela peut être autant criminel qu'accidentel. Les branchements du réservoir au moteur étaient défectueux. Ça n'a pris que quelques minutes. Le voilier était en train de quitter la plage de Gibbes - à La Barbade - quand l'explosion s'est produite. La force était telle que les quelques débris retrouvés n'ont jamais permis à 100 % d'en établir la cause. Évidemment, la nature des travaux et l'employeur d'Alexander Redon font qu'une simple malveillance ou la malchance n'ont jamais pu être certifiées, gardant le dossier ouvert depuis. Avec les nouvelles méthodes scientifiques, les analyses ont repris récemment. Il n'y a plus qu'à croiser les doigts pour obtenir un résultat déterminant cette fois.

«Autre chose ?

«Jessica se trouvait sur le bord de la plage au moment de l'explosion, ainsi que Lydia et Mark Perry. Rien d'étonnant vous direz mais en fait, j'ai remarqué que l'épouse du collègue signalait que Jessica l'a rejointe sur la plage en criant à ses parents de revenir, quelques minutes après, c'était au tour de son propre fils de se joindre à elles. Il est précisé aussi que les deux enfants avaient couru un marathon avant d'arriver.

«Elle avait sûrement décidé à la dernière minute de retrouver ses parents encore une fois avant leur départ ... le garçon – qui devait être en charge – l'a naturellement suivi, s'assurant qu'il ne lui arrive rien.» Grégory Bark gardait le silence, réfléchissant rapidement sur le contenu de ce dossier qu'il connaît bien. «Maintenant ... ce collègue de travail qui meurt à peine quelques minutes plus tôt ... ça reste un point troublant.» Il venait de faire cette remarque sur un ton songeur, le regard fixé sur le hublot le plus proche de lui.

«Jason Perry a été retrouvé sur la plage de la Baie de Gibbs, pas si loin que ça des lieux de résidence des deux familles et donc du point de départ du voilier ce matin-là. On lui a tiré une balle dans la tête alors qu'il faisait son jogging du matin ... il n'avait aucun effet personnel sur lui. Aucun témoin.

«Je crois plus volontiers que c'est principalement cette coïncidence qui continue après toutes ces années, d'attiser les questionnements.

«Ça existe pas les coïncidences. Marry, je sais pour sûr que les documents concernant la mort de Jason Perry sont ici aussi ... lâchez les Redon et fouillez-moi cette famille. Je veux en savoir plus sur eux. Deux scientifiques travaillant ensemble pour l'armée, morts simultanément ... le mot coïncidence ne peut plus s'appliquer ici !» Se tournant cette fois franchement vers le seul homme de cette équipe d'analyste, Bark avance dans la vie de l'actrice. «Michael, la tentative de meurtre à Boston.

«Manuel Stanza – qui était alors engagé avec mademoiselle Redon il y a un peu plus d'un an – a tenté de la tuer lors d'un souper chez elle. Il lui a fait une injection, qu'il s'attendait probablement à être mortelle. C'est un composé rare de drogues avec notamment comme effets une asphyxie et un arrêt cardiaque. Un voisin de l'actrice a provoqué sa fuite en débarquant chez elle à l'improviste. Quand on a retrouvé Manuel ... eh bien, disons qu'il y avait deux trous au milieu du front et un dans la nuque. On n'a jamais pu retracer son employeur mais du fait des nombreux voyages qu'il faisait un peu partout sur le globe et de sa mort hors norme, on estime qu'il devait travailler au sein d'un cartel de drogue ou d'une organisation criminelle.

«Le choix ne manque pas, en effet.

«Mademoiselle Redon – par des circonstances inexplicables aux dires du corps médical – a survécu malgré un arrêt cardiaque confirmé par les ambulanciers. Plusieurs mois de coma cependant ...

« ... psychanalyse et le Bureau qui décide de la mettre à nouveau sous surveillance serrée en lui attribuant un agent, tenant lieu de garde du corps personnel pour tout le monde. La suite, est familière, je vous remercie.

«Il y a deux semaines de ça, Sam Brown est agressé et laissé pour mort dans une ruelle de New York. Sa voiture a été vandalisée, il n'avait plus de papiers ou d'argent sur lui. L'enquête – pour le moment

– semble se diriger vers une banale agression armée.» L'analyste, maintenant que son discours est terminé, se tait et, comme ses autres collègues, observe Grégory Bark absorbé ailleurs. Après quelques minutes de silence, le Directeur du Département veut un dernier compte-rendu.

«Qu'est-ce qui a pu être trouvé sur l'agent Masson ?

«Pas grand-chose à vrai dire. Je n'ai trouvé qu'une page dans son dossier où très peu de choses y sont mentionnées : lieu de naissance, nom des parents, contenu académique, son court passage dans l'armée et son entrée au F.B.I. après le décès de ses parents …

«Oui, pas la peine d'entrer dans les détails Anita puisque je connais très bien le peu qui y est noté. Aucune information sur internet … ailleurs ?» Bark reste surpris de ce manque d'information.

«Aucun blâme à son dossier, juste les recommandations de votre prédécesseur et vos notes à vous mais rien sur sa vie privée. C'est … étonnamment vide d'informations monsieur.

«En effet … ! Essayez de me trouver son emploi du temps … discrètement.

«Celui de la journée ?

«Remontez aux deux dernières semaines. Merci à vous pour cette première analyse. Vous pouvez retourner à vos recherches.»

Grégory Bark s'éloigne de son équipe et va s'installer dans son siège un peu plus vers l'arrière de l'avion. Il prend d'abord quelques gorgées d'eau de sa bouteille puis commence à tourner les pages de son calepin (quand il doit s'impliquer personnellement sur une affaire, c'est-à-dire être sur le terrain, il consacre toujours un calepin où il note tout ce qui se passe et se dit) où se trouve ses propres notes. Il relit patiemment tout ce qu'il savait déjà plus ou moins puis tourne la tête vers le hublot à sa gauche et regarde à travers. Il n'y a pas grand-chose d'autre à voir que la nuit noire et quelques étoiles mais le néant représente un écran vide pour lui, où peut s'afficher – tel un écran d'ordinateur – toutes ses pensées et réflexions.

Il se remémore les informations concernant l'amnésie de Jessica Redon, immédiatement après la mort de ses parents. Elle n'a pas eu l'occasion d'aller à leurs funérailles, Paula Riddell non plus d'ailleurs. Elles ont quitté La Barbade avant que l'autopsie de ce qui restait ne soit terminée. Le Bureau a estimé que le plus tôt Jessica serait éloignée de l'île, le mieux ce serait. Ne connaissant pas les raisons entourant leur mort et si sa vie était en danger, ils ne pouvaient prendre de risque. Dès son départ, elle a pris le nom de sa tante et l'a gardé jusqu'à ce qu'elle reprenne son nom de baptême, comme nom de scène.

Le F.B.I l'a surveillée de loin pendant les deux premières années puis, constatant qu'aucun danger ne planait sur la vie de Jessica, ils l'ont laissée tranquille. Il n'y avait alors que l'affaire Redon, celle de la mort de ses parents qui monopolisait l'attention d'enquêteurs mais sans vraiment donner de résultats. S'il n'y avait pas eu d'ailleurs la tentative de meurtre sur la jeune femme il y a un an, quelques temps après son retour sur le continent nord-américain, elle mènerait une vie tout aussi remplie mais sans la moindre présence du F.B.I pour la protéger.

Est-ce que tout ça est lié ? La mort des Redon, l'agression de Jessica, celle de son agent ?! Il se passe beaucoup trop de choses importantes, hors normes, dans la vie de cette femme pour qu'il s'agisse de coïncidences. Grégory Bark se refuse à en croire le contraire.
L'image de l'agent Masson lui traverse l'esprit tout à coup. Pourquoi est-ce qu'il lui a menti ces dernières heures ? Pourquoi ne pas avoir tout de suite dit qu'il a perdu Jessica à New York et qu'il ne sait pas où elle est ? Peut-être que c'est pour ne pas se faire blâmer. Pourquoi … pourquoi … pourquoi …! Trop de questions et aucune réponse.

Anthony Masson ne s'est jamais comporté de même depuis qu'il travaille sur cette affaire, depuis que Bark est son patron. Ce dernier, qui a réussi à piquer sa curiosité, ouvre à nouveau son ordinateur portable, et commence à consulter un à un les rapports que l'agent Masson lui a fait depuis un an. Il veut savoir s'il y avait déjà eu trace d'un comportement suspect et, comme Bark ne s'intéressait que d'un œil au cas de la jeune femme, peut-être que quelque chose est passé inaperçue. Fébrilement mais méticuleusement, il passe en revue les documents électroniques mais après presque une heure à chercher, il ferme le dernier rapport, bredouille. La déception et l'agacement peuvent se lire sur son visage.
Il se lève et se dirige vers le mini bar installé non loin. Il en sort un verre, y met des glaçons, verse une dose généreuse de whisky et retourne s'asseoir devant son ordinateur portable. Les membres de son équipe sont eux toujours au travail.

Il semble donc que ce soit la première fois qu'Anthony Masson agisse de la sorte. Bizarre, avec tous les éloges qu'on lui attribue … pourquoi ce changement maintenant ? Ce qui l'étonne davantage, c'est qu'il ne peut avoir accès au véritable dossier de son agent. Il est protégé comme s'il était le fils du Président des États-Unis. Qu'est-ce que c'est que ces conneries ? La seule personne qui pourrait lui apporter une réponse – Maxwell Gattier, reste injoignable ou si on veut commencer à être suspicieux, cette personne semble tout faire pour ne pas être disponible.

Bark se reproche tranquillement son manque de sérieux et d'intérêt pour le cas Redon, enfin pour ce qui a trait à la surveillance de la jeune femme. Il admet qu'il a laissé son opinion personnelle prendre le dessus et que son professionnalisme a été légèrement mis au placard la concernant. Il a bien l'impression qu'il commence à s'en mordre les doigts, malgré tout, il ne changera pas pour autant d'avis sur le fait que ce ne devrait jamais être le Bureau qui se retrouve à devoir faire du babysitting auprès de la jet-set.

Il a besoin de savoir ce qu'il y a dans ce dossier avant de se mettre franchement à paniquer, avant de remettre en question tous les rapports que Masson lui a fait parvenir parce que sinon … comment savoir ce qui est vrai de ce qui est fau

Bark retourne à son ordinateur et vérifie s'il a reçu des messages. La nuit sera bien longue.

Chapitre VIII

Périphérie de Bridgetown – La Barbade, plus tôt

Depuis que James a laissé dans son rétroviseur Welches Beach, laissant Jessica entre les mains de son garde du corps, il se sentait rassuré pour elle. Même s'il l'a à peine aperçue, impressionnant est l'adjectif qui lui vient immédiatement à l'esprit. Certes, il a imaginé un gars peut-être un peu rondelet, proche de la cinquantaine, le genre de garde du corps qu'on voit habituellement travailler pour le milieu du showbiz alors qu'en fait, celui-là est particulièrement jeune, sûrement dans la trentaine comme lui. Mais jeune ou pas, séduisant ou pas, il reste satisfait de savoir qu'il a retrouvé l'actrice.

Il était revenu rapidement à la clinique chercher le tissu imprégné du sang de la jeune femme, tissus qu'il a soigneusement mis de côté sans que son oncle ou l'actrice ne s'en soient rendu compte. À présent, il prenait la direction de l'hôpital Queen Elizabeth. Quelques minutes avant d'y arriver, James attrape son cellulaire qui est posé sur le siège passager, et compose l'un des numéros dans sa liste de contacts, il attend la communication qui ne tarde pas à se faire.

«L'interne de garde au Laboratoire, s'il vous plait.» Sa voix est assurée, un peu fatiguée, il a eu une longue journée.

Quelques secondes plus tard :

«Ici le laboratoire de l'hôpital Queen Elizabeth. Nos heures d'ouverture sont de …
«Ça suffit Séraphin, je sais que c'est toi et pas votre répondeur.
«James ? Eh man, est-ce que c'est bien toi ou je rêve ? Tu ne sais pas que la journée de travail est finie pour tout le monde.
«Pour tout le monde oui mais t'es de garde toi.
«Merci de me le rappeler, j'avais espéré passer une soirée tranquille sur le Net à chatter avec de 'tites poulettes !

«Séraphin, je viens pour te donner quelque chose à examiner pour moi. J'arrive sur le stationnement arrière, attends-moi à l'ascenseur d'ici 5 min.» James ne lui laisse pas le temps de répliquer quoi que ce soit, coupant la communication et rangeant son cellulaire dans l'une des poches de son pantalon.

En effet, cinq minutes plus tard, les portes de l'ascenseur de l'aile Nord s'ouvrent sur le 2ème sous-sol, pour ainsi dire mort à cette heure de la nuit. Des veilleuses réparties un peu partout permettent de distinguer les lieux sans risquer de se cogner, cette technique permet à l'hôpital de faire des économies dans les secteurs qui ne nécessitent pas vraiment d'éclairage la nuit, parce que pas ou peu de personnel en fonction. James sort de la cage d'ascenseur qui se referme déjà derrière lui, il reste sur place, aucun signe de l'interne.

«James … ben t'as peur du noir que tu restes là comme ça ?» Le jeune homme de grande taille débarque d'un couloir sombre en riant à pleine gorge.
«Le Queen Elizabeth est plus un labyrinthe qu'un hôpital si tu veux mon avis. Je ne parviens jamais à trouver mon chemin le jour alors de nuit, tu m'excuseras, mais je ne tiens pas à passer la nuit ici entre deux squelettes.»

James suit consciencieusement l'interne dans la suite de couloirs jusqu'à l'entrée du laboratoire d'analyses. Comme l'hôpital est équipé des derniers appareils à la mode, une bonne partie des îles environnantes et le Gouvernement Américains à travers les différents départements du F.B.I. ou de la C.I.A. dans leur lutte contre le trafic de drogues et autres de la région, font appel au laboratoire pour tout un tas d'analyses. D'où certains soirs de gardes d'imposés pour les laborantins. Ce n'est peut-être pas toujours avec grande envie qu'ils s'y collent mais ils savent qu'ils seront bien payés.

«D'accord, alors je m'adresse ce soir au généraliste ou au spécialiste qui ne sait pas s'arrêter de travailler ? Qu'est-ce que tu as pour moi qui ne puisse pas attendre les heures normales d'ouverture ?»

James sort de sa sacoche en cuir qu'il porte en bandoulière, un sac transparent contenant le tissu ensanglanté. Il le tend à Séraphin qui le regarde rapidement en le tournant dans tous les sens.

«J'imagine que c'est le sang que tu veux analyser ... et tu veux ça pour quand ?

«Dès que possible Séraphin, et s'il te plaît, n'en parle à personne.

«Mystère, mystère ... qu'est-ce que tu peux bien manigancer ? J'espère qu'elle est chaude au moins la poulette pour laquelle tu me fais travailler cette nuit.» L'interne n'a pas attendu d'être seul pour commencer son analyse. Il s'installe déjà derrière son comptoir de travail, ouvre le sac en question et, après avoir enfilé une paire de gants, il attrape le torchon.

«Séraphin, si tu veux te trouver un jour une fille, te marier et faire des enfants pour que ta mère soit heureuse, il faut vraiment que tu arrêtes de traiter toutes les femmes de *poulettes*. Où est-ce que tu as appris à leur parler de la sorte ?» Le médecin à moitié amusé par l'interne, se dirige déjà vers les portes qui séparent le laboratoire du couloir central et plus loin de l'ascenseur. «Appelle-moi quand tu auras trouvé et fais une recherche complète s'il te plait.

«La totale ? Et qui est-ce qui paye pour une totale ?

«Prépares la facture à mon nom. J't'en dois une.

«T'as besoin que je te raccompagne ou tu trouveras ton chemin comme un grand ?» Séraphin avait lancé la remarque tout en riant de bon cœur.

Le médecin qui a pris soin à l'aller de faire attention au chemin qu'ils ont emprunté, se dirige dans les couloirs en faisant quand même attention à la direction qu'il prend. Rapidement, il aperçoit les ascenseurs devant lui et d'un mouvement nerveux, appuie sur le bouton qui le ramènera vers les hauteurs. Les quelques secondes d'attente jusqu'à ce que la cage d'ascenseur s'ouvre lui aura paru une éternité. Une fois à l'intérieur, il appuie sur le bouton indiquant le rez-de-chaussée et pousse un soupir de soulagement. Un hôpital la nuit, sans les mouvements du personnel peut vraiment vous donner la chair de poule, avec ou sans veilleuses. Quelques secondes plus tard, les portes s'ouvrent sur le hall de l'entrée principale. Il fait un signe amical au gardien de nuit et sort du bâtiment pour aller retrouver sa voiture là où il l'avait laissée.

Cette fois-ci, il peut se diriger vers la pointe de Needhams Point et enfin rentrer chez lui.

Il a réussi peu de temps après son arrivée sur l'île à se trouver une villa pas très loin du bord de mer, très bien entourée par la végétation lui donnant ainsi suffisamment d'ombre et donc de fraîcheur et garantissant le dépaysement, dans un quartier tranquille. Le gros hôtel presque à côté ne le dérange pas, c'est une chance.

Sa première patiente de l'époque, une veuve de 60 ans, immédiatement sous son charme, lui a proposé sa villa pour une bouchée de pain. C'était vraiment l'affaire du siècle ! Toute en bois, blanche, de plain-pied, elle est assez grande pour James, peut-être même un peu trop. Il n'a presque rien changé à l'intérieur et a gardé le style espagnol. Les nuances de couleurs pour l'intérieur s'étendent du bois acajou au crème en passant par le jaune ou l'ocre ; il y a de nombreuses plantes un peu partout mais tout est rangé et ordonné. Plutôt étonnant pour un célibataire mais laissons cet exploit à sa femme de ménage.

La villa est toujours éclairée, que ce soit la journée par le soleil ou la nuit par quelques lampes solaires qui détecteront la tombée du jour. À l'intérieur, pas de climatisation mais des ventilateurs au plafond, à l'ancienne, c'est d'ailleurs la raison pour laquelle cette veuve voulait vendre la villa. Le jeune médecin n'est pas un adepte de l'air climatisé, il la supporte toute la journée à la clinique, il aime une fois chez lui, endurer en peu la chaleur, quel est l'intérêt dans ce cas de vivre sous le soleil des Antilles.

Il se dirige vers la cuisine, sort une bière du frigo, prend son ordinateur portable au passage sur son bureau et va s'installer sur la terrasse. Même en pleine nuit, la vue reste imprenable sur la baie de Bridgetown et les villas éparpillées un peu partout. La plage est juste à côté, autant dire que l'eau lèche les pieds de son jardin. La terrasse en bois est construite plus en hauteur pour être ajustée à la villa. Elle ressemble un peu à une pergola avec son toit en lattes espacées, laissant passer suffisamment de soleil et donnant toute l'ombre nécessaire pour supporter la chaleur de la journée. Des guirlandes électriques sont enroulées autour de la rambarde, l'un des rares aménagements fait par James, et des lanternes anti-moustiques sont placées à différents endroits, assurant un éclairage parcimonieux, subtil mais surtout d'une efficacité redoutable face à ces bouffeurs de sang.

James pose la bouteille de bière sur la table et allume son ordinateur, il a apporté un peu de technologie à la villa en y faisant installer le système Wifi, permettant de se connecter avec le monde très facilement, de n'importe quel endroit de la résidence.

Il lance une recherche sur Google en tapant le nom de Jessica Redon. Il ne s'attendait pas à trouver autant de sites parlant d'elle, ça va lui prendre tout le reste de la nuit pour les consulter. Il est certes curieux de connaître davantage la personne, maintenant qu'il a passé un peu de temps avec elle mais il y a comme quelque chose qui le dérange dans ce qu'elle a pu lui raconter : l'amnésie, un garde du corps personnel qui semble la suivre comme son ombre. Son instinct lui dit qu'elle lui cache quelque chose. Quand une célébrité est protégée d'aussi près, c'est toujours pour une raison bien précise. Aucune ne souhaite avoir quelqu'un dans ses pattes et c'est surtout une dépense inutile.

Une longue nuit pour le médecin s'amorce en même temps qu'il clique sur le premier lien proposé.

Welches Beach - La Barbade, avant minuit

Anthony enlace Jessica, allongée dans le lit. Elle s'est endormie dans ses bras il y a peu de temps. Il n'a pas encore envie de bouger, de ne plus sentir le contact de sa peau contre la sienne. Il ne se lasse pas de sentir le rythme de son cœur mais il est attendu ailleurs et ce rendez-vous est aussi important pour lui que ce qu'il fait depuis un an maintenant.

Aussi lentement que possible, il dégage son bras de sous la nuque de l'actrice, prenant soin de la reposer sur l'oreiller et sans faire bouger le matelas, ce qui n'est pas nécessairement évident, il glisse vers le bord du lit pour en descendre. Il se lève, saisit ses vêtements qui sont pliés et déposés sur l'une des chaises de la pièce et les enfile sans perdre un instant. Elle dort à point fermé – sa respiration est lente à présent – elle ne l'entendra pas partir avec la voiture. Il jette un rapide coup d'œil à sa montre bracelet. Il lui reste juste le temps de se rendre à Conset

Bay avant que minuit ne sonne ; il préfère être à l'heure plutôt que d'impatienter la recrue qui l'attend là-bas.

Il lève la tête et se regarde dans le miroir qui lui fait face, son visage est des plus déterminé. Il traverse la villa et sort par la porte de devant, puis se dirige vers la voiture qui est garée dans l'entrée – une Nissan Roadster gris métallisé – et sans perdre un instant, fait démarrer le moteur et quitte la villa.

À cette heure avancée de la nuit, il n'y a pas grand monde sur les routes. Il n'y a que le bruit du moteur puissant du véhicule pour briser le silence. À peine une trentaine de minutes se sont écoulées depuis son départ quand il aperçoit le premier panneau indiquant Conset Bay apparaître sur le bas-côté de la route. Seuls les locaux sont parfaitement capables de trouver l'endroit sans se perdre, connaissant tous les petits chemins alentours. Pour une raison inconnue, il y a encore différents endroits sur l'île qui sont très mal indiqués … comme fait exprès, ça a parfois ses avantages. Il ne va pas y avoir âme qui vive à cette heure-là.

Au moment où il s'engage sur le petit sentier qui s'arrête au plus près de la plage la plus proche, il est passé minuit et deux minutes. Il distingue facilement un peu à l'écart sur sa gauche, un véhicule blanc arrêté avec adossé contre, l'agent Naomie White qui lui adresse un large sourire. Sitôt qu'il coupe le moteur un calme plat s'installe, faisant place au ressac de la mer non loin. Il sort de la voiture et fait quelques pas en direction de la recrue. Une toute légère brise souffle sur son visage, l'odeur riche en iode l'enveloppe instantanément et le garde éveillé.

«Agent Masson, j'ai failli attendre. Ce n'est pas le moment de vous mettre dans une position fâcheuse.
«Est-ce qu'on le commence ce débriefing ?» Anthony qui ne souhaite pas lui laisser de temps de réponse, l'embrasse à pleine bouche et après quelques instants, il se dirige vers la plage, lui faisant signe de le suivre. «Il va falloir m'expliquer plus en détail à quel type de position vous faites référence.»

Quand Anthony rejoint sa voiture, sa montre indique zéro heure dix. Toujours aussi déterminé, il lève la tête vers l'un des hommes qui se tient non loin de lui.

«Tout le secteur est à pic ici … faites en sorte que ce soit un accident et qu'il ne reste rien. Je veux partir de Welches Bay d'ici une heure.»

Le moteur du véhicule ne tarde pas à vrombir à nouveau dans la nuit tiède, ramenant Anthony à la villa qu'il a quittée il y a peu de temps.

De retour à l'intérieur, Anthony par mesure de prudence tend malgré tout l'oreille mais le silence règne. Il se dirige doucement vers la chambre à coucher et s'arrête un instant sur le seuil, observant Jessica paisiblement endormie, à peine couverte par un drap. En restant aussi silencieux qu'une couleuvre, il saisit le sac de voyage de la jeune femme, se dirige vers la commode où tous ses vêtements y sont rangés. Il les prend et les place avec soin dans le sac, puis il va à la salle de bain et ramasse toutes les affaires que l'actrice a laissées sur le comptoir. Une fois que tout a été pris, il fait un tour rapide dans l'ensemble des pièces et vérifie que rien ne va rester derrière eux. Il entend le bruit d'un véhicule qui se stationne devant le bungalow, jette un coup d'œil à sa montre puis s'en retourne auprès de Jessica et cette fois-ci, se penche au-dessus d'elle, déposant un baiser sur son front, un autre sur une tempe puis ses lèvres. Délicatement, il saisit le corps de la jeune femme endormie ainsi que le drap qui la recouvre et la soulève, se redressant lentement pour ne pas perdre l'équilibre. Une fois qu'il la tient bien dans ses bras, il vérifie qu'elle est bien couverte par l'étoffe et se dirige vers la porte d'entrée de la villa qui est déjà grande ouverte, s'approchant de la voiture qui a gardé le moteur allumé et y installe l'actrice avant de la rejoindre sur le siège arrière. Un homme a déjà pris la peine de mettre le sac de voyage dans le coffre.

Anthony, bien assis à présent, dépose avec précaution la tête de Jessica sur ses cuisses et le reste de son corps allongé sur la banquette afin qu'elle soit le plus confortablement installée pour le temps que va durer cette balade. Le véhicule ne tarde pas à avancer dans l'allée pour s'éloigner finalement définitivement de la villa. Anthony prend une profonde inspiration, ferme les yeux un instant et essaie de se reposer, la journée a été longue pour lui aussi. D'ici une demi-heure, Mendocitos majestueuse propriété privée installée dans un écrin de verdure luxuriante dans la Baie de Congor, meilleur endroit pour que Jessica se repose loin de tout œil indiscret, sera leur prochain arrêt.

Mendocitos – Congor Bay, La Barbade

Nancy Fense posa les pieds sur l'asphalte tiède du petit terrain d'atterrissage pour hélicoptère, non loin d'une immense villa, propriété privée, perdue dans une végétation très dense, surplombant Congor Bay, aux pieds de Bath Beach. Personne à des kilomètres. Évidemment à cette heure avancée de la nuit, elle ne peut rien admirer des alentours magnifiques mais elle est déjà ravie de se trouver sur cette île et de quitter un peu Boston.

Son sac à main à l'épaule, elle ferma les yeux et respira à plein poumons l'air iodé. La thérapeute est jeune, 35 ans, de grande taille, très mince, rousse qui dégage une franche sympathie campagnarde. Pour Mike Connor qui est avec elle depuis qu'il est allé la sortir de son lit, être enfin à destination est un soulagement. Non pas qu'elle soit repoussante, son côté guindé surfait avec tailleur impeccable, genre secrétaire coincée, l'émoustille à l'occasion, mais c'est surtout qu'il n'en peut plus de l'entendre parler, ce qu'elle n'a pas arrêté de faire. Un véritable moulin à parole, ce qu'Anthony s'est bien tenu de lui souffler mot.

Elle observe, sourire aux lèvres, Mike qui descend à son tour de l'appareil avec un sac de voyage dans une main et de l'autre il lui fait signe d'avancer pour s'en éloigner. Un buggy de sable les attend avec un chauffeur tout habillé de noir. Une fois installés à bord, le véhicule démarre et prend la direction de la villa en suivant un chemin pavé éclairé. Pendant le court temps que dure le trajet, la thérapeute essaie de jeter de rapides coups d'œil autour d'elle mais il lui est difficile de distinguer grand-chose même sous les rayons maculés de la lune. Elle parvient toutefois à entendre le bruit des vagues qui viennent se fracasser en contrebas de la falaise. Le buggy s'arrête enfin devant l'édifice blanc, son regard parcourt la façade qui se dresse devant elle.

«Allez-y, vous verrez à quel point la température est fraîche à l'intérieur, bien mieux qu'ici.» Le jeune homme, indiquant la porte d'entrée qui est ouverte, lui fait signe d'avancer. Une fois à l'intérieur, il tend le sac de voyage à une employée d'un certain âge. «Martha, veuillez déposer ceci dans la chambre du docteur Fense, merci.

«Jamais je n'aurai pensé que le F.B.I puisse avoir en sa possession de telles ... splendeurs!» Nancy était visiblement ébahie par le hall d'entrée en marbre blanc avec un immense escalier de côté qui mène à l'étage supérieur (ça ne pourrait pas plus être tiré d'un film d'aventure!).

«Nous sommes plein de surprises, où serait le mystère si le public connaissait tout de nous.

«C'est palpitant.

«J'imagine. Vous devez être terriblement fatiguée depuis notre départ de Boston. Je m'en veux de vous avoir tiré de votre sommeil. Je vous accompagne jusqu'à votre chambre.

«Oh non, j'adore les voyages, ça m'excite tellement, pas vous ?

«J'ai du mal à contenir mon excitation. Votre chambre est à l'étage, suivez-moi.» Déjà les premières marches de gravies, il fait de sérieux efforts pour rester courtois avec elle.

«De quelle époque date cette maison ? Elle a dû être construite du temps de la colonisation, je suis sûre qu'elle a caché des esclaves. Oh mon dieu, je n'ai encore jamais mis les pieds dans une maison de marchands d'esclaves. Vous devez avoir plein d'histoires passionnantes à raconter sur cette époque, je vous envie, tous ces flibustiers et pirates. Est-ce qu'elle est hantée, oh ça serait merveilleux, j'ai toujours rêvé de communiquer avec des fantômes, peut-être que je pourrais organiser une petite soirée de spiritisme. Ma grand-mère a toujours dit ...

«La villa date des années 90 et je crois savoir qu'Anthony a souhaité votre présence ici pour aider Jessica.» Mike n'a pu s'empêcher de mettre fin aux tirades débiles que cette femme – soi-disant experte en psychiatrie – débitait. Bien qu'il lui ait été demandé d'être des plus courtois et charmant avec elle, le vase est sur le point de déborder.

Ils arrivèrent au bout des escaliers, tout à côté d'eux le grand balcon surplombant le fameux hall d'entrée. Sur la gauche, un long couloir se dévoile sous leurs pas. Continuant de précéder la thérapeute pour lui montrer le chemin sans pour autant mettre trop de distance entre eux, même s'il ne demandait pas mieux, on pouvait admirer des toiles de maîtres accrochées aux murs, des arrangements floraux répartis de-ci de-là. Tout le long, des portes donnant accès aux six chambres de l'étage. Un tapis, aussi long que le couloir lui-même, recouvre en partie le plancher de bois.

«Oui, vous avez raison, l'espace d'un instant j'ai comme oublié les raisons de ma présence ici.

«Raison de plus pour reprendre votre nuit de sommeil là où elle a été suspendue. Je m'en voudrais atrocement si de par ma faute, votre jugement pouvait se retrouver modifié ou diminué. Votre professionnalisme est tellement vanté, ça sera dommage et je ne pourrais souffrir d'en être responsable.

«Je parle de trop, n'est-ce pas ? Je le sais bien mais je n'y peux rien, à chaque fois que je rencontre des inconnus, enfin des hommes, je parle, je parle, je parle … Un vrai moulin à parole, je n'arrive plus à m'arrêter. La nervosité est presque incontrôlable, déjà quand j'étais toute jeune, mon frère exigeait qu'on me mette une muselière si je voulais l'accompagner aux soirées de ses copains, évidemment je ne l'ai jamais fait. Les muselières, c'est pour les chiens. Alors ce que je faisais plutôt …

«Vous êtes mariée ?

«Non.

«Ça ne m'étonne pas.» Mike s'arrête devant une porte qu'il ouvre. Une lumière douce y est déjà allumée et le sac de voyage de Nancy Fense est posé sur le lit à baldaquin. «Votre chambre.

«C'est surprenant, n'est-ce pas ? Enfin quand même pour une thérapeute de mon envergure, de ma renommée. Vous voulez connaître ma théorie ?» Elle est entrée dans la pièce sans vraiment faire attention, se tenant au milieu de la chambre et gesticulant presque comme un calamar dans un musée.

«Pas particulièrement. Je suis moi-même fatigué, j'ai eu une longue journée.» Il est resté sur le pas de la porte, se disant que s'il entrait, il n'en ressortirait plus.

La thérapeute finit par se rendre compte que le jeune homme tenait déjà la poignée de la porte, prêt à la refermer. Elle marque une pause tout en le transperçant avec ses petits yeux.

«Vous n'êtes pas très bavard vous.

«Vous écouter prend beaucoup d'énergie, j'en ai peur.

«J'aime bien votre humour. Vous avez dit que vous êtes sur la même affaire que l'agent Masson, c'est ça ? Pourquoi est-ce que je ne vous ai jamais rencontré avant aujourd'hui ?

«J'imagine qu'Anthony voulait vous garder pour lui tout seul. Il fait ça à l'occasion.»

Nancy éclate de rire, sincèrement amusée de la remarque qu'il lui a faite, flattée au possible.

«Je vous aime bien Mike. Est-ce que vous voulez en parler ?» Elle s'est assise sur un coin du lit, jambes croisées, l'observant avec attention.

«Du fait que vous m'aimez bien ?» Il ne comprend pas vraiment là où elle veut en venir.

«Vous êtes un petit coquin ! Non, je faisais allusion au fait que vous devez vous sentir relégué par l'agent Masson. Ça doit être frustrant d'être le dernier, non ? Est-ce que ça vous empêche de bien faire votre travail ? Vous êtes probablement plein de rancune et de colère envers lui et vos patrons … il ne faut pas Mike. C'est mauvais pour votre pancréas.»

Il la regarde, interdit, exaspéré, silencieux, prenant tant bien que mal discrètement une grande inspiration pour essayer de se calmer.

«J'en vois beaucoup des gens comme vous dans mon cabinet. Une enfance difficile, un travail qui ne vous convient pas, une femme et des enfants qui vous bouffent tout votre temps, un patron que vous rêvez d'étrangler à longueur de journée … La vie est difficile mais vous devez garder le cap. Regardez-moi, est-ce que mon handicap m'empêche de vivre ou de travailler ?» Il se retient bien de répondre à cette question. «Bien sûr que non. D'ailleurs, je me sens moins nerveuse avec vous. Vous avez remarqué ?» Nancy se lève brusquement du lit, toute excitée. «Je ne parle presque plus autant. Je suis contente qu'on ait eu cette conversation. Ne vous inquiétez pas, ça restera entre nous.

«Vous m'enlevez les mots de la bouche … vous êtes vraiment trop forte pour moi.

«Je sais mais ne me remerciez pas, ça me fait plaisir. Dites-moi plutôt où se trouve la chambre de Jessica. Je vais aller lui dire un petit bonjour et voir comment elle va.» La thérapeute s'approche de Mike, prête à quitter la pièce.

«En-dehors du fait qu'on est au milieu de la nuit ... Anthony et mademoiselle Redon ne sont pas là pour le moment.

«Je ne comprends pas. Vous avez bien dit qu'ils avaient besoin de moi ?

«C'est le cas. Ils sont en route. Vous pourrez en discuter en matinée, une fois que tout le monde aura bien dormi.

«Ne me dites pas qu'il s'est passé quelque chose ? Oh ben ça c'est un monde ! Je suis toujours la dernière à être mise au courant, vous trouvez ça normal vous ?!

«Vous semblez avoir du mal à envisager la possibilité qu'elle puisse recouvrer la mémoire?

«Ne dites pas de bêtises, bien sûr que je le lui souhaite, dieu sait à quel point cette pauvre fille en a besoin. Mais je serais bien étonnée d'une telle réaction, son cerveau est en miettes.»

Le jeune homme se retient de répliquer à cette soi-disant thérapeute qui se tient devant lui. Alors que la colère et l'agacement s'empare de plus en plus de lui, il se souvient de ce qu'Anthony lui a demandé d'être avec Nancy Fense : *«... aussi agréable qu'une fourrure peut l'être pour une femme !»*

«Anthony vous mettra au courant, c'est tout ce que je peux vous dire.

«Ne croyez pas que dans ma profession on se laisse gagner par les émotions que nos patients décrivent ou ressentent. Et puis, ne vous imaginez pas tous les patients comme des tarés de première, c'est vrai que beaucoup le sont, entre nous soit dit ... » Elle se penche vers lui, comme si elle allait lui confier un secret. « ... mais la plupart ont simplement le blues. Vous pourriez être étonné de savoir à quel point le stress est à l'origine de troubles de la mémoire, de l'envie ... enfin de tout quoi.

«Si je vous suis bien, mademoiselle Redon est amnésique parce qu'enfant, elle avait le blues ?» Il la dévisage, très sceptique, à la limite de la moquerie.

«Bon, ne le dites pas à vos supérieurs, mais c'est ce que je pense. Depuis près d'un an qu'elle est ma patiente, j'en suis venue à cette dramatique conclusion.

«Le stress ?

«Le stress !» Nancy lui répond avec la plus grande conviction.

«À 14 ans ?

«Mike, le stress fait des ravages mêmes chez les nourrissons. Si ça ne tenait qu'à moi, je commencerais dès le plus jeune âge des traitements par hypno-ventilation. Vous verriez à quel point ça serait efficace. Ah … fini les délinquants juvéniles, fini les gamins qui piquent leur colère dans les magasins comme les mouches du Danube piquent les rapaces. Je vous le dis en toute confidentialité, l'hypno-ventilation, c'est ça la solution.

«Pourquoi ne pas lui pratiquer l'hypno …

«L'hypno-ventilation.» Nancy n'a pas laissé Mike finir sa phrase, tellement elle est excitée par sa théorie. «Je vous l'ai dit, son cerveau est en miette. Il n'y a plus rien à faire pour elle. C'est sûrement pour cette raison qu'Anthony m'a fait venir. Il a décidé de le lui révéler et elle va avoir besoin de mon soutien pour encaisser la nouvelle … quoi que je doute qu'elle réussisse à comprendre tout ce que cela signifie. Cette pauvre fille est condamnée.

«Heureusement que vous êtes là, je me sens vraiment rassuré pour elle.

«Je le pense aussi Mike, je le pense aussi. Est-ce que ça vous dit de prendre un verre ? J'ai un peu soif.

«Je vais me coucher docteur Fense. Je vous envoie Martha pour le verre d'eau. Bonne nuit.» Sans attendre, il ferma la porte et d'un pas ferme et rapide, s'en revient au rez-de-chaussée de la villa, loin de cette folle de thérapeute.

Enfin seul, le jeune homme se demande bien pourquoi il est allé chercher cette femme. Même si Anthony a bien spécifié qu'il la mette à l'aise, qu'il s'occupe d'elle en attendant qu'ils viennent les rejoindre, il n'a plus la patience de lui tenir la chandelle. Sa tête va exploser … à moins qu'il ne finisse par faire exploser la sienne, de tête.

Il va rejoindre la pièce située à côté du salon principal et s'installe derrière le bureau. Il a encore du travail à faire en attendant Anthony.

Mike qui se tient encore derrière le bureau, plongé dans ce qui ressemble à de la paperasse, prend son cellulaire qui vient de lui signifier l'arrivée d'un message. Quelques mots d'Anthony disant qu'ils arrivent à l'entrée de la propriété. En découvrant ce texte, il prend une grande respiration, la nuit va enfin bientôt s'achever.

Il rangea les documents qu'il étudiait à l'instant dans une pochette et, prenant son temps, quitta la pièce pour se diriger vers l'entrée de la villa. La porte est déjà ouverte, deux hommes se tiennent silencieusement à l'extérieur, non loin, observant les alentours. Une voiture noire ne tarde pas à s'arrêter à quelques mètres. Une porte à l'arrière s'ouvre et laisse s'échapper Anthony qui finit par extirper Jessica. Cette dernière est dans ses bras, enveloppée dans un drap, profondément endormie. En la voyant se rapprocher, il ne peut empêcher son cœur de s'emballer un court instant. Enfin à sa hauteur, il échange un regard complice avec son ami, avant de jeter un rapide coup d'œil au visage de la jeune femme. Alors qu'il laisse Anthony entrer dans la bâtisse et prendre la direction de la chambre de l'actrice, Mike apaisé, regagna le bureau et prépara deux verres de vodka avec glaçons.

À l'étage, l'agent Masson se dirige vers la seule porte ouverte puis dépose délicatement Jessica sur le grand lit. Il a fini de la trimbaler comme un paquet, du moins pour le moment. Elle, comme si de rien n'était, se retourne pour se placer sur le ventre si tôt que sa peau soit entrée en contact avec les draps frais. La pièce est enfin un peu fraîche à cette heure tardive (enfin, n'exagérons pas non plus, il n'y a que quelques petits degrés en moins!). Les stores, faits de lamelles de bois, ne laissent passer que très peu de lumière. L'ameublement de la pièce rappelle celui du bungalow de Welches Beach.

Il embrasse les cheveux de la jeune femme et sort de la pièce en refermant la porte derrière lui. Plus rapidement cette fois-ci, il rejoint Mike à l'étage inférieur, il sait où le trouver.

«Tout s'est bien passé ?» Son ami a attendu cinq minutes avant de poser la question, laissant à Anthony le temps de prendre une gorgée d'alcool.

«Oui. Et de ton côté ?

«Nancy est enfin dans sa chambre en train de dormir … enfin je l'espère !

«Tu l'espères, pourquoi ça ?

«T'aurais pu me dire à quoi je devais m'attendre. J'aurai pu lui tirer une balle dans la tête cent fois depuis qu'on a quitté Boston !» Mike voit son ami rire avant de reprendre une nouvelle gorgée d'alcool. «Ça t'amuse ?!

«Maintenant, tu sais ce que je dois endurer quand Jessica est à Boston.

«Qui est-ce qui l'a choisie au fait ? Elle est complètement incompétente, ils ne s'en sont pas rendu compte ou quoi ?!

«Ils entendent sa voix à travers la mienne.

«Et j'imagine que tu fais en sorte que le message leur convienne. Tu n'as pas le choix de toute façon mais tu ne crois pas qu'une thérapeute compétente aurait pu apporter quelque chose de positif à Jess ?

«Pour le moment, ce qui compte c'est qu'elle s'imagine être là en soutien pour sa patiente ... enfin, c'est pas entièrement faux non plus de dire ça !

Mike rejoint la porte-fenêtre où se trouve une lampe de travail sur une table basse et l'allume d'une main. La pièce est de bonne taille avec un grand bureau en bois sur lequel sont posés de façon très ordonnée un ordinateur portable, un sous-main, ce qui semble être des dossiers et un bloc note. Il y a deux fauteuils en cuir de couleur marron en face, plus loin d'autres, regroupés autour d'une table basse près d'un foyer. Le mobilier en fait rappelle beaucoup celui d'un cabinet d'avocat avec des plantes et un bar en plus (quoi que souvent, il sera identique en tout point). Anthony s'y dirige justement et verse une nouvelle rasade de vodka dans son verre. Son ami se tient toujours près de la porte-fenêtre et regarde dans le jardin timidement éclairé par les lampes solaires et la lune. Le soleil se lèvera dans une poignée d'heure à présent.

«Elle est là Mike, je ne réalise pas encore.

«Je sais, je ressens la même chose que toi. Plutôt bien endormie d'ailleurs ! Combien de valium tu lui as donc donné ?

«Deux, c'était important qu'elle ne se réveille pas.

«Merde, fais attention à ce que tu lui donnes, aux mélanges ... ce n'est pas toi qui disait qu'elle est crevée en ce moment ? Je pense sincèrement que tu aurais obtenu le même résultat sans pilules !

«Arrêtes, je sais ce que je fais !» Un silence s'établit entre les deux hommes. L'agent Masson va rejoindre son ami à la fenêtre. «Écoute, tu t'inquiètes pour elle et c'est bien, je t'en remercie mais encore une fois je sais ce que je fais. Tu crois que j'ai envie qu'elle y laisse la peau. Au contraire, dans quelques heures quand elle va émerger, elle sera en superbe forme, je suis certain que ça aidera.

«T'es certain que Nancy va réussir avec elle, pour une fois ?

«Oui. Je ne doute pas qu'il va y avoir des étincelles quand elle la verra, mais sa présence est nécessaire. Elle ne le sait pas encore mais elle va finalement l'aider.»

Un nouveau silence s'installa entre les deux hommes, laissant leur regard se perdre dans la pénombre du jardin pendant qu'ils prennent à l'occasion une gorgée d'alcool.

«Les hommes se sont occupés de l'agent White. Quand ils retrouveront la voiture, il n'y aura aucun doute dans leur esprit qu'elle aura manqué son virage et avec le feu qu'il y a eu … disons que ça va nous donner suffisamment de temps avant que l'autopsie ne révèle la vérité.» Le ton de Mike s'est légèrement endurci. «Je doute que les plans que tu as prévus pour demain pourront rester en vigueur.

«Je sais. Bark est en route.

«Il sera là aux petites heures … ils sont trois à l'accompagner, plus des analystes qu'autre chose, mais ils rejoindront ceux de Bridgetown.

«Dans la mesure où Jessica n'a pas vraiment été vue en-dehors de l'aéroport … ils auront peu à se mettre sous la dent !

«N'oublie pas James Connolly.

«Qu'est-ce que tu as pu apprendre ?

«Pour le moment, rien, mais on a son cellulaire sous cloche depuis une heure. S'il y a quelque chose à découvrir, on le saura tout de suite.

«On fera ce qu'il faut ! Puisqu'il semble que le temps va nous manquer ici …

«J'ai fait préparer la villa à Beliceaux et le bateau sera prêt à partir à notre signal.» Le jeune homme a pivoté pour faire face à Anthony. «Comment envisages-tu le déroulement de la journée à venir ?!

«Moi qui pensait permettre à Jessy de refaire le plein avant d'affronter la suite … ! Ça va devoir se faire en accéléré. Mendocitos a beau être perdue, l'île n'est pas si grande que ça. Je ne pense pas que Bark va déployer l'artillerie lourde pour la retrouver … enfin pas tout de suite, mais je ne pense pas non plus qu'on puisse bénéficier de plus de 24h.» Anthony plonge son regard dans celui de son ami, cherchant confirmation.

«Peut-être moins ! Tu dois décider quand dans la journée tu as l'intention …

«Je veux absolument qu'elle se détende, mettre toutes les chances de notre côté. Il va donc être nécessaire d'éloigner Nancy pour une partie de la journée au moins.

«Alors prends le voilier et emmène-là. Passe la journée dehors avec elle, fais ce qu'il faut. Le plus tard Jessica la verra, le mieux ce sera. Je resterai ici avec elle.» Mike a pris les devants sur l'agent, sachant très bien qu'il souhaitait être auprès de l'actrice. «Tu nous présentes … elle est rassurée et, indéniablement sous mon charme, elle va passer une journée des plus relaxantes plutôt que de t'avoir sur le dos. Tu n'as pas dit qu'elle évoque la situation comme par hasard à chaque fois que tu n'es pas dans les parages plus de 24h ?!

«C'est arrangé ça !» Anthony répond avec arrogance et s'éloigne de la porte-fenêtre pour aller se caler dans l'un des fauteuils de cuir proches du foyer, finissant le contenu de son verre tranquillement.

«Tu sais ce que j'en pense ! Si tu veux que sa mémoire soit efficacement stimulée, arrête de jouer avec son cerveau ! Regarde-moi … je suis sérieux ! Depuis le temps que tu fais ça … j'espère seulement que tu n'as pas causé de dégâts, ça ne te suffit pas son amnésie ?! merde !» Le jeune homme ne peut cacher son mécontentement et même si ce n'est pas la première fois qu'il fait part de son opinion à son ami, aujourd'hui plus qu'hier, le temps n'est plus à la manipulation. «Crois-moi, je souhaite autant que toi que Jessica récupère tous ses souvenirs mais, vu la fragilité de son cerveau, il faut être prudent.

«Ça fait un moment que c'est testé avec succès …

«Avec succès sur quelqu'un dans le même état mental que le sien ?! Vraiment ?! Te fous pas de moi, alors que les prochaines heures seront décisives, tu dois me promettre de ne plus le faire !» Mike dévisage Anthony, attendant confirmation.

«C'est d'accord ! T'es content ?!» Il acquiesce sans grand enthousiasme, même s'il sait très bien que son ami dit vrai, mais il n'est juste pas à la même place que la sienne.

Les deux hommes restent quelques instants dans la pièce sans dire un mot, chacun réfléchissant de son côté.

«Il se fait tard Anthony, passons une dernière fois en revue l'emploi du temps de la journée et n'oublie pas d'y inclure les imprévus, parce que je suis certain qu'il va y en avoir !»

À présent chacun assis dans un des fauteuils de cuir et se faisant face,
ils récapitulent les prochaines heures dans le silence de la villa, où tout
le monde est désormais couché, à part eux.

Chapitre IX

Nedham's Point - La Barbade

Les premiers rayons de soleil percent à travers les stores en bois de la chambre de James Connoly. Allongé dans son lit, les yeux fixés sur le plafonnier, il n'a pas vraiment réussi à trouver le sommeil après ses recherches sur Jessica Redon. Il tourne la tête vers le réveil posé sur la table de chevet ; le cadran indique 5h30. D'un mouvement rapide, il descend du lit et passe dans la salle de bain où sans attendre, il se met sous le jet d'eau froide de la douche. Dix minutes plus tard, la villa est vide, le 4x4 du médecin descend la côte pour prendre la seule voie rapide qui contourne Bridgetown.
Quand l'oncle de James ouvre la porte de sa maison, située plus au Nord de la capitale, il ne cache pas sa surprise en voyant son neveu se tenir dans l'embrasure de la porte, tout sourire, un sac venant de la boulangerie d'à côté à la main.

«James ? Mais qu'est-ce que tu fais ici à cette heure-là ? Es-tu donc tombé du lit ?»

Le jeune médecin entre en riant à la réflexion du psychiatre. En effet, il n'est pas dans les habitudes de James d'être debout aussi tôt à moins qu'il ait passé la nuit chez une femme.
Les deux hommes se dirigent vers la cuisine où le café frais embaume toute la pièce, le vieil homme était en train de lire le journal du matin et de prendre son déjeuner quand James est arrivé. Ted Connolly verse du café dans une nouvelle tasse qu'il tend à James pendant que ce dernier sort du sac en papier des croissants encore chauds.

«Alors, vas-tu me dire ce qui t'amène chez moi à cette heure où les poules se lèvent ?!» Le vieil homme va s'asseoir à la table de la cuisine, regardant d'un œil amusé son neveu qui se tient debout devant la large fenêtre qui donne en contrebas sur la côte Ouest de la ville, et vide tranquillement sa tasse tout en dégustant un premier croissant frais.

«Est-ce que je ne peux pas prendre un déjeuner tranquille avec mon oncle sans que ça paraisse suspect ?!» Le jeune homme le rejoint à table et attrape à son tour un croissant qu'il mange à vrai dire sans grand appétit. Son oncle l'observe mine de rien du coin de l'œil.

«Bien sûr que non mon garçon, ce sont à vrai dire les croissants qui font suspects ! Tu es le premier à me répéter de faire attention à mon cholestérol et tu m'apportes cette gourmandise française interdite pour moi. Je me demande également pourquoi tu as les traits tirés et pourquoi tu ne me poses pas la question qui te brûle visiblement les lèvres.»

James le regarde étonné et amusé. Son oncle a toujours su lire en lui, ça a toujours été difficile de lui cacher quoi que ce soit.

«Tu es venu t'installer ici il y a à peu près … quoi, une vingtaine d'années, c'est bien ça?

«Plus ou moins, pourquoi ?» Ted Connolly savoure la pâtisserie en fermant les yeux.

«Est-ce que tu te souviens à tout hasard à cette époque-là d'un accident survenu sur l'île impliquant une famille de trois, enfin plus exactement une explosion près de Gibbs Bay ? Père et mère décédés, laissant une fillette de 14 ans.»

L'oncle se cale plus confortablement dans sa chaise et se concentre sur la question posée tout en buvant lentement son café fumant.

«Je ne crois pas non. Quel genre d'accident explosif ?» L'oncle n'a pu s'empêcher de faire un peu d'humour.

«Le genre d'un voilier qui explose.» Le jeune médecin observe le vieil homme, attendant avec espoir que ce dernier se souvienne de cette histoire qui a fait du bruit à l'époque. Il se dit que s'il ajoute quelques détails cela pourrait peut-être l'aider à se souvenir. «Le père était un scientifique.»

Quand Ted Connoly se plonge dans les méandres de sa mémoire, il est comme dans une bulle : fermé et impassible. Dans ces moments, il faut attendre qu'il en sorte de lui-même.
Le jeune homme quitte la table et retourne contempler le paysage à travers la fenêtre ouverte. De ce côté de la maison, le soleil n'est pas

très fort et toute la végétation du jardin – qui ressemble plus à une jungle, n'aide pas beaucoup le soleil à passer à travers.

«Alexander et Mérédith Redon.
«Oui c'est ça !» James revient s'asseoir à la table, accroché aux lèvres de son oncle.
«Je me souviens à présent … on en a beaucoup parlé, en effet. Une histoire bien triste … oui, bien triste surtout pour l'enfant qui a assisté à la scène. Je crois me souvenir qu'elle a quitté l'île peu de temps après. Tu peux imaginer la population … partir sans assister à l'enterrement de ses propres parents … enfin pour ce qu'il devait rester à mettre en terre !»

Le jeune médecin détourne un moment son visage, ne voulant pas montrer à son oncle l'émotion qui lui nouait la gorge, visualisant la scène.

«Jessica … oui, je crois que c'est comme ça qu'elle s'appelait cette enfant.» Arrêtant de parler, Ted tourne lentement son visage vers celui de son neveu. «La jeune femme d'hier soir … comment tu as dit qu'elle s'appelait déjà ?!
«Jessica Redon.» James préférant éviter son oncle, quitte la table et va rejoindre la fenêtre, décidément un endroit qu'il apprécie beaucoup ce matin-là.
«L'orpheline de retour chez elle ! Je vois … tu t'intéresses à elle pour quoi au juste ?
«Pour rien. Elle a abordé le sujet hier soir et je trouvais que c'était peut-être un peu exagéré … c'est une actrice, elle voulait peut-être dramatiser l'événement … je ne sais pas ?!» Il essaie de prendre une voix détachée pour lui répondre.
«C'est vrai que c'est une actrice, qu'elle est habituée à protéger sa vie privée. Tu ne peux pas lui en vouloir pour ça. Pourquoi est-ce que j'ai l'impression qu'il y a autre chose qui te tracasse.»

James prend son temps avant de donner une réponse.

«Tu savais qu'elle est amnésique ?!
«Non mais ça ne m'étonne pas.
«Je ne sais pas si je dois m'inquiéter sur un éventuel problème physique ou une possible réaction de son cerveau face à son retour sur

l'île.» Restant là où il est, James se retourna pour faire face au vieil homme qui continuait de savourer sa pâtisserie interdite. «Elle a fait un malaise à la marina de Oistin Bay hier, quelques heures après avoir posé les pieds sur l'île. Elle est tombée à l'eau, je l'ai repêchée, c'est comme ça que j'ai fait sa connaissance.» James attendait une réaction de son oncle.

«C'est tout ? Écoute, ça prouve en effet que l'accident a été violent, je crois que personne ne dira le contraire. Si c'est la première fois qu'elle met les pieds à La Barbade depuis les événements ... la réponse est oui ! Certains endroits peuvent engendrer une réaction très vive dans l'esprit jusqu'à faire perdre connaissance.» Le vieil homme se lève et va se resservir du café. «Maintenant, elle peut très bien aussi avoir souffert d'insolation et de déshydratation. Vas savoir ?!

«Jessica m'a avoué être venue pour échapper à son quotidien mais surtout pour visiter les lieux de son enfance.» James venait de rejoindre son oncle devant la machine à café.

«Écoute-moi mon garçon, je vois bien que tu sembles avoir développé ta propre opinion sur la question mais aux vues de ce que tu viens de me dire, cette jeune femme a peut-être réagi à l'endroit où elle se trouvait mais elle est définitivement, de part son travail, et sans être au courant de sa vie privée, dans un état de fatigue et d'épuisement. La chaleur et un manque d'alimentation ont fait le reste. Ne commence pas à imaginer ... je ne sais pas d'ailleurs ce qu'il y aurait à imaginer ?! Si c'est pour sa santé que tu t'inquiètes, fais des tests !»

Ils se regardent un instant dans le blanc des yeux, le jeune homme, sérieux et le plus âgé, amusé.

«C'est fait.
«Ah mais oui ... elle s'est coupée à la clinique, c'était une chance pour toi !
«J'ai demandé une analyse complète ... juste par acquis de conscience. J'attends les résultats !
«Est-ce que je peux te demander au moins pourquoi fais-tu ça ?
«Je ne sais pas au juste ... je crois que c'est ce que j'ai vu dans ses yeux qui m'a touché.
«Ça n'a rien avoir avec le fait que ce soit une belle femme !?» L'oncle essaye de voir à quel point il prend cette affaire au sérieux.
«Pour une fois, ce n'est pas ma motivation première. Je n'aurais jamais pensé que quelqu'un comme elle pouvait avoir une vie aussi

démolie que ça ! Je me demande comment elle fait pour trouver la force de continuer à vivre, de se battre chaque jour sans savoir qui elle est vraiment.

«Le cinéma est sans nulle doute le meilleur moyen pour elle de quitter son corps, quitter sa vie et de se mettre dans la peau de quelqu'un qui a un passé, un passé des plus différents du sien, même si ce n'est que pour un moment et que ce soit fictif. Je pense que si elle s'est tournée vers ce métier, c'est qu'il représente avant tout, une échappatoire à ses yeux. C'est ça qui la garde en vie et saine d'esprit, enfin … qui peut prétendre être sain d'esprit ?!!

«Pourquoi tu dis ça ?

«Si elle ne s'était pas tournée vers la comédie, je suis persuadé qu'elle ne serait pas stable psychologiquement aujourd'hui.

«Elle est suivie par des …

«C'est vrai que ça doit l'aider, je ne dis pas le contraire, nous avons quand même notre utilité, nous les psychologues, mais il est possible que son cerveau refuse de l'exposer à la vérité et continue à vouloir encore la protéger.

«Même si elle a entendu ce qu'il s'est passé ?! Même si elle veut savoir ?!

«Ce sont deux choses différentes pour son cerveau.» Voyant l'incompréhension de James face à ce qu'il vient de dire, il se sent obligé d'expliquer davantage. «C'est comme un écran d'ordinateur, tu peux taper tout le texte que tu veux, tant et aussi longtemps que tu n'appuies pas sur la touche *ENTER* … l'action ne se fera pas, rien ne sera enregistré. C'est exactement la même chose ici ?!» Le vieil homme ne peut s'empêcher de remarquer le sérieux du jeune homme et l'intérêt qu'il semble développer pour l'actrice. «Tu vas devoir travailler aujourd'hui James, tu as des responsabilités face à tes patients ! C'est très bien que tu te préoccupes à ce point de sa santé mais tu n'es pas proche d'elle, et aussi tragique que sa vie puisse être, je ne pense pas que ce soit une bonne chose pour toi de continuer sur ta lancée. Rentre chez toi et dors un peu avant de commencer ta journée.

«Tu veux dire que je ne peux la guérir !» Le jeune homme ne peut dissimuler sa déception.

«James … le cerveau est une machine des plus complexe ! Tu as toutes les bonnes intentions et ça me rend fier de toi, mais encore une fois, tu ne seras pas l'élément déclencheur pour elle. Laisse-la continuer sa route.»

Le jeune homme prend son oncle dans ses bras pour le remercier et décide de suivre son conseil ... tout au plus en ce qui concerne son manque de sommeil pour faire face à la journée de travail qui l'attend.

Grantley Adams International - La Barbade, 5h du matin

L'hôtesse sort de la cabine de pilotage et va directement rejoindre le siège de Grégory Bark. Ça faisait à peine 15 minutes que le poids de ses paupières a eu raison de lui, un peu comme les autres membres de l'équipe d'ailleurs. Doucement, elle pose une main sur son épaule pour, malheureusement, le ramener à la réalité.

«Monsieur Bark, nous allons atterrir d'ici quelques minutes. Je vais prévenir vos collègues.
«Merci.»

Tout aussi promptement que leur patron, l'équipe se réveille et range rapidement mais méthodiquement le restant des documents sortis de leur carton, avant de prendre place chacun dans un fauteuil pour l'atterrissage de l'appareil. Après avoir touché le sol sous les premières lueurs du soleil, l'avion se dirige vers le hangar qui est attribué certes aux petits appareils mais surtout à ceux utilisés par le Gouvernement Américain. Situé bien plus à l'écart du terminus passagers, il offre la discrétion et c'est précisément ce que Bark veut ce matin-là.
Une fois l'appareil immobilisé, les moteurs arrêtés, l'hôtesse déverrouille la porte hermétique et les quelques marches qui se déploient automatiquement, permettant ainsi de descendre sur le plancher des vaches. Elle se place de côté pour laisser passer les passagers, Grégory Bark en dernier.

À peine il a passé la tête à l'extérieur de l'avion pour jeter un coup d'œil rapide à l'intérieur du hangar, qu'il aperçoit un peu en retrait sur la gauche des hommes. L'un d'entre eux s'avance d'un pas décidé vers les nouveaux arrivés et se dirige tout de suite vers Bark.

«Bienvenue à La Barbade, je suis Jason Gloves. Mes hommes vont vous aider à sortir le matériel et à le transporter dans nos locaux. Vous serez installé confortablement.» Il tend la main à son collègue qui en fait de même.

«Merci Gloves.

«Avant de sortir d'ici, la police locale vous attend pour les formalités d'enregistrement des armes, mais vous êtes au fait de ça, évidemment.» Gloves est un peu nerveux. Il n'a jamais eu à faire avec quelqu'un d'aussi haut placé au sein du Bureau.

Trente minutes plus tard, les deux véhicules banalisés noirs quittent l'aéroport et empruntent l'autoroute Tom Adams pour rejoindre Bridgetown.

«En dehors du matériel que vous avez apporté ...

«Je veux avoir tous les documents sous la main.

«Évidemment mais je voulais dire, que je m'attendais à voir des bagages avec vous.» Immédiatement, Gloves - qui est assis à l'avant du véhicule alors que Bark est situé derrière le chauffeur – se rend compte que ce n'était pas la question à poser. «Navré monsieur ... je ne suis pas habitué à voir débarquer quelqu'un comme vous !

«Dites-moi plutôt ce que vous avez trouvé pour moi depuis la dernière fois qu'on s'est parlé.

«Le jour de son arrivée à Bridgetown, mademoiselle Redon a pris une voiture de location pour se rendre à la villa de son agent à Welches Beach. Il semble qu'elle n'ait pas bien supporté le soleil parce qu'elle a fait un malaise à la marina de Oistin Bay tout à côté ... directement dans l'eau, c'est un jeune généraliste/chirurgien plasticien – du nom de James Connoly - sur place au moment des faits qui la repêcha. On a eu de la chance que justement il s'occupait d'un patient sur place, sinon il n'y aurait eu personne. La jeune femme a été repérée plus tard du côté du Yacht Club de Port St-Charles. Elle y dîna en compagnie de ce même médecin. C'est lui qui l'a raccompagnée à la villa un peu plus tard. Il semble que la voiture de location a eu un pneu à plat sur le parking du Yacht Club. La dernière fois que Mademoiselle Redon a été vue, elle était bien à Welches Beach.

«Aucune nouvelle depuis ?

«Elle doit sûrement encore dormir à cette heure-là !

«Bon, une fois qu'on aura installé nos affaires dans vos locaux, mettez-moi en contact avec ce James Connolly. Je serais intéressé de savoir ce qu'il a à me dire de sa rencontre avec elle. Est-ce qu'il est *clean* ?» Grégory Bark ajoute dans son calepin de nouvelles notes, en attendant que Gloves lui réponde.

«De bonne famille, un peu révolté adolescent mais son passage à l'armée l'a calmé. Il ne vit ici que depuis 6 mois, point d'origine : Chicago où il y a fait toutes ses études. Il est venu travailler avec son oncle – Ted Connolly – qui a une clinique dans la périphérie Est de Bridgetown. C'est une place pour les riches : dépenser sans compter pour s'approcher de la perfection physique sans mauvaise conscience ! Cependant, ce jeune médecin donne pas mal de son temps libre en bénévolat auprès de l'Hôpital Queen Elizabeth en tant que généraliste. Il ne semble pas penser qu'à l'argent. Il profite bien de son célibat par contre ! Autrement, rien à signaler sur aucun des deux.» Jason Gloves était plutôt satisfait de son compte-rendu qu'il a fait de tête. Il a une très bonne mémoire.

«Ok. Est-ce que votre agent de liaison a pu entrer en contact avec l'agent Masson ?

«Naomie White a juste signalé que votre paquet se trouvait bien là où elle était attendue mais elle n'a rien ajouté le concernant. À date, elle ne s'est pas encore manifestée.

«Elle fait ça souvent ?

«C'est encore une bleue ! Et votre agent, il a donné signe de vie ?!» Gloves voulait simplement rappeler à Bark qu'il ne semblait pas être le seul à avoir quelques difficultés avec un agent.

«Non.» On pouvait facilement percevoir l'agacement et l'énervement dans la voix de Grégory en pensant à Anthony Masson.

Le reste du trajet jusqu'aux bureaux du F.B.I à Bridgetown se fait dans le silence.

Hôpital Queen Elizabeth – Bridgetown, même moment

La feuille de papier, contenant les résultats de l'analyse de sang de Jessica Redon, finit son impression sous le regard éteint de Séraphin. Ce dernier, depuis la visite de James Connolly, a travaillé d'arrache-pied pour mener rapidement à bien tous les examens nécessaires. Il a largement dépassé la dose habituelle de café pour rester éveillé toute la nuit et ne pas être retrouvé au petit matin, avachi sur la table de travail, un filet de bave sortant de la bouche. Heureusement que son tour de garde prend bientôt fin. Il visualise déjà son lit.

Alors que d'une main il tient son sandwich poulet-mayonnaise – déjeuner des champions - de l'autre il saisit la feuille qu'il survole rapidement. La mastication de sa bouchée se fait plus lente alors qu'il relit le document plus méticuleusement puis il finit par faire une grimace. Il pose le sandwich entamé et d'un mouvement sec des pieds, pousse vers l'arrière sa chaise à roulettes pour attraper le combiné téléphonique accroché à l'un des murs de la pièce. Il attend quelques secondes avant d'obtenir la communication avec le numéro qu'il vient de composer.

«Eh man, c'est ton laborantin préféré ! Tu sais l'échantillon de sang que tu m'as donné hier soir, et bien il y a quelque chose d'assez inhabituel dans les résultats. Je crois que le mieux est que tu passes pour voir ça de tes yeux, je ne sais pas de quelle façon je dois comprendre ce que je lis. J'ai pas envie que tu me dises que j'ai merdé les résultats ! Rappelle-moi quand tu auras ce message ... non attends, passes directement. Je serai encore de garde jusqu'à 9h.»

Séraphin repose le combiné sur l'appareil, reprend sa place devant la feuille des résultats restée sur la table de travail, et prend une nouvelle bouchée de son sandwich. S'avouant vaincu quant à la compréhension à donner au contenu, il dépose le document à côté de son ordinateur, et tout en continuant à mastiquer, retourne à son travail qu'il avait mis de côté.

À Needham's Point, James vient tout juste de sortir de la douche pour se rafraichir avant de retourner dans son lit, essayer de récupérer peut-être une ou deux heures de sommeil. Quand il approche de la table de chevet où son téléphone était resté, il constate qu'un flash de couleur vert clignote sur le devant de l'appareil signalant qu'un message a été laissé. Il décide de rester debout pour prendre connaissance de l'enregistrement, alors que de sa main libre, il défait déjà les draps qu'il avait minutieusement pliés plus tôt. Ça ne prendra qu'un instant pour qu'il arrête son geste, perplexe, le regard dans le vide, avant de se ressaisir et de s'habiller en toute hâte.

Tant pis pour le sommeil, il le rattrapera une autre fois. S'il se dépêche, il pourra réussir à passer à l'hôpital avant de rejoindre la clinique pour son premier patient. Bien qu'il soit un peu inquiet, il ne peut s'empêcher d'être satisfait de ce qu'il vient d'entendre, espérant bien au fond de lui que quelque chose de bizarre serait trouvée dans cette analyse de sang.

Cinq minutes plus tard, sa voiture quitta la villa pour prendre la direction de l'Hôpital Queen Elizabeth.

Bureaux du F.B.I – Bridgetown, 6h30 du matin

Une fois arrivée dans les locaux de la capitale un peu plus tôt, l'équipe de Bark, aidée des employés de Gloves, s'est installée dans les lieux sans attendre, ayant rapidement repris son travail d'épluchage des documents contenus dans les cartons d'archives. Même s'ils avaient bien pu avancer dans l'avion, il y a tellement de matière à passer à travers qu'ils n'ont qu'effleuré la surface. Avec plus de place pour s'étaler (que dans un avion) et plus de main-d'œuvre pour aider à la tâche, Bark observe le tout d'un œil satisfait.
Ce dernier va rejoindre Jason Gloves dans son bureau – tout à côté de celui qu'on lui a donné, le temps de son séjour sur l'île.

«J'ai tout le monde plongé dans l'analyse, merci pour vos hommes, ça va aider. Quand est-ce qu'il sera possible d'aller rencontrer James Connoly ? Je sais qu'il est tôt pour tout le monde mais je suis sans nouvelle de mon agent depuis trop longtemps et j'ai un paquet assez délicat à prendre soin.

«On peut y aller tout de suite, j'attendais simplement que la voiture fasse le plein.» Gloves fait signe de la main à Bark de sortir du bureau et de le suivre vers le stationnement arrière où le véhicule en question attendait.

À peine le temps qu'il n'en faut pour le dire, les deux hommes le rejoignent, le moteur déjà allumé, et montent à l'arrière, laissant les deux agents de Gloves à l'avant. Presque immédiatement, ils quittent le parking et prennent la direction de Needham's Point.

«Aux dernières nouvelles, il est allé rejoindre son oncle plus tôt ce matin à son domicile. Il semble y avoir pris son petit-déjeuner avec le vieil homme, y restant juste quelque temps et retournant par après chez lui. Il s'y trouve depuis. C'est là qu'on va, ce n'est pas très loin.

«Il ne travaille pas ?

«Les heures d'ouverture de la clinique ne sont que de 9h le matin en semaine !» Gloves lui a répondu sur un ton amusé. Bark ne s'imagine quand même pas que tout le monde commence sa journée aux aurores, surtout sous le soleil des Antilles.

«Quand le temps joue contre vous, c'est le genre de notion qui est perdue en premier !»

Les deux hommes se taisent, chacun regardant de son côté de la vitre teintée vers l'extérieur. Le silence est rompu quelques minutes plus tard, quand le cellulaire de Jason Gloves se fait entendre dans la poche de sa veste. L'appel aura été de courte durée, alors qu'il tapote l'épaule de l'agent qui est au volant du véhicule, l'appareil était déjà de retour dans sa poche.

«Prenez la direction de l'Hôpital Queen Elizabeth !

«Changement de programme ?!» Bark le regarde avec un peu d'inquiétude.

«Je viens d'être prévenu que James Connoly a quitté son domicile pour se rendre à cet hôpital. On est derrière lui juste de quelques minutes.

«C'est une journée bénévolat ?!

«On va pas tarder à le savoir.» Gloves le regarde, les traits du visage détendus. Faut dire qu'il ne panique pas rapidement, ce n'est pas dans son caractère. C'est quelque chose que le Bureau apprécie, même si on pourrait également voir ça comme un manque de vivacité de sa part. «Il y a un peu plus de trafic dans cette direction que vers Needham's Point ... mais ça va aller, j'ai un agent qui le suit.»

Le silence reprend à nouveau son cours. La voiture est parfaitement isolée, on n'entend aucun bruit venir de l'extérieur ou du véhicule lui-même.
Grégory Bark, en attendant d'arriver à destination, fait passer ses yeux de son carnet de notes à la vitre et au paysage qui défile devant lui. Beaucoup de choses se bousculent à présent dans sa tête et même s'il

attend cette rencontre avec le médecin, ce sont des nouvelles de Masson qu'il veut par-dessus tout.

Comme l'a laissé entendre son collègue, ils se retrouvent plus d'une fois un peu ralentis par le trafic du matin. Ce n'est certes pas la même chose qu'à San Francisco ou dans n'importe quelle ville du continent, mais la vie étant plus lente sous le soleil, il faut inévitablement s'attendre à ce que tout soit ainsi.

«On est plus qu'à dix minutes maintenant. Navré pour l'état ...»

Gloves s'interrompt en entendant des sirènes rugir de toutes parts autour d'eux. Tous les corps de premiers intervenants doivent être de la partie quelque part. Bark se tourne de tous côtés pour essayer de voir dans quelle direction ces sirènes se dirigent. Au même moment, le cellulaire de son collègue se fait à nouveau entendre. Grégory commence à sentir son pouls s'accélérer, ça commence à faire trop de coïncidences en étant aussi proche de leur destination.

«Quoi ? Répétez un peu ...» Le visage de Jason Gloves vient de perdre toutes ses couleurs. «Vous n'avez rien ?!» Il tape une nouvelle fois sur l'épaule du conducteur mais cette fois, plus nerveusement. «Mettez les sirènes, et foncez à l'hôpital !» Remettant l'appareil contre son oreille, il reprend sa conversation. «Faites en sorte de vous identifier auprès de la police locale et essayez de savoir ce qui se passe jusqu'à ce qu'on arrive !» Gloves a du mal à trouver la poche interne dans sa veste pour y ranger le téléphone, du coup, il le garde serré dans sa main.

«Qu'est-ce qui se passe Gloves ?!» Grégory Bark retient son souffle en attendant la réponse, alors qu'il y a de plus en plus de sirènes qui retentissent autour d'eux.

«Il vient d'y avoir une explosion à l'hôpital. Mon agent n'est pas trop sûr mais il semble que ce soit le laboratoire qui vient de partir en morceaux.

«Ça ne va pas nécessairement être facile d'obtenir des informations de la police locale si on ne sait pas si James Connoly était justement dans les locaux. Il faut déterminer ça au plus vite !

«Quelles sont les chances qu'il y soit pris ?» Gloves le regarde avec incertitude.

«Depuis ces dernières heures, je baigne dans un océan de coïncidences qui évoluent indubitablement autour de Jessica Redon !

Alors, oui, je suis prêt à parier mon salaire que ce médecin était au laboratoire. Je veux pourtant encore m'accrocher à l'espoir insensé qu'il ne fait pas partie des victimes.»

Gloves, tournant le visage vers la route devant eux, essaie de se situer par rapport à l'hôpital.

«On y est ! Je ne pense pas que notre véhicule pourra aller plus loin.» Il fait signe à Bark ainsi qu'à l'agent placé devant lui de sortir de la voiture. «Essayer de nous rejoindre au plus près du site de l'explosion. Prévenez-moi quand vous y serez !» Il s'est adressé au conducteur avant de sortir à son tour.

Les trois hommes, d'un pas de course, essaient de se faufiler entre les véhicules de premières urgences, montrant leur badge au passage et espérant avancer ainsi le plus près possible de la zone du sinistre. L'Hôpital Queen Elizabeth est le plus grand de l'île, se répartissant sur un espace important. Tout le périmètre est bloqué et ils veulent se rendre presque à l'autre bout. S'ils réussissent à progresser aussi facilement jusqu'à présent, c'est d'une part parce que cette explosion sème une grande confusion autour d'eux (l'île n'a pas connu d'incident de cette envergure depuis très longtemps) et d'autre part parce qu'ils ont eu la chance de tomber sur aucun officier de police leur interdisant de progresser (c'est dans des moments comme ça que Bark apprécie cette différence qui s'applique entre le continent et les îles : une absence de paranoïa qui vous permet d'agir !). Ça va finir par changer et c'est justement à cette hauteur que Jason Gloves aperçoit l'agent qui suivait James Connoly plus tôt. Il se tient à côté de ce qui semble être le chef des opérations. Il fait signe à son patron de le rejoindre, allant à la rencontre des trois hommes.

«J'ai réussi à convaincre l'officier Powell de la police de Bridgetown qu'on était sur la filature d'une personne qui peut faire partie des victimes. Il semble être coopératif mais je crois qu'il préférait nous voir prendre en charge le tout !»

Jason Gloves, suivit de Grégory Bark, rejoint l'officier en charge, gesticulant un peu dans tous les sens, donnant des ordres aux ambulanciers, brigadiers de police et restant en contact avec les escouades de pompiers qui essaient d'éteindre le feu et surtout de faire en sorte que l'incendie ne se propage pas davantage.

«Officier Powell ? Je suis Jason Gloves et voici Grégory Bark, - F.B.I. Mon agent vous a déjà expliqué la situation je crois ?!

«En effet, et la seule façon de pouvoir déterminer si vous allez être ceux qui vont devoir prendre en charge cette merde, c'est de visionner les caméras de surveillance du parking et du bâtiment qui abritait le laboratoire.

«Est-ce qu'elles ne risquent pas d'être endommagées ?» Grégory Bark a sauté dans la conversation. Il a beau ne pas être du coin mais il n'y aura personne du Bureau de plus gradé sur l'île aujourd'hui, le mettant définitivement en charge de tout ce qui pourra toucher de près ou de loin le F.B.I.

«On vient de me dire que le flot des enregistrements de toutes les caméras installées sur le terrain, est dirigé continuellement vers la centrale de surveillance qui est par chance située aux coins de River et Martindales Roads, soit presque à l'entrée de l'hôpital. Vous voulez savoir ?!... allez là-bas, mais si cette connerie vous concerne, merci de me le faire savoir !» Déjà, l'officier en charge s'éloigne d'eux, allant donner d'autres ordres à ses hommes.

Grégory Bark, suivit des trois hommes, rebroussent chemin en se frayant un passage parmi le vacarme environnant. Il en a profité pour avertir ses analystes restés en place et prendre des nouvelles.
Ça leur aura pris quand même près de vingt minutes pour arriver à destination. Dès qu'ils ont mis les pieds dans les bureaux de l'entreprise *Vizion* notamment en charge de la surveillance de l'Hôpital Queen Elizabeth sur l'île, les quelques employés présents semblaient presque aussi paniqués que les gens dans la rue. Heureusement que la réceptionniste a un sang-froid hors du commun. Avec un calme surprenant, elle emmena Bark et Gloves jusqu'à l'une des salles de visionnement du bâtiment où trois employés étaient déjà en train de regarder ce que les caméras avaient enregistré juste avant l'explosion. Probablement parce qu'un événement pareil n'arrive normalement jamais, ils n'ont pas trouvé à redire quand le F.B.I. a gentiment demandé à faire exactement ce qu'ils faisaient déjà : chercher à comprendre.

Dans la mesure où l'entreprise *Vizion* avait déjà commencé le travail après avoir été prévenue par la police, le tout devenait plus facile pour Bark. Il y avait près de six caméras qui apportaient de l'eau au moulin sous un angle différent. Le Bureau n'aurait pas pu souhaiter mieux ! Ils étaient sept personnes pour six écrans télé … toutes les chances étaient réunies pour trouver les séquences qui les intéressaient. L'agent qui a filé James Connoly jusqu'au parking, a pu donner l'heure exacte de son arrivée sur les lieux. De là, il ne restait plus qu'à repérer son 4x4, suivre le médecin pour savoir où il se rendait et … la mine de Bark a été la première à tirer vers le gris quand ils ont pu confirmer que Connoly non seulement était entré dans le bâtiment abritant le laboratoire d'analyses mais qu'il n'avait pas pu en ressortir à temps puisque la déflagration s'est produite précisément huit minutes après. Le souffle de l'explosion était tel que – selon les caméras de surveillance qui n'ont pas été balayées – tout le bâtiment, qui représentait l'aile Nord, a été détruit au final. Bark ne se fait pas d'illusion, même s'il peut presque voir en direct ce qui se passe avec les équipes d'intervention là-bas, les pompiers n'ont pas encore réussi à circonscrire le feu.

Pendant un bref instant, il ferme les yeux s'efforçant de garder à l'intérieur la colère qu'il ressent. Un silence de mort s'est installé dans la pièce après la confirmation que le médecin faisait bel et bien partie des victimes, même s'ils n'ont pas encore mis la main sur son corps. Les trois employés de *Vizion* les ont laissés seuls dans la salle de visionnement, refermant la porte sur eux. Jason Gloves attendait les nouvelles consignes de Bark en le regardant du coin de l'œil.

«C'était notre meilleure chance d'avoir une vue sur les dernières 24h de Jessica à La Barbade.» Le Directeur du Département des Affaires Internes est visiblement ébranlé par ce qui se passe.
«La meilleure personne reste quand même la jeune femme elle-même, vous ne croyez pas ?!» Gloves a glissé cette remarque, n'étant pas autant au fait ou aussi suspicieux que Grégory. «Je sais que vous avez voulu la laisser se reposer avant d'aller la voir à Welches Beach parce que votre agent vous préoccupe mais il est temps de discuter avec elle.
«L'oncle est psychiatre, c'est bien ça ?! J'espère que vous avez son adresse parce qu'on a une très mauvaise nouvelle à lui délivrer.» Alors qu'il se lève du fauteuil dans lequel il s'était installé pour visionner

l'enregistrement, il se tourne vers Gloves avec une mine des plus ferme et résolue. «On va attendre notre visite chez Ted Connoly avant de soulager l'Officier Powell en lui disant que nous prenons la relève.

«Vous pensez qu'il peut savoir quelque chose, n'est-ce pas ? Vous ne vous faites pas que le messager ici ?!» Gloves le suit alors qu'ils s'éloignent de la salle et quittent les locaux de l'entreprise, après avoir récupéré sur un disque une copie des enregistrements. Leur véhicule teinté les y attendait déjà, moteur en route.

«Rencontrer une personnalité du cinéma comme elle, ça peut impressionner plus d'un! Je suis certain que le neveu s'est confié au vieil homme, d'autant qu'entre professionnels de la santé, ça peut tomber sous le secret médical !! Tout dépend de quelle façon on voit les choses, je sais.» Bark regarde rapidement sa montre. «Il est déjà 8h et vous avez dit que la clinique ouvrait à 9h … mieux vaut ne pas perdre de temps et l'attraper avant qu'il ne parte. Je crois qu'il prendra une journée de repos aujourd'hui, si on peut lui éviter de se déplacer, ça vaut mieux.»

Jason Gloves prend son téléphone, essayant de savoir si le psychiatre était encore à son domicile.

«Il ne décroche pas mais sa voiture est toujours garée devant la maison.» Quand il donne ces informations à Grégory, il ne peut s'empêcher de remarquer son expression désabusée. Ça le surprend beaucoup. «Vous voyez ça d'un mauvais œil ou je me trompe ?!

«Je me demande quand est-ce que je vais enfin tomber sur une bonne nouvelle dans ce dossier. Depuis que j'ai quitté San Francisco, elles sont toutes de pire en pire !

«C'est un peu éloigné d'ici mais on devrait y être d'ici 30 à 45 minutes. Malheureusement avec ce qui se passe de ce côté-ci de Bridgetown, la circulation va être merdique tout le long. Il n'y aura pas vraiment moyen de faire plus vite. Est-ce que vous voulez que mon homme sonne à la porte ?

«S'il n'y a pas de mouvement d'ici 20 minutes, qu'il y aille et fasse en sorte d'être gentil avec lui. Je préfère que la nouvelle vienne de moi. C'est quelque chose qui sera difficile à encaisser.

«Bien, je transmets.»

Après un court moment, le silence était revenu dans l'habitacle. Le paysage défilait mais cette fois-ci, Grégory Bark n'y prêtait nullement

attention. Le regard plongé dans ses notes, son cerveau tournait à toute allure et partait dans tous les sens en conjectures. Son instinct continuait à lui dire que les choses allaient mal – à ce point de l'enquête c'était devenue évident – mais il aurait voulu savoir à quoi il devait s'attendre, quelle issue finale allait se dessiner pour l'actrice. Malheureusement, Bark n'est pas encore capable de prédire l'avenir. Quelque part, ce serait un cadeau bien trop empoisonné !
Est-ce qu'il aurait dû dès son arrivée, aller questionner la jeune femme et la tirer du lit ? Ça ne sert à rien de se poser ce genre de questions, ça ne mène nulle part ! Ce qui est fait est fait, et puis il reprendrait exactement les mêmes décisions, alors ce type de réflexion est vraiment non productive et inutile.

Il a beau sortir la tête du carnet, et contempler le paysage, son cerveau n'enregistre aucun visuel, il s'est mis en mode veille jusqu'à leur arrivée à Green Hill.

Chapitre X

Mendocitos – Congor Bay – La Barbade, même moment

Quand Anthony arriva sur la terrasse protégée du soleil par une pergola de vigne, Mike et Nancy étaient déjà en train de manger. Comme il l'avait promis, il alla s'asseoir à côté de la thérapeute, montrant son plus beau visage, son sourire le plus radieux – mais pas trop non plus pour ne pas éveiller de soupçon parce que ça lui arrive quand même à l'occasion d'être compétente dans son domaine d'expertise. Un rapide coup d'œil à son ami permet de comprendre que ce dernier est déjà à bout de la thérapeute qui semble être la seule à mener la conversation. Sitôt que la cuisinière lui a apporté du café et une assiette avec quelques victuailles, il décide de prendre la relève.

«Nancy, c'est toujours un plaisir de t'entendre parler. Je ne sais pas où tu réussis à trouver, non seulement l'énergie mais surtout les sujets de conversation.

«Il faut être moi pour ça ! Je demandais justement à Mike quand est-ce que tu allais te joindre à nous, déjà que tu ne m'as pas réveillée quand tu es arrivé cette nuit. C'est pas gentil ça.» Elle fait semblant de prendre une mine renfrognée, saisissant le menton d'Anthony entre ses doigts et le secoue légèrement comme si elle espérait ainsi remettre les idées en place chez lui. Elle reste quelques secondes à le dévisager, sourire aux lèvres, avant de reprendre sa place, correctement assise sur sa chaise, devant la table de jardin.

«Ça va être une journée magnifique et chaude.

«Mike a raison, pourquoi ne pas faire un tour en mer ?» Anthony prend la balle au bond et réplique sur un ton enjoué.

«Oh que c'est charmant comme idée … mais s'il faut attendre que la princesse sorte de ses rêves, on n'est pas prêt d'y aller.» Nancy fait un signe de la tête indiquant la villa.

Les deux hommes n'ont pas manqué de relever la remarque sarcastique de la thérapeute, se contentant de tenir leur rôle pour la journée, comme prévu.

«Je pensais juste à toi et moi … rien que nous deux.»

«J'ai du travail à faire ici. Je garderai un œil sur Jessica mais je suis certain qu'elle saura s'occuper toute seule. Il y a une plage en contrebas.

«C'est parfait. Dans ce cas, tu ne peux qu'accepter.» Anthony concentre tout son charme pour convaincre Nancy de le suivre.

«Tu n'es pas censé faire ton travail de garde du corps et rester avec elle ?

«Tu devrais peut-être t'inquiéter un peu plus de l'état de ta patiente quand elle remet les pieds là où elle a vécu il y a plus de 15 ans.» Anthony la dévisage, en prenant le même ton qu'elle mais dans la mesure où il faut qu'ils passent la journée ensemble, il se tient loin de toute émotion négative et laisse la place belle à son sourire qui sait être ravageur. «Tu es dans les Antilles, ne sois donc pas aussi agressive que sur le continent. Il n'y a personne à impressionner ici. Il est bon que tu gardes un œil sur Jessica le temps de son séjour sur l'île, c'est vrai, mais tu vas pouvoir aussi prendre du temps pour toi, sans avoir besoin de culpabiliser.

«Tu as absolument raison … je culpabilise beaucoup trop pour les autres. Je me néglige complètement.» Mike ne peut le voir, mais Nancy, à ces paroles, vient de poser sa main au plus proche de l'entre-jambe d'Anthony, lui démontrant ainsi qu'elle est prête pour ce temps avec lui en mer. «J'ai hâte que tu me montres tes capacités à naviguer.» Se levant brusquement, elle finit d'un trait sa tasse de café avant de rentrer à l'intérieur de la villa. «Je cours me préparer mon cher ! Je vole … je plane … telle une mouette …»

On commençait à moins bien percevoir le son de sa voix au fur et à mesure qu'elle s'éloignait de la terrasse pour gagner l'intérieur du bâtiment.

«Margarita, vous serez gentille de préparer un petit panier de pique-nique pour deux que je prendrai pour le voilier. Merci bien.» Une fois qu'Anthony donne sa requête à la cuisinière qui était en même temps venue enlever les assiettes, laissant juste les tasses fraichement remplies, il se tourne vers son ami et le considère un instant en gardant le silence.

«Et tu veux me faire croire que cette mégère va être d'une quelconque utilité pour Jessy. Je ne sais pas ce que tu vois en elle.» Bien qu'il lui pose cette question avec un sourire en coin, il ne cherche pas à cacher sa désillusion.

«C'est toi qui m'a appris que dans certaines occasions, il faut prendre soin de la bête qu'on mène à l'abattoir, parce qu'il y a toujours quelqu'un à sacrifier et c'est précisément ce que je fais. Sur un autre ordre d'idées ... qu'est-ce que ça donne avec le médecin ?

«Il a réussi à avoir du sang de Jessica hier soir, tu savais ?» Le ton devient soudain sec, mécontent.

«Non. Qu'est-ce qu'il en a fait ?» Anthony prend à son tour une mine sévère.

«Il a commandé une analyse complète ... j'imagine que le bon médecin en lui doit s'inquiéter pour elle. Après le coup de la marina ... mais je peux me tromper. Si ça se trouve sa passion est de faire des analyses de sang pour tous les étrangers rencontrés !» Mike aime faire un peu de sarcasme avec son ami, particulièrement quand il est mécontent des décisions qui peuvent avoir un impact négatif sur lui et leur travail.

«Après la visite à son oncle ce matin, est-ce qu'il est retourné à Welches Beach, pour prendre lui-même des nouvelles de sa petite patiente préférée ?

«Non ... mais Séraphin lui a laissé entendre au téléphone qu'il y a quelque chose d'anormal avec les résultats, suffisamment d'inhabituel pour qu'il le fasse venir au Queen Elizabeth.

«Et ... ?» Anthony attend d'entendre la suite avec une légère anxiété.

«Ces résultats de sang ne risquent plus d'inquiéter ces hommes. Le nécessaire a été fait. Les gens ont tendance à oublier à quel point un laboratoire d'analyses peut être dangereux ! Il suffit d'un rien.

«Parfait. Eh bien, cette journée commence bien ma foi. Tu avais raison Mike, il va falloir s'attendre encore à d'autres imprévus du genre.

«Dans ce cas, je te conseille de ne pas perdre plus de temps et d'emmener ta ... mouette sillonner les eaux !» Il ne résiste pas à l'envie de faire un peu d'humour, histoire de détendre l'atmosphère.

«Tu as raison, il est préférable qu'on soit parti quand Jessica va descendre ... j'aurais juste souhaité être là à son réveil. Elle ne te connaît pas ... c'est ailleurs qu'elle s'est endormie.» Anthony ne peut cacher son inquiétude en se levant de table.

«On en a déjà parlé, c'est la seule chose à faire dans le laps de temps qu'on a. Tu sais que je n'ai pas mon pareil avec les femmes ... tout va bien aller en ton absence. N'oublie pas de me prévenir quand t'en auras marre de la folle !»

Anthony s'éloigne à son tour de la terrasse, laissant son ami derrière lui, et prenant au passage des mains de la cuisinière, le fameux panier. Depuis un an, il a appris à supporter la thérapeute en se concentrant sur l'essentiel : Jessica. Durant les prochaines heures, il ne fera pas exception à la règle.

Quartier de Green Hill – chez Ted Connolly, 8h45 du matin

Alors que le véhicule du F.B.I. n'est plus qu'à quelques minutes de la villa du psychiatre, le cellulaire de Jason Gloves se met à sonner. Il prend l'appel presque instantanément, l'appareil étant encore dans sa main depuis. Il commençait à se passer trop de choses inhabituelles pour lui, sa concentration n'étant plus aussi au point qu'à l'arrivée de ce Directeur du Département des Affaires Internes il y a quelques heures de ça maintenant.
Après quelques minutes à écouter ce qu'on lui disait à l'autre bout du fil, il se tourne vers Grégory Bark (en même temps qu'il range dans la poche interne de son veston, le téléphone).

«Puisque le temps était écoulé, mon agent est allé comme prévu sonner à la porte de Ted Connoly. Il ne répondait pas mais il y avait pourtant de la lumière à l'intérieur. Il est entré de force quand il a aperçu – en faisant le tour de la maison par le jardin - son corps inerte dans la cuisine.» La voix de Gloves est monocorde, ayant du mal à dissimuler sa déception.

«Mort, c'est bien ça ?

«Oui. Il a appelé un médecin légiste. On sera bientôt fixé.

«Il était âgé ?

«Dans la soixantaine.

«Mouais … pas si vieux que ça. Attendons de voir ce que le légiste aura à dire.» C'en est presque étonnant de voir à quel point Bark n'exprime pas la moindre émotion à l'annonce de cette nouvelle. On pourrait penser qu'il commence à se résigner à trouver du positif sur sa route.

La voiture vient juste de s'arrêter devant la résidence de l'oncle mais les deux hommes n'ont pas encore quitté leur siège à l'arrière.

«Des nouvelles de votre agent ?» Grégory pose sa question en faisant dos à Gloves.
«Non.
«Vous feriez bien de localiser son GPS.
«Nous sommes en train de faire des mises à jour sur nos appareils. Quand elle a pris sa voiture hier, le GPS n'était pas encore réinstallé à bord.» La voix de Gloves est plutôt basse.
«Donc pas de localisation possible.» Grégory affiche un sourire désabusé.
«J'ai commencé à lancer une recherche mais … La Barbade a beau ne pas être si grande que ça, chercher le véhicule de l'agent White, c'est comme chercher une aiguille dans une botte de foin. Ça risque de prendre un peu de temps.»

Grégory Bark ouvre enfin la portière de la voiture, ne souhaitant pas en rajouter en avouant à Gloves que Naomi White est sûrement morte elle aussi. Ils le sauront de toute façon bien assez tôt malheureusement.

Les hommes pénètrent à l'intérieur de la villa, bien rangée, aucun signe d'effraction à priori, et se dirigent vers la cuisine. L'agent, qui avait fait la macabre découverte, ne se tient pas loin. Jason Gloves laisse Bark avec le corps, et entreprend un tour de la maison, histoire de voir s'il y a quelque chose à découvrir, sait-on jamais. Quelques minutes plus tard, le médecin légiste attitré pour le F.B.I., suivi d'un expert en scène de crime, fait son entrée. Alors que le premier va immédiatement vers le mort, l'autre commence à prendre des photos.

«Cela m'a tout l'air d'une crise cardiaque.
«Vous êtes sûr ?

«Je le saurai uniquement quand l'autopsie sera faite, évidemment, mais à ce stade … oui. L'heure du décès doit se situer entre 6h et 7h du matin. Ça a été assez instantané.

«J'imagine que vous avez des choses de prévues aujourd'hui mais je vous demande de la faire en priorité. J'ai besoin de savoir avec exactitude, docteur.» Bark le dévisage avec sévérité.

«Très bien, ça sera fait.»

Grégory se tient debout, contemplant toujours le corps de Ted Connoly allongé au sol, dans la pièce d'à côté, afin de faciliter le travail de l'expert. De toute façon, il n'y a rien pour lui ici à découvrir, rien qui pourrait lui apporter des réponses. Jason Gloves le rejoint, attristé.

«C'est évidemment difficile à dire mais rien ne semble avoir été déplacé … la crise cardiaque semble tenir la route selon moi, même à 60 ans.

«Le neveu et l'oncle meurent comme par hasard le même jour, à peu d'intervalle entre.» Bark lui lance un regard qui veut en dire long sur le mot 'hasard' dans cette affaire.

«Vous n'allez pas un peu vite en conclusion ? La coïncidence peut encore être possible.

«Je vous en prie Gloves, soyez sérieux un instant …depuis que Jessica Redon est arrivée à La Barbade, combien de cadavres sont à dénombrer ?

«Deux.

«Mettez trois !» Grégory fait allusion ici à Naomie White.

«Si je suis votre raisonnement, doit-on s'attendre à trouver les corps de l'agent de voiture de location, l'ensemble du personnel du Yacht Club de Port St-Charles … ?

«Les Connoly sont visiblement les seules personnes à avoir passé plus de 5 minutes avec elle … les autres n'ont donc rien à craindre.

«Sans compter votre propre agent qui n'a pas encore donné signe de vie … mais c'est qui exactement cette fille pour susciter autant de remous ?

«Elle est simplement ce que vous savez d'elle : une actrice. Ça m'étonnerait bien que ce soit spécifiquement elle la cause, je pense qu'elle est prise dans quelque chose et c'est plutôt ça qui est responsable de ce qui se passe.

«Et le laboratoire de l'hôpital ?» Gloves reste sceptique quant aux allégations de Bark mais, après tout, il ne possède pas tous les éléments concernant l'affaire Redon. Depuis ces dernières heures, il ne sait plus très bien ce qui tient la route ou pas. De toute sa carrière, il n'a jamais eu entre les mains un dossier aussi … criminel que ça.

«James Connoly s'y est rendu pour une raison qui n'a rien à voir avec son bénévolat, c'est évident.» Bark se tourne vers l'un des agents qui se tenait à l'entrée de la villa. «Je veux qu'on passe au crible tous les appels téléphoniques que James et Ted Connoly ont pu avoir depuis hier matin. Cherchez s'il y a quelque chose avec le laboratoire du Queen Elizabeth, la villa de Sam Brown à Welches Beach … et je veux l'avoir pour quand je serai de retour auprès de mon équipe.» Il n'a visiblement pas envie de passer lui-même l'appel.

«Vous pensez à quoi ?

«On aurait pu éliminer James Connoly différemment, pourtant quelqu'un a choisi de le faire à l'hôpital et de la façon qu'on connaît … pourquoi ? Bien que le médecin soit la principale cible, on voulait faire disparaître le laboratoire avec lui. Encore une fois : pour quelle raison ? Il y avait peut-être quelque chose là-bas en lien avec Jessica Redon. Quelle meilleure façon que de dissimuler un élément que par une explosion, et que cela touche un laboratoire d'analyses ne choquera pas tant que ça les esprits. Ce n'est certes pas courant mais pas impossible.» Il est facile de voir à quel point Grégory est absorbé par ses réflexions.

«On se retrouve avec de plus en plus de questions dans cette affaire et aucune réponse. Peut-être que cette actrice est la …

«La prochaine à être rencontrée … j'ai assez de cadavres pour une journée. Envoyez une voiture là-bas, qu'ils lui tiennent compagnie en attendant que j'arrive.

«Vous ne pensez pas, parti comme c'est, qu'elle puisse être elle aussi déjà morte ?

«Non, aucune chance !» Grégory s'abstient de lui faire face parce qu'il n'est pas certain de sa réponse, parce qu'il refuse qu'il en soit autrement.

Gloves sort de la villa du psychiatre et fait le nécessaire, laissant derrière lui Bark qui regarde encore une fois le vieil homme mort.
Quelques instants plus tard, de retour sur la route pour traverser une partie de Bridgetown et rejoindre Welches Beach, le téléphone de Gloves se fait entendre. L'appel ne durera pas longtemps et cette fois-ci, son visage a gardé de ses couleurs, il n'y a donc pas mort d'homme se dit Grégory pendant quelques brèves secondes.

«La villa est vide. Il n'y a clairement plus personne à l'intérieur ... plus de vêtement, plus la moindre trace d'un passage quelconque récent à l'intérieur. Je suis désolé, j'aurai voulu vous donner une meilleure nouvelle.

«Voyons le côté positif dans tout ça, Gloves, pas de cadavre donc elle est encore en vie. Il faut juste savoir où est-ce qu'elle a posé ses bagages à présent.

«Enfin qui est-ce qui fait en sorte de ne laisser aucune trace derrière soi ?

«Quelqu'un de maniaque ... ou qui savait que le F.B.I s'apprêtait à cogner à la porte.

«Autre chose encore ... sa voiture de location se trouve devant la villa, les clés sont sur le tableau de bord. Un garagiste qui a récupéré le véhicule au Yacht Club, changé le pneu dégonflé et l'a ramené. Il y a une note qui indique que personne ne lui a ouvert la porte et qu'il est parti sans chercher davantage, précisant que James Connoly s'était occupé des frais. Dans ces conditions, je doute que cette jeune femme soit partie seule, sans moyen de transport, ça m'étonnerait qu'elle ait demandé un taxi. Elle veut rester discrète pour être invisible aux yeux des journalistes. Est-ce qu'elle a des contacts sur l'île ?

«Pas que nous sachions. Vous parliez d'aiguille dans une botte de foin plus tôt ? Ramenez-nous à vos locaux. Il est temps de sortir les gros moyens, je veux des résultats rapidement. Ah et soulagez ce pauvre Officier Powell.» C'est la première fois depuis des heures qu'un léger sourire se dessine sur ses lèvres en revoyant le visage de cet homme, complètement paniqué et affolé dans la pagaille de l'hôpital.

«Vous n'attendez pas davantage de connaître ce qui relie James Connoly à l'établissement ? Vous êtes tellement sûr de vous.

«Malheureusement, oui.»

Chapitre XI

Mendocitos – Congor Bay, 9h du matin

Quand Jessica ouvre les yeux, la première chose qu'elle constate, c'est que le plafond de la chambre à coucher est beaucoup plus grand et haut qu'avant de s'endormir ; elle cligne plusieurs fois des paupières pour être certaine qu'elle n'est pas en train de rêver, mais à chaque fois, c'est la même chose qui se dessine sous ses yeux : cette pièce est deux fois plus grande que celle dans laquelle elle s'est endormie. Elle se redresse sur ses coudes et la regarde plus attentivement. Cette dernière est de couleur ambre avec un mobilier épars en bois de cèdre d'un style hispano néocolonial. Deux grands ventilateurs tournent silencieusement à plein régime au plafond.

La jeune femme écarte d'une main le drap qui la couvre en partie et descend du lit. Sous ses pieds nus, un plancher de céramique, elle s'avance lentement dans la pièce en regardant à droite et à gauche, vêtue d'une nuisette en dentelle. Elle ne se souvient pas non plus s'être endormie avec ça sur la peau.

Sur sa droite, une grande porte-fenêtre est entrouverte laissant un peu de soleil passer furtivement entre les lamelles en bois des persiennes, des voilages blancs volent gaiement de chaque côté au gré du vent. Elle pousse légèrement des mains ces persiennes et se retrouve sur un large balcon qu'un store suspendu protège du soleil. Elle s'avance jusqu'à la rambarde de fer forgé et protège ses yeux de la luminosité en plaçant une main à hauteur de ses yeux.

Elle peut distinguer entre la cime de plusieurs arbres le bleu de l'océan. Inconsciemment elle pousse un léger soupir de soulagement, elle est sûrement encore à La Barbade, c'est déjà ça ; pendant un bref instant, elle a cru qu'elle était de retour sur le continent américain. Après tout, elle sait très bien qu'Anthony doit la ramener.

Dans l'air, un merveilleux parfum alliant l'iode à celui des innombrables fleurs qui sont plantées un peu partout, à ce qu'elle peut voir, dans un jardin dont elle ne parvient pas à distinguer le commencement ou la fin.

Elle abaisse la main qui est en l'air et la pose également sur la rambarde. Elle ferme les yeux et prend une profonde inspiration pour emplir ses poumons de ce somptueux parfum, pour que sa mémoire puisse conserver dans un tiroir ce qu'elle a devant les yeux.

Juste en dessous d'elle, il y a une très grande terrasse qui donne sur l'immense jardin. Sur la droite, pointe ce qui semble être une colline submergée par la végétation et sur la gauche, plus loin ce qui ressemble à une piste d'atterrissage pour hélicoptère. La villa surplombe l'eau, laissant supposer qu'elle est en hauteur, donnant un panorama incroyable.

Elle ne sait pas où elle est mais quel ravissement pour les yeux. C'est exactement ce qu'elle avait besoin, un endroit retiré et calme, dans la nature, encore mieux que Welches Beach. Son esprit réussit si bien à faire le vide qu'elle n'entend pas, derrière elle, une domestique entrer dans la chambre. Ce n'est qu'au moment de retrouver l'intérieur, qu'elle tombe presque nez à nez avec cette femme, dans la cinquantaine, qui lui lance un sourire rassurant.

«Bonjour Madame. J'espère que vous avez bien dormi ? Vous trouverez vos vêtements dans cette armoire.» Tout en parlant, elle ouvre les portes en grand du meuble, puis se dirige vers le lit qu'elle commence à remettre en ordre.

«C'est magnifique ici … où est-ce que je suis ?

«Mendocitos.

«C'est quoi Mendocitos, une île ?

«C'est le nom de la villa … à La Barbade Madame.

«Ah … tant mieux, j'avais pas envie d'en partir mais je suis curieuse de savoir pourquoi je me couche hier soir dans le bungalow de Sam et que ce matin, je me réveille ici ?» Jessica la dévisage légèrement troublée. Ça la change les imprévus.

«Je ne sais pas Madame, mais monsieur Connor pourra répondre à vos questions.

«Oh … et qui est-il ?

«Dès que vous serez prête, je vous amènerai à lui. J'imagine que vous devez avoir faim, il y a de bonnes choses à manger qui vous attendent en bas sur la terrasse.» La domestique, qui a fini de remettre en ordre le lit, passe à présent à la salle de bain, laissant l'actrice mettre des vêtements sur le dos.

«Je vais vous attendre dans le couloir Madame.»

La jeune femme fait un rapide brin de toilette puis sort de cette nouvelle chambre, prête à découvrir si l'intérieur de la villa est aussi beau que l'extérieur. Quand la domestique la quitte sur la terrasse, sous la pergola, Jessica en est convaincue. Où qu'elle soit, cet endroit est magnifique ! Elle ferme les yeux, prenant une grande inspiration pour se remplir les poumons de cette odeur exquise que le jardin dégage. Elle n'avait pas remarqué Mike, debout, sur sa gauche.

«Jessica Redon … Bienvenue dans mon humble demeure. Je suis Mike Connor.» Alors qu'il se présente à elle, il sort de son coin et s'avance, souriant et charmant comme il sait l'être. Ne dit-on pas que la première impression est la plus importante.

«Enchantée.» Jessica serre la main tendue, lui rendant le même sourire et plongeant ses yeux dans ceux du jeune homme. «Intéressant comme couleur … ça ne se voit pas partout ce mélange de vert/gris/noisette, surtout avec le soleil. Vous avez de très beaux yeux Mike, ça ne vous dérange pas que je vous appelle par votre prénom ?

«Bien au contraire. Martha vous a préparé une assiette froide et du thé.» Il lui indique la table de jardin un peu plus loin.

L'actrice qui a en effet assez faim, s'assied promptement sans trop montrer à quel point elle est affamée, et fait honneur à ce qu'on lui a préparé.

«Mike, ce n'est pas que je ne suis pas reconnaissante de l'accueil que vous me faites chez vous, de ces bonnes choses qui, comme par hasard représentent tout ce que j'aime à prendre le matin …» Elle lui lance un rapide sourire entendu. «… mais je suis curieuse, et je me demande ce que je fais précisément chez vous et surtout qui vous êtes au juste ?

«Anthony et moi, sommes amis depuis de nombreuses années. Il vient souvent ici se ressourcer … enfin depuis un an, beaucoup moins. Il m'a appelé hier pour me dire qu'il allait être de passage sur l'île avec vous, et comme vous avez pu le constater, cette propriété a le mérite d'assurer une discrétion totale, ce qui semble être capital pour vous, si je comprends bien.

«Mais pourquoi il ne m'a rien dit ? Il a fait ça pendant que je dormais ?

«Il y a des photos qui circulaient sur les réseaux sociaux, peu, mais ce n'était plus qu'une question de temps avant que les paparazzis ne débarquent à Welches Beach. Il a pris la décision de te transférer aussi tard, parce qu'il a dû estimer qu'il prenait un risque en restant là-bas plus longtemps. Quoi qu'il en soit, ici, personne ne t'importunera.» Le jeune homme prend un léger temps de pause, observant la jeune femme qui a presque fini de manger, savourant à présent sa tasse de thé. «Est-ce que tu aurais préféré rester à Oistin Bay ? On peut se tutoyer j'espère, je n'aime pas trop les formalités.

«Non, ça ne me dérange pas et oui, je préfère de loin être ici. Pas que ce n'était pas beau chez Sam mais cette propriété … ouah … c'est définitivement mieux. Où est-ce qu'il se cache d'ailleurs celui qui m'a trimballé comme un sac de courrier.» Jessica se cale au fond de sa chaise, observant Mike, le visage détendu.

«Tu ne le verras que plus tard aujourd'hui. Il est actuellement en train de faire un tour en mer.

«Sans moi ? … charmant, j'aurais adoré en être.

«Ça m'étonnerait.» Il ne peut s'empêcher de lâcher un léger rire.

«J'adore la mer !» La jeune femme se sent un peu vexée de la remarque.

«Oh mais je te crois sur parole seulement il n'y est pas seul. Quelqu'un lui tient déjà compagnie.» Voyant le regard intrigué de l'actrice, il lui annonce, non sans regret, la bonne nouvelle. «Nancy Fense est là.»

Elle manque presque de s'étouffer en entendant le nom de sa thérapeute. Ce n'est pas avec plaisir qu'elle côtoie cette femme. Elle sait très bien qu'elle l'a diagnostiquée depuis un moment comme 'irrécupérable' et qu'elle s'est demandé cent fois de quelle façon elle a obtenu ses diplômes.

«C'est moi qui ai pensé que de l'emmener en mer pour un temps, te donnerait un peu de calme, sans avoir cette folle sur ton dos.

«Je te remercie. Si je pouvais ne plus avoir besoin de la voir … » Elle lâche un gros soupir qui, pour Mike, en dit long sur ce qu'elle pense de sa thérapeute. «Depuis un an, aucun progrès avec elle. Je sais bien que mon cas est particulier, délicat … mais franchement, qui pourrait réussir une thérapie avec cette femme ?! Tu as discuté avec elle ?» Tous les deux se regardent avec complicité puis éclatent de rire.

«Je ne la connais que depuis hier soir seulement et c'est déjà de trop.»

Elle l'aime bien ce meilleur ami d'Anthony. Elle sait maintenant qu'elle pourra compter sur lui pour amoindrir sa souffrance pendant tout le temps que Nancy sera sur l'île. Jessica n'est pas toujours certaine que son garde du corps se rend vraiment compte de la situation, ou parce que ses supérieurs ne s'y intéressent pas davantage, il ne fait pas grand-chose pour temporiser. Quelque part, elle se dit que c'est méchant de penser de la sorte mais c'est tout un phénomène cette femme. Pour pouvoir la supporter, il faut absolument toute une boîte de tranquillisants … pour éléphants.

«Toute la journée sans aucun des deux …» Elle détourne la tête pour réfléchir à ce qui la tente de faire.

«Il y a une plage privée sur la propriété, plus bas. Pas besoin de dire que c'est tranquille. J'ai du travail à faire ici, alors profites-en. C'est très facile à trouver. Tu empruntes le sentier qui part de ce côté-ci du jardin, sur la gauche. Il va vers la forêt, tu continues un petit moment sans le quitter, puis il y aura des marches qui t'amèneront au bas de la falaise. Quelques mètres, et la plage de sable fin s'étendra devant toi. Il y a des palmiers pour s'abriter du soleil. Comme tu peux le voir, la nature a pensé à tout.

«Tu sais quoi ? C'est la proposition la plus intéressante que j'ai eue depuis un moment. Le luxe de ne rien faire du tout. Paresser, tel un lézard sous les rayons du soleil … euh, sous les palmiers, cela va sans dire mais je n'ai juste pas ce qu'il faut pour cette escapade.

«Tu trouveras dans la chambre tout ce qu'il faut, y compris écran solaire.

«Dans ce cas … tu sais où me trouver. Merci Mike.»

La jeune femme quitte la table, radieuse. Il la suit du regard jusqu'à ce qu'elle disparaisse à l'intérieur, se perdant un peu en rêveries en pensant à elle, ne prêtant pas tout de suite attention à la sonnerie de son téléphone. Il finit par prendre l'appel et quand sa conversation prend fin, il se sait à nouveau dans la réalité.

Ça doit bien faire un bon moment que Jessica lézarde à l'ombre des palmiers, sur cette plage qui est parfaite, essentiellement parce qu'il n'y a aucun intrus. Quel plaisir ce silence parce que le léger bruit des vagues sur le sable ne compte pas … c'est comme une douce berceuse pour l'esprit. Ça remonte à très longtemps la dernière fois qu'elle a connu un tel moment, elle a d'ailleurs du mal à s'en rappeler, ce n'est pas bon signe. Ça veut dire que c'était sûrement encore en Australie.

Quoi qu'il en soit, elle apprécie de pouvoir vider son esprit. Aucun paparazzi, aucun agent, pas de garde du corps et encore moins de thérapeute. Pourquoi est-ce qu'elle pense à elle ? Ah oui, c'est de la savoir dans la même villa, sous le même toit qui la rend nerveuse. En temps normal, elle n'a à la supporter que quelques heures de-ci de-là, puis elle la quitte et c'est tout jusqu'à une prochaine fois. Grâce à son travail, elle ne la voit pas si souvent mais à chaque fois, leur rencontre la marque et pas dans le bon sens. Alors rien que de savoir qu'elle va être sous son nez et dans ses oreilles pendant dieu sait combien de temps. Pourquoi est-ce qu'elle pense à ça ? L'actrice secoue la tête pour chasser cette réflexion et rester dans ce séduisant vide. Au bout de quelques minutes, la chaleur finit par avoir raison d'elle, laissant la place grande ouverte à la fatigue.
Elle se voit de retour à Boston, dans son appartement.

Manuel était près d'elle, assis sur le sofa où elle était allongée. Soudain tous les muscles de son corps se contractèrent, elle revoit son fiancé tenir dans ses mains une seringue.

Les images sont comme coupées, des extraits de ce qui s'est passé défilent devant ses yeux assez rapidement au point qu'elle n'est plus capable de distinguer quoi que ce soit. Pourtant, il y a une séquence d'images qui repasse sans arrêt, tout d'abord de façon voilée puis au fur et à mesure la vitesse ralentie et la netteté se fait.

Manuel venait de lui injecter le contenu de la seringue dans le bras. Elle se souvient de la sensation de chaleur qui s'en était suivie et presque tout de suite, elle pouvait sentir son corps, comme une machine, ne plus fonctionner en parfaite harmonie ; son rythme cardiaque s'accélérait alors qu'elle éprouvait de plus en plus de difficulté à respirer. Le tout est assez indescriptible.

Rapidement, son esprit s'embruma, ses yeux se voilèrent, elle cherchait désespérément de l'air et en même temps, elle était persuadée que son cœur allait exploser, comme le compte à rebours qui s'accélère avant le boum final.

Manuel restait assis à ses côtés et lui parlait calmement mais elle ne parvenait pas à mettre de son sur les mots qu'il prononçait, ses lèvres bougeaient mais elle ne comprenait alors pas ce qu'il disait. Cette séquence n'arrêtait pas de repasser en boucle dans sa tête jusqu'à ce qu'elle soit finalement nette et précise.

Après qu'il lui a fait cette injection, il mît la seringue dans une boîte et celle-ci à l'intérieur de son veston. Il s'était penché au-dessus de son visage et lui caressa d'une main la joue tendrement, comme si de rien était. À ce moment, Jessica se sentit fortement fiévreuse.
Elle se souvient maintenant de ce qu'il lui avait dit pour la dernière fois en la fixant droit dans les yeux :

«C'est la seule chose à faire Jessica. S'il découvre que je lui ai menti à propos de toi… » Il ne finit pas sa phrase, et lui souriait simplement. «Il n'y a pas d'autres solutions, je ne peux pas te laisser vivre, tu es désormais un risque pour moi et tu ne vaux pas la peine que je mette davantage ma vie en péril. Désolée ma belle.»

Elle se souvient qu'il posa ses mains de part et d'autre de son visage et l'embrassa passionnément à pleine bouche, il l'embrassa tant qu'il sentit qu'elle était en vie. Pendant ce dernier baiser, elle avait plus ou moins essayé de trouver la force de le repousser, ses mains étaient posées sur ses bras mais elle finit par sentir que le peu de force qui lui restait, l'abandonnait et ses bras tombèrent de chaque côté de son corps. Le compte à rebours était fini.

C'est sur cette dernière image qu'elle reprend ses esprits. D'instinct, elle s'assied sur sa serviette, passant les bras autour des genoux. Elle est comme figée sur cette plage, maintenant qu'elle se souvient pour la toute première fois clairement des dernières minutes qu'elle a vécues avant de mourir, elle n'arrête pas de les voir défiler. Les derniers mots qu'il lui a adressés, passent en boucle dans sa tête, elle ne peut s'empêcher de bloquer sur le fait que Manuel parlait d'une autre personne.

Elle se promet d'en toucher un mot à Anthony plus tard dans la journée. Peut-être que cet élément pourra aider le F.B.I. à comprendre le tout. Après tout, elle n'est pas idiote et, avoir un agent dans les pattes, ce n'était pas que pour sa protection. Il serait aux premières loges le jour où Jessica se souviendrait de quelque chose, que ce soit sur sa tentative de meurtre ou sur la mort de ses parents. Voyons cela comme un signe, un très bon signe … la mémoire semble vouloir revenir. Bien que cette révélation l'ébranle autant qu'elle l'effraie quelque peu, elle s'en réjouit. N'est-ce pas principalement pour cela qu'elle a décidé de revenir maintenant là où tout avait commencé ?

Jusqu'à présent sur le dos, elle se tourne vers le coin où elle a laissé sa bouteille d'eau et la saisit d'une main. Dès qu'elle la soulève, à sa légèreté, elle comprend immédiatement qu'il y a marée basse … elle est à sec. Elle qui a l'habitude de boire tout le temps de l'eau minérale pour s'hydrater, elle se dit qu'elle aurait dû penser à prendre une deuxième bouteille, quel dommage. Peut-être qu'en restant le plus possible à l'ombre, elle peut espérer ne pas se déshydrater trop rapidement. C'est bien la dernière chose qu'elle souhaite, elle a déjà vécu une insolation dans sa jeunesse et ses souvenirs ne l'incitent pas à renouveler l'expérience. Elle est si bien sur cette plage que ça ne la tente pas de retourner à la villa. Légèrement dépitée, en plus, elle commence à entendre son estomac se manifester, elle se tourne sur le ventre, en appui sur ses coudes, regardant devant elle au hasard. Évidemment, elle n'a pas davantage pensé à prendre quelque chose à grignoter. L'idée d'être en solitaire sur la plage lui a fait tout oublier.

C'est précisément à cet instant qu'elle distingue une silhouette sortir tranquillement du sentier et débarquer sur la plage. En même temps qu'elle plisse légèrement les yeux, elle porte une main à leur hauteur pour essayer de savoir de qui il s'agissait. Elle finit par reconnaitre les vêtements qu'elle a vus plus tôt ce matin sous la pergola.

Mike continue d'avancer vers elle, un panier à la main. La jeune femme décide de se lever de sa serviette de plage, et se tient debout, alors qu'elle se noue un paréo autour de la taille. Il ne reste plus que quelques mètres les séparant ; elle en profite pour bien l'observer. Il doit être proche des 35 ans, de grande taille, athlétique sans qu'il ressemble à une salle de gym ambulante, des cheveux courts noirs, la peau hâlée, il porte un débardeur kaki et un short baggy beige. Comme seuls accessoires : des lunettes de soleil, une montre bracelet, ce qui ressemble à un médaillon sur un câble de cuir autour du cou et 2-3 bracelets de style décontracté au poignet. Tout ça lui confère une allure qui tombe pile poil dans les préférences de l'actrice envers la gente masculine. C'est tout sourire qu'il arrive à sa hauteur.

«J'ai besoin de faire une pause, de souffler moi aussi un peu et puis quand Martha m'a dit que tu es partie sans rien prendre avec toi qu'une simple bouteille d'eau. » Il soulève le panier qui semble être lourd. «J'apporte le ravitaillement, si ça ne te dérange pas …

«Ah, mon sauveur ! On pourrait partager ce coin de plage et le contenu du panier !» Elle ne lui a pas laissé le temps de finir sa phrase, bien contente d'avoir de la compagnie, d'avoir la sienne pour être plus précis. «Et puis, ça va être une bonne occasion pour mieux se connaître.»

Chapitre XII

Bureaux du F.B.I – Bridgetown, même moment

Depuis que Grégory Bark est revenu de son épopée infructueuse du matin, enfin en ce qui a trait à pouvoir questionner quelqu'un qui ait fréquenté l'actrice plus de 5 minutes depuis son arrivée sur l'île, il reste sur le dos de son équipe, installée dans les pièces que Jason Gloves leur a libérées. Pendant que des agents de Bridgetown viennent donner main forte à ceux de San Francisco, il n'est pas question de relâcher la pression.

Il a fallu déployer des hommes sur le site de l'Hôpital Queen Elizabeth et obtenir des autorisations pour se plonger dans la vie des victimes afin d'y débusquer quelque chose à exploiter. On a confié à la police locale – sans vouloir dire qu'elle a été en partie réquisitionnée – la recherche de Naomie White. Bref, ce qui était au début un travail de recherche, est devenu bien plus complexe et vaste qu'initialement envisagé.

Jusqu'à présent, peu de progrès ont été faits : nul ne semble avoir aperçu l'actrice depuis la veille au soir, correspondant au moment où le médecin l'a raccompagnée à la villa de Welches Beach / l'agent Masson, dont on n'a aucune nouvelle, est un fantôme pour le moment / on sait que Naomie White était à la villa de Sam Brown et qu'elle y a vu Jessica Redon mais aucune mention d'Anthony et de toute façon on ne parvient pas à retracer ce qu'elle a fait par la suite ou encore où est-ce qu'elle se trouve à l'heure actuelle / il n'y a pas encore de résultat de l'autopsie faite sur Ted Connoly / l'incendie de l'aile Nord du Queen Elizabeth a été maîtrisé depuis peu, il faut là aussi attendre avant qu'on ne commence à sortir les corps pour que le travail d'identification puisse se faire.

Pour le moment, il n'y a rien de rien, à part du temps qui s'écoule lui, assurément, et ça commence sérieusement à agacer Grégory Bark, qui attend d'ailleurs toujours que le sénateur Sectum le contacte.

Se plaçant un peu de côté par rapport à cette petite fourmilière qui travaille dur, Grégory estime qu'il est temps de faire un récapitulatif.

«Qu'est-ce que ça donne au niveau des appels téléphoniques ?» Il s'exprime d'une voix assez forte pour que tout le monde l'entende et le comprenne.

«Du côté de Ted Connoly, il n'y a rien qui ne sorte de l'ordinaire, Monsieur.

«En ce qui concerne James Connoly, on a par contre eu un peu de chance. On a repéré un appel de quelques minutes à peine, hier soir de son cellulaire vers un poste du laboratoire d'analyse du Queen Elizabeth. Ce qui est intéressant, c'est que ce matin très tôt, l'appel s'est fait dans l'autre sens, mais dans la mesure où ça n'a duré que quelques secondes, ça a dû tomber dans la messagerie du médecin.

«Et on sait qu'il est parti de chez lui vers 6h30 pour se rendre là-bas, on a les caméras de surveillance pour le confirmer. Quelqu'un s'est posé la question pour hier soir ?» Grégory espère bien que oui.

«J'ai vérifié ça avec l'entreprise *Vizion*, Monsieur. On voit très nettement vers 22h que James Connoly s'est rendu au laboratoire d'analyse et fait intéressant, il avait espèce de valise ou sacoche en main, probablement quelque chose à l'intérieur, mais c'est difficile à dire de quoi il pouvait s'agir…?!? En tout cas, quand il en est ressorti quelques minutes plus tard, il ne l'avait plus.

«On peut donc supposer qu'il a demandé des analyses de quelque chose … mais de quoi. À cette heure tardive, quelqu'un était de garde.

«D'après les registres de l'hôpital, il s'agit de Séraphin Lourdechèse. Il devait finir ce matin à 9h.

«Tout laisse à croire qu'il fera partie des victimes lui aussi. Une autre piste qui part en fumée … navré, c'était de mauvais goût.» Le jeu de mot s'est fait tout seul, lui faisant réaliser sa maladresse. «Donc, on peut supposer qu'il avait sûrement des résultats pour Connoly, d'où l'appel du matin et la venue du médecin. Est-ce qu'il y a une sauvegarde des données sur ordinateur pour le laboratoire ? Y a-t-il moyen de savoir sur quoi il a travaillé ?

«Je me suis renseignée, tout était condensé dans cette aile de l'hôpital. L'incendie aura eu raison de tout le matériel, c'est une voie sans issue, encore une fois.» C'est Anita qui vient de donner l'information à son patron.

«Est-ce qu'on a retracé des appels entre Connoly et Redon ? Qu'est-ce que le téléphone de Masson nous révèle ?

«Aucun appel pour votre première question quant à la deuxième, il semble que la dernière fois qu'il s'est servi de son appareil, c'était à

San Francisco. C'était précisément un texto l'informant que Jessica Redon se trouvait à Welches Beach. L'heure d'entrée du message correspond au moment où il était dans vos locaux. Depuis, plus rien.

«De nos jours, tout le monde se sert d'un cellulaire ... c'est évident qu'il en utilise un autre.»

Grégory Bark se met à faire quelques pas, les mains sur les hanches, récapitulant ce qu'il venait d'apprendre.

«Dans la mesure où je ne crois pas aux coïncidences, il est à supposer que cette analyse concernait Jessica Redon. Il y a donc quelque chose chez elle qui ne doit pas être découvert. Quelqu'un tue pour ça ... pour elle.» Il reprend ses réflexions laissant l'équipe retourner à son travail, puisque la séance de compte-rendu semble être terminée.

Jason Gloves a préféré laisser tranquille Bark avant de le rejoindre, il essaie tant bien que mal de ne pas montrer à quel point il se sent dépassé par les événements.

«Est-ce qu'elle pourrait être complice de tout ça ? Je sais que vous ne l'envisagez pas mais il y a de quoi se poser des questions. Est-ce qu'elle-même a donné signe de vie à quelqu'un ?

«Il n'y a aucune raison pour cela. J'ai bien l'impression qu'elle est venue à La Barbade en douce, sachant Masson à l'autre bout du continent, c'était plus facile pour elle de prendre la poudre d'escampette ... elle voulait être libre de ses faits et gestes.

«Eh bien ... je trouve que c'est suspect ça !

«Son agent nous a confirmé qu'il l'avait poussée ces derniers jours à prendre du repos sur l'île, j'imagine qu'elle s'est décidée à suivre ses conseils. Si elle reste silencieuse, c'est parce que dans sa tête, il n'y a aucun danger ou rien d'anormal. Ce qui sous-entend que l'agent Masson est à ses côtés.

«Comment vous pouvez le savoir ?» Gloves a un peu de mal à suivre le raisonnement de Bark.

«Jessica a plusieurs fois dit qu'elle étouffait sous notre présence mais elle a les yeux en face des trous malgré tout. Elle s'attendait à ce qu'il finisse par la trouver et qu'il débarque à Welches Beach. Son absence lui aurait paru suspect et elle se serait manifestée d'ici au matin, ce qui n'a pas été le cas.» Bark fait face à Gloves, un léger sourire en coin, satisfait de son raisonnement.

«Donc, ils sont ensemble et c'est lui qui a nettoyé aussi méticuleusement la villa derrière leur passage. Mais pourquoi votre agent garde le silence et agit de la sorte ?

«C'est toute la question … et je n'y vois rien nécessairement de très rassurant.» Sa mine vient à nouveau de s'assombrir.

«Vous savez qu'il est interdit de fumer à l'intérieur du bâtiment, n'est-ce pas ?»

Bark, qui vient de prendre son paquet de cigarettes de sa poche interne, s'arrête dans son élan et se contente de lancer un regard interrogateur vers Gloves. Ce dernier, comprenant que le stress commence à s'installer, emmène Grégory sur le toit de l'immeuble, le laissant en griller une, tout en contemplant la ville autour de lui. Gloves se tient un peu en retrait afin d'éviter la fumée.

«Est-ce qu'ils étaient proches l'oncle et le neveu ?» Grégory questionne son collègue, ne s'accordant pas de pause tant et aussi longtemps qu'il n'aura pas remis la main sur l'actrice, saine et sauve.

«Apparemment, oui. Ted Connolly a perdu il y a plusieurs années sa femme et son enfant, l'une des raisons pour lesquelles il était venu vivre à La Barbade. James Connolly faisait figure de fils pour lui.

«Dans ce cas, ils devaient discuter de tout ensemble. La rencontre qu'ils ont eu ce matin a peut-être été en lien avec Jessica et l'analyse.

«C'est une possibilité et une raison pour qu'il meure … si la crise cardiaque ne s'avère pas être la véritable cause de sa mort.» Gloves a encore des doutes sur ça mais au point où cette chasse à l'homme en est, il ne peut plus continuer à avoir autant de doute.

Au même moment, Michael Kettle rejoint les deux hommes avec des papiers dans les mains.

«Qu'est-ce que vous avez trouvé Michael ?» Grégory Bark s'est retourné, en même temps que Gloves, quand un bruit de pas sur les cailloux s'est fait entendre du côté de la porte, donnant accès au toit.

«Vous m'avez demandé de vérifier … » La sonnerie du cellulaire de Bark l'interrompt.

Son patron, qui fait signe à l'analyste d'attendre un instant, jette la cigarette à moitié consommée à terre puis avec agilité sort l'appareil d'une poche intérieure de son veston. Il consulte l'afficheur et peut lire le nom de David Sectum.

«David, merci de me revenir. Je sais que je t'ai demandé ... » La voix de Bark se veut amicale et légère avant d'être interrompue par son interlocuteur.
«Tu n'as pas idée de ce que tu m'as demandé, Greg !
«À ce point-là ... ? Je t'écoute.
«Tout ce que je m'apprête à te dire n'a pas été facile à obtenir.
«T'as dû graisser la patte, oui j'imagine ...
«Non, Greg, pas graisser, j'ai presque dû menacer.» La voix de Sectum est lente et lourde. «Comme toi, je me suis heurté à la porte de Maxwell Gattier et comme toi, je n'ai pas pu avoir accès au dossier de ton agent.
«Qu'est-ce que tout ça veut dire ? Tu es sénateur, bon sang !
«Il y a des restrictions à l'intérieur du code 9, en ce qui concerne le dossier de cet homme en tout cas. Écoute, comme toi, je n'aimais pas ça alors j'ai commencé à tirer 2-3 ficelles et voilà ce que j'ai réussi à te trouver. Ce n'est pas grand-chose mais c'est déjà un départ ... et laisse-moi te dire que tu ne vas pas du tout aimer ça.
«Ok, j't'écoute.» Grégory Bark pose sa main libre sur sa taille, plus exactement sur la ceinture de son pantalon. Les traits du visage sont durs, essayant de se préparer à ce fameux pire. Il lance un rapide coup d'œil aux deux hommes en face de lui.
«Ton agent, Anthony Masson, est mort dans un accident de la route au Venezuela, il y a plus d'un an.
«Répète-moi ça !» Ça lui a pris quelques secondes avant de poser cette question au Sénateur, tellement il est sous le choc.
«Je ne sais pas qui s'occupe de la protection de Jessica Redon depuis les douze derniers mois, mais la dépouille du véritable agent Masson repose dans le cimetière de Port James, en Louisiane.»

Un silence de mort s'installe brièvement entre les deux hommes au téléphone jusqu'à ce que le bruit de sirènes de pompiers, passant à proximité du bâtiment abritant les bureaux du F.B.I, tire Grégory Bark de sa stupeur, le ramenant à une dure réalité, à ce pire qu'il ne risquait pas de deviner.

«Greg, comment est-ce possible ? Tu n'as donc pas vérifié les états de service de cet homme à ton arrivée en poste ?» Bark peut percevoir une pointe de reproche dans la voix du Sénateur, reproche qu'il se fait également à lui-même.

«Dois-je te rappeler dans quelles circonstances j'ai pris le poste de Gattier ?» Grégory interdit, s'éloigne des deux hommes pour mieux parler avec son ami.

«Je comprends que les fuites au Pentagone étaient la priorité de la Maison Blanche et donc la tienne. La sécurité d'une actrice ne représente rien dans tout ça ... mais si ça devait se savoir, en particulier dans son milieu et je ne parle même pas de la presse.

«Je sais ... je sais bien tout ça David. J'ai négligé de vérifier à fond le dossier des agents travaillant pour Gattier puis pour moi. C'est quelque chose que j'ai entrepris de faire il n'y a pas longtemps, Masson était bientôt sur la liste. Putain de merde ! David, pourquoi tu as dû faire des menaces pour obtenir ces informations ?

«Je peux te dire que Maxwell Gattier a le bras long partout, et assez bizarrement, citer le nom de ton agent rend le personnel ... et bien disons qu'ils se fermaient tous les uns après les autres comme des huîtres.

«Est-ce que tu crois que Gattier peut avoir quelque chose à faire avec tout ça ?

«Ça dépend de ce que tu entends par là mais pour une telle restriction d'accès au dossier de ton soi-disant agent, restriction qui n'a en temps normal pas le moindre sens, ce n'est pas tant le bras long qu'il faut, c'est les couilles pour falsifier ces informations et les bloquer. Celui ou celle qui l'a fait, a de toute évidence quelque chose à cacher et donc à perdre ou à y gagner.

«Tu penses que c'est lui qui l'a fait à l'époque ?» Bark pose la question bien qu'il connaisse déjà la réponse de Sectum.

«Je me refuse à envisager quelqu'un à un échelon aussi haut, sans qu'on entre dans le domaine de la paranoïa!

«Il vaut mieux s'arrêter là David, c'est une ligne non protégée. Je t'appellerai si je me retrouve à nouveau face à un mur. Merci mon vieux, j't'en dois une.»

Il rejoint Gloves et Kettle qui l'attendaient, impatients de connaître les raisons qui le mettent dans un état pareil.

«Michael, laissez tomber ce que vous faites. Je veux que vous épluchiez tous les appels émis et reçus sur le cellulaire de l'agent Masson.

«Vous l'avez déjà …

«J'ai pas fini Kettle ! Je veux savoir avec quel avion il a atteint La Barbade, s'il a vu quelqu'un à San Francisco avant de s'en venir ici. Et je veux ça pour hier, est-ce que c'est compris ?» Grégory Bark lança un regard noir de colère à son employé. «Et Michael, mettez le nombre de personnes nécessaire à la tâche.»

Kettle au pas de course, disparaît déjà dans l'escalier qui le ramène vers les étages inférieurs. Sur le toit, Gloves observe encore surpris Grégory Bark, attendant d'avoir une explication pour l'appel qu'il a reçu. Celui-ci, vient de s'allumer une nouvelle cigarette, partant la fumer un peu plus loin, le regard dans le vide, ruminant sa colère.

«Qu'est-ce que vous venez d'apprendre au téléphone ? Vu votre état, je doute que ce soit une bonne nouvelle.

«Pour faire simple, Jessica Redon est quelque part dans la nature, sur cette île, dieu sait où, avec un gars auprès d'elle, qui se fait passer pour un agent du F.B.I.» Bark tire une longue bouffée de sa cigarette, la mine écœurée.

«Si je ne pouvais pas voir votre visage à l'heure actuelle, je croirais que vous vous foutez de moi.» À l'évocation de cette remarque, les yeux bleus de Bark le fustigent. Déjà qu'il ne trouve pas ça marrant, se sentant responsable, il n'a pas encore envie d'entendre la moindre allusion de reproche à son encontre de la part de qui que ce soit. «Où est son agent habituel, celui qui est chargé de sa protection au quotidien ?

«Oh mais c'est bien à cet inconnu que je fais allusion !

«Depuis un an, un inconnu se faisant passer pour un agent du F.B.I, protège cette femme, est en contact avec le Bureau et fait des rapports chez vous. Est-ce que j'ai bien résumé la situation ?» Gloves s'adresse à Bark de façon très ironique, probablement le seul moment de faiblesse qu'il peut saisir sans pour autant en faire de trop, il veut garder sa place.

«Cet homme est très capable, malin, doué, au fait de tout … ce n'est définitivement pas n'importe qui.

«Un fan déséquilibré ?

«Non. Il s'agit d'un professionnel, c'est évident !

«Un terroriste ?

«Non voyons, il s'agit toujours d'une actrice. Il n'y a rien qui la relie d'une façon ou d'une autre à la politique, aux groupes terroristes ou au crime organisé. Ce n'est pas la fille de quelqu'un d'influent non plus.» Grégory Bark laisse son regard se perdre sur les rues qui avoisinent le bâtiment. «Vous avez la preuve devant vous que même à un haut échelon, on fait des erreurs. Il reste à découvrir qui est cet homme, pourquoi il fait tout ça ou pour le compte de qui.

«Vous pensez qu'il peut y avoir quelqu'un derrière lui ?

«Tout est possible à présent. Il n'a pu s'infiltrer aussi profondément chez nous, pendant autant de temps, sans aide, sans appui. Bordel de merde ! Savoir qu'il est aidé de l'intérieur ... ça m'écœure !» Bark est remonté contre cet homme qui se fait passer pour l'agent Masson, mais il est surtout en pétard contre lui-même. Pendant tout ce temps, lui qui se dit toujours être parmi les meilleurs ... aujourd'hui, il n'est rien de moins qu'une merde arrogante en costume cravate et c'est bien ça qui l'agace le plus. Il ne doit pas perdre la face mais au contraire retrouver ses esprits au plus vite.
La situation avec Jessica lui a peut-être échappé mais il va retrouver cette femme vivante. Quant à ce gars, il s'efforcera de ne pas lui balancer une balle en pleine tête ... tout de suite.

«Écoutez, entre votre équipe et la mienne, on va réussir à leur mettre la main dessus. On analyse déjà les caméras de surveillance, les aéroports et la plus grande partie des marinas vont se retrouver avec des centaines d'yeux fixés sur elles. On a activé nos sources un peu partout. S'ils ont quitté l'île, on le saura. S'ils y sont toujours, ils finiront par se découvrir ou quelqu'un parlera. Ce n'est qu'une question de temps.» Gloves a décidé de soutenir Bark et se veut confiant.

«Le temps ne joue justement pas en notre faveur pour le moment. À moins de faire en sorte que cela change.» Bark détourne le visage, pris dans des réflexions.

«Je ne vous suis pas. Nous avons une enquête en cours, les informations rentrent au fur et à mesure. Enfin, on ne peut pas aller plus vite que la musique.

«J'ai le sentiment profond que ce gars a tout prévu à l'avance. Faisons en sorte qu'il a sous-estimé le Bureau. Allez, venez Gloves.»

Les deux hommes, d'un pas sûr, regagnent l'intérieur du bâtiment et descendent vers le deuxième étage, retrouver l'équipe de recherches. Après s'être placé plus ou moins au milieu de la pièce principale, Grégory Bark a demandé que l'ensemble du personnel fasse silence.

«Je veux qu'une équipe fasse circuler l'information sur tous les réseaux sociaux, ainsi que partout sur l'île, comme quoi Jessica Redon est présentement à La Barbade. Évidemment, ce n'est pas nous qui lançons ces informations. Faites la se balader auprès des hôtels de luxe, les différentes marinas, les boîtes de nuits, les clubs, les restaurants où la jet-set a l'habitude de se rendre. L'une des actrices les plus en demande et les plus appréciée du moment, séjourne secrètement à La Barbade. Dites qu'elle a été vue en train de partager un repas en compagnie d'un homme ... je ne sais pas moi, un autre acteur, vous n'avez que l'embarras du choix. C'est ce que les journalistes font tout le temps, inventer des liaisons amoureuses, attirer l'attention. Faites-les sortir dans la rue, que ce soit eux qui la cherche pour le scoop, la photo en or !»

Bark, une fois son annonce faite, se dirige dans la pièce qui lui sert de bureau. Il se tient droit, les mains sur les hanches, et prend son temps pour passer en revue chaque centimètre de l'île sur la carte accrochée au mur.

«Calmez-vous, pensez à votre cœur, prenez de grandes inspirations ça va vous calmer.» Il pouvait sentir la présence de Jason Gloves derrière lui. «Vous jouez un jeu dangereux Bark. Ce petit manège pourrait le mettre en colère, il pourrait lui faire du mal. Essayer de débusquer le loup pourrait s'avérer très risqué. Je ne vois pas ce que ça va changer. Vous l'avez dit vous-même, ce gars agit comme un professionnel. Il a l'habitude de gérer ce genre de situation et qui plus est, il a certainement paré à toute éventualité. Il a un travail, un but précis à son agenda avec Redon. J'admire votre détermination, vraiment, mais les chances que cette chasse à l'homme réussisse sont minces.

«Arrêtez d'être aussi défaitiste Gloves. Il faut savoir prendre des risques quand l'enjeu en vaut la chandelle.

«Est-ce que vous êtes réellement intéressé à récupérer cette fille vivante ?»

Grégory se retourne enfin, affichant toute sa détermination et pour une fois depuis plusieurs heures, un véritable sourire plein de confiance s'inscrit sur ses lèvres. Il y a enfin quelque chose en quoi il croit, un moyen de trouver notre souris.

Chapitre XIII

Plage privée de Mendocitos – Congor Bay – La Barbade

Jessica et Mike s'installent tous les deux vers la limite du sable avec la forêt, davantage à l'ombre. Il sort une nappe qu'il étale au sol et lui fait signe d'y prendre place, alors qu'il commence à sortir une à une les victuailles du panier, sans oublier le plus important : l'eau. L'actrice se précipite presque immédiatement sur la bouteille fraiche qu'il lui tend, et c'est sans se faire prier qu'elle se délecte de la première gorgée.

«Pas trop vite et pas de trop, ou l'insolation va te gagner.» Le jeune homme est amusé de la voir si assoiffée. «Mon dieu, mais qu'est-ce que tu serais devenue si je n'étais pas venu en renfort ?

«On ne le saura jamais.» Elle lui répond avec malice. «Tu as un avantage sur moi en me connaissant déjà, alors que pour moi, tu es encore un étranger.» Se rendant compte de son étonnement, elle ajoute en rougissant un peu. «Je veux dire qu'Anthony t'a nécessairement parlé de moi à l'occasion … je peux le comprendre, à sa place, je pense que je réagirais de la même façon.

«Je pense au contraire que tu exagères un peu, je ne sais vraiment que très peu et puis ce qui compte, c'est d'être en face de la personne. Le contact visuel et physique, le parler … ce n'est que de cette façon qu'on apprend tout d'une personne, qu'on parvient à la découvrir, qu'on sait. Alors, tu vois, tu es aussi étrangère pour moi que je le suis pour toi finalement.» Il prend quelques secondes de pause avant de continuer à lui parler. «J'ai été vraiment choqué de ce qui t'est arrivé. Je suis bien content que tu sois encore en vie, ici, aujourd'hui.

«Tu parles de l'incident d'il y a un an ou de la perte de mes parents ?» Jessica entre dans le vif du sujet, en s'efforçant de garder un ton léger, mais son cœur est malgré tout un peu plus lourd. Il faut dire que le souvenir qu'elle vient de retrouver, il y a tout juste quelques minutes, ne vient pas aider. «C'est gentil, j'apprécie. Je n'en reviens pas qu'Anthony n'ait jamais fait mention de toi.

«Il a une vie privée qu'il parvient à garder bien cachée des regards indiscrets, contrairement à …

« ... à moi ! Je vois ça. C'est un luxe que je ne peux plus m'offrir depuis longtemps.» On peut percevoir une légère déception dans la voix de la jeune femme. «Je me rends compte que je ne connais rien de lui, de sa vie. Je l'envie d'avoir une vie privée mais depuis le temps qu'il fait partie de la mienne, j'aurais simplement cru qu'il se confierait un peu davantage à moi.

«On dirait que ça te manque une relation ouverte avec quelqu'un, pouvoir parler en toute confiance en sachant qu'aucune révélation ne sera divulguée.

«Il y a un petit problème à ce niveau, c'est un agent du F.B.I. Son travail est peut-être de me protéger mais je ne suis pas dupe, il s'agit aussi de rapporter tout ce que je fais, de passer au crible tous ceux qui entrent dans ma vie. Il y aura toujours ce sentiment que je m'adresse davantage à une agence gouvernementale qu'à une personne.

«Est-ce que tu lui en as déjà parlé ?

«Oui et non ... enfin, disons que je n'en vois pas l'intérêt.»

Mike choisit de ne pas renchérir sur ce qu'elle vient de dire. Il sait très bien que quelque part, elle a raison de voir les choses de cette façon.

«Mike, comprends-moi bien, tu n'as pas le même type de relation que j'ai avec lui – cela semble évident, tu peux donc difficilement être objectif ou rationnel. Il y a simplement des choses qui ne peuvent pas se faire même avec toute la bonne volonté du monde.» Le jeune homme reste une nouvelle fois pensif en continuant à l'observer avec insistance, un regard qui ne met pas mal à l'aise Jessica, peut-être parce qu'il n'est pas rempli de pitié comme c'est souvent le cas avec les rares personnes avec qui elle en discute. «Je pense qu'il ne peut pas être bon de développer une relation trop intime avec la personne qui est payée pour te protéger. J'ai bien remarqué certaines fois que la vie que je mène et les gens que je fréquente le perturbent, et ça ne devrait pas être le cas. Il ne doit pas perdre sa concentration. C'était moins un problème au début que ça ne l'est devenu aujourd'hui.

«Ce n'est pas quelque chose qui m'étonne particulièrement. Faisant état de garde du corps, il a développé des sentiments à ton égard depuis plus d'un an. Il partage ton quotidien, il connaît tout de toi, comment peux-tu imaginer ou demander qu'il ne ressente rien. Ça serait difficile pour moi de ne rien ressentir, tu es une belle femme, très attirante. Je le connais, on est un peu pareil tous les deux.»

Jessica, rougissant un peu, se tourne et fixe l'horizon devant elle, ravie de l'intérêt qu'elle semble susciter chez lui. Elle attrape quelques tomates en grappe et réfléchit à ce qu'il lui a dit, alors que lui, se contente de prendre quelques gorgées d'eau, l'observant à la dérobée.

«La vérité ? Je me sens bien de temps en temps avec lui, s'il ne faisait pas partie du F.B.I, il y aurait peut-être une possibilité pour nous. Enfin … je crois. Mais avec le temps, avoir un garde du corps aussi rapproché qu'il peut l'être, soulève de plus en plus d'interrogations de la part des médias et des gens du spectacle. Depuis un an, que je le veuille ou pas, ma vie est passée à la loupe par bon nombre de gens, plus que n'importe lequel de mes collègues. Pouvoir faire ce que je veux avec qui je veux, devient presque du domaine du rêve et même si ma profession crée en partie cette ambiguïté de vie, aujourd'hui c'en est presque invivable pour moi.

«Tu es pas mal en demande au cinéma actuellement. Anthony dit que tu n'as pas arrêté de tourner depuis les dix derniers mois et que tu es occupée pour la prochaine année ! Ça risque d'être difficile l'anonymat dans ces circonstances, qu'il soit auprès de toi ou pas. Je crois, au contraire, que tu te caches derrière sa profession et la folie de ta vie, pour éviter tout engagement sérieux.» Mike vient de lui sortir cette tirade d'une voix douce mais assurée.

Jessica le regarde quelques secondes, un peu amusée par ce qu'il a dit.

«Est-ce que c'est Nancy qui commence à dépeindre sur toi ou bien tu as des prédispositions pour la psychologie ?» Il se contente de lui sourire sans répondre. «Je suis au contraire très réaliste Mike, à moins qu'il ne change de boulot, je ne vois pas comment les choses pourraient être différentes entre nous et donc meilleures.

«Il y a donc bien autre chose que des rapports professionnels entre vous.

«Si tu es aussi proche de lui que tu me le prétends, je n'ai pas besoin d'en dire davantage. Est-ce que j'envisage une vie avec lui ?» Jessica baisse le regard pendant un instant, y réfléchissant.

«Aïe! J'ai peur que ce silence sonne faux pour lui … vous allez pourtant bien ensemble. Il te comprend facilement et …

«Est-ce que tu connais l'adage *"Collaborateurs avec intérêts mutuels"* ? Eh bien c'est la seule chose qui définisse nos rapports. Et puis, pour le moment, tu ne nous as pas vus ensemble. Ce qu'il peut te confier ou ce que tu peux glaner dans un magazine ne reflète que la réalité de celui qui la voit ainsi, ou qui veut la raconter. Tu l'as très judicieusement dit tout à l'heure : passer du temps avec une personne, parler avec elle, il y a tout un côté énergie symbiotique qu'il ne faut pas négliger dans les rapports et …

«Est-ce qu'il le sait au moins ?
«Anthony ne veut entendre que ce qui l'arrange.»

Le jeune homme peut lire un certain agacement sur le visage de la jeune femme.

«Comme beaucoup de ces célébrités, pour être parfaitement heureuse en amour, il te faut quelqu'un qui ne fasse pas partie du même milieu que le tien et/ou qui ne soit pas dans ton entourage direct de travail.» En disant ça, il plonge ses yeux dans ceux de l'actrice, une main se posant légèrement sur celle de la jeune femme. Cette dernière la laisse en place et soutient son regard. Elle ne mentirait pas en disant que Mike est un homme très attirant avec beaucoup de charme mais surtout avec un charisme qu'elle a du mal à résister.

«C'est ce que certains amis m'ont encore dit il y a quelques jours.» Son regard dans le sien, la jeune femme ne sait plus très bien s'il y a un jeu qui s'est établi entre eux deux ou s'il y a quelque chose de différent avec lui qu'elle perçoit de plus en plus et qui l'attire.

«Tu as des amis précieux, il faut les écouter.»

Leurs visages se rapprochent l'un de l'autre, lentement. Mike est absorbé autant par les yeux de l'actrice que par ses lèvres. Alors qu'il aurait pu l'embrasser, il dépose délicatement son front contre le sien, chacun fermant les yeux comme pour mieux apprécier le moment ou pour espérer que cette attirance se dissipe … peut-être.

«Ce n'est pas moi … je ne me reconnais pas.» Jessica s'écarte quelque peu de lui, détournant la tête.

«Pour ce que j'en sais, tu es ce que ta vie a fait de toi.

«Ça sonne très philosophique ta phrase. La vérité est que je suis différente depuis ma sortie d'hôpital.

«Tu ne l'as pas eu facile, je le conçois. Ces événements changeraient n'importe qui.

«Je m'exprime mal Mike ... il y a des fois où je suis une vraie girouette. Je dis '*Blanc*' mais je fais '*Noir*', comme si je ne contrôlais pas toujours ce qui se passe en moi, dans ma tête, mes émotions, ma volonté. Un peu comme si ... laisse tomber.» L'actrice garde les yeux à terre, énervée par l'état dans lequel elle se sent et contrariée.

Le jeune homme marque un très bref instant de silence à l'écoute de ce qu'elle vient de dire, avant de lui répondre avec un sourire réconfortant.

«Je pense que tu es fatiguée et que tu ferais bien de te reposer le temps de ton séjour ici. Je suis certain qu'il n'y a rien d'anormal chez toi.

«Tu veux entendre quelque chose que je trouve étonnant et insensé ? J'ai lu un jour un article dans une revue féminine ou c'était un sondage ... je ne me souviens pas bien, enfin bref, ça disait qu'une majorité de femmes disaient rêver d'être dans mes souliers. Je n'en revenais pas ... non mais c'est sérieux Mike, ça me dépasse ! Comment est-ce que quelqu'un peut désirer endosser ma vie ? On souhaite prendre la place de quelqu'un qui a une vie excitante. Depuis quand préfère-t-on vivre dans le risque, sous un contrôle constant, en thérapie continue avec une partie de sa vie disparue ... ? » Elle a du mal à continuer à parler, sa gorge se noue sous le coup de l'émotion. «Je donnerais n'importe quoi pour retrouver ma mémoire et pour avoir une vie normale, comme cette majorité de femmes.

«Toi, tu arrêterais le cinéma ?» Il la regarde surpris.

«Ne soit pas idiot ! La normalité que je cherche c'est de ne plus avoir de protection, de savoir qu'il n'y a plus le moindre risque pour ma vie – quel qu'il soit d'ailleurs. Que tout ce tralala instauré depuis un an prenne fin, là, tout de suite.

«Est-ce que je peux te poser une question personnelle ?

«C'est ce que tu fais déjà depuis un moment.» Elle lui répond, l'air amusé.

«Qu'est-ce que tu ferais si un jour l'homme qui t'aime, ne souhaite pas du tout être sous le feu des projecteurs ?

«Je n'ai aucun problème à ce qu'il désire rester privé, ne pas se montrer, je respecte ça. Je n'ai pas le choix de l'être lors d'événements ou de promotions mais ça ne veut pas dire qu'il doit changer ça si on veut rester ensemble.

«S'il te demandait de passer derrière ?»

Pendant un court instant, la jeune femme se détourne à nouveau et y réfléchit.

«C'est une décision que je ne veux pas avoir à prendre pour l'instant.

«Tu penses qu'une telle situation ne risque pas de t'arriver un jour.

«Qu'un homme me mette aujourd'hui au pied du mur, à devoir choisir entre lui et mon métier ... qui pour moi représente tout. Je suis compréhensive, prête à faire des sacrifices surtout pour faire en sorte qu'une relation tienne le coup et qu'elle perdure mais renoncer à mes rêves, à ce qui m'anime, à ce que je suis ... ?! Je ne lui demanderais moi-même jamais de faire une telle chose ! Les rêves sont trop importants !!

«Je comprends alors que ta position ne rejoint pas celle d'Anthony.» Mike se lève pour mettre un terme au sujet des discutions, et commence à déboutonner son short en faisant face à la jeune femme. «Je sais exactement ce qui te ferait du bien maintenant.

«Quoi ? Qu'on s'envoie en l'air ? Tu es un homme très attirant mais je suis pas sûre que ...» Jessica ne peut s'empêcher de contempler son corps.

Le jeune homme enlève à présent le short, tout sourire, puis son débardeur pour se retrouver en maillot de bain.

«Je vois pourquoi il t'apprécie. Je pensais plutôt à se rafraîchir les idées.» Le jeune homme fait quelques enjambées jusqu'à l'eau et plonge la tête la première pour se mouiller d'un coup. «Elle est trop bonne. Allez viens ! Tu as grandi au bord de l'océan, je suis certain que l'eau a un effet bénéfique sur toi.»

Jessica continue de l'observer sans trop oser bouger. Elle meurt d'envie pourtant d'aller le rejoindre. Elle adore s'ébattre dans l'eau, mais elle a plus peur de ne pas être capable de se contrôler si elle le rejoint. La voyant hésiter, il fait en sorte de se placer au plus proche d'elle tout en étant encore en partie dans l'eau. Sans attendre davantage, il l'éclabousse joyeusement à plein bras pour être sûr qu'il va l'atteindre. Ça ne prend pas longtemps avant qu'elle ne soit entièrement mouillée.

«Ne fais pas ta chochotte Jessica, si tu ne viens pas, je te cherche.»

Sans lui laisser le loisir de réfléchir plus longtemps, il accourt vers elle, la saisit à la taille, la soulève lestement et la place sur son épaule. Il retourne déjà vers le bord de l'eau avec la jeune femme qui essaie sans grande conviction de se défaire de son étreinte, puis sans perdre un instant, il plonge dans l'eau avec elle. Un peu plus loin, chacun ressort la tête de l'eau, il ne la tient plus, elle nage sur place.

«Ah bon, c'est comme ça … très bien, c'est la guerre alors !»

L'actrice qui s'est complètement détendue, éclabousse joyeusement Mike qui finit par faire de même. Ça ne leur prend pas longtemps avant de se retrouver, autant l'un que l'autre, ensevelis sous une pluie d'eau salée. Ils rient de bon cœur, comme des enfants le feraient.
Après quelques instants à s'amuser de la sorte, la jeune femme réclame une pause, à force d'être submergée. Elle est en net désavantage, elle est bien plus petite que lui. S'arrêtant volontiers, il s'approche d'elle pour s'assurer qu'elle respire autre chose que de l'eau salée.

«Tu déposes les armes ?
«Pour le moment, oui. C'est à peine si j'arrive encore à voir quelque chose clairement. Je demande plus qu'une trêve.» Lui répond-elle toujours amusée.
«J'accepte. Je dois reconnaître que tu n'es pas si mauvaise que ça à l'arroseur arrosé, tu sais te défendre. On voit les années d'expériences.
«Comment ça ?» Jessica s'étonne de sa remarque.
«Pour avoir vécu en Australie, je ne peux qu'imaginer que tu as profité de l'océan pour t'amuser comme tous les jeunes le font, est-ce que je me trompe ?» Lui lançant un regard moqueur, il se trouve à présent à un pas de l'actrice, lui faisant face avec des yeux brillants.

Pendant un certain laps de temps, ils restent tous deux ainsi, comme s'ils se jaugeaient, le corps à moitié dans l'eau. Jessica qui sent qu'elle est prête à lui céder, fait lentement marche arrière, la plage dans le dos, tout en observant le jeune homme qui, comprenant qu'elle n'est pas encore prête, passe les mains dans ses cheveux pour les remettre en place. Chacun, sourire en coin, accepte de continuer sur la lancée de la séduction.

«Je comprends … mais c'est l'instant présent qu'il est important de vivre.» Il suit à son tour le même chemin que l'actrice.

«J'ai de toute évidence un peu de difficulté à le mettre davantage en pratique que toi.

«Est-ce que vous essayez de me séduire, monsieur Connor ? » Jessica s'arrête juste au bord, les vagues léchant à peine ses pieds.

«Oui.

«Vous n'avez pas peur de chasser sur un terrain gardé ?» Ils sont à présent yeux dans les yeux.

«Le gibier a spécifié qu'il n'était pas tenu en cage, qui plus est, il a échappé au tireur. Ça ne rend que le jeu plus excitant ?» Mike prend le visage de l'actrice entre ses mains, s'approchant encore plus, jusqu'à ce qu'il n'y ait presque plus de distance entre eux.

«Peut-être que le gibier ne goûte pas aussi bon qu'il en a l'air. Il ne faudrait pas avoir de regrets par la suite.» Elle a ses mains posées sur le torse du jeune homme.

«Des regrets … jamais.» Ils s'embrassent à pleine bouche pendant un moment avant que Jessica n'y mette fin.

Elle profite de cette interruption pour retourner s'allonger sur la serviette de plage, toujours à l'ombre des palmiers. Elle ne parvient pas à comprendre ce qu'elle ressent actuellement. Elle se sent prise entre le marteau et l'enclume. C'est pourtant elle qui a scandé n'avoir aucun sentiment amoureux pour Anthony, alors pourquoi elle continue à s'empêcher de se laisser aller avec Mike. Elle ne comprend pas, encore une fois, elle ne se reconnaît pas.
Le jeune homme ne tarde pas à la suivre, ayant une petite idée de ce qui se passe dans la tête de l'actrice, comprenant bien ce côté girouette qu'elle a expliqué tout à l'heure. À lui d'être la brise qui la fera tourner dans le bon sens.

«J'ai une fois entendu dire que plus longtemps on attend, plus grande sera la satisfaction. Je crois que tu as des questions à me poser. C'est à ton tour.» Il s'allonge à côté d'elle, sur le dos, attendant après l'actrice.

«Parle-moi de vous deux, de votre relation.» Elle lui est reconnaissante pour ce qu'il vient de dire, sentant qu'au bout du compte ça ne risque pas de l'aider davantage d'être si compréhensif, mais elle se reprend malgré tout. En effet, elle ne sait toujours rien sur lui.

«Anthony et moi, ça remonte à loin. On était déjà ensemble à la petite école, on a fait toutes les classes en même temps.

«Ses parents habitaient dans la même rue que les miens, c'était bien pratique, on passait tout notre temps ensemble. Je crois bien d'ailleurs qu'on a fait toutes les conneries imaginables que les gamins peuvent faire.

«De petits voyous ! Voyez-vous ça et qu'est-ce que vous faisiez ?

«Oh … tu sais bien, les trucs habituels.

«Non, je ne sais pas, il parait que j'étais une enfant sage, moi !

«Du genre : on sonnait chez les gens et on s'enfuyait avant qu'ils ne viennent ouvrir la porte. On mettait du sucre dans le réservoir d'essence des voitures de nos profs surtout quand on se faisait prendre après qu'on ait modifié nos mauvaises notes. Ça nous arrivait certains jours de faire l'école buissonnière quand on n'avait pas envie d'aller en cours … tu vois rien de vraiment terrible en fin de compte.» Le visage de Mike s'est illuminé en repensant à cette période de sa vie. «Anthony a toujours été le frère que je n'ai jamais eu.

«Vous êtes toujours restés en contact ?

«Il est très fidèle en amitié. Nos petits différents ne réussissaient pas à nous séparer. On se comprend, on est sur la même longueur d'onde.

«Je suis simplement étonnée qu'il n'ait jamais parlé de toi.

«Je te l'ai dit, il sait être secret et réservé mais c'est un bon gars.

«Est-ce que le sujet de conversation peut tourner ailleurs qu'autour d'Anthony ? Revenons un peu à toi, que fais-tu dans la vie ?» Jessica continue, elle aussi, à contempler le ciel bleu.

«Je suis dans les affaires, très occupé. Je voyage presque tout le temps en fait.

«On a ça en commun mais qu'est-ce que tu fais au juste qui te permette de posséder un endroit comme celui-là ?

«Principalement, je rachète des entreprises en difficultés, je les remets sur pieds avant de les revendre en faisant une petite marge dessus au passage. Mendocitos est la première résidence que j'ai pu m'acheter.

«La première, mon dieu, combien d'autres as-tu donc ?

«Je te l'ai dit, je passe beaucoup de temps à voyager et j'aime pouvoir me retrouver chez moi n'importe où. Je n'avais donc pas d'autre choix que d'avoir un pied à terre partout où je passe. Ce n'est pas trop mon genre les hôtels.

«On a toujours un plus grand attachement avec tout ce qui est premier. Viens-tu souvent ici ?

«Je me recharge ici aussi souvent que possible, ça m'aide à me rappeler comment tout a commencé et pourquoi je continue d'avancer.

«Beaucoup de femmes ont dû regretter de ne pouvoir y vivre tout le temps. À moins que tu appliques la devise : une femme dans chaque port.» La jeune femme décide de le taquiner un peu, ayant senti une petite pointe d'émotion dans sa voix.

«Je ne mélange pas nécessairement plaisir et affaire. Il n'y en a donc pas tout le temps qui me suivent ou qui m'attendent.» Il se tourne sur le ventre, s'accotant sur ses coudes et regarde devant lui. Il préfère nettement ce sujet de conversation.

«Oh, je vois, les femmes ne sont donc qu'une forme de plaisir, que tu savoures quand tu le désires … un peu comme un objet.

«Je ne suis pas aussi ouvertement romantique qu'Anthony peut l'être. Je pense plutôt qu'à date, aucune femme n'a su me faire voir les choses différemment.

«Mouais !?!» Jessica ne semble pas trop y croire. «C'est le genre de choses que les coureurs de jupons disent, espérant passer pour moins pire qu'ils ne le sont.»

Il se tourne sur le côté pour mieux lui faire face.

«Non, c'est vrai !» Il rit de bon cœur, entreprenant de se défendre. «Je fonctionne beaucoup avec le ressenti, je te l'ai dit plus tôt, souviens-toi. Si ce que je ressens me chamboule, je saurais sortir les violons et il n'y aura alors plus qu'une dans ma vie.

«Est-ce que tu y crois au moins?

«À quoi ? La moitié d'orange ?» En disant cela, Mike sait qu'il vient de marquer des points auprès de la jeune femme. «En suivant cette théorie, il y a toujours bien plus de citrons, de pamplemousses ou mandarines autour de moi. Je n'ai pas vu la moindre trace d'orange.

«Ce qui est bon est parfois plus long à mettre la main dessus, plus difficile.

«Je préfère manger ce qui me plait quand j'ai faim en attendant, l'éventuel jour où cette orange – tel le Saint-Graal – se mettra sur ma route.

«Tu peux dire ce que tu veux Mike, mais ça sent le romantique derrière cet air de prédateur que tu prends.» Elle tourne la tête dans sa direction en disant ça, attendant sa réaction.

Il passe ses doigts sur sa tempe, la regardant dans les yeux, jusqu'à ce qu'il s'approche lentement de son visage et l'embrasse. À son tour, elle touche délicatement son visage, caressant sa joue puis laissant ses doigts aller sur sa nuque. Sentant qu'elle n'essaiera pas de l'arrêter cette fois, le jeune homme se met au-dessus de Jessica, ses mains se baladant entre sa poitrine et la culotte du maillot.

«À quel point cette plage est privée déjà ?» Elle pose sa question du bout des lèvres.
«Aussi privé que ce que je vais te faire maintenant.»

Étant tous les deux à point, ils s'embrassent avec fougue à l'ombre des palmiers.

«J'aime bien ce coin de tranquillité, à l'abri de tout, à l'abri du monde extérieur. C'est exactement ce qu'il me faudrait.» Jessica est en train de nager vers Mike en disant ces mots. Arrivée à sa hauteur, elle passe ses jambes autour de sa taille et ses bras autour de son cou, roucoulante. «Dommage que ce petit paradis ne puisse être partagé … prêté à l'occasion … loué même, à une connaissance comme moi qui aurait besoin de s'exclure de sa vie bruyante de temps en temps.
«Je fais beaucoup de jaloux, je sais mais c'est une propriété privée alors je ne vois pas comment …
«Penses-tu que le propriétaire serait prêt malgré tout à écouter l'offre que je lui ferais ?
«Je connais bien le gars, tu sais, il est dur en affaire.
«Dans ce cas, il me suffirait d'offrir quelque chose de très avantageux.» Elle prend sa moue d'ingénue innocente en disant ces mots.
«Si l'offre qui lui est faite est alléchante, il pourrait peut-être y réfléchir.» Souriant, il joue volontiers à son jeu.
«Oh je crois pouvoir m'avancer en disant que je ferais tout pour qu'il fasse plus qu'y réfléchir.» La jeune femme l'embrasse tout d'abord à pleine bouche, puis dépose ses lèvres sur sa joue, mordille son lobe

d'oreille alors que l'une de ses mains, caresse son torse du bout des doigts.

«Cela pourrait être des négociations plutôt longues et exigeantes. Serais-tu prête à répondre à la moindre de ses requêtes ?

«Dans la mesure du raisonnable ... oui.

«Ah ... mais il ne peut envisager de demi-mesure. Cette propriété a une grande valeur sentimentale pour lui, alors il faut que tu sois prête à tout pour le convaincre.» Il continue avec plaisir à la laisser s'entortiller autour de lui.

Arrêtant de l'embrasser, un sourire en coin, elle essaie de le jauger.

«Bah ... des paradis dans ce genre, il y en a plein. Je ne suis pas complètement persuadée que celui-ci vaudrait la peine que je donne autant de ma personne. Après tout, c'est plus intéressant s'il est à toi ... l'emprunter, ce n'est pas pareil!» Elle se dégage de lui, commence à s'éloigner mais pour finir de le taquiner, elle ne manque pas du revers de la main, de lui envoyer une giclée d'eau. Sachant qu'il va répliquer immédiatement, elle se dépêche de regagner le sable.

«T'aurais jamais dû faire ça ... !» Il se frotte légèrement les yeux avec ses doigts, chassant ce qui peut rester d'eau de mer sur son visage. «Je vais devoir m'occuper de toi ... tu n'en as donc pas eu assez tout à l'heure.» Imitant l'actrice, à son tour, il revient vers le sable avec un certain empressement, le visage radieux.

Ses longues jambes sont un avantage, lui permettant de la rattraper rapidement sur la plage alors qu'elle tente de lui échapper. L'espace d'une fraction de seconde, le regard de Jessica est attiré par quelque chose sur sa gauche, un objet qui glisse allègrement à la surface de l'eau. Par curiosité, elle s'arrête, laissant ainsi Mike lui mettre la main dessus, et porte ses mains à la hauteur de ses yeux pour mieux voir. À cet endroit, il n'y a aucun palmier pour les protéger des rayons du soleil qui tape fort à cette heure de la journée.

«Qu'est-ce que c'est ? Est-ce ton fameux voilier ?»

À ce même moment, le jeune homme tourne son visage vers l'océan, et pointe son regard dans la direction indiquée par l'actrice.

« C'est bien mon voilier avec nos passagers à bord. On dirait qu'ils ont fini de gouter à l'air marin.

«Ah … déjà !»

Ses yeux ont immédiatement perdu ce pétillement qui y brillait depuis le début de la journée, pas tant de savoir qui y est à bord, mais plutôt en commençant à percevoir une légère douleur aux tempes. D'instinct, elle y pose la paume de ses mains, exerçant une petite pression avec l'espoir d'obtenir un soulagement.
S'éloignant légèrement de Jessica, Mike qui veut attirer l'attention des passagers, siffle et gesticule ses bras au-dessus de sa tête. On peut facilement voir Nancy répondre aux gesticulations en l'imitant gaiement. Ce dernier fait dos à l'actrice, il n'a donc pas encore remarqué ce qui lui arrive au même moment.

Alors que la douleur semble vouloir s'intensifier, au moment où le voilier fait sonner sa corne afin de les saluer, soudain l'intensité devient telle, qu'elle lui transperce le crâne. Le jeune homme, qui se retourne avec la mine encore amusée, ne peut que voir l'actrice s'écrouler d'un coup sur le sable. De justesse il parvient à la rattraper dans ses bras et constate qu'elle est inconsciente. Immédiatement, il retrouve son sérieux devant ce qui se passe, et tout en restant calme, il l'allonge sur la serviette de plage, à l'ombre. Le front est brûlant ; il prend le paréo de la jeune femme - qui est à portée de main, y place rapidement les derniers glaçons de la mini glacière du panier, et tamponne doucement son visage. Avec l'autre main, il cherche le pouls de Jessica et s'assure qu'il bat toujours. D'une voix assurée mais qui trahit une légère peur, il lui parle pour qu'elle reprenne connaissance.

Quelques minutes plus tard, alors qu'elle ouvre timidement les yeux, la première chose qu'elle voit est le visage inquiet de Mike.

«Dieu merci, te revoilà !

«Qu'est-ce qui s'est passé ?» Elle est toujours immobile sur la serviette, encore interdite.

«Tu as perdu connaissance … tu ne te souviens plus ?» Le paréo mis de côté, il touche délicatement son visage pour vérifier sa température. On dirait bien qu'elle commence à diminuer. «Tu étais en train de regarder le voilier quand tout à coup je t'ai vu t'écrouler, j'y ai rien compris. Tu as peut-être pris trop de soleil ? …

«Ce n'est pas une insolation, je reconnaitrais les symptômes … ça ne s'oublie pas ce genre de chose. Mes tempes … j'ai commencé à avoir très mal. Cette douleur … c'était la même l'autre jour à la marina, transperçant, jusqu'à devenir insupportable.

«La même chose en 24h ?

«On a pensé que c'était un manque d'hydratation ou la fatigue … mais là, ça ne peut être ni l'un ni l'autre.» La jeune femme reprend vie de plus en plus, commençant un peu à bouger sur la serviette.

«Non, je préfère que tu restes tranquille encore un peu.» Le jeune homme, qui jusqu'à présent se tenait de dos à la mer pour lui faire de l'ombre, s'allonge à son tour et la prend dans ses bras. «Repose-toi encore.

«Mais les autres ont dû arriver.» Elle s'exprime d'une voix un peu pâteuse.

«Ce sont de grands enfants, ils pourront survivre sans nous encore un moment. Rien ne presse, je suis bien ici, pas toi ? Allez, ferme les yeux et repose-toi.» Il dépose un baiser sur le haut de son crâne, rassuré qu'elle ait repris ses esprits même s'il ne peut s'empêcher de réfléchir à ce qui vient de se passer.

Finalement, ce repos forcé s'est transformé en sieste sous le soleil des Antilles. C'est elle qui commença à bouger la première. Ayant retrouvé la forme qu'elle avait jusqu'à l'incident, elle l'embrasse sur la joue puis se lève allègrement, commençant à s'habiller.

«Comment est-ce que tu te sens ?» Tout en enfilant short et débardeur, il ne manque pas de l'observer, la mine soucieuse.

«Beaucoup, beaucoup mieux merci. Si pour te le prouver, tu veux une autre bataille navale où je te mets la raclée, je m'y colle de suite.»

Il s'arrête devant elle, la sonde avec attention avant que les traits de son visage ne se relâchent à nouveau.

«Dans mes souvenirs, c'est moi qui t'ai collé la raclée !

«À croire que l'eau de mer ronge les cellules du cerveau … oups.» Prenant ses distances, elle ramasse la serviette de plage et la plie après l'avoir bien secouée de tout son sable. Il fait de même avec le contenu du panier. «Je me sens prête pour finir la journée en beauté, je ne sais pas ce que vous aviez prévu dans vos manches pour ce soir avec Anthony … un autre déménagement nocturne peut-être … mais j'ai hâte ! Enfin, la seule chose que je demande, si c'était le cas, c'est d'éviter de me trimbaler à nouveau comme un sac à marchandise, je pourrais certainement apprécier le voyage.

«Hâte de le retrouver lui, ainsi que Nancy, ta plus grande fan !» C'est avec plaisir qu'il la taquine, appréciant de la voir gaie à nouveau.

«Hum … tant que tu restes dans le coin, je devrais pouvoir les supporter.

«Je ne prévois pas de m'absenter.

«Alors c'est parfait.»

Il lui fait signe de la main de s'engager sur le sentier qui les ramènera à la villa, c'est l'occasion de rester à l'ombre de la forêt. Le début de cette balade se fait dans le silence, chacun appréciant le moment présent, pourtant la jeune femme ne peut éviter plus longtemps ses pensées de l'amener à Anthony. À l'instant présent, elle se sent détachée de lui, libre, capable de vivre sans lui. Comment est-ce possible ? Non, ça elle le sait très bien, ce qui vient la titiller c'est le fait qu'elle soit aussi girouette face à lui. Un instant, elle veut le voir sortir de sa vie et après, elle ne peut envisager une journée sans lui.
Elle commence à se demander si ces questionnements persistent à cause de Mike. Est-ce qu'elle s'est servie de ce dernier pour vérifier son attachement face à Anthony ? Est-ce qu'elle éprouve des sentiments pour lui ? Il est vrai que depuis qu'elle a fait sa connaissance sur la terrasse plus tôt ce matin-là, elle perçoit un sentiment étrange en sa présence. Assez difficile à décrire, elle-même ne réussit pas vraiment à mettre le doigt dessus.

Si elle agit en girouette, est-ce parce qu'elle éprouve finalement de véritables sentiments envers son agent ? Est-ce qu'elle est tombée amoureuse de lui après tout ce temps passé à ses côtés ? C'est difficile à dire et en même temps, il n'y aurait rien de surprenant. N'importe quelle autre femme, dans sa situation, pourrait avoir succombé à cet homme qui la protège – entre autres chose. En y réfléchissant bien, elle a plus l'impression de se sentir soumise à lui, comme attirée par un aimant, perdant ainsi toute volonté propre. Il devient alors le maître et elle son objet. Comment a-t-elle pu laisser une telle situation se produire, alors que c'est tout à fait le style de soumission ancestrale qui la fait sortir de ses gongs. Pourquoi dans ce cas-là, elle ne dit rien, ne réagit pas ? Ça finit par devenir agaçant.

Le jeune homme n'a pu s'empêcher de remarquer que l'actrice a, depuis quelque temps, la tête ailleurs, prise dans des réflexions apparemment.

«Tout va bien ?

«Est-ce que je suis une personne soumise ?» La jeune femme répond à sa question en marquant un arrêt au milieu du sentier, affichant une mine remplie d'interrogations, prenant définitivement Mike par surprise.

«Excuse-moi, je ne te suis pas.» Il la regarde intrigué.

«Avec Anthony. Je veux dire que j'ai parfois l'étrange impression d'être à sa merci. Est-ce que tu comprends ce que je veux dire ?

«Ça ressemble plus à du petit nègre.

«Quand je pense au type de relation qu'il y a entre lui et moi, c'est le mot soumission qui me vient à l'esprit, comme quand on n'a plus de volonté sienne.

«Oh … et bien, ça me semble logique que son métier, son travail de protection, le force à agir pour toi et peut-être contre toi aussi certaines fois. De là cette impression de soumission ? »

Jessica plonge ses yeux dans les siens un instant, y réfléchissant.

«Je ne sais pas … je ne sais plus.» Elle reprend sa marche du même pas lent mais sûr.

«Je crois plutôt comprendre ce qui se passe. Tu n'as donc jamais remarqué que durant des vacances, on se retrouve toujours à analyser nos agissements et qu'on finit toujours par trouver que l'herbe est plus verte à côté. On en revient avec une détermination farouche de changer tout, espérant reprendre le contrôle de nos vies.

«Mon dieu … c'est toi qui devrait être mon thérapeute et pas cette folle ! Je n'avais pas pensé à ça. Tu dois avoir raison. C'est de me retrouver dans un environnement sans personnes familières, sans stress, sans rien … ça me fait trop cogiter.

«Écoute, je sais qu'Anthony aime parfois à contrôler la situation mais c'est uniquement parce qu'il s'inquiète.»

Pendant un bref moment, elle ferme les yeux et se remémore l'époque en Australie. Elle lui parait bien lointaine, à des millions d'années d'aujourd'hui. Une époque où tout était plus simple, où il n'y avait pas de F.B.I dans sa vie, où personne n'avait essayé de la tuer. Un temps d'innocence et de bonheur, surtout parce que sa tante Paula était encore auprès d'elle. Aujourd'hui, bien qu'elle soit attachée à Sam, elle n'a plus de famille, elle n'a plus de refuge. Elle a un tas de personnes autour d'elle mais ça ne l'empêche pas d'être seule en fin de compte.

«Est-ce que tu penses sincèrement qu'Anthony te manipule comme une vulgaire poupée de chiffon ?» La voix de Mike la ramène sur ce sentier. Il lui prend la main et la met dans la sienne, lui lançant un sourire réconfortant et amical.

«Je ne sais pas. Ça m'arrive parfois de vouloir retourner en arrière à l'époque où je vivais en Australie avec ma tante. Il n'y avait pas tous ces problèmes, tous ces soucis. J'étais tout simplement bien.

«Allons, je suis certain que tu l'es également aujourd'hui. Tu as la carrière que tu souhaites, enfin c'est ce que j'ai cru comprendre. Tu as des gens autour de toi qui se préoccupent de ta personne, de ton bien-être. Et je ne doute pas que les hommes se battent pour toi.

«Comme toi ?» Ses yeux taquins attendent de voir la réaction qu'il aura, à sa petite provocation.

«Je ne me compte pas dans ce lot-là.» Il passe tendrement une main dans les cheveux de l'actrice.

«J'ai parfois l'impression que vous êtes pareils tous les deux.» Elle l'observe attentivement, palpant chaque émotion qui peut se dégager de l'homme qui se tient devant elle.

«Pareils et pourtant différents. D'ailleurs, comment me vois-tu ?» Le jeune homme semble intrigué de connaître l'opinion de l'actrice, attendant presque avec impatience cette revue.

«Hum …voyons … » Jessica prend une mine sérieuse, tenant le menton de Mike entre son pouce et son index, elle fait légèrement tourner sa tête de droite à gauche, en prenant soin d'examiner scrupuleusement ce qui s'en dégage. «À première vue, je dirais que tu es un homme.

«Wow … ben tu m'apprends quelque chose-là.» Il ne peut s'empêcher de rire allègrement à la remarque qu'elle a faite.

«Non, sérieusement … tu es quelqu'un d'assez solitaire même si Anthony est ton meilleur ami depuis la nuit des temps, tu ne laisses pour ainsi dire personne d'autre t'approcher. Tu es un homme à femmes, un séducteur qui prend, consomme et jette une fois qu'il est rassasié. Très intelligent, malin, tacticien et philanthrope, tu gardes avec grande habileté tes sentiments pour toi et toi seul mais …

«Mais quoi ?

«Il y a comme un je ne sais quoi chez toi que je ne parviens pas à définir, comme si tu caches quelque chose. Quand je te regarde …

«Qu'est-ce que tu vois ?» Mike s'est rapproché du visage de la jeune femme pour n'être plus qu'à quelques centimètres, ses lèvres effleurant tout juste la surface de la peau de Jessica.

«Du danger, de l'excitation et de la passion.

«Mon dieu, tu me dépeins presque comme un gangster ou je ne sais quel criminel sorti tout droit d'un roman.» Il l'embrasse du bout des lèvres au coin de la bouche, effleurant à peine ses lèvres.

«Évidemment, passer un peu plus de temps en ta compagnie, me ferait sûrement changer d'opinion. Si tu me disais plutôt où tu as grandi, si tu as de la famille, des frères et sœurs, comment tu étais jeune … ?

«Alors tu veux creuser davantage ?» Il sourit, plutôt satisfait de la suite de leur conversation.

«Exactement.»

Ils reprennent leur marche sur le sentier, tranquillement, se tenant par la main.

«Je suis né sous le soleil, je n'ai plus de famille depuis longtemps – excepté pour Anthony qui me sert de frère, et jeune, j'étais du genre baroudeur-aventurier-petite terreur.

«C'est tout ? Tu es aussi avare de commentaires qu'Anthony. Je vois effectivement la ressemblance entre vous.

«Qu'est-ce que tu veux donc savoir de plus ?» Il lui répond amusé et agacé comme tout homme l'est dans cette situation.

«Cette description est tout droit sortie d'un résumé ou scénario de film. Bon sang, vous les hommes, qu'est-ce qui vous effraie donc tant à vous ouvrir aux autres, à sembler plus humain.» Jessica, tout en gardant une voix calme et douce, montre son agacement.

«Écoute, tu es une femme qui a vécu de terribles choses dans sa vie, c'est normal que tu éprouves le besoin de t'épancher sur la vie et les sentiments des autres. Mais tout le monde n'est pas comme ça, j'ai pas grandi en affichant mes sentiments.

«Généralement c'est la femme qui entretient le mystère sur sa vie et pas l'homme.» Elle lui sourit avec malice, ne souhaitant pas qu'il se sente bousculé par ses questions.

«Malheureusement, je connais presque tout de ta vie. Il ne doit pas y avoir grand-chose que j'ignore.

«Évidemment, entre Anthony et la presse … en effet, adieu le mystère.

«Tu restes encore suffisamment mystérieuse pour moi.»

Une quinzaine de minutes plus tard, ils déboulèrent tous deux, riant d'une anecdote que Jessica venait de raconter concernant l'un de ses tournages. Alors que la villa est juste à quelques mètres, le cellulaire de Mike émet un son pour signaler l'arrivée d'un message texte. Il prend l'appareil pour regarder l'afficheur.

«Excuse-moi Jess, c'est important, le travail. Je te vois à la piscine tout à l'heure.»

Déjà, il s'éloigne d'elle, allant vers sa droite pour rejoindre une autre partie du jardin entourant la villa, alors que l'actrice s'en va vers le bâtiment, pensant à la douche froide qui lui fera le plus grand bien.

Chapitre XIV

Bureaux du F.B.I – Bridgetown – La Barbade

Grégory Bark, assis dans le fauteuil bon marché de son bureau temporaire, observe à travers la vitre qui fait office de mur de séparation, l'ensemble du personnel qui travaille d'arrache-pied sur l'affaire Redon. Ils s'activent tous, comme de petites abeilles, sauf qu'au lieu de collecter du miel, il s'agit d'informations et d'analyses.

Un reste de sandwich au poulet créole occupe un des coins du bureau de bois verni et une bouteille de San Pellegrino à moitié vide est posée non loin de sa main droite qui tient un des derniers documents produits.

Anita Weber ne lui laisse pas le temps d'en commencer la lecture, rentrant dans le bureau, plusieurs feuilles de papiers dans ses mains. Sans attendre, elle s'assied directement en face de son patron.

«Il y a du nouveau.

«On a retrouvé Jessica Redon ?» Son patron pose la question plus pour défier le mauvais sort qui s'abat sur lui, parce qu'il sait très bien que si la jeune femme avait été retrouvée, ça ferait déjà un sacré bruit dans le bâtiment.

«Euh … non monsieur.» Elle enchaîne avec ce pour quoi elle est venue. «Boston vient de nous rapporter que la thérapeute – Nancy Fense, a quitté son domicile, il y a moins de 24h. D'après les voisins, un homme est venu la chercher en pleine nuit. Quelques minutes plus tard, elle avait un sac de voyage sous le bras. Toujours selon ce témoin, elle paraissait contente ou heureuse … enfin, il semble que ce soit volontairement et sans contrainte qu'elle l'ait suivi.

«On a quelque chose sur cet homme, une description ? Ces témoins étaient suffisamment à l'écoute pour nous relater ce qui s'est passé. Ils ont peut-être été assez curieux pour bien le regarder. Est-ce qu'on a entré sa description pour chercher dans nos registres ?

«Grand, cheveux courts foncés, bel homme apparemment, élégant.

«Ouais, ça ne nous aide pas vraiment. Il y a bon nombre d'hommes sur la planète qui répondent à cette description ! Autre chose peut-être ?» Grégory Bark essaie de faire de l'esprit avec sa remarque mais il reste agacé par leur incapacité à progresser positivement.

«On a pu tracer la thérapeute depuis Boston.

«Ah, ça c'est intéressant.» Il se cale plus confortablement dans son fauteuil.

«Vous allez effectivement trouver ça très intéressant parce qu'elle est arrivée à La Barbade avec cet homme, par un jet privé puis ils ont pris un hélicoptère tout aussi privé.

«Quoi ?!! Elle est ici ? Mais c'est quoi cette histoire, un rassemblement secret ? Qu'est-ce que vous allez m'apprendre à présent Anita, que ce n'est pas une vraie thérapeute ?» Bark s'agite dans son siège, son niveau de stress ayant juste augmenté d'un cran. Heureusement qu'il a appris à se calmer efficacement et rapidement, sinon avec son métier, sa tension artérielle ne tiendrait jamais le coup. «Bon, puisqu'on sait le type d'avion qui l'y a amené, on doit être capable, d'une part de retracer à qui il appartient ou pour qui il a été affrété. Un peu la même chose pour l'hélicoptère, alors ça nous donne quoi ?

«Les choses se corsent un peu à vrai dire.

«C'était trop facile, évidemment.

«On a beau questionner, personne ne parle, personne ne sait qui est cet homme, qui a affrété l'avion, ou encore dans quelle direction ils sont partis par après. À croire qu'ils se sont évanouis dans la nature ou qu'ils n'ont même jamais existé.

«Il est clair qu'ils ne nous disent pas la vérité. Ils ont peut-être peur ? » Il pose la question, se redressant légèrement sur son siège. «Anita, pourquoi est-ce que j'ai l'impression que toute cette affaire Redon est en train de partir dans le décor.» Quittant son fauteuil cette fois, les mains posées sur sa taille, tête baissée, il réfléchit à toute vitesse. «D'autres bonnes nouvelles du genre ?

«On est dans les Antilles monsieur, est-ce que vous ne pensez pas que ...

«Qu'on a affaire à un trafiquant, à une organisation criminelle ? Ça fait un moment que j'y pense mais je ne peux me résoudre à cette évidence. Vous vous rendez un peu compte, la honte pour le Bureau et pour moi … tous ces mois à côtoyer ce gars sans rien voir.

«Évidemment, la réalité est peut-être toute autre.» Anita Weber essaie d'être rassurante, sans trop y croire elle-même.

«J'apprécie l'effort Anita mais il ne faut plus se voiler la face, je dois admettre la merde dans laquelle je suis.»

C'est précisément à ce moment-là que ses proches collaborateurs entrent à leur tour dans le bureau, se plaçant derrière Anita.

«Cet homme qui se faisait passer pour un des nôtres doit désormais être considéré comme dangereux.» Bark les regarde droit dans les yeux en leur faisant cette annonce.

«Dans quel domaine pensez-vous qu'il évolue ?» Alors que Mary Dexter pose sa question, elle prend des notes sur une feuille.

«Avant de spéculer au hasard, nous avons enfin les renseignements concernant les dernières heures qu'il a passé sur le continent, jusqu'à son arrivée sur l'île.» Michael Kettle, très enthousiaste, interrompt le brainstorming en cours.

«Qu'est-ce que vous avez ?» Bark s'accote contre un meuble de rangement situé près de la seule fenêtre qui donne sur l'extérieur, à moitié impatient. «Pour que les choses soient plus faciles en attendant une identification de ce gars, on l'appellera Barty.

«Barty Simpson ?» Anita semble étonnée du prénom que son patron a choisi, elle pensait qu'il n'avait aucune connaissance du monde télévisuel.

«Mettons un peu d'humour débile parce que dans peu de temps, je sens que je ne vais plus rire.

«Oui … euh, et bien il est venu directement de l'aéroport à nos bureaux pour son débriefing habituel. Peu de temps avant d'arriver, il reçoit un appel de l'agent chargé de la protection de mademoiselle Redon là-bas à New York pendant son absence. Il est informé qu'elle a disparu de l'hôpital et donne des consignes pour fouiller l'espace hospitalier mais il spécifie de ne pas alerter d'autres collègues. Il lui demande de s'en charger personnellement. Barty précise qu'il va en faire état dans son rapport.» Michael arrête son compte-rendu et se tourne vers Marry pour la laisser continuer.

«Selon les caméras de surveillance situées à l'extérieur, il a passé possiblement un autre appel …

«Comment ça possiblement ?

«On n'a pas trace de cet appel. Tout laisse à penser qu'il s'est servi d'un autre appareil, brouillé, d'où le fait qu'on ne parvienne pas à savoir ce qui s'est dit. Il a suffisamment bougé pour que les caméras ne puissent avoir un angle nous permettant de lire sur ces lèvres. On sait seulement qu'il est resté un bon moment à faire les cent pas sur le trottoir, il ne semblait pas content du tout.

«Donc, on peut s'avancer à dire que c'est Jessica qui a décidé, visiblement sur un coup de tête, de fausser compagnie à son agent de protection. Intéressant, ça se produit justement quand il n'est pas là ... si elle veut s'échapper c'est plus facile avec quelqu'un qui ne la connaît pas aussi bien que lui. Elle est maligne !» Bark parait impressionné. «Puis après ?

«Il finit par entrer dans le bâtiment, et pendant tout le temps de son débriefing, il se comporte comme à son habitude. Il ne démontre aucune inquiétude mais plus important, il ne vous informe pas qu'il l'a perdue.

«Une fois sa visite finie, il quitte immédiatement les bureaux et monte dans une voiture banalisée, la même qui l'a cherché de l'aéroport. On a pu voir que juste avant d'embarquer, il a visiblement eu un message sur cet autre appareil.

«Et c'est tout ?» Bark dévisage ses collaborateurs en attendant d'autres explications.

«Il prend la direction de l'aéroport où on sait qu'il est monté à bord d'un jet privé mais aucune caméra, personne pour en dire plus.» Anita Weber arrête là son compte-rendu.

«Ne me dites pas que vous n'avez pas pu obtenir de nom pour le hangar et l'avion, je vais finir par croire qu'on est vraiment incompétent et ça me fâcherait sérieusement.

«Il y a bien un nom correspondant à celui d'une compagnie mais c'en est une fantôme. Pour le moment, impossible de savoir qui est derrière.

«Le nom de la compagnie ? » Bark s'impatiente devant ces barrières qui continuent de se dresser devant lui.

«Euh oui ... c'est *Thérabec & Co.* » Anita Weber regarde son patron un bref instant puis reprend ses notes. «Une voiture attendait Barty une fois arrivé sur l'île, il s'est directement rendu à la villa de Sam Brown, l'agent de mademoiselle Redon. Enfin, c'est ce qu'on pense.

«Si on part du principe qu'il n'a pas fait d'arrêt, on peut affirmer qu'il a discuté avec l'agent Naomie White et s'est finalement évaporé dans la nature avec Jessica Redon depuis quoi ... 15h possiblement ?

«Monsieur, on sait par contre que depuis qu'il est arrivé sur l'île il ne s'est plus servi de son téléphone cellulaire.»

Grégory revient s'asseoir dans le fauteuil, derrière le bureau prêté. Son équipe attend ses commentaires ou ses ordres pour la suite.

«Gardez toujours sous surveillance son téléphone mais c'est évident qu'il utilise désormais un autre. Il sait très bien qu'on peut repérer son signal même s'il ne se sert pas de l'appareil, il a dû le détruire d'ailleurs. De toute façon, ça n'a que peu d'importance.» Il se tait un court instant, les mains jointes sous son menton, réfléchissant à tous ces éléments.

«Excusez-moi monsieur, mais vous pensez qu'il n'est pas avec elle ?» Marry Dexter semble un peu perdue.

«Je suis certain qu'il est avec elle mais il n'empêche qu'on a aucune confirmation de la chose. D'autre part, l'agent qui lui a parlé, est elle-même recherchée n'ayant plus donné signe de vie depuis. Les deux personnes qui ont passé un peu plus de temps avec Jessica sont également mortes. James Connolly dans l'explosion du laboratoire de l'hôpital Queen Elizabeth - en même temps qu'un laborantin qui a effectué une analyse de sang, à sa demande. Son oncle, Ted Connolly succombant à ce qui semble être un infarctus presque au même moment. Barty prend soin de ne laisser personne qui puisse nous mener à elle.

«La thérapeute de mademoiselle Redon a été conduite sur l'île, on pourrait la contacter ?» Michael Kettle tente de lancer une piste.

«Dans des circonstances différentes, ce serait la chose à faire, mais je suis certain qu'elle ne sera pas joignable.

«Vous la pensez de mèche avec Barty ?» Anita pose timidement sa question.

«Plus rien ne m'étonnerait, et dans la mesure où il me parait à l'heure actuelle difficile de distinguer le vrai du faux dans les rapports de Barty ... cependant je ne le pense pas. Il semble avoir le bras extrêmement long. Tout est bien dissimulé, masqué, personne ne parle. Visiblement sous la tutelle de Maxwell Gattier, mon prédécesseur et peut-être d'autres ... Les gens tombent comme des mouches depuis qu'il est arrivé sur l'île et il a du matériel très sophistiqué et qui coûte très cher. Le cordon de la bourse est très largement ouvert par lui ou pour lui ... » Grégory s'arrête un instant pour dévisager son équipe qui l'écoute religieusement. «La question que je me pose est la suivante : pourquoi il agit maintenant de la sorte avec elle ?

«Ça fait partie d'un plan et il va sûrement la supprimer comme tous les autres.

«Au petit détail près Marry, qu'il est depuis un an à ses côtés. S'il avait jamais voulu la tuer, ce serait déjà fait. N'oubliez pas qu'il agit comme un professionnel, jusqu'à présent il n'a commis aucune erreur.

«Il a coupé toute communication avec le Bureau, c'est quand même une erreur importante Monsieur. » Michael Kettle défit son patron avec cette remarque.

«Est-ce vraiment une erreur Michael ?» Grégory Bark survole rapidement les têtes qui lui font face, avec un sourire en coin. «Je suis au contraire certain qu'il a calculé tout ça. Il sait très bien de quelle façon je vais mener l'enquête. Non, il n'y a rien d'innocent dans ce qui se passe. Il s'en fiche royalement qu'on finisse par découvrir qu'il est un imposteur. Il continue à avoir son avance et nous, nous continuons à avancer dans le vide. C'est parfait pour lui.

«Un mercenaire … il agit pour le compte de quelqu'un ?» Marry Dexter vient de penser à haute voix.

«Possible qu'il travaille pour quelqu'un mais, un mercenaire, non, il n'a pas le profil. Même payé à prix d'or, il ne joue pas au baby-sitter aussi longtemps pour quelqu'un d'autre. Il décide de son propre chef. Tout ce qui vient de se passer depuis les dernières 24h démontrent qu'il a agi sur le tas. La fuite de Jessica n'était pas au programme, il ne pouvait donc pas avoir planifié ce qui s'en est suivi. Je suis prêt à parier qu'il est l'instigateur mais il est évident qu'il n'agit pas seul.

«Il peut avoir de l'aide à l'intérieur du Bureau, n'oubliez pas que Maxwell Gattier semble le protéger.

«Vous pensez qu'il le fait chanter à moins que Gattier a été retourné ?» Anita Weber est la première à lancer haut et fort l'idée que tous avaient déjà pensée.

«Ça c'est la question à un million de dollars que j'espère bien connaître rapidement Anita.»

Un court silence suit la remarque de Bark, comme si chacun présent digérait les informations et idées échangées.

«Monsieur, la tentative de meurtre il y a plus d'un an. Personne n'a réussi à expliquer le geste de ce Manuel Stanza ? Il pourrait y avoir un rapport avec l'affaire actuelle.» Marry, qui parcourait ses notes depuis quelques instants, soulève un nouveau voile dans ce dossier. Tout le monde la regarde, intrigué, ayant oublié un moment la tentative de meurtre. «Si aucune piste n'est à écarter, celle-ci peut très bien être reliée à notre Barty, après tout, vous l'avez dit monsieur, tout est désormais possible.

«Pourquoi ce mafioso a décidé de l'éliminer ? Est-ce qu'elle a pu voir ou entendre quelque chose de compromettant pour lui, sans qu'elle ne s'en rende compte ?» Michael continue dans la lancée de sa collègue.

«Qui a tué ce gars ? Ça ressemblait beaucoup trop à un règlement de compte.

«Puisque la tentative de meurtre n'a pas fonctionné et que Jessica a miraculeusement survécu, alors pourquoi depuis sa sortie d'hôpital il ne sait plus rien passé ?!? Il y a forcément quelque chose qui échappe à tout le monde.» Marry Dexter finit de traduire les pensées d'Anita Weber.

«C'est précisément depuis sa sortie d'hôpital que Barty a été affecté à sa protection.» Grégory Bark marque une pause, réfléchissant aux nouveaux éléments soulevés. «Il ne veut pas la tuer. Il a eu tout le loisir de le faire depuis un an, non ce n'est pas son but.

«Il pouvait l'avoir à l'œil dans ce cas, la surveiller tout comme nous.» Jason Gloves qui se tenait derrière le groupe de San Francisco depuis un moment, silencieux, lâche un commentaire qui surprend tout le monde, plus parce qu'ils ne pensaient plus à sa présence. «Réfléchissez-y un instant. Elle vient d'échapper à la mort, il s'occupe d'elle comme un parfait agent, remplissant son contrat sans le moindre problème. Il est en contact avec la thérapeute de mademoiselle Redon, c'est bien ce que vous m'avez dit ?» Gloves dévisage rapidement Bark toujours debout, au fond du bureau. «Il est au fait de ce qu'elle vit, de ce qu'elle pense, de ce qu'elle rêve, de ce qu'elle se souvient …

«Les parents de Jessica !» Grégory Bark n'a pas laissé le temps à son collègue de finir sa phrase, lui aussi vient de voir tout à coup un lien très probable s'afficher en haut du tableau.

«Les parents meurent d'une façon qui reste encore aujourd'hui ouvert au débat. Le père – un scientifique – travaillant pour le gouvernement, la fille amnésique qui part vivre à l'autre bout du monde avec une tante et qui finit par revenir au pays plusieurs années après, toujours sans sa mémoire. On manque de la tuer, elle est protégée 24h/24h, son agent artistique est agressé et maintenant, elle retourne là où tout a commencé.» Michael Kettle fait un très rapide résumé entourant le dossier Redon.

«Elle se souvient peut-être bien de quelque chose après tout. Rien de significatif pour nous mais pour quelqu'un d'autre, c'est peut-être très différent. C'est ça qui l'aurait poussée à agir de la sorte ces dernières heures, ça et rien d'autre. Elle cherche désormais ses propres réponses en espérant que sa mémoire sera ravivée en revisitant les lieux de son passé.» Les yeux de Bark pétillent d'excitation, enfin une progression dans ce dossier, enfin une piste sérieuse. Peut-être qu'il va réussir à boucler cette vieille affaire et à la retrouver saine et sauve, évitant la presse et la honte pour le Bureau.

«Souvenez-vous que quelqu'un, sur sa page Facebook, avait dit l'avoir vu hier soir au Yacht Club de Port St-Charles. C'est bien là-bas que le voilier de son père était amarré.

«Cela pourrait être quelqu'un de son passé, en tout cas quelqu'un qui n'a pas été intéressé par elle pendant toutes ces années où elle a vécu en Australie. Comment se fait-il que ce soit la seule période dans la vie de cette fille où personne n'a rien tenté contre elle.» Marry Dexter suit la piste que son patron vient de développer.

«Elle a été tranquille pendant toutes ces années d'exil. À peine de retour en Amérique, la donne du jeu change radicalement. S'il s'agit de quelque chose en lien avec son père et ses travaux de recherches, un secret, une découverte ou quelque chose du genre dont elle aurait été témoin, même inconsciemment, ça pouvait attendre jusqu'à aujourd'hui. Oui, cela pourrait être une raison pour vouloir faire partie incognito de son entourage et suivre personnellement l'évolution de cette amnésie.» Bark devient de plus en plus excité à force d'avancer dans cette théorie qui tient la route.

«Elle a pu faire une allusion sans s'en rendre compte, et seul quelqu'un de son passé aurait pu la comprendre.» Jason Gloves qui écoute toujours avec la même attention, tentait également d'apporter des idées valables à cette nouvelle piste.

«Cet homme, ce … Barty, je pense aussi qu'il est en lien avec le passé, l'enfance de Jessica. Peut-être même un acteur de sa vie, quelqu'un qui la connaissait. Qui est-ce qui a épluché le dossier en rapport avec la mort des parents Redon ?» Grégory Bark lance un regard général à son équipe de San Francisco.

«On l'a tous fait monsieur.» Michael Kettle lui répond le premier, étonné de la question. Depuis deux jours consécutifs, chacun d'entre eux a étudié les fameux documents, comme il le leur avait demandé. «Ça pourrait être n'importe qui.

«Précisément pas Michael.» Bark vient s'asseoir, pétillant d'excitation. Il cherche parmi la multitude de dossiers empilés sur le bureau devant lui, ceux en lien avec la mort des parents de Jessica. «Barty doit être âgé de 35 ans peut-être bien. S'il la connaissait jadis, il devait avoir presque le même âge que Jessica. C'est donc parmi les jeunes qui faisaient partie de sa vie qu'il faut chercher mes amis ! Et cette liste n'est pas très longue !»

Avec empressement, l'équipe d'analystes de Grégory Bark, ainsi que Jason Gloves, quittèrent le bureau pour se plonger dans les centaines de papiers accumulés dans cette affaire. Les réponses vont finalement commencer à se faire connaitre. Après une journée d'échecs, il serait temps d'avoir quelque chose à se mettre sous la dent.

Chapitre XV

Mendocitos – Congor Bay - La Barbade, même moment

Alors qu'Anthony voit Mike enfin venir à sa rencontre, un panier de pique-nique à la main, il range son téléphone dans la poche de son pantalon. Le soleil de fin d'après-midi est à peine moins fort mais en tout cas, il est un peu moins étouffant. Ça leur permet de rester dans un coin du jardin où la végétation les entoure plus facilement, non loin de la piste d'atterrissage d'hélicoptère – piste justement déserte, l'appareil étant en temps normal situé à un autre emplacement. Anthony l'accueille un verre à la main.

«Alors ce baby-sitting s'est bien passé ?

«Pourquoi il en aurait été autrement ? Un vrai charme, elle est d'une compagnie agréable. C'est plutôt pour toi que je me suis inquiété, seul à bord avec cette folle. Tu as ma foi résisté à la jeter par-dessus bord. Impressionnant.

«Tu étais inquiet pour moi ?

«Tu y as cru, non ?!» Mike a parfois un humour bien spécial. «Je commence à être d'accord avec toi cela dit. Ça commence à lui revenir.» Il a repris une mine sérieuse, tout en prenant une gorgée de la boisson fraiche.

«Elle se souvient ? » Anthony le dévisage, ne cachant pas sa surprise.

«Non … mais il y a eu une réaction très intéressante, très encourageante.» Le jeune homme fait quelques pas, suivit par Anthony.

«Que s'est-il passé au juste ?

«Alors qu'elle était en train d'observer le voilier tantôt, au moment où la corne s'est mise à retentir, elle a perdu connaissance.

«Quoi ?

«La même chose qu'hier à la marina de Oistin Bay : ça débute par un mal de tête, la douleur augmente aux tempes jusqu'à une intensité telle qu'elle ne peut supporter, et elle finit par s'écrouler.»

Les deux hommes se regardent en silence, exaltés par cette découverte ou cette confirmation.

«Il y a alors d'excellentes chances pour qu'elle y arrive.

«Si elle est mise en contexte.

«Justement, ça va poser problème. Je ne pense pas que le temps va jouer en notre faveur si tu veux une mise en situation.

«Comment ça, de quoi tu parles ?» Anthony le regarde, suspicieux.

«Eh … ne panique pas, on savait qu'il y aurait des bâtons dans les roues à la minute où ton patron serait ici.» Mike lui répond avec un calme assez déroutant.

«Tu veux parler des réseaux sociaux ?… oui, j'ai vu ça. Ils font en sorte que tout le monde se mette à sa recherche, c'était bien pensé mais quel est le rapport ?

«Je te rappelle une nouvelle fois que l'île est petite. On a beau savoir que personne ne parlera, la seule voie de sortie reste la mer … c'est trop vaste d'un coup à surveiller pour eux. On ne peut aller à Gibbs Bay comme tu le souhaitais.

«Qu'est-ce que tu suggères alors ?» Anthony ne se gêne pas pour montrer son mécontentement. «Tu veux qu'on le fasse ici, encore ce soir ? Ça nous place complètement hors contexte. Je ne veux pas prendre de chance …

«Écoute, je comprends bien que ça te contrarie mais on n'aura plus la possibilité du lieu, de l'heure.» Son ami s'efforce de ne pas noircir davantage le tableau préétabli par Anthony. «Soit c'est ce soir, ici … soit c'est à Beliceaux. La situation idéale ne pourra avoir lieu mais je suis convaincu que son cerveau a entrouvert la porte. Il ne reste plus qu'à l'ouvrir, l'endroit et l'exact moment n'auront pas d'incidence, crois-moi.

«Comment tu peux en être sûr, je suis avec elle depuis un an. C'est moi qui sais comment elle fonctionne et …

«Tu voulais savoir ce que je pensais de son état, voici mon opinion des plus objectives. Je souhaite autant que toi obtenir l'issue favorable qu'elle mérite mais il nous faut procéder différemment. Pas d'énormes changements, de petits ajustements.» Mike laisse son ami réfléchir à ce qu'il vient de lui exposer, sachant très bien qu'il était attaché à une mise en contexte des plus exactes possible mais à partir du moment où le F.B.I. a débarqué sur l'île, ils ne pouvaient plus se permettre de balader l'actrice où bon leur semble.

Anthony passe en boucle les éléments du dossier, où en est la situation actuelle et à quelle vitesse les choses évoluent. Il se rend compte que l'analyse de son ami est des plus justes, il veut tellement que tout soit parfait pour elle, il manque sérieusement de recul.

«Tu as raison, maintenant qu'ils savent pour moi.

«Seulement une partie, le derrière du rideau reste un mystère mais il semble qu'ils vont mettre le doigt dessus avant la fin de la journée.» Il se tourne vers l'Ouest et le soleil qui emprunte la route du déclin.

«Ils ont donc besoin d'être un peu ralentis … faisons en sorte que de toutes ces pistes de lancées, il y en ait une qui les mène quelque part et qu'ils y trouvent quelque chose.

«Alors, on s'y prend ce soir … ici ?

«C'est plus sûr.

«Elles ne vont pas tarder à se voir. Fais en sorte que sa thérapeute soit là pour l'aider comme prévu. J'imagine que tu l'as remise sur le droit chemin toute cette journée mais tu sais aussi bien que moi qu'elle est instable. Elle peut tout foutre en l'air en un claquement de doigts.

«Alors je ferais bien d'aller retrouver Jess. Pour Nancy, ça ira mieux si elle boit … alors n'y va pas avec le dos de la cuillère, ça en prend pas mal avant qu'elle ne baisse la garde.

Bien que chacun se dirigea vers l'intérieur de la villa, les deux hommes empruntèrent une direction opposée par après. Mike entra dans sa chambre se rafraichir avant d'aller à la piscine où la thérapeute ne tarderait pas à s'y rendre, sûrement avant les autres. Anthony, quant à lui, s'est rendu jusqu'à Jessica.

Dans le couloir du 2ème étage, il s'approcha sans faire de bruit de la porte de la chambre en question, posant une oreille pour essayer d'entendre du bruit provenir de l'intérieur, signe que la jeune femme s'y trouve bien. Percevant justement un léger bruit d'eau, il ouvre la porte sans prendre la peine de frapper.

Visiblement l'actrice n'avait rien entendu, elle était toujours dans la salle de bain. Anthony s'avance alors lentement à l'intérieur de la pièce et regarde autour de lui. Il n'a pas mis les pieds dans cette pièce depuis la nuit dernière où il y a déposé la jeune femme. La chambre est ordonnée, pas de vêtements qui traînent parterre, le lit est fait. En arrivant à la hauteur de la salle de bain, il n'entend plus d'eau couler, le robinet d'eau est sûrement fermé. Il n'a alors plus le temps de s'annoncer ou de faire du bruit pour signifier sa présence, Jessica sort de la pièce d'eau et s'arrête tout juste devant lui, échappant un léger cri de surprise.

«Merde, Tony, tu m'as foutu la trouille. Qu'est-ce que tu fais ici ?» Encore une main sur la poitrine, comme pour calmer son rythme cardiaque, elle reprit rapidement ses esprits, se dirigeant vers un placard pour en sortir une paire de chaussure et alla s'asseoir sur le lit pour mieux les passer aux pieds.
Anthony qui cherche à connaître l'humeur de l'actrice, vient se placer devant elle et tout en l'observant attentivement, fait en sorte que toute son attitude exprime le contentement (ce qui n'est pas si faux que ça).
«Je suis venu m'excuser, Jessica. Je sais que ce changement de location en pleine nuit, et ne pas avoir été là à ton réveil … Je n'avais pas prévu que les choses se passent ainsi !» Il fait presque une mine de chien battu, espérant son pardon.

L'actrice noue sa dernière chaussure à son pied sans répondre et sans lever la tête. Seulement une fois l'opération terminée, elle se redresse et lui fait face.

«Les secrets liés à ton travail, je peux comprendre … éventuellement, mais que tu me traites comme un sac de marchandise, ça je n'apprécie guère. Et je ne parle pas du tout de ton absence aujourd'hui. C'était au contraire une très bonne idée d'être séparé. Quant à l'autre problème, tu aurais pu, là encore, me dire que tu la faisais venir ici. Est-ce trop demander qu'à l'avenir tu sois enfin franc avec moi ! Tu sais à quel point j'ai besoin de tranquillité, de me ressourcer, surtout après ce qui est arrivé à Sam, et aujourd'hui que j'arrive enfin à mettre mes pieds là où j'ai vécu, tu me la balances en pleine figure. Ne sais-tu donc pas à quel point elle me rend folle ?» Jessica pousse un léger soupir de déception mais son visage exprime malgré tout l'agacement. «Sans compter qu'elle est inefficace en thérapie pour moi.

«Je sais que j'ai pas assuré sur ce coup-là. Je suis venu faire la paix. Je reconnais tous les tors, je suis désolé.

«Pour qu'elle raison exactement tu l'as fait rapatrier aux Antilles ?

«C'est important que tu ne manques pas ta prochaine séance.» Il lui répond sur un ton taquin.

«Ouais …manquer une séance ne va pas aggraver ma situation. D'autant que ce ne serait pas la première fois que ça arrive. Nos séances ne sont déjà pas régulières, je ne vois pas ce que ça changerait.

«Je pense que cette fois-ci, c'est différent. Tu verras, tu me remercieras.

«Différent parce que je suis à La Barbade ? Et puis t'être reconnaissante pour elle, je ne pense pas que ça risque d'arriver rapidement.» Jessica le regarde malgré tout un peu intriguée. «Vous pensez tous que d'être ici peut fragiliser mon état. Et si c'est précisément ça que je cherchais !» Elle le fixe droit dans les yeux avec défi.

«Tu as eu un malaise à la marina, ça me suffit pour penser qu'il est préférable d'être suivi de près pendant ton séjour. Est-ce que tu as expérimenté à nouveau la même chose aujourd'hui ?» Anthony fait mine de ne pas connaître la réponse.

«Non, je me porte comme un charme.» Elle a décidé de lui cacher l'incident, plus tôt sur la plage, même si elle suppose que Mike finira par le lui dire. Cherchant à fuir son regard inquisiteur, elle se dirige vers la commode où elle attrape les quelques bijoux qu'elle a avec elle pour ce voyage.

«Je m'inquiète pour toi, pour ta santé et je ne veux rien prendre à la légère. Ça fait partie de mon travail, ne pas le faire équivaudrait à ne pas être professionnel.

«Toi ou le Bureau ?

«Tu as un côté irresponsable Jessica qui est, j'en ai peur, indiscutable. Il faut bien que quelqu'un endosse cette responsabilité. Tu me donnes, encore une fois, le mauvais rôle. » Il s'est approché d'elle par derrière, passant un bras autour de son torse et de l'autre massant délicatement la nuque de la jeune femme, comme il le fait de temps en temps. Sous ses doigts, il sent qu'elle se laisse légèrement aller mais ça n'est que de courte durée, déjà elle s'écarte de lui.

«Si je dois me la taper, le temps que je suis ici, fais en sorte qu'elle prenne pour une fois son rôle au sérieux. Je n'ai pas besoin d'une cinglée à mes côtés qui saute sur la moindre occasion pour me rabaisser ou me rappeler que ma place est à l'asile. Je dis ça, dans son propre intérêt, et dans la mesure où tu représentes les forces de l'ordre, je ne voudrais pas être accusée de quoi que ce soit.

«Tu n'envisages quand même pas de lui mettre une balle dans la tête.» Il la regarde amusé par sa réflexion.

«Je m'efforcerai de ne pas y penser tant et aussi longtemps qu'elle ne plantera pas ses crocs dans ma chair.» L'actrice prend la direction de la porte mais juste avant de l'ouvrir, elle se retourne vers Anthony. «Et au fait, à mon retour, je vais demander de mettre un terme à ton affectation !» Son visage est résolu et ferme.

«Ce n'est pas toi qui peut décider d'arrêter le programme du F.B.I. Si Bark estime qu'il y a toujours du danger pour toi, il ne te laissera pas seule, ma chère ! Ce n'est pas la première fois que je te le dis.

«Malheureusement, mais je peux demander à avoir quelqu'un d'autre. Je pense qu'il est temps que tu retrouves tes véritables fonctions auprès du Bureau … et moi, j'ai besoin de changer d'air.» Elle se sent un peu mal pour ce qu'elle vient de dire, s'apercevant qu'elle l'a blessé, car après tout, c'est un bon gars qui ne fait qu'un travail trop envahissant. «Je suis désolée, c'est sorti un peu cru de ma bouche mais comprends-moi un peu Anthony, c'est ce qu'il y a de mieux pour nous deux. Si je n'avais pas d'estime pour toi, je te laisserais croupir à mes côtés sans justement me préoccuper de ce que ça peut te faire de rester en fonction sur mon cas qui semble ne vouloir pas prendre fin.

«L'agression de Sam tombe à un mauvais moment dans ce cas.» Il vient la rejoindre, souriant jusqu'à ne rien laisser paraître de ses pensées. «Tu sais bien, au fond de toi, que ce n'est pas une coïncidence ce qui lui est arrivé. Je ne suis pas le seul à penser que cette agression est reliée à la tentative de meurtre. Il ne t'est rien arrivé depuis un an, je compte bien faire en sorte que ça continue ainsi aussi longtemps que ça sera nécessaire. Si ce climat de garde du corps doit prendre fin demain, peut-on faire au moins en sorte de bien s'entendre jusque-là ? Tiens … je te promets d'être le moins possible après toi, de te laisser autant d'espace que tu le souhaites.» Il prend l'une de ses mains qu'il porte à ses lèvres et y dépose un baiser, marque d'affection qu'il espère, saura la calmer.

Jessica qui le jaugeait alors, est quand même touchée par son geste. Elle ne peut s'empêcher de l'embrasser pour le réconforter dans sa requête, ne souhaitant pas, elle non plus, une mauvaise entente jusqu'à ce qu'ils soient de retour sur le continent. Sentant que la situation est sauvée entre eux, Anthony la devance pour sortir de la pièce, et l'escorte tranquillement jusqu'au point de ralliement qu'est la piscine en lançant la conversation sur un sujet moins agaçant.

«Dis-moi franchement, qu'est-ce que tu espères comme réactions de la part de ton cerveau en étant revenu sur l'île ?

«Plus je suis ici et plus je commence à être davantage adepte de la théorie qui veut qu'on soigne un mal par un autre. Si c'est l'accident qui est à l'origine de tout, dans ce cas …

«Tu n'envisages quand même pas de provoquer un accident de même envergure simplement pour te replacer dans la situation qui a initialisé le problème ?» Il fixe la jeune femme, tout ahuri, limite désespéré.

«Non bien sûr, je ne suis pas à ce point au désespoir ou machiavélique ! Je dis simplement que la méthode actuelle ne donne rien, alors il vaut peut-être mieux en changer et opter pour quelque chose de plus radical, de plus significatif. Après 15 ans, c'était utopique de penser que le simple fait de revenir sur les lieux de mon enfance, ou ailleurs sur l'île, suffirait amplement pour rouvrir le dossier 'Souvenirs'.» Elle lui explique tout ça avec force et affirmation mais ne réussit pas à lui cacher cette note de déception légèrement perceptible dans sa voix.

«Ça valait la peine d'essayer par contre, je ne suis pas très rassuré de savoir que tu es prête à prendre des risques par toi-même!

«Je sais bien que ton patron n'a sûrement jamais envisagé de près ou de loin une telle possibilité mais c'est moi qui vis avec ce trou dans ma tête.

«Est-ce que tu peux me dire de quelle façon tu envisageais de t'y prendre ? Je suis curieux.» Il ne peut s'empêcher de la taquiner.

«Je n'étais pas encore rendue là. Laisse-moi encore un ou deux jours seule sur cette propriété et je viendrai avec un plan très élaboré!» Elle rit de bon cœur, étant persuadée que ça n'arrivera jamais, pas qu'elle ne soit pas capable d'être machiavélique mais plutôt de risquer la vie de quelqu'un pour retrouver la sienne.

Les deux jeunes gens étaient arrivés devant la porte-fenêtre du salon qui donne sur la terrasse arrière, celle (parce qu'il y en a deux) qui mène à la piscine un peu en contrebas.

«Quel est le programme de la soirée ? Je ne pense pas que Mike et toi ayez envisagé une thérapie de groupe pour m'épauler ou encore moins une partie de Bridge endiablée.» Jessica est résolue à passer une belle fin de journée, thérapeute ou pas.
«On a la parfaite fin de journée possible sous les Antilles. On vous le dira plus tard.» Il la regarde rapidement, les yeux pétillants.

Cette terrasse se situe à un niveau plus bas que celui de la villa, de petits escaliers en ardoises grises permettent de changer de niveau. La plus grande partie de la terrasse est occupée par une grande piscine en forme de demi-lune avec des chaises longues installées sur deux côtés, là où il y a encore du soleil à cette heure de la journée. Dans le coin gauche, un bar en céramique accompagné de chaises en fer forgé donne un peu de relief à l'endroit. D'énormes pots de bougainvilliers se répartissent tout autour de la piscine. Une musique se fait entendre des haut-parleurs installés dans la structure du bar lui-même.

Anthony est le premier à descendre les marches en ardoises, l'actrice ne peut donc distinguer pour le moment qui se trouve sur la terrasse, elle se concentre surtout sur le sol pour être sûr de ne pas rater une marche. Il manquerait plus qu'elle se casse une patte ! Des voix se faisaient entendre et appelaient gaiement leurs noms.

«Ah, vous voilà enfin, j'ai eu peur que vous vous soyez perdus sur la propriété.» Mike s'adresse aux nouveaux venus sur un ton de plaisanterie. Il est en train de remplir deux nouveaux verres à cocktails avec le contenu du shaker en argent qu'il tient dans ses mains.

Jessica qui approche du bar, aperçoit enfin le meilleur ami de son garde du corps mais bien qu'elle ne puisse distinguer correctement la deuxième personne qui se tient de dos, elle sait très bien de qui il s'agit. Anthony passe une main dans le dos de la jeune femme et avance en même temps qu'elle.

«C'est vrai qu'il est facile de se perdre ici, merci pour ton inquiétude.» Il se tourne vers l'actrice et lui indique la direction du bar.

«Jessica, plus besoin de te présenter Mike Connor, mon frère d'armes.»

Elle s'avance vers ce dernier, contente de le retrouver, passant par la droite du bar, et finit donc par se retrouver pratiquement en face de la dernière personne qu'elle n'a pas encore croisée depuis son arrivée à Mendocitos. Sans cacher son opinion quant à la présence de la thérapeute sur l'île, elle va directement s'asseoir sur l'une des chaises près du bar, faisant face à la piscine.

«Benjamin, je n'arrête pas d'être surprise par ce que tu as fait de cette villa. Évidemment, je ne connais pas l'avant mais l'après ne cesse de m'éblouir. Il y a un côté grandiose ou tapageur mais simple et élégant en même temps.

«Tu vois, c'est exactement ce que je t'ai dit que l'endroit représentait pour moi.» L'ami d'Anthony est content de la remarque de la jeune femme et surpris en même temps, parce que personne n'avait réussi à percevoir cela en si peu de temps. «Jess, demande ce que tu veux, tu l'auras !» Il se met face à elle, et lui fait un salut de dignitaire pour la remercier, le tout sur un ton bon enfant.

«C'est grandiose parce que la propriété est immense.» Anthony se devait d'entrer dans cette conversation, n'étant pas sûr à quel point il appréciait que ces deux-là s'entendent aussi bien.

«Tu n'as jamais compris ce que j'ai voulu exprimer ici … avoue que ça n'est pas ton fort, ce n'est pas grave Tony.

«À vrai dire Mike, il n'a pas l'esprit aussi exubérant que Jessica et toi semblez avoir en commun.» C'étaient les premiers mots que la thérapeute prononçait depuis que tout le monde était rassemblé autour du bar.

Le garde du corps est venu se placer un peu derrière Nancy. Celle-ci déguste son cocktail, se préparant à jeter de l'huile sur le feu.

«Jessica ! Quand Mike m'a dit que tu étais ici avec Anthony … mon dieu, je n'arrivais tout simplement pas à le croire. Est-ce que ce n'est pas un drôle de hasard ?» La thérapeute commençait à gesticuler pour attirer son attention, grand sourire aux lèvres, ayant décidé de jouer un petit jeu avec elle ou avec qui bon lui semblait.

La jeune femme, tout en jetant un regard froid à Nancy, s'adressait à l'hôte des lieux.

«Mike, tu ne m'avais pas dit plus tôt qu'il n'y avait aucun intrus sur cette propriété parce que je suis certaine de n'avoir pas supplié qui que ce soit pour qu'elle se joigne à moi, sur l'île. Oh, mais oui, excuse-moi, c'est le gars qui prétend se soucier de moi qui l'a fait venir et comme vous êtes aussi proches que le poisson et l'océan, elle restera ici avec la grâce et la vertu qui lui sont connues.» Ses yeux passent de l'un à l'autre, exprimant le même sentiment de mécontentement et d'agacement ; situation qui ne semble pas trop déplaire au jeune homme qui a enfin fini de préparer les cocktails pour tout le monde.

«J'ai entendu dire que certaines actrices avaient banni tout alcool … incompatibilité avec leur régime alimentaire, ce n'est pas ton cas au moins, parce que je viens d'en préparer un spécial.» Il s'approche d'elle et lui tend un verre en même temps qu'il lui fait un clin d'œil amical.

«Au contraire, mon régime alimentaire me préconise de boire de l'alcool dès que quelque chose me contrarie. J'espère qu'il y a suffisamment de bouteilles parce que la soirée va être longue, j'en ai peur.» Elle porte le verre à ses lèvres et avale une gorgée du breuvage de couleur rouge. «Incroyable ! J'adore ça, c'est tout à fait le genre de mélange traitre.

«Traitre ?» Anthony qui boit lui aussi de cette préparation, la regarde étonné.

«Ça se boit comme du petit lait mais ça va cogner dur après … n'est-ce pas ?» Elle regarde amusée les deux hommes.

«Cette remarque pourrait sous-entendre bien d'autres choses ma chère.»

On pourrait couper l'air avec un couteau suite à cette réflexion de la thérapeute. Tout le monde est à présent assis sur l'une de ces chaises en fer forgé, situées près du bar, pas trop proche de la piscine elle-même. Mike lance un nouveau sujet de conversation pour éviter tout affrontement entre les deux femmes, Anthony a prévenu que l'actrice était tout à fait capable de faire un esclandre.

«Alors Jessica, finalement, je ne sais pas exactement ce qui t'amène à La Barbade ?

«J'avais besoin de me reposer un peu avant mon prochain tournage. Les derniers temps ont été assez éprouvants pour moi.

«Et pourquoi La Barbade. Ce n'est pas le choix des îles magnifiques qui manque par ici, d'ailleurs, les célébrités ne cherchent pas plutôt leur tranquillité auprès de St-Martin, des Bermudes ou encore des Bahamas ?

«Mon agent a une villa à Welches Beach, sur le front de mer. Puisque que ma venue est plutôt une décision de dernière minute, c'était plus pratique ainsi ... et plus facile pour Anthony de me retrouver.» Elle affiche son sourire espiègle.

«Elle est surtout originaire d'ici, enfin elle y a passé son enfance. Elle n'est pas d'origine Antillaise, c'est évident de par la couleur de sa peau, quoi que ça serait encore possible si l'un de ses ancêtres ...

«C'est une information qui n'est inconnue de personne, Nancy. Cependant, la raison de sa présence sur l'île n'est pas nécessairement liée au fait qu'elle y a vécu auparavant.» Mike n'a pu s'empêcher de répliquer, ayant lui-même rapidement développé un degré de tolérance assez faible pour cette femme.

«C'est vrai que de pouvoir revenir à La Barbade a fait toute la différence, je ne le cache pas et ça n'étonnera personne de sensé.

« Comment ce retour aux sources se passe jusqu'à présent ?

«Très bien.

«Jessica est plus forte qu'on ne croit. Elle a la capacité de surmonter toutes les épreuves qui se mettent sur sa route. Ce n'est pas vrai ?» La thérapeute a décidément choisi la confrontation, n'écoutant pas les conseils donnés plus tôt dans la journée par Anthony. «Je suis curieuse moi de savoir comment le F.B.I. a pris la nouvelle.! Partir en douce ... ils ont dû flipper à mort, je parierais qu'elle s'est fait remonter les bretelles.

«Il n'y a aucune raison pour qu'on lui refuse l'accès à l'île, voyons.» Anthony entre à son tour dans la conversation qui commence légèrement à prendre la tangente d'interrogatoire de la part de la Nancy.

«Évidemment, je suis certaine qu'Anthony doit l'épauler dans de pareils moments. Le fait d'être arrivée en douce, sans rien lui dire, n'a pas dû le déranger outre mesure. En fait, je suis même admirative ma chère pour avoir eu le culot de fausser compagnie au F.B.I. Vous devez vraiment être désespérée ! C'est bien la première fois que je travaille pour quelqu'un qui a le tempérament de Jessica. J'en viens des fois à me demander pourquoi elle a besoin de moi. Elle est parfaitement capable d'agir par elle-même, rien ne semble lui faire peur. Sa spécialité : attirer l'attention ! Pourquoi sinon avoir choisi d'embrasser la carrière d'actrice ? … embrasser … haha, quel jeu de mots, vous ne trouvez pas ?!» Elle lui lance un regard des plus effrontés et provocateur, après tout, c'est ce qu'elle cherche à faire.

Anthony ne semble pas le moins du monde inconfortable par la situation même s'il sait que la jeune femme se retient de lui sauter à la gorge. Elle a promis qu'elle ferait de son mieux mais dans une certaine limite et on commence à s'en approcher. Ce genre d'accrochage entre les deux femmes, arrive à l'occasion, particulièrement quand il est présent. Il sait la thérapeute jalouse de l'actrice et il espérait bien que passer la journée avec Nancy la réconforterait et calmerait. Visiblement, il avait tort sur toute la ligne.

«Je pense que si Jessica avait quoi que ce soit à craindre en étant ici, le patron d'Anthony le lui aurait déjà fait savoir et, on n'aurait pas cette conversation aujourd'hui, chez moi.» Mike essaie de faire comprendre à son ami de mieux surveiller la thérapeute en affichant une mine désapprobatrice.

«Vous devriez être plus reconnaissante avec la vie, Nancy.

«Ah oui, et pourquoi diable je le serais ?» Cette dernière a lancé la phrase avec un sourire médisant, tout en la fixant avec provocation.

«Ça me semble évident : je suis la raison de votre présence ici. Sans moi, vous seriez à Boston, seule. Tandis que là … une magnifique villa, une sortie en mer avec un bel homme à vos pieds pour la journée, les Antilles … » Elle la fixe intensément, ne refusant plus la confrontation ; les deux hommes réalisant tout de suite que le ton de la conversation venait de changer. Jessica ne se gêne plus d'afficher son agacement face à la présence de la thérapeute.

«Si je suis là, c'est parce que quelqu'un semble penser qu'il serait préférable que vous ayez un soutien psychologique le temps de votre séjour à La Barbade. Bien que je ne vois pas en quoi je pourrais aider cette pauvre fille (elle se tourne vers Mike pour continuer son discours). Avoir assisté à la mort de ses parents n'a sûrement pas été le déclencheur pour qu'elle perde les pédales, ça serait arrivé de toute façon, elle a ça dans le sang.

«Ça suffit !» Anthony a levé la voix pour la première fois, essayant d'arrêter la thérapeute de continuer à déverser son venin sur l'actrice.

«Parce que franchement, il ne faut pas être né d'hier pour réaliser que c'est son père qui était malade mental et qui, dans une démence, une crise passagère, a fait sauter le voilier avec sa femme à bord, attendant que la fille à papa soit là pour voir le tout. De qui veut-on bien se moquer avec cette théorie de meurtre, complètement tiré par les cheveux. Ou encore plus amusant : un accident, ben voyons, comme si un voilier peut exploser accidentellement.» La thérapeute, se sentant inspirée, décida de continuer dans la lancée, n'hésitant pas à en mettre encore une couche. «Elle n'est pas plus amnésique que je peux l'être ! Ce genre de maladie mentale, il n'y a qu'une chose à faire ...» Elle mime le geste de lobotomiser quelqu'un, non sans être fière de sa tirade.

Pour seule réponse, Jessica lui vide son verre d'alcool d'un geste net, en pleine face et quitte le bar. Gardant le silence et s'efforçant de rester calme, ou de ne pas s'énerver davantage, elle passe derrière le meuble, saisit la première bouteille d'alcool qui lui tombe sous la main - de la vodka - et en remplit un nouveau verre en y ajoutant quelques glaçons, mais au lieu de reprendre sa place parmi les autres, elle reste derrière le comptoir.

«Anthony, toi qui l'a fait venir, tu devrais lui apporter une serviette avant que l'alcool ne la ronge comme de l'acide.»

Le garde du corps s'est levé pour prendre le bout de tissus rangé derrière le bar et le tendre fermement à la thérapeute qui ne semblait pas être si perturbée que ça de l'attitude de sa cliente.

«Eh bien la soirée s'annonce particulièrement chaude. Jessica, pourquoi ne pas m'accompagner pour voir où en est la préparation du souper par Martha ?» Mike s'est levé sans plus attendre et s'approchant déjà de la jeune femme, lui fait signe de le suivre. Celle-ci ne se fait pas prier pour mettre de la distance entre elle et sa thérapeute, la laissant s'éponger avec Anthony.

Ce dernier attend qu'ils se soient assez éloignés avant de lui faire la morale.

«C'était quoi ça ?!» Le garde du corps mécontent, se place devant Nancy Fense. «Je sais ce que tu penses de son état psychologique mais était-ce bien nécessaire d'aller aussi loin et de finir avec la lobotomie ?!» Sa voix est volontairement élevée et dure, espérant qu'elle comprenne qu'elle a dépassé la mesure.

«Non mais est-ce qu'elle croit que toute ma vie tourne autour d'elle ? Mieux, que je n'ai pas de vie privée, que sans elle, je ne t'aurais pas dans ma vie.

«Il n'y a aucune chance qu'on se soit rencontrés sans elle.

«Et le hasard ?

«Depuis quand tu y crois ? Et puis de toute façon, c'était quoi toute cette scène ? Je croyais que cette jalousie était terminée. Je t'ai déjà dit pourquoi j'ai cette relation avec elle.» Il s'efforce d'adoucir sa voix, il a besoin que la thérapeute reste auprès d'elle.

«Par pitié ?

«Est-ce que tu me vois être jaloux de la journée qu'elle a passée avec Mike ? Non, parce qu'il n'y a aucune raison à ça.» Il s'approche de Nancy, qui a fini de s'éponger, et s'approche de son visage qu'il tient délicatement entre ses mains avant de l'embrasser. «Pour une thérapeute, j'ai du mal à comprendre de quelle façon tu t'occupes de tes patients. C'est en la mettant hors d'elle que tu comptes la guérir ?

«Ne sois pas idiot, personne ne peut rien pour elle, ni toi, ni moi. J'ai trouvé ça intéressant comme expérience. Voir un peu de quelle façon, le sujet réagit en dehors de ses repères habituels.

«Et quel est le résultat de cette expérience ?

«Ta petite princesse ne se préoccupe de personne d'autre que de sa personne. Elle ne supporte pas qu'on vienne marcher sur ses plates-bandes, que quelqu'un d'autre puisse avoir l'attention.

«Ton analyse est assez fausse ma chère, tes instincts de femme prennent le dessus sur la professionnelle en toi.» Il l'embrasse tendrement. «Pas pire ce cocktail sur ta peau, ça fait plus exotique comme ça»

La thérapeute garde le silence puis finit par lâcher un léger sourire.

«Pourquoi est-ce que je suis là Anthony ?

«Jessica va passer un peu de temps à La Barbade. Tu ne penses pas que la présence de sa thérapeute est requise ?» Il se tourne et regarde les rayons du soleil qui faiblissent doucement à l'horizon.

«Je l'ai trouvée très en verve, très en forme. Je ne suis pas certaine qu'elle ait besoin de moi ou même qu'elle souhaite me voir autour d'elle.

«Il faut comprendre qu'elle est venue ici en pensant échapper à tout le monde. Peu à peu, elle se fait rattraper, il est donc normal que Jessica soit un peu irritée par la situation. Tu ne dois pas lui en tenir rigueur.

«Donc, ton patron n'y voit pas d'inconvénient ?

«Ne sois pas sarcastique en plus, ça ne te va pas du tout. Écoute, est-ce que ça va être la guerre à chaque fois que tu verras Jessica ou est-ce que tu vas faire un effort, un vrai cette fois ?

«Sachant que tu t'envoies en l'air avec elle, avec la personne que t'es censé protéger … en tout bon professionnel que tu es … je suis un peu perdue ?» Nancy ne se laissera pas faire si facilement que ça.

«Sympathique et professionnelle, c'est trop te demander ?» L'agent Masson la regarde également mais contrairement à la thérapeute, son visage est amical. Il passe une main dans les cheveux de Nancy. «Je sais que tu ne crois pas qu'elle puisse jamais se souvenir, mais disons qu'on ne sait jamais … autant être là pour le cas où ! Sois gentille. Parlez chiffons si tu préfères, ça m'est égal. Et arrête de dire qu'il n'y a plus rien à faire pour elle. Tu veux bien faire ça pour moi ?

«Tu veux que je sois honnête avec elle ou pas ?» Nancy s'éloigne un peu de son visage.

«Non.

«Écoute Anthony, je suis bien contente d'être ici à prendre le soleil mais franchement j'attends de voir la pertinence de ma présence. Je suis une professionnelle. Je ne suis pas un petit toutou qui répond au moindre claquement de doigt de son maître.

«C'est pertinent pour moi.» L'agent Masson l'embrasse une nouvelle fois, la forçant au silence un instant.

«Tu sais bien que je ne peux rien te refuser. Je vais essayer de me faire une idée de son état de santé au fur et à mesure des jours, c'est le mieux que je puisse faire. Après ça, je rentrerai à Boston. J'ai de véritables patients qui m'y attendent. Si le F.B.I veut de moi ici, c'est qu'ils n'ont pas autant confiance en toi que ça pour savoir ce qui se trame dans sa tête.» Elle semble être contente de pouvoir lui lancer cette remarque et l'observe minutieusement en attendant sa réaction.

«Ce n'est pas mon job d'analyser ses pensées et réactions, c'est très différent.

«Hum ... j'aime ça quand tu montes aux barricades avec moi. Excitant. Et si j'essayais de tester un peu ton frère d'armes, si ça se trouve, je lui trouverais plus d'attraits.

«Tu ne peux t'empêcher de provoquer tout le monde.» Il la laisse sur sa chaise, emmenant au bar les verres vides, prenant soin de servir à nouveau de l'alcool à la thérapeute.

«Ça met du piquant dans les conversations, tout le monde fait ça.

«Peut-être dans ton monde thérapeutique, mais les gens ordinaires comme nous, ne recherchent nullement ce genre de mélodrames inutiles.» Il s'est réinstallé à ses côtés, déposant devant elle le nouveau verre, plein.

«C'est la chose la plus hypocrite que j'ai jamais entendue ! Pourquoi penses-tu donc qu'il y a toujours un thérapeute d'invité à une soirée ?» Elle le questionne, au défi de trouver la bonne réponse.

«Parce qu'il y a trop de gens en thérapie.» Il prend une gorgée, plutôt satisfait de lui.

«Il n'y a jamais assez de gens en thérapie ... non, c'est parce qu'on est les seuls à être capables de mettre de l'ambiance en ayant les couilles de dire les choses pour ce qu'elles sont ! On ne fait pas de chichis, on ne prend pas de détour. Tout le monde apprécie ça. Parfois, je me demande où iraient nos sociétés modernes sans les thérapeutes. Vous reviendriez à l'âge de pierre, voilà ce qui se passerait.

«Alors, levons nos verres à vous : nos sauveurs !»

Ils trinquèrent tous les deux de bon cœur. Anthony avait vraiment du mal à comprendre la vision des choses de cette femme. Est-ce qu'elle y croyait vraiment à toutes ces conneries qu'elle balançait ou est-ce qu'elle ne tentait pas plutôt de se trouver une raison d'exister.

Pendant ce temps, sur le chemin des cuisines, Jessica commençait à se calmer au fur et à mesure qu'ils s'éloignaient de la piscine.

«Je suis désolée de ce qui s'est passé. C'est cruel et impardonnable ce qu'elle t'a dit. Si j'avais pu savoir que cette femme passait son temps à cracher son venin ainsi sur les gens, sur toi particulièrement. Anthony m'a dit qu'elle pouvait être difficile. Quand je l'ai ramenée à Mendocitos, j'aurais pu lui mettre une balle dans le pruneau pour qu'elle se taise, tellement elle m'avait saoulé … j'aurais dû.» Mike était sincère dans son discours.

«Pour ça, tu vas devoir faire la queue.

«Tu dis ça mais je ne te vois pas en tueuse, tu as trop bon cœur, tu es une bonne personne Jessica.

«Je dis pourtant de méchantes choses.» Elle commence déjà à éprouver des remords quant à ses pensées à pouvoir éliminer Nancy. Elle se tait un court instant, lui faisant face, la mine grave. «Je ne le pensais pas ce que j'ai dit … la tuer, elle est allée tellement loin cette fois-ci … j'ai pas pu m'empêcher de penser noir. Rien que de la revoir mimer la … » Elle ferme les yeux pour ne pas montrer les larmes qui veulent sortir. «Je lui aurais fait bouffer son verre !» Une nouvelle fois, elle marque un temps d'arrêt, un air pitoyable sur la face. «Là … encore une fois, je suis mauvaise !»

Le jeune homme s'approche d'elle et pose ses mains de part et d'autre de ses épaules, la regardant dans les yeux.

«Avoir des pensées noires ne fait pas de toi une mauvaise personne. C'est instinctif de réagir de la sorte, si tu acceptais sans broncher, sans dire mot … là je m'inquiéterais pour toi. Tu te comportes comme n'importe quelle personne le ferait dans cette situation, crois-moi.» Il pose un doux baiser sur son front pour finir de la réconforter, avant de reprendre leur marche vers la villa qui n'est plus qu'à quelques pas.

Ils gardèrent le silence jusqu'à leur destination. Pendant qu'il échangea 2-3 mots avec Martha dans la cuisine, la jeune femme les observa tout en repensant aux dernières heures, aux dernières semaines précédant son séjour à La Barbade. L'analyse de sa vie, à ce moment précis de sa vie, continua à se faire bien malgré elle. À moins que ce ne soit elle-même, qui déclenchait enfin toutes ces réflexions, comme si pour une fois elle se sentait libre de penser, sous aucune influence.
En revenant près d'elle, il la tira de ses pensées.

«Viens avec moi, ce sera prêt dans quelques minutes. On va prendre place à table. Martha ira les prévenir dans un instant. Avant qu'ils n'arrivent, prenons une bonne dose d'air pur avant qu'il ne se change en putréfaction d'ici la fin de la soirée.»

Il lui indique un chemin sur leur gauche qui les amène vers la pergola, au même endroit où ils ont tous pris leur petit-déjeuner.

La table y était dressée magnifiquement : des lanternes éclairaient l'espace à la lueur de bougies non seulement sur la table mais aux alentours, étant réparties à proximité dans le jardin et certaines étaient même suspendues à différents endroits de la pergola. La table n'était pas trop grande, laissant suffisamment de place pour laisser le grand arrangement composé de fleurs blanches et violettes, occuper le centre sans fermer la vue des convives, mais apportant surtout une touche délicate et élégante à cette décoration sobre.

En parfait gentleman, il aide Jessica à prendre place dans la chaise qu'il lui a indiquée, puis vient s'installer sur sa gauche, rapprochant quelque peu le siège pendant qu'ils sont encore seuls. Non loin de lui, une bouteille de vin blanc attend bien au frais, d'être servie. Il en verse dans chacun de leur verre, sans dire un mot, puis lève son verre vers l'actrice pour porter un toast.

«On trinque à quoi ?» Le visage de Jessica est à nouveau aussi reposé et détendu que lors de son escapade sur la plage de la propriété. Elle est radieuse.

«À ces vœux qui méritent de se réaliser !»

Trouvant que ces mots voulaient tout dire, elle leva son verre et pris une gorgée pour en officialiser la demande, comme le veut la tradition, avant de le reposer devant elle.

«Encore une fois … à moins que je ne me trompe, ceci te représente parfaitement.» Elle lui désigne d'un geste ample du bras, tout l'espace les entourant.

«Quoi, un côté fleur bleue ?» Il sourit, amusé.

«Ça ne représente qu'une facette de la médaille … le menu, j'en suis certaine, illustrera l'endos. Essayons de deviner un peu … » Elle fait mine de se concentrer, fermant en partie ses yeux. «Langoustes sur canapé de la mer – Saint-Jacques flambées et Surprise Antillaise glacée. Est-ce que je me suis bien débrouillée ?

«Admirablement … surtout pour être passé par la cuisine auparavant.

«C'est exactement ce que je disais : mélange d'élégance et de grandiose. Est-ce que Martha cuisine toujours d'aussi exquises choses chaque jour de la semaine ?» Elle prend une nouvelle gorgée de vin.

«Le menu est adapté selon les invités. J'ai eu mes sources pour cette fois.

«C'est gentil, merci.

«Ça fait plaisir.» Il s'est rapproché de son visage pour lui répondre. «Je suis pas sûr par contre qu'elle n'ait pas une légère allergie aux fruits de mer.» Ils se regardent un instant et se laissent à rire de ce qui va se passer par après.

«Quel dommage, c'est immanquable quand on est sous les Antilles, comme si on était allergique au rhum, non mais t'imagines ?!»

Le laissant finir son verre et se resservir, elle savoure sa prochaine gorgée, pensive.

«Quand on sera de retour sur le continent, je demanderai quelqu'un d'autre pour s'occuper de ma protection ainsi que pour mon suivi psychologique. Je ne vois pas pourquoi je dois continuer à accepter ça, je suis trop conne à ne rien dire, à ne pas les déranger parce que c'est le F.B.I. et qu'ils n'aiment pas être perturbés inutilement. Déjà qu'ils doivent s'occuper de moi alors qu'ils ont d'autres chats à fouetter.

«Prendre des décisions importantes n'est jamais une bonne chose quand on a bu !

«Tu ne me verras jamais saoul et là, je suis très loin de l'être. Et puis, ce n'est pas toi qui m'a livré ta philosophie cet après-midi à propos des réflexions profondes qu'on peut avoir en vacances ?» Elle garde ses yeux plantés devant elle, fixant l'arrangement floral.

«Tu appliques toujours tout ce que l'on te dit ?

«Je fais toujours un tri avant de décider quoi garder. Tu n'as fait qu'ajouter de l'eau au moulin.» Elle tourne son visage vers le sien. «Ne te sens responsable de rien dans ma décision.

«Très bien … si c'est ce que tu veux vraiment, alors fais-le.» Martha vient de mettre une musique d'ambiance afin que cette soirée soit telle que demandée. «Ah, parfait timing !» Mike se lève, tend une main vers Jessica. «Une danse pour se mettre en appétit ?

«Comment refuser.»

Sans se faire prier, elle lui donne sa main et à son tour quitte sa chaise. La pergola étant très grande, il y a plus loin sur la droite un bel emplacement qui inspirerait n'importe qui à se laisser porter par les notes de musique, sous les chandelles. Tout à fait calme et sereine, la jeune femme dépose son autre main dans le dos du jeune homme qui a commencé à suivre le rythme imposé par cette lente et douce mélodie, quelque chose dans un répertoire de jazz. Au bout de quelques secondes, elle pose sa tête contre sa poitrine – il est de très grande taille et même si elle porte des talons hauts, il y a encore une différence – fermant les yeux, se sentant bien. Appréciant de la voir se relâcher autant, il pose une joue sur le haut de ses cheveux, satisfait. Le hasard fera qu'ils resteront ainsi jusqu'à la fin du morceau où Anthony et Nancy feront justement leur apparition sous la pergola, après avoir été prévenus par Martha que le dîner était prêt.

Chapitre XVI

Bridgetown - Bureaux du F.B.I – La Barbade, plus tôt

Grégory Bark, depuis que son équipe est retournée à la pêche aux informations, restait pensif, les yeux rivés sur les nombreuses feuilles de papier étalées sur toute la longueur du bureau, devant lui. La sonnerie de son cellulaire le tire de sa réflexion. En voyant de qui provenait l'appel, il se leva d'un bond et alla fermer la porte du bureau, avant de retourner s'asseoir sur son siège. Enfin, il ouvre son appareil en prenant une rapide inspiration. Il attend beaucoup de cet appel.

«David. Tu as déjà été plus rapide dans le passé pour fouiller les poubelles des autres, tu perds la main, vieux !» Bark fait volontairement un peu d'humour, plus pour se détendre qu'autre chose, à vrai dire.

«Ce n'est pas n'importe quelles poubelles que je dois remuer. Tu n'as pas idée des appels que j'ai dû passer.

«Qu'est-ce que tu as pu trouver sur lui ?

«Maxwell Gattier est un homme qui a définitivement le bras très, très long, si tu vois ce que je veux dire.

«J'avais remarqué.

«Non Greg, je n'ai jamais vu un tel soutien, on dirait une confrérie. Je vais chercher l'information à un endroit, c'est le silence, je m'en vais à un autre, c'est pareil.

«Comment ça, tu n'as rien trouvé ?» Bark est très étonné.

«Ce qu'on m'a donné à manger, ce sont les mêmes miettes que la presse peut obtenir ou n'importe qui d'ailleurs, ce que toi et moi savons déjà. Maxwell Gattier est né en 1950 à Long Island dans l'État de New York. Ses parents – Éthel et George Gattier - étaient tous deux médecins à New York, en cabinets privés sur Central Park, œuvrant pour ceux qui avaient les moyens d'ouvrir leur portefeuille. D'un parcours sans tache, leur fiston est marié depuis 1978 à Philis Crenshaw qu'il connaît depuis l'université de Columbia ; elle a arrêté de travailler comme conseillère familiale depuis qu'il a rejoint le F.B.I, peu de temps après leur mariage. Ils ont deux enfants : un fils de 20 ans – Brian qui étudie les arts plastiques à Chicago – et une fille de 17 ans – Sophia première de sa promotion qui ne semble pourtant pas encore trop savoir où se diriger, tous deux apparemment sans problèmes.

«Effectivement, je connais déjà tout ça.

«Pas le moindre blâme dans toute sa carrière, que ce soit autant à l'armée qu'auprès de l'agence.

«À croire qu'il est parfait.» Grégory prend un ton plus léger. «Et son changement de poste ?

«Apparemment, les hautes pontes sont tellement impressionnés par ses états de service qu'il y a moins d'un an, ils lui offrent un poste créé sur mesure à New York. Tu sais les unités qui n'existent soi-disant pas.

«D'accord … ce gars n'a rien à se reprocher et il a tout pour lui. À quel moment alors ça déraille parce qu'on a bien un inconnu qui endosse l'identité d'un agent du F.B.I, qui se fait passer pour lui, le tout sous couvert de Gattier.

«C'était la première partie de mon exposé.

«Je savais bien que tu trouverais mieux que ces miettes mon ami.» Les yeux de Bark pétillent d'impatience. «Alors, dis-moi tout.

«Je n'ai rien de concret ou de certain, juste des rumeurs qui voudraient que Gattier possède des actifs dans des compagnies, certaines bien implantées en Irak, Syrie ou en Colombie. Elles ont toutes à cœur de participer à la reconstruction des infrastructures, à la sécurité de la population, aux soins de santé, à l'éducation … bref des domaines et des pays dans lesquels se fondre dans la masse est aussi facile que de téléphoner pour commander une pizza.

«Attends un instant, tu insinues qu'il participe au blanchiment d'argent ? C'est gros ça David, impensable même !» On peut percevoir un léger doute dans sa voix. «La conclusion est certainement la bonne mais je ne peux croire à une telle chose.

«Dans la mesure où ce sont des rumeurs … il n'y a rien de certain, rien à prouver.

«On sait qu'il n'est pas le seul malheureusement au sein du Gouvernement, de l'État-Major ou des deux grandes Institutions Américaines à se faire de l'argent ainsi. C'est lamentable ! On ne pourra jamais rien prouver et si on veut creuser davantage, ce sont nos vies qui seront menacées.» On peut sentir le défaitisme dans la voix de Grégory.

«Ça n'a pas pris une heure pour que je reçoive déjà de fermes menaces quant à mon poste, à ma vie ou celle de ma famille. Tu te rends un peu compte Greg, des menaces à un Sénateur !! Il n'y a rien qui peut les effrayer, je ne suis rien pour eux, une mouche sur leur chemin.

«Tu les crois sincères leurs menaces ?

«L'argent dirige le monde Greg, le Bureau n'est pas différent.

«Enfin tout ça n'a pas le moindre sens. Je ne comprends pas quel est le rapport avec Maxwell Gattier et cet inconnu qui visiblement a voulu être sur le cas Redon. Se faire de l'argent d'une façon des plus contestable c'est une chose, mais ça ?» Bark se tourne vers la seule fenêtre de son bureau, passant une main dans ses cheveux qu'il ébouriffe lentement, comme à chaque fois qu'une situation sent le soufre.

«Je n'avais pas complètement fini, mon gars. Les actifs dans les compagnies, ça date d'il y a 5-6 ans peut-être. Je n'ai pas pu avoir de confirmation de ce côté-là.» Le ton de voix de David Sectum est léger mais mystérieux.

«Pourquoi est-ce que j'ai l'impression que tu me gardes le meilleur pour la fin ?» Un sourire se dessine sur les lèvres de Grégory Bark, avide de réponses.

«Il semble bien impossible de dégoter la moindre information pertinente et/ou la moindre preuve utilisable sur son compte mais ça n'est pas le cas pour toute sa famille.

«Dis-moi tout David !

«C'est beaucoup plus difficile de réussir à garder la vie de ses enfants clean, et les traces sont aussi accessibles qu'un hot-dog, crois-moi. L'aîné, Brian, a été arrêté plusieurs fois … bon d'accord il ne s'agit que de la police du campus mais ça reste malgré tout intéressant.

«Qu'est-ce que ce fils de bonne famille a fait ?

«Pas grande chose à vrai dire, il aime bien les fêtes arrosées, les filles et la marijuana.»

En entendant le dernier mot prononcé par Sectum, une étincelle brilla dans les yeux de Bark.

«On dirait que les arts plastiques ne sont pas les seules choses que Brian souhaite étudier dans la vie.

«Attends, ce n'est pas tout. Certains mouvements féministes du campus disent qu'il y aurait eu deux plaintes déposées contre lui pour agressions sexuelles mais les filles auraient à chaque fois changé leur version des faits peu de temps après. Toute enquête a été tuée dans l'œuf. Mais tu vas aimer ce qui va suivre : il a été arrêté une fois au Mexique pour possession de drogue.» En constatant que Bark ne disait mot, Sectum sut qu'il avait fait mouche auprès de son ami. «Et non, encore une fois, pas d'inquiétude à avoir face aux autorités locales, que nous savons pourtant implacables.

«J'aimerais savoir de quelle façon son père l'a tiré de là.» Grégory Bark attend avec excitation la réponse à sa question.

«En fait, il ne semble pas que ce soit son père qui l'ait tiré de ce faux pas.

«Quoi ?

«C'est exactement ce que j'ai dit moi aussi Greg mais non, ce n'est pas son père qui a allongé le bras pour le sortir de là. Je n'ai pas réussi à trouver cette information. À croire qu'un bon samaritain a eu pitié de lui.» David Sectum rit à l'autre bout du téléphone.

«Quelqu'un qui lui évite la prison mexicaine … Gattier est redevable pour ce geste.

«C'est évident. Je peux simplement te dire que les faits se sont déroulés au mois de septembre 2009.

«Septembre 2009 … » Bark répéta d'une voix monocorde la dernière information, une nouvelle étincelle s'alluma dans les yeux. «C'est pratiquement à la même époque que la tentative de meurtre sur Jessica Redon a eu lieu … en fait, c'est exactement au même moment.» Il s'étonne de cette coïncidence.

«Tu plaisantes ?!» Sectum a perdu sa voix fluette.

«Elle a été hospitalisée le 13 … le Bureau ne lui a attribué qu'en janvier 2010 un agent pour assurer sa protection, au moment où elle a quitté l'établissement pour reprendre le cours de sa vie.

«L'agent Anthony Masson. Je ne voudrais pas être à ta place en ce moment, mon vieux.

«Ah oui !?!» Lui non plus ne voudrait pas être au milieu de cette merde s'il en avait le choix.

«Écoute, je ne ferai pas davantage de recherche. Je tiens vraiment à mon poste mais par-dessus tout, à la vie des miens, désolé.

«Ne t'en fais pas pour ça David, tu as déjà pris suffisamment de risques pour moi. Je te suis effectivement redevable.

«Ouais, ne t'inquiète pas pour ça. Je te le rappellerai en temps voulu, en attendant, soit prudent. Tu te retrouves pris dans un nœud de vipères, te fais pas mordre !»

Bark, sans rien répondre, appuya sur une touche du téléphone et mit fin à la communication, toujours l'esprit absorbé par tout ce qu'il venait d'apprendre.

Assis dans son fauteuil, il fixait un point devant lui, les yeux dans le vague, l'analyse continuait à se faire dans son cerveau mais un coup frappé à la porte du bureau le ramena au moment présent. Il fait signe à son équipe d'entrer.

«Pour faire bref, il est impossible à trouver quoi que ce soit d'incriminant sur Maxwell Gattier mais son fils Brian, nous donne de la matière à revendre. Il a été pris en possession de drogue au Mexique mais au lieu d'être arrêté et emprisonné, un bon samaritain – pas son père, le tire de là. Le tout se déroule à la même époque que la tentative de meurtre de Jessica Redon – septembre 2009. Des rumeurs veulent que Gattier possède un nombre important d'actifs dans diverses compagnies écrans depuis environ cinq ans.» Bark n'a pas laissé le temps aux autres de commenter, il est trop excité par les nouvelles reçues qui amènent de l'eau au moulin.

«Votre source vous a communiqué ces informations ?» Michael Kettle le regarde intéressé et intrigué. Son patron le lui confirme par un signe de tête.

«Est-ce que ce bon samaritain pourrait être une organisation criminelle, d'importance ? Quelque chose de fantomatique, de discret mais d'efficace.» Anita Weber regarde chacun à tour de rôle, comme pour sonder leur opinion.

«Ils ont des moyens, c'est évident, ils trempent dans pas mal de choses et sur plusieurs continents, ça aussi c'est clair. Tout est à parier qu'ils rendent service à différentes personnes en haut lieux en les tirant d'un mauvais pas, ils leur permettent de se mettre de l'argent dans les poches pour que ça les intéressent et en contrepartie ils leur demandent de garantir leur invisibilité et de menus services au passage. Bien pensé ! Bon, cela étant plus clair, les dossiers concernant la mort des parents Redon, je vous écoute, rafraîchissez-moi la mémoire, faites-moi voir ce que j'ai manqué.» Il les observe, ne cachant pas son sourire. Enfin une avancée depuis ces dernières heures.

«Nous pensons justement avoir trouvé quelque chose.» Marry Dexter se lance la première. «Il s'agit d'un détail assez troublant.

«Je vous écoute, Marry. De quel détail s'agit-il ?»

Au moment où la jeune femme allait se lancer dans ces découvertes, Jason Gloves entre dans le bureau, la mine défaite.

«La police vient de retrouver la voiture de l'agent White ... calcinée. Apparemment, une sortie de route du haut d'une falaise, dans le coin de St Marks et Conset Bay. Il y a un corps à l'intérieur.» Il a de toute évidence, par l'émotion, du mal à finir sa phrase.

«Je suis sincèrement navré Gloves, j'aurai voulu une issue différente.

«L'identification pour le Queen Elizabeth a commencé. Il n'y a plus qu'à attendre pour James Connolly et Séraphin Lourdechèse. Ils ont sorti une vingtaine de cadavres, entre l'explosion et l'incendie qui a suivi ...» Il se fait malgré lui, messager de mauvaises nouvelles. Toute l'équipe de San Francisco a la mine attristée, comme on pourrait s'en douter. Bark a perdu son sourire. Est-ce qu'il faut s'attendre à encore d'autres morts d'ici à ce qu'ils mettent la main sur l'actrice ? Il espère que non, il y en a eu déjà beaucoup trop. «Malgré tous ces drames, il y a peut-être bien une ouverture pour vous.» Grégory écoute plus attentivement son confrère. «Sur les réseaux sociaux, il y a un certain nombre de recoupements que mes hommes ont pu faire. Plusieurs personnes qui confirment avoir vu Mademoiselle Redon faire du tourisme dans le District Sud, à l'heure actuelle, possiblement à Small Ridge.

«Je veux une équipe d'intervention au plus tôt sur la route, Gloves vous venez avec.» Grégory a sauté à bas de son fauteuil comme un diable sortirait de sa boîte, l'adrénaline enfin un peu en action. «Vous restez ici, je veux savoir ce que vous avez trouvé, je vous appelle dès qu'on est en chemin.» Il s'est rapidement adressé à son équipe qui le regardait partir comme une furie, non sans être content de savoir qu'il y a enfin quelque chose qui va donner des résultats.

Jason Gloves avait déjà pris les devants de Bark, et composé une équipe réduite – il n'y a de toute façon bientôt plus grand monde qui reste de disponible, étant tous occupés sur divers sites en cours. Répartis dans deux voitures, équipées d'armes de plus gros calibre, après tout, ils ne savent pas exactement quelle situation va les attendre là-bas. Les deux hommes ont enfilé des gilets pare-balles avant de grimper chacun dans un véhicule. Cinq minutes plus tard, le convoi quittait le stationnement arrière et fonçait, toutes sirènes et lumières allumées pour leur dégager le passage jusqu'à qu'ils aient rejoint l'autoroute Errol Barrow.

«Qu'est-ce qu'il y a à Small Ridge ?» Bark posa la question dans son oreillette, afin de pouvoir communiquer avec Gloves ou n'importe lequel des hommes présents. En même temps, il saisit son cellulaire et appela son équipe restée dans les bureaux de Bridgetown.
«L'un des meilleurs restaurants de l'île !»

Les deux voitures banalisées noires, aux vitres teintées, fonçaient sur l'autoroute, laissant dans leur rétroviseur les véhicules qui ne dépassent pas la limite autorisée, les sages et respectueux conducteurs. Dans chacune des voitures, cinq hommes armés, incluant Jason Gloves et Grégory Bark, qui fermait la marche.

«Gloves, on arrive dans combien de temps ?
«Si tout va bien, d'ici une quinzaine à la vitesse où l'on roule.»

Bark vient justement d'établir la communication à l'autre bout de son téléphone avec son équipe.

«Ok, qui est-ce qui commence les révélations, parce que j'espère que c'est ce que vous avez prévu de faire ?
«Il y a eu un meurtre, ce matin-là plus tôt, le jour où les Redon sont décédés.» Anita commence le bal.
«Le collègue de travail d'Alexander Redon - Jason Perry – a été retrouvé mort sur la plage de Reeds Bay – à la hauteur de l'Autoroute 1B et de la 1ère Avenue, le même 23 Mars où les parents de Jessica ont perdu la vie dans l'explosion de leur bateau. D'après le légiste, il est mort autour des 6h30 du matin après avoir été abattu d'une balle dans la tête.
«Et le couple Redon est mort quant à lui, à 7h06 précisément, au large de Gibbs Bay.» Michael Kettle continue l'énoncé entamé par Marry Dexter.
«Et la petite Jessica perd la mémoire quelques heures après l'explosion.
«Oui, je me souviens très bien de tout cela. Où se trouve le détail qui tue dans tout ça ? … sans faire de mauvais jeux de mots.» Bark a toujours le chic pour malgré lui faire de l'humour avec des situations qui

sont toutes sauf amusantes ; c'est le stress et l'anxiété qui résultent de ce genre de remarques qu'il préfèrerait éviter.

«Il n'a jamais fait le moindre doute au cours de l'enquête, que Jason Perry a été tué suite à ce qu'on a appelé une agression qui a mal tournée. Par contre, fait intéressant, les légistes ne parviennent toujours pas à déterminer avec certitude s'il s'agissait d'un meurtre ou d'un accident pour les Redon.

«Même si tout le monde pense qu'il s'agit d'un meurtre.» Ajoute Anita Weber, en coupant la parole à Marry Dexter.

«Pourquoi Jessica n'était pas avec eux sur le voilier ce matin-là ?» Michael Kettle pose la question sur un ton léger, ce prenant au jeu de son patron, malheureusement ce dernier ne semble pas l'apprécier.

«Si je me souviens bien, c'était une sortie prévue pour le couple uniquement.» Grégory commence à s'impatienter, ne voyant toujours pas où son équipe veut en venir.

«Effectivement, une sortie en amoureux. Leur fille a été confiée la veille au soir à leurs amis, les Perry.» Michael se reprend rapidement.

«Il faut savoir que ce ne sont pas les parents qui ont pris la décision de confier l'enfant mais les Perry eux-mêmes qui en ont fait la suggestion, enfin je devrais plutôt dire Lydia, l'épouse. Les deux familles étaient vraiment très proches, ça n'était pas la première fois que Jessica restait avec les Perry.

«Alors pourquoi est-ce qu'elle était sur le ponton ?

«Oui, dites-moi donc Marry, pourquoi la gamine était sur ce foutu ponton pour probablement saluer ses parents ? J'ai comme une ébauche de curiosité.» Grégory Bark se désespère d'avoir enfin l'explication.

«N'oubliez pas qu'il est tôt, ce dimanche matin. Le voilier a explosé à 7h06, il mouillait au large, les Redon ont utilisé un pneumatique pour relier la plage au voilier. La maison des Perry se situait un peu plus loin que celle des Redon. À quelle heure Jessica s'est-elle donc levée pour demander à Lydia de l'amener à la marina ?

«Mais surtout pourquoi demande-t-elle à aller saluer ses parents alors qu'elle l'a déjà fait la veille au soir ?»

On peut sentir l'impatience chez Grégory Bark, qui passe lentement son index le long de la racine des cheveux, baissant légèrement les yeux.

«D'autant que les rapports suggèrent plutôt que Jessica ait rejoint Lydia Perry sur la plage. Ce n'était pas une requête. Ok, je vois que vous vous posez beaucoup de questions, fantastique, mais j'attends toujours ce fameux détail qui m'a échappé.

«Nous y venons Monsieur, nous y venons.

«Venez-y rapidement dans ce cas, Michael, je crains de ne pas avoir suffisamment de temps devant moi pour jouer aux devinettes.

«D'après tous les témoignages qui ont été recueillis, et surtout d'après celui de Lydia Perry, c'est son fils qui a insisté pour que Jessica reste avec eux.» Marry Dexter commence la première l'explication.

«Pour le mari, on sait qu'il avait l'habitude de se balader très tôt, le long des plages qui relient les baies de Reeds, Gibbs et Mullins, une façon de faire le vide ou autre.

«C'est très intéressant ce que vous me dites mais je le sais déjà. Vous pensez que je ne suis pas capable de lire ou encore de comprendre ce qu'il y a dans un rapport.»

Les trois collègues s'entendent rapidement par laisser à Michael le soin de finir l'explication, sentant leur patron à bout de patience.

«Des témoins ont vu arriver, juste quelques secondes après l'explosion, le gamin sur le bord de la plage ... le fils Perry. Pourquoi il les y a rejoints comme par hasard juste à ce moment-là ?

«C'est écrit qu'il est arrivé essoufflé, il aurait visiblement couru.» Marry Dexter s'empresse d'ajouter ce détail.

«Je vais enfin savoir pourquoi je supporte vos explications depuis 10 minutes alors qu'on est déjà au fait de ces éléments-là.

«Si ce qu'on peut lire est exact, Monsieur, le gamin a été plus anéanti par l'état de santé de Jessica que par la mort de son propre père. Il aurait particulièrement été affecté par son départ de l'île, quelques jours plus tard.

«Ça y est ... c'est tout ?! Voilà toute votre explication. Ce fameux détail qui tue ... c'est une blague ou quoi ... Les adolescents réagissent souvent de façon incompréhensible et très exagérée, c'est un mystère pour personne.

«Peut-être et peut-être pas, Monsieur.» Michael Kettle ne perd pas la face et continue son explication. «Ça peut être la réaction d'un adolescent qui a quelque chose à se reprocher, tout autant que celle d'un ado amoureux d'une camarade.

«De quelle nature était la relation de ce gamin avec ses deux parents ?

«Il n'avait pas de problèmes, hormis les idioties que tous les adolescents font à son âge. Il semble qu'il était sain de corps et d'esprit, Monsieur, pas de casier, pas de poursuites. Une ou deux plaintes de voisinage mais c'était plus des farces de gamins mal pris par des vieillards. Rien d'inquiétant. Pour autant qu'on sache, il avait de bons rapports avec eux.» Anita Weber répond à son patron après avoir jeté un rapide coup d'œil à ses notes.

Grégory Bark qui a écouté patiemment, pose ses yeux sur le paysage qui défile rapidement à l'extérieur, réfléchissant.

«Vous ne m'avez pas montré de parallèle avec la situation présente. Quel est le lien entre tout ça ? J'ose encore croire que si vous me racontez cette histoire, c'est au moins par rapport à quelque chose qui se passe à notre époque. Alors de quoi s'agit-il ?

«Le lien qui existait entre le fils Perry et Jessica, particulièrement à cette époque, nous a rappelé un autre comportement … presque similaire.» Marry Dexter utilise un ton légèrement hésitant.

«Ah oui ? Je n'ai pas lu dans les derniers rapports de l'agent Masson, mention d'un homme qui … » Il s'interrompt de lui-même un bref instant puis reprend sa phrase. «Oui … avec les derniers événements, difficile d'attester désormais de la véracité des propos de Barty.

«Justement Monsieur, c'est à lui qu'on pense.

«Qu'est-ce que vous sous-entendez exactement ? C'est le travail de l'agent de protection d'être avec elle 24h/24h et 7j/7, d'être vu partout avec elle, de la coller comme une sangsue. Malheureusement pour nous, elle évolue dans un milieu professionnel où les journalistes sont à l'affût de la moindre photo intéressante et invente des liaisons comme autant d'ours polaires en Alaska ! Il est facile de le voir comme amoureux d'elle.

«C'est un élément que nous n'ignorons pas Monsieur, malgré tout, il y a quelques petits signes.»

Bark, pensif, essaie de se remémorer quels types de rapports ce Barty entretenait avec Jessica Redon, en particulier des notes qu'il a lui-même misent à son dossier. Il y voyait un comportement qu'il n'était pas certain de rester dans les limites professionnelles.

«Vous pensiez plus tôt que ce Barty peut agir pour le compte de quelqu'un, pourquoi pas le fils Perry ?

«Si j'ai bonne mémoire, le gamin est mort dans un accident de voiture il y a plusieurs années.» Bark, une fois de plus, ne voit pas où son équipe – dont il commence à questionner l'efficacité – veut en venir, mais voulant leur donner une dernière chance avant de raccrocher, le convoi se rapprochant de leur destination, il relance leur conversation sur le même sujet. «Qu'est-ce qui s'est passé pour le fils Perry après la mort de son père déjà ?»

Anita Weber est la première à répondre à son patron.

«À vrai dire, on ne sait pas grand-chose. Les témoins parlent de lui comme de quelqu'un qui s'est renfermé sur lui-même après les événements. Il était apparemment assez déprimé.

«Finalement, ce gosse avait de l'affection pour son père, quoi d'autre ?

«Quelques mois après, il est mort dans un accident de la route. Sa mère a été très affligée, elle décéda à son tour dans la lancée, le chagrin semble-t-il.

«Un destin bien tragique pour cette famille, quelle tristesse.» Après quelques secondes de réflexion, Bark semble être piqué de curiosité autant que d'agacement. «Mais s'il est mort, pourquoi avoir amené ça sur le tapis ?

«Son corps n'a jamais pu être identifié avec certitude.» Michael Kettle répond avant sa collègue.

«Même si l'empreinte dentaire dit que c'est bien lui.» Marry Dexter enchaîne.

«De quel type d'accident de la route il s'agissait ?

«Sa voiture a fait une embardée de nuit, du haut d'une falaise près de Long Point. Même si par un miracle des plus spectaculaires il aurait pu survivre à la chute, le véhicule a explosé avant de finir sa course, ce qui explique la difficulté qu'il y a eu pour l'identification du corps.» Anita finit l'explication.

Alors que le convoi quitte à présent l'autoroute Tom Adams, il emprunte la route de Kingsland Gall qui va leur permettre de rejoindre Cave Hill puis enfin Small Ridge.
Dans son oreillette, Bark entend Jason Gloves dire qu'ils ne sont vraiment plus très loin désormais. Il peut voir à l'intérieur de son

véhicule que tout le monde vérifie méthodiquement le chargeur de leur Beretta – un autre de rechange étant coincé du côté gauche de leur gilet pare-balles. Les pistolets mitrailleurs ne sont pas oubliés non plus dans cette dernière vérification. Même si certains types de munitions sont désormais capables de traverser les gilets, ils restent un outil vital qui peut toujours leur sauver la vie.

Pendant ce petit rituel, les visages sont tendus et concentrés. Par automatisme, alors qu'il est encore au téléphone avec son équipe, il procède à la même vérification pour sa propre arme mais tant qu'il n'en a pas besoin, il ne tient pas à la garder en main. Bien qu'il soit un très bon tireur, il préfère de loin éplucher des dossiers derrière un bureau, faire travailler ses neurones plutôt que de courir dans les rues et d'utiliser son arme. L'affaire Redon, et plus particulièrement le cas de Jessica, le ramène sur le terrain et dans l'action, ce qui ne l'enchante qu'à moitié. Cela remonte à quelque temps maintenant, la dernière fois qu'il est allé sur le terrain de la sorte mais depuis qu'il est monté dans l'avion qui les a amenés sur l'île, il attend ou redoute le moment qui le tirera de derrière son fauteuil. Son instinct lui dit qu'il pourrait bien s'agir de celui-là et pourtant il ne s'agit que de cueillir l'actrice dans ce restaurant.

À présent que les véhicules ont quitté l'autoroute, ils se retrouvent sur une route de campagne, cabossée par endroit, entourée par des arbres. La réception satellite est plus mauvaise sur cette partie du territoire et la communication se fait plus difficile.

«La réception est mauvaise par ici. Écoutez, on est plus très loin maintenant mais si j'ai bonne mémoire, le gamin était alors âgé de quatorze ans à l'époque des faits ...
«Quinze, Monsieur.» Michael Kettle l'interrompt, ne cachant pas son excitation.
«Soit, quinze ans Monsieur Kettle ça ne change pas le fait que même à La Barbade, il n'avait pas l'âge légal pour être derrière un volant.
«Il ne conduisait pas Monsieur, comme vous l'avez souligné. C'était un ami à lui qui était au volant ... »

Grégory Bark n'a pas la possibilité d'entendre la suite de ce que Marry Dexter a commencé à lui révéler parce qu'exactement au même moment, l'un des hommes de Gloves, assis à côté de Bark et regardant par la fenêtre du véhicule, laissa échapper un juron entre ses dents, attirant du coup son attention.

«Non de dieu ! Qu'est-ce que c'est que ça ?» Ses yeux fixèrent au loin une petite trainée de fumée.

L'intervalle est tellement court que personne n'a eu le temps de réagir. La première voiture du convoi, qui les devançait de quelques secondes, explosa dans une gerbe de feu impressionnant. Le souffle l'a projetée en l'air sur plusieurs mètres et la fait se retourner, avant d'atterrir proche du deuxième véhicule, à l'envers. Grâce à de très bons réflexes, le chauffeur de la deuxième voiture appuya à fond sur la pédale de frein et réussit à la stopper, évitant de peu la carcasse en feu. À l'intérieur, le centième de seconde qui s'écoula, pendant lequel tous les occupants étaient sous le choc de ce qui venait de se passer, se ressentit presque comme une éternité. Mais tout de suite Grégory cria aux autres de sortir de la voiture et de se mettre à couvert derrière les portes ouvertes.

De là, tout s'enchaina assez rapidement. Des coups de feu sont tirés en rafale de la forêt qui les entoure, ne leur laissant que peu de champ de manœuvre pour se déloger de là, ou pour riposter et faire mouche. Chacun, à l'aide de son arme, tire un peu à l'aveuglette. La position qu'ils occupent entre les deux portes ouvertes de chaque côté du véhicule ne leur permet absolument pas d'avoir une vue dégagée et donc de pouvoir voir clairement d'où les coups sont actuellement tirés, d'autant qu'à cet endroit, la luminosité y est déjà plus faible, les arbres aidant à cacher la chute du soleil.
Le gilet pare-balles les protège mais ils doivent rester baissés pour que leur tête ne serve pas de cible. Dans ces cas-là, il faut tirer au petit hasard la chance. C'est exactement pour des situations de ce genre que Grégory Bark redoute d'être sur le terrain. Rapidement, il vide son premier chargeur. Même si la voiture en feu devant eux apporte une certaine forme d'éclairage, ils sont bloqués.

«Il faut sortir d'ici où on va tous y passer !» Bark crie pour que le son de sa voix surpasse celui des pistolets mitrailleurs. Ils sont partis en sous-effectif et sous équipés pour cette intervention qui n'a jamais été sensée prendre une telle tournure. Ils n'en ont plus que pour quelques minutes de munitions, après ça …

Au même instant, un agent qui se trouvait non loin de Grégory s'écroula à terre, atteint d'une balle en pleine gorge. Comme les tirs ne semblent pas vouloir cesser, personne ne peut lui porter secours. Il reste étendu, seul, à vivre les derniers soubresauts de sa vie, les yeux rivés au ciel.

«Reprenez le véhicule et foncez en marche arrière.» Bark s'adresse au dernier agent restant encore en vie.
«Vous êtes fou ! On va se faire tirer dessus comme les autres.»

La tôle de la voiture est couverte de trous causés par les impacts de balles. S'ils ne trouvent pas rapidement une solution, non seulement le véhicule sera bientôt une passoire mais en plus, il n'y aura plus rien pour les protéger.

«Il faut tenter le coup …»

L'homme qui était à côté de lui, se fige un court instant, les yeux écarquillés, son visage exprimant la surprise et la douleur, une main à sa poitrine, sur son gilet pare-balles, précisément à l'endroit où il venait d'être touché. Grégory retient son souffle, espérant qu'il soit juste sous le coup de la douleur causée par l'impact de la balle qui se serait engouffrée dans le vêtement de protection. On peut s'en sortir avec un très méchant hématome. Malheureusement, un mince filet de sang finit par s'échapper d'un coin de sa bouche.

La pénombre commence à s'installer, comme si elle aussi ne souhaite pas lui faciliter la tâche.
Bark ne veut pas renoncer à croire qu'il va réussir à s'en sortir, même si à chaque seconde qui s'écoule, ses chances s'amenuisent. Le moteur du véhicule est resté allumé depuis le début de l'assaut. Aussi rapide et agile qu'un félin, il saute dans la voiture, enclenche la marche arrière et de toutes ses forces, appuie sur l'accélérateur mais en restant couché pour ne pas s'afficher à la hauteur des fenêtres – quoi que cela ne soit pas si pertinent puisque la carrosserie du véhicule est devenue un gruyère, il n'y a plus vraiment de bout suffisamment grand

pour le protéger. Dans cette position, il ne peut à l'évidence rien voir, donc il ne peut savoir où se dirige la voiture.

Les bas-côtés de la route, sont faits de fossés profonds. À peine le véhicule bouge que les pneus sont pris à partie par les tireurs toujours embusqués (étonnant qu'ils ne les avaient pas encore pris pour cible!) le forçant inévitablement à se jeter dans un des fossés, finissant sa course à l'envers. Comme il n'avait pu s'attacher, l'impact final l'a malmené et secoué. Les tirs cessent enfin d'un seul coup.
Une poignée des tireurs embusqués s'approchèrent prudemment de l'engin. Ils y trouvent inconscient ou en tout cas, loin d'être suffisamment alerte pour se défendre au moyen de son arme, Grégory Bark encore en vie.
Il s'est violemment cogné le coin de la paupière gauche, dans l'accident, et sa vue est brouillée par le sang qui s'écoule de la plaie. Il arrive à peine à distinguer les hommes qui l'attrapent, tel un sac de pommes de terre et le laisse tomber à terre un peu plus loin, sans le moindre ménagement.
On lui a évidemment enlevé son arme. Il est trop faible pour se défendre et tenter quoi que ce soit à présent. Un des tireurs s'approche de lui, s'arrête à la hauteur de son visage, lève la crosse de son arme et assène un coup sur la tempe du blessé, le mettant K.O.

«Mettez-le dans le véhicule et vérifiez qu'il ne reste personne de vivant.»

Désormais, la seule chose qui reste à voir sur cette route de campagne et de ce convoi banalisé, c'est une voiture en feu, une deuxième trouée de part en part dans un fossé et neuf corps sans vie.

Dans les bureaux du F.B.I. à Bridgetown, la communication avec leur patron a été coupée tellement vite, que l'équipe de San Francisco est restée interdite pendant quelques minutes, n'étant pas certaine de comprendre ce qui venait de se passer à l'autre bout du fil. Pendant les quelques brèves minutes où ils étaient connectés au cellulaire de Grégory Bark, ils ont pu percevoir le bruit de l'explosion, très caractéristique, et celui des coups de feu qui s'en sont immédiatement suivis. Après, ils n'avaient plus qu'un interminable silence. Depuis, rejoindre leur patron, Gloves ou n'importe lequel des hommes du convoi était devenu impossible.

Anita, Michael et Marry regardent avec angoisse Jesus Materra, l'officier le plus gradé dans les locaux depuis que le convoi avait quitté le bâtiment. Ils se retrouvaient en terrain inconnu, avec un personnel disséminé à l'extérieur, attendant que cet homme leur donne une marche à suivre (probablement que lui-même en espérait tout autant).

«Est-ce qu'on a tous entendu des coups de feu ?» Marry espère obtenir une autre réponse, refusant presque de croire à la tournure que les derniers événements venaient de prendre dans l'affaire Redon.

«Écoutez, je comprends que la situation est des plus critiques, on ignore complètement ce qui s'est passé sur cette route et même s'il y a des pertes. En tout premier lieu, il faut envoyer la police et des ambulances à l'endroit indiqué par les GPS.

«Je veux y aller.» Michael Kettle était étonné lui-même de qu'il venait de dire. «Je veux savoir exactement ce qui s'est passé là-bas, l'un de nous doit en être.» Il regarde à présent les deux femmes pour leur faire comprendre que personne ne l'y empêcherait.

«Très bien, allez-y. Je demande à ce qu'une voiture de police passe vous prendre.» Il se tourne maintenant vers ceux qui restent dans les locaux, devant lui. «J'ai suivi les derniers rebondissements, je suis donc au courant de tout ce que vous avez trouvé, sauf ce que vous n'avez évidemment pas eu le temps de dire à votre patron. En attendant, c'est moi qui suis en charge de la suite.

«C'était un piège … comment expliquer sinon ce qui vient de se passer.» Anita s'exprime librement puisqu'aucun élément ne leur permet, pour le moment, de connaître la situation.

«C'est fort probable, en effet, mais je ne veux pas sauter trop vite aux conclusions. L'explosion au Queen Elizabeth était déjà quelque chose d'envergure, si c'est une embuscade qu'ils ont essuyée … là on passe à un degré supérieur. Il nous faut savoir si Bark et Gloves sont encore vivants, en parallèle, je veux qu'on continue à avancer dans ce dossier. Je pense que tout le monde est d'accord pour dire qu'il y a quelqu'un qui se donne un mal de chien pour que Mademoiselle Redon reste introuvable.

«Quels que soient ces gars, ils savent que nous n'avons pas les effectifs. Ils nous ralentissent, voilà ce qu'ils font.» Marry ne se gêne pas pour montrer que tout ce qui se passe l'écœure.

«Ok ... je vous en prie, reprenez vos esprits. C'est le moment de retrousser nos manches.»

Materra frappe dans les mains pour encourager les hommes et les femmes qui sont désormais sous ses ordres, dans un dossier complexe à souhait.

Chapitre XVII

Mendocitos – Congor Bay - La Barbade

Par miracle, le dîner s'est déroulé sans la moindre anicroche entre les femmes. Nancy a été courtoise au possible avec Jessica, gardant les sujets de conversation entre elles aussi superficiels qu'ennuyeux mais puisqu'Anthony lui a demandé de parler chiffons, la thérapeute lui a fait plaisir. Cette accalmie n'a pas rassuré pour autant l'actrice qui s'attendait toujours à chaque instant à se faire massacrer copieusement. C'était donc pour elle un dîner à moitié savoureux.

Heureusement qu'il y a eu des compensations, comme le fait de voir la tête de Nancy en découvrant qu'elle se retrouvait avec un simple poulet-salade (même si le tout a été apprêté de façon antillaise), son allergie aux fruits de mer la privant des délices que les autres ont eu. Ils étaient au moins deux à table à en être content. Mike a justement tenu promesse en faisant en sorte que la jeune femme réussisse, malgré tout, à passer un bon moment, après tout il est l'hôte des lieux et elle est son invitée de marque.

Ils n'avaient plus devant eux que l'arrangement floral central et les verres de vin, la table était desservie ; l'ambiance était joyeuse. Alors qu'Anthony était en train d'essayer de raconter une anecdote particulièrement cocasse, son ami saisit son cellulaire pour jeter un coup d'œil au message qu'il venait de recevoir. C'est bien pratique cette fonction de vibration quand on ne veut pas déranger tout le monde autour de soi. Sans rien laisser paraître sur son visage qui était détendu, il prend connaissance du contenu, saisit quelques mots sur le clavier puis range l'appareil à nouveau dans la poche de son pantalon.

«Est-ce que ça n'est pas incroyable ?!» Nancy n'en revenait tout simplement pas de ce qu'elle venait d'entendre, elle se tourne vers lui pour obtenir une confirmation. «Mike, il dit la vérité ?

«J'ai entendu cette histoire plus d'une fois depuis que ça lui est arrivé, j'ai bien peur que tout soit vrai, il n'a même pas pris la peine d'exagérer quoi que ce soit !» Il rit de bon cœur avec les autres. «Parlant d'exploit … je pense que j'ai la parfaite fin de soirée pour vous. Les derniers rayons de soleil nous quittent, ça va être parfait.

«Mon dieu, que de mystère. De quoi s'agit-il donc ?» L'actrice est intriguée.

«On a tous les éléments pour faire de la plongée sous-marine.

«Pardon ? Mais il va faire nuit dans quelques instants, comment est-on supposé voir quoi que ce soit sous l'eau ?» La thérapeute le dévisage de façon peu amicale.

«Non seulement la lune est pleine en ce moment, nous donnant une luminosité incroyable, mais il n'y a pas à s'inquiéter, j'ai les lampes nécessaires. Alors qui est partant ?» Il jette un regard invitant autour de lui.

«Je trouve que c'est une excellente idée, qui plus est, ça va faire du bien de se rafraichir, il y a pas mal d'humidité aujourd'hui et l'air reste lourd.» Jessica semble très emballée par l'idée.

«Mais pas moi !» Nancy ne semble pas être très rassurée. «Sous l'eau, c'est sombre. Non seulement on ne verra jamais rien, ça peut être dangereux … et en plus, on a tous bu. Je suis certaine que la pression ne se mélange pas bien avec l'alcool.» Elle est persuadée d'avoir apporté de l'eau à son moulin avec l'argument fatal de l'alcool, après tout, il y a eu plus d'une bouteille de vin d'ouverte ce soir.

«Oh mais tu l'as mal compris, on ne prend pas les bouteilles avec nous. On le fait avec masque et tuba, on ne descend pas très profond, il n'y a vraiment rien à craindre.» Anthony s'est rapproché de la thérapeute, lui posant une main sur sa cuisse comme pour la convaincre de suivre le groupe, de le suivre lui.

«Il y a une variété de corail, à différents endroits de l'île, où sous l'éclairage de la lune – comme ce soir – qui projette comme des particules fluorescentes, c'est magnifique et unique à voir.

«Je suis vendue !» Jessica donne une légère tape sur la table, comme pour confirmer sa participation, ne cachant pas son enthousiasme. «C'est vrai qu'un petit bain de minuit avant l'heure fera le plus grand bien. On est sous les Antilles Nancy, on fait des folies ou ça ne vaut pas la peine de venir ici.» Elle se lève sans plus attendre.

«Je ne veux pas rester seule ici … bon, c'est d'accord, je viens.» La thérapeute finit par quitter sa chaise et rejoint sa patiente qui l'attend pour aller enfiler un maillot de bain. Elle se tourne rapidement vers Anthony et le regarde dans les yeux pour s'assurer qu'il restera avec elle pour la plongée.

«On se retrouve devant la villa dans 10 minutes.» Anthony parle assez fort pour qu'elles l'entendent.

Une fois les deux femmes à l'intérieur du bâtiment, ils se retrouvent seuls sous la pergola avec la musique d'ambiance pour leur tenir compagnie.

«J'ai eu confirmation. Tout s'est déroulé sans le moindre problème.

«Parfait, ça va les tenir occupés pendant un petit moment, nous laissant suffisamment de temps.» Anthony finit son verre de vin, l'air satisfait.

«Je vais donner des ordres pour qu'on prépare nos affaires pendant qu'on sera en bas, comme ça, on pourra quitter immédiatement Mendocitos. Le bateau attend qu'on le rejoigne, tout est prêt pour nous accueillir à Beliceaux.» Mike donne ses explications avec sérieux.

Les deux hommes sont assis l'un en face de l'autre. Pendant un court instant, ils se dévisagent, tous les deux repensant à ce début de soirée.

«Heureusement que tu sembles avoir une influence sur elle parce que si elle avait refait le coup de la piscine … c'est une malade cette bonne femme !

«Je sais et c'était exactement ce que j'espérais.

«Tu as provoqué volontairement cette situation entre elles ?

«Le hasard n'y est pour rien. Depuis le temps que je suis autant autour de l'une que de l'autre, je sais ce qu'il faut faire pour qu'elle s'acharne sur Jessica.» Anthony regarde avec sérénité son ami, la mine détendue.

«Écoute, je souhaite la même chose que toi, crois-moi, mais c'est difficile de la voir ainsi sans tenter quoi que ce soit. Je ne sais pas comment tu as pu faire depuis tout ce temps.

«Ne dit-on pas qu'un événement bien précis peut tout déclencher ?» Anthony ne l'a entendu que d'une oreille distraite. Dans sa tête, il a déjà changé de sujet.

«Tu sais que tu es en train de prendre un gros risque avec cette folle sans compter Bark. Tout pointe du doigt vers toi, il n'a pas eu le temps d'aller encore trop loin mais ce gars a de la jugeote, il va finir par assembler les pièces.» Son ami évite de lui montrer qu'il est soucieux de la situation.

«Il a plus peur pour sa carrière qu'autre chose. Crois-moi, depuis le temps je l'ai bien observé. Il a eu des informations importantes … certaines pièces du puzzle s'emboitent. Et alors, il n'a pas encore le tout … il reste sans danger pour le moment.

«Je tiens seulement à te rappeler que de se précipiter, pourrait nous coûter beaucoup. Tout ce qu'on a construit, qu'on maintient fermement en place depuis toutes ces années, tout peut s'écrouler comme ça.» Mike fait claquer ses doigts pour illustrer son propos. «L'argent achète tout mais il ne le fait pas indéfiniment.

«Tu veux te retirer peut-être ?» Anthony le fixe avec intensité, évaluant sa détermination.

«Je suis avec toi depuis le début. Après tout ce qu'on a fait, je ne vais pas faire marche arrière aujourd'hui parce que sa thérapeute risque de tout foutre en l'air ou que Bark est plus intelligent que tu ne le pensais.

«T'inquiète pas, Nancy va faire exactement ce qu'on attend d'elle. Même si on va vers des inconnues, j'ai confiance, ça va marcher ! Quant au F.B.I., il comprendra trop tard, on sera déjà loin et là, il aura encore moins la chance de lui mettre la main dessus. Tu sais quoi faire de toute façon.

«On a toujours été deux alors pourquoi tu ne vas pas te calmer et me laisser faire les choses à ma façon.» Chacun se regardent avec un léger sourire en coin. «On travaille ensemble mais je ne suis nullement ton employé, ne l'oublie pas !

«Je suis désolé, c'est l'excitation du moment à venir … je sais tout ce que tu as fait pour qu'on en arrive tous là aujourd'hui.» Anthony s'adoucit parce qu'il a besoin de son ami, il ne peut se permettre de perdre son appui.

«C'est vital que tu gardes la tête froide. Tout va aller très vite maintenant.

«Alors, c'est parti !»

Les deux hommes se lèvent de table, allant rejoindre leur chambre respective, se préparer avant de faire attendre ces dames.

Tous les quatre ont pris la direction de la plage situé en contrebas de la propriété, la même où Jessica et Mike ont passé une partie de la journée. Malgré la pénombre, il leur était facile de se déplacer sans se perdre ou se prendre un arbre en pleine face parce que le sentier a été préalablement éclairé à l'aide de petits capteurs solaires. Avec la lune qui leur apportait une luminosité supplémentaire naturelle, on pouvait avoir l'impression de se trouver dans un film de Peter Jackson.
L'ambiance restait agréable. Anthony avançait avec Jessica fermant la petite procession. Il voulait s'assurer qu'elle passait un bon moment.

«Merci d'avoir fait le nécessaire pour qu'elle me lâche la grappe, je n'en attendais pas moins de toi!

«Je suis désolé que tu sois coincée avec elle. Crois-moi, j'ai demandé plus d'une fois au Bureau qu'on te permette de continuer ta thérapie avec quelqu'un de plus normal, enfin avec quelqu'un qui te convienne mais ils ne veulent rien savoir. Nancy a l'habitude de travailler avec eux et ils n'aiment pas beaucoup sortir de leurs habitudes, ils restent avec ce qui marche. C'est pas de chance qu'elle ait tellement de mal à travailler avec toi.

«Je dirais plutôt qu'elle ne voit pas l'intérêt de travailler avec moi.» Elle ne peut s'empêcher de rire en repensant à l'année qui s'est écoulée. «Je crois bien ne jamais avoir suscité autant de … » La jeune femme s'arrête un court instant, essayant de trouver les mots justes. «… répulsion, ouais, elle me déteste du plus profond de ses cellules.

«Elle te déteste pas.

«Parmi toutes les personnes que j'ai pu croiser et travailler avec depuis que j'ai commencé ma carrière, je suis bien consciente qu'il est arrivé peut-être une fois ou deux d'avoir inspiré de la jalousie chez certaines mais jamais, non jamais quelque chose de pareil. Je me demande si ce n'est pas à toi que je le dois.» Elle le fixe avec amusement.

Jessica, pour avoir déjà emprunté ce chemin, sait qu'ils seront bientôt arrivés. Mike et Nancy ont pris un peu d'avance sur eux, à moins qu'ils n'aient accéléré le pas.

«Moi … c'est trop d'honneur que tu me fais mais je suis certain que je n'ai rien à voir avec son comportement.

«Ouais, on va dire ça !» Elle garde ses yeux au sol, alors que le sable apparaît sous leurs pieds, un sourire entendu. D'une main, elle enlève ses sandales et sans en dire plus à son garde du corps, s'avance vers les deux autres qui attendaient un peu plus loin.

«C'est seulement maintenant que vous arrivez ?! Qu'est-ce qui vous a donc retenu en arrière ? Heureusement que Mike m'a tenu compagnie sinon j'aurai pu me perdre.» Nancy lance sa remarque en jetant un regard froid à Anthony. «Il sait se montrer très charmant et loquace. Ça me change. Une véritable bouffée d'air frais, tu n'as pas idée.

«Eh, je ne fais que me comporter en hôte irréprochable !»

Anthony ne prend pas la peine de donner suite à la remarque de la thérapeute, préférant se mettre torse nu, les yeux rivés sur le sable plus frais maintenant que les rayons du soleil ne le chauffe plus. Des capteurs solaires ont également été placés sur la plage, créant avec la lune une atmosphère douce et mystérieuse en même temps. L'actrice remarque que la thérapeute ne semble pas vouloir enlever ses vêtements, restant debout les bras croisés sous la poitrine, observant les autres avec une certaine moue.

«Ne me dites pas que vous avez changé d'avis pour la plongée Nancy, ça va être génial. Allez, enlevez donc vos vêtements.

«C'est un spectacle à ne vraiment pas manquer, je vous assure. Je resterai à vos côté si ça peut vous rassurer.» Mike continue à se montrer courtois et gentil avec elle, ça étonne d'ailleurs un peu Jessica parce qu'elle sait qu'il a presque autant de mal qu'elle à supporter la thérapeute. Peut-être qu'il a réalisé qu'en faisant des efforts, Nancy continuerait à tenir sa langue.

«Si je dois y aller, je veux qu'Anthony soit à mes côtés ... pensez-vous que cela soit possible Jessica ?» Son visage se referme à nouveau, abandonnant le masque de la gentillesse.

Cette dernière, qui observait la scène un peu en retrait, est un peu étonnée de voir que la discussion retombe sur elle ... encore une fois.

«Est-ce que j'ai manqué quelque chose ?

«Je crois que tu as peur que l'alcool puisse avoir des effets secondaires si on fait de la plongée, et c'est pour ça que tes nerfs s'affolent un peu.» Anthony se veut rassurant avec Nancy.

«Ça n'a rien à voir. J'ai bien remarqué que tu as tout fait pour marcher à ses côtés, pour lui chuchoter à l'oreille dieu sait quoi, pour faire en sorte qu'elle plonge avec toi.» Le ton de la thérapeute s'élève de plus en plus, laissant percer une pointe d'acide dans ses mots.

«Je voulais savoir comment elle allait ?

«Vous savez quoi Nancy, je serais soulagée en fait de savoir qu'il ne soit pas à mes côtés. Non c'est vrai. Ce genre d'expérience vaut la peine d'être vécue seule … puisque c'est de la plongée et qu'on ne peut déjà pas parler puisqu'on va respirer dans un foutu tuba.» Jessica s'étant résolue à ne pas pouvoir finir la journée sans devoir une nouvelle fois monter au créneau avec sa thérapeute, lui fait face autant dans les paroles que dans la position de son corps en s'approchant d'elle.

«C'est bien ce que j'ai toujours dit, si vous n'avez pas tous les hommes à vos pieds vous n'êtes pas dans votre élément.» Elle la fustige du regard, prête à l'affrontement.

«La seule chose que j'ai à mes pieds c'est du sable.

«Vous vous obstinez à résister, à ne pas voir ce que vous détruisez autour de vous, c'est dommage. Je regrette que nos séances ne réussissent pas à vous en guérir.

«C'est sûrement que vous n'êtes pas à la hauteur pour résoudre quoi que ce soit.

«Jess … tu n'as pas besoin d'être aussi cruelle que ça avec Nancy.» Anthony se place entre les deux femmes qui se regardent en chien de faïence. «Elle fait tout son possible pour trouver le moyen de se connecter avec toi.

«Excuse-moi !?!» Elle le regarde interdite. «Depuis qu'elle a débarqué sur cette île, son niveau d'insultes à mon encontre a grimpé en flèche, simplement parce qu'elle ne peut plus contenir toute la jalousie qui la ronge.

«Moi, jalouse d'une timbrée, ça serait la meilleure !

«La seule timbrée ici c'est vous ! Je suis au courant pour vous deux depuis un moment et franchement, j'en ai rien à foutre parce que je ne suis pas attachée à cet homme qui est un agent du F.B.I. et qui fait son travail en me suivant partout. Pourquoi tu ne la baises pas officiellement au vu et su de tous pour qu'on en parle plus et pour donner satisfaction à madame qui est visiblement en train de péter un câble.

«Je pense qu'il serait bon de se calmer un peu.» Mike, qu'on n'avait plus trop entendu jusqu'à présent, a rejoint la conversation qui commence à prendre des allures de dispute, se plantant en face d'Anthony et donc à côté de Jessica.

«Oh, regardez comme vous êtes mignons tous les trois. Il y a toujours des hommes pour se battre pour vous, regardez ce qui est en train de se produire. Il vous suffit de passer quelques heures en compagnie d'un homme pour en faire un nouvel amant et immédiatement il est prêt à défier son meilleur ami pour vos beaux yeux, ou dieu sait quoi d'autre.» La thérapeute agacée par la tournure que prend la situation, s'éloigne des autres, se dirigeant vers l'autre bout de la plage.

«Et c'est moi la moins mâture ?!» Jessica se dégage des deux hommes et suis les traces de Nancy, furieuse. «Vous avez un sacré culot de vous présenter en professionnelle. Je ferais assurément moins de dégâts que vous à votre place. Où est-ce que vous pensez aller comme ça, bouder comme une gamine trop gâtée dans votre coin ? Combien de temps ça va vous prendre pour revenir et une nouvelle fois cracher votre venin sur moi. C'est ça que vous avez appris à l'université ? Où est-ce que vous avez obtenu votre maîtrise d'ailleurs … sur internet ?» Sans attendre la réplique de Nancy, elle se retourne immédiatement vers Anthony. «Est-ce que vous avez pris au moins la peine de vous assurer qu'elle fait partie d'un ordre professionnel officiel, à moins que vous ne l'ayez dénichée sur un bout de papier accroché dans un bar ?» L'actrice, sur les traces de sa thérapeute, s'arrête dans le sable mou, et pousse un cri pour décharger la colère et la frustration qui la submergent à cet instant.

Nancy, qui savait très bien qu'en agissant de la sorte, elle allait pousser la jeune femme hors d'elle, est toutefois étonnée et observe l'actrice qui fulmine, foulant le sable des pieds avec grande vigueur. Jessica avec énervement remet son débardeur (c'est la seule chose qu'elle avait déjà enlevé en prévision de la baignade), les yeux noirs de colère, brayant des injures à mi-voix.
Seuls les deux hommes ne paraissent pas encore prendre la mesure de ce qui se passe. Mike affiche un sourire de satisfaction en pensant à la façon dont l'actrice a bouché le caquet à la thérapeute, alors qu'Anthony fait passer son regard de l'une à l'autre avec attention.

«Jessica, calme-toi voyons. Il n'y a pas de quoi s'énerver pour si peu.

«Vous me rendez tous dingue ! Vous voulez savoir pourquoi je suis venue sur cette île ? J'ai besoin de retrouver ma mémoire, de retrouver ma vie … personne n'est donc capable de comprendre quelque chose d'aussi simple que ça, d'aussi essentiel !» Elle lance des regards implorants à tout le monde, les yeux brillants de colère et de frustration. «Vous n'avez pas la moindre idée de ce que c'est que de vivre de cette façon. Je veux me souvenir pour être débarrassée de toi, débarrassée de tout ce cirque que je supporte depuis un an.» La jeune femme s'éloigne un instant, rejoindre le bord de l'eau et y met les pieds, espérant que toutes ces inutilités vont se terminer au plus tôt.

«Je te comprends, on est venu ici pour passer un bon moment. On a pensé avec Anthony que vous faire vivre cette expérience incroyable ça allègerait ton poids.» Mike se tient tout à côté mais faisant face aux autres alors que l'actrice laisse son regard se perdre dans l'eau. Sa voix est douce, juste ce qu'il faut pour la calmer. «Ça semble pas vouloir se dérouler aussi bien.» Il tourne son visage vers le sien, exprimant gentillesse et intérêt.

«Je suis certain qu'il n'est pas trop tard.» Anthony, de là où il se tient, s'efforce de faire revenir l'actrice.

Entre les deux hommes, cette dernière finit par se calmer et accepte de revenir près des deux autres. L'ambiance reste malgré tout tendue même dans ce court moment de silence.

«Que c'est charmant, ça me donne presque envie de vomir tellement c'est pathétique.» Nancy, qui était la plus en retrait, s'avance d'un pas sûr vers Jessica. «La petite orpheline qui dans un instant de farouche volonté, veut tout faire pour retrouver la mémoire. Je vous l'ai déjà dit en long et en large, les dégâts neurologiques causés par l'explosion du voilier sont irréparables. Sortez-vous, une fois pour toute de la tête cette lubie, ça n'arrivera jamais !! Et c'est la professionnelle qui parle. Vous pouvez aller consulter qui vous voulez d'autre, vous aurez à chaque fois la même analyse. Je suis désolée que vous ne soyez pas équipée mentalement pour l'accepter mais il est temps de passer à autre chose. Vivre avec un handicap n'est pas exceptionnel de nos jours, même si je peux comprendre que votre état quelque part soit très lourd. Ce qui compte, c'est d'admettre son infirmité et arrêter de chercher l'attention des autres. Particulièrement celle des hommes, aucun ne remplacera votre père. De toute façon, ils sont sains d'esprit eux alors que lui avait un problème.» La thérapeute se tait un instant, apparemment satisfaite de sa tirade, observant Jessica et attendant sa réaction mais cette dernière garda le silence, à quelques mètres de là, les deux hommes sur sa gauche. «Quoi … pas de verre à me jeter au visage ?!» Si on était sous la lumière du jour, on verrait ses yeux briller de mille feux. Elle n'a visiblement pas l'intention de s'arrêter en si bon chemin.

«Non ! Je suis venue pour vivre une expérience qu'on me promet incroyable … je ne pense pas que vous rentriez dans cette définition.

«Pourquoi tu ne dis pas plutôt ce que tu penses réellement ?

«La petite princesse que tu suis partout comme un petit chien, cherche désespérément l'adrénaline qu'elle a ressentie ce matin-là. C'est devenu une drogue qu'elle alimente depuis le jour où elle a mis les pieds dans sa carrière et plus précisément en passant au cinéma. Toujours des personnages, des histoires qui la chamboulent, la remuent, si elle n'a pas sa dose d'excitation par ce biais-là … elle s'écroule !» Elle s'avance prudemment de la jeune femme.

«C'est pas vrai, pourquoi on doit entendre ces conneries ?» Mike montre son agacement à laisser la thérapeute continuer son manège.

«Ah mais attends un peu parce que je n'ai pas fini de dire tout ce que je pense. Ce qui s'est passé il y a un an de ça …

«Laisse-moi deviner, c'était sa faute.» Il n'a pu s'empêcher de l'interrompre.

«De sa faute, non, c'est elle qui a demandé à ce Manuel de la faire planer plus que d'habitude, elle n'a juste pas été capable d'encaisser la dose reçue. Évidemment, elle n'allait pas reconnaître ouvertement à quel point elle est fêlée, d'où cette stupide idée de faire croire qu'on a voulu la tuer.» Nancy ne se trouve plus qu'à un pas de la jeune femme, savourant chaque instant.

«Quelle imagination ! C'est scénariste que vous auriez dû faire, vous avez manqué votre carrière.

«Je te rappelle que tu es sa thérapeute, tu ne peux pas lui dire ces choses. Qu'est-ce que tu cherches donc à accomplir ?» Anthony se décide à se mêler à la conversation. «Elle expérimente des phases émotionnelles qui requièrent ton aide, ton soutien.

«Elle n'a visiblement pas besoin de moi et souhaite me voir disparaître de sa vue, tout comme toi d'ailleurs.

«Je ne t'ai jamais vu envisager Jessica comme une véritable patiente. Dès, le début, tu l'as condamnée. Comparant son cerveau à du gruyère et élaborant au fil du temps des scénarios tous aussi farfelus les uns que les autres.

«Vas te faire foutre Anthony !» Elle se laissait submerger par la colère. «Jessica, à votre place, j'en profiterais qu'on soit entre amis pour me noyer, c'est la seule fin honorable pour vous. On vous laissera faire, nous comprenons tous la misère qu'est la vôtre. Vous voulez arrêter cette agonie, allez, entrez dans l'eau et avancez jusqu'à ce que le sol se dérobe sous vos pieds.» En prononçant ces dernières paroles, Nancy serre tout à coup un bras de l'actrice, la regardant avec empressement au fond des yeux (elle se tient juste sous son nez). «La vie ne vaut pas la peine d'être vécue dans ces conditions, vous le savez bien, je suis sûre qu'au fond de vous, vous y avez déjà pensé. C'est maintenant ou jamais, Jessica.» La thérapeute essaie de la tirer vers l'eau. «Mais réfléchissez un instant, vous croyez vraiment qu'il s'agissait d'une sortie nocturne pour observer la flore sous-marine ? Ouvrez les yeux, ma chère, on vous a offert sur un plateau le seul moyen pour soulager vos souffrances, alors allez-y, bon sang !» Elle finit par crier, hystérique.

«Nancy, ça suffit.

«Tu ne peux de toute façon envisager une relation sérieuse et encore moins pour le long terme avec elle, Anthony. Vous évoluez dans deux mondes très différents, il ne peut y avoir d'avenir pour vous et par-dessus tout, elle est suicidaire, alors à quoi rime tout ça.

«Tu deviens hystérique Nancy et je crains que cette paranoïa soit dangereuse pour Jessica.» Anthony fixe avec intensité la thérapeute qui ne lâche pas le bras de l'actrice.

«Paranoïaque … ?! Hein, c'est tout ce que tu trouves à dire ? Mais je suis la seule ici qui soit prête à faire tout pour la soulager. Vous … vous n'êtes là que pour profiter d'elle, vous parlez d'une sacré aide !

«Je vais te demander de lâcher son bras et de t'éloigner de Jessica.

«Qu'est-ce que tu comptes faire … hein ?!» La thérapeute le défi, jubilant dans sa lancée.

«Je t'ai demandé de t'éloigner d'elle.» Anthony lui parle avec fermeté. «Je ne le répéterai pas une troisième fois.»

À cet instant, un léger bruit attire l'attention de Jessica qui était comme prise dans une espèce de cauchemar où elle ignorait comment en sortir. Anthony pointait une arme à feu en direction de Nancy, très déterminé.

«Quoi … tu vas me tirer dessus parce que je dis ce que je pense ?» Elle n'a pas bougé d'un pouce et tient toujours aussi fermement le bras de l'actrice, continuant à le défier.

Le groupe est seul sur cette petite plage privée, avec rien d'autre autour d'eux que l'océan et la végétation, quand l'écho d'un coup de feu résonna. Jessica resta interdite par la scène qui se déroulait sous ses yeux. Son regard survole Anthony et Nancy, qui depuis le coup de feu, avait lâché son bras. Elle peut voir son visage exprimer la douleur tout autant que la surprise et l'incompréhension. La thérapeute porte une main à son abdomen, à l'endroit précis où la balle était entrée, où une couleur rouge commence déjà à se répartir sur le vêtement clair qu'elle porte. L'actrice d'instinct fait un pas en arrière.

«Pourquoi ?» La thérapeute est sous le choc.

«Je t'ai prévenue … tu représentais un danger pour Jessica.» Anthony restait calme, on peut encore lire cette même détermination sur son visage. Il a baissé son arme mais ne l'a pas rangée pour autant.

«Je ne comprends pas ? J'ai fait exactement ce que tu m'as demandé.» Réalisant que la situation était critique, elle le questionne avec angoisse et incompréhension. «Tu voulais que j'agisse de la sorte avec elle, que je la mette à terre … tu voulais … enfin je ne comprends pas.» Le visage de Nancy perd radicalement toute couleur (même sous l'éclairage très diffus, c'est quelque chose qu'on parvient quand même facilement à remarquer) et devient aussi pale qu'un linge d'hôpital. Son pouls commence à s'accélérer dans sa poitrine, un frisson la parcourt de la tête aux pieds.

«Éloigne-toi d'elle s'il te plait.» Anthony tourne légèrement son visage vers Jessica qui est fixée sur la thérapeute, il ne perçoit aucune réaction. Il cherche à présent le regard de Mike, calme, pas très loin de lui, qui n'avait pas quitté des yeux l'actrice. Ça ne prendra qu'une seconde pour qu'une deuxième détonation se fasse entendre sur la plage.

Après ce nouvel impact de reçu, Nancy sent ses jambes faiblir sous son poids. Elle s'écroule à terre, les mains sur la plaie d'où le sang s'échappe davantage à chaque seconde. Des larmes coulent à présent sur ses joues par la douleur et la trahison.

Cette détonation retentit cette fois dans la tête de Jessica comme une décharge électrique. Elle resta ainsi à contempler le corps de sa thérapeute, à voir son visage exprimer la douleur mais par-dessus tout, la peur. Elle s'imagine que Nancy doit penser la même chose qu'elle à cet instant, que tout ceci n'est qu'un cauchemar et qu'elle va s'éveiller, constater que rien de tout ça n'était vrai. Elle voudrait regarder ailleurs, bouger, faire quelque chose mais elle est paralysée, pire, elle commence à ressentir une pression de plus en plus insistante dans sa tête et aux tempes.

Mike ne bouge pas de là où il se tient depuis un moment, tout comme Anthony d'ailleurs. Tous deux observent la réaction de Jessica, ne portant même plus attention à la thérapeute qui perd désormais dangereusement son sang sur le sable.

«Regarde-la bien Jessica. Imprègne-toi de cette scène, laisse ton esprit s'ouvrir. Tu veux savoir, tu veux comprendre … tu veux te souvenir ? Regarde !» Portant toute son attention sur elle, le jeune homme s'est placé à présent entre la thérapeute et l'actrice.

La jeune femme détourne un instant ses yeux de Nancy et les pose lentement sur Anthony. Toujours incapable de dire quoi que ce soit, elle reste interdite. Elle commence à avoir un peu de difficulté à respirer calmement. Son rythme cardiaque s'est accéléré et cette fameuse douleur à la tête, celle qu'elle a expérimentée déjà deux fois depuis son arrivée à La Barbade, est en train de la submerger plus violemment que jamais. Alors qu'elle place une main à la taille pour se maintenir droite, elle pose une autre sur son front. Son regard est à nouveau sur le corps de la thérapeute qui est, sans nul doute, en train de vivre ses derniers instants si personne ne fait rien pour elle.

«Laisse-toi envahir par les émotions, ne les refoule plus, laisse les souvenirs que tu as enfouis au plus profond de toi refaire surface. Ne lutte pas.» Anthony lui parle calmement. «Je vois comment tu es … s'il fallait parier, je dirais que tu ressens cette fameuse douleur à la tête, n'est-ce pas ?» Il continue d'observer avec grande attention l'actrice toujours hypnotisée par le corps qui repose devant elle.

Jessica respire davantage par à-coups, comme si elle ne parvient plus à emplir suffisamment ses poumons d'oxygène. Ses yeux se ferment à moitié, son front se plisse, son visage prend des teintes rougeâtres, son pouls continue de s'accélérer. La pression s'intensifie dans sa tête, des larmes lui montent aux yeux lui brouillant légèrement la vue.

«Regarde, c'est quelque chose que tu as déjà vu, tu as connu une situation similaire à celle-là, n'est-ce pas ? Souviens-toi ce matin-là, sur la plage, allez Jessy, laisse les images venir à toi.» Anthony crie pour la forcer dans son processus. «Ne fais pas barrière à tes émotions, allez baby, tu peux le faire, tu es prête à faire face à la vérité désormais.»

C'est au moment où des images sous forme de flashs commencent à lui emplir la tête, que ses jambes faiblissent, laissant ses genoux toucher le sable, les deux mains cette fois sur les tempes, à demi penchée en avant. On peut l'entendre gémir tellement la pression augmente.

Les deux hommes qui assistent à la scène, se rapprochant lentement d'elle, sans en perdre un instant. Jessica se sent envahir par un flot d'images, qui pour l'instant, n'ont ni queue ni tête pour elle mais qui la déstabilisent complètement. Ses yeux s'ouvrent sur le corps de la thérapeute, et entre chaque battement de paupières, elle n'est plus certaine de savoir si c'est le corps d'une femme ou d'un homme qui repose sur le sable à quelques pas.

Anthony s'approche de l'actrice, posant un genou à terre, déposant ses mains sur les épaules nues de Jessica. La sensation de chaleur qu'elle perçoit sur sa peau, alors que son sang était froid, la ramena sur la plage. Son visage se pose en partie sur celui d'Anthony. Des larmes s'échappent du coin de ses yeux. C'est à cet instant qu'il sut qu'elle se souvenait, si ce n'est pas de tout, au moins de la scène dont il espérait le plus. Personne ne pouvait manquer à cet instant l'expression de grande tristesse et de déception s'afficher sur le visage de la jeune femme.

Sa respiration devient plus légère, presque imperceptible, son rythme cardiaque s'étant ralenti à son tour. Elle lâche ses tempes dont la pression a cessé et dépose ses mains de chaque côté du visage d'Anthony, comme si elle le voit pour la première fois. Malgré les larmes qui coulent à présent franchement sur ses joues, elle essaye de reconnaître les traits de son visage, ses yeux ou son sourire.

Mike qui les observe, tient encore l'arme que son ami lui a donnée avec fermeté.

«En fin de compte, tu avais raison Mark. Elle a eu son utilité.» En disant ces mots, il jette un regard froid et repoussant sur Nancy qui est en train d'expirer au sol. «La remettre dans le même contexte ou tout au mieux, au plus proche de ce qu'elle a vécu, ne pouvait que l'aider à se souvenir. C'était le bon moment, plus tôt, je ne crois pas que ça aurait réussi.

«On a surtout la confirmation qu'elle y avait bien assisté.»

Jessica, en entendant le prénom qui venait d'être prononcé, fixa intensément les yeux noisette qui la transperçaient, puis détourna légèrement son regard pour s'arrêter sur Mike. Passant de l'un à l'autre avec étonnement et incompréhension.

«Oui … c'est bien moi, Jessica, tu ne rêves pas.»

Les larmes continuent de s'échapper de ses yeux, encore plus maintenant qu'elle fait face à deux fantômes de son passé.

Chapitre XVIII

Bureaux du F.B.I - Bridgetown, même moment

Ça leur a pris quelques minutes pour se remettre de la situation de crise qu'ils étaient en train de vivre. Jesus Materra essayant de se convaincre qu'il allait être à la hauteur (il n'a évidemment jamais eu une affaire pareille entre les mains), quant à Marry et Anita, la concentration se faisait avec grande difficulté. Michael les a contactés il y a quelques instants, leur confirmant le guet-apens. Les carcasses des véhicules illustrent parfaitement ce qui s'était passé tout autant que le nombre de cadavres à terre. De savoir que leur patron n'en faisait pas partie les a rassurés mais pas pour longtemps. Ils avaient raison de s'accrocher à l'idée qu'il soit bel et bien vivant mais son absence des lieux ne peut signifier qu'une seule chose : il est captif de ce mystérieux ennemi.

Materra s'approcha des deux femmes et leur demanda sur un ton calme mais imposant, de continuer leur exposé entamé plus tôt. Plus que jamais, il s'agissait de poursuivre afin, non seulement de trouver Jessica Redon, mais désormais aussi Grégory Bark.
Marry feuilleta rapidement ses notes, essayant de se souvenir où elle s'était arrêtée, afin de pouvoir reprendre le fil de l'explication.

«Je disais que Mark Perry n'était effectivement pas derrière le volant, c'était un certain Benjamin Scarfelli, mort également dans l'accident.
«Votre piste ne semble pas pouvoir aller bien loin.
«Notre piste, Monsieur, n'est peut-être pas justement partie en fumée !» Marry s'étonne de la pointe d'humour dans sa réplique, on dirait qu'elle s'est laissée influencer par son patron.
«Vous avez toute mon attention, j'écoute.» Materra, très étonné et surpris de ce que Marry Dexter lui a révélé.
«Tout est parti, Monsieur, sur une stupide idée de prendre leur photo et de l'intégrer à notre logiciel de vieillissement facial, histoire de voir à quoi ils auraient pu ressembler à l'heure actuelle. Le résultat a

été surprenant mais en fait ce n'est pas avant aujourd'hui, qu'on a vraiment réalisé ce qu'on avait trouvé.

«Se rendre compte de quoi ?» Jesus est de plus en plus intrigué.

«On a commencé par la photo de Mark Perry.» Sans en dire davantage, elle lui tend le cliché en question, prenant soin de lui laisser quelques secondes avant de lui donner une deuxième photo correspondant cette fois au soi-disant agent Anthony Masson. Elle se sent satisfaite de leur idée stupide en voyant la face que faisait leur nouveau supérieur.

«On s'est dit que si cet homme était revenu d'entre les morts, son meilleur ami pouvait l'être lui aussi. On a donc procédé de la même façon avec Benjamin Scarfelli. Voilà à quoi il ressemblerait aujourd'hui.» Anita lui tend deux autres clichés. «Il correspond au portrait-robot établi par les voisins de Nancy Fense, à Boston. C'est bien cet homme qui est venu la chercher en pleine nuit.

«Qui a dit que les idées stupides ne menaient à rien ?» On peut lire la satisfaction s'afficher sur les lèvres de Jesus.

Bien en évidence, posées sur la table devant eux, on peut reconnaître sans la moindre difficulté sur la photo vieillie, les traits de celui qui s'est fait passer pour Anthony Masson pendant les douze derniers mois.

«Personne n'a jamais pensé partir des personnes qui ont entouré Jessica Redon enfant et à vieillir leur photo pour voir ce que ça pourrait donner. C'était facile de passer à côté Monsieur.» Mary Dexter se veut consolante. «Les coupes de cheveux sont évidemment différentes, les vêtements ... mais ce sont nos deux morts, monsieur.

«Est-ce que vous avez à tout hasard passé les photos dans notre base de données et chez Interpole ?» Materra fixe les deux femmes.

«Oui mais malheureusement ça ne donne rien.

«Ce sont des fantômes. Il n'y a traces d'eux dans aucun registre qui soit.

«Ne perdez pas de vue que le dossier du soi-disant Anthony Masson a été truqué et que votre patron pense que Maxwell Gattier lui a donné main forte.

«C'est difficile à dire pour le moment si Gattier travaille dans l'ombre pour eux ou si tout ce beau ménage rend compte à quelqu'un d'autre ?» Pensif, Jesus contemple les photos de Mark Perry.

«Nous savons que plus ou moins à l'époque de la tentative de meurtre sur mademoiselle Redon, le fils de Maxwell Gattier a évité la prison mexicaine grâce à un bon samaritain.

«Et que son père a mis en place Mark Perry, en tant qu'agent du F.B.I, pour assurer la protection de mademoiselle Redon.» Anita Weber continue l'énumération commencée par sa collègue, sous l'oreille attentive de Materra.

«Et dans tout ça, où est ce Benjamin Scarfelli pendant tout ce temps ?» Il tourne la tête vers la fenêtre, réfléchissant à tous ces éléments, espérant pouvoir y voir clair mais il n'est pas sûr d'avoir le même esprit vif que Grégory Bark semble posséder. «Gattier se retrouve actionnaire dans des entreprises paravents, lui rapportant ainsi plus d'argent qu'il n'aurait pu en désirer. Une bonne façon d'acheter le silence de quelqu'un, c'est de lui graisser la patte !

«Nous savons que Mark Perry et Benjamin Scarfelli sont arrivés sur l'île à bord d'un jet privé, ça coûte de l'argent ça ! Perry utilise un cellulaire à cryptage particulier, ce n'est pas donné à tout le monde cette technologie.

«Qu'est-ce que vous essayez de nous dire Mary ? Qu'ils bénéficient de grandes ressources, c'est évident mais ce ne sont encore une fois que des constatations.» Materra garde le silence avant de reprendre la parole. «Il y a toujours quelque chose ou quelqu'un qui finit, même malgré lui, par se trahir, il faut attendre ... par contre, je reconnais que le temps n'est plus en notre faveur. D'avoir perdu cette actrice c'était une chose mais rapporter la disparition de Bark au Bureau c'est une pilule qui va avoir du mal à passer !» Il fait référence à son appel sur le continent qui ne s'est évidemment pas bien passé, une fois annoncé ce qui s'était passé sur l'île.

«D'autant qu'on n'est pas certain qu'ils soient toujours sur l'île. Ils ont eu tout le loisir de quitter les lieux.

«Ceci n'est pas certain ... le guet-apens en est la preuve. S'ils n'étaient plus à La Barbade, pourquoi tendre un piège ? Non, ils sont encore là mais où et pour combien de temps.

«À présent que nous connaissons l'identité de notre faux agent, je suis convaincue que s'ils sont encore là, ce n'est que pour stimuler la mémoire de Jessica Redon.» Marry venait de dire à voix haute ce qu'elle était en train d'élaborer dans sa tête.

«Monsieur, je sais que nous ne pouvons encore que faire des conjectures dans ce dossier mais je ne comprends pas pourquoi cet homme qui était, d'après les dossiers, le meilleur ami de Jessica –

enfant - pourquoi il a choisi une autre identité pour s'approcher d'elle et pourquoi n'agir que maintenant ?» Anita changea de position sur sa chaise, pas à l'aise avec l'hypothèse proposée.

Jesus Materra regarda les deux femmes dans les yeux, tout en gardant le silence. Il ne savait pas quoi leur répondre. Il finit par se diriger vers l'une des fenêtres, à travers laquelle il lança un coup d'œil pour regarder d'un air distrait ce qui se passait à l'extérieur. Il venait de soulever ces questions dans son esprit, et même avec les nouveaux éléments apportés aux deux dossiers, cette chasse à l'homme continue à piétiner.

«Ils doivent sûrement avoir besoin d'elle et de sa mémoire. Quelque chose qu'elle sait ou qu'elle a vu peut-être. C'est pour ça qu'elle est toujours en vie, enfin il faut l'espérer.

«C'est aussi ce que je pense Mary mais malgré tout ça, nous n'avons rien de concret entre nos mains. Que des suspicions. On n'avance pas. Avec tout ce qui se passe sur l'île, entre une partie des effectifs sur le terrain et l'autre … disséminé (en disant cela, sa gorge se noue par l'émotion, pensant aux collègues qu'il a perdus), j'ai reçu, à vrai dire, on m'a ordonné de prendre les moyens nécessaires afin de conclure cette affaire.» C'est la première fois qu'il s'exprime avec autant de conviction et d'assurance depuis la dernière demi-heure, captant toute l'attention des analystes de San Francisco.

«Ce qui veut dire … ?» Anita attend la suite de son discours.

«Il est temps de voir à quel point la technologie moderne et les satellites peuvent nous rendre service. Allons chercher nos aiguilles dans notre botte de foin, mesdames.» Jesus Materra vient de rebooster le moral des troupes, pour combien de temps, ça reste à voir.

Plage privée de Mendocitos - La Barbade

Mark tient entre ses mains le visage de Jessica, ne cachant pas sa satisfaction. Il la regarde avec douceur, se voulant rassurant. Quant à la jeune femme, elle est comme figée dans cette expression de surprise et de peur. Voulant l'embrasser, il s'approche de son visage mais quelque chose en elle, la fait réagir. Elle met ses mains contre celles de Mark et tente de les repousser de toutes ses forces afin de se dégager de son étreinte. Il n'y a pas mis de résistance. Une fois qu'elle se sent libre, posant une main sur le sable, elle fait pression afin de se relever tant bien que mal, titubant légèrement. Mark qui est à nouveau debout, l'observe avec attention.

«Non … non.» Elle semble perdue ou ne pas être complètement présente. «Je ne peux pas … je … » Confuse, l'actrice s'exprime d'une voix à peine audible des deux hommes. Elle fait quelques pas dans une autre direction, sans vraiment savoir où elle veut aller. Ses pensées et ses sentiments tournent confusément dans sa tête. Toutes les images qui inondent son cerveau à présent lui font perdre pieds. «Je … je ne veux pas …j'ai … » On a l'impression qu'elle cherche quelque chose en regardant de droite à gauche, laissant une pointe de panique transparaitre dans sa voix.

«Jessica, regarde-moi.» Mark tente de la ramener parmi eux en appelant son nom.

«Elle n'est pas encore complètement avec nous Mark. Il n'y a plus qu'une seule chose à faire pour la ramener définitivement, pour que le contexte soit exact.» Benjamin observe la jeune femme, soucieux, se tenant aux pieds de Nancy.

Mark n'eut besoin que de quelques secondes pour se décider. Il le rejoint, reprend l'arme qu'il pointe une dernière fois sur la thérapeute et une seconde plus tard, une troisième détonation se fait entendre sur la plage. Jessica qui était justement en face d'eux, est soudainement comme réveillée par ce dernier coup de feu. Elle sent le regard de Mark posé sur elle alors qu'elle voit Benjamin s'éloigner du corps et ramasser les cartouches vides sur le sable. Le visage de Nancy Fense était tourné dans sa direction, sans expression, une tâche sombre au milieu du front, un mince filet de sang s'échappant d'un coin de sa bouche.

Cette scène s'imprégna dans la tête de l'actrice, et en l'espace de quelques secondes, ce n'était plus le corps de la thérapeute qu'elle voyait allongé non loin, mais celui d'un homme d'âge mûr avec deux personnes autour. Puis une nouvelle image s'afficha devant elle : un voilier au loin en train d'exploser et, quelque part dans sa tête, le cri d'un enfant qui résonne … son cri.

«Oh mon dieu !» Ce sont les premiers mots clairs et audibles qui sortaient de sa bouche. Voyant Mark s'avancer dans sa direction, elle fait un pas en arrière, son visage exprimant la peur. «Ne t'approche pas de moi, reste là où tu es !

«Tout va bien Jess, tu n'as plus rien à craindre. Tout est revenu dans l'ordre des choses.»

À mesure qu'il continue son avancée vers l'actrice, cette dernière recule sur le sable sans remarquer que Benjamin l'avait contournée, se tenant à présent derrière, silencieux.

«Arrête de t'approcher, je ne veux pas … je ne pourrais plus désormais …»

Elle n'a pas l'occasion de finir sa phrase. En même temps que Ben la saisit, il lui planta une seringue dans le cou. Avant que l'actrice ne perde connaissance, elle a encore réussi à l'entendre lui murmurer à l'oreille qu'il était désolé, puis ses yeux se sont fermés et son corps s'est laissé aller dans les bras du jeune homme qui la tenait déjà fermement au-dessus du sol. Il pouvait voir que son ami n'était pas content.

«Quoi ?! Tu voulais attendre qu'elle devienne hystérique ? Comment avais-tu l'intention de l'emmener après ça ? C'était la meilleure chose à faire et tu le sais très bien, ne me lance pas ces yeux là plein de reproches. Préviens les hommes par radio pour qu'ils viennent chercher le corps. Je l'amène à la voiture, rejoins-nous avec les affaires, si ce n'est pas trop te demander. Merci.»

Il n'attend pas de connaître l'opinion de Mark, sans attendre plus longtemps, il prend la direction du sentier où un buggy dissimulé derrière des buissons épais, était stationné depuis le matin. L'option que la jeune femme ne serait pas consciente, a évidemment été envisagée. Une fois au véhicule, il installa Jessica sur le siège arrière de façon à ce qu'elle reste en place, alluma le moteur et attendit le retour de son ami. Ce dernier n'a pas tardé à les suivre, déposant à l'avant masques et tubas, puis alla se mettre à côté d'elle, comme Ben l'avait supposé. Le buggy quitta enfin son aire de stationnement et prit la direction du ponton, où les deux hommes ne tardèrent pas à apercevoir que le hors-bord les y attendait comme prévu, moteurs allumés, près à quitter Congor Bay.

Pendant les quelques minutes qu'avait duré cette balade motorisée, Mark se revoyait sur la plage, une fois que Benjamin l'y avait laissé avec le corps de la thérapeute. Il avait alors attrapé les pieds de Nancy, en ayant pris soin d'enfiler au préalable une paire de gants, et tira son corps vers un autre côté de la plage, laissant dans le sable une empreinte profonde et du sang. Au premier coup de feu tiré sur la thérapeute, le signal avait été donné à plusieurs hommes de main qui attendaient sagement non loin en mer sur des jets ski, moteurs éteints. Ils savaient que ce ne serait pas avant le troisième coup qu'ils pourraient s'approcher de la plage. C'est eux qui ont pour mission de s'occuper du corps de Nancy Fense. Une fois arrivé à leur hauteur, il laissa tomber à terre les pieds et avait contemplé une dernière fois son corps inerte.

«Débarrassez-moi de ça ! Qu'il ne reste rien à trouver.»

Mark, réalisant que le buggy s'était arrêté, se concentra sur la suite des événements. Il prend Jessica dans ses bras et l'amena à bord du bateau, l'installant à l'intérieur, sur une longue banquette. Une fois qu'il est sûr qu'elle respire bien et qu'elle ne peut en tomber, il retourna à l'extérieur où il retrouva Benjamin à l'arrière du bateau. Les amarres ont été retirées et le ponton s'éloignait déjà d'eux, laissant la propriété de Mendocitos seule, peut-être jusqu'à leur prochaine visite.

«J'espère que ça a fonctionné sinon il faudra trouver autre chose qui sera moins contextuel.

«On verra ça quand elle retrouvera ses esprits … mais je suis sûr que oui. Je suis certain qu'elle se souvient de tout. Le dernier coup de feu a été le bon. La façon dont elle a réagi juste avant que tu ne la piques d'une façon plutôt risquée, laisse à croire qu'elle se souvient.» Malgré les arguments que Ben lui a déjà donnés, il continue à désapprouver son geste.

«Ou elle continuait à te voir comme Anthony qui a tué de sang-froid sa thérapeute. L'un comme l'autre tiennent la route mais tu as raison, on aura le cœur net d'ici quelques heures. Rassure-toi, elle devrait émerger au petit matin. Je sais avec quelle hâte tu attendais cet instant, je n'ai pas l'intention de te le gâcher. Une fois installés à

Beliceaux, le F.B.I. sera derrière nous.» Benjamin lui parle calmement tout en regardant la propriété s'éloigner et devenir rapidement de plus en plus petite. Bientôt ils ne la verront plus, la lune n'étant pas aussi lumineuse que ça pour surpasser la pénombre.

«Aucune chance qu'ils trouvent notre trace cette fois. Même en sachant notre véritable identité, rien ne pourra les mener à nous.» Mark ne peut s'empêcher d'afficher une mine satisfaite.

«Tu sais que la partie n'est pas gagnée pour autant avec elle.» Tout en s'accoudant à la rambarde, Ben se tourne vers son ami. «Je ne pense pas qu'elle va te sauter dans les bras de joie de te retrouver. Tu y as pensé j'espère depuis tout ce temps. Qu'est-ce que tu as l'intention de lui dire pour calmer le jeu ?» Il le voit rester silencieux, un sourire confiant (ou aveugle) se dessinant sur les lèvres. «Tu n'as rien envisagé ?» Son ami est abasourdi par son comportement.

«Je suis confiant, voilà tout.

«Ça me fait mal de te dire ça mais tu es inconscient. Tout ça et tu ne prévois même pas de quelle façon tu vas ramasser les pots cassés.

«Écoute, on sait même pas de façon catégorique ce qu'elle a vu sur la plage.

«Tu sais aussi bien que moi que c'était elle qu'on a vu s'enfuir. La question est plutôt : est-ce qu'elle a compris ce qui se passait sous ses yeux ? Je ne veux pas que tu tombes de haut, c'est tout. Promets-moi que d'ici à ce que le soleil se lève, tu auras mis sur pied une stratégie.

«Tu es convaincu qu'elle n'aura aucun grief contre toi.

«Ce n'est pas la même chose, toi, tu lui as brisé le cœur.» Voyant son ami pâlir quelque peu, il essaie de le rassurer sans trop y croire lui-même. «Eh … si ça se trouve, elle sera contente de te retrouver, va savoir … les femmes !!» Il lui sourit, lui donnant une tape sur l'épaule et le laissant seul dans ses pensées, pour s'en aller rejoindre la cabine de pilotage à l'avant.

Ils ne sont plus trop loin de leur nouvelle destination.

Chapitre XIX

Île Beliceaux - Les Grenadines, au matin

Le bateau avait atteint l'île avant minuit, et s'était amarré à son quai sans trop de difficultés, le pilote connaît par cœur le coin, même de nuit et entre les sonars et radars, il arrive à destination sans heurter aucun récif.

Une voiture attendait pour transporter les passagers et leurs affaires vers la villa qui était construite un peu plus loin dans la forêt, bien à l'abri des regards. Bâtiment qui n'a vu le jour qu'après l'achat de l'île, tout le confort du 21e Siècle y a été apporté afin de faire oublier qu'il n'y a personne d'autre comme habitant (à part quelques animaux!). Beliceaux n'est qu'à quelques minutes en bateau de Bequia (une autre île de l'archipel des Grenadines) et surtout de St-Vincent, où l'on trouve tout le nécessaire pour se ravitailler (et plus encore). Ça ne peut pas être plus tranquille.

La journée avait été longue pour tout le monde, Jessica dormait encore – bien malgré elle – et les deux hommes avaient besoin de se reposer avant la prochaine journée qui ne promettait pas moins de rebondissements ou d'excitations. Chacun dormit dans ses quartiers, Mark encore une fois, laissa la jeune femme seule. Maintenant plus que jamais, ce n'était pas le temps de vouloir précipiter les choses. Benjamin n'avait pas exagéré ses paroles sur le bateau, le réveil sera dur et douloureux pour elle, et il ne sera certainement pas épargné.

La nuit aura été courte pour les deux amis, alors que le premier ressassait les différents scénarios possibles pour calmer la fureur de l'actrice, l'autre s'était laissé tirer hors du lit par les premiers rayons de soleil, ne pouvant s'empêcher d'être quelque peu soucieux pour les heures à venir. Sans le faire exprès, ils se sont retrouvés ensemble sur la terrasse de la villa pour prendre un petit-déjeuner. Enfin, pour Benjamin, il s'agissait juste d'une tasse de café serré alors que Mark était encore assez raisonnable et mangea quelques fruits. Ils restèrent un bon moment assis à table, à discuter de divers sujets afférent à leurs affaires et qui requéraient leur pleine attention. Chacun regardait l'heure que leur montre affichait, comptant le temps qu'il restait approximativement jusqu'au réveil de la jeune femme.

«Je pense qu'il est temps que tu y ailles. Il ne serait pas de bon augure qu'elle se réveille et que tu ne sois pas là encore une fois.» Les deux hommes se regardent un bref instant, comme si l'abattoir s'en venait à eux. «Manifeste-toi si tu as besoin de moi. Je serai sur la propriété. Il y a des affaires en suspend qui ne peuvent attendre plus longtemps.» Benjamin quitte la table, sourire aux lèvres, laissant derrière lui un Mark qui ne le cache pas, redoute de monter à l'étage, rejoindre l'actrice.

Cela faisait maintenant quelques minutes que Mark était entré dans la chambre de Jessica, constatant qu'elle n'avait pas encore émergé du sommeil dans lequel ils l'avaient plongée. La voyant calme, allongée dans ce grand lit, il décide de sortir prendre l'air sur le balcon. Du haut de la terrasse couverte, il contemple l'étendue de l'immense jardin qui entoure la propriété. Pour être exact, la villa est plantée au milieu de la végétation qui recouvre pratiquement l'ensemble de l'île. Alors, selon la façon dont on voit les choses, certes le jardin est immense. De ce côté-ci du bâtiment, la vue donne vers l'intérieur de la forêt, les cachant parfaitement et étouffant à volonté tout bruit de leur présence. On peut percevoir sans la moindre difficulté, le craquètement des oiseaux tout autour. C'est l'avantage d'être seul, sans personne. Les employés qui travaillent sur la propriété sont au-delà de tout doute, discrets et fidèles. Ils ont un autre bâtiment construit pour eux, certes plus sobre que le principal mais ils ne sont pas en manque de confort dans cet isolement insulaire.
Mark apprécie cet environnement parce qu'il a – de toute évidence – le gros avantage d'apporter paix intérieure et sérénité avant toute tempête humaine à venir. Il s'accoude à la rambarde en bois, et ferme les yeux un court instant pour laisser le bruit de la nature l'emplir entièrement.
Le soleil dans le ciel continue sa lente ascension vers le zénith, ses rayons devenant de plus en plus forts, diffusant une belle clarté à l'intérieur de la pièce en traversant les lamelles des stores en bois des fenêtres. Pas de ventilateur au plafond ici, la modernité sévit dans

chaque pièce avec un système de climatisation moderne, une décoration et un aménagement intérieur presque similaires partout, reflétant la sobriété et la pureté. Les couleurs sont claires, plus proches du blanc, les meubles sont modernes, épurés. Le style colonial n'a pas eu son mot à dire cette fois-ci.

Le jeune homme, qui a regagné l'intérieur afin de ne pas manquer le réveil, s'est installé en face du lit dans un des confortable fauteuil de la pièce. Silencieux, il observe la jeune femme. Il se doute que son cerveau fonctionne à plein régime, constatant de l'agitation sous ses paupières closes.

Après toutes ces années, après ces longs mois passés sous une fausse identité à ses côtés, il peut enfin s'afficher sous son vrai jour. Il va retrouver celle qu'il a perdue mais malgré son fort enthousiasme, Mark reste réaliste. Il sait bien qu'il joue gros et que les réponses qu'il va fournir, peuvent ne pas la satisfaire. Quelles que soient ses craintes, il n'est plus question de faire marche arrière, il n'en a jamais été question pour lui.

Calé dans le fond du fauteuil, une main soutenant son menton, il prend une lente et profonde inspiration tout en regardant l'actrice. Il ne s'agit pas de paniquer, pas maintenant que le but est à portée de main.

La respiration devient moins profonde, moins silencieuse. Déjà un soupir s'échappe des lèvres légèrement entrouvertes de la jeune femme et la tire du cours de ses pensées. Tout en restant en place – il préfère lui laisser un peu d'air et d'espace à son réveil – l'observant avec attention.

Jessica commence lentement à bouger, tournant la tête d'un côté puis de l'autre, sa main gauche se posa au coin de son œil. Une position qu'elle affectionne depuis son jeune âge. Enfin, elle finit par ouvrir les yeux. Son regard se déposa d'abord sur sa gauche, dans la direction de la salle de bain, puis vers le côté opposé, où se trouvaient les fenêtres. Elle réalisa qu'elle avait été transportée de la plage jusqu'à un nouvel endroit, une autre villa (puisque cet intérieur ne ressemble en rien au précédent). Un soupir d'exaspération est lâché, alors qu'elle ferma un court instant les paupières. Elle se sent une nouvelle fois, tel un sac de marchandise. Quel bonheur d'être pris avec tant de considération. Tout doucement, elle se redressa en s'aidant de ses coudes pour s'asseoir sur le lit. Pendant cette opération, ses yeux sont

encore fermés, elle n'a donc pas encore aperçu Mark mais, se sentant observée, elle relève son visage et ouvre les paupières sur lui.
De là où il est installé, le jeune homme lui lança un regard rempli de douceur pour la rassurer, pour récupérer sa confiance sans réussir pour autant à cacher sa crainte.

«Comment te sens-tu ce matin ?» Aux premiers sons perçus, elle porta ses mains à la hauteur de ses tempes pendant quelques secondes, sentant un léger bourdonnement dans sa tête. «Mal à la tête, hein ? Je vais te donner quelque chose pour te soulager.» Sans attendre, Mark quitta le fauteuil pour se diriger vers la salle de bain où il sortit un tube de médicaments d'une des armoires au mur. Remplissant un verre avec de l'eau du robinet, il s'avança vers la jeune femme et déposa le tout sur la table de chevet avant d'aller se rasseoir.

Le regard baissé, Jessica n'a pas bougé et ne semble pas vouloir prendre les médicaments déposés à son attention. Son cœur bat rapidement dans sa poitrine.

«Je suis sensée avaler tout ça ? C'est donc à mon tour de mourir et tu déguiseras ma mort en un suicide.» La jeune femme le dévisage en soutenant son regard mais sa voix est un peu faible.
«Tu peux y aller, ce ne sont que des aspirines et de l'eau. Décide toi-même du nombre que tu as besoin.» L'actrice ne bouge toujours pas, hésitante. «Si tu devais mourir, ce serait déjà fait. Je ne vois pas l'utilité de te déplacer, inconsciente, pour ensuite te tuer. Prends donc cette fichue aspirine, tu dois avoir l'impression que ta tête va exploser. Allez, vas-y !» Mark reste calme même s'il est agacé de la méfiance qu'elle a à son égard. La dernière des choses qu'il veut, c'est qu'elle hurle après lui avant la moindre explication, qu'elle se braque complètement. Il sait qu'il doit retrouver sa confiance.

Jessica se décide enfin très lentement à prendre un cachet avec un peu d'eau. Elle n'est pas particulièrement plus rassurée mais se disant que si son heure est arrivée, elle ne pouvait rien y changer de toute façon.
Alors qu'elle repose le verre sur la table de chevet, elle s'efforce de se calmer intérieurement, se rassurant afin que son rythme cardiaque baisse. Une fois atteint une certaine sérénité, elle se lève doucement,

s'aidant de ses bras, et, pieds nus, se dirige vers les portes fenêtres, tout en gardant une certaine distance avec Mark.

«Je ne me sens pas bien. Je veux voir ce docteur, James Connolly.

«J'ai un médecin personnel à ta disposition. Je peux lui demander de venir, il sera là dans une vingtaine de minutes tout au plus.

«Je veux James Connolly, je veux quelqu'un en qui j'ai confiance. Qui plus est, il s'est occupé de moi à mon arrivée … je veux que ce soit lui.» La voix de la jeune femme est ferme. Elle reprend de l'assurance.

Après quelques minutes d'un infini silence, Mark, toujours installé dans son fauteuil, lui répond avec le même ton de voix.

«Je crois que ça ne va pas être possible Jess.

«Je me fiche de savoir …

«Tout le monde ne peut revenir d'entre les morts. Ce ne sera pas son cas à lui, j'en ai peur.»

C'est en arrivant à la hauteur des fenêtres, que Jessica entend la nouvelle qui ne manque pas de la faire chanceler quelque peu. Elle se retient en posant une main contre le store le plus près d'elle. Son sang se glace instantanément dans tout son corps. Après ce qu'il vient de se passer sur la plage avec Nancy Fense, elle ne sait plus quoi penser. Depuis qu'elle se souvient à nouveau, tout devient possible, lui laissant la désagréable sensation qu'elle va devoir se trouver de nouveaux repères parce que ses fondations ont l'air de vouloir céder. Malgré la possibilité qu'il soit sincère, elle préfère croire qu'il s'agit d'une technique d'éloignement comme elle en a déjà subie dans le passé avec d'autres hommes.

«Il est mort hier dans l'explosion du laboratoire de l'Hôpital Queen Elizabeth à Bridgetown. C'est une tragique disparition, terrible quand on pense qu'il était jeune, toute la vie devant lui. Au moins, il ne laisse aucune veuve éplorée ou d'orphelin derrière lui.» Il ne peut s'empêcher d'être sarcastique en lui disant cela.

«Ce n'est pas possible … je veux lui parler, arrête de m'empêcher de le contacter. Il faut toujours que tu fasses ça dès qu'un homme s'approche d'un peu trop près de moi. Je ne trouve pas ça amusant.

«Permets-moi de te rappeler que tu as eu des amants dans ta vie depuis un an, tu es loin d'avoir eu une vie de none.» Mark n'a pas de mal à être cynique avec elle en ce qui concerne ce sujet de conversation.

Jessica, un peu plus rapidement, fit demi-tour et attrapa son sac à main posé non loin du lit. D'une main frénétique, elle y cherche son cellulaire sans y parvenir, même en regardant attentivement à l'intérieur, il est introuvable. Comprenant enfin de quoi il en retourne, la jeune femme laisse tomber le sac sur le lit et se retourne vers Mark en tendant une main vers lui.

«Je veux mon cellulaire !

«N'es-tu donc pas venue pour te détendre et t'éloigner du stress quotidien ?

«Depuis que je suis là, j'en vis plus qu'au quotidien. Rends-moi mon téléphone, tu sais bien que j'ai besoin de rester en contact avec le continent pour le travail. On pourrait s'inquiéter de mon silence.» Le ton de sa voix reste ferme, laissant échapper une pointe d'agacement.

«Tu as suffisamment répété autour de toi que tu avais besoin de décrocher avant ton prochain film. Selon les réseaux sociaux, tu es partout à La Barbade. Il n'y a donc aucun souci à se faire. Quant à ce médecin auquel tu tiens semble-t-il tant, si c'est pour l'appeler, je t'ai dit qu'il est décédé, il ne risque pas de venir t'apporter la moindre aide.» Mark se décide enfin à quitter son siège et va vers la carafe d'eau posée sur l'une des tables de la pièce. Après y avoir versé un peu de son contenu, il boit lentement le liquide frais, tout en restant debout. Pas qu'il soit un grand buveur mais c'est une bonne façon de se calmer les nerfs.

Les bras ballants le long de son corps, Jessica le jauge avec colère.

«Il se trouve que ce cher docteur a fait faire une analyse de ton sang, le soir de ton arrivée à La Barbade. J'imagine qu'il devait être soucieux de ta santé après ton plongeon dans la marina de Oistin Bay.» Mark a reposé le verre et resta à l'endroit où il se tient, faisant face à la jeune femme, l'air détendu (en tout cas, en apparence).

«Comment est-ce qu'il a fait pour avoir ... ?» En même temps qu'elle posa la question, elle se souvint de sa blessure à la clinique. Il a dû garder le torchon qu'elle a utilisé pour faire pression sur la plaie. «La clinique ...» Elle reste songeuse un instant.

«Quelque chose a dû être trouvé dans ton sang.

«Et ... ?

«Il était hors de question que cette découverte sorte de ce laboratoire.» Il répond avec le plus grand détachement possible.

Jessica, qui dévisage Mark, est soudain prise de dégout. Elle vient de comprendre.

«C'est toi qui l'a tué, n'est-ce pas ? Tu t'es débarrassé de lui.» Tout en prononçant ces paroles, la jeune femme se laisse tomber sur le bord du lit, posant une main sur sa bouche sous le choc de la découverte. «Mon dieu, tu as fait exploser tout un hôpital juste pour que personne ne trouve ces résultats ou qu'il ne puisse rien dire à personne.

«C'était juste une aile du bâtiment, pas l'ensemble.

«Ne fais pas d'humour s'il te plait, ce n'est pas le moment.» Gardant le silence, elle essaye de lire en lui. «Qu'est-ce que cette analyse révèle de si important à mon sujet que ça vaut la peine de tuer quelqu'un pour ça ?

«De la drogue. Un mélange spécial, rare, pas commun.

«C'est quoi cette histoire ? Je ne me drogue pas.

«Toi non, mais moi oui. Tu en prends à ton insu depuis moins d'un an, de temps à autre, quand le besoin s'en fait sentir.» Mark quitte sa place et retrouve le fauteuil du début, restant toujours face à l'actrice, dont la mine commence tranquillement à se décomposer.

«À mon insu ... quand le besoin s'en fait sentir ... » Elle reprenait ses dernières paroles, sans en saisir le sens. «Je ne comprends pas un traitre mot de ce que tu me dis.

«C'est moi qui t'ai donné cette drogue à chaque fois.

«Comment j'ai fait pour ne pas m'en rendre compte ?

«Les bouteilles d'eau. Avec une aiguille, j'injectais par le bouchon, le contenu dans la bouteille, c'est assez simple en fait.» Aucune émotion n'est exprimée sur son visage.

«Mais je bois tout le temps de l'eau !

«Je te l'ai dit, quand le besoin s'en faisait sentir, seulement dans ces cas-là.»

Jessica, interdite, détourne un instant la tête, confuse au possible mais de plus en plus exaspérée.

«Qu'est-ce qui définissait pour toi ces moments-là ?

«Tu as toujours eu ton caractère bien à toi Jess. Parfois, tu es tellement entêtée qu'il est impossible d'obtenir quoi que ce soit de ta part. Tu refuses d'écouter, de faire … c'est seulement dans ces cas-là que j'arrondissais les angles.

«Tu arrondissais les angles …

«J'arrondissais les angles.

«Tu veux dire qu'à chaque fois que je refusais de t'écouter et de faire ce que tu voulais de moi, c'est là que tu m'en donnais ?

«Oui.

«Il te fallait une poupée, quelqu'un qui ne dise rien.» Une nouvelle fois, elle se tait avant que son visage ne s'illumine. «Oh mon dieu … c'est pour ça que j'agis telle une girouette ! Une fois, je suis moi-même, libre de mes pensées et volontés et l'instant d'après, tu me contrôles, t'assurant que je vais dans ta direction.

«C'est une façon de voir les choses.

«Mais oui, ça explique beaucoup de choses … ça explique tout en fait.» Elle tourne la tête vers la cruche d'eau mais avant qu'elle ne pose sa question, il lui répond.

«Il n'y a rien à l'intérieur. Depuis que tu as mis les pieds à Mendocitos, tu es complètement libre … en pleine possession de tes moyens.

«Et pourquoi une telle générosité ?

«Ce n'était pas raisonnable de t'en donner et espérer que tu réussisses à te souvenir de ton passé. Il fallait que tu sois toi.»

Jessica remarque qu'il ne semble pas si convaincu de ce qu'il lui dit et saisit ce qu'il en est en réalité.

«C'est Benjamin qui t'as forcée à arrêter, c'est bien ça ? Si ça avait été de toi, tu aurais continué comme si de rien était. Tu n'as donc aucune considération pour moi et pour les dégâts que tu peux causer à mon organisme, à mon cerveau ? Merde, je suis amnésique depuis plus de quinze ans et toi, tu ne trouves rien de mieux à faire que de me droguer. Au point où j'en suis. Tout ça, uniquement pour t'assurer qu'on couche ensemble et que le Bureau ne te remplace. C'est bien ça ?» Elle est remontée contre lui et ne le cache plus. Elle se lève, les mains de chaque côté de la taille et marche de long en large à travers la pièce, regardant à terre, fulminant.

Mark ne répond rien. Il reste sagement assis, l'observant simplement. Sur ce sujet, que pourrait-il de toute façon bien dire pour atténuer son cas.

«Pourquoi est-ce que tu me dis tout ça maintenant ? Tu aurais pu garder le silence, avec un peu de chance je n'aurais rien su avant de mourir. À quoi est-ce que ça rime ?» Elle arrête ses pas, non loin d'une table où un bouquet de fleurs égaille la pièce par ses belles couleurs vives.

«Il n'y a plus de raison de tricher ou de mentir à présent. J'ai décidé d'être honnête avec toi pour que tu aies tous les éléments en main. Et je te l'ai dit avant, tu n'as rien à craindre. Je ne te ferai jamais le moindre mal.

«Non, tu préfères me droguer. Tu as une bien drôle de définition pour ce qui est de faire du mal.» Un autre instant de silence entre eux. Il la laisse mener la discussion, estimant qu'il lui doit bien cela. «Ça fait un an que tu es dans ma vie, qu'on se parle, qu'on couche ensemble … tu n'as jamais rien dit. Pourquoi avoir menti ? Pourquoi jouer ce jeu-là avec moi?

«Jessica, je peux parfaitement comprendre que ce qui vient de se passer te dépasse, que ça n'a pas le moindre sens à tes yeux, que mon geste soit insensé.

«Est-ce que le F.B.I t'a imposé ce silence ? C'est eux qui ont pensé qu'il serait préférable que quelqu'un qui a fait partie de ma vie d'avant, s'occupe de ma protection, me drogue ? Un moyen de m'aider à retrouver la mémoire ou quelque chose comme ça ? Je n'arrive pas à comprendre la démarche derrière ce silence.»

Il la regarde droit dans les yeux, lui souriant mais sans répondre immédiatement. Il doit choisir les mots adéquats, il doit expliquer tout, sans aller trop vite. Mark se déplace de son fauteuil pour aller s'arrêter à côté des portes-fenêtres, s'accotant aux stores, le regard d'abord sur la céramique, les mains dans les poches. Il finit par laisser ses yeux se perdre quelque part à l'extérieur de la villa (grâce aux lamelles de bois).

«Tu veux comprendre le passé ?
«Je veux d'abord saisir le présent avant de me pencher sur le passé. Comment est-ce que tu as pu tuer Nancy et James Connolly alors que tu travailles pour le F.B.I ? Tout le monde se doute que le Bureau contourne la loi et les règlements à sa convenance mais il

s'agit d'assassinats ici ! Si encore il y avait un intérêt politique, économique, un secret que toutes les puissances s'arrachent … je ne l'accepterais pas mieux mais ça aurait un certain sens.

«Je ne travaille pas pour eux … ça n'a jamais été le cas et ça risque sûrement plus jamais de l'être à présent … si j'avais jamais eu envie de me recycler.» Mark sourit, en pensant à cette dernière idée, amusé. Jessica a tourné la tête dans sa direction, encore plus emmêlée qu'auparavant. «Je me suis fait passer pour l'un des leurs afin d'assurer ta protection, officiellement. Grégory Bark a toujours ignoré qui j'étais … ce n'est plus le cas aujourd'hui. Toute bonne duperie a une fin et ça vaut mieux ainsi. On a eu beaucoup de chance pendant tous ces mois. Jouer la comédie trop longtemps devient dangereux. De toute façon, je commençais à en être fatigué. La situation a toujours été temporaire.» Il lui explique le tout d'une voix douce mais détachée.

«Tu as pris une fausse identité … mais dans quel but ? Tu ne pouvais pas te présenter à eux et simplement demander à être à mes côtés pour m'épauler après ce que je venais de vivre ? Ils peuvent être butés, coincés et vieux jeu, certes, mais ils savent quand même faire preuve d'ouverture d'esprit dans certains cas.» N'attendant pas sa réponse, elle venait de comprendre autre chose, son cerveau toujours lancé en mode plein régime. «Oh mon dieu … c'est toi qui a essayé de me tuer il y a un an !» Le ton de sa voix exprime le dégoût et l'amertume.

«Non. Je n'ai rien à voir avec cette tentative de meurtre. En tout cas, pas directement.

«Qu'est-ce que ça veut dire pas directement ?

«Je n'ai pas demandé à Manuel de te tuer. Ça veut dire ça *pas directement* .» Il se rend bien compte qu'elle ne croit pas un traitre mot de ce qu'il vient de dire. «Manuel devait se charger de découvrir si tu avais retrouvé la mémoire ou non. Il devait établir quelques contacts avec toi puis me rendre compte, sans plus. Il a de lui-même décidé de se mettre dans ton lit et s'est bien gardé de me le dire. Le jour où je l'ai découvert, il a pris l'initiative de t'éliminer. Il a paniqué ce fils de pute, sachant très bien qu'il n'aurait jamais dû faire ça. Il a cru que je t'éliminerais aussi, il t'a alors fait une injection d'un cocktail extrêmement puissant et dangereux qu'on ne maitrisait pas encore bien à ce moment-là.

«Il a laissé entendre que quelqu'un ne comprendrait pas, c'est de toi dont il parlait.

«Je t'ai toujours voulu vivante.

«Pourquoi avoir voulu me tuer dans ce cas ? Il a été retrouvé mort. La police me l'a dit ... tué par balles.

«Qu'est-ce que tu crois que j'allais faire ?» Mark a légèrement haussé le ton. «Quand j'ai su qu'il a essayé de t'éliminer ... quand j'ai su qu'il t'a fait cette injection qui aurait pu t'être fatale ... » Il ne parvient pas à finir sa phrase, sa gorge se noue par l'émotion en pensant qu'il a failli perdre Jessica à cause de ce crétin.

«Tu n'as pas eu d'autres choix, c'est ça ?» L'actrice finit la phrase à sa place mais sur un ton sarcastique.

«Non seulement il n'a pas respecté mes ordres mais en plus il t'a séduite, a couché avec toi. Il savait dès le début qu'en agissant de la sorte, ses jours étaient comptés. Il avait compris que tu m'étais précieuse, il n'avait juste pas la moindre idée de l'importance que tu représentais pour moi. C'est un véritable miracle que tu aies survécu à l'injection.» Il ferme un instant les yeux, chassant les larmes qui tentaient de sortir de ses paupières. «Aucun pardon ou excuse pour ce qu'il a fait.» Mark, visiblement en colère, se détourne de Jessica et s'en retourne à la table pour se verser à nouveau à boire. Il a besoin de se calmer, il n'est qu'au début des explications et ça risque de secouer davantage encore.

L'actrice l'observe quelques secondes, dégoûtée.

«Quelle conscience, Mark, non, vraiment. Tu choisis, selon ce qui t'arrange, de me protéger. Ça me tire les larmes des yeux !» Mark ne répond pas à la jeune femme, continuant à boire l'eau dans son verre, se tenant de biais. «Toutes les foudres de l'enfer sont déversées quand quelqu'un m'injecte de la drogue mais, par contre, il n'y a pas le moindre problème quand toi tu m'en donnes. Tu décides qui vit et qui meurt. C'est charmant !

«Ce que tu as pris n'a jamais représenté le moindre danger pour ta santé, c'est une grosse différence.» Mark pose le verre vide sur la table et, calmement, retourne contre les stores en bois. «J'ai été tellement soulagé de te savoir en vie. Je n'arrivais pas à y croire ! Je me suis dit que cet événement a peut-être eu un impact positif sur ta mémoire. Il fallait que je sache mais aussi ...

«Mais quoi ?

«Il fallait que je sois auprès de toi, rattraper le temps perdu. Quand j'ai su que le F.B.I avait décidé d'allouer un des leurs à ta protection, j'ai fait ce qu'il fallait pour que ce soit moi.

«C'est admirable Mark mais tu as pris soin de ne pas répondre à mes questions. Pourquoi ne pas leur avoir dit qui tu étais pour être à mes côtés ?

«Je suis resté suffisamment longtemps éloigné après la mort de tes parents, après que ta tante soit rentrée en Australie avec toi dans ses bagages.» Il élude une nouvelle fois sa question.

«C'est la faute de ma tante, c'est ça ?» L'émotion commence à prendre Jessica à la gorge, en faisant allusion à celle qui l'a élevée ces dernières années, en repensant à sa disparition brutale.

«Je ne suis pas n'importe quel homme que tu mets dans ton lit un soir et reste après dans les coulisses à te contempler comme un fan. J'agis, je fais, je prends, je contrôle, personne ne me dicte quoi faire. Évidement que ce n'est pas la faute de ta tante, elle a fait la seule chose qu'il y avait à faire dans les circonstances.» Il se calme un peu à présent, il ne faut pas que ces retrouvailles tournent au vinaigre.

L'actrice observe, presque écœurée.

«Mon dieu que tu as changé ! J'ai du mal à te reconnaître.

«Toutes ces années d'éloignement … je me suis construit avec ce qu'il restait de ma vie.

«Oh arrête d'utiliser de grands mots, tu vas me faire pleurer ! Pourquoi avoir fait des mains et des pieds pour obtenir ce poste ?

«Je dirais que j'ai le bras long mais je serais plus juste en disant que je suis la pieuvre contrôlant tout. Ça a demandé de l'organisation, certes, mais ça en valait la peine.»

Ils se jaugent un instant, en silence. Jessica essaie de lire en lui, de voir au-delà, tentant de retrouver celui qu'elle a connu toute son enfance. Même si elle le sent là, elle ne peut se départir de la présence d'un autre, et de celui-là, elle s'en méfie.

«Quelle est la véritable raison pour avoir voulu jouer la comédie à tout le monde pendant tout ce temps ?
«Je te l'ai dit … je pouvais enfin te retrouver.
«Mark … soit honnête avec moi, tu me le dois bien.

«Je voulais me rendre compte par moi-même, au début, du réel état de ta santé mentale. Si tu te souvenais de quelque chose, la moindre et insignifiante petite chose.

«Ah ... nous y voilà, ma mémoire ! Un précieux bien ... qui pourrait changer de nombreuses choses, j'imagine. Pas un moment, ça t'a passé par l'esprit que me droguer pouvait sérieusement compromettre ma santé et donc ma mémoire ?! Tu m'as pris pour un hamster, c'est ça ? Un rat de laboratoire. Comment peux-tu être aussi inconscient ?» Jessica s'énerve à nouveau en pensant à la drogue qu'elle a ingurgitée depuis des mois.

«Il s'agit d'un mélange sans danger.» Il se veut rassurant mais il sait très bien que, quoi qu'il lui dise, elle ne voudra rien entendre.

«Excuse-moi. Pourquoi croire qu'un mélange de drogues peut être inoffensif pour l'organisme quand la simple prise quotidienne d'ibuprofène est suffisante pour foutre tous les organes en l'air. Je suis conne, désolée. J'aurais dû faire des études en pharmacologie plutôt qu'en Art Dramatique. J'ai complètement manqué mon coup mais quel soulagement de savoir que tu es là pour prendre soin de moi.

«Ne sois pas sarcastique avec moi sur ce sujet Jess. Je connais ma matière et je t'assure qu'il n'y a aucun effet secondaire.

«Pourquoi, tu as un diplôme en pharmacologie ? Non, je veux même pas le savoir.

«Un diplôme non, mais j'ai de nombreuses personnes très qualifiées qui travaillent pour moi dans ce domaine.

«Je ne veux pas savoir.

«Si elles m'avaient préparé une solution dangereuse, crois-moi, elles ne seraient plus en mesure de respirer pour éprouver du remords à m'avoir menti.»

Jessica plonge dans ses yeux afin de déterminer s'il dit la vérité ou s'il bluffe. Elle sait bien au fond d'elle, qu'il ne lui ment pas cette fois.

«N'en ajoute pas davantage. Je ne suis pas prête à tout entendre aujourd'hui.

«Comme tu le souhaites.

«Tu ne m'as pas dit pourquoi tu ne pouvais te présenter au F.B.I en tant que Mark Perry.

«Les morts ne peuvent parler, encore moins marcher.» Il lui répond en affichant un léger sourire qui se veut taquin plus qu'autre chose. La jeune femme le regarde, ne saisissant pas le sens de sa phrase. «Mark Perry et Benjamin Scarfelli ou Marelli – selon les jours - sont morts dans un accident de la route, il y a de nombreuses années de ça. Je me vois difficilement expliquer comment on a réussi à revenir d'entre les morts aux autorités.»

Mark quitte son confortable siège, se dirige une nouvelle fois vers la cruche d'eau et remplit le verre en cristal. Lentement, il va se placer contre le cadre d'une des portes-fenêtres, le verre dans une main.
Jessica, repensant aux derniers propos qu'il lui a tenus, par réflexe se masse les tempes du bout de son pouce et de son majeur droit. Si elle n'avait pas pris plus tôt de l'aspirine, c'est un mal de tête qu'elle tenterait maintenant de dissiper ainsi.

«Je suis certaine qu'il y a une raison logique pour laquelle vous vous êtes fait passer pour mort ?» La curiosité la pousse à demander, espérant qu'elle ne va pas avoir à le regretter.

«Après ce qui s'est passé, après ton départ imprévu, c'était la seule suite logique à mettre en place. Il ne restait plus personne ici pour que Mark Perry reste en vie. Mes projets nécessitaient de toute façon un changement radical un jour ou l'autre. Quant à Benjamin, tu sais très bien que personne d'aimant ne l'a pleuré.

«Tu veux dire qu'il ne restait plus personne de vivant autour de toi.

«Ce qui nous amène au chapitre du passé.» Mark tourne légèrement son visage vers Jessica, cherchant à savoir si c'est là qu'elle voulait bien aller.

«Le présent me suffit pour l'instant. Le passé est plus important. Après tout, c'est pour lui que tu as fait tout ça, n'est-ce pas ?» Elle soutient son regard mais ses yeux affichent davantage la tristesse qu'autre chose à l'heure actuelle. Retourner dans le passé rouvre des plaies encore fraîches et jamais cicatrisées. «J'étais tellement excitée à l'idée de me remémorer ma vie d'avant l'Australie, qui j'étais, me souvenir de mes parents, de mon enfance, alors qu'aujourd'hui ... » La gorge de Jessica se serre en repensant aux événements qui ont marqué les derniers moments conscients de son enfance. «... aujourd'hui, j'ai peur de me replonger dans cette journée fatale.

«Je devine que ça te fait peur. Je comprends.» Mark observe avec la plus grande attention le comportement de la jeune femme, de la tête aux pieds. L'instant d'explication qu'il a attendu ou redouté ces dernières années, semble enfin être là. «Ce que tu as vu et donc vécu t'a fait péter les plombs, disons les choses pour ce qu'elles sont : c'était trop pour toi … ça aurait été trop pour n'importe qui d'ailleurs.

«Je me doute que de me révéler les raisons de tout cela, ne fait que garantir ma mort ?»

En entendant la remarque de l'actrice, il se met à rire.

«Je t'en prie, tu n'as jamais été captive. Tu es libre d'aller où bon te semble sur l'île.» Son visage est à nouveau tourné vers les stores de bois. Il porte le verre d'eau à ses lèvres et boit une gorgée du liquide frais.

«Sur l'île ? Tu n'as pas peur justement que je me mette à demander de l'aide à quelqu'un ?

«Tu ne trouveras ici que des oiseaux.

«Il y a plus que ça à La Barbade.

«Ah oui, c'est vrai, on a dû la laisser derrière nous. Tu te trouves à présent sur l'île de Beliceaux, dans l'archipel des Grenadines. Ce n'est pas très loin de notre point de départ mais il n'y a que nous ici. L'île nous appartient, à Benjamin et à moi, alors tu peux te promener en toute liberté.

«Est-ce qu'il y a une raison particulière pour venir ici ?

«Disons simplement qu'ici, absolument personne ne te cherchera.

«Genre … le F.B.I. ?

«Ils sont à Bridgetown, bien tranquille, à essayer de démêler les pièces du puzzle. Alors, tu veux toujours y retourner ?

«Si ça ne te dérange pas, on va faire ça pendant que je mets autre chose sur mon dos.» Elle se dirige vers l'une des commodes de la pièce, supposant que ses affaires y ont été rangées. Prenant ce qui lui tombe entre les mains, elle enfile une jupe ample et un débardeur.

«Très bien, alors où veux-tu commencer ?» Il s'est retourné, la contemplant pendant qu'elle change de vêtements.

«Par ordre chronologique. Il est important que je sache tout.» Les traits de son visage sont durs et sévères.

«Tu étais sensée être encore couchée. Qu'est-ce qui t'a fait quitter ton lit ?»

Dans ses habits frais, Jessica s'adosse au meuble et ferme les yeux un instant, se replongeant dans les événements qui ont marqué ce début de journée du 23 mars 1995. La scène ne tarde pas à prendre forme sous ses yeux, comme un mauvais film qu'elle doit désormais visionner. Les yeux perdus sur la céramique au sol, elle prend une profonde respiration avant de se lancer.

«Cette journée-là, mes parents avait décidé de sortir en mer, en amoureux, ce qu'ils faisaient à l'occasion. Les tiens devaient s'occuper de moi en leur absence, c'est eux qui ont proposé cette garde. Il avait été décidé de rester déjà la nuit chez toi, c'était plus pratique ainsi puisqu'ils voulaient partir tôt. La veille, on a passé le début de soirée tous les trois ensemble, Benjamin, toi et moi dans votre sous-sol. Vous vouliez absolument voir …

«On voulait regarder le premier volet de la Guerre des Étoiles.» Mark finit sa phrase, revivant lui aussi les événements racontés.

«À la fin du film, une fois que Benjamin est rentré chez lui, tu m'as emmené au fond du jardin et, installé sur une couverture, on a observé le ciel étoilé. Tu étais intarissable sur le film et, sur une possible vie extraterrestre. Le film t'avait de toute évidence très inspiré. Comme il commençait à se faire tard, ta mère est venue nous chercher. J'ai dormi dans la chambre d'amis et toi dans la tienne.» Jessica narre les événements d'une voix monocorde avec toutefois une légère pointe de gaieté en repensant à ces derniers moments de bonheur d'enfant.

«Comme à chaque fois que tu passais une nuit chez nous.

«Je n'ai pas beaucoup dormi cette nuit-là. Je ne saurais dire vraiment pourquoi. Le film, ce qu'on a discuté après ou de les savoir prendre la mer sans moi … j'ai guetté les premiers rayons du soleil avec impatience à travers la fenêtre de la chambre. Quand le cadran du réveil a indiqué 6h00, je me suis levée en prenant soin de ne pas faire de bruit pour ne réveiller personne. Je voulais les rejoindre encore avant leur départ mais je savais que ta mère m'en aurait empêché si elle l'avait su. Alors j'ai enfilé mes vêtements rapidement, mes chaussures dans une main pour ne pas faire de bruit. Quand je suis arrivée dans la cuisine pour sortir par la porte donnant sur le jardin …

«Cette porte n'était presque jamais fermée et avait l'avantage d'être loin de la chambre de mes parents.

«C'est alors que je t'ai vu à travers la fenêtre. Tu quittais la maison en prenant visiblement le plus grand soin à n'être pas vu.

«C'est donc à ce moment-là que tu as décidé de me suivre plutôt que d'aller rejoindre tes parents.» Mark faisait la déduction par lui-même de ce qui s'est passé à cet instant-là.

«Je sais bien que tu as souvent fait de mauvais coups avec Benjamin. Tu ne me mêlais pas à tout ce que vous faisiez. C'est comme si tu faisais un tri entre ce qui était vraiment pour s'amuser – du style la blague idiote - et ce qui pouvait être risqué. En fait, je savais que dans ces moments-là, tu me tenais éloignée du pire.» Pendant un très bref instant, la jeune femme se perd dans le cours de ses pensées, se remémorant le Mark adolescent qu'elle aimait alors. «Pourquoi est-ce que j'ai décidé de te suivre plutôt que d'aller les rejoindre … je sais pas.» Jessica se tait un instant comme pour reprendre son souffle. «Je n'ai pas tardé à t'emboîter le pas en restant la plus discrète possible.» Chaque description des événements se matérialise pour elle par autant de lacérations dans son cœur. «Plus d'une fois j'ai pensé que tu m'avais vue ou entendue, je me disais que tu allais me tomber dessus plus loin et que tu serais dans une colère noire. Le chemin, que tu prenais, était bien souvent dégagé et même si le sol absorbait le bruit de nos pas, il y avait une légère brise marine qui soufflait. Je n'étais pas rassurée.

«Si j'avais su que tu me suivais, je t'aurais ramenée en personne à la maison mais je ne t'aurais pas permis de rester avec nous. Tu as raison sur ce point-là. Cette fois-ci, il n'y avait pas de place pour toi.» Mark s'exprime avec douceur, ne pouvant éviter de laisser transparaître une pointe de regret dans sa voix.

«Ouais … avec des si, on peut empêcher le monde qui nous entoure de s'écrouler en une seconde.» Elle lui répond avec amertume.

«Je suis autant orphelin que tu l'es Jessica !

«Je doute que ta situation soit comparable avec la mienne.

«Je ne risque pas d'oublier ce qui s'est passé … je n'ai jamais oublié. Les deux parties.» Il la fixe avec tristesse. «Continue, qu'est-ce qui s'est passé après ?» Mark veut vérifier à quel point Jessica a été un témoin de l'événement.

«Je t'ai vu rejoindre Benjamin, comme je m'en étais doutée mais puisque je ne pouvais pas prendre le risque d'être découverte, je suis restée cachée derrière des arbres et buissons.

«Donc suffisamment loin pour ne pas être capable d'entendre ce qu'on disait.

«C'est exact. La seule chose que je pouvais déduire c'est que Benjamin et toi, étaient en grande conversation mais vous sembliez pour autant faire attention à ce qu'on ne vous entende pas. Vous attendiez quelqu'un parce que toutes les cinq minutes, tu te tournais sur ta gauche et tu observais la plage. Je ne sais pas exactement combien de temps s'est écoulé mais finalement une silhouette n'a pas tardé à se dessiner. Quelqu'un arrivait sur le sable fraîchement mouillé par les vagues.

«Mon père.

«Ton père, en effet. J'avoue que je ne comprenais pas pourquoi agir de cette façon pour finalement attendre ton père lors de sa promenade quotidienne. Si tu avais à lui parler, tu pouvais très bien le faire ailleurs et à n'importe quel autre moment de la journée. Et la présence de Benjamin … ? Ça n'avait pas de sens mais je sentais bien que ça cachait quelque chose.

«Tu avais déjà, à quatorze ans, un esprit de déduction hors du commun, Jessica.

«Quand il était à votre hauteur, tu t'es planté devant lui, seul. Il était assez étonné de te trouver là, j'imagine que l'heure devait en être la principale raison. Vous avez échangé un court instant puis Benjamin vous a rejoint. C'est principalement toi qui t'adressais à ton père, avec insistance. Après un instant, ton père semblait être en colère. Il a voulu reprendre son chemin mais vous l'en empêchiez en restant sur son chemin. J'avais l'impression que tu étais dans une colère noire avec ton père alors que Benjamin était …

«Ben quoi ?

«Il semblait te pousser à agir, comme à t'encourager à quelque chose. Ton père a finalement quand même réussi à passer devant vous mais … »

Jessica s'arrête un instant en revoyant la scène, aussi nette que si elle la vivait à nouveau. Mark lève son visage vers la jeune femme, en attendant la fin de sa phrase.

«Mais quoi ? Qu'est-ce que tu as vu ?»

Les mains de l'actrice sont glacées, ses poils sont dressés sur sa peau. Le souvenir devient de plus en plus pénible pour elle.

«Qu'est-ce qui s'est passé après, Jessica ?» Mark se veut insistant.

«Benjamin a sorti une arme. Elle était, semble-t-il, cachée dans son dos. Il te l'a tendue, tu l'as prise sans hésiter, puis … tu l'as pointée sur ton père.» Elle ferme un court instant les yeux, revoyant le visage de Jason Perry, marqué par la peur et la stupéfaction. «Tu continuais à t'énerver, je me souviens que tu criais après lui mais je ne comprenais pas un mot. J'ai eu l'impression plus d'une fois, qu'il tentait de te convaincre de lâcher ton arme. Je le trouvais encore relativement calme dans ces circonstances.»

Mark, les yeux baissés sur le sol devant lui, se souvint parfaitement de cette scène. Même si sa gorge se noue par l'émotion en revoyant nettement le visage de son père, il sent également monter en lui une profonde colère qui lui rappelle pourquoi il avait agi de la sorte. Non, il ne ressent aucun regret, pas de remord, même après tout ce temps.

    «Et puis …
    «J'ai tiré.» Mark finit la phrase, sans la moindre émotion dans la voix.
    «Tu lui as mis une balle dans la tête.» Jessica a du mal à masquer sa tristesse, sa voix tremble. Du revers de la main, elle essuie les larmes qui commencent à couler de ses yeux, gardant un court instant le silence. «Presque immédiatement, et sous le coup de l'impact à la distance à laquelle vous étiez l'un de l'autre, il a basculé vers l'arrière et s'est écroulé de tout son long.» L'actrice finit sa description de la scène en un léger murmure, pénible à exprimer. D'une main, elle cache ses yeux et ses larmes.

Mark, le visage sévère et froid, replonge à son tour dans la scène, muet. Il revoit le corps de son père se dessiner sous ses yeux, sur la céramique. Ce dernier ne bougeait plus. Un trou sombre sur le front de son paternel, attirait son regard. Il se revoit, avancer lentement vers le corps sans vie, tenant l'arme toujours aussi fermement dans sa main. Il plongea son regard dans les yeux de son père, étendu à ses pieds, pendant ce qu'il lui sembla être une éternité. Après toutes ces années, il ressent encore la même chose pour cet homme : frustration, colère et dégoût.
Même s'il avait pris l'arme de Benjamin, il ne pensait pas pour autant aller jusqu'à s'en servir contre lui. C'était plus pour faire peur, pour lui faire tout avouer. C'était de sa faute, il refusait de répondre. Plus il s'entêtait, plus Mark sentait monter en lui une telle colère que son doigt a pressé la détente aussi facilement que ça, ne lui laissant plus la moindre chance. Son père était mort de ses mains et ça ne lui faisait pas plus d'effet que ça.

Les pleurs de Jessica le ramenèrent au présent.

Il jette un coup d'œil vers la jeune femme puis sort de la pièce sans un mot, sans un bruit. Une fois la porte refermée sur Jessica, il s'adosse à la porte, se laissant absorber par toutes les émotions qui l'assaillaient.

Il avait eu ses raisons pour agir à l'époque de la sorte. Cet acte reste encore incompréhensible pour elle, n'ayant rien entendu, ce n'est pas surprenant. Il mesure enfin l'impact de ce qu'elle a vécu en émotions, cette matinée-là, de la décharge à laquelle son cerveau a dû faire face en très peu de temps. Le jeune homme ne savait pas exactement ce qu'elle avait pu voir. Peu de temps après avoir tiré, il l'a aperçue s'éloignant, paniquée et courant dans la direction de leur résidence. Comme il était absorbé par son geste, il n'a rien dit sur le coup à Benjamin. Ce n'est que quelque temps après qu'il le lui a avoué. Jamais il n'a cru pour sûr qu'elle était un témoin du meurtre de son père, même si Benjamin a été le premier à le soupçonner. Il se refusait à croire qu'elle avait vu. Il fallait qu'elle retrouve la mémoire pour en avoir le cœur net.

Levant rapidement les yeux en direction du plafond alors qu'il prend une profonde inspiration, Mark se dit que ça ne s'est pas si mal passé. La suite attendra un peu, parce qu'au-delà de son père, il y a eu la mort des Redon. En cet instant précis, un doute lui serre le cœur. Est-ce qu'elle saura comprendre, est-ce qu'elle lui pardonnera ? Il secoue la tête rapidement comme pour chasser cette pensée négative et absurde. Bien sûr qu'elle le soutiendra. Comment ne pourrait-elle pas comprendre ?
Mark s'éloigne de la porte de la chambre de Jessica, se dirige vers l'escalier et descend au 1er étage. Il sort de la villa par la porte principale, laissant ses pas le conduire après une bonne promenade vers l'embarcadère un peu plus bas. Il y aperçoit Benjamin discutant avec l'un des hommes d'équipage du voilier qui avait dû les rejoindre entre temps. Sitôt que son ami le voit, il va à sa rencontre pour savoir de quelle façon les choses se sont passées avec Jessica. Ils s'éloignent du ponton et empruntent un sentier qui longe l'île. Avant de commencer sa conversation sur Jessica, il jette un coup d'œil au texto qu'il a reçu un peu plus tôt alors qu'il était avec elle. Benjamin attend qu'il amène le sujet, il sait très bien que Mark va d'abord clarifier un point nébuleux de quinze ans.

«Comment va-t-elle ?» Benjamin avance lentement, gardant les mains dans les poches.

«Elle gère ses émotions.

«Quel est le verdict ?» Il s'arrête, curieux d'avoir enfin une réponse.

«Si tu veux savoir comment se porte sa mémoire … tout semble être revenue à sa place. Tu avais vu juste.» Mark arrêta ses pas à son tour, légèrement en avant de son ami, le regardant droit dans les yeux.

«Elle a assisté à la scène sur la plage, c'est bien ça ?» Il lui parle, sans surprise, voyant que Mark, pour toute confirmation, laisse un sourire s'installer aux coins de ses lèvres. «J'aurais préféré me tromper.» Benjamin détourne son visage pour fixer sur sa droite l'eau et les vagues qui viennent se casser contre les rochers. «Est-ce que tu lui as dit pourquoi ?

«Elle n'a pas demandé.

«Est-ce que tu comptes le lui dire ?

«Évidemment, je ne vois pas quelle autre possibilité j'aurais pour la convaincre de mon geste. Je ne veux pas qu'elle s'imagine que je trucide tout le monde.

«Tu ne souhaites pas qu'elle comprenne trop vite quel homme tu es.» Benjamin tourne légèrement son visage vers celui de son ami, un sourire ironique aux lèvres. «Es-tu toujours aussi confiant quant à sa réaction une fois qu'elle saura ?» Benjamin observe son ami.

«Je sais que tu ne crois pas qu'elle puisse comprendre et encore moins pardonner mon geste. Tu m'as déjà plus d'une fois donné ton avis sur la question.

«Je te rappelles simplement les faits. Tu vis depuis plus d'un an dans un monde à part du nôtre. Jessica a toujours eu l'esprit ouvert, je te le concède, mais je ne veux pas que tu tombes de haut, c'est tout. Tu as de telles attentes depuis toutes ces années, je ne suis pas certain que tu considères objectivement la situation. N'oublie pas que ta vision des choses n'est probablement pas la même que la sienne.

«Elle a toujours été à mes côtés.

«Je te rappelle, qu'il s'agit d'être en accord avec le meurtre d'un parent par l'un de ses enfants. À moins qu'elle ne voit ton père comme un boucher tortionnaire et sanguinaire … » Il voit son ami lui lancer un regard sombre. «Oublies ce que j'ai dit. Tout est fantastique, tout est merveilleux, il n'y a aucun souci à se faire.»

Benjamin, un peu agacé, tire de l'une des poches de son pantalon, son paquet de cigarettes et en sort une qu'il porte à ses lèvres mais avant qu'il ne prenne son briquet, Mark s'avance vers lui et lui tend le sien, déjà allumé. Ce qui embête le plus Benjamin, c'est que cette révélation risque d'être dangereuse pour leurs affaires et il n'a pas la moindre envie de voir partir en fumée les bénéfices de leur dur labeur, et particulièrement du sien depuis qu'il est en charge, pendant que Mark jouait à l'agent du F.B.I. Chacun des deux hommes se dévisage un instant. Une fois que la cigarette est allumée, Benjamin sourit, faisant croire que Mark a raison. En fait, il renonce pour cette fois à essayer de le préserver. Adviendra ce que pourra avec Jessica. C'est peut-être ce qu'il faut à son ami pour qu'il comprenne qu'il n'aura peut-être aucun avenir avec elle. De son côté, il fera ce qui est nécessaire pour sauvegarder les fruits de leur dur labeur.

«Est-ce que tu comptes aborder le sujet encore aujourd'hui ? Est-ce le jour de toutes les révélations ?

«J'ai eu un message tantôt.» Mark repousse sa réponse. «Après l'attaque du convoi, ils ont décidé de sortir les gros moyens. Ils vont se servir des images satellite pour passer la mer au peigne fin, sachant très bien que c'était notre seule porte de sortie.

«Je me demande ce qui les a poussés à faire ça. Passer au satellite n'arrive qu'en cas de gros poissons, on dirait bien que tu as changé de statut dans leur banque de données. Il va donc falloir ne pas perdre de temps. Je doute qu'on pourra passer une deuxième journée sur l'île.»

Mark qui le connaît bien, remarque que Benjamin est tendu, grâce à l'une de ses veines très visible sur la tempe droite.

«On savait bien qu'il pouvait quand même réussir à trouver un moyen. Ça nous laisse du temps malgré tout, il n'y a pas besoin de paniquer. En douze mois, j'ai pu me rendre compte que Grégory Bark peut être tenace si le dossier l'intéresse. Il deviendra un problème à un moment donné ou à un autre, ce n'est qu'une question de temps.

«Cette ténacité peut se traduire par un problème pour nous plus rapidement que ça. On a prévu le coup mais les imprévus ça existe.» Benjamin essaie de faire comprendre à Mark que même s'ils ont prévu différents plans de rechange, il doit reconnaître que Bark est plus coriace qu'il ne le pensait.

«Pour l'instant, il n'a trouvé qu'une partie des pièces du puzzle. Ce qui relie ces pièces reste vague ou inconnu à date. Et puis je préfère avoir quelqu'un d'intelligent en face de moi, ça rend le jeu bien plus excitant ainsi. » Mark sourit, sûr de lui.

Benjamin, prenant une nouvelle bouffée de tabac, ne peut que constater la réaction trop insouciante de son ami.

«Excuse-moi si je ne partage pas ton enthousiasme, je préfère jouer sûr. Depuis qu'il sait qu'il s'est fait méchamment doubler, je suis certain que Jessica Redon est devenue sa priorité du moment. Il va désormais tout mettre en œuvre pour la retrouver.»
«Notre avantage est qu'il ignore toujours le pourquoi du comment, les motifs de tout ça.»

Les deux hommes affichent le même visage entendu. Ça faisait un petit moment qu'ils n'avaient pas joué avec du gros gibier. Le rôle que Mark a dû tenir pendant plus d'un an auprès du F.B.I, les a obligés à gérer d'une main de fer leurs affaires. Enfin c'est surtout Benjamin qui a pris le relai. Tout en continuant à maintenir l'une des plus grosses entreprises de trafic sur la planète, ils ont réussi à jouer prudemment la carte du contrôle absolu. Et puis, ils n'ont jamais été inconscients au point de croire que ça durerait toujours. Quand on est dans ce genre de commerce, il faut préparer sa retraite rapidement avant que la concurrence ne s'en charge à votre place ou qu'on se fasse prendre bêtement.

Mark quitte le sentier, pour prendre la direction de la villa.

«Tu y retournes ?» Benjamin qui tire sur sa cigarette, le regarde s'éloigner d'un pas sûr.
«Je veux en finir avec ces souvenirs. Le passé doit rester le passé, seul le futur importe. Et puis le temps continue à ne pas vouloir rester de notre côté.
«On dirait une phrase tirée d'un sage chinois ou d'un manuel de philosophie hindoue.» Benjamin sourit, amusé par la remarque de son ami, le laissant s'éloigner.

De retour dans la villa, Mark reprend une fois de plus l'escalier pour rejoindre la chambre où il a laissé Jessica, mais avant d'y parvenir, il l'aperçoit, se tenant justement en-haut des marches. Remarquant de la détermination sur son visage, il la laisse venir jusqu'à lui avant de dire quoi que ce soit.

«On fait le tour du proprio ?» Un peu de légèreté ne peut faire de mal avant la tempête.

«Tu lis dans mes pensées.» La jeune femme semble calme. Elle remarque qu'il jette un rapide coup d'œil sur sa montre bracelet – 8h16 (elle l'avait elle-même fait deux minutes plus tôt dans sa chambre). «Besoin d'être quelque part ? Je peux toujours passer ce temps-là avec Benjamin si tu es trop occupé.

«Non, je n'ai que toi sur mon agenda. Je pensais que tu souhaiterais peut-être manger un truc … » Avec le regard qu'elle vient de lui lancer, il va laisser tomber le sujet d'un éventuel petit-déjeuner. Il n'insistera pas. «Peut-être plus tard alors.

«Peut-être plus tard, c'est ça. Pour l'instant, je désire voir où est-ce que je me trouve. À quoi peut ressembler cette île qui vous est entièrement dédiée. Où est-ce que je risque de passer mes derniers moments.

«Tu fais de l'humour, c'est bon signe.»

Une fois à l'extérieur de la villa de style méditerranéen, il lui indique d'un geste lent de la main, un sentier qui s'engouffre dans la forêt d'arbres et de palmiers. On pourrait dire que la nature les entoure, ce qui est vrai, mais il serait plus juste de dire que la résidence est un point de béton perdu dans la nature. La végétation n'est pas trop dense, le soleil passe facilement à travers mais il y fait bon. Certes, en ce début de matinée les températures ne sont pas à leur pic ; il y fera toujours chaud sans être lourd ou humide, assez bizarrement d'ailleurs. La végétation a parfois une façon bien mystérieuse de faire les choses. Jessica, avant de s'enfoncer dans la forêt, a pu remarquer non loin de la villa, un autre bâtiment qu'elle suppose être destiné à leurs employés (hommes de main, cuisinier, jardinier etc.). Elle respire profondément, désirant emmagasiner de ce bon air marin. Contrairement à La Barbade, ici puisqu'il n'y a pas d'âmes qui vivent à part les leurs, on ne peut trouver trace de pollution d'aucune sorte … et ça fait du bien. Mark lui explique qu'à l'occasion, ils peuvent distinguer un ou deux voiliers ou catamarans à la disposition de touristes mouiller pas très loin – c'est difficile de les tenir éloignés - mais personne n'a encore eu la mauvaise idée de débarquer sur l'île. Une chance que par ici, les mots '*Propriété Privée*' signifie encore quelque chose.

Pour le moment, il s'est contenté de lui parler un peu de Beliceaux, de son histoire, en prenant soin d'éviter tout autre sujet. Elle a plus l'impression qu'il s'efforce de désamorcer l'atmosphère, de détourner son attention en la noyant dans une mare d'informations aussi diverses qu'inutiles. Le jeune homme s'était résolu à lui laisser le choix du moment où elle voudra poursuivre l'interrogatoire. Autant il apprécie cet instant passé ainsi avec la jeune femme, loin de tous, sous sa véritable identité, à parler de tout et de rien, comme tout un chacun, autant il sait très bien que le temps devient un problème dans l'équation. Il a eu beau préparer sur papier et avec Benjamin le déroulement de l'opération mais quand les choses deviennent réelles, soudainement le temps s'égrène différemment.
Il aurait préféré pouvoir rester plus longtemps à Mendocitos, sur l'île où ils ont vécu, passé leur enfance, entamé leur adolescence, là où toute leur vie s'est jouée. Mark espérait pouvoir tirer parti des lieux à son avantage, être capable de jouer sur la corde sensible émotionnelle pour s'assurer de sa fidélité, de son soutien. Il sait bien que d'être à La Barbade n'était une garantie d'aucune sorte mais à présent sur Beliceaux, ils sont juste quelque part sur la planète. Ça n'a plus la même signification.

Depuis plus de quinze ans, il avait préparé dans sa tête un speech pour lui expliquer ses choix. Depuis un an, il le répétait presque constamment, il en connaissait par cœur chaque mot mais là, aujourd'hui, maintenant … il n'était tout à coup plus aussi sûr que son discours ait toute la portée qu'il espère. Il sait ce qu'elle pense des hommes qui comme lui, utilisent sans vergogne la drogue, les armes, la politique ou encore la prostitution pour bâtir des empires, pour en faire leur fortune. Il a toujours su que pour s'en sortir à ses yeux, seule leur complicité d'antan pourra fonctionner. C'est pour ça qu'il a besoin de temps et surtout d'isolement avec le monde extérieur, rappelant à Jessica ce qu'ils étaient un jour l'un pour l'autre.

Depuis qu'ils font cette ballade, elle n'a à l'esprit que les mêmes images, encore et encore. Elle a passé les dernières années à prier pour se souvenir et maintenant qu'elle a été exaucée ... elle ne sait pas comment gérer toutes les émotions qui la submergent.

Après un bon moment à déambuler sur ce sentier, ils se retrouvent devant un belvédère. À cet endroit, ils peuvent distinguer très facilement l'île voisine – Battowia – se dessiner sur le bleu magnifique de la mer des Caraïbes. Imaginant ce qui passe à travers la tête de l'actrice, il lui indique qu'elle est à vendre, il n'y a donc personne à côté. Ça leur donne un voisinage plutôt tranquille. Afin de prendre son temps, de se reposer ou quelle que puisse être la raison de s'arrêter ici, un banc de pierre y a été installé, faisant face à la mer mais en restant à l'ombre de la végétation.

Une légère brise souffle dans les cheveux de la jeune femme, dont le regard est perdu au loin, devant elle. Le ciel est parfaitement dégagé, aucun nuage à l'horizon. Alors qu'elle décide de s'asseoir, Mark s'accoude à la rambarde de pierre (on a voulu faire en sorte que ces aménagements extérieurs puissent survivre aux passages des tempêtes et ouragans sans avoir à les reconstruire à tout bout de champ), lui tournant le dos pour le moment. Chacun se tait et chacun à mille pensées qui traversent son esprit. Jessica sent qu'il est temps de continuer à se pencher sur ce passé qui reste douloureux, aujourd'hui pour d'autres raisons.

«Pourquoi tu l'as tué ?

«Toujours aussi directe ! Et puis pourquoi tournerait-on autour du pot.» Il essaie de ne pas montrer qu'à cet instant il goûte au stress. «Tu dois savoir que ça n'est pas si simple que ça.

«Essaye, je verrai bien à quel point c'est difficile à comprendre.» Elle reprend ses distances avec lui, s'exprimant avec lassitude (espérant la vérité, elle n'est pas dupe qu'il va plutôt lui servir une bonne dose de 'mensonges').

«Tu sais à quel point ma mère comptait pour moi. Je l'aimais vraiment beaucoup.

«Et ton père, tu ne l'aimais donc pas. Ce n'est pas ce dont je me souviens, moi. Tu l'aimais autant et c'était bien réciproque.» La voix de l'actrice est ferme.

«Ce n'est pas ce que j'ai dit. J'essaie de t'expliquer, Jess ... laisse-moi continuer s'il te plait.» On peut entendre à travers le bruit des vagues, la jeune femme pousser un profond soupir d'exaspération. Mark reste concentré sur l'énoncé qu'il s'apprête à livrer. «J'ai aimé mes deux parents, plus ma mère comme c'est souvent le cas pour un enfant. Elle était le pilier de nous trois, toujours joyeuse, toujours aimante, toujours dévouée … » Au souvenir de sa mère, Mark a la gorge qui se serre par l'émotion. «J'admirais mon père. C'était tout un personnage, sévère mais juste, intelligent et jamais imbu de sa personne. Il ne nous a jamais oubliés au profit de ses recherches, enfin disons que comme ton père, le mien se partageait à merveille entre le travail et sa famille.» Mark prend un temps d'arrêt pendant lequel il ferme les yeux, fixant dans sa mémoire l'image des jours heureux. «Un jour, alors que je rentrais de l'école plus tôt, ou que le principal m'a gentiment demandé de quitter les lieux pour avoir encouragé une bagarre dans la journée, j'ai trouvé ma mère et mon père ensemble.

«Cette révélation est un vrai choc pour moi.» Le sarcasme est ici inévitable à utiliser pour elle. «Qu'est-ce qu'il y a d'extraordinaire à les voir ensemble ? C'était un couple, tu penses bien qu'ils devaient en profiter quand on n'était pas là.

«Ils étaient dans son bureau, j'étais encore à l'extérieur … les rideaux n'étaient pas tirés et la fenêtre était fermée. Ma mère était assise dans le fauteuil en cuir de mon père et lui se tenait à côté d'elle, debout, faisant quelque chose sur son bureau, je ne pouvais pas voir alors, son dos masquait ses gestes. Je me souviens très bien de l'expression de ma mère … elle était triste et … soucieuse, comme résignée. Je ne l'avais encore jamais vu dans cet état.

«T'es sûr que t'as vécu avec eux un jour ?»

Mark tourne son visage avec sévérité vers Jessica qui soutient son regard, la même dureté dans les yeux.

«Mon père a fini par se retourner. Il tenait dans ses mains une seringue, pas très grande. Il s'est approché d'elle et a planté l'aiguille dans le haut de sa fesse. Ma mère faisait la grimace … elle n'a jamais aimé les piqûres.

«Ton père était, tout comme le mien, capable de prodiguer des soins. Ils n'étaient pas que des chercheurs ou des cerveaux.

«Je suis tout de suite rentré. J'ai croisé ma mère qui sortait du bureau et est allée se réfugier dans la salle de bain où je l'ai entendue vomir. Je suis allé frapper à la porte pour savoir ce qui n'allait pas. C'est mon père qui a répondu, me disant de la laisser tranquille, que tout allait bien, un aliment qui ne passait pas. Il m'a envoyé à mes études, fin de la discussion.

«C'est pour ça que tu lui as tiré une balle dans la tête ?!» Jessica qui continue à le jauger, essaye d'y déceler la vérité.

«À partir de ce jour-là, j'ai fait plus attention, j'ai ouvert les yeux autour de moi à la maison. Une semaine plus tard, j'ai réussi à les surprendre de la même façon. Ils ignoraient que je les épiais de l'extérieur mais cette fois-là, la fenêtre était légèrement entrouverte, je pouvais donc mieux entendre.

«Eh bien ?

«Il l'a piqué à nouveau mais avant que ma mère ne s'assit, elle lui a dit qu'elle ne voulait plus continuer ainsi, qu'elle sentait ses forces l'abandonner … Je n'y comprenais rien évidemment. Une fois l'injection faite, il est allé griffonner dans son carnet alors que ma mère … s'est mise à pleurer. Après un petit moment où il l'a laissé ainsi – insensible - je me souviens l'entendre dire à mon père qu'elle n'aimait pas se sentir dépendante de cette injection. Elle sentait qu'elle n'était plus capable de vivre sans et attendait, autant qu'elle redoutait le jour où il l'a lui administrait.

«C'est plutôt confus tout ça. Est-ce que ta mère était malade ? Je ne me souviens pas l'avoir vue en mauvaise santé.» Jessica fixa le sol, réfléchissant en cherchant dans sa nouvelle mémoire quelque chose qui viendrait soutenir une éventuelle maladie de Lydia Perry, mais c'est beaucoup trop demander à son cerveau. Elle ressent une profonde tristesse à l'endroit de cette femme qu'elle affectionnait comme une parente. En pensant à elle, la première image qui lui vient en tête était sa joie de vivre. Difficile d'imaginer que sa mère pouvait souffrir d'une quelconque maladie.

«Elle n'a jamais été malade.» Le visage de Mark qui exprimait la tristesse il y a un instant, a laissé à la colère, une rage, la même qu'il affichait sur la plage juste avant de tuer son père. «Je sais, moi, ce qui se passait. Mon père droguait ma mère. Voilà la vérité !

«Non mais c'est quoi cette connerie ? C'est absurde Mark, ne dis pas des choses aussi graves que ça !» Jessica ne cache pas sa surprise et son désaccord avec ces propos.

«Tu voulais savoir pourquoi et bien voilà, tu connais la raison derrière l'acte.

«Enfin, c'est impossible ! Ton père aimait ta mère profondément, je suis convaincue qu'il ne lui aurait jamais fait le moindre mal. Mark, est-ce que tu réalises les accusations que tu es en train de porter ? Tu les fondes sur des hypothèses, rien de plus.

«La vérité est toujours difficile à accepter, Jessica, mais il ne s'agit rien de moins que de drogue. Tu l'as entendu … elle était malade, elle vomissait. Elle se plaignait de devenir dépendante …

«Ton père n'était pas un trafiquant voyons, soit raisonnable ! C'était un médecin, un chercheur … comment peux-tu même envisager un seul instant une telle chose.» L'actrice continue à refuser ce qu'il lui dit.

«Il me l'a avoué … ce matin-là, sur la plage.»

Jessica quitta son banc, le dévisageant abasourdie et alla se placer tout à côté de lui, contre la rambarde. Pendant les quelques secondes de silence qui s'en suivirent, ils se dévisagèrent l'un l'autre. Elle, essayant de trouver en lui la vérité, lui essayant de la convaincre.

«C'est la chose la plus idiote et …» Elle secoue la tête négativement, refusant de croire à ce qu'elle entendait. «Regarde-moi dans les yeux, Mark, ton père aimait ta mère. Jamais, au grand jamais, il ne la droguait, tu m'entends ? Enlève-toi ces idées de la tête. Tout ça n'a pas le moindre sens.

«Sur la plage, je lui ai demandé, sans détour, pourquoi il donnait de la drogue à ma mère.

«Quelle a été sa réponse ?

«Il s'est contenté de me dire de me calmer, il voulait que je pose mon arme.» Mark ne réussit pas éprouver autre chose pour son père que du dégoût en repensant à la scène.

«Il n'a rien confirmé ou informé ? Pourquoi est-ce que tu persistes alors à dire que …

«Tu ne comprends rien ! Cette parade était sa réponse !» Il fulmine de colère, préférant se tourner face à la mer.

Faisant de même à son tour, Jessica se demande s'il se rend compte à quel point ses propos sont incohérents, à moins que ce ne soit elle qui ne parvienne pas à admettre cette possible réalité. Elle était jeune certes, 14 ans, peut-être que ses souvenirs sont un peu faussés. Bien malgré elle, un doute commençait à s'insinuer dans son esprit.
Gardant son calme pour une fois, c'est plutôt lui qui est enragé, des larmes aux coins des yeux qu'il s'efforce d'empêcher de couler. Après un moment de ce silence, l'actrice prend une profonde inspiration avant de parler.

«As-tu jamais demandé des explications à ta mère avant ce dimanche-là ?

«La seule qu'elle m'ait donnée, fut …» Il ferme les yeux, revoyant la scène telle qu'il l'avait vécue alors. «Elle a posé sa main sur ma joue, m'a souri et m'a dit que ce sont des affaires de grands. Elle a posé un baiser sur mon front et a ajouté qu'il est parfois difficile de comprendre les adultes, les parents encore moins. Puis, elle a repris la préparation du souper. Tranquillement, comme si de rien était.

«Je ne sais pas Mark.

«Qu'est-ce que tu ne sais pas ?»

Avant de lui répondre, voyant toute la colère contenue dans ses yeux, Jessica attend et réfléchit à ce qu'elle va dire. C'est à son tour de choisir les mots adéquats. Elle a vu ce qu'il était capable de faire sous l'emprise de la colère : son père, sa thérapeute, Manuel … Sa vie est déjà en balance. Pour Mark, Lydia Perry reste un sujet qui lui tient à cœur.

«Est-ce que tu n'as jamais envisagé d'avoir sauté aux conclusions peut-être trop hâtivement ? Je veux dire … » Elle lui parle avec douceur, espérant que ça puisse le calmer.

«Oui, vas-y, qu'est-ce que tu sous-entends ?» Il s'approche d'elle, la foudroyant de ses yeux noisette.

«Tu l'as dit toi-même tantôt, Lydia était tout pour toi. Un enfant qui aime sa mère ferait tout s'il l'imaginait en danger, y compris être aveuglé par la colère et réagir par impulsion.»

«L'impulsion ? Hein ?! Dans ce cas, c'est une impulsion que Benjamin et moi avons eue en même temps.» Mark se tient debout, devant elle, la défiant de prouver qu'il a tort.

«Benjamin était au courant ?» S'écartant un peu de lui, elle ne cache pas sa surprise.

«Ce n'est pas que moi qui aie imaginé une telle histoire.

«Alors, aussi facilement que ça, tu as décidé qu'il devait mourir. Tu as endossé le rôle du juge et du bourreau. Tu ne lui as jamais laissé la chance de s'expliquer.

«Il l'a eue.

«De véritables chances, oh je t'en prie ! Avec un pistolet pointé sur soi, je ne suis pas étonnée qu'il ne pensait qu'à te faire lâcher cette arme plutôt qu'à te répondre.»

Un nouvel instant pendant lequel chacun garda le silence.

«C'est Benjamin qui t'a mis cette idée de drogue dans la tête ? Et puis d'ailleurs, où est-ce que tu as trouvé cette arme ?

«Comment est-ce que je pouvais imaginer un instant que tu allais tout simplement comprendre.

«Parce que tuer un parent n'est pas chose courante.

«Écoute, il n'y a rien à ajouter. Tu voulais connaître la vérité, c'est fait ! Je n'ai jamais dit qu'elle serait facile à entendre.»

Fâchée de la façon dont il la traite, elle se lève, faisant quelques pas autour du banc, réfléchissant ou se calmant les nerfs jusqu'à ce que l'image de ses parents s'imprime devant ses yeux. Si elle devait mourir en le défiant pour connaître une vérité, alors que ce soit celle-ci.

«Je vois que tu ne lâcheras pas le morceau. Dans ce cas, continuons dans le registre des vérités et voyons comment tu vas te débrouiller avec celle-là. Qu'est-ce que tu as à me dire au sujet de mes parents ? Est-ce que tu les as pris pour les revendeurs de came de ton père ?» La jeune femme utilise un ton détaché mais froid.

À l'évocation de la mort des Redon, Mark blêmit légèrement. Il revoit lui aussi le voilier exploser sous ses yeux, il entend encore le cri qu'elle a poussé. Avant de lui faire face, il prend une rapide mais profonde inspiration. Le sujet de son père est fini, un autre s'ouvre et pas des moindres. Si l'actrice a autant de difficulté à accepter la raison pour laquelle il a tué son père, la discussion sur la mort tragique de ses parents s'annonçait particulièrement ardue.

«Je n'ai jamais rien eu contre tes parents. Je n'ai pas essayé de les tuer.» C'est à son tour de lui parler d'une voix calme et assurée.

«Je suis vraiment curieuse de connaître la raison pour laquelle ils méritaient de mourir à leur tour. Non, vraiment. Épate-moi avec une autre de tes théories à quatre sous.

«J'te l'ai dit, je n'ai jamais planifié leur mort. J'ai été autant choqué que toi sur la plage, quand le voilier a explosé.

«Tu veux me faire gober ça ? Non mais tu me prends pour une conne ?! » La jeune femme, de là où elle se tient, bout de colère. «Ces dernières heures, tout ce que j'apprends de toi ou que je vois, n'est que mort, cadavres et violence. J'assiste au meurtre de ton père et ... à peine quelques instants plus tard mes parents sont disséminés en petits morceaux. Tu le sais que je ne crois pas aux coïncidences.

«Je sais bien que tu es loin d'être idiote, c'est pour ça que je suis honnête avec toi, que je l'ai toujours été.

«Honnête ? Laisse-moi rire ! Tu veux me faire croire qu'il ne s'agit que d'un hasard, c'est ça ? Oh non, mieux, que ce n'était pas de chance, ils étaient au mauvais endroit au mauvais moment ? C'est ce que je dois comprendre dans ton explication ?» La voix de Jessica est de plus en plus agressive.

«Je ne t'ai pas encore donné d'explication. Tu ne fais que te défouler sur moi … ce que je peux comprendre après ce que tu viens d'entendre sur mes parents.

«Alors, éclaire ma lanterne. Prouve-moi que tu ne les as pas tués parce qu'à date, tu es le seul sur ma liste.

«Je ne peux pas te prouver quoi que ce soit, je ne peux rien te jurer mais je peux par contre te garantir que leur mort n'est pas de mon fait.

«Qu'est-ce que ça veut dire, je ne comprends pas ?» Elle le dévisage sans cacher son incompréhension.

«J'ai peut-être une responsabilité dans l'explosion du voilier … je ne sais pas moi-même.»

Jessica, le regard sombre, le dévisage tout en se rapprochant lentement de lui.

«Tu es responsable de l'explosion et en même temps tu ne l'es pas … c'est encore une façon de te défiler ?

«Je ne sais pas si tu t'en souviens mais Benjamin et moi prenions des cours de mécanique et de voile à l'époque. C'est difficile de rester loin d'un bateau quand on vit sur une île, pas vrai ?» Mark essaie d'apporter une certaine légèreté à son récit en introduisant un peu d'humour mais à la face que tire Jessica, ça ne semblait pas fonctionner. «Ouais … en tout cas, ton père s'était proposé de nous prêter son voilier pour pratiquer en-dehors des cours. On le faisait toujours avec lui. Ce n'est pas qu'il n'avait pas confiance mais c'est compréhensible vu le prix que ces coquilles coûtent. Après un moment, il nous laissait la barre, nous faisions tout le travail … pour apprendre, et lui profitait en gardant un œil. C'était une escapade qui lui faisait du bien, loin de la routine je pense.

«Tu as toute mon attention, continue.

«On avait particulièrement de la chance avec le voilier de ton père parce que, si tu t'en souviens, il était équipé d'un moteur. Pratique pour manœuvrer dans des passes difficiles ou quand le vent vous laisse tomber.» Il fait quelques pas pour se rapprocher encore un peu plus d'elle. «Là aussi ton père était cool avec nous. Quand on voulait explorer la mécanique, on lui en parlait d'avance et, le jour de nos travaux pratiques il y avait toujours un gars, un mécanicien de la marina, qui nous supervisait et nous conseillait. C'était super. On passait des moments incroyables.» En y repensant, un pâle sourire se dessinait sur ses lèvres.

«Charmant tout ça. Viens-en au fait s'il te plait.

«Il nous a parlé de la sortie en mer qu'il entreprenait avec ta mère, quelques jours plus tard. Il nous a proposé de faire un tour avant pour s'assurer que tout va bien. Comme d'habitude, un mécanicien nous attendait. On est resté avec lui le temps qu'on était dans son domaine. Quand il a été question de sortir en mer, il nous a lâchés.

«Est-ce que mon père vous autorisait à sortir par vous-même ?

«Ça faisait plusieurs mois qu'on pratiquait entre les cours et le voilier de ton père. On était tout à fait capable.

«Mais techniquement vous ne pouviez prendre le voilier sans mon père. C'est bien ça ?

«Exact.

«Et vous l'avez pris quand même. Est-ce que mon père ne devait pas vous rejoindre ou quelque chose comme ça ?

«Il a prévenu qu'il avait un empêchement. La sortie se ferait une autre fois, après son escapade avec ta mère.

«Alors finalement, vous n'avez pas pris le voilier ? C'est confus ton explication.» La jeune femme récapitule minutieusement au fur et à mesure pour être certaine de tout bien comprendre.

«Nous étions déçus mais nous n'avons pas pris le voilier pour autant … à ce moment-là.

«Qu'est-ce que ça sous-entend *à ce moment-là* ?

«On a décidé de prendre le voilier … le vendredi avant leur sortie à deux, pour un essai de nuit. On n'avait pas encore eu l'occasion de le faire et on en mourait d'envie.

«Qu'est-ce qui s'est alors passé ?

«Facile, on a subtilisé les clés. On a eu beaucoup de chance parce que ce soir-là, le gardien de nuit était entièrement captivé par le match de baseball sur sa petite télé … c'était un fan si je crois bien me souvenir. Il ne risquait pas de nous voir car pour regarder l'écran il devait tourner le dos à la marina.

«Quel heureux hasard.

«Oui … enfin bref, je te passe les préparatifs, les manœuvres de sortie de la marina. On a fini par faire notre tour en mer de nuit …

c'était génial.» Mark se calme immédiatement quand il constate que Jessica ne partage pas son enthousiasme.

«Dans toute cette magnifique épopée, je ne vois toujours pas où se place le doute quant à votre implication dans l'explosion.

«J'y viens justement. À un moment donné, le vent est tombé, l'heure avançait, il fallait qu'on rentre amarrer avant la fin du match. Alors on a décidé de faire fonctionner le moteur. Il suffisait juste d'un petit recalibrage pour se placer dans un meilleur courant qui nous aurait porté plus facilement … enfin, je te passe les détails. L'essentiel est de retenir qu'après dix minutes, le moteur s'est arrêté. On a dû trouver ce qui causait la panne et effectuer une réparation de fortune afin de pouvoir regagner la marina.

«Vous étiez capables de faire de telles réparations ? C'est pas un peu beaucoup trop minutieux pour des débutants ?

«De tout évidence non puisqu'on a ramené le voilier à bon port. C'était juste avant que le match de baseball ne se termine ; on ne s'est pas fait prendre. Le lendemain matin, je ne pouvais malgré tout pas m'empêcher d'avoir des remords.

«D'avoir emprunter le voilier sans permission ?

«Non, de laisser ton père prendre le bateau sans savoir si la réparation allait tenir ou même si c'était sécuritaire.» Mark peut lire le scepticisme sur le visage de l'actrice à l'évocation de ces derniers mots. «Je ne voulais pas qu'ils puissent avoir un problème grave lors de leur sortie.

«Un problème explosif, c'est ça ?» Le ton de la jeune femme se veut sarcastique mais Mark ne se démonte pas pour autant.

«Comme je le disais plus tôt, j'ai appelé le mécanicien qu'on avait eu et qui avait l'habitude de nous superviser et, en lui expliquant rapidement ce qui s'était passé la veille, je lui ai demandé d'aller vérifier et, au besoin d'effectuer toute réparation qui s'avèrerait nécessaire au bon fonctionnement ou à la sécurité du bateau.

«Comment est-ce que tu as pu demander une telle chose sans que mon père en sache en traitre mot ?

«J'avais de bonnes relations avec ce gars mais il a surtout compris qu'il n'était dans l'intérêt de personne que ton père sache quoi que ce soit.

«Donc, ce mécanicien est allé vérifier ce que vous aviez fait la veille ?

«Je surveillais de loin avec mes jumelles.

«Mon dieu, Mark, est-ce que c'est là toute la vérité ou tu es en train de me servir une scène d'un roman policier ? C'est tellement tiré par les cheveux, c'est invraisemblable. Je te jure que si tu me mens …

«C'est la vérité, crois-moi ! N'oublie pas que l'imagination des romanciers est bien souvent inspirée de la réalité. En tout cas, je n'ai jamais reçu d'appel du gars, donc j'en ai déduit que tout fonctionnait à bord pour le lendemain, pour tes parents.

«Et la responsabilité dans tout ça ?

«Sur le moment, j'étais convaincu du fonctionnement du moteur ou que tout le système était effectivement sûr. Mais après l'explosion, et depuis toutes ces années où l'enquête ne progresse pas dans un sens ou dans l'autre … je n'ai cessé d'y repenser … je ne suis plus certain.

«Vous êtes responsables, c'est évident !» Elle lâche sa phrase, insistant sur chaque mot pour bien se faire comprendre de Mark.

«Ou bien c'est le mécanicien qui n'a pas … enfin qui n'a pas vérifié correctement, qui a fait croire qu'il avait vérifié alors qu'en fait ce n'était pas le cas, si ça se trouve il n'avait même pas regardé. Malgré mes jumelles, je ne pouvais voir en détail. C'est peut-être bien moi le seul responsable en ayant justement envoyé cet homme et causer par là même d'autres dégâts.» Mark, en énumérant les possibilités, s'est légèrement détaché de l'actrice, concentré par ses réflexions.

«À la lumière de ce que tu m'expliques, je ne vois que toi comme responsable. Pourquoi est-ce que tu voudrais que ce mécanicien soit malhonnête ? S'il travaillait à la Marina de Port St-Charles, c'est qu'il était largement qualifié, ce n'est pas n'importe laquelle des marinas sur l'île.

«C'est parce que … au téléphone je l'ai en fait un peu bousculé, lui reprochant de ne pas avoir fait correctement son travail quand il était avec nous. J'ai encore ajouté qu'il devait faire cette vérification sans être payé.»

Jessica, attentive à ses moindres mots, commence à comprendre où il veut en venir.

«Tu penses que de ne pas être payé, en plus de se faire reprocher quelque chose qu'il n'avait clairement pas fait, pourrait avoir motivé cet homme à cacher un problème éventuel ?

«Oui, c'est exactement ça !» Mark est soulagé de constater que la jeune femme est d'accord avec son raisonnement.

«Quelle bonne façon que de mettre la faute sur le dos de quelqu'un d'autre plutôt que sur soi-même, c'est lamentable !

«C'est une possibilité, je te l'ai dit. Je ne sais pas exactement qui d'entre nous a sa part de responsabilité.» Agacé, il ne cache pas sa déception qu'elle n'embarque pas dans sa théorie, pire qu'elle continue à le voir comme seul responsable.

«Il ne fait aucun doute à mes yeux que c'est de ta faute. Tu as causé la mort de mes parents, c'est toi qui les as tués ! La discussion s'arrête là.» En disant cela, Jessica s'écarte de Mark pour lui tourner le dos, voulant rebrousser chemin et rentrer à la villa ou en tout cas quitter le belvédère, essuyant d'un geste rapide de la main les larmes qui commençaient à couler sur ses joues. Ne voulant pas la perdre, il lui saisit le bras et la ramena vers lui en la maintenant avec force. «Lâche-moi, laisse-moi partir d'ici ! Tu n'es qu'un monstre, un assassin ! Tous ceux qui sont à tes côtés finissent par mourir d'une façon ou d'une autre. Tu feras la même chose avec moi. Laisse-moi.» Jessica essaie tant bien que mal de se dégager de son étreinte en se démenant mais il tient bon.

«J'ai décidé de jouer cartes sur table avec toi. C'est exactement ce que je fais. Je t'ai dit la vérité en ce qui concerne mon père et en ce qui concerne la mort de tes parents. Je ne mens pas en disant que je ne souhaitais pas leur mort. Je ne raconte pas de bobards en disant que je suis peut-être responsable ... mais si c'est ce que tu préfères, je prends l'entière responsabilité. Je te prie de me croire !!

«Lâche-moi, je t'ai dit, tu me dégoûtes. Comment peux-tu croire que je souhaite passer ma vie avec toi ? Tu es un meurtrier.»

N'y tenant plus, Mark finit par la gifler, relâchant du coup l'étreinte qu'il exerçait. La jeune femme en profite pour s'écarter de lui, mettant une main sur sa joue meurtrie, le regard noir mais finalement les nerfs finissent par céder et elle ne retient plus les larmes qui veulent désespérément rouler le long de ses joues, tel un torrent. Trop de mauvais souvenirs ressassés en trop peu de temps. Elle se détourne de lui, cachant ses yeux dans ses mains. Mark qui a agi sous le coup de la colère et de la déception, ne réussit pas à éviter d'être assailli de remords maintenant qu'il la voit dans cet état. Sa fierté le retient de bouger mais la force de ses sentiments pour la jeune femme prend d'assaut sa volonté. Lentement, il s'approche d'elle, et sans dire un mot, passe un bras autour d'elle, essayant par là même de s'excuser et de la consoler. Bien que cette querelle l'agace, c'est évident qu'il comprend sa position, son point de vue, il n'est pas le monstre qu'elle dit voir. À sa place, il verrait les choses de la même façon. Depuis toutes ces années où il a répété dans sa tête son monologue explicatif, il s'était toujours imaginé qu'elle serait en colère un petit moment puis reviendrait à la raison, non seulement en comprenant mais en lui pardonnant. Il a toujours refusé d'envisager ce que Benjamin a essayé maintes fois de lui faire comprendre : la possibilité d'une dissociation.

Après quelques minutes passées ainsi, elle se retourne et va chercher complètement son réconfort en posant sa tête contre son torse, le serrant à son tour. Continuant de pleurer, elle s'assure de le sentir relâché, confiant d'être l'épaule sur laquelle elle peut se reposer puis, sans crier gare et sans le moindre ménagement, elle lance son genoux en plein dans ses parties génitales. Le seul véritable point faible chez un homme et le seul atout pour toute femme qui veut ardemment se défaire d'une emprise. Comme elle s'y attendait, Mark se plia en deux avant de s'écrouler à terre, rouge de douleur, le souffle coupé.
Sans demander son reste, l'actrice s'élança à toutes jambes, droit devant elle, avant de sauter dans le vide ou plus exactement dans la mer. Quelques secondes plus tard, elle toucha l'eau et une fois qu'elle refit surface, elle prit le temps de s'orienter avant de se diriger vers l'île voisine – Battowia. À vue d'œil, elle ne se trouve qu'à 800 mètres, peut-être un peu plus. Le courant ne semble pas être trop difficile à affronter à cet endroit, n'étant pas du côté Atlantique, il exerce moins de force et les vagues ne sont pas revêches. Laissant derrière elle Beliceaux, Jessica nage avec ardeur, restant concentrée sur sa destination et se motivant à chaque seconde par le fait indéniable qu'il y a toutes les chances pour qu'elle ne quitte jamais vivante cet endroit. Autant tenter le tout pour le tout. C'est une bonne nageuse, l'île est tout à côté, il n'y a pas de raison qu'elle n'y arrive pas.

Pendant ce temps, Mark qui s'efforçait de passer à travers sa douleur, saisit son téléphone et appela, sans perdre davantage de temps Benjamin. En deux mots, il lui fit un topo de la situation. Se relevant enfin non sans difficulté, il rangea l'appareil dans la poche de son pantalon, et au lieu d'aller jusqu'au bord de la falaise (qui n'est pas si haute que ça à cet endroit de l'île), il s'en retourna plutôt au ponton. Il sait qu'un bateau va venir la récupérer et il veut être là. Puisqu'il est quelque peu ralenti pour le moment, il ne souhaite pas s'attarder inutilement à la contempler faire de la brasse.

Ça lui aura pris quand même une dizaine de minutes pour regagner le ponton. Au fur et à mesure, la colère le submergeait au point que la douleur devienne secondaire, son pas s'était alors tout naturellement accéléré. Il n'arrivait pas à y croire. Elle n'a pas hésité un instant à le manipuler pour s'échapper. Alors qu'il repensait encore à la scène, il arriva justement au moment où le hors-bord qui les avait amenés de La Barbade à ici, accostait. Regroupant toutes ses forces, il se tient droit, imposant, au milieu du chemin, il ne la manquera pas ainsi.

Benjamin, quant à lui, est en première ligne pour la réceptionner sur le ponton, alors qu'il constate qu'on lui a passé une fine couverture autour des épaules après son repêchage. Mark peut voir la jeune femme et son ami s'échanger quelques mots, puis Benjamin passe son bras autour de ses épaules et la raccompagne d'un pas tranquille. Une fois qu'ils arrivent à sa hauteur, il ne parvient pas à entendre ce qu'il a murmuré à l'oreille de la jeune femme mais Mark la voit continuer son pas vers la villa, trempée à souhait. Elle ne daigna pas le regarder, il n'était pas difficile de se rendre compte qu'elle était loin de sauter de joie.

Faisant exprès, Ben s'arrêta juste devant son ami, lui bloquant son champ de vision.

«J'imagine que les choses ne se sont pas passées exactement comme tu l'avais imaginé ?
«Non.» Mécontent, Mark se tourne vers le ponton. «Vas-y, dis le !
«Que je dise quoi ?
«Je te l'avais bien dit !
«Je suis désolé pour toi. Tu dois bien reconnaître que ça fait beaucoup pour elle, beaucoup en très peu de temps. Et puis, elle a toujours eu un certain caractère. Je dois dire que c'était bien pensé … c'est vrai qu'à cet endroit, Battowia n'est pas vraiment loin pour quelqu'un qui sait nager et qui veut fuir à tout prix.» Benjamin s'efforce d'être un peu léger dans le ton de sa voix, essayant d'être compréhensif et sarcastique à la fois. «Je ne suis pas surpris de sa tentative d'évasion, franchement, je m'attendais à ce que ça vienne plus tôt. Tu ne peux pas lui en vouloir pour ça, elle a réagi comme n'importe qui l'aurait fait.
«Elle n'est pas n'importe qui, justement, on a une histoire commune.

«Je pense que pour le moment, tu ferais bien d'oublier les derniers mois que tu as passé avec elle, sous l'identité d'un autre. Redeviens celui que tu étais, celui qu'elle a connu.» Benjamin n'a pas lâché des yeux son ami depuis tout ce temps, l'observant avec attention. Alors à la minute où il le voit commencer à mettre un pied en direction de la villa, il l'arrête de la main. «Ce n'est pas une bonne idée, laisse-la seule. Y retourner maintenant n'apportera pas d'eau à ton moulin, mon vieux.» Sa voix se veut plus ferme tout d'un coup.

«Je ne peux laisser les choses ainsi entre nous.

«Je vais voir dans quel état elle est. J'essaierai d'arrondir les angles pour toi.

«Qu'est-ce qui te fait croire qu'elle souhaite plus ta présence que la mienne ?» Mark n'a clairement pas apprécié s'être entendu refuser l'accès à la chambre de Jessica.

«Fais-moi un peu confiance, on avance dans la même direction mais je pense que de voir un autre visage lui fera du bien. Réfléchis, si l'envie lui en prend, elle pourra lâcher toute sa colère sur moi … ça va te faire changement. La prochaine fois qu'elle te verra, elle sera sûrement dans de meilleures conditions. » Il lui sourit pour le rassurer.

«On ne peut pas lui laisser toute la vie pour qu'elle se calme.

«Non, mais on peut lui donner un peu de temps quand même. Ne t'inquiète pas pour le F.B.I., ils n'ont pas progressé encore.» Alors que Benjamin le quitte confiant pour se diriger vers la villa, il se retourne une dernière fois vers son ami. «Au fait, tu devrais aller voir Pascal. Je crois qu'il a quelque chose à te faire voir, je parie que ça va te faire plaisir. Il est dans le pavillon secondaire.

Mark, ne cachant pas son étonnement, le regarde s'éloigner de lui d'un pas sûr. Il n'est pas très persuadé que cette stratégie va porter ses fruits mais il est prêt à tout pour regagner les faveurs de la jeune femme. Se résignant, il dirige ses pas vers le pavillon secondaire de la propriété, là où le personnel est logé … entre autres choses.

Le retour vers la villa s'était fait rapidement pour Benjamin. Il pensait à l'entretien qu'il s'apprête à avoir avec l'actrice. Ça sera la première fois qu'ils se voient et se parlent depuis la veille au soir, sur la plage de Mendocitos à Congor Bay. La première fois depuis qu'elle a récupéré sa mémoire et surtout depuis qu'il lui a fait l'injection qui la mise K.O jusqu'au petit matin.

Une fois dans le hall d'entrée, il gravit deux à deux les marches de l'escalier, puis devant la porte de la chambre, il y colle son oreille pour tenter de percevoir un son en provenance de l'intérieur, un bruit qui lui permettrait de mieux savoir à quoi s'attendre dès qu'il aura frappé. La seule chose qu'il réussit à percevoir sans difficulté c'est le silence. Il donna un léger coup à la porte pour s'annoncer, attendant quelques secondes puis entra dans la chambre.
Il ne la voit pas tout de suite, ce n'est qu'à la hauteur du lit, qu'il a une meilleure vue d'ensemble. Jessica se trouve dans la salle-de-bain, en train de s'habiller après avoir pris une rapide douche pour se débarrasser du sel de mer sur sa peau. Les vêtements mouillés sont sur le bord de la baignoire. Faisant face au grand miroir, elle se brosse les cheveux pour les démêler avant de les laisser sécher à l'air libre. Elle n'avait visiblement pas entendu le coup contre la porte et ne l'a donc pas encore aperçu. Benjamin se tenait tout à l'opposé d'elle, préférant jouer la carte de la prudence jusqu'à ce qu'il sache sur quel pied danser avec la jeune femme. Supposant qu'il serait plus adéquat de signaler sa présence, il se racla le fond de la gorge.

En entendant du bruit provenir de la pièce d'à côté, la jeune femme s'avance sur le palier de la porte et voit le jeune homme en face, mains dans les poches, la mine un peu gênée mais le visage calme. Il ne manque pas de remarquer qu'elle a les yeux rouges, signe qu'elle a pleuré. L'actrice vient à sa rencontre, la tristesse est le sentiment qu'elle affiche le plus facilement.

«Et maintenant ?» Elle lui posa la question, presque résignée.

Il se doute qu'elle ne doit pas porter Mark dans son cœur à l'heure actuelle, mais est-ce qu'elle ressent la même chose pour lui, ça il l'ignore. Rester dans ses bonnes grâces, la laisser décanter, l'amener sur un terrain d'apaisement semble être une bonne façon de commencer.

«Tu dois avoir marre de cette chambre. Viens avec moi, il y a une superbe bibliothèque plus loin avec un balcon …

«Laisse-moi deviner, tout aussi superbe, c'est ça ?» Elle complète sa phrase sur le ton de la moquerie, s'efforçant de lui sourire, lui montrant qu'elle est contente que ce soit lui qui se tient devant elle maintenant mais la partie n'est pas gagnée pour autant pour le jeune homme.

Sans un mot, elle le suit prenant la direction du rez-de-chaussée, empruntant un corridor sur la gauche et allant tout au fond. Benjamin poussa enfin les deux battants de la porte de la fameuse bibliothèque. Il entra le premier dans la pièce, attendant qu'elle soit à l'intérieur pour les refermer sur eux.

Grande, les murs couverts d'ouvrages sur toute leur hauteur. Une échelle bien visible se dressait sur deux côtés de la bibliothèque, à croire que si quelqu'un voulait obtenir un des ouvrages rangés sur l'un des deux autres pans de mur, il devrait s'y prendre différemment. Un bureau de bois massif occupait l'un des coins de la pièce, deux chaises de cuir lui faisant face. Des fauteuils et un lit de style romain mais d'une note très moderne, occupaient presque le reste de l'espace, indiquant que l'endroit était destiné à la détente, la lecture et non au travail, il n'y avait d'ailleurs aucun appareil téléphonique ou électronique visible. Cette ambiance de recueillement plait beaucoup à la jeune femme : le concept des bibliothèques anglaises d'époque mais dans un style tout à fait moderne.

Des portes-fenêtres de moyennes tailles amènent sur cet extérieur tant décrié. On y trouve quelques chaises longues en osier, une table basse, de grands pots de plantes et de fleurs – tels des bougainvilliers rouges parfumant délicatement l'air, et de gros chandeliers de type lanternes pour diffuser une douce lumière une fois la nuit venue. Cette terrasse est très longue et large, occupant une grande partie de la façade de la villa. Une vue sur la mer des Caraïbes se dessine à travers la forêt qui les entoure de toute part. Comme il n'y a aucune tonnelle, pergola ou autre chose du genre pour donner de l'ombre et donc protéger du soleil, elle en déduit que la terrasse est plus occupée à la tombée du jour, même si à cette heure de la journée, il reste très agréable de s'y tenir.

L'actrice, qui avait bien contemplé la pièce à l'intérieur, a laissé ses pas la mener au dehors pour admirer cette fameuse vue. De chaque côté, se dressait une rambarde en grès – délimitant ainsi clairement l'espace. Jessica décida de s'y accoter, prenant tout son temps pour admirer l'ensemble qui s'offrait à elle. Ce n'est pas que la vue qui fait la *renommée* de cette terrasse, c'est sa conception qui fait toute la différence. À n'importe quel moment de la journée, du soir ou de la nuit, on sent qu'il fait bon y être. Perdue au milieu de la végétation, de l'océan, avec pour seuls êtres vivants quelques oiseaux qui à l'occasion vont se faire remarquer en poussant un cri.

Benjamin a pris soin de la laisser s'imprégner de ce calme avant de venir la rejoindre, s'installant à côté d'elle, regardant les mêmes choses. Après un moment passé ainsi dans le silence, la jeune femme se décide enfin à parler.

«Ne le prends pas mal mais j'ai du mal à te voir vivre ici. Tout ce vide, ce calme.» Sa voix est douce et calme.

«Je ne vis pas ici, j'y mets un pied à l'occasion. Tu fais bien de remarquer qu'à longueur de journées, ça finirait par me taper sur les nerfs. Cette île est la meilleure cure de soin que je connaisse : le calme et le repos, il n'y a rien de mieux pour rester en forme, loin du stress quotidien.

«Autant Mendocitos te représentait complètement, autant ici ... je ne sais pas, c'est un aspect de ta personnalité que je ne connais pas. Sauf si évidemment, cet endroit reflète l'inspiration de quelqu'un d'autre. J'ai toujours trouvé que tu ne montrais pas tout de toi, pas nécessairement que tu cachais quelque chose mais plutôt que tu cherchais à préserver une partie de toi. Les choses étaient bien différentes à l'époque, toi, moi ... l'âge ingrat.

«L'adolescence n'est facile pour personne. Quel que soit le chemin que nos vies prennent, quelles que soient les épreuves qu'on se retrouve à affronter, on se garde bien de toujours tout montrer à tout le monde. Je crois qu'on décide de se révéler auprès de ceux qui inspirent vraiment confiance, de ceux avec qui on se sent bien, ceux avec qui tout parait possible.

«Est-ce que ça cache une peur de rejet ?» Elle se tourne vers lui, pour voir de quelle façon il va réagir.

«N'a-t-on pas tous peur d'être rejeté à un moment donné ou à un autre dans sa vie.» Benjamin laisse ses yeux se perdre devant lui, ne pouvant cacher ce sentiment de tristesse qui venait de le traverser. Ça, elle ne s'attendait pas à voir.

«En effet.» D'instinct, elle passe sa main dans ses cheveux courts et s'approchant de lui, dépose un rapide baiser sur sa joue avant de reprendre sa position face à la mer d'un bleu magnifique. Un court silence s'est installé entre eux mais elle relance la conversation. «J'ai toujours eu beaucoup de peine pour toi, Ben. Ne pas avoir eu la chance de connaitre ta mère, et puis ton père qui passait son temps en voyage plutôt qu'à prendre soin de toi. Ce n'était pas juste.

«C'est la vie, on y peut rien.

«Est-ce que certains choix auraient été les mêmes dans d'autres circonstances ?

«Tu sais ce qu'on dit avec les si ?» Il n'est pas très à l'aise de continuer à parler de ses parents, il préfère réorienter le sujet sur elle. «En parlant de peur, je crois me souvenir que tu n'as jamais été très à l'aise dans le noir, pas plus à l'intérieur qu'à l'extérieur. Est-ce que le temps a calmé tout ça, parce qu'ici, la nuit ... c'est quelque chose.» En disant ça, il lui donne un coup d'épaule, lui souriant, charmeur et taquin.

«Le temps ne guérit pas tout, Ben. Si je reste assez longtemps sur cette île, je tacherais de me déplacer avec une méga lampe torche dès que le soleil sera couché.» Elle lui rend son sourire. Maintenant que le passé a été en partie soulevé, elle repense à la nuit dernière, à leur journée passée sur la plage de Mendocitos mais surtout, elle repasse les souvenirs qu'elle a de lui, en tout cas, ceux qu'elle arrive à visionner pour le moment. «Ne m'en veux pas de ne pas t'avoir reconnu.

«C'est pas moi à qui ça a le plus fait mal d'être considéré comme un inconnu, ne t'en fait pas. Je suis content que tu aies récupéré ta mémoire.

«Avec une méthode peu orthodoxe.

«Ne va pas dire que tu n'avais pas voulu lui mettre une balle dans la tête depuis des mois.

«Il y a quand même une différence entre rêver de le faire et passer réellement à l'action.

«Te remettre dans le contexte était ta meilleure chance, pour ce faire, il fallait bien que quelqu'un se sacrifie. C'était peut-être excessif à priori – je te l'accorde - mais tu dois bien admettre que la fin en valait les moyens. À moins, que tu aurais préféré finir par te résigner et vivre ainsi jusqu'à la fin de ta vie ?» Cette fois-ci, c'est à son tour de se tourner vers elle et d'observer sa réaction. L'expression de son visage lui donna sa réponse. «Non ... la résignation ne te définira jamais.

«Ah oui, au passage, j'ai beaucoup apprécié la piqûre qui s'en est suivie.» Elle plonge son regard malicieux dans ses yeux qui, avec cette luminosité, tendent vers le vert foncé.

«J'ai dit que je m'excusais.

«Quelle charmante attention.

«Je ne m'attendais pas à ce que tu nous suives facilement après ce qui s'est passé. Soit tu aurais pété un câble – genre crise de nerfs – soit tu aurais tenté de quitter l'île à la nage plutôt que de nous suivre n'importe où. J'avais prévu le coup, voilà tout.

«Heureusement que j'avais dit plus tôt dans la journée que le côté sac de marchandises qu'on trimbale partout ne m'enchantait pas énormément.» Ils se dévisagèrent avec amusement. «Mais tu as raison, je ne vous aurais jamais suivis volontairement après le coup de Nancy.

«Tu n'as pas manqué grand-chose. Le trajet de nuit n'a rien à voir avec celui de jour et puis, le sac à marchandises a été déplacé avec précaution.» Ben essaie d'arrondir les angles avec un peu d'humour.

«Je ne partirai jamais d'ici vivante, c'est bien ça ?» Jessica n'a pu s'empêcher d'être aussi directe et franche avec lui, n'oubliant pas un instant la situation dans laquelle elle se trouve.

«Enfin qu'est-ce qui te fait penser une telle chose ? Est-ce la raison pour laquelle tu t'es jetée à l'eau tout à l'heure ?» Du coup, il se redresse, sérieux, et fait de même avec la jeune femme, en posant ses mains de chaque côté de ses épaules.

«Qu'est-ce que je suis supposée déduire de tout ça ? Et puis, je ne comprends pas pourquoi vous vous êtes donné tant de mal pour que je me souvienne à nouveau.» À l'expression de son visage, il est évident qu'elle cherche des réponses. «La formation des trois mousquetaires vous manquait tellement ?»

«C'était difficile pour nous de te savoir dans cet état depuis l'accident. Que tu sois pris dans cet engrenage n'avait évidemment jamais été prévu. En toute honnêteté, on ne pouvait pas te laisser ainsi sans tenter quelque chose. Peut-être quelque peu plus cinématographique, je te l'accorde mais les intentions sont sincères, je te demande de me croire.

«Je ne suis donc pas la prochaine personne à mourir sur la liste de Mark, s'il y a véritablement une fin à cette liste.

«Non, tu n'as rien à craindre.

«De toute façon, vous ne me le diriez pas.

«Arrête avec ça maintenant. Tu quitteras cette île sur tes deux pieds, très vivante. Tu retrouveras les plateaux de cinéma comme prévu.» Il prend la jeune femme dans ses bras pour la rassurer, finissant par l'embrasser sur la bouche. «Est-ce que le travail te manque déjà ? Toi qui voulait du calme et du relaxant, c'est le parfait endroit pour se ressourcer de la folie hollywoodienne.» Benjamin s'efforce de lui parler sur un ton léger et enjoué, prenant un peu de distance avec la crainte de la jeune femme.

«Pour être calme, ça l'est mais tu repasseras pour le côté relaxant.

«Est-ce que tu aimes vraiment ça, je veux dire le cinéma ? Les journalistes, les paparazzis, ces magazines qui jacassent sans cesse sur ton compte, racontant la moindre connerie pour vendre. Toute cette attention ? Je ne sais pas, tu es quelqu'un de plutôt discrète. Te voir au milieu de cette horde de fous …

«J'ai besoin de ça, Ben. Attention, ce n'est définitivement pas la raison pour laquelle je fais ce métier, bien sûr que non. Tout a commencé avec la nécessité de me glisser dans la peau d'une autre, de quelqu'un qui n'a pas ma vie, mon passé … pour ce que je savais à l'époque en tout cas. Enfiler le costume d'une autre ne serait-ce que pendant cinq minutes m'apportait un tel soulagement … c'est devenu rapidement autant une drogue qu'une passion. J'ai fini par oublier ce côté thérapeutique parce que j'aime réellement la démarche pour construire les personnages. Je suis fascinée de voir comment on peut raconter une histoire avec tous les effets spéciaux. Il y a différents angles possibles, différentes versions envisageables … il y a tellement de voies ouvertes pour interpréter un personnage ou raconter une histoire … Ben, c'est l'excitation et la curiosité qui supplantent en fin de compte tout le reste !» De par l'enthousiasme avec lequel elle vient de lui donner cette explication, il serait difficile de ne pas la croire.

Benjamin écoutait presque religieusement ce qu'elle disait. Il avait déjà apprécié, sur la plage, qu'elle lui parle à cœur ouvert, quelque chose qu'ils n'avaient pas vraiment l'habitude de faire jeunes, quelque chose qu'il n'a pas plus l'habitude de faire au quotidien.

«Et pourquoi pas le théâtre ? Les personnages sont tellement fêlés là-bas … excuse-moi, mais c'est vrai !

«Ils sont effectivement suffisamment 'complexes' mais je ne suis pas fervente du jeu de scène, ce n'est pas pour tout le monde. On est limité dans la façon de se tenir ou d'occuper l'espace, on doit parler d'une voix qui porte etc. Non, je n'aime pas ça, c'est tout. Le cinéma ou la télévision, tout est permis. Je ne parle pas des effets spéciaux – oui, en effet, ça fait beaucoup, mais la caméra permet à l'acteur de jouer la scène comme si elle était réelle sans avoir à se soucier de la position à tenir dans la place ou du timbre de ta voix … enfin, tu vois ce que je veux dire. Évidemment, il faut respecter l'emplacement des caméras, on ne fait pas n'importe quoi non plus, de toute façon le réalisateur est toujours là pour nous rappeler à l'ordre. Même s'il y en a certains d'entre eux qui nous donnent un peu de mou pour jouer, on est encadré mais ça n'a rien à voir avec le théâtre. Voyons ça comme une liberté encadrée. Sans compter que tu vas jouer jour après jour à nouveau la même chose – évidemment si c'est un succès auprès du public – c'est un côté lassant et ennuyeux pour moi. Tu sais bien que tout ce qui est contraignant m'agace.

«J'en conclus donc que tu n'as jamais joué dans une pièce ?

«Une ou deux fois à l'école mais j'ai arrêté rapidement pour aller devant la caméra.

«Les critiques ont été à ce point mauvaises que tu as changé ton fusil d'épaule ?

«Pas spécialement … j'ai cru d'ailleurs que ça m'enlèverait toute chance dans le milieu, heureusement, mon professeur de l'époque ne s'arrêtait pas à ce genre de choses. Il laissait chacun trouver sa place et puis l'Australie, ce n'est pas Hollywood ou Broadway. Ça a été parfait pour moi.

«Je reste malgré tout étonné que tu préfères cette vie de fous, cette agitation.

«Je te remercie pour *la vie de fous*. Comme je l'ai dit plus tôt, j'ai besoin de ce rythme et de cette frénésie pour équilibrer mes énergies.» En entendant la jeune femme parler d'énergies, Benjamin se tourne vers elle, étonné et amusé. «Ne me regarde pas comme ça !» Jessica l'observe à son tour, amusée par la réaction que sa phrase suscite. «Les contraires s'attirent, tu as entendu cette expression, et bien les énergies, c'est pareil. N'y vois rien de spirituel ou d'ésotérique. Si je ne faisais pas cet effort des premières, des galas ou des soirées spéciales, je passerais exclusivement tout mon temps libre, recluse chez moi, au calme. C'est bien un moment mais bon … ça n'est pas tout dans la vie. Il faut parfois faire des concessions, sans compter qu'il arrive quand même de passer d'excellents moments.

«Et ça te permet de faire des rencontres, j'imagine fort agréables ?

«C'est vrai. Quand Anth… » Jessica s'interrompt, ayant repensé à Mark quand il était Anthony Masson, agent du F.B.I. « … quand Mark ne me compliquait pas la tâche, je pouvais avoir la chance d'établir de bonnes connexions.

«Par connexions, tu veux dire : mettre un homme dans ton lit, j'imagine.» Benjamin ne prend pas quatre chemins pour la taquiner, espérant continuer à relâcher l'atmosphère.

«Contrairement à toi – Benjamin Marelli (elle utilise volontairement le nom de jeune fille de sa mère, se souvenant qu'il n'aimait pas trop ce qui pouvait le relier à son père) – 'connexions' sous-entend pour moi établir des contacts professionnels ou essayer d'avoir une relation amoureuse avec un homme qui ne s'agace pas de la présence d'un garde du corps trop envahissant. Je ne suis pas une cavaleuse contrairement à toi.

«Ce n'est pas ce que disent les magazines.

«Il ne faut pas croire tout ce qu'on y lit, je te l'ai déjà dit.

«Tu te souviens de la fois où on est allé à la fête de l'école, on avait alors quoi … dans les onze ans tout au plus. Bref, pendant que Mark et toi passiez votre temps ensemble à discuter, danser ou je ne sais trop quoi d'autre, je m'étais fait pas moins de quatre petites amies d'ici la fin de la soirée. Elles étaient toutes folles de moi, je n'y pouvais rien.» Benjamin s'était à nouveau rapproché de l'actrice, se mettant cette fois de dos à la rambarde, riant de bon cœur à ce souvenir.

«Tu as toujours été un sacré séducteur avec un charisme difficile à résister.» L'actrice lui rend son sourire, imaginant cette scène qu'il lui a décrite, pas qu'elle ne s'en souvienne pas, mais c'est le genre de détail qui reste encore absent ou flou pour le moment. À son tour, elle adopte la même position.

Il sort son paquet de cigarettes d'une poche du pantalon, et en met une entre ses lèvres qu'il allume à l'aide de son briquet. Il observe du coin de l'œil, l'actrice et l'expression de son visage : plongée dans ses pensées, plongée dans ce passé retrouvé.

«Il ne s'agissait pas que des filles. Tu te souviens des coups qu'on faisait tous les trois ? Je n'ai pas oublié celui qu'on a fait à madame Pabaira, cette vieille grincheuse du quartier. On a accroché son sale cabot sur une planche de surf, et on l'a envoyé au large, histoire de savoir jusqu'où porterait le son de ses aboiements sur la côte ou à quel moment il allait plonger sous l'eau.

«Pauvre chien. Quand les gardes côtes l'ont retrouvé, il était terrorisé. Depuis cet événement, à chaque fois qu'on passait devant chez elle, et bien sûr qu'il se trouvait dehors, il courait, apeuré, se cacher à l'intérieur.» L'actrice se laisse envahir par ce souvenir heureux. «J'en reviens pas que le surf ne se soit pas retourné, incroyable !

«Ça a été l'expérience la plus enthousiasmante qu'on ait mené sur un être vivant.» Benjamin apprécie de la voir se détendre et rire un peu depuis les événements de la nuit passée.

Chacun est plongé dans sa mémoire pendant un court moment avant que l'actrice ne rompt ce silence.

«Il m'en demande beaucoup trop, Ben.»

Maintenant que cette époque a commencé à être abordée même avec des souvenirs légers, Jessica ne peut s'empêcher de penser à ce fameux dimanche et à tout ce qui s'est passé en un laps de temps incroyablement court. Elle ne peut effacer de sa mémoire les explications que Mark lui avait données. Son ton devient plus ferme, la tristesse fait à nouveau son apparition.
Benjamin, qui la regarde toujours du coin de l'œil, remarque ce changement d'expression chez l'actrice.

«Tu souhaitais retrouver les pièces manquantes de ta vie, aussi tragiques qu'elles puissent être, Jessica, la vérité doit être endurée. Ça me navre pour toi, je te prie de me croire.» Il continue à lui parler avec calme.
«La vérité … la vérité selon qui ?
«Je suis sûr qu'il t'a expliqué, n'est-ce pas ?
«Il m'a déblatéré des conneries, rien d'autre que des conneries Benjamin. Cette histoire avec son père et sa mère, la drogue, enfin ça n'a pas le moindre sens. Qu'il aimait sa mère, qu'il aurait fait n'importe quoi pour elle, ça je le sais, mais de là à accuser son père de dealer et de le tuer pour ça, je ne marche pas. Il pourrait franchement avoir la décence de me dire la vérité.»

Benjamin garde son regard droit devant lui, pointé sur l'autre rambarde faisant face. Il s'efforce de rester détaché des commentaires qu'elle lui donne. Il n'oublie pas son implication à lui dans toute cette histoire même si la jeune femme n'y a pas encore fait allusion.

«Et puis l'explication pour mes parents … alors, là il se surpasse ! Tu sais qu'il pourrait facilement se recycler et écrire des scénarios parce que c'est exactement ce qu'il m'a donné. C'est tellement aberrant !!» En colère, elle laisse des larmes s'échapper de ses yeux, commençant à pleurer à présent à chaudes larmes, cachant le visage de ses mains.

Benjamin écrase sa cigarette à moitié consumée dans un pot de sable, prévu à cet effet, puis pose un bras sur ses épaules. La sentant s'appuyer contre lui, il la prend dans ses bras. Comme un enfant qu'on console ou comme un être cher, il la berce tout doucement, caressant ses cheveux d'une main. Elle se laisse aller à pleurer sur son épaule - enfin techniquement c'est contre sa poitrine (Benjamin est bien plus grand qu'elle). Ils restent tous les deux ainsi le temps nécessaire à la jeune femme pour commencer à réduire ses sanglots.

«Je le déteste, je le tuerais si je n'étais pas non violente.» Ce sont les premiers mots qu'elle parvient à lâcher au milieu des derniers pleurs.

«Ne dis pas ça, Jess.» Il lui répond avec la même sérénité.

«Pourquoi, c'est ce que je ressens actuellement.

«Tu parles sous le coup de la colère, qui plus est, tu es encore en train de digérer autant les souvenirs que les informations qu'il t'a données. C'est beaucoup. Donne-toi du temps avant de décider quoi que ce soit en ce qui le concerne. Tu dois me croire quand je te dis qu'il n'a agi que par amour pour toi, même s'il peut parfois avoir du mal à prendre du recul et à se rendre compte de ce qu'il fait. Il ne mesure pas toujours très bien l'ampleur que les choses peuvent prendre, il ne fait pas exprès, il n'est pas mauvais au fond de lui.

«Il me force à retrouver la mémoire de la façon la plus horrible qui soit … et après il n'a même pas la décence de me dire la vérité.» Elle ne semble pas avoir entendu sa dernière phrase.

«On voit toujours nos parents plus blanc que neige. Ils ont leurs faiblesses eux aussi, tu ne penses pas que les tiens en avaient sûrement aussi ?»

La jeune femme s'écarte un peu de Benjamin pour essuyer lentement les dernières larmes qui s'accrochaient, comme suspendues à ses paupières, reniflant un peu, ses yeux exprimant la tristesse avec une pointe de colère.

«Ne me fais pas m'énerver contre toi aussi, Ben. Je suis fatiguée de toute cette histoire. Oui, je voulais me souvenir mais je n'aurais jamais imaginé devoir faire face à autant. Je comprends pourquoi mon cerveau a pété un plomb.

«Tu ne crois pas que Mark a eu toute l'occasion du monde pour observer ses parents, pour savoir ce qui se passait réellement sous son toit ? Réfléchis un instant.» Il n'a pas laissé le temps à la jeune femme de lui répliquer, anticipant le mouvement de ses lèvres. «Je t'assure que ça lui a pris un moment avant d'admettre une telle réalité, il aurait tellement préféré que les choses soient différentes.

«Tu étais au courant de tout, alors ?» Même si Mark le lui avait déjà confirmé, elle doutait de la portée de ses paroles, d'où son questionnement.

«Il est venu me demander conseil.

«Et toi aussi, tu en es venu à la même conclusion ? Enfin c'est ridicule, on envisage d'autres possibilités avant celle-là ! Et puis l'idée d'attendre son père sur la plage, ça venait de qui ?

«Je pensais qu'une discussion à part, serait plus facile pour eux.

«C'est toi aussi qui lui as fourni l'arme ? » Jessica le fixe droit dans les yeux, attendant sa réponse.

«Je ne pensais pas qu'il allait le tuer. J'ai été aussi choqué que toi, je t'assure. Son geste m'a pris de cours. J'étais persuadé qu'il voulait uniquement le menacer pour qu'il parle.» Benjamin pose ses mains de part et d'autre des épaules de l'actrice, se voulant rassurant. La sincérité pouvait se lire sur son visage.

«Tu as dû mentir après, tout comme lui d'ailleurs, lors de l'enquête, enfin j'imagine ? Pourquoi avoir fait ça si son geste t'avait choqué, tu aurais pu dire la vérité ?

«Jess … c'est mon meilleur ami. Ce n'est pas parce qu'il …

«Qu'il a tué son père ?» Le ton de sa voix devient plus sec.

«Il a paniqué, et puis tu l'as dit toi-même, il était prêt à tout pour sa mère. Je ne pouvais certainement pas l'abandonner. Crois-le ou non, mais toute la durée de l'enquête a été très pénible pour Mark.

«Effectivement, j'ai dû mal à le croire. Après avoir abattu de sang-froid son père, comment est-ce qu'une simple enquête aurait pu le perturber ? Si cela avait été le cas, qu'il avait été pris de remords, il aurait avoué, pris le blâme. Et puis à quoi bon, il m'a bien dit qu'il le referait sans hésiter.» L'actrice se dégage de Benjamin et va s'asseoir sur la chaise longue la plus proche, lasse et agacée.

Ce dernier la laisse s'éloigner, restant contre la rambarde.

«Mark n'a jamais réussi à réconforter sa mère, tu sais à quel point elle aimait Jason. Voir Lydia dans cet état, a été très difficile pour lui. Quoi qu'il t'ait dit tout à l'heure, je t'assure qu'il baignait dans les remords et rien a changé après toutes ces années.

«Il a su mentir à sa propre mère ... ça veut tout dire d'une personne. Peut-être qu'il ne l'aimait pas autant que ça après tout pour lui infliger une telle peine. Elle était peut-être plus heureuse droguée avec son mari dans sa vie que sobre, sans lui, s'il faut suivre le raisonnement de Mark ?» Jessica lâcha cette remarque sans s'en rendre vraiment compte. Remarquant la mimique que faisait Benjamin en réaction, elle réalise la portée de ses mots. «C'est méchant. Désolée. Mais t'entendre me parler de l'après comme si je n'y avais pas été, c'est ... » On voit qu'elle cherche autant ses mots, qu'elle ne peut empêcher les images de l'explosion d'inonder son cerveau.

«D'une certaine façon, tu n'y étais pas. D'après les médecins, le choc a été immédiat pour toi. Quand les pompiers, les ambulanciers et la police étaient sur la plage avec Mark et sa mère, tu ne réagissais déjà plus. La fièvre n'a pas tardé à prendre le dessus sur toi et ...

«Et j'ai quitté la scène. Alors, en effet, de toutes les façons, je n'étais plus là pour m'en rendre compte.

«On voit ce que l'on veut bien voir Jessica, c'est la vérité. Y a rien de plus que ça. Au final, tout n'est qu'une question de perspective.»

Un instant de silence s'installa entre eux, ne laissant que le bruit des oiseaux le briser de temps en temps. Benjamin respectait son besoin de digérer toutes ces émotions qui l'assaillaient depuis quelques heures. Il n'a absolument pas envie de la voir péter un câble à nouveau et que son cerveau affiche une nouvelle fois absent.

«Tu étais à la marina toi aussi ?
«Quand j'ai entendu l'explosion et les sirènes, je vous y ai rejoint.
«Quel est ton opinion sur la question ? Je veux savoir !» L'actrice se cale davantage contre le dossier de la chaise longue et laisse son

regard pénétrer les yeux de Benjamin prenant le soin de l'observer, ce dernier restant calme, imperturbable. «Quelle est ta théorie à ce sujet ? Qui est responsable, tu dois bien avoir une opinion.

«C'est possible que ce mécanicien n'ait pas fait correctement son travail, mais c'est quelque chose qu'on ne saura malheureusement jamais.

«C'est assez amusant de constater que la première personne qui te vienne à l'esprit, et donc à être accusé, est selon toi ce pauvre gars.» Jessica croise les bras sur sa poitrine pendant qu'elle se prépare à entendre une explication qu'elle prévoit abracadabrante.

«Jessica, je comprends bien que tu as besoin d'un responsable mais …

«Tu n'oses pas dire que c'est Mark qui l'est. Plus facile d'accuser les absents, hein ?! Écoute, je sais que vous êtes très proches mais soit honnête avec toi-même, ne me dis pas que tu n'as pas pensé à cette possibilité toi aussi ?

«J'y étais, n'oublie pas. On est tous les deux sortis en mer, ce n'était pas que lui. Qu'est-ce que t'as à l'accuser systématiquement de tout, ça ne te ressemble pas.

«Ouais, eh bien ce changement est l'œuvre de Mark, alors il vaudrait mieux que tu t'y fasses. La Jessica d'avant n'a plus beaucoup en commun avec celle d'aujourd'hui, mémoire retrouvée ou pas.

«J'aime les deux Jessica, l'actuelle peut-être même plus que l'ancienne.» Il essaie d'être léger, espérant qu'elle va emboiter le pas et se calmer. Il quitte la rambarde pour aller la rejoindre et s'assoit sur un petit bout de la chaise longue, tout contre l'une de ses jambes. Il dépose une main du côté opposé à sa taille, lui barrant ainsi le passage de son bras, et lentement plonge son regard dans le sien. «Ce n'était pas un meurtre, au cas où tu penses toujours que Mark les accusait d'être les dealers de son père et qu'il a décidé de les éliminer pour se venger.

«Dis de cette façon-là, c'est … » Une fois de plus, elle cherche les mots exacts pour traduire le cours de ses pensées.

«Aberrant, fou, insensé …» Benjamin finit sa phrase, souriant avec tendresse à la jeune femme.

À ce moment-là, leurs visages sont proches l'un de l'autre. Jessica pose affectueusement une main sur une des joues de Benjamin, le regard doux. Leurs fronts finissent par se toucher, la jeune femme déplaçant sa main sur la nuque du jeune homme. S'éloignant légèrement l'un de l'autre lentement, Benjamin déposa un baiser du bout des lèvres sur le front de l'actrice. Au passage, il essuya les quelques larmes qui ont fait leur apparition sur le visage de Jessica. Il approcha son visage du sien et cette fois dépose ses lèvres sur celles de la jeune femme qui se laissa faire.

«Comment est-ce que tu fais pour rester auprès de lui ? Il est dangereux. Je comprends bien que votre style de vie ne doit sûrement rien avoir avec la normalité et la régularité mais depuis que je t'ai retrouvé … enfin tu es si différent de celui dont je me souvenais. Il t'entrainera vers le bas et ce serait regrettable si tu finis par payer à sa place.

«Il est comme un frère. Je ne l'abandonnerais pas malgré ses mauvais côtés.

«Je sais bien que tu n'as pas toujours été un saint toi non plus. C'est vrai … peut-être que je devrais me méfier de toi aussi ?» Elle lui jette cette réplique sur un ton espiègle.

«C'est ce que tu penses vraiment ?» Il plonge ses yeux dans les siens, jouant la carte du charme.

«Certaines personnes changent au cours de leur vie, parfois plus que d'autres, des fois plus positivement que pour d'autres. Je ne sais pas pourquoi mais pour l'instant, tu m'apaises.

«J'espère que ça va rester ainsi dans ce cas.» Une nouvelle fois, Benjamin l'embrasse sur la bouche. «Maintenant que tu te souviens de tout, j'imagine que ton instinct te pousse à vouloir avoir entre les mains un objet appartenant à tes parents. C'est normal de chercher du réconfort dans ce qui a pu leur appartenir. Est-ce que tu te déplaces avec quelque chose leur appartenant ?

«Non, je dois être une bien mauvaise personne. Tout le monde possède sur eux une photo de ceux qu'ils aiment, de ceux qui ont de l'importance dans leur vie. Ce devrait être mon cas, encore plus que n'importe qui mais … il y avait un côté trop douloureux pour moi dans cette action.

«Je me souviens que tu étais proche de tes parents et de ta mère en particulier.

«C'est souvent le cas pour toutes les filles.» Elle le dévisage avec étonnement, curieuse de savoir où il veut en venir.

«Peut-être que ta tante t'avait laissé un bijou appartenant à sa sœur, quelque chose que tu puisses porter toujours, qui te permettrait de la garder près de toi n'importe où.

«À vrai dire, on a reçu, en Australie, tout ce qui était dans la villa de La Barbade quelques mois après mon arrivée. Dans la mesure où c'était le Gouvernement qui fournissait le logement à ses scientifiques, il fallait vider les lieux de toutes nos affaires. Ma tante a attendu que je sois prête pour être capable de passer à travers le tout, de faire un tri, de décider ce que je voulais garder et ce que je donnerais aux œuvres de charité, là-bas. C'était difficile. Je crois me souvenir qu'au début je voulais tout garder et c'est ce qu'on a fait à vrai dire. On a tout entreposé et ce n'est qu'avec les années que j'ai pu faire ce tri.» La jeune femme garde le silence pendant un bref instant, le regard perdu au loin, replongée dans ce passé. Pour lui faire sentir qu'elle n'était pas seule, Ben lui caressait la main. «Petit à petit, j'ai commencé par ce qui m'appartenait puis par ce qui était à mes parents. As-tu la moindre idée de la tâche que ça représente quand tu tiens entre les mains un objet et que tu ne ressens rien, aucune émotion ? C'est comme être à une vente aux enchères et avoir sous les yeux des objets appartenant à des étrangers. Il n'y a aucune relation ou attachement entre eux et toi … mais tu dois pourtant leur donner une valeur. Tu essaies d'imaginer tes parents dans ces vêtements, porter ces bijoux. Tu voudrais te souvenir de tous ces livres et CD de musique pour savoir ce que tu aimais. Mais je restais toujours sans réponse, aussi vide qu'une coquille morte. Au bout d'un moment, n'y tenant plus, j'ai tout donné. C'était plus simple ainsi, et de toute façon, je ne manquais de rien avec ma tante.

«Tu n'as rien gardé ?» Il ne cacha pas sa surprise.

«Puisqu'il m'était impossible d'associer le moindre souvenir, la moindre émotion à ces objets … attendre combien de temps pour qu'une connexion s'établisse ? Je sais que je prenais un risque que la mémoire revienne du jour au lendemain mais franchement, quand ça fait plusieurs années que tu demeures dans le noir, tu acceptes volontiers de prendre cette chance.» On pouvait lire dans ses yeux le deuil et la douleur, de toute évidence.

«Tu l'as aujourd'hui cette connexion. Maintenant, tu serais contente de pouvoir tenir un de ces objets entre tes doigts. C'est dommage.» Il se veut réconfortant.

«Ma tante avait fait en sorte de sauver les bijoux. J'imagine qu'une femme – qui a de toute évidence les pensées claires – aura toujours le réflexe de ne jamais se départir des bijoux de famille ? Elle me l'a avoué peu de temps avant qu'elle ne me quitte à son tour. Pour être honnête, je n'y ai pas jeté le moindre coup d'œil, ils sont toujours sagement rangés dans une boîte à bijoux en Australie attendant de revoir le jour. J'imagine qu'une fois de retour sur le continent, ça sera l'occasion d'y faire un tour.

«Tu n'as pas peur de laisser derrière toi des objets de valeur ?» Benjamin, plus par inconfort sur ce petit coin de chaise, s'est levé et rejoint la rambarde, regardant par-dessus son épaule l'actrice.

«De valeur ? Mon dieu, il n'y a rien qui vaille des millions dans cette boîte, ce ne sont que de simples bijoux selon ma tante. Je les avais vaguement vus au tout début, crois-moi la seule valeur qu'ils peuvent avoir c'est d'un point de vue sentimental.» Elle quitte la chaise longue et reprend sa place à côté de Benjamin.

«Est-ce que ta mère en aimait un plus qu'un autre ? Quelque chose qu'elle ne quittait jamais, qu'elle portait tout le temps ?

«Ben, je viens juste de retrouver ma mémoire, ce que tu me demandes, c'est le genre de détail qui reste encore voilé pour moi. Je n'en sais rien.

«Je suis content de savoir qu'il te reste quelque chose d'elle, ça aurait été triste.» Il tourne son visage vers le sien, elle en fait de même. «Je ne voulais pas particulièrement te replonger … enfin, je voyais plus le côté positif à la fin de cette amnésie, et à l'envie naturelle d'aller vers ce qui leur a appartenu. Je pense que j'en aurais fait de même si j'avais eu cette opportunité.

«Tu n'as jamais rien eu de ta mère ?

«Non. Après sa mort, mon père a littéralement tout brûlé, même les photos.

«Je suis désolée pour toi.» Pour lui montrer son soutien, elle prend sa main dans la sienne. «Je comprends mieux pourquoi tu m'as posé cette question tout à l'heure. Sur le coup, je ne voyais pas où tu voulais en venir et puis, ce n'est surtout pas un souci de gars.

«C'est vrai qu'on a tendance, selon la légende urbaine, à ne pas être aussi émotifs que vous, les femmes.

«Une légende urbaine qui a la vie dure, mon cher. J'apprécie Ben, merci.

«J'aurai souhaité que Mark puisse avoir cette même chance que toi.» En disant cela, le jeune homme se dirigea vers l'intérieur, disparaissant un court instant de la vue de Jessica, puis revenant avec une boîte foncée entre les mains.

«Qu'est-ce que tu veux dire par là ?

«Je sais qu'il a quelques photos avec lui mais, tu le connais, c'est un sentimental, il a regretté ne pas avoir quelque chose qui vienne de

Lydia, un bijou, un objet quelconque.» Benjamin déposa sur la chaise longue l'objet puis s'en éloigna pour reprendre sa place initiale non loin de la jeune femme.

«En effet, il était très proche d'elle à ce que je me souviens.» Malgré la colère qu'elle ressent à son égard, elle ne peut s'empêcher d'éprouver de la tristesse pour Mark qui lui non plus, n'a plus sa mère désormais. «Qu'est-ce que c'est que ça ?» D'un mouvement de tête, elle désigne le fameux objet qui attend en solitaire qu'on s'occupe de lui.

«J'espère que tu ne m'en voudras pas. Pourquoi tu ne vas pas l'ouvrir, tu seras tout de suite fixée sur ce que ça contient.» Il la regarde, un peu gêné mais surtout anxieux.

Suivant son conseil, l'actrice s'assoit à nouveau sur la chaise longue, face à la boîte noire, et d'une main un peu hésitante, fait sauter le crocher de sécurité pour enfin ouvrir les deux battants du couvercle, telle une boîte à outils mais en plus délicat et raffiné. Alors qu'elle approche son visage de l'ouverture pour regarder à l'intérieur, son visage pâli légèrement tout en exprimant la surprise et l'étonnement.

«Qu'est-ce que ça fait ici ? Comment as-tu fait pour mettre la main sur mes bijoux ?» Jessica ne manque pas de dévisager Benjamin pendant qu'elle attend sa réponse.

«Des hommes sont allés les chercher en Australie selon les indications de Mark. Ne t'inquiète pas, apparemment ils ont fait ça très professionnellement, sans laisser de traces et attirer l'attention.

«Mark ? En quoi est-ce que ces objets l'intéressent ? Et puis pourquoi est-ce que ce n'est pas lui qui se charge de me les montrer mais plutôt toi ?» On peut facilement percevoir à présent la légère pointe de colère qui transparait dans le son de sa voix.

«Dans la mesure où les dernières fois où vous vous êtes parlé, la discussion a un peu mal tourné, sans compter le fait que tu es sûrement encore en colère contre lui … il m'a demandé juste avant que je te retrouve dans ta chambre …

«Quoi ? De savoir s'il peut les prendre pour lui mais par souci de bien agir, il demande quand même ma permission ?

«Hein ? Non, ça n'a rien à voir avec ça … c'est beaucoup plus simple en fait, quoique … je ne suis pas certain que ce soit si simple en vérité.

«Alors qu'elle en est la raison ?» Elle l'écoute avec attention.

«Eh bien, tu te souviens de ce que j'ai dit juste avant d'aller chercher cette boîte, quand on faisait allusion à pouvoir avoir quelque chose appartenant à nos mères et au fait que Mark n'avait rien ?

«Il me demande de sacrifier un bijou pour le lui donner en souvenir.» Elle ne comprend pas où tout ça doit aboutir.

«Non, bien sûr que non. D'après ce qu'il se souvient – et donc ce qu'il m'a raconté – Lydia aurait offert à l'époque un bijou à ta mère, enfin je veux dire dans les jours ou semaines précédant leur disparition.» Ne voyant pas la jeune femme réagir, Benjamin continue son explication. «Tout ce que je sais, c'est qu'il souhaitait pouvoir éventuellement récupérer ce bijou, histoire d'avoir enfin quelque chose qui lui appartenait.

«Comment se fait-il qu'il n'a rien eu de ses parents et plus particulièrement de sa mère puisqu'il s'agit d'elle ?

«Dans la mesure où quand elle est morte, il l'était lui aussi …

«Ah, oui je vois mais, en tant que fantôme, il aurait quand même pu essayer de mettre la main sur ce qu'il voulait des affaires de sa famille ? Au point où il en était, il n'était quand même plus à ça près.

«Tu l'as dit toi-même, le Gouvernement a agi très rapidement à la mort de Lydia pour vider la maison de son contenu et y installer de nouveaux occupants. Mark n'a pas eu le temps de réagir avant qu'il ne soit trop tard.

«Mais qu'est-ce qu'ils ont fait des effets personnels ? Ils n'ont quand même pas jeté le tout aux ordures ?

«Si seulement, ça aurait été facile pour lui mais non. Il semble que dans ce genre de situation, ils aient décidé de donner le tout à des œuvres de charité.» Encore une fois, il anticipe les paroles de l'actrice. «Il a évidemment cherché auprès de chacune d'entre elles sur l'île mais il n'a jamais rien retrouvé.

«Et pour quelle raison, tient-il à avoir ce bijou-ci ? Si Lydia l'a offert à ma mère avant que tout parte en vrille – grâce à lui – quel en est son attachement ?» Elle le regarde, pas très convaincue jusqu'à présent de son argumentation.

«Simplement parce que c'est un objet qui était apparemment précieux pour Lydia, probablement la dernière chose qu'elle ait acheté, choisi, mis ses efforts pour faire plaisir à quelqu'un qu'elle aimait beaucoup. Si je me souviens bien, elles étaient plutôt proches toutes les deux, non ?

«Je crois … oui.» Jessica, sans en ajouter davantage, replonge son regard à l'intérieur de la boîte en cuir, avec un mélange de mélancolie et de tristesse en pensant à ces deux femmes.

«Est-ce que tu le reconnaitrais par hasard ?» Benjamin pose timidement la question.

«Parmi tous ces bijoux ? Un objet que je n'ai probablement pas vu moi non plus et dont je n'ai pas entendu parler avant aujourd'hui… non.

«En es-tu certaine ? Prends bien ton temps à examiner chacun, après tout, tu as bien dit que c'est pratiquement la première fois que tu les as vraiment sous les yeux depuis ton enfance.» Il se veut insistant tout en gardant une voix douce afin d'éviter de la brusquer. «Je suis désolé d'insister autant mais écoute, tu sais comment il est dès qu'il est question de Lydia. Si ce n'est pas moi, c'est lui qui va être derrière toi sans relâche. Je me rends bien compte que je t'en demande beaucoup mais tu peux essayer quand même, on sait jamais.

«Écoute Ben, c'est à peine si je me souviens de ça …

«Tu as retrouvé la mémoire n'est-ce pas ?

«Oui mais le cerveau n'est pas un ordinateur. Il ne me suffit pas d'entrer une demande bien précise pour que le processeur fasse sa recherche et qu'il m'affiche la réponse, après avoir trouvé l'information dans le bon tiroir. Ce sont des détails pour moi à l'heure actuelle, des détails que mon cerveau ne semble pas être pressé à me donner accès.

«Donc, tu te souviens en partie, c'est déjà ça. S'il te plait, je te demande juste de prendre ton temps pour examiner le contenu de la boîte. Il te suffit juste de me dire ceux qui te semblent être inconnus pour toi ? Je suis persuadé que ta mère a dû porter au moins une fois ce bijou. C'est ce qu'on fait quand quelqu'un nous offre un objet avec amour.» Le jeune homme a quitté sa rambarde pour venir s'asseoir près de l'actrice sur la chaise, lui posant une main sur une des siennes, en signe d'encouragement.

Le regardant dans les yeux, elle finit par plonger une main à l'intérieur de la boîte noire et à en sortir, un à un, les bijoux en prenant soin de les examiner avec grande attention. Une fois fait, elle posa à côté d'elle ce qui lui semble familier et tendit à Benjamin ce qui ne l'est pas, sans dire un mot. Après un moment à procéder de même, la boîte en cuir était vide. Un tas d'une bonne taille s'accotait devant elle alors que le jeune homme ne tenait que trois objets dans ses mains. Avant qu'il ne dise quoi que ce soit, Jessica remet en place ceux qui ont été identifiés afin d'avoir à nouveau plus de place sur la chaise longue.

«C'est tout ? Tu en es bien sûre ?» Plongeant son regard dans celui de l'actrice, il la questionne tout en l'observant avec attention.

«Oui. Estime-toi encore heureux que tu n'en tiennes pas plus ou aucun. Et de quelle façon pense-t-il pouvoir maintenant déterminer lequel est le bon, parce que si j'ai bien fait attention à ton explication, Mark ne l'a pas plus vu que moi. Sauf si tu ne m'as pas tout dit.» Elle lui lance un regard légèrement suspicieux.

«Il trouvera.» Benjamin contemple les bijoux qu'il tient, échappant une larme, ne cachant qu'avec difficulté sa tristesse.

Le voyant ainsi, la jeune femme émue, lui caresse la joue et y dépose un baiser.

«Qu'est-ce qui te met dans cet état ? Benjamin, parle-moi.

«Je me disais qu'il va avoir une chance que moi je n'aurai jamais.

«Elle reste presque inexistante sa chance, tu en es quand même bien conscient n'est-ce pas ? Je doute vraiment qu'il sera à même d'établir lequel d'entre eux est le bon. Et même s'il y parvient par je ne sais quel miracle, je ne suis pas convaincue qu'il le mérite ce bijou.

«Que veux-tu dire ?

«S'il n'avait pas agi de façon aussi inconsidérée, il n'en serait pas là.

«Je suis d'accord qu'il ne peut s'en prendre qu'à lui-même mais ne crois-tu pas qu'on a tous droit à une forme de pardon pour les actions que nous commettons étant jeune, surtout après tout ce temps ?» Elle peut sentir le ton de sa voix plutôt inquiet, mélancolique, elle s'en étonne quel que peu d'ailleurs. «Je crois simplement qu'il peut arriver un moment où on regrette la façon dont les choses se sont passées. Doit-on alors porter indéfiniment la croix ? L'eau passe sous les ponts Jessica, elle peut réussir à lisser des côtés qui étaient rugueux …

«Est-ce qu'on est toujours en train de parler de la même chose ou de génie civil à présent ?

«Il pense que le bijou ressemblera à ceux que sa mère possédait. Il est persuadé de pouvoir en reconnaître le style.» D'un revers de la main, il balaye cette larme qui a coulé. «Bien que je condamne tout autant que toi son geste, je ne pense pas qu'il mérite de ne rien avoir de la femme qui a tant compté pour lui à cette époque-là.» Benjamin essaie de retrouver son calme intérieur.

«Je sais que dans cette histoire ma mémoire ne joue pas en ma faveur mais ... je serais bien étonnée qu'un adolescent ait fait attention aux bijoux de sa mère. C'est une catégorie qui concerne le sexe féminin.» C'est à son tour de lui répondre avec gentillesse.

«Que veux-tu que je te dise ? J'imagine que pour Mark c'est différent. Regarde avec quel acharnement il s'est battu pour toi ... alors s'il dit qu'il sera capable de l'identifier, je veux bien le croire et l'y aider.

«Admettons mais il y a encore quelque chose que je trouve bizarre.

«Quoi donc ?

«Pourquoi ne venir que maintenant avec cette histoire de bijou. Il avait tout le loisir de le faire pendant les douze mois qu'il était avec moi, incognito.» Elle le regarde intriguée.

«Ta mémoire.

«Ah oui, c'est vrai, j'étais dans la purée !» Elle voit Benjamin se lever de la chaise, tenant précieusement entre les mains les bijoux. «Qu'en est-il de ceux qui ne retiendront pas son attention ?

«Je ferai en sorte que tu les récupères, évidemment. Je te remercie Jessica, je sais bien que d'avoir fait ça pour lui ne t'enchante pas beaucoup.

«Il a bien fait de te le demander à toi, dans le cas contraire je n'aurais pas accédé à sa requête. Et puis, je te rappelle que je ne suis pas certaine de ce que je t'ai donné. C'est à peine si je me souviens moi-même de ce qu'elle avait l'habitude de porter. Elle n'était pas du genre à m'ouvrir les portes de sa boîte à bijoux dans le détail, de me laisser jouer ou les porter ... Je pense qu'elle me considérait encore un peu trop jeune pour ça, c'était je crois, uniquement à distance que j'avais droit de contempler ce qu'elle possédait. Mais si tu veux mon avis, ces bijoux-là peuvent très bien être ceux de ma mère parce que je ne me souviens pas qu'elle nous en a parlé ?

«C'est bien pour ça que je t'en suis encore plus reconnaissant.» Il se penche vers son visage et l'embrasse tendrement. «Je ne sais pas pour toi mais la faim commence à me gagner.

«En effet, mon estomac se manifeste de plus en plus. Est-ce que tu as une perle aussi douée en cuisine ici qu'à Mendocitos ?

«Allez viens, on va voir ce qui est au menu.»

Sans plus attendre et faisant signe de son bras à Jessica de regagner l'intérieur de la pièce, ils laissent derrière eux la terrasse. Le jeune homme a pris soin de mettre dans la poche de son pantalon les bijoux en question.

Ne connaissant pas encore les lieux, elle le suit sagement alors qu'ils traversent le corridor pour se diriger vers les cuisines et la terrasse principale extérieure, situées à l'opposé de la bibliothèque.

«Merci d'avoir pris ce temps avec moi, ça m'a fait du bien ... en fait ça m'a calmé. Je ne m'attendais pas à un tel sentiment sûrement après avoir dû me plonger dans les bijoux de ma mère, j'avais un peu peur que ça ne me tire vers le bas à nouveau ou davantage.

«Je suis également content de tout moment que je peux passer avec toi.»

Chapitre XX

Beliceaux – Les Grenadines, même moment

Mark, qui avait été laissé seul par Benjamin et Jessica, a pris un autre chemin pour gagner le pavillon secondaire, non loin du principal. En arrivant devant l'édifice, un des hommes armés sur la propriété s'approcha et lui murmura quelque chose à l'oreille. Ce n'était clairement rien d'amusant ou aucune bonne nouvelle puisque la mine du jeune homme se décomposa immédiatement avant de passer au rouge, visiblement mécontent. Sans dire un mot, Mark s'engouffra dans le corridor d'entrée et bifurqua sur la gauche pour descendre quelques marches, puis encore un autre corridor à traverser pour se rendre finalement dans une partie qui a été aménagée pour autre chose que pour entreposer de la nourriture ou des bouteilles de vin de grands crus.

Postés de chaque côté de ce qui semble être une grosse et lourde porte en bois, deux hommes armés font le guet. Mark s'arrête à leur hauteur et les regarde dans les yeux avec autorité.

«Ma question va être très simple, pourquoi est-ce que vous avez un prisonnier ? » S'exprimant avec fermeté, ne laissant pas de place à la camaraderie, comme c'est le cas à chaque fois que Mark s'adresse à l'un de ses employés ou hommes de main, il passe de l'un à l'autre en attendant une réponse.

«On exécute les ordres qu'on a reçus, monsieur.
«Pas de moi, de toute évidence.
«C'est Monsieur Marelli lui-même qui les a donnés.»

L'homme de droite a eu le courage de répondre sur un ton franc et clair. Il est de grande taille, de type latin avec des cheveux très courts. Mark ne laissa pas entrevoir son étonnement aux deux hommes quant à la réponse qu'il venait d'obtenir. Il donna un coup de poing dans l'estomac de celui qui venait de parler, plus pour se défouler en exprimant sa contrariété qu'autre chose ... ou peut-être que c'était encore un reste de l'épisode lié à la fuite de la jeune femme qu'il n'a pas aussi bien digéré que son ami.

«Vous restez en place pendant tout le temps que cet homme sera dans cette pièce. Est-ce que je me fais bien comprendre ?
«Oui, monsieur.» Le deuxième homme armé ne se fait pas prier pour acquiescer.

Calmement, Mark ouvre la porte de bois et entre dans la pièce qui ne resplendit pas de propreté sans pour autant être une porcherie. Aucun meuble à l'intérieur (à l'exception d'une chaise en bois), un éclairage modéré laissant des endroits dans l'ombre, les murs et le sol sont restés à l'état brut – en béton et en terre battue. Un unique seau en métal, rempli d'eau attend sagement dans un coin, proche de l'entrée. À part le jeune homme, il n'y avait qu'une deuxième personne dans la pièce : Grégory Bark.
Ce dernier est assis mains et pieds liés à la chaise, semble-t-il inconscient. Après quelques instants, autant à l'observer qu'à réfléchir à ce qu'il allait dire puisqu'il ne s'attendait absolument pas à ça, Mark quitta sa place, se dirigeant vers le seau qu'il saisit de ses deux mains et s'en alla vers Bark d'un pas sûr, pour lui jeter vigoureusement le contenu en pleine face, prenant soin de ne pas trop mouiller ses vêtements et chaussures au passage. Évidemment, le contact avec l'eau qui était froide réveilla, sans ménagement le prisonnier, qui ouvrit les yeux brusquement, crachotant un peu d'eau qui lui était entrée par le nez, il se ressaisit malgré tout rapidement, retrouvant ses instincts d'agent de terrain. Secouant la tête, il chasse le surplus d'eau de ses cheveux, comme un chien le ferait après une baignade.

«Bienvenue dans les Caraïbes !» Mark lâche sa réplique sur un ton moqueur, appréciant malgré tout la situation.

Grégory Bark cligne un peu des paupières cherchant à faire le point avec sa vision. Il est en piteux état actuellement : ses vêtements, pleins de poussière et de terre, ont des déchirures dues au guet-apens dans lequel il est tombé la veille. Son visage est marqué par quelques traces de terre – l'eau en a enlevé une petite partie – et une bonne entaille au coin gauche de son front, marque l'endroit où il a reçu le coup de crosse qui l'a assommé. Un léger filet de sang s'échappe d'une autre nouvelle plaie qu'on lui a faite sur sa tempe il y a probablement quelques heures de ça. Des marques d'ecchymoses sont également visibles sur le visage et les bras. Il en a d'autres ailleurs sur le corps, à n'en pas douter, cachées sous les vêtements.

Autant les événements se sont très vite déroulés pour lui sur la route menant à Small Ridge jusqu'à ce qu'il perde connaissance et soit emmené par des hommes de mains sur l'île de Beliceaux, autant depuis son réveil, attaché dans cette pièce, on ne lui a laissé que peu de temps de tranquillité sans qu'un homme entre, lui assène quelques coups et ressorte sans avoir rien dit. Maintenant que Bark a entendu la voix de Mark, il comprend mieux la situation dans laquelle il se trouve, même si pour le moment la raison lui échappe encore. Il est en vie mais pour combien de temps. Il n'est plus derrière un bureau, en sécurité, il est aux prises avec un homme très déterminé, minutieux et surtout dangereux.

«Ce n'est pas exactement le genre d'accueil auquel je me serais attendu à recevoir. Un cocktail de bienvenu ou un collier de fleurs, peut-être sans vouloir être trop exigeant.» Grégory répond à son hôte sur le même ton.

«Le collier de fleurs, c'est à Hawaï. Pas la bonne île.

«C'est plutôt con, ça ! J'imagine que je ne suis pas là non plus pour un débriefing ? Au fait, on garde Mark Perry comme nom d'usage cette fois ?

«Je préfère, en effet. Anthony Masson est chose du passé. Alors comme ça, vous avez fini par trouver un certain intérêt pour Jessica ? Je croyais que la protection des célébrités n'était pas du ressort du F.B.I, surtout pas du vôtre. Ce n'est pas ce que vous m'avez clamé pendant ces douze derniers mois ? Et pourtant vous voilà, ici.

«J'ai fini par me rendre compte de mon erreur de jugement. Je n'ai jamais prétendu être parfait.

«Ça c'est bien vrai.

«On croirait entendre Jessica.

«Je le tiens d'elle … à moins que ce ne soit elle de moi, je ne sais plus. On se complète tellement que ça n'a pas la moindre importance.»

Pendant un court instant, les deux hommes qui se font face à une certaine distance l'un de l'autre, s'observent en silence, se jaugeant pour la suite de leur conversation.

«Est-elle toujours en vie ?

«Évidemment ! Elle se porte comme un charme d'ailleurs. Elle prend le soleil, patauge comme une folle dans l'eau … je n'ai pas besoin de vous faire un dessin.

«Non bien sûr … cependant je préférais m'en rendre compte par moi-même. Je suis certain que vous pouvez comprendre ma position. Puisqu'elle a si facilement échappé à ma surveillance, un peu grâce à vous, si je veux sauver mes fesses, j'ai besoin de le constater de mes propres yeux et … ne le prenez pas mal, mais il n'y a plus vraiment de niveau de confiance entre vous et moi, alors …

«Le contraire m'aurait étonné, cependant, elle se repose. Son souhait était de s'éloigner du quotidien pour recharger les batteries et c'est exactement ce qu'elle fait. Si elle devait vous voir maintenant et en plus dans cet état, je crains que ça ne gâche le tout. Elle insiste tellement sur la tranquillité d'esprit.» Mark continue à se moquer de lui.

«Je dois vous tirer mon chapeau. Ça a été toute une organisation, tenir la place de quelqu'un d'autre, un agent du F.B.I qui plus est, surtout quand soi-même on est mort. Je n'y ai vu que du feu. Émotionnellement, ça n'a pas été trop perturbant pour vous de devoir respecter toutes ces lois et règlements, je m'en voudrais tellement de savoir que vous consultez un psy pour surmonter cet épisode … oh mais non, attendez, vous étiez déjà instable avant de jouer cette petite comédie.

«J'apprécie le compliment. C'est vrai que ça a été de la préparation et une continuelle organisation avec malgré tout, j'insiste bien là-dessus, beaucoup d'improvisation. Un excellent travail d'acteur je dois dire mais ce que j'ai préféré, c'est de passer autant de temps à vos côtés, vous le grand et prometteur Grégory Bark … et de réussir à être tellement convaincant que vous n'avez rien vu venir, jamais rien soupçonné … » À cet instant, le jeune homme ne saurait cacher ce petit air de contentement qui s'est installé sur son visage.

«Vous avez su bénéficier de beaucoup de chance pour que ça tienne aussi bien, aussi longtemps. Évidemment, vous avez eu de l'aide de l'intérieur alors les éloges ne sont pas que pour vous finalement. Vous avez su exploiter à merveille la transition avec Gattier et la situation dans laquelle était alors plongé le Bureau avec le Gouvernement, sans ça …

«Ce n'est pas avec des si qu'on refait le monde.

«Quelle ironie quand même, quand on y pense. Devoir tenir un tel rôle alors que votre nature la plus profonde est toute autre, aux antipodes pour être exact.»

Pour seule réponse, Mark s'avance vers Grégory et, tout en affichant un large sourire, lui donne un coup de poing dans le visage, près de la mâchoire. Il prend un réel plaisir à le voir attaché, battu, ignorant tout, le temps qu'il lui reste ou ce qui va se passer par la suite pour lui. Cette sensation de décision de vie ou de mort sur quelqu'un est tellement bonne et lui avait franchement manqué.

«Comme c'est touchant, l'ami d'enfance qui se fait passer pour un agent du F.B.I pour pouvoir être auprès de celle qu'il a connue. Il la protège maintenant qu'elle est seule au monde, la sans famille … quoi que je ne suis pas certain de savoir contre quoi ou qui vous avez tenté de le faire. En tout cas, je ne croyais pas aux morts vivants, c'est différent aujourd'hui grâce à vous, je verrai désormais Halloween bien différemment.»

Mark l'écoute d'une oreille distraite, commençant à trouver le temps long.

«Simuler sa mort est souvent chose courante pour les trafiquants et autres criminels, particulièrement quand ils sont bien établis dans le business et que la concurrence peut menacer leur vie, mais vous, vous choisissez d'emblée d'en finir. Vous n'avez encore rien et vous choisissez de devenir quelqu'un d'autre … enfin, officiellement. Vous êtes libre désormais de faire ce que vous voulez, personne à vos côtés pour jouer le rôle de la mauvaise conscience … je fais allusion à votre mère évidemment. Pauvre femme, quelle tragédie tout de même quand on y pense ! Souffrir la perte de son époux puis celle de son fils unique se sachant soi-même condamné.» Grégory choisit bien ses mots, souhaitant parvenir à provoquer Mark qui continue à l'écouter, silencieux, impassible. «Vous montez votre petit commerce avec votre meilleur ami, vous y travaillez très fort - j'imagine, mais vous réussissez surtout à vous protéger de nous avec une des façons les plus habiles qui soient actuellement.

«L'argent!» Mark a répondu à sa place, fier effectivement de leur stratégie.

«Je suis le premier à le regretter. Mais malgré ce beau portrait, il va falloir m'éclairer parce que je ne parviens pas encore à comprendre pourquoi avoir passé tout ce temps à jouer la comédie à ses côtés, à la tenir presque en laisse pour finir par la laisser vous filer entre les pattes – puisque c'est ce qui s'est passé à New York, n'est-ce pas, et seulement alors, retourner votre veste. Ça a dû être pénible pour vous de constater pendant ces longs mois qu'elle ne vous remettait pas, ni votre visage, ni votre voix, vous étiez véritablement un étranger pour elle. Je vous plains quand vous avez constaté que vous ne serez pas celui qui lui redonnera sa mémoire. Ça n'a pas été trop dur, ça va ? Malheureusement maintenant, votre position de choix, de premier plan de *'garde du corps/agent du F.B.I.'* est tombée à l'eau. Vous comptez la garder captive pendant combien de temps ?

«Qui vous dit que je suis encore cet inconnu pour elle ?»

Bark observe avec grande attention l'expression sur le visage de Mark, et essaie d'y lire les sous-entendus qui viennent d'être révélés. Ce silence dure quelques instants avant que Grégory ne reprenne la parole.

«Je m'étais demandé pourquoi être passé à l'action maintenant, une fois qu'elle est à La Barbade ... probablement parce que vous avez remarqué une brèche dans ses souvenirs. Vous étiez effectivement le mieux placé pour vous rendre compte de tout changement chez elle puisque de toutes les façons, elle devait tout vous dire, que ce soit officiellement pour le F.B.I. ou sur l'oreiller. Allez, vous pouvez bien l'admettre à présent : vous étiez son amant. Quand vous avez su qu'elle était venue ici, vous avez sauté sur l'occasion. Je suis sûr qu'en ami dévoué, vous avez mis en pratique la théorie qui veut que revenir sur les lieux de son passé peut avoir un effet miraculeux pour stimuler le cerveau ... c'est ce qui s'est passé, n'est-ce pas ? Elle se souvient de tout à présent ... Comme c'est touchant ou pathétique, je ne sais pas trop.» Mark reste imperturbable. «Je me demande comment elle va réagir quand elle apprendra pour James et Ted Connoly ? Vous lui direz quoi, que vous l'avez tué par jalousie ou pour avoir découvert qu'elle est droguée, si ça se trouve par vos soins.

«C'est une théorie intéressante.

«Je trouve aussi, d'autant que vous n'avez pas hésité un instant à faire sauter une aile de l'hôpital pour être certain que les résultats ne soient trouvés de personne. Dommage qu'une vingtaine de personnes y aient péri en même temps.» En amenant ce détail, Grégory espère que le jeune homme sera au mieux ébranlé par le nombre de victimes. Peut-être qu'il veut se rendre compte jusqu'à quel point Mark est dangereux.

«C'est regrettable, en effet mais elle est au courant pour le médecin.

«Et son oncle ? Quant à savoir encore ce que vous lui avez dit exactement. Jessica est définitivement un sujet qui vous tient à cœur. Qu'est-ce que vous comptez faire d'elle à présent, vous installez en ménage à trois avec Benjamin Marelli ou Scarfelli - tout dépendamment de l'humeur du jour j'imagine ? Tous ces morts juste pour qu'elle se souvienne de vous et quoi … reprendre là où en étiez à l'époque ? Ça c'est vraiment pathétique !! À moins que tout ceci ne cache autre chose, bien sûr.»

À ces mots, Mark s'avance légèrement vers celui qui a été son patron pendant un an, le toisant de haut. Il est déjà suffisamment contrarié d'avoir appris que Benjamin l'a fait prisonnier sans lui en toucher mot. Il opte pour la solution faisant croire qu'il ne fait qu'exécuter les ordres de quelqu'un d'autre. Il choisit de jouer encore un peu avec Bark et de lui remuer à son tour le couteau dans la plaie.

«J'ai mes ordres.

«Vous n'êtes donc qu'un exécutant, qu'un simple larbin qui se contente bêtement de faire ce qu'on lui dit. Je vois, c'était effectivement une possibilité. Dans ce cas, peut-être qu'il vaudrait mieux que je m'adresse à la personne en charge de la situation ici plutôt qu'avec un vulgaire employé. Qu'est-ce que vous en pensez Perry ?

«Vous êtes salement amoché Bark depuis la dernière fois qu'on s'est vu derrière votre bureau à San Francisco. J'ai cru comprendre que vous avez essuyé une attaque à La Barbade ? Quelle tragédie la perte soudaine et brutale d'une équipe, de ne pouvoir rien faire d'autre que de voir tomber ses hommes les uns après les autres. Savoir que des familles se retrouvent sans argent, des enfants sans père.» Cette fois, c'est au tour de Grégory Bark de garder le silence, la mine déconfite, et à Mark de savourer chaque mot qui sort de sa bouche. «Très professionnel ce Jason Gloves. C'est réellement une perte

terrible pour les bureaux de Bridgetown … pour moi, pas vraiment !»
Mark apprécie chaque seconde pendant lesquelles Grégory reste coi.
«Je crois que Jesus Matera – son second et donc celui qui est en
charge à l'heure actuelle – va se sentir très vite dépassé par la
situation, après tout vous n'êtes venu qu'avec des analystes n'est-ce
pas ? Faut dire que ce n'est pas tous les jours non plus qu'une affaire
aussi complexe que celle-là vous tombe dessus par ici.

«Gloves travaillait pour vous ?» Grégory Bark ne parvient pas à
cacher sa surprise.

«Ne soyez pas idiot, il ne m'était d'aucune utilité, non, c'est à des
niveaux plus subtiles qu'il faut placer ses pions, les résultats sont plus
fiables ainsi.» Le ton du jeune homme est à nouveau moqueur.

«Vous avez placé une taupe sous mon nez à Bridgetown ?

«Pourquoi juste là-bas. Vous manquez sérieusement de
perspective ou vous perdez votre célèbre esprit de déduction. De toute
façon, pourquoi est-ce que je vous en dirais plus à ce sujet puisque je
ne prends pas les décisions ici … vous avez oublié, j'obéis !

«Les informations ont été compromises, c'est bien ça ?» Grégory
se demande à quel point ce qu'il a découvert, via son équipe ou via la
taupe, du coup est véridique.

«Vous ne devriez pas autant réfléchir, vous allez vous choper un
anévrisme. Ça serait dommage à votre âge.» Mark, les mains dans les
poches, se dirige vers la porte, satisfait de cet échange.

«À peine m'être renseigné sur Gattier, je tombe dans un guet-
apens. Je ne crois pas aux coïncidences Perry.

«Vous essayez de savoir si c'est lui le grand boss ?» Mark se
tourne pour lui faire face une dernière fois.

«À vrai dire, je ne parviens pas à me décider si vous agissez pour
votre propre compte ou pour celui de quelqu'un d'autre, Maxwell
Gattier … quelle importance. Pourquoi est-ce que je suis ici alors que
vous avez tué tout le monde là-bas ?! Qu'est-ce que vous attendez de
moi ?

«Mon dieu, ce que vous êtes agaçant avec toutes ces questions.
Je voulais vous revoir une dernière fois. Après un an passé à vos
côtés, ça n'aurait pas été correct de se séparer sans un au revoir
officiel.

«Foutaises !»

Mark ne se sent déjà plus concerné par les propos de Bark. Il ouvre la porte et la referme en le laissant lâcher une injure à son encontre, ce qui lui arrache un léger sourire de satisfaction.

Sans la moindre attention aux deux hommes qui gardent l'entrée de la pièce, il refait le chemin inverse pour revenir au rez-de-chaussée du pavillon secondaire puis vers l'extérieur. Il regarde l'heure qu'il est – 11h41 – sachant que Jessica n'avait rien mangé à son réveil, il y a de fortes chances pour qu'il les trouve tous les deux dans le jardin proche de la cuisine. C'est donc dans cette direction, qu'il dirige ses pas. Il va avoir besoin de s'expliquer avec Benjamin sur la présence de Bark sur l'île, sur le fait qu'il ait agi dans son dos.

Un jardin a été aménagé faisant suite à la terrasse principale qui touche la cuisine de la villa. Situé dans la forêt, il n'y a que de la végétation à perte de vue (la Mer des Caraïbes étant à l'opposé). On a pris soin de ne pas détériorer la nature au maximum, quelques arbres ont été coupés pour bénéficier d'un meilleur espace, table et chaises ont été installées sous les arbres qui forment ainsi une tonnelle naturelle. Bien qu'on soit en pleine journée, on distingue très bien où les lanternes solaires et celles contenant des bougies ont été placées afin d'apporter un éclairage doux à la tombée du soleil. Des arrangements floraux plantés de part et d'autre, viennent donner encore plus de couleurs à l'endroit déjà superbe. Tout à côté, une piscine a été construite afin de donner la possibilité aux habitants de se rafraichir tout en restant à l'abri des yeux indiscrets des plaisanciers qui passent tout autour de l'île. La principale plage est évidemment utilisable mais avoir une piscine est un must obligatoire. Un peu comme à Mendocitos, un bar est installé à cet endroit (à croire qu'on ne peut que boire de l'alcool au bord d'une piscine) mais de conception bien plus simple que le précédent : un meuble de bois accueille plusieurs bouteilles, des verres et on devine de part sa forme, un mini réfrigérateur situé au-dessous, pour la glace ou autres fruits et agrumes qui viendraient agrémenter les mélanges préparés.

Benjamin et Jessica se sont installés aux bords de la piscine, les pieds dans l'eau, un verre à la main ou posé à côté d'eux sur la suite de dalles qui encerclent le bassin. Après avoir picoré un peu en cuisine, il l'a emmenée ici. Sachant très bien que Mark ne resterait pas une éternité dans le pavillon secondaire – à vrai dire, il s'attendait à le voir débarquer maintenant d'un instant à l'autre – il voulait pouvoir encore profiter de ce calme, de cette plénitude avant la tempête finale.

«Vous avez réussi à ne pas saccager l'endroit, à aménager confortablement et avec goût l'île ou ce que j'ai pu voir tout au moins. Je suis épatée … je n'aurais pas cru un instant que vous auriez en tête la préservation de l'environnement naturel étant propriétaire des lieux, avec aucun voisin direct ou aucune autorité pour vous garder à la loupe. D'ailleurs, c'est à qui de vous deux cette île … non, laisse tomber, je ne veux pas savoir.

«Même si ma vision des affaires ou de faire de l'argent n'est pas orthodoxe, ça ne m'empêche pas d'avoir des intérêts ou des principes tournés vers l'environnement.

«Tu dois avoir raison, excuse-moi. Je suis en train de mettre la charrue avant les bœufs. C'est que depuis la nuit dernière, tu devras admettre qu'il est facile de sauter à certaines conclusions ou de ne plus trop savoir quoi penser. J'imagine que je vous mets tous les deux dans la catégorie de dangereux mafiosos simplement pour avoir descendu ma thérapeute …

«Que tout le monde voulait tuer.

«… pour posséder une île privée dans les Caraïbes …

«Beaucoup de gens riches en font de même ?!

«… pour voir des hommes armés autour de moi …

«C'est pire à Washington.

«… et pour s'être fait passé pour mort.

«Pour éviter de payer des impôts, tu n'as pas idée combien sont prêts à le faire !» Il la regarde amusé de cet échange, essayant surtout que la conversation ne dérape pas, et voyant le sourire qu'elle lui renvoie, il a réussi sa mission.

«Tu as réponse à tout.

«Je suis sûr que tu sauras déjà bien assez tôt me caler dans un domaine ou un autre.» Il marque une courte pause, prenant une gorgée de whisky, remuant les pieds sous l'eau.

«Dans un moment comme celui-là ou avant sur la terrasse avec toi … je ne veux pas penser à plus, je tais mon instinct. Parce que j'ai dit ne rien vouloir savoir de ce que vous faites tous les deux pour vivre, je ne veux pas non plus imaginer le pire. Je m'efforce de garder l'esprit ouvert et j'essaie de me convaincre que ce que je vois, peut très bien être un concours de circonstances et rien d'autre. Je ne suis pas sûre de toute façon que toute cette histoire te concerne vraiment ou à quel point tu y es impliqué. Ce qu'il a fait, est davantage entre Mark et moi.

«Jessica, tu sais que tu vas devoir lui faire face à nouveau, que comptes-tu faire, éviter de lui adresser la parole, faire comme s'il n'existait pas ? Pas très adulte comme comportement, tu ne crois pas.

«Parce que je suis sensée faire quelque chose ? Je croyais n'être bonne que pour patienter tranquillement jusqu'au prochain drame sans rien dire et surtout rien tenter, uniquement me résigner à attendre de voir quel sort m'est réservé.» La petite pointe de sarcasme est sortie toute seule de sa bouche mais après tout, ça traduit bien ce qu'elle pense et même si elle se sent bien avec Benjamin, il ne l'a pas aidée pour autant à quitter l'île.

«Il prend toute cette histoire très à cœur parce que tu comptes beaucoup pour lui, ça a toujours été le cas, déjà à l'époque. Les sentiments qu'il avait alors pour toi se sont renforcés après ton départ et n'ont cessé de grandir avec le temps. Aujourd'hui plus que jamais …

«Pendant, ces quinze dernières années, il n'a fait qu'aimer un souvenir, un fantôme.

«Admettons mais depuis douze mois, c'est très réel ce qu'il ressent pour toi.» Benjamin lui parle d'une voix apaisante.

«Dans cette relation de travail, il n'a fait qu'aimer un souvenir, quant à mon fantôme … je t'ai déjà dit qu'il a disparu ce jour-là, sur la plage où les restants du voilier de mes parents se sont échoués à mes pieds.

«Si depuis qu'il est à tes côtés ses sentiments sont aussi forts, c'est avec la Jessica d'aujourd'hui qu'il est tombé amoureux … c'est encore mieux, non ?

«Il ne pourra jamais y avoir autre chose que des morts entre nous. Et puis qu'est-ce qui se passe avec toi, tu te transformes en agence matrimoniale ou quoi ?! Qu'est-ce qui te prend à faire en sorte qu'il reste dans mes bonnes grâces ?» Elle lui lance un regard suspicieux mais amusé malgré tout, ne souhaitant pas s'énerver.

«Ça me fait pitié pour Mark, c'est tout. Je n'ai jamais rencontré quelqu'un aussi amoureux que ça, prêt à tout pour t'aider et te retrouver. Ce serait triste que ça finisse mal pour lui. Un cœur brisé … ça n'est jamais agréable.

«Je ne sais pas pourquoi mais j'ai vraiment du mal à imaginer que tu puisses savoir ce que c'est qu'un cœur brisé. Ne le prends pas mal mais, tu n'es pas ce genre d'homme, d'autant que tu l'as dit toi-même hier ... tu n'as pas encore croisé le chemin de quelqu'un qui pourrait t'inspirer une telle réaction émotionnelle.

«Ouch ... ça fait mal d'entendre ça ! J'ose espérer que tu me mets quand même dans la catégorie *'Être Humain'*. Ce n'est pas parce que je ne l'ai pas encore expérimenté que je ne peux pas imaginer ce que ça ferait. Non, sérieusement ?» Il lui donne un léger coup d'épaule alors qu'il prend une nouvelle gorgée de son verre presque vide.

«Sérieusement ... je ne sais pas Ben. J'ai besoin de temps pour digérer tout ce que j'ai vu, ce que j'ai appris ces dernières heures ... Mais connaissant mon opinion sur la question, il n'y a pas grand-chose à en tirer.

«Mais ?

«Mais je ne peux croire que le Mark que j'ai connu ... je refuse de penser que je me sois trompée à ce point sur lui à l'époque.

«Tu ne t'es pas trompée sur moi pendant toutes ces années où on a grandi ensemble. Ton instinct a toujours été excellent et pour ce que j'ai pu voir depuis un an, rien n'a changé.

«Tout le monde n'a pas droit à une fin heureuse, c'est comme ça.»

Mark venait de déboucher sur leur gauche, sans faire de bruit quand il a réalisé qu'ils parlaient de lui. Il voulait savoir où elle en était à son sujet, sur quel pied danser. Jessica, en entendant sa voix avait comme Benjamin, tourné la tête dans sa direction, le contemplant, s'efforçant de chasser toute trace de colère et de ressentiment qu'elle pourrait encore éprouver envers lui. Avec une agilité et une rapidité impressionnante, elle avait sorti ses pieds de l'eau et commençait à se diriger vers la villa d'un pas sûr et rapide.

«Si vous voulez bien m'excuser un moment, j'ai besoin d'alléger ma vessie.» Elle laisse les deux amis derrière elle.

À son tour, Benjamin avait quitté la piscine pour le bar et se resservait déjà à boire, préparant du même coup un verre pour Mark, lui versant double dose. Sitôt qu'il est en face de lui, il le lui tend, ne manquant pas de remarquer son expression faciale qui n'a rien à voir avec l'amusement.

«Es-tu malade d'avoir amené ce gars ici ? Pourquoi tu as fait changer mes ordres, je voulais que ce guet-apens le retarde, lui fasse peur … il ne s'agissait pas d'éliminer tous ces hommes et de le faire captif. C'était déjà un risque avec Jessica, on savait que le F.B.I. allait être à ses trousses mais là c'est pire que jamais. C'est le Directeur du Département des Affaires Internes ! Tu ne penses quand même pas qu'ils vont rester longtemps avec le peu d'effectif qu'ils ont à Bridgetown. Ils vont déployer les grands moyens pour le retrouver et elle par la même occasion, parce qu'ils auront raison de penser que là où il se trouve, il y a toutes les chances qu'elle y soit aussi. On a beau avoir choisi ces îles pour de bonnes raisons mais depuis 2001, tu sais qu'ils ne respectent plus vraiment les traités. Enfin, qu'est-ce qui t'a pris ?» Mark faisait les cent pas entre le bar et la piscine, prenant une gorgée d'alcool entre chaque tirade, rouge de colère contre son ami qui restait lui parfaitement détendu.

«Il y a des fois où je ne te comprends pas. Tu es prêt à faire partir en fumée une aile d'hôpital pour une analyse sanguine, à tuer un vieil homme sur une possibilité qu'il ait été mis dans la confidence de son filleul mais quand il s'agit d'envoyer un message clair, là tu joues la carte de la faiblesse. Il fallait frapper fort, c'est ce qu'on a toujours fait pour préserver nos acquis et notre position sur le marché. Cette fois-ci n'était pas différente, l'adversaire est juste de taille plus importante. Pas la peine de me remercier !» Son ami lui répond avec calme, observant un Mark de plus en plus paniqué.

«Te remercier … pour le moment, j'hésite à ne pas te foutre mon point dans la gueule. As-tu seulement la moindre idée du danger dans lequel tu nous mets ?

«Jessica était le principal danger. C'est toi qui as sous-estimé tout le long l'intérêt que Bark lui porterait le moment venu, croyant qu'il la laisserait prendre du plaisir à La Barbade sans avoir son mot à dire, surtout à la minute où il n'aura plus de nouvelles en provenance de l'homme qui se fait passer pour son agent. Mark, tu te ramollis.

«La suite était prévue comme une horloge mais maintenant la présence de Bark change tout.» Le jeune homme se tait un court instant, essayant de se calmer. «C'est pour ça que tu étais aussi confiant sur le temps qu'il nous restait à passer ici avant de devoir mettre les voiles. Anita t'avais prévenu qu'à la suite du guet-apens, le F.B.I. avait cette fois mis les bouchées doubles.

«Écoute, ton attention était sur Jessica, la mienne sur tout le reste.

«Raison de plus pour ne pas l'avoir mis dans nos pattes.» Mark s'est arrêté et regarde droit dans les yeux son ami.

«Sa thérapeute avait son utilité pour toi, crois-moi Bark aura la sienne … et Nancy était plus difficile à supporter pour le peu de temps qu'elle a passé à Mendocitos.»

À cet instant, Jessica qui revenait de la salle de bain avec la ferme intention de faire le strict nécessaire avec Mark, ne pouvait s'empêcher de regarder le petit groupe qui venait dans leur direction, maintenant qu'elle était presque à la hauteur de la piscine. Quelques secondes plus tard, elle pâlit légèrement en voyant qu'il y avait deux hommes armés qui entouraient quelqu'un qui avait visiblement les mains attachées devant lui, ne semblant pas être en bon état physique.
Mark, qui venait de remarquer le retour de la jeune femme, ne pouvait s'empêcher de voir l'expression sur son visage. Intrigué, il se tourna dans la direction qu'elle fixait (soit derrière lui et face à Benjamin). Pendant ces quelques secondes, il régna presque un silence de mort autour d'eux. Alors que Mark comprenait ce qui était en train de se passer (enfin en partie), Jessica continua de s'avancer pour mieux voir de qui il s'agissait. Sitôt que les deux hommes arrêtèrent leurs pas non loin du petit groupe, ils s'écartèrent légèrement, poussant à terre l'homme qu'ils escortaient. À cet instant, l'actrice mis une main sur la bouche instinctivement, en signe de surprise.

«Oh mon dieu … est-ce que c'est …
«Grégory Bark, tes yeux ne te trompent pas, c'est bien l'homme qui a été le patron d'Anthony Masson, alias Mark Perry pendant ces derniers mois.» Benjamin lâcha l'information d'un ton sec, ne cachant pas sa satisfaction à changer un peu de rythme.
«Qu'est-ce que tu fais Ben ? Bon sang, à quoi est-ce que tu joues ?» Mark n'est pas content de la tournure des événements. Il n'a déjà pas apprécié le découvrir sur l'île, il commence de moins en moins à aimer ce qui va suivre peut-être parce qu'il sent qu'il est de plus en plus laissé dans les choux par son ami.

L'un des hommes armés, a forcé le prisonnier à se mettre à genoux. On peut voir son état d'épuisement et de faiblesse, ayant du mal à se tenir droit et encore moins à voir correctement avec le sang qui coule près de ses yeux, suite à des coups qu'il a encore reçus récemment.
«Mark tu es malade, enfin qu'est-ce qui te prend de faire ça ?» Jessica qui commence à retrouver ses esprits, le choc passé, ne cache pas sa

colère. Elle était allée prendre une bouteille d'eau dans le mini réfrigérateur du bar et un chiffon, puis se dirigea vers Bark.

«C'est pas moi qui suis responsable de ça !

«Tu es fou enfin, c'est le F.B.I. que tu as … quoi, tu l'as kidnappé, c'est ça ?» Tout en parlant, elle approche sa main qui tient le chiffon, préalablement mouillé d'un peu d'eau, près du visage sali et enlève doucement la saleté mais surtout le sang sec et le frais afin de permettre à Grégory d'y voir plus clair. Celui-ci, d'un simple regard, lui en est reconnaissant.

«Depuis hier soir, tu es prête à me mettre tous les maux de la terre sur les épaules mais celui-ci n'est pas de mon fait. Benjamin, j'apprécierais que tu dises quelque chose ici.» Alors qu'il a eu l'impression d'avoir la tête qui tourne un bref instant, Mark secoue sa tête comme pour se réveiller ou se remettre les idées en place. Il prend une nouvelle gorgée d'alcool pour se remettre d'aplomb.

«Il n'a pas fière allure comme ça avec les vêtements déchirés, noircis, le visage sale … sans compter le sang … un peu partout … » C'est la seule chose que Ben veut bien dire pour répondre à la demande qui lui a été faite. Une main dans une poche de son pantalon, l'autre tenant son verre, il se tient un peu en retrait des deux autres, observant la scène avec détachement.

«Laisse-le en-dehors de ça.» Elle aide le prisonnier à boire l'eau, soulevant la bouteille pour que le liquide passe dans sa gorge avec facilité. À voir avec quelle précipitation il boit, elle en déduit que ça doit faire un bon moment qu'il est déshydraté de la sorte. «Non mais te rends-tu compte de ce que tu risques maintenant ? Tu t'es attaqué au F.B.I., tu ignores donc à quel point ils sont devenus encore plus parano qu'avant ? Ça ne te suffisait pas de tuer de sang-froid ma thérapeute, il te fallait encore ça. Quoi, t'as besoin de challenge ? De booster ton taux d'adrénaline ?!» Jessica s'était relevée, la bouteille vide en main, s'arrêtant net devant Mark, plongeant ses yeux dans les siens, prête à lui sauter au cou, au lieu de ça elle lui lance la bouteille au visage.

«C'est Benjamin qui a donné l'ordre de le ramener ici, captif. Non moi !» Mark lance un regard noir à son ami, mécontent et franchement irrité de la méprise.

Ayant fini son verre, il décide de mettre un peu de distance entre lui et l'actrice, et va vers le bar pour se remettre une dose d'alcool, il sent qu'il va vraiment en avoir besoin. Benjamin qui était plus près des bouteilles, ne se fait pas prier et prend d'un geste vif le verre. Sans attendre de réaction de la part de Mark, il y remet la même chose que précédemment, puis le lui tend, faisant une mine mi-gênée, mi-embêtée.

«Il a sûrement pensé qu'un invité surprise pourrait venir t'égailler un peu, davantage que cette folle de Nancy Fense en tout cas.»

Mark dévisage son ami en l'entendant prononcer ces mots, essayant de comprendre ce qui est véritablement en train de se passer ici. Mais la seule chose qu'il perçoit, c'est un Benjamin qui reste ravi de l'étonnement général.

«Vous êtes malade tous les deux !» L'actrice lance à présent un regard noir aux deux hommes.
«Vous devriez peut-être savoir qu'il a fait tuer James et Ted Connoly, ainsi qu'un agent du F.B.I. de Bridgetown … sans oublier qu'il a fait exploser un laboratoire dans le principal hôpital de la ville.» Grégory qui venait de retrouver un peu de force grâce à l'eau qu'elle lui a donné, a décidé d'entrer dans la conversation pour y mettre son grain de sel.

En entendant ça, la jeune femme jette d'abord un rapide coup d'œil à Bark, n'en croyant pas ses oreilles, avant de tourner son visage vers Mark, horrifiée.
«Ce n'est pas ce que tu crois, Jessica.» Il est bien embêté qu'elle apprenne ces nouvelles morts de cette façon-là, aussi tôt que ça. Il prend une nouvelle gorgée du liquide après avoir dû se racler la gorge plusieurs fois.
«Dis-moi que ça n'est pas vrai.» Elle ne peut retenir la larme qui coule déjà sur sa joue.
«Une vingtaine d'innocents sont morts dans l'explosion et l'incendie qui s'en est suivi.» Grégory ne prend certes pas de plaisir à révéler ces informations à l'actrice mais, s'il veut connaître le fin mot de l'histoire, il doit faire bouger les choses. Cette révélation lui vaut d'ailleurs un coup dans les côtes, ce qui ne manque pas de le plier davantage en deux.
«Mark, comment as-tu pu faire une chose pareille ? Je ne te reconnais plus. Déjà sur la plage, ce jour-là, avec ton père … je n'en croyais pas mes yeux. À bout portant, tu lui a tiré dessus mais aujourd'hui tu fais bien pire.

«Écoute-moi s'il te plait, il y a une bonne raison pour tout ça.» À peine il finit sa phrase, qu'il est pris d'une quinte de toux. Adroit, il parvient malgré tout à garder le liquide dans le verre sans en échapper par terre ; il en prend d'ailleurs une nouvelle rasade pour s'éclaircir la gorge.

«Ah oui ? Qu'est-ce qui peut justifier ces actions ?» Non seulement la tristesse se lit dans son regard, mais la déception a pris le pas, s'installant tranquillement avec le dégoût.

«Depuis que ta tante t'a emmenée en Australie, je n'ai cessé d'espérer le jour où je pourrais te retrouver.

«C'était un secret pour personne où j'étais, pourquoi ne pas t'être manifesté dans ce cas, avoir sonné à ma porte ? Ah oui, c'est un peu difficile pour quelqu'un qui est mort, n'est-ce pas !

«Tu étais amnésique, à quoi ça aurait servi, tu n'aurais pas su qui j'étais ou ce que je représentais pour toi.» Mark se désespère de plus en plus de réussir à la convaincre qu'il n'est pas le monstre qu'elle semble voir en lui. Il a l'impression qu'il va la perdre une nouvelle fois et peut-être bien pour de bon.

«Ne te donne pas tant d'importance que ça Mark. On a grandi ensemble, je te voyais comme le frère que je n'ai jamais eu, c'est aussi simple que ça.» La remarque de l'actrice est accueillie comme une gifle en pleine face pour le jeune homme, le déstabilisant un court instant.

«Je n'avais qu'un désir, trouver le moyen de t'aider à te souvenir.

«Et tu n'as pas hésité à le faire le plus proche possible de ce qui s'était passé à l'époque. Qu'avais-tu envisagé de faire si le coup de la plage n'avait rien donné, tu aurais fait sauter un bateau avec des gens à bord ?

«Tout ce que j'ai fait, c'est par amour pour toi !» À cet instant précis, on aurait pu entendre les premières brisures de son cœur. Quinze ans d'attente qui risquaient de partir en fumée, hors de son contrôle. «Je t'ai dit la raison de mon geste face à mon père, je ne faisais que protéger ma mère.

«Et tu cherchais à me protéger de mes parents ?

«Je te l'ai dit, je n'ai jamais cherché à les tuer ou à leur faire le moindre mal. Je n'avais aucune raison pour ça, aucun grief. C'était un tragique accident.»

Mark, peut-être parce qu'il n'avait pas mangé depuis plusieurs heures, sentait ses jambes légèrement vaciller sous son poids, s'approchait du bar pour s'y adosser et se stabiliser. Détail qui n'a pas échappé à l'œil aguerri de Benjamin qui se contenta de rester sagement à sa place, en bon observateur. Pensant qu'une gorgée l'aiderait, Mark bu l'alcool, restant à sa nouvelle place du moins jusqu'à ce qu'il commence à mieux se sentir.

«Bon allez, j'avoue … c'est bien moi qui suis responsable de la présence de Grégory Bark parmi nous aujourd'hui.

«Pourquoi tu as fait ça ?» Jessica fixe avec stupeur Benjamin qui de tous, est le plus détendu.

«Perry n'est vraiment qu'un exécutant.» Bark a lâché sa remarque à voix haute, plus comme s'il se parlait à lui-même. Remarque qui lui a valu un coup au visage.

«Bien sûr que non, mais sur ce coup-là, je dois en retirer tout le mérite.

«Tu ne m'as toujours pas dit ce que tu comptes faire de lui ?» La voix de Mark s'est faite plus légère, plus faible exactement comme quand on ne se sent pas bien, qu'une malade se déclare.

«Vous avez l'intention de vous servir de moi comme monnaie d'échange pour vous garantir de quitter les lieux avec elle sans soucie.

«C'est la chose la plus idiote que j'ai entendue depuis un bon moment … allons voyons Bark, toutes les îles faisant partie de l'archipel des Grenadines n'ont pas d'extradition avec les États-Unis. Personne n'aura besoin de vous pour quitter les lieux. Pourquoi diable pensez-vous que vous allez servir à ça ?»

Grégory Bark, de là où il est installé, peut facilement observer tout le monde. Il est peut-être affaibli et continue à prendre des coups mais ça ne l'empêche pas de facilement remarquer qu'il y a désaccord entre Benjamin et Mark. Quant à Jessica Redon, elle semble être au milieu de toute cette histoire, peut-être bien plus perdue qu'il ne peut l'être lui-même.

Mark, le regard interdit, se tourna un instant vers Jessica comme s'il allait comprendre de quoi il s'agissait. Une nouvelle fois, il sentit vaciller ses jambes. Il décida de s'asseoir sur une des chaises du bar, toujours sous l'œil attentif de Benjamin mais également de Bark à présent.

«De la même façon que tu as eu besoin d'une Nancy Fense, j'ai besoin d'un Grégory Bark !» Tout en disant cela, Benjamin prend une nouvelle gorgée d'alcool, un œil surveillant Mark assis au bar, continuant à ne pas se porter au mieux.

«J'ai retrouvé la mémoire, tu n'as pas besoin de le tuer. Enfin ça devient ridicule Benjamin, je ne comprends pas moi non plus l'utilité qu'il peut avoir pour vous mais je t'en conjure, ne fait rien que tu ne pourrais regretter.

En voyant Benjamin lui faire un signe de la main, l'un des hommes armés tend son pistolet en direction de Bark, enlevant le cran de sûreté. En entendant ce bruit bien particulier, le prisonnier ferme un instant les yeux, la mort risque de l'emporter aujourd'hui finalement. Benjamin voit bien la stupéfaction de la jeune femme en comprenant qu'elle risque d'assister à une nouvelle mort, cette fois celle d'un cadre du F.B.I. Le jeune homme apprécie cet instant où l'influence par le visuel est un précieux outil quand on veut obtenir quelque chose ou marquer les esprits.

«Benjamin, tu ne peux pas le tuer. Tu joues avec le feu cette fois.» Mark essaie de parler clairement mais il sent des gouttes de sueur perler sur son front et se sentant soudainement envahi par un courant glacé qui le transperce de part en part, il descend de sa chaise non sans vaciller. Il ferme rapidement les yeux pensant ainsi reprendre ses esprits mais en les ouvrant, c'est tout son corps qui vacille et il atterrit tout à côté de la piscine, sur le sol dur.
«Mark !» Jessica avance dans sa direction pour lui venir en aide. Elle a beau être en colère contre lui, elle ne peut s'empêcher à cet instant d'être inquiète en le voyant presque aussi blanc que neige, tentant de s'asperger la nuque avec de l'eau.

Alors qu'elle fait le geste de se déplacer pour lui venir en aide, elle constate que l'un des hommes de main s'est placé devant elle, barrant le passage volontairement. C'est Benjamin qui est allé rejoindre Mark, aidant le jeune homme à se redresser en le soutenant d'un bras, lui faisant ainsi face (tournant donc le dos au reste de l'auditoire).

«Je m'occupe de lui Jessica, ne t'inquiète pas. Il faut se méfier du soleil et de la chaleur, c'est traitre parfois.»

Ne se préoccupant pas davantage des autres, Benjamin porte ses lèvres à la hauteur des oreilles de Mark qui sent son rythme cardiaque s'emballer, et commence alors à lui murmurer :

«Il est temps que je sois honnête avec toi, mon ami. Je reconnais qu'il y a eu quelques imprévus et des erreurs de parcours … mais finalement tu as été un pion efficace. Te manipuler avec ton père a été plus facile que je ne l'aurais cru au départ. Je croyais vraiment que tu l'aimais plus que ça.» Benjamin entame son discours non sans cacher son air de satisfaction. «Je veux que tu saches la vérité, je te la dois bien.»

Mark, essayant de rester concentré sur les paroles qu'il entend, les yeux à moitié ouverts, concentre ses forces pour ne pas céder à son corps qui ne veut plus le soutenir. Sa vue commence à se brouiller par intermittence, son pouls continuant de s'accélérer.

«Tout a commencé le jour où tu as surpris ton père en train de piquer ta mère. Après t'avoir rassuré tant bien que mal, j'ai commencé à surveiller ta maison et j'ai eu à mon tour la chance de les voir faire la même chose. Tu n'étais pas à la maison à ce moment-là, de toute évidence. Contrairement à toi, j'ai pu entendre l'explication du geste mis en cause. Ton père soignait ta mère secrètement, essayant de trouver un remède pour la maladie de ta mère, quelle qu'elle soit! Finalement, ton père essayait de la soigner, voire même de la garder en vie. Héroïque je l'admets.

«Je n'ai jamais constaté quoi que ce soit. Quelle maladie ?» Mark parvient tant bien que mal à articuler quelques mots.

«Ça je n'en sais rien du tout, est-ce que ça a vraiment de l'importance aujourd'hui ?! Évidemment, elle était encore capable de le cacher et les symptômes pouvaient facilement être mis sur le compte d'un autre soucie de santé. J'ai gardé l'information pour moi et opté pour la théorie connue de la drogue. Ça s'enclenchait parfaitement à vrai dire. Je savais que ton attachement pour ta mère était total, le reste était alors facile. Te convaincre qu'il la transformait en junky, pour la sauver il fallait forcer ton père à avouer etc. Je n'en attendais pas moins de la part de ton paternel, il me semblait évident qu'il n'allait jamais dire quoi que ce soit, te voir une arme à la main, allait davantage le préoccuper et en fin de compte, tu as appuyé sur la gâchette. C'en était fini de Jason Perry.» Benjamin redresse Mark qui sent le sol se dérober sous ses pieds, les révélations qui lui sont faites ne venant pas aider son état dramatiquement faible.

«Benjamin, il a besoin de s'allonger, peut-être même de consulter un médecin. Laisse-moi aider. Enfin, dis-moi ce qui se passe.» Elle fait une nouvelle tentative pour les rejoindre mais l'homme devant elle, bien qu'il ne la touche pas, lui fait bien comprendre qu'elle ne passera pas. La seule chose qu'elle apercevait c'était que Mark semblait être sur le point de s'écrouler à présent, rendant la tâche de le soutenir à Benjamin de plus en plus difficile. Elle ne pouvait rien faire d'autre qu'attendre, inquiète.

Le jeune homme, qui a bien entendu la remarque de Jessica, ne réagit pourtant pas et la laissa patienter en arrière, faisant bien attention à l'évolution de l'état de Mark et restant concentré sur ce qu'il avait à lui révéler.

«Après ça, tout était simple et rapide. L'annonce de ta mort a poussé ta mère à renoncer à la vie, rongée par le chagrin d'avoir perdu aussi tragiquement les deux personnes qu'elle aimait le plus dans sa vie.» Benjamin prend le temps de regarder l'impact de cette explication sur son ami qui blêmit en réalisant enfin ce qu'il avait fait.

«Tu m'as poussé à tuer mon père et ma mère !» Mark prononce faiblement ces derniers mots, malgré tout rempli de colère. Sa vue se brouille, son rythme cardiaque dépasse la limite. Il espère pouvoir s'écarter et frapper cet homme qu'il a cru être son ami pendant toutes ces années mais il n'a plus la force. Les deux hommes s'échangent un dernier regard puis Benjamin lâche son ami qui s'écroule, face la première dans la piscine.

«Non, Mark !! Benjamin fait quelque chose !»

En le voyant plonger dans l'eau, Jessica a bien l'intention de forcer le passage pour aller à son secours mais l'homme de main la retient désormais en arrière fermement, l'empêchant d'aller où que ce soit. Celle-ci continuait de supplier Benjamin de la laisser plonger pour sortir Mark de l'eau qui, s'il respirait encore, était sûrement en train de se noyer. L'actrice qui se débattait malgré tout, ne put empêcher les larmes d'inonder ses yeux quand le corps de Mark remonta à la surface au bout de quelques minutes, sans vie. Elle détourna le visage, pleurant. Elle n'a jamais alors autant eu la conviction qu'elle ne quitterait désormais plus cette île vivante.

Grégory Bark, qui avait assisté à la scène, compris qu'il sera certainement le prochain à mourir. Il gardait son sang-froid, s'efforçant de penser à une fuite possible mais à peine il essayait de bouger d'un pouce que le deuxième homme armé le frappait au visage, le plaquant au sol pour un petit moment. Depuis qu'il a été amené sur l'île, il ne sait toujours pas à quoi il va servir ou quelle est son utilité. Une chose est certaine cependant, il est la seule personne qui peut aider l'actrice à s'en tirer vivante parce qu'il doute franchement que Benjamin Marelli l'épargnera.

Alors que son cerveau procédait à ces conclusions, il sentit une piqûre dans le cou. Son heure est peut-être venue encore plus tôt qu'il ne le pensait.
Benjamin qui était resté à contempler le corps de Mark dans le bassin, quitta enfin le bord pour aller se reverser à boire. Le visage calme, les traits détendus, il se retourne enfin vers son auditoire.

«Allons, allons … sèche ces larmes, après ce qu'il a fait, comment peux-tu encore le pleurer ?» Sa voix est douce, se voulant réconfortante mais par-dessus tout, assurée et détachée.
«Qu'est-ce qui s'est passé ? Je ne comprends pas, que lui est-il arrivé ? Un instant, il semblait bien aller et puis tout à coup, il s'écroule … et toi, tu le laisses couler à pic, tu le laisses se noyer ? Pourquoi n'avoir rien fait, c'est quoi ton problème ?» La voix de Jessica est monocorde, presque sans émotion malgré les quelques larmes qui coulent sur ses joues.
«Il ne m'a pas laissé le choix Jess, je suis désolé.» Benjamin s'arrête devant la jeune femme qui est à nouveau libre de bouger, l'homme armé s'étant écarté pour retourner aux côtés de Grégory Bark qui tant bien que mal se redresse sur ses pieds cette fois.
«Est-ce qu'il était malade, un problème de santé ? Je t'en prie, parle-moi ! Était-ce encore une façon de m'atteindre, quelque chose du plus mauvais goût ?
«Il lui a donné du poison, c'est évident.» Grégory a réussi à prononcer ces mots sans recevoir de coups.
«Quoi ?!» L'actrice tourne son visage vers ce dernier, interdite et perdue. «Mais qu'est-ce que vous racontez ? C'est quoi ces conneries ? Je comprends que votre rapport avec eux soit différent du mien, mais de là à imaginer un instant une telle chose … Benjamin ne ferait jamais ça.» La jeune femme, même si une voix au fond d'elle acquise à ce que Grégory vient de dire, ressent de la déception pour cet homme qu'elle a espéré être sa porte de sortie à la minute où elle a découvert sa présence sur l'île.

«Vous l'avez dit vous-même, tout s'est passé trop vite.» Cette fois-ci, Bark, qui s'attendait à prendre un coup, est surpris d'être juste poussé vers une des chaises longues.

Benjamin prend l'actrice dans ses bras, la laissant pleurer et l'amenant vers l'une des chaises du bar, l'aidant à s'y asseoir. Avant de la quitter, il dépose un baiser sur ses cheveux. Il voudrait bien rester davantage avec elle mais autre chose l'attend, et pour ça il a besoin de toute sa concentration.

«Je peux enfin prendre le temps de m'occuper adéquatement de vous mon cher Bark. Je suis navré pour la façon dont il a été nécessaire de vous amener parmi nous et de n'avoir pas été un aussi bon hôte que je l'aurais voulu en ne vous rendant pas visite plus tôt.

«Navré ? C'est vous qui, semble-t-il, avez orchestré ce guet-apens. Vous auriez pu faire en sorte d'épargner la vie de ces hommes puisqu'il n'y avait que la mienne qui comptait. Et puis vos chiens de garde ne se gênent pas de me rappeler quelle est ma valeur ici.» Grégory le fixe avec défi et sévérité, sans craindre pour la suite.

«En tout cas, je veux que vous sachiez à quel point j'admire votre travail au sein du Bureau, non vraiment. Vous êtes probablement l'un des rares qui dirige sa carrière avec honnêteté, ce n'est pas toujours facile pour nous, je l'admets mais j'admire votre détermination à rester sur le bon chemin quoi qu'il arrive et à ne jamais fléchir.

«Vous pourriez en prendre de la graine !

«Oui … certes. Votre esprit de déduction est assez incroyable pour votre âge. Attention, ne le prenez pas mal. Je veux dire qu'on est plutôt habitué à voir ça chez vos collègues plus âgés, qui cumulent plusieurs années d'expérience sur le terrain et derrière un bureau. Ça ne doit sûrement pas vous attirer bonne presse auprès de vos collègues, les autres cadres n'est-ce pas ? Je me demande s'ils sont capables de reconnaître toute l'étendue de vos compétences, s'ils sont à même d'apprécier tout le travail que vous faites, que vous avez accompli depuis que vous travaillez pour le F.B.I.» Benjamin prend soin de s'adresser à Bark sur un ton amical, franc et sincère, le regardant dans les yeux, allant jusqu'à venir s'asseoir en face de lui.

«C'est quelque chose qu'ils ont du mal à faire d'une façon générale avec tous leurs employés. Cette organisation n'est pas votre mère, elle se veut détachée des émotions.» On peut remarquer que sa voix se veut moins agressive qu'il y a quelques minutes, tout en restant malgré tout attentive aux paroles qui lui sont adressées et à leur sens.

«Je sais … oui, je sais à quel point cela peut être stressant et décevant. S'investir de la sorte, pour n'importe qui, la reconnaissance est nécessaire mais à votre niveau … bon sang, mais c'est impératif de s'entendre dire qu'on a fait du sacré bon travail, en recevant une tape dans le dos. Même si vous Grégory, n'avez pas de dépendance affective comme la majorité des gens dans le monde du travail, vous êtes humain bon sang, vous avez des émotions, vous ressentez des choses.

«Bien sûr que je ressens des émotions comme tout le monde par rapport à ce que je fais chaque jour. C'est bien souvent difficile et lourd à porter comme poids, presque impossible à partager avec qui que ce soit.

«Si vous saviez à quel point je comprends tout ce que vous dites mais vous en plus, vous y avez laissé votre mariage, n'est-ce pas ? Toutes ces longues heures de travail pour attraper les méchants, déjouer des attaques terroristes, des plans complexes et machiavéliques … pourquoi personne ne peut réussir à comprendre l'importance que ça représente ? Pourquoi la personne qui partage votre vie ne peut en être fière et vous en remercier ?

«C'est en effet un aspect qui est assez déplaisant et décevant.» On peut sentir une pointe de déception et de nostalgie dans sa voix.

«Si nous sommes capables de nous lever chaque matin et de continuer à vivre dans un monde libre, c'est grâce au travail d'hommes comme vous, de votre trempe.» Benjamin continue à être enthousiaste et enjoué avec son prisonnier.

«C'est tellement vrai ce que vous dites, Benjamin. Le manque de reconnaissance, c'est l'une des choses qui pourrit le plus la société moderne dans laquelle nous vivons aujourd'hui. Chaque jour, depuis notre enfance, on nous en demande plus et encore plus, sans jamais remercier, sans jamais reconnaître ce qui est fait, ce qui est accompli, ce qui est réussi … non, le doigt est toujours éternellement pointé dans la direction du *peut mieux faire*. La bouche reste toujours muette d'appréciation.» Grégory suit avec enthousiasme les propos qui lui sont adressés, visiblement heureux de trouver quelqu'un qui partage les mêmes sentiments, de plus en plus emballé par la conversation qu'il a avec son hôte.

«Oh, vous le pensez donc aussi. J'avais peur d'être le seul à voir le monde ainsi.

«Non, oh non, vous n'êtes pas tout seul !

«Je suis le premier chaque jour à remercier que vous existiez Grégory, oh oui ! Trouver des personnes intègres, soucieuses du bien-être des autres, du bonheur des gens, souhaitant tout faire pour donner un meilleur monde où vivre … c'est devenu tellement rare. Vous ne trempez dans aucune manigance, dans aucun complot.

«Merci, c'est effectivement beaucoup de travail, personne ne se rend compte.

«Vous savez quoi faire, quand le faire, de quelle façon vous y prendre … vous pensez à tout et ça bien avant tout le monde. Vous avez ce que j'appelle un super cerveau.

«Oh ça m'arrive parfois d'être à côté de la plaque, vous savez.» Il est un peu gêné en disant cela.

«Vous rigolez … au contraire, c'est votre capacité hors du commun qui peut vous faire penser une telle chose mais croyez-moi quand je vous dis que votre méthode se place des années en avance sur tout le monde. Vous comprenez tout, rapidement. Pas besoin d'essayer de vous duper, vous ne tombez pas dans le panneau aussi facilement, n'est-ce pas ?

«C'est vrai que je remarque chaque détail et qu'il n'est pas évident de me tromper. Merci, merci pour tous ces bons mots. Ça faisait longtemps que j'en avais besoin. Avec ma femme qui m'a quitté … le Bureau qui met toujours plus de pression sur mes épaules comme si c'était facile de résoudre toutes les merdes qui, cela dit en passant, sont bien plus souvent que vous pouvez l'imaginer leur faute.

«Non, c'est pas vrai.

«Oh, croyez-moi, ce n'est pas joli-joli ce qu'ils font en hauts lieux.

«Incroyable ! Je suis bien content que vous soyez là pour nous éviter à tous bien des désagréments. Merci Grégory.» En disant cela, Benjamin serre la main de son interlocuteur avec vive émotion et sympathie.

De là où elle est installée, Jessica a plus ou moins suivi l'échange entre les deux hommes, visuellement tout du moins, s'attendant au départ à un combat qui finirait encore par une effusion de sang. Alors qu'elle commence à se calmer, évitant malgré tout de regarder dans la direction de la piscine où le corps de Mark continue à flotter, elle ne peut s'empêcher d'être étonnée de sa réaction.
En toute logique, elle l'a vu commencer à discuter avec Benjamin se méfiant de lui et de ce qui risquait de lui arriver (on venait de voir en

démonstration avec Mark qu'on n'était pas en club de villégiature), gardant ses distances et son agressivité. Réaction somme toute logique de par qui il est et de l'adversaire qui est en face de lui. Puis, progressivement, l'actrice l'a vu changer, évoluer presque radicalement vers une autre sphère émotionnelle, devenant presque maintenant, copain-copain avec Benjamin. Essayant de tendre l'oreille – elle ne parvient qu'à distinguer un mot sur cinq – elle essaie de combler son étonnement et pouvoir apporter un élément de réponse.

«C'est comme avec cette histoire vieille de quinze ans, les Redon. Vous qui avez examiné cent fois les documents d'archives, qui vous êtes suffisamment abîmé les yeux sur ces écritures et ce papier carbone presque effacé, je suis certain que vous savez très bien quoi en penser. Est-ce que je me trompe ?

«L'enquête sur leur mort … c'est vrai qu'elle prend des allures titanesques.

«Mais vous avez tout de suite pu apporter une conclusion, n'est-ce pas ?

«Évidemment ! Cent fois on m'a rembarré en me disant de continuer à mieux chercher, à mieux examiner, à faire en sorte qu'avec la technologie actuelle le mystère soit percé.

«Et ?

«Il n'y a jamais eu le moindre mystère quant aux circonstances entourant leur mort. J'imagine que vous voulez savoir ?» Grégory ne peut cacher son excitation et sa fierté.

«J'ai tellement essayé de comprendre mais je n'ai pas votre esprit de déduction, aidez-moi à comprendre.

«C'est un meurtre maquillé en accident. Un gamin de 8 ans pourrait le déduire tout aussi facilement que moi, vraiment ! Je n'ai rien de si exceptionnel que ça … mais je suis d'accord que ce ne serait pas n'importe quel gamin de cet âge-là qui pourrait y arriver !

«Non … incroyable, je n'aurai jamais cru une telle chose ? Un meurtre ?! Mais qui et pourquoi ?

«Qui je l'ignore encore pour le moment mais dans la mesure où il travaillait pour le Gouvernement, ça pourrait bien être quelqu'un de malhonnête. Quant au pourquoi … je viens de le dire en fait.» Bark est plutôt satisfait de sa réponse et de l'effet qu'elle produit sur Benjamin.

«De toute évidence, vous avez raison, c'est la seule conclusion logique et pourtant …

«Je sais ce que vous allez dire mais c'est la mort de Jason Perry qui explique ma décision. Comment peut-on passer à côté de ça ou refuser de le voir, je ne me l'explique pas. Il n'y a aucune coïncidence possible : deux chercheurs travaillant pour le Gouvernement Américain, meurent à quelques minutes d'intervalle le même jour. C'est bête comme chou !

«Maintenant que vous l'expliquez ainsi, en effet. Merci de répondre à cette question qui m'a travaillé et empêché de dormir pendant toutes ces années.» Une nouvelle fois, Benjamin serre sa main en signe de reconnaissance, finissant de mettre à l'aise et de rassurer son interlocuteur.

«Oh, et bien vous me voyez heureux de vous rendre votre sommeil meilleur.

«Il y autre chose que vous pourriez faire mais j'ai peur d'abuser cette fois-ci.» Il prend une mine légèrement embarrassée.

«Non, je vous en prie, s'il y a quelque chose que je peux faire, dites-moi.

«Eh bien … je ne veux vraiment pas vous mettre dans une situation délicate avec vos supérieurs, vous ne le mériteriez pas, ça m'embêterait beaucoup trop. Oubliez ce que je viens de dire.

«Ne soyez pas gêné et surtout ne vous inquiétez pas pour moi. Ce ne serait pas la première fois que j'agis selon mes convictions, que ça plaise ou pas. Qu'est-ce que je peux faire pour vous aider ?» Grégory insista vraiment auprès de Benjamin.

«Je me disais que puisque vous avez trouvé depuis un bon moment maintenant les causes véritables derrière la mort des Redon … eh bien, mettre un terme à l'enquête, vous éviterait un surplus de paperasse et surtout arrêterait de continuer à gaspiller l'argent du contribuable. Je sais à quel point ça vous tient à cœur d'utiliser ces deniers correctement et sans abus.» Il utilise un ton qui se veut hésitant au possible.

«Vous avez raison. Je ne comprends pas moi non plus pourquoi je ne la clôturais pas. Cette explication ne fait aucun doute dans mon esprit. Je n'ai pas besoin qu'on continue à chercher ou à analyser ce qui est déjà évident et qui saute aux yeux. Ce n'est pas mon problème si des lambineux arrogants et aussi stupides que des pigeons un jour de foire ne parviennent pas à le comprendre. Je ne vois pas l'intérêt de faire perdurer ce gaspillage, il y a bien d'autres chats à fouetter. Oui … cette enquête n'a plus de raison d'être, il est temps d'y mettre un terme. Merci de me rappeler l'essentiel de mon travail. Vous voyez à quel point il est facile de se perdre dans cette mentalité de bureaucrates.

Déjà Benjamin lui tend un ordinateur portable que l'un des hommes de main venait de lui donner.

«Vous êtes sûr ? Je ne veux pas qu'il vous arrive quoi que ce soit parce que vous avez fait les choses justes. Je ne me le pardonnerais pas si vous perdiez votre poste alors que la population a tant à y gagner à vous voir continuer votre dur travail.»

Grégory Bark n'a pas besoin d'en entendre davantage. Il saisit l'appareil et avec rapidité accède à son compte. En quelques clics, il procède à l'opération.

«Ça y est, c'est fait.» Ses traits expriment visiblement la satisfaction du travail bien fait.
«Je savais que vous êtes un homme d'importance qui, en temps voulu, n'a pas froid aux yeux et sur qui on peut compter. Je ferai ce qu'il faudra pour que tout le monde saisisse à quel point vous êtes important.» Benjamin affiche un sourire rempli de reconnaissance et de sympathie. Il fait signe aux hommes derrière Bark et l'un d'entre eux tendit une bouteille d'eau au prisonnier. «Je vous en prie, je vous ai fait parler beaucoup et il fait de plus en plus chaud. Buvez mon ami, buvez ! À partir de maintenant, j'imagine que ça va prendre plusieurs jours pour être effectif.
«Oh non, je pense que d'ici une heure, tout au plus, toutes les instances qui sont de près ou de loin concernées par le résultat de l'enquête, mettront un terme à ce qu'elles faisaient qui étaient en lien, soit iront de l'avant dans ce qu'elles sont censées faire quand il n'y a pas d'enquête en cours.»

Tout en se levant, Benjamin lui donna une légère tape sur l'épaule, satisfait de lui, jetant un coup d'œil à l'heure que sa montre indiqua, comme point de référence. Ce n'est qu'en se retournant qu'il remarqua la présence de l'actrice qui les observait fixement, sans cacher son étonnement et surtout une dose d'écœurement.

«Je n'arrivais pas à comprendre ce changement d'attitude chez Bark ...

«Je ne vois pas de quoi tu parles Jessica.» Il l'emmène un peu à l'écart, mettant ainsi de la distance avec le prisonnier.

«Tu lui as administré de la drogue et de la façon dont il est devenu ton ami aussi rapidement, je dirais, sans trop me tromper, qu'il a reçu la même chose que Mark me donnait. Est-ce que je brûle ?» Il n'est pas difficile de percevoir de l'amertume dans sa voix. «As-tu l'intention de me transformer en mouton blanc comme Mark l'avait fait à maintes reprises ?

«Je suis contre le fait de t'en donner. Je veux que tu restes toi-même, je n'ai pas le désir de te transformer en ce que tu n'es pas.» Il lui répondit avec gentillesse et assurance. «Et tu es loin d'être blanche ma chère, gris est plus approprié.

«Alors c'est à ça que ça ressemble ? Il suffit de dire de gentilles paroles pour être amadoué.

«Il faut conditionner la personne en disant ce qu'il faut pour aller dans le sens de ce qu'on souhaite obtenir. Dire qu'on aime quelqu'un, qu'on est la seule personne à la comprendre ou encore, lui faire prendre conscience à quel point elle est utile et précieuse par son travail ... Ça revient des fois à flatter l'égo ou à aller chercher des émotions enfouies. Ça va varier selon le cas !» Benjamin a donné l'explication en regardant la jeune femme dans les yeux, tout en gardant un œil sur Grégory Bark.

«C'est dégueulasse !

«On peut le voir comme ça, je l'admets.

«Tu l'as empoissonné ... Mark ? Pourquoi avoir fait ça Ben, pourquoi l'avoir tué ?

«Il a été utile dans la mise en place de l'organisation, ça je le reconnais. Pendant toutes ces années où tu étais en Australie, il canalisait sa colère et sa frustration en aidant à monter notre empire. Il était alors magnifique de prestance, imposant, résolu et sans pitié. Tu sais qu'il savait terroriser, il pouvait être impitoyable. Je ne dirais pas qu'il était capable de me glacer le sang mais parfois ... j'étais fier de ce qu'il était devenu.» Il parle de celui qui a été un ami avec une certaine nostalgie.

«Tu étais fier ? Tu l'as tourné en un monstre. Pourquoi avoir agi de la sorte, qu'est-ce que tu cherchais à faire ?

«Toute histoire se doit d'avoir un commencement, n'est-ce pas ?! Ce qu'il t'a dit à propos de ses parents était vrai ... à la petite différence que j'avais connaissance de la véritable raison des injections que Jason faisait à Lydia. Elle était apparemment atteinte d'une maladie grave qui la conduisait à la mort. Ce qu'il faisait n'était pas autre chose que d'essayer de la soulager et j'imagine, de trouver le moyen de la guérir éventuellement.

«Mais qu'est-ce que tu racontes, je n'ai jamais vu sa mère être malade ou entendu quoi que ce soit.» Jessica le dévisage, ne croyant pas beaucoup à ce qu'il lui disait.

«Son autopsie a révélé qu'elle était atteinte du Syndrome d'Ehlers-Danlos, une anomalie du collagène. C'est une maladie très rare et héréditaire.» Grégory a réussi à attirer leur attention. Il a beau avoir été drogué, il est quand même tout à fait capable d'entendre et de comprendre de quoi ils parlent, même en n'étant pas tout à côté puisqu'ils s'étaient mis à parler fort. «À sa mort, Lydia Perry en était au stade IV où les viscères sont atteints. Même sans tous les drames qu'elle a dû affronter avec la mort de son mari et de son fils, elle serait probablement morte dans l'année.» Il se souvenait du contenu du dossier de la famille Perry, donnant ce complément d'explication que Benjamin de toute évidence ignorait.

«Oh mon dieu !» Jessica ne peut cacher sa tristesse en pensant à Mark et Lydia Perry.

«Bref, pour revenir à nos moutons, j'ai tiré profit de l'ignorance de Mark en réussissant à le convaincre de cette histoire de drogue … blablabla … on sait de quelle façon ça s'est terminé pour ses parents.» Le jeune homme reste concentré sur Jessica.

«Le tout grâce à toi. Mais enfin Benjamin, pourquoi avoir agi de la sorte ? Qu'avais-tu donc à reprocher à son père ou à sa mère d'ailleurs ?» Jessica est loin de décolérer avec ce qu'elle vient d'apprendre. «Attend un instant … combien de temps après ce jour-là sur la plage vous avez manigancé votre mort ?» Elle commence à entrevoir jusqu'où le plan de Benjamin est allé. «Dis-moi que ce n'est pas ce que je crois ?

«Eh bien te connaissant, je dirais que tu as compris que je suis la main qui a conduit Mark à tuer ses parents, telle une petite marionnette. Tu sais utiliser ton cerveau.

«Je parie que c'est toi qui a eu l'idée de disparaître, est-ce que je me trompe ? Tu as planifié tout ça peut-être déjà avant le meurtre et tu t'es bien abstenu de lui dire que s'il était découvert mort à son tour, Lydia – qui se savait alors condamnée à plus ou moins long terme de toute façon – en mourrait de chagrin. C'est écœurant d'avoir fait une chose pareille.» La jeune femme gifle Benjamin avant de commencer à faire les cent pas en continuant à réfléchir à ce qu'elle venait d'apprendre. «S'il a fait toutes ces choses, c'est à cause de tes mensonges et de tes manigances.» Jessica s'adresse à lui d'une voix écœurée, emplie de tristesse et de frustration. «Est-ce qu'il a jamais été ton ami ?

«Bien sûr que oui mais l'un n'empêche pas l'autre.

«Tu ne m'as pas répondu. Pourquoi avoir fait ça ? Qu'avais-tu à y gagner ?

«J'avais besoin de savoir jusqu'où il était possible de manipuler quelqu'un. Quels degrés d'intimité et de confiance il était nécessaire d'avoir ou de développer avec la personne qui agirait pour moi. Et c'est là que ça devient non seulement intéressant mais captivant parce que, selon le cas, tu réalises qu'un mensonge pas si gros que ça peut t'emmener très loin. Après ça, c'est lui qui a choisi sa voie le jour où son amour et sa dévotion pour toi sont devenus son cheval de bataille. D'une certaine façon, il ne m'a pas laissé le choix. Qu'est-ce qu'il espérait une fois que tu retrouverais la mémoire … hein, il n'était pas réaliste un instant.» Le jeune homme lui parle avec franchise et sévérité mais sans la moindre trace de regret dans la voix.

«C'est pathétique !» Grégory venait de lâcher cette remarque en pensant à l'attitude de Mark, interrompant un court instant l'énoncé du jeune homme.

«Ce n'est malheureusement qu'au lendemain de tous ces événements que les imprévus et les erreurs se sont dressés devant moi. Pour obtenir ce que je voulais, il fallait changer mon fusil d'épaule, changer de stratégie et par-dessus tout, s'armer de patience.» Sur sa dernière tirade, il regarda songeur vers la mer qu'on pouvait légèrement distinguer à travers les arbres sur la droite, il n'a donc pas tout de suite remarqué la jeune femme s'avancer vers lui et le gifler à nouveau de toutes ses forces, ce qui ne manqua pas de le ramener sur place.

Acceptant ce geste (il admet qu'il l'avait mérité cette fois-ci), il met la main dans une poche de son pantalon et en ressort les bijoux de tout à l'heure. S'approchant de l'actrice, il les lui met dans les mains de force.

«Les bijoux de ma mère, pourquoi est-ce que tu me les donnes ?
«Ce sont bien ceux de ta mère ?
«Oui, je te l'ai déjà dit !
«Regarde-les bien. Tu disais avant qu'ils t'étaient inconnus, est-ce toujours le cas ?

Jessica quelque peu agacée par la question, regarde malgré tout avec attention les trois pièces qu'elle tient, avant de donner une réponse.

«Elles me sont toujours aussi inconnues.

«Est-ce que ta mère a dit qu'ils avaient beaucoup de valeur ? T'a-t-elle dit d'en prendre soin, de toujours les garder avec toi, de ne jamais t'en séparer quoi qu'il arrive ?

«Enfin pourquoi tu me demandes ça ? J'en sais rien !

«Réponds à ma question, s'il te plait.» Benjamin est venu se placer juste devant elle.

«Si c'était le cas, je ne m'en souviens pas.

«Tu ne t'en souviens pas ou tu ne veux pas me le dire ?

«Ça ne fait pas partie de mes souvenirs.» Elle le regarde étonnée mais non sans agacement, ne comprenant pas où il veut en venir avec cette histoire de bijoux mais elle doute à présent de la version qu'il lui a donné tantôt sur la terrasse de la villa. «Qu'est-ce que tout ça signifie Benjamin ?

«Il semble que ta mère t'ait laissé en héritage une pièce d'une très grande valeur, un bijou dont elle aurait fait l'acquisition peu de temps avant de mourir.

«Tu es dans ce cas bien mieux renseigné que moi. Si c'est bien le cas, pourquoi me questionner ? Je t'ai déjà dit que je ne me souviens pas encore exactement de tout. Ça devient agaçant à la fin.

«J'ai besoin d'en être sûr, c'est très important.» Il détourne son regard d'elle, réfléchissant à la situation. «Je te l'ai dit, j'ai besoin d'être sûr de toi et de ta mémoire.

«Fallait pas éliminer Mark dans ce cas.» En colère, elle lui lance les bijoux en pleine figure, ne se souciant pas qu'ils risquent de s'abîmer en tombant à terre.

«Mark n'était pas au courant de ça, il ne risquait pas de m'aider.» Ignorant les pièces au sol, il s'approche de l'actrice et la gifla à son tour. «Tu vas me faire le plaisir de te concentrer sur ta mémoire. Je suis presque certain que tu as été mise au courant, au moins par ta mère.» À ce moment-là, son visage ne laissa place à rien d'autre qu'à la dureté.

«Alors c'est pour une question de bijoux que vous avez fait tout ça pour elle et pour sa mémoire.» Grégory s'étonne quel que peu de cette explication.

«Messieurs, je pense qu'il est temps pour notre invité d'aller faire un petit tour en bateau. Après tout, il n'a encore rien vu de ce petit coin de paradis, n'oubliez surtout pas de lui montrer à quel point les fonds marins par ici sont spectaculaires.»

Sans se le faire dire deux fois, les deux hommes empoignèrent Grégory Bark fermement et prirent la direction du ponton, laissant Jessica ahurie mais aussi un peu plus désespérée encore qu'avant (elle avait bien compris ce qui allait se passer pour lui maintenant).

«Je ne vais pas te le demander cent fois.» Benjamin sort une arme, ce que le prisonnier en s'éloignant n'a pas manqué de relever alors qu'il continuait à regarder en arrière pour savoir ce qui allait se passer pour Jessica.

«Je ne suis pas en mesure de pouvoir t'aider. Tu devrais plutôt en finir avec moi.» Malgré la peur qui s'empare d'elle, la jeune femme décide de ne pas se laisser faire.

«Je t'ai dit maintes fois que je te veux vivante, navré de te décevoir. Par contre, ne me force pas à devenir méchant et à te faire du mal.» Avec le regard qu'il lui lance, il espère la convaincre de son sérieux. «De toute évidence, Meredith a pris le temps de te montrer le bijou en question, sinon comment pourrais-tu savoir lequel doit être impérativement sauvegardé. Réfléchis !

«Non mais tu es en train de dire n'importe quoi, combien de fois vais-je devoir te dire qu'elle ne m'a pas montré quoi que ce soit ? Si cela s'avère être vrai, je ne me souviens pas.» Jessica prend son temps pour articuler correctement chaque mot qu'elle venait de prononcer.

«Réfléchis mieux que ça !» Il lui donne une nouvelle gifle la mettant presque à terre, tellement elle était forte. «Lequel est-ce qu'elle t'a montré ? Peut-être un qui renferme un indice, un message, un code. Il y a peut-être des déformations voulues pour y reconnaître quelque chose de caché. Comme une énigme ?

«Tu as l'imagination trop fertile, mon cher !»

Pour seule réponse et afin de la stimuler, il tire un coup de feu en visant le sol mais à deux pas de la jeune femme. Surprise au plus haut point, elle lâche un cri.

«Je te l'ai déjà dit, la mémoire ne fonctionne pas comme ça ! Ce n'est pas parce que les grandes lignes sont réapparues que tous les moindres détails ont à leur tour refait surface. Ce que tu me demandes ne me dit rien, absolument rien.» Effrayée, elle ne se laisse pas démonter pour autant.

«Elle n'a donc pas plus d'intérêt que ça à tes yeux ? C'est comme ça que tu valorises la mémoire de ta mère après toutes ces années ?

«Je te le répète ... ma mémoire ne fonctionne pas comme un ordinateur.

«Tu ne veux pas que je puisse avoir accès à cette pièce de valeur, n'est-ce pas ?!» Le ton de sa voix reste calme, ne laissant de place aux sentiments.

«Puisque c'est à ma mère, je ne vois pas pourquoi tu dois l'avoir, non en effet je ne te la laisserais pas.

«Alors tu me mens ?

«Non ... mais même si je le savais, je ne te le dirais pas davantage.» Rouge de colère, elle lui répond avec défi, sachant que Benjamin ne la laissera pas tranquille et qu'il ira probablement plus loin encore pour l'obliger à parler. En effet, elle reçoit une nouvelle gifle mais de l'autre côté (histoire de répartir les bleus). Elle passe doucement une main sur la joue meurtrie. «Tu ne me feras pas croire, Ben, que tu fais tout ça pour un bijou de valeur. Quoi, même s'il valait plusieurs milliers de dollars, tu n'attendrais pas quinze ans pour mettre la main dessus, c'est ridicule. Je suis certaine que ton empire vaut bien plus à lui seul.

«Tu vas me donner ce que je veux !» Il lui parle sèchement, son visage à proximité du sien.

«Quoi, il s'agit d'une espèce de carte au trésor que je serais la seule à pouvoir avoir et décoder ? C'est ça ton explication ?» Un autre coup retentit dans le jardin, tiré du côté opposé au premier mais toujours sans toucher l'actrice. «Si je te suis bien, et j'en suis certaine, tous ceux qui sont autour de toi te sont utiles d'une façon ou d'une autre. Tu as gardé Mark pour t'aider à te construire *un empire* – je reprends tes propres mots – et une fois que c'était fait ... tu t'en es débarrassé. Tu t'es servi de la drogue pour obtenir quelque chose de Grégory Bark, quelque chose qu'il ne t'aurait jamais donné autrement et mon petit doigt me dit que ça me concerne de près ou de loin. Tu as peut-être aidé Mark dans cette entreprise pour me faire retrouver la mémoire mais tu ne me feras pas croire que tes motifs à toi étaient l'identification d'un soi-disant bijou de valeur appartenant à ma mère.

Pour quelles raisons ma mémoire ou ma vie sont si importantes que ça pour toi?» Elle le fixe droit dans les yeux, affirmant sa détermination. «Dis-moi la vérité si tu veux que je t'aide.

«Après tout, cette histoire vaut la peine d'être raconté, alors pourquoi pas.» Prenant un peu de recul, il va se chercher son verre d'alcool qui attendait sagement sur le bar, et prend une gorgée pour garder les idées claires. «En ce qui concerne Bark, je ne lui avais encore rien demandé de précis. C'est moi qui aie pensé que ce serait beaucoup plus divertissant d'obtenir ce que je voulais de cette façon-là. Je ne sais pas pourquoi tu es persuadée que je ne pense qu'à tuer tout le monde, que je ne suis pas capable d'autre chose. Il n'y a pas si longtemps, c'était Mark que tu voyais comme un monstre.» Son visage exprime la détermination.

«Je commence à envisager la possibilité qu'il y en ait deux en réalité. Tu n'avais pas encore montré ton véritable visage jusqu'à présent. Tu as fait tout pour paraître sous ton meilleur jour.» L'actrice le suit du regard, essayant de déterminer quelle allait être la suite à venir. «J'imagine que tu ne me diras pas ce qu'il a fait pour toi ?

«Pas tout de suite, par contre quand tu auras eu ta vérité, ne te plains pas.» Il la voit le dévisager, complètement larguée. «Jason Perry a obtenu illégalement une énorme somme d'argent qu'il a mise de côté pour Mark.

«Illégale ? Enfin de quoi est-ce que tu parles ?

«Il a vendu l'une de ses découvertes au plus offrant, dans le dos du Gouvernement. Cette somme est passée inaperçue parce qu'elle a été déposée sur un compte bancaire spécial à St-Vincent. Ton père l'a aidé tant pour la formule que pour cacher l'argent.

«Mon père n'aurait jamais trempé dans quoi que ce soit d'illégal.» Jessica s'emballe immédiatement en entendant ces insinuations faites sur son père.

«Je t'ai prévenue, tu ne vas pas aimer ce que je m'apprête à te dire.

«Très bien … admettons et après, qu'est-ce qul t'a empêché avec Mark de récupérer cette somme ?» Elle se méfie de son explication.

«Je te l'ai dit … après la mort des Perry, j'ai découvert que mon empressement à agir a été ma première erreur. C'est une leçon que je n'ai jamais oubliée par la suite.

«Arrête, tu vas me faire pleurer.» Le ton sarcastique de la jeune femme n'a pas été très bien accueilli par Benjamin qui lui donna une violente gifle. Portant une main à l'endroit frappé alors qu'elle se redresse, elle la regarda, sentant quelque chose de liquide dessus. Un léger filet de sang s'écoulait de sa lèvre inférieure. Il fallait bien s'attendre à plus que des bleus.

«Comme je le disais, j'ai dû faire face à un imprévu de taille. J'ai réussi à obtenir une copie de leur testament et j'ai compris alors que je ne mettrais pas la main sur cet argent grâce à Mark mais plutôt à toi.» Alors qu'il s'approcha lentement d'elle, il lui tendit un verre dans lequel il avait pris le soin d'y verser de l'eau Perrier (que ce soit pour se rafraichir ou pour apposer sur sa blessure).

«Moi ?!» Posant le verre à l'endroit de la plaie pour calmer la brûlure, elle ne peut cacher sa surprise. «Qu'est-ce que je viens faire là-dedans ?

«Il se trouve qu'une fois Mark mort – officiellement du moins - cette somme t'a été transférée automatiquement. Cependant, pour y accéder, un bijou permet non seulement de donner un identifiant mais aussi un code pour le compte bancaire. Je crois savoir que les bijoux de Lydia t'ont été envoyés.

«Qu'est-ce que c'est que cette histoire ? Comment se fait-il que tu sois au courant de ça ?

«Je les ai surpris à l'époque en parler dans la banque même où ils ont ouvert le compte.

«Comme par hasard, il se trouve que tu étais là-bas au même moment. Moi qui trouvais l'histoire de Mark tirée par les cheveux, je dois dire que tu fais mieux sur ce coup-là.» Elle prend une gorgée du liquide pour calmer ses neurones qui surchauffent.

«Je comprends que vu comme ça, c'est quelque peu difficile à croire mais je t'assure que c'est ainsi que j'ai découvert l'affaire. Le reste je l'ai appris au fur et à mesure. Enfin réfléchis, ça n'est pas si incroyable que ça dans la mesure où il s'agit de quelque chose d'illégal, qui devait rester secret, c'est tout à fait normal de prendre autant de précaution !» Benjamin met tout son enthousiasme à essayer de la convaincre.

«Je n'ai jamais été mise au courant d'une quelconque somme à récupérer sur un compte dans les caraïbes. Quant à ce que tu viens de dire ... je m'en souviendrais si quelque chose appartenant à une personne de mon passé m'avait été envoyé. Je n'ai rien vu de ça en Australie, tu fais erreur.

«J'imagine que ta tante te la caché, ou qu'elle n'a pas eu le temps de t'en toucher un mot. Tu as bien dit que tu avais mis de côté tout ce qui concernait ton passé et tes parents ? C'est tout à fait logique que les affaires de Lydia aient été entreposées avec les tiennes sans que tu le saches. À quoi ça aurait servi de te le dire, autant attendre.

«C'est possible en effet mais j'ai beaucoup de mal à croire en cette théorie que tu avances parce qu'après tout, tu n'as rien pour étayer tes arguments. Il y a peut-être une partie qui est vraie, celle où tu as surpris leur conversation mais encore là, prendre quelque chose hors contexte peut être interprété de différentes façons.

«Il n'y a pas plusieurs interprétations possibles à ce que j'ai entendu, qui plus est, les clauses spéciales en établissent la véracité.

«Mark voulait me rendre mes souvenirs parce qu'il cherchait en moi ce fantôme du passé, alors que toi, tu les veux pour un bijou et ce qu'il va t'apporter ? Mais de quelle façon je suis sensée identifier quelque chose que je n'ai pas vu ? Et puis je ne vois pas dans tout ça où est ma garantie à rester en vie.

«Si tu devais disparaître, l'argent sera reversé à différentes œuvres de charité, organismes de bienfaisance ou autres O.N.G. déjà préétablis.

«Ah … je vois, dit comme ça ! Tant que tu ne l'as pas, je te suis essentielle vivante. Je ne sais plus quoi penser de tout ce que j'ai entendu sortir de ta bouche, Ben.»

Elle ne peut cacher ni la déception ni le doute qui se saisissent d'elle. Retrouver son passé était supposé être fantastique et merveilleux (en tout cas, de la façon dont elle l'avait imaginé) alors que depuis la veille, elle ne pourrait pas se retrouver dans une histoire plus compliquée que celle-là, dans un cauchemar plus réaliste que celui-ci. Elle commence à regretter de plus en plus son ignorance passé.

«Alors, tu as eu la vérité comme souhaité. Ta part du marché ?! Je te demande juste de prendre le temps d'y penser, reprends les bijoux entre tes mains, essaie d'être attentive à chaque détail qu'ils pourraient éventuellement présenter. Tu as toujours été la plus rusée pour les énigmes, tu trouvais avant nous tous.» Il la voit réfléchir à tout ce qu'il vient de lui dire, espérant que ça va la faire changer d'avis parce qu'il ne croit pas un instant qu'elle soit dans l'ignorance totale comme elle le prétend. Il se tenait à quelques pas de l'actrice, passant une main dans ses cheveux pour essayer de la rassurer sur ses intentions. «Je ne t'ai pas menti quand j'ai dit que je n'avais pas l'intention de te tuer.» Son regard s'adoucit en même temps que le son de sa voix. «Jessica, le temps qu'on a passé ensemble sur cette plage devrait tout te dire de moi.

«Avec qui est-ce que j'étais alors : Mike Connor ou Benjamin Marelli ?

«Ce n'est pas un nom qui définit une personne ... ni entièrement ses actions. Je suis celui que je suis devenu tout comme tu es aujourd'hui celle que cette tragédie a fait de toi. C'est toi qui avais dit ne plus être cette Jessica Redon que j'ai connue enfant et pourtant tu portes le même nom. Regarde-moi dans les yeux, qu'est-ce que tu y vois : quelqu'un qui veut te tuer ? Je n'ai pas joué la comédie, tout ce que j'ai dit depuis hier est réel, absolument tout.» Il finit par l'embrasser puisqu'elle se laisse faire sans réagir.

«Vas te faire foutre !» En même temps qu'elle dit ces mots, elle fracasse de toutes ses forces le verre contre la tempe de Benjamin, et n'attendant pas de connaître la suite des événements, elle prend ses jambes à son cou et s'enfuit prenant la direction de la mer. Ce n'est pas parce que sa tentative d'évasion du matin avait échoué qu'elle n'allait pas retenter le coup.

Sachant que son geste ne l'a certainement pas tué et qu'il ne sera que peu de temps désarçonné, elle ne traine pas en chemin, ne prenant pas plus le soin de se retourner pour s'assurer de ne pas être suivie. Elle n'a pas un instant à perdre si elle veut avoir une chance, aussi infime soit-elle, de lui échapper.

La végétation autour de la propriété est assez bien dégagée et nettoyée, ce qui permet à Jessica de parvenir à avancer sans être trop ralentie par les branchages mais comme elle ne suit pas de sentier, elle ignore si sa progression ne finira pas par être retardée un peu plus loin. À vue de nez, l'océan n'est pas si loin, pouvant en distinguer des bouts de-ci de-là, reste à savoir si elle va réussir à l'atteindre à temps. Il est évident qu'une fois quitté le périmètre de la villa, le reste de l'île a été laissé à son état naturel.

Pendant qu'elle continue d'avancer, elle ne peut s'empêcher de ressasser les paroles de Benjamin et de les analyser. Alors qu'elle commence à y croire en cette évasion désespérée (n'est-ce pas le cas de toute évasion ?!), elle peut voir les arbres s'arrêter à peine à trois enjambées de là, le bruit d'une détonation retentit non loin derrière elle, et une vive douleur au bras lui arrache un cri. Portant une main à l'endroit de la blessure, elle refuse de capituler et reprend sa course parce qu'elle y est presque, la jeune femme continue sa course jusqu'à ce qu'elle atteigne enfin un sentier qui longe le bord de mer. À ce qu'elle peut voir, à cet endroit de l'île, ils se trouvent légèrement en hauteur (on s'entend qu'il ne s'agit pas de montagne pour autant) et ce sont des rochers qui descendent à pic pour se jeter dans des vagues peu amicales. Si elle veut sauter à cet endroit dans l'eau, elle risquerait d'y laisser plus que des plumes.

«Jessica, tu ne peux aller nulle part. Ne me force pas à t'arrêter !» Benjamin crie pour se faire entendre, courant après elle et rattrapant son retard.

Elle ne ralentit pas la cadence malgré son bras qui lui fait horriblement mal, cet instinct de survie n'abandonne pas la partie et la maintient debout, malheureusement une deuxième détonation se fait entendre et cette fois-ci ses pas s'arrêtent presque instantanément. Un nouveau cri de douleur s'échappe de sa bouche alors que sa jambe est atteinte par le projectile. Elle regarde la blessure mais heureusement ce n'est qu'une éraflure, une méchante certes mais rien qui mettra sa vie en péril. Bien qu'elle désire avancer, son corps semble lui signifier qu'il veut rester sur place.
Jetant rapidement un coup d'œil autour d'elle, il n'y a pas âme qui vive – évidemment – à part Benjamin qui arrive enfin à sa hauteur, la mine sévère, ne cachant pas son agacement. Se tenant davantage sur sa jambe valide, une main serrée contre la plaie de son bras où du sang s'échappe, elle finit par l'attendre, écoutant son corps qui de toute façon ne fera pas un pas de plus pour le moment. En même temps, elle se convainc d'en profiter pour reprendre son souffle, un peu d'énergie avant de s'y remettre.

«Il va bien falloir que tu y mettes du tien. C'est peut-être le genre de stimulant qu'il te fallait ?! Crois-moi, j'aurais préféré ne pas en arriver là mais tu ne me laisses pas le choix.» À quelques pas de l'actrice, il s'arrête, rangeant l'arme à l'arrière de son pantalon dans la ceinture. On voit très bien où est-ce qu'elle l'avait frappé parce qu'il y a un peu de sang qui s'échappe encore de la plaie à la hauteur d'une de ses tempes. Heureusement pour lui que le verre était épais. «Est-ce que ça te rafraichit la mémoire ? Ça a fonctionné avec la thérapeute, ça devrait encore faire ses preuves si tu as réellement oublié. Alors, tu n'as rien à me dire maintenant ?! Réfléchis surtout bien avant de me répondre.» Bien que cet épisode l'ait contrarié sur le coup, il ne lui cache pas son excitation. Elle n'a pas froid aux yeux. «Je suis impressionné par ton courage. Tu me défies, c'est tout à ton honneur mais c'est complètement inutile parce que tu finiras par m'aider d'une façon ou d'une autre.»

Comment faire comprendre à cet homme, qu'elle n'a pas de réponse satisfaisante à lui fournir, qu'elle le veuille ou non.

«Je ne m'en souviens pas Benjamin. Je t'en prie, je te demande de me croire ! Écoute, si ce n'est qu'une question d'argent, bien que je ne peux te donner accès à ce fameux compte bancaire, je peux te donner du mien. De combien s'agit-il, hein ? 300,000.00$? Plus peut-être ?» Elle regarde le jeune homme dans les yeux, le ton de sa voix est calme, ses blessures additionnées à la course commençaient à l'épuiser. «Dis-moi combien tu veux et je te le donnerai.

«Ce qu'il y a sur ce compte représente bien plus que tu ne pourras jamais avoir toi-même. Réfléchis un instant, avoir un remède contre la Sclérose en plaque … le pays, le laboratoire qui possèderait une telle formule, contrôlerait totalement le marché à jamais. Ça ma chère, ça vaut plus que des millions. J'apprécie cette générosité à donner de ton propre argent mais tu es loin de faire le poids.» Benjamin n'abandonne pas la partie, adoptant le même ton de voix qu'elle. «C'est de l'argent sale Jessica, depuis quand tu accepterais de le garder, ça ne te ressemble pas. Tu as des principes, tu es aussi droite que ton père. Tu respectes la justice et les lois.

«Bien sûr, si je pouvais t'aider, je le ferais … mais je ne me souviens vraiment pas de ce que tu me demandes de te donner. Si tu veux récupérer cet argent, tu vas devoir t'y prendre sans moi.»

Il s'approche encore plus près d'elle, posant sa main sur sa joue d'abord puis il jette un coup d'œil à chacune des deux blessures par balle, voulant s'assurer qu'elles n'étaient pas graves. Il a beau être un bon tireur, ça ne prend que quelques millimètres pour faire la différence entre une blessure légère et une mortelle. Il rapproche son visage du sien et après un instant plongé dans les yeux de l'actrice, Benjamin place ses lèvres tout contre l'oreille de Jessica et donne son opinion dans un lent murmure.

«Je ne te crois pas mon cœur. Ne t'obstine pas à garder un tel argent, contente-toi de ce que tu as véritablement reçu.» Benjamin s'écarte d'elle, lui laissant un peu d'air ou de place pour se ressaisir.

«J'ai réfléchi à ce que tu m'as dit et tout ça n'a pas le moindre sens … mon père qui aiderait Jason Perry à cacher de l'argent. En tout premier lieu, ce dernier ne lui aurait jamais rien dit, il aurait gardé ça pour lui, secret. Mon père était bien trop intègre pour ça, pourquoi le mettre dans la confidence ? » Elle dévisage Benjamin qui garde le silence tout en lui souriant, visiblement l'assurance ne l'étouffera pas aujourd'hui. «À moins … » Une idée vient de traverser l'esprit de la jeune femme, qui pâlit légèrement. «À moins que mon père était tout aussi complice que Jason Perry. »

«Est-ce si difficile que ça d'imaginer qu'Alexander Redon pouvait ne pas être aussi blanc que neige. Arrête de vouloir voir le monde blanc ou noir, personne n'est comme ça.

«En admettant que cela puisse être vrai … Ils auraient alors tous les deux sorti du complexe cette découverte, cette formule et l'auraient vendue au plus offrant, plaçant cette somme sur un compte secret – dans une banque différente de la leur et sur une autre île – pour les deux enfants. Mon père n'aurait pas pris autrement tant de risques, je ne vois pas d'autre explication même si je ne veux pas y croire.» Elle fait une légère pause dans l'exposé de son hypothèse, plongeant les yeux vers le sol sableux, vérifiant ainsi d'une part la véracité de sa théorie puis essayant de se calmer en respirant plus lentement. Depuis qu'elle a été blessée, son rythme cardiaque s'était davantage emballé. «Pour faire les choses simplement, c'est sûrement le même identifiant et le même code que ce soit l'un ou l'autre des enfants qui vient réclamer la somme, ça serait trop con sinon de s'être donné tout ce mal.» Elle continue à réfléchir, analysant le meilleur scénario qui lui traverse en ce moment-même l'esprit. «Encore une fois, Jason Perry a fait en sorte de protéger ce compte avec possiblement des clauses spéciales sur son testament …» Jessica s'arrête soudain de parler, des larmes apparaissant sur le bord de ses yeux alors qu'elle le contemple avec tristesse et dégoût.

Benjamin s'approche à nouveau d'elle, lentement.

«Tu vois … c'est également pour ces raisons-là que je veux te garder en vie Jess et non pas juste parce que sans toi je ne peux mettre la main sur cet argent. Ton cerveau fonctionne admirablement vite et ne laisse pas passer grand-chose. Je n'ai pas rencontré grand monde comme toi. Quoi que tu en penses, on se ressemble beaucoup plus que tu ne veux l'avouer.» Il la voit retenir ses larmes, se laissant remplir par la tristesse. «Pourquoi ne pas dire ce que tu viens de comprendre ?

«Tu m'as menti depuis le début ... tu as choisi de me dire uniquement ce que tu voulais.

«C'est possible.

«Si les Perry ont mis des clauses spéciales dans leur testament ... ça veut dire qu'en réalité cette somme n'était accessible à Mark que si ses parents décédaient. D'où ta prétendue manipulation ... et c'est pour ça que tu n'as découvert que par après à quel point tu t'étais trop vite empressé à les tuer, ainsi que Mark.» C'est d'une voix faible, presque éteinte qu'elle s'est efforcée de parler, ne pouvant empêcher de cacher sa déception parce qu'à présent, elle était convaincue de ce qui s'était véritablement passé à l'époque et de l'implication de son père.

«Je suis quelqu'un qui, depuis cet événement, planifie tout mais il y a de grandes parts d'improvisations ces dernières heures dans ce que je fais, surtout en ce qui te concerne. Pourquoi ne pas finir ton explication, je veux connaître la fin ... à moins que tu ne veuilles que ce soit moi qui m'en charge. Ne veux-tu donc pas la vérité sur la mort de tes parents ?

«Non.» Leur image s'affiche clairement devant ses yeux, suscitant un pincement au cœur.

«Laisse-moi compléter les blancs que tu as laissés vides ... Où est-ce qu'on en était ... ah oui, quand j'ai réalisé trop tard que d'avoir simulé la mort de Mark me privait d'accéder à l'argent, tu es devenue ma deuxième chance. Malheureusement, tu m'as claqué entre les doigts en perdant la mémoire et en quittant l'île au bras de ta tante. Je te l'ai dit, il y a parfois des imprévus dans la vie. Bah, c'est comme ça qu'on en tire les leçons adéquates.» Il raconte la suite de l'énoncé d'une voix douce et claire, ne donnant nullement l'impression qu'il s'agissait d'un drame. «Les informations que nous recevions d'Australie ne nous donnaient pas l'impression que ta mémoire était revenue. Autant te laisser tranquille. Mark a toujours eu en tête de te retrouver et de te faire revenir dans sa vie. Quand tu es revenue au bercail, il était alors nécessaire de savoir s'il y avait eu du progrès, cela faisait plusieurs années, on était en droit d'espérer tout autant que toi. Mark a envoyé Manuel pour faire le point sur ta mémoire, j'ai demandé à cet imbécile de devenir ton amant pour mieux te percer ... et pour faire chier Mark le jour où il le découvrirait. Ça a bien fonctionné mais il a paniqué ce con et a pris la décision de te faire cette injection mortelle. N'ayant plus confiance en nous - il avait franchement la trouille de Mark - il a pensé qu'il te protègerait mieux en te tuant.»

Elle continue de le laisser parler, n'ayant plus le courage de le faire elle-même, n'étant plus capable que d'entendre l'évidence. Benjamin à deux souffles de la jeune femme, caresse sa nuque puis lui donne un baiser sur les cheveux avant de poursuivre (il se doute que ces révélations sont difficiles pour elle.)

«Je n'arrive toujours pas à comprendre comment tu as pu y survivre. On n'avait pas fini tous nos tests et ce mélange était costaud. Merde, tu dois avoir plusieurs vies ou je ne sais pas. En tout cas, dès que j'ai su que le F.B.I. voulait assurer ta protection, j'ai suggéré à Mark que c'était l'occasion parfaite de refaire partie de ta vie en se faisant passer pour un agent du F.B.I. C'était évidemment pour moi un bon moyen de surveiller ta mémoire. Tu es certes une très bonne actrice mais tu n'aurais jamais réussi à le cacher indéfiniment à Mark. Le tout évidemment jusqu'à ce que finalement, de petites brèches dans ta mémoire aient commencé à apparaître. Je lui ai alors suggéré cette idée d'envisager de te reposer dans les Antilles ... ton agent a fait le reste avec les clés de sa villa à Welches Beach. Tu vois, quand on dit que rien n'arrive par hasard.» Observant le visage de l'actrice, Benjamin qui avait à nouveau mis quelques pas entre eux, savoure cet instant de révélations mais aussi de désenchantement qu'il peut lire en elle. «J'ai toujours su ce qui se passait sur tous les tableaux.» Son visage reflète toute l'ampleur de sa suprématie.
«Sauf sur ma mémoire. Le seul élément imprévisible et incontrôlable.» La voix de l'actrice reste faible.
«C'est vrai, je te l'ai dit ... divers imprévus, c'est la vie ! Ça serait bien ennuyant autrement. Tu sais, j'ai bien réfléchi en chemin et je pense que ce sera possible d'avoir accès au compte bancaire même sans identifiant et code, donc sans le bijou. C'est vrai, tout le monde le sait que tu es amnésique, seule survivante de cette tragédie blablabla ... alors je suis prêt à parier que la Banque ne saurait refuser à Jessica Redon ce précieux contenu. Faut bien que je tire avantage de la clôture de l'enquête grâce à mon nouvel ami : Grégory Bark.» En entendant ces derniers mots, la jeune femme ne cache pas sa surprise. «L'une

des clauses majeures était de garder secret ce compte bancaire tant et aussi longtemps qu'une enquête judiciaire ou criminelle serait en cours. Est-ce que je n'avais pas dit qu'il aurait son utilité pour moi, sinon pour quelle autre raison je l'aurais fait prisonnier ?»

Benjamin prend quelques secondes pour plonger son regard dans celui de la jeune femme et essayer d'y sonder son âme. L'actrice le soutient tant bien que mal, sachant qu'il ne restait plus que la conclusion à entendre, ce qu'elle avait saisi d'elle-même il y a plusieurs minutes de ça mais qu'elle se refusait encore à croire, espérant que tant que cette vérité restait silencieuse, elle n'était pas vraie.
Il approche son visage du sien pour le lui murmurer à l'oreille :

«Dès le jour où j'ai pris connaissance de l'existence de cet argent, il a toujours été question d'appliquer le plus tôt possible la première des conditions : seule la mort des parents enclenchera le processus. Il me fallait simplement trouver le moyen d'y parvenir pour chacun d'entre eux … et les solutions me sont tombées dessus d'elles-mêmes comme sur un plateau. Dans le cas de tes parents, ça a été leur sortie en mer, je pense qu'on avait tous bien compris cela !» Jessica, tout en l'écoutant, ne pouvait retenir plus longtemps ses larmes. «Ça n'a jamais été Mark, mais par contre ça m'a amusé de le voir endosser cette responsabilité pendant toutes ces années. Ce que ça peut faire la mauvaise conscience quand même et le doute. Oui, j'étais au courant que Mark avait envoyé le mécanicien vérifier le bateau, je connaissais très bien son état d'esprit et les remords qu'il éprouvait à ne pas être certain de l'efficacité de nos réparations. Alors qu'il surveillait cet homme, j'en faisais de même mais mon angle de vue était bien meilleur et contrairement à notre ami, j'ai vu que le mécanicien n'avait rien fait.

«Il n'a surement pas dû apprécier la façon dont Mark lui avait parlé.» Jessica lâche sa remarque à voix haute, sans s'en rendre vraiment compte.

«Si Mark lui avait fait un quelconque chantage, alors ça ne m'étonne pas en effet de la part du mécanicien. Il suffisait d'espérer que ça passe pour un accident, je n'ai rien dit de ce que je savais. De toute façon, comment aurait-il été possible de savoir pour sûr. L'issue a été celle que nous connaissons tous et dont tu as été malheureusement témoin. Je n'avais simplement pas envisagé le fait que la mort de deux scientifiques travaillant pour le Gouvernement

Américain, morts à moins d'une heure l'un de l'autre, aurait pour effet d'entretenir les suspicions des Fédéraux qui ont gardé l'enquête ouverte … tout ce temps. Personne n'est parfait !»

La réaction de la part de Jessica ne se fait pas attendre : une violente gifle qu'elle lui administre, les yeux noirs de colère maintenant que les larmes se sont taries (elle n'avait pas remarqué non loin de là, derrière Benjamin, que Grégory Bark venait discrètement de mettre les pieds sur le même sentier, une arme à la main, continuant de s'approcher d'eux silencieusement).

«Tu n'es qu'un beau salaud ! Tout ça pour du fric ! Tu n'as pas hésité un instant à faire de nous des orphelins.» L'actrice lève la main une nouvelle fois en vue de le frapper encore mais il est cette fois plus rapide qu'elle et lui saisit le poignet. Yeux dans les yeux, il ramène finalement les deux bras de la jeune femme dans son dos, la maintenant ainsi fermement, ne se souciant guère de sa blessure au bras.
«Tu es tellement excitante quand tu es en colère.
«Lâche-moi un instant et on va voir combien de temps tu vas encore être excité !» Il est clair qu'au ton de sa voix, elle est prête à le tuer sur place.

Benjamin approcha son visage du sien et l'embrassa à pleine bouche l'a maintenant en place d'une main.

«Te rends-tu un peu compte de ce que tu as mis sur ma conscience ? De la mort de combien de personnes je suis responsable depuis ces vingt-quatre dernières heures.
«Je suis certes celui qui contrôlait les marionnettes mais il se trouve que Mark a décidé tout seul de ces arrêts de mort, je te l'ai déjà expliqué, il n'était plus celui que tu as connu à La Barbade. Il se plaisait bien dans cette nouvelle personnalité, ce n'est pas moi qui lui aie donné ces directives, il a choisi lui-même qui il voulait être.» Le jeune homme a estimé nécessaire de lui dresser un tableau réel de son ami parce qu'il n'était véritablement pas responsable de tout.
«Tout ça alors que je ne sais même rien, que je ne suis qu'utilisée …

«C'est fini, Benjamin.» Grégory, qui se tenait juste à quelques pas du jeune homme, pointait son arme en direction de sa tête. Il tirera sans hésiter si ça s'avérait nécessaire.

En entendant sa voix résonner derrière lui, Benjamin, aussi vite que l'éclair, s'était retourné et avait foncé sur Bark, essayant de le désarmer. Une lutte entre les deux hommes commença au beau milieu du sentier. L'actrice en avait profité pour se mettre légèrement en retrait d'eux.

«Vos hommes ne sont pas aussi malins que vous le pensez.» Grégory vient de porter un coup au visage de son adversaire à l'aide de son arme, justement au même endroit où l'actrice l'avait frappé plus tôt avec le verre. Profitant de cet instant qui désarçonne un peu Benjamin, Bark pointa à nouveau son arme dans sa direction. «Ne soyez pas idiot, vous ne réussirez pas à vous en sortir.»

Le jeune homme ne perd pas plus de temps. Alors qu'il est penché en avant suite au coup reçu, il saisit dans le creux de sa main quelques petites roches à terre ainsi que du sable et avec une rapidité surprenante, lance le tout au visage de son adversaire. Ce dernier qui du coup a du mal à voir correctement maintenant que ses yeux ont reçu ces débris – aussi minuscules qu'ils puissent être, porte un bras au visage dans l'espoir de le nettoyer mais cet instant qui ne durera que quelques secondes, sera assez long pour que Benjamin prenne à son tour son arme qui était tombée à terre au début de la lutte. Désormais, ils sont deux à pointer une arme l'un sur l'autre, cependant Bark qui refuse de laisser l'avantage au jeune homme, décida de tirer plusieurs fois, même s'il n'y voyait pas clair. Au moment où sa vue s'éclaircit, il aperçoit Benjamin sur le point de sauter dans le vide. Instinctivement, il tire avec son arme dans sa direction et même si cette scène ne dure que quelques secondes, il est certain d'avoir fait mouche. Il se précipite jusqu'au bord du sentier et regarde, tout en faisant attention à ne pas tomber à son tour, en direction de l'eau pour voir le corps de Benjamin faire surface. Comme constaté plus tôt par la jeune femme, les vagues sont plutôt fortes de ce côté-ci, et le remous y est important. Le corps du jeune homme a dû être déjà entrainé par les flots. Il faudra prendre un bateau et surveiller l'endroit où il refera surface.

Satisfait de lui, il se tourne enfin dans la direction où il se souvient avoir aperçu Jessica. Au même moment, il la voit tomber de tout son long en arrière, le visage pâle. Se précipitant vers elle, après avoir rangé l'arme dans la ceinture de son pantalon, il constate non sans surprise mais avec panique la raison de sa chute. Il semble inévitable qu'elle a reçu l'une des balles qu'il a tirées en aveugle, une balle perdue.

«Oh merde, Jessica, je suis désolé !»

À peine le coup était parti, qu'elle avait immédiatement senti l'impact de la balle. Une douleur qu'elle commençait à bien connaître. Une sensation de brûlure venait la marquer au fer rouge, coupant sa respiration l'espace de quelques secondes sous le choc. Elle porta une main à l'endroit où cette brûlure se faisait sentir – soit dans l'abdomen - et quand elle la retira, elle vit sa main pleine de sang. Déjà, son rythme cardiaque s'accélérait, il ne s'était pas non plus particulièrement ralenti depuis sa première blessure par balle. Submergée par une vague de chaleur, ses jambes commencèrent à vaciller, ayant du mal à la garder debout. Au même moment, elle put encore voir Benjamin sauter à l'eau.

En à peine l'espace de quelques secondes, elle sentit le poids de son corps sur ses jambes qui finalement la laissèrent tomber, s'écroulant sur le sol dur en plein soleil, l'actrice ne manque pas d'échapper un cri de douleur. Jessica regarde le ciel d'un bleu magnifique qui se dessine au-dessus d'elle, parvenant encore juste à entendre un bruit de pas s'approcher rapidement mais ses forces la quittent de plus en plus. Sa vue commence à se brouiller. Elle n'a plus la force de faire grand-chose, même si elle n'est pas sûre d'avoir compris tout ce qui venait de se passer, elle se résigne cette fois complètement.

«Jessica, est-ce que vous m'entendez ?» Elle reconnaît bien la voix de Grégory Bark qui est désormais à ses côtés. «Je suis navré pour le coup, je n'y voyais rien ... oui, ça change pas grand-chose pour vous, je sais ... merde, je le crois pas, je vous ai touchée.» Bark pose ses deux mains sur la blessure, faisant pression pour tenter d'empêcher le sang de continuer à couler. «Accrochez-vous, Jessica. J'ai pu contacter mon équipe à Bridgetown avant de vous rejoindre. Tenez-bon, ils seront bientôt là.» Le directeur du F.B.I continua de lui parler, essayant un timbre de voix plus rassurant, étant lui-même grièvement blessé. Se débarrasser des hommes armés ne s'était pas fait facilement non plus. «Vous devez rester éveillée Jessica, ne fermez pas les yeux, regardez-moi. Vous m'entendez, ouvrez les yeux ! Bordel de merde, vous n'allez pas me claquer entre les doigts maintenant, je vous l'interdis. Ne dites-rien. Gardez vos forces. Je pense que nous sommes seuls sur la propriété, à part les gars qui étaient chargés de me liquider, il n'y a apparemment personne d'autre qui reste. Il n'y a plus rien à craindre, tout est fini, Benjamin ne peut plus vous faire de mal.» Grégory Bark qui garde un œil sur la jeune femme, tout en essayant lui aussi de ne pas céder à la fatigue maintenant que son taux d'adrénaline est retombé, s'aperçoit que l'actrice n'ouvre plus les yeux. «Jessica, restez avec moi ! Je vous interdis de mourir sous ma protection. Jessica … Jessica … »

Chapitre XXI

Quartier de Rose Bay – Sydney – Australie, 2 mois plus tard

Le soleil est couché depuis un bon moment mais les températures restent chaudes et sèches, idéales pour certains. L'atmosphère respire la tranquillité, la quiétude et le repos comme presque toutes les autres journées passées dans cette villa depuis plus d'un mois maintenant pour Jessica Redon. Une longue pause/convalescence d'entamée dans le seul coin de la planète qui répond – pour elle – à la définition de '*maison*'. Elle n'aura vécu que quelques années en Australie et si on y regarde bien, à peine plus qu'à La Barbade mais à la différence que sur cette île du Pacifique, il n'y a que des souvenirs positifs et agréables qui y sont associés.

Ça fait deux semaines à présent qu'elle peut enfin se passer de la venue d'une infirmière, la cicatrisation des différentes blessures subies lors de son court séjour dans les Caraïbes se passant bien, son corps commence à panser les plaies en profondeur et à reprendre suffisamment de forces pour lui permettre de se tenir debout toute la journée.

C'est la première fois depuis la mort de sa tante que la jeune femme passe autant de temps dans cette maison familiale. À l'époque, elle n'était pas mécontente de s'en éloigner pour continuer à lancer sa carrière en retournant sur le continent américain. La jeune femme avait alors la tête pleine de rêves et de volontés de s'épanouir à travers son travail. Elle ne peut pas dire que les choses ont radicalement changé à présent, mais cet épisode, même s'il lui a permis de retrouver la mémoire, ce serait mentir que de ne pas reconnaître qu'il l'a ébranlée dans ses convictions et sa vision des choses. Non seulement elle doit donner du temps à son corps pour retrouver ses forces, mais elle sait qu'elle va devoir réussir à affronter ces nouvelles émotions, ces nouveaux sentiments. Elle n'aurait jamais imaginé devoir effectuer un travail sur elle-même, de conscience aussi intense et chaque jour qui passe ainsi sous la douceur du soleil Australien, la plonge davantage dans de profondes réflexions.

Aujourd'hui, elle apprécie d'avoir gardé ce pied à terre qu'elle avait un peu négligé depuis plus d'un an. Maintenant, il lui donne la possibilité de mettre suffisamment de distance entre ce qui s'est passé et le regain d'intérêt que cela a suscité sur le continent ainsi qu'à Hollywood. En Australie, elle apprécie cette proximité qu'il y a dans la communauté artistique de par le fait qu'ils soient d'abord moins nombreux puis parce que leur situation géographique sur la planète fait qu'ils évoluent et créent – avec la Nouvelle-Zélande - un peu comme dans un noyau. Ils n'ont pas développé la même frénésie et folie qu'en Californie, et c'est sûrement mieux ainsi.

Depuis qu'elle a posé ses valises à Sydney, les mots d'encouragement et de sympathie arrivent régulièrement ainsi que les arrangements de fleurs. Les journalistes et paparazzis (surtout eux !) la laissent pas mal tranquille. Elle a publié sur son site web un communiqué dans lequel elle annonçait qu'elle allait effectuer sa convalescence en Australie et prendre du même coup une pause loin des caméras et des plateaux de cinéma pour les six prochains mois. Certains contrats et engagements ont pu être repoussés alors que d'autres lui sont passés sous le nez mais ça n'avait pas d'importance pour elle. Dû aux dramatiques événements qu'elle avait connus dans les Caraïbes, elle avait besoin de temps pour ses blessures physiques et émotionnelles. Rester aux États-Unis ne semblait pas être le meilleur endroit pour y parvenir.

Sam Brown qui était rétabli de son agression, l'appelle à l'occasion, respectant sa décision de se distancer de tout et comprenant bien que dans l'état dans lequel elle se trouve, travailler serait une mauvaise idée, la jeune femme ne serait jamais capable de mettre de la qualité dans son jeu. Quelques bons amis et proches du métier sur l'île s'occupent de lui remonter le moral sur une base régulière et plus tôt, en fin de journée, elle a pu faire sa première sortie à l'extérieur, chez un bon ami qui donnait une soirée en petit comité.

Installée dans son lit, l'actrice fixe à présent le plafond dans l'espoir d'y trouver le sommeil. Après un bon moment dans cette position contemplative … c'est-à-dire dans un immobilisme complet, elle sent enfin ses paupières s'alourdir. Son cerveau ne semble pourtant pas vouloir se vider, la ramenant au Centre Médical de Boston, quelques jours après avoir été rapatriée de Bridgetown.

Elle se revoit dans une chambre d'hôpital, le genre d'endroit qu'elle a déjà bien trop connu dans sa vie, des perfusions aux bras et des moniteurs surveillant au détail près le bon fonctionnement de son corps.

Elle entendit la porte s'ouvrir et la silhouette de Grégory Bark se faufiler à travers l'embrasure. La refermant derrière lui et se dirigeant vers l'un des fauteuils de la pièce où, après avoir posé son veston sur le dossier, il s'assit à côté du lit de Jessica qui l'avait suivi du regard, silencieuse.

«Comment est-ce que vous allez aujourd'hui ? D'après les médecins, la chirurgie s'est bien passée, vous n'allez pas garder de séquelles de vos blessures par balles et celle qui était la plus sérieuse a, dieu merci, relativement bien épargné vos organes internes.

«Vous voulez dire la vôtre qui a failli me coûter la vie !» Elle lui sourit timidement, n'ayant pas encore retrouvé tant de forces que ça.

«Je ne saurais dire à quel point je suis désolé de ce qui s'est passé, Jessica.» Il la regardait avec une mine si embêtée qu'il était impossible de lui en tenir rigueur.

«Je vous en prie Grégory, bien que ce n'était pas des plus malins de tirer sans même voir ce qui se passait autour de vous, c'est le genre d'imprévu qui peut arriver dans une situation comme celle-là. Je vous ai déjà dit l'autre jour que je ne vous en voulais pas, ne soyez pas bête puisqu' au final vous m'avez sauvé la vie et c'est ça qui compte, non ?!

«J'aurais préféré ne pas vous avoir touché. Imaginez si ça avait été le cœur ou la tête …

«Rassurez-vous, il n'y a pas de hasard dans la vie.»

Soulagé, Grégory Bark se cala mieux dans le fond de son siège, sortant son cellulaire et le posa à proximité de la jeune femme après avoir enclenché la fonction d'enregistreur.

«Je vous ai laissée tranquille jusqu'à présent, vous êtes bien d'accord avec moi, mais aujourd'hui, il faut qu'on passe à

travers ce qui s'est passé. J'ai besoin de savoir tout ce que j'ignore encore de cette histoire et je suis loin d'avoir toutes les réponses ... alors que vous, oui. Est-ce que vous pensez être capable de tout me raconter ?

«Autant s'en débarrasser maintenant. Plus tôt c'est fait, plus tôt je peux commencer à trouver le moyen de vivre avec ça, avec tous ces morts sur ma conscience.» Alors qu'une larme vient d'apparaître au coin de son œil, d'un geste vif, elle la chasse d'une main.

«De la façon dont j'ai compris les choses, James Connolly avait fait faire une analyse sanguine en express au laboratoire de l'Hôpital Queen Elizabeth et à ce qu'il semble, de façon officieuse.

«Le soir de mon arrivée à Bridgetown, il m'a amenée à sa clinique, il y avait encore son oncle de présent. D'une façon très stupide, je me suis coupée en voulant apprêter une mangue. J'imagine qu'il a récupéré le torchon utilisé pour faire pression sur la plaie avant qu'il ne s'occupe de mon doigt. Quant à l'analyse, c'est probablement par acquis de conscience qu'il l'a faite. Ma chute dans la marina de Oystins Bay l'avait quelque peu inquiété. Il a sûrement voulu s'assurer qu'il n'y avait rien de grave chez moi, comme tout bon professionnel de la santé le ferait .

«Ça tient la route en effet. Il semblait être un très bon médecin d'après les témoignages recueillis.

«Je suis bien attristée que Ted Connolly ait été tué lui aussi mais je ne vois pas pour quelle raison ?

«La meilleure hypothèse est qu'il a dû être mis dans la confidence de son filleul, vous concernant ... je veux dire votre état de santé. C'est sûr que de ce côté-là, on n'aura jamais de certitude mais c'est ce qu'il y a de plus probant. Quant à Séraphin Lourdechèse – le laborantin – et tous ceux qui ont péri dans l'explosion de l'aile du bâtiment, et l'incendie qui a suivi ...» Bark ne finit pas immédiatement sa phrase, voyant que la jeune femme a détourné son visage, cachant ses larmes. Il se doute bien que ce serait difficile pour n'importe qui de savoir qu'on est responsable, malgré soi, de la mort d'autant de personnes et d'une façon des plus tragiques. «Je suis désolé mais je dois continuer, ça va aller ?

«Oui ... allez-y.

«Mark a décidé d'éliminer toute trace de ces analyses, ces résultats et des personnes qui en ont entendu parler. Il ne s'est pas soucié de savoir qui était au courant, qui pouvait représenter un danger pour lui. Il s'est contenté d'anticiper. On sait que la même drogue que Benjamin m'a administrée, se trouvait dans votre organisme. Il ne fallait évidemment pas que ça se sache. En ce qui concerne votre thérapeute ...

«Il s'est servi d'elle pour forcer mon cerveau à débloquer les souvenirs reliés au meurtre de son père un peu avant la mort de mes parents. En s'efforçant de me remettre dans un contexte similaire, il espérait que ça suffirait.

«Ça a fonctionné, en effet ! C'est donc lui qui a tiré sur Nancy Fense ?

«Oui, Benjamin n'y a pas participé.

«Donc, on peut dire que Mark Perry a joué la comédie de l'agent du F.B.I. pendant tout ce temps, et qu'il a tout organisé à Mendocitos – leur propriété – dans le seul but de vous retrouver : celle qu'il a connue et, j'en suis sûr, aimée quand vous étiez enfant.

«C'est bien ça.!» On perçoit une pointe de tristesse dans sa voix en repensant à Mark.

«Quant à Benjamin Marelli ... là je ne suis pas sûr d'avoir vraiment compris sa raison à lui. J'ai cru surprendre quelque chose à propos de vos parents ou d'une somme d'argent ... ce n'est absolument pas clair. Vous pouvez éclairer ma lanterne ?» Grégory s'était avancé davantage vers le bord du siège, se rapprochant ainsi de Jessica, l'invitant à la confidence.

«C'est beaucoup plus compliqué que ce que vous pouvez imaginer.

«Pour l'instant, je n'imagine rien de bien précis.

«Il semblerait qu'il ait surpris une conversation dans laquelle le père de Mark et le mien, disaient avoir placé une très grosse somme d'argent sur un compte bancaire pour nous, une sorte de sécurité pour notre avenir. C'est uniquement à la mort des parents de l'un ou de l'autre, ou des deux familles, que l'argent serait alors rendu accessible pour les enfants ou celui encore en vie au moment voulu.

«J'imagine que l'accès s'en trouvait bloqué si une enquête était en cours, ça expliquerait qu'il avait besoin de moi pour clôturer celle sur vos parents.» Bark se tut un court instant, *réfléchissant à ce qu'il venait d'entendre. «Je ne me tromperais pas en disant dans ce cas, qu'une fois avoir simulé la mort de Mark Perry pour tout le monde, sa part à lui – c'est bien ça ? (il attendait une confirmation rapide de l'actrice) – vous est alors revenue en entier. Benjamin avait alors besoin de vous vivante pour récupérer cet argent, c'est bien ça ? Mais pourquoi … enfin de quelle façon comptait-il s'y prendre ?*

«Il prétend qu'il existerait un bijou permettant d'y avoir accès, un peu comme une énigme à déchiffrer.

«Un bijou ? C'est quoi cette histoire ?» Il ne cacha pas son scepticisme.

«Écoutez, franchement c'est tout l'ensemble qui est tiré par les cheveux.»

«Qu'est-ce que vous voulez dire ?

«Je connaissais mon père et celui de Mark était exactement pareil. C'était des hommes de science, intègres, qui voulaient faire le bien. Alors cette théorie de formule vendue au plus offrant, d'argent sur un compte mystérieux et d'énigme pour y accéder … je ne peux pas y croire un seul instant ! C'est ridicule.» La jeune femme tendit la main pour saisir le verre d'eau placé sur la table à côté de son lit, et en pris une gorgée. Elle venait de parler plus qu'elle n'était sensée le faire.

«Vous devez bien admettre que si c'était vrai, ce serait une bonne raison pour Benjamin de vous garder en vie.

«Vous êtes prêt à y croire ? Comment expliquez-vous qu'à aucun moment depuis ces quinze dernières années vous n'ayez rien découvert ? Je ne crois pas un instant qu'il soit possible qu'une telle chose puisse vous rester cachée. Il m'a dit avoir surpris une conversation. Il n'a fait que sortir de son contexte, des informations. Rien ne nous dit que ce soit vrai.» L'actrice doutait encore de la véracité des propos de Benjamin.

«Oh vous savez, malgré les apparences, il est possible que nous passions à côté de certaines choses. C'est pour cela qu'on a retrouvé une boîte pleine de bijoux, plus ceux à côté de la piscine ? Est-ce que vous pouvez m'expliquer.

«Il voulait que je trouve cette fameuse pièce et en déchiffrer l'énigme par la même occasion.

«Vous l'avez fait ?

«C'est une plaisanterie ?!» Elle le foudroyait du regard. «En dehors du fait que j'ai peut-être récupéré les grandes lignes de

mon passé, les détails restent flous ou encore absents. Merde, combien de fois va-t-il falloir que j'explique cela ! Mon cerveau ne fonctionne pas comme un ordinateur.» Remarquant qu'il attendait une réponse de sa part, elle lâcha un soupir d'exaspération. *«Je n'ai pas le moindre souvenir qu'on m'ait raconté une histoire de ce genre ou encore montré un bijou qui puisse me servir à trouver un quelconque trésor.»* Jessica venait de parler d'une voix monocorde, tel un robot.

«Vous devez admettre que ce serait une raison parfaite pour un homme comme lui. Il était à la tête d'une organisation qui lui rapportait probablement des millions de dollars mais, pouvoir en avoir davantage dans ses poches ... il avait un côté 'ego surdimensionné'... je ne vois pas pourquoi il se serait donné tout ce mal pour vous autrement ? Et puis ce qui m'intrigue c'est de savoir de quelle façon il pensait réellement récupérer ce magot, puisque la piste du bijou ne semblait rien donner avec vous, il vous a gardé en vie ... c'est forcément qu'il y avait une autre possibilité. Est-ce qu'il vous a dit ce qu'il comptait faire ?

«Avec votre intervention, il n'en a pas eu le temps. Écoutez, c'était un malade alors la raison n'est pas si primordiale que ça, vous ne pensez pas ?

«Il l'était tout autant que son ami : Mark Perry. N'oubliez pas ceux qu'il a tués sans la moindre trace de regrets.» Grégory s'était assis à nouveau plus confortablement dans le fauteuil.

«Peut-être mais il n'a été finalement que le pantin de Benjamin, c'est pas pareil.»

«Vous éprouvez de la tristesse et de la compassion pour lui, vous ne devriez pas. Dans votre enfance, Mark Perry était peut-être alors quelqu'un de bon et gentil mais s'il a tué son père aussi facilement que ça ... il avait de la mauvaise graine en lui qui ne demandait qu'à sortir. Je doute que son ami ait eu à le pousser très fort pour qu'il emprunte le chemin qui a été le sien jusqu'à aujourd'hui.» Bark ne prêta pas attention à la réaction qu'il avait provoquée chez la jeune femme, en parlant de la sorte de Mark. Il est évident qu'il n'avait pas encore digéré le fait d'avoir été aussi facilement trompé par cet homme.

«Pensez ce que vous voulez sur Mark ou sur cette soi-disant histoire d'argent mystère, je m'en fiche. J'y ai laissé plus que des plumes et ça me suffit. Je vous dois la vie mais je n'ai

pas pour autant à être d'accord avec ce que vous pensez. Si vous aviez un peu mieux fait votre travail au départ, peut-être que vous auriez remarqué qu'un mort s'occupait de ma protection.» Jessica ne put s'empêcher d'être sarcastique avec lui. Elle ne se gêna pas pour soutenir le regard plein de reproches qu'il lui lançait.

«Je vois que votre opinion est déjà faite.

«Écoutez Bark, je suis fatiguée de tout ceci mais je suis certaine d'une chose : il n'y a aucun compte en banque secret qui attend d'être découvert. C'est une invention de nos parents ou de Benjamin, je ne sais pas et franchement, je m'en fous mais il n'y a rien à découvrir.

«J'espère que vous êtes bien consciente que Benjamin Marelli a joué de ses charmes pour avoir le beau rôle auprès de vous. Il voulait une chose bien précise dans votre mémoire et il ne fait aucun doute qu'il vous aurait tuée, comme Mark Perry, une fois l'argent récupéré.

«Vous continuez donc à y croire comme mordicus à cette histoire ? Incroyable, dès qu'on évoque la possibilité d'une grosse somme d'argent planquée quelque part, immédiatement le Gouvernement veut mettre la main dessus. Évidemment que vous y croyez, pourquoi est-ce que j'essaye de vous en dissuader ?» La jeune femme commença à bouger dans son lit, agacée par la tournure de la conversation. *«Vous voyez juste un côté de la médaille mais moi, je connais les deux. Il m'est impossible de dissocier ces vérités.*

«Qu'est-ce que vous voulez dire ?

«S'il y avait la moindre trace de véracité dans les propos de Benjamin, alors pourquoi ne pas avoir essayé avec Mark de mettre la main dessus depuis les quinze dernières années ? Ils étaient à la tête d'une organisation criminelle qui avait des moyens, n'est-ce pas (cette fois, c'était à son tour d'attendre que Grégory lui fasse un signe de confirmation), ils avaient tout le loisir d'opérer en douce, de menacer qui de droit … bref, ils sont capables de museler les instances gouvernementales mais par contre vider un compte en banque, ça, ça leur pose problème. C'est tellement compliqué ou impossible que Benjamin ne peut envisager autre solution que de stimuler le cerveau d'une amnésique. Vous savez, c'est facile de vouloir tellement quelque chose qu'on finit non seulement par le voir mais on y croit

également comme de la présence d'une pyramide en Alaska !» Se rendant compte à quel point Bark semblait vouloir continuer à y croire, elle était maintenant remontée contre lui. *«Laissez tomber. Gardez en note que Mark Perry et Benjamin Marelli étaient de dangereux criminels, ils ont tué pour moi ainsi que pour mettre la main sur de l'argent sale. Voilà votre vérité à mettre dans votre dossier.»*

Grégory Bark, qui venait de quitter son siège, récupéra le cellulaire, coupant la fonction d'enregistreur, et fit quelques pas dans la pièce, ne cachant pas sa déception.

    «On a retrouvé son corps, vous le saviez ?
    «Non.» Elle le regarde, étonnée qu'il lui en parle.
    «Avec sa chute aussi proche des rochers et des vagues aussi fortes à cet endroit de l'île, il se retrouve pas mal amoché mais selon l'autopsie, c'est bien notre homme.
    «Je suis surprise que vous ne m'ayez pas demandé de l'identifier, après tout je dois certainement être la seule personne qui puisse le faire.»

Alors qu'elle le regardait avec suspicion du coin de l'œil, la jeune femme remarqua que Grégory avait posé la main sur quelque chose qu'il avait laissé sur la table à côté de son fauteuil. En faisant bien attention, il s'agissait d'une pochette à documents. Devinant quel en était le contenu, elle ne put s'empêcher de sourire, pas si surprise que ça en fait de le voir apporter des photos. En effet, il lui tendait le tout, s'assurant qu'elle accepta de se prêter à cette identification imposée (il ne s'attendait pas à une autre réaction de la part de la jeune femme de toute façon). Jessica posa un court instant la pochette sur ses jambes et attendit quelques secondes avant de l'ouvrir. Comment peut-on se préparer à voir un cadavre. Elle se décide enfin à sortir les clichés pris à la morgue. L'actrice pris son temps pour regarder le corps et le visage mais celui-ci était tellement abîmé que, non seulement ça lui devenait pénible de continuer à avoir ces photos sous les yeux mais il ne lui était pas si facile de donner une réponse. Bark avait remarqué cette hésitation.
    «Ça n'est pas évident, en d'autres circonstances je vous dirais de bien prendre votre temps à l'observer mais là ... je

comprends que ça peut vous soulever le cœur.» Malgré tout, elle continua à passer d'une photo à l'autre, regardant avec minutie. «Qu'est-ce que vous en pensez, c'est bien lui ?

«J'imaginais que ce serait plus facile, je n'ai pas pensé qu'il serait à ce point défiguré et abîmé. Pourtant, je suis certaine qu'il s'agit bien de Benjamin … il avait ce même symbole de tatoué à l'intérieur de son bras gauche.» Jessica indiquait du bout de son doigt le dessin en question à Bark.

«Vous en êtes sûre ?

«Oui, même si j'ai un peu de mal avec le visage – je pense que c'est bien lui – je suis certaine grâce à ce tatouage.

«Alors on peut officiellement conclure ce dossier-ci. Je sais bien que ça n'était pas agréable pour vous cette identification mais c'était une bonne façon également pour vous de réaliser qu'il est bel et bien mort. Il n'y avait plus de doute possible.

«De quoi être rassuré, c'est ça ?!» Elle lui redonna la pochette et son contenu.

«Il était, au même titre que Mark Perry, un ami d'enfance. Quoi que vous en pensez, ça compte pour votre santé mentale.

«Les marques et les blessures sur mon corps me les rappellent chaque jour. Évidemment, qu'il est mort, à quoi vous attendiez-vous ?! Qui plus est, vous lui avez tiré dessus à plusieurs reprises …

«Puisque je ne voyais pas si clair que ça, je ne l'avais peut-être touché que superficiellement.

«Il n'avait aucune chance de pouvoir survivre. Le courant était trop fort pour qu'il puisse s'éloigner des rochers. Quand j'ai essayé de m'échapper en sautant à l'eau – bien que l'endroit était cette fois-là bien plus calme – la force du courant était telle qu'il avait été difficile de nager correctement.» Elle marqua un temps de pause, revoyant les images de cette dernière journée dans les Caraïbes. «Je n'ai jamais douté que vous le retrouveriez mort. C'est mieux ainsi.

«On va regarder de plus près pour un éventuel compte bancaire, sait-on jamais.» Bark rangea son cellulaire dans le veston qu'il venait d'enfiler. Debout, il se tenait face à la jeune femme. «Je sais que vous n'y croyez pas mais je serais un bien mauvais employé du F.B.I. si je ne prenais pas au moins la peine de vérifier, de chercher un peu avant de reconnaître que ça ne mène nulle part.

«Bonne chance à vous.» Elle poussa un soupir d'exaspération, détournant légèrement la tête dans une autre direction. «Je pense que je n'ai plus besoin de votre surveillance. Vous êtes d'accord pour me rendre ma liberté ?

«De toute évidence, il n'y a plus de raison de continuer le programme. Nous sortons de votre vie désormais.» Il la vit regarder à travers la fenêtre, soulagée. «Qu'avez-vous l'intention de faire maintenant ? Direction les plateaux de tournages ?» Il essayait de réorienter la conversation prenant une voix plus légère.

«Contrairement à vous (elle faisait référence aux simples bleus que Grégory Bark avait gardé de sa rencontre avec les deux hommes), j'ai besoin de me rétablir physiquement, je suis loin d'être en état de travailler. Alors je ne vais pas avoir le choix que de retarder ce que je devais commencer dans les prochains jours. Peut-être que je vais en profiter pour faire une petite pause et prendre le large ailleurs pour quelques temps.

«Ça va sûrement pas plaire à vos producteurs ou à votre agent. J'imagine que vous visez l'Australie ?

«Là-bas, je ne serais pas seule. Et puis soyons réaliste, il y a déjà une horde de photographes et de journalistes qui m'attendent à l'extérieur. Ça ne me tente pas une convalescence dans ces conditions.

«Je vous comprends.» Alors qu'il se dirigeait vers la porte pour l'ouvrir, il s'arrêta encore un instant. «Écoutez, dans cette affaire, rien n'a été simple ou clair pour personne. Est-ce que certaines choses auraient pu être évitées ou arriver différemment ? C'est possible, oui. En fin de parcours, je garde en tête que vous êtes en vie et à nouveau en pleine possession de votre mémoire. Quand on doit faire face au pire, il faut toujours espérer le meilleur, parce que rien n'est parfait. Est-ce que vous comprenez ce que je dis Jessica ?» La jeune femme l'écoutait avec attention. «Laissez les remords derrière et concentrez-vous sur votre avenir.

«Est-ce que vous tentez votre chance pour prendre le poste de mon prochain thérapeute ?» Faisant un peu d'humour, elle lui faisait comprendre qu'elle n'était plus fâchée, lui souriant même.

«À moins que je n'aie du nouveau, j'espère ne plus avoir de vos nouvelles autrement que par la presse Mademoiselle

Jessica rouvre les yeux sur la pénombre de la pièce qui n'était éclairée que par l'éclairage extérieur des lampadaires. C'est toujours plus rassurant pour elle d'avoir un peu de lumière plutôt que d'être dans le noir.

C'était la première fois qu'elle repensait à cette conversation avec Grégory Bark. Elle n'a pas eu de ses nouvelles depuis, il n'a sûrement rien trouvé pour venir étayer les dires de Benjamin. Le dossier Redon doit être maintenant définitivement fermé. Elle avait lu l'autre jour quelque part dans la presse que le prédécesseur de Bark – Maxwell Gattier – était en ce moment questionné en ce qui a trait à sa collaboration dans l'affaire Redon. Il ne sera sûrement pas plus inquiété que ça, peut-être une simple tape sur les doigts d'après les journalistes, car après tout, les preuves récoltées n'étaient pas extrêmement incriminantes. Quelqu'un avec autant de connaissances haut placées n'a pas grand-chose à craindre, malheureusement. Elle imagine que Grégory Bark devait malgré tout être ravi de la situation puisque le scandale était suffisant pour noircir sa réputation.

La jeune femme pousse un soupir d'exaspération et d'impatience. Ça fait un bon moment qu'elle essaie de s'endormir sans parvenir à ses fins. Elle se sent pourtant parfaitement fatiguée. Même si cette soirée a été très calme et courte, elle a dû déployer plus d'énergie qu'elle n'y était habituée depuis ces dernières semaines. Elle jette un coup d'œil sur l'heure que son cellulaire indique, presque minuit. Bon, il est hors de question qu'elle fasse une nuit blanche, il est temps d'utiliser l'arme absolue : le comptage de moutons. Prenant plusieurs grandes respirations, Jessica ferme à nouveau les yeux, visualisant une magnifique plaine verte où une ribambelle de ces boules de laines ambulantes mange paisiblement l'herbe grasse. Elle commence lentement à compter. Ce n'est qu'à partir du quarante-troisième qu'elle présente enfin des signes sérieux de fatigue et qu'elle finit par sombrer dans les bras de Morphée.

Cela fait maintenant quelque temps que Jessica est partie au pays des rêves. Elle entre dans une phase à présent, où son cerveau - ou plutôt sa conscience - lui permet de se souvenir de ce qu'elle va voir.

De retour à La Barbade, elle est dans la maison familiale et plus précisément avec sa mère dans leur chambre à coucher. Jessica doit être âgée de quatorze ans, ça doit donc se passer avant la disparition tragique de ses parents. Assise sur le lit parental, l'adolescente observe sa mère finir de se préparer pour la journée, quelque chose qu'elle avait l'habitude de faire de temps en temps, particulièrement quand il n'y avait pas école. Elle aimait la voir se maquiller, se coiffer (quelle adolescente ne s'y intéresse pas?).

Meredith Redon était une femme élégante tout en restant simple, elle n'en faisait jamais trop dans son apparence, ce n'était pas surfait mais de bon goût. Ce matin-là, Jessica la voit ouvrir la boîte à bijoux posée sur la commode et en sortir un collier de perles noires, qu'elle attache à son cou en se regardant dans le miroir devant elle. Elle se souvient parfaitement être étonnée tout d'abord parce que c'était la première fois que sa mère portait ce bijou. L'adolescente se voit lui demander si c'était nouveau, mais elle lui répondit que son père venait de le lui offrir.

Se tournant alors du côté de Jessica et lui faisant signe de venir la rejoindre – ce qu'elle ne manqua pas de faire avec empressement – Meredith Redon posa une main délicate sur le collier. Il s'agit d'un rang unique de perles noires, le bijou est de conception très simple, aucune originalité mais l'adolescente pouvait parfaitement lire dans les yeux de sa mère toute l'émotion qu'il lui inspirait. Souriant à sa fille, Meredith lui prit une main qu'elle serra dans les siennes et tout en faisant cela, elle lui dit qu'il était peut-être bien le bijou le plus précieux qu'elle possédait. Une pièce inestimable qu'elle gardera toujours jusqu'au jour où elle la lui transmettra. Jessica s'entendit encore bien lui signifier qu'elle ne comprenait pas parce qu'elle savait que sa mère n'aimait pas vraiment les perles. Elle ne s'expliquait pas sa soudaine réaction pour ce collier qui n'avait rien d'exceptionnel et lui dit d'un ton catégorique qu'elle ne le portera jamais. Toujours le sourire aux lèvres, sa mère saisit son menton délicatement d'une main et la regardant de ses yeux doux et malins, elle précisa que la seule chose qu'elle lui demandait, c'était de toujours le garder et de ne jamais sans séparer. Sur ces paroles, elle lui demanda de le lui jurer – ce que l'adolescente avait alors trouvé un peu excessif à l'époque mais elle n'avait pas pensé plus loin.

Cette dernière phrase se fait répétitive soudainement dans la tête de Jessica jusqu'à devenir obsessionnelle et finir par réveiller la jeune femme presque en sursaut. Regardant droit devant elle, elle prend d'abord le temps de réaliser qu'elle est bien revenue à la réalité, dans la villa de Rose Bay. Bien que la pièce soit climatisée, quelques gouttes de sueur perlent sur son front. L'actrice se redresse, allume la lampe de lecture à côté d'elle, prend une gorgée d'eau avant de saisir le cellulaire posé sur la table de chevet afin de consulter l'horloge : 2h du matin. Bien qu'elle soit agacée de savoir qu'elle s'en va vers une nuit de mauvaise qualité, elle ne peut s'empêcher de chasser de son esprit ce qu'elle vient de rêver, ni ce que sa mère lui avait fait jurer.
Depuis son bref séjour dans les Caraïbes, c'était presque devenu monnaie courante pour Jessica de retrouver en rêves ou en flashs les détails de ce passé longtemps perdu. Il semble bien que ce soir-là, elle n'y dérogera pas.

Tout à coup - on pourrait dire qu'une ampoule s'est allumée dans son cerveau - elle sauta littéralement de son lit pour foncer vers l'une des commodes de la pièce et saisit une boîte à bijoux rangée dans l'un des tiroirs. La posant sur le dessus du meuble, elle l'ouvre avec frénésie et commence à en vider le contenu avec la même ardeur. Comme c'est souvent le cas dans ce genre de situation, ce n'est qu'à la toute fin, parmi les derniers objets, qu'elle aperçoit un collier de perles noires dans le fond. D'une main presque tremblante, elle le saisit et s'en retourne vers la table de chevet pour placer l'objet sous la lumière. Elle le tourne dans tous les sens entre ses doigts mais elle ne remarque rien de particulier : ce sont de simples perles de couleur foncée avec un tout aussi simple fermoir. Il n'y a rien de distinctif qui puisse indiquer … elle ne sait même pas quoi elle-même.
Légèrement déçue, elle pousse un soupir alors qu'elle continuait à tenir ce bijou et à passer ses doigts sur les perles probablement pour en sentir la douceur légendaire ou par réflexe involontaire. D'un coup, elle s'arrête et regarde de plus près ces billes précieuses et réalise que sur

certaines d'entre elles, il y a comme des irrégularités, comme un trait qui fait tout le tour. C'est en fait plus facilement perceptible au toucher mais il y a bel et bien plusieurs perles qui présentent cette même distinction. Cette découverte l'étonne assez pour se questionner. N'étant pas une mordue de ce précieux objet et n'y connaissant rien du tout, elle s'avance malgré tout à penser qu'une telle chose n'est pas normal, car si elle se souvient bien, les perles de couleur noire sont particulièrement rares et donc très chères. Il est possible que sur un collier une perle, voire peut-être deux, présentent des irrégularités, mais de là à ce que plusieurs montées l'une après l'autre présentent parfaitement les mêmes caractéristiques, telles des jumelles, il y a de quoi trouver ça étrange.

Réfléchissant un court instant, elle se lève, quitte la pièce pour aller dans la cuisine et revient avec un maillet. Suivant un instinct bien précis, ce n'est pas de la viande qu'elle s'apprête à aplatir mais plutôt des perles. Prenant le collier, elle retourne à la commode, puisqu'il s'agit d'un meuble solide et antique, elle décida, sans ménagement, de procéder à ce massacre en les frappant les unes après les autres, n'épargnant aucune. À la fin de ce boucan, elle passe sa main au milieu des débris de tailles différentes et son œil est attiré par plusieurs minuscules billes blanches. Les ramassant avec soin, Jessica les examine mais, de par leur taille, elle retourne à la cuisine se chercher de l'aide (décidément, on y trouve de tout dans cette cuisine) : la jeune femme revient avec non pas un microscope (faut quand même pas exagérer) mais une loupe.

Allant se placer sous la lumière de la lampe de lecture, elle examine cette fois avec une plus grande attention ces billes de couleurs claires et dures à priori, parce qu'à force de les manipuler entre ses doigts, elles commencent d'une certaine manière à se ramollir par la chaleur. Un autre éclair de lucidité atteint l'actrice et grâce au verre grossissant qui lui permet d'y voir mieux, elle se met à la recherche d'une irrégularité. Ça va lui prendre quelques secondes avant de la trouver, puis délicatement avec le bout de son ongle, elle la soulève. Ces fameuses billes blanches s'avèrent être en fait de minuscules boules de papier ! Quelqu'un s'est visiblement donné beaucoup de mal ici. Avec le plus grand soin, la jeune femme déroule tant bien que mal la première boule et découvre quelque chose d'écrit dessus. Avant d'aller plus loin, elle décide de faire la même chose avec chacune d'elles, en tout il y en a 6. Une fois ce travail de minutie d'effectué, elle ouvre le tiroir de la table de chevet pour en sortir un calepin et un stylo, et toujours munie de la loupe, elle y note le contenu de chaque bout :

R / M / 76 / J / 75 / P

Excellent, rien ne vaut d'être réveillée au milieu de la nuit, et de faire travailler son cerveau pour essayer de comprendre ce que ces chiffres et ces lettres peuvent bien vouloir dire. Elle décide de s'installer plus confortablement et s'assied dans son lit, le calepin sur ses genoux, le stylo dans une main et de temps en temps elle y griffonne quelque chose. Elle a bien compris ce qu'elle avait sous les yeux, la découverte qu'elle venait de faire mais tant qu'elle en ignorait la signification, elle se refusait à le dire à voix haute, elle ne pouvait se résoudre à confirmer ce qu'elle a tenté de nier ces dernières semaines.

Il faut essayer de penser de la même façon que des adultes avec une mauvaise conscience et très prudent le feraient avec quelque chose à cacher et à protéger. Jessica n'arrête pas de se répéter depuis quelques minutes de réfléchir, de se concentrer sur cette énigme et surtout de se convaincre qu'elle va réussir. Le trésor était destiné aux enfants : **J / R - M / P** ces lettres correspondent bien aux initiales de la jeune femme ainsi qu'à celles de Mark mais qu'est-ce que ces chiffres peuvent bien signifier. Ce ne sont pas des dates de naissances, pas des numéros d'assurances sociales, ça ne peut pas être l'équivalent ou la position des lettres dans l'alphabet … à moins que ce ne soit la position sur un autre tableau indicatif : un clavier. Saisissant avec avidité son cellulaire, elle passe en mode composition d'appel puis note sous chacune des lettres initiales sa correspondance : 5 / 7 – 6 / 7 mais dans la mesure où les chiffres trouvés sont comme inversés, ça veut dire qu'en fait les initiales sont : **R/J** et **P/M** pour **75 / 76**. Est-ce que c'est ça la solution ? Maintenant ça pourrait tout aussi bien être l'inverse, c'est-à-dire d'abord Mark et après Jessica ? Comment savoir qui des deux se trouve en première position. La jeune femme réfléchit un instant avant de prendre une décision : admettons que la courtoisie prévaut, elle occupe donc la première place.

Qu'est-ce qu'il lui a dit à nouveau … un identifiant et un code ? Mais qui est quoi dans tout ça ? Qu'est-ce qui est à donner en premier lieu ? Elle s'efforce de retrouver un semblant de calme, elle s'énerve pour rien, mais en même temps, il est difficile de ne pas être excitée par ce qu'elle vit à cet instant précis. Il n'y a qu'un seul moyen de le savoir.

Vérifiant l'heure qu'il était (presque 3h du matin), Jessica est déterminée à ne pas en rester là, elle veut en avoir le cœur net donc elle plonge sa main dans le tiroir de la table de chevet qui était resté ouvert, et en ressort un morceau de papier plus ou moins chiffonné. Elle le fixe de ses yeux pétillants un bon moment, relisant pour la centième fois son contenu et se décide enfin. L'actrice jette d'abord un rapide coup d'œil à l'horloge et fait un calcul dans sa tête. À l'aide de son téléphone, elle compose un numéro et attend que quelqu'un décroche à l'autre bout (à cette heure-là, il y a normalement une personne pour répondre à moins qu'ils ne soient tous en train de prendre leur lunch) mais après trois sonneries, une voix se fait effectivement entendre.

«Bienvenue à la Kingston N.L.B. Que puis-je faire pour vous aujourd'hui ?» C'était une voix claire et légère, une femme sans le moindre doute.

«Euh … oui, bonjour. J'aurais voulu, enfin je crois qu'il y a un compte ouvert pour moi à votre banque mais je ne suis pas sûre de savoir …» Jessica est hésitante, ne sachant pas trop comment expliquer pour ce fameux compte bancaire.

«Je vois que c'est la première fois que vous faites affaire avec nous. Ne vous inquiétez pas madame, je vais vous guider. Pourquoi ne pas commencer par me donner votre identifiant ainsi que votre code ?

«Je ne sais pas avec exactitude qui est quoi dans ce que j'ai sous les yeux. Est-ce que j'aurai droit à une seconde chance au cas où c'est dans le mauvais ordre ? Enfin, rien ne va exploser ou je ne sais quoi du genre ?» La jeune femme est définitivement nerveuse et pas à l'aise.

«Ne vous inquiétez pas madame, il arrive souvent que des comptes soient transmis sans beaucoup d'explications pour les personnes bénéficiaires. Je vous sens nerveuse, vous n'avez aucune raison de l'être. Nous avons l'habitude de ce genre de situations et tout a été prévu à la Kingston N.L.B. pour que votre expérience se déroule au mieux.» L'employée de la banque se veut rassurante dans le ton employé.

«Si vous le dites.

«Commencez par me donner une première suite et on verra bien ce que ça donnera.» L'employée continue à parler de façon très sympathique et encourageante.

«D'accord, alors pourquoi pas : **RJPM** pour l'identifiant et **7576** pour le code. Est-ce que ça donne quelque chose ?» L'actrice s'attend à devoir faire une autre tentative. Elle ne peut s'empêcher de taper nerveusement le stylo qu'elle tient entre les doigts contre le calepin, trouvant le temps de réponse un peu long pour finalement lui dire qu'elle s'est plantée et devoir recommencer.

«Très bien, je vois que c'est un ancien compte. Je vais vous demander de bien vouloir patienter un moment madame, je vais vous transférer vers un superviseur pour la suite des opérations. Passez une très belle journée !»

Jessica, qui entend un léger bruit confirmant un transfert de ligne à l'autre bout du téléphone, n'est pas certaine d'avoir compris ce qui s'était passé. Est-ce que ça a marché ou pas ? De par le contexte environnant ce fameux compte bancaire, elle s'attend franchement à être prise en charge par la police ou le F.B.I. Tiens, pourquoi ce charmant Grégory Bark ne viendrait pas lui faire une leçon de morale sur le fait de lui avoir caché cette découverte : pourquoi ne pas l'avoir prévenu en premier et blablabla … La jeune femme n'est clairement pas dans son élément mais la curiosité vient remporter la partie.

«Allo ? Est-ce que vous êtes toujours là, madame ?
«Euh, oui !
«Mon nom est Théodore Lachance, je suis là pour vous aider dans la suite des procédures d'accès à votre compte bancaire. Puisqu'il n'y a pas eu de mouvement depuis sa création, j'ai besoin d'avoir le nom d'une des personnes qui l'ont ouvert. Rassurez-vous, nous sommes dans une environnement de confidentialité.
«Très bien, alors est-ce que Jason Perry fait partie de votre liste ?
«C'est parfait merci. Est-ce que vous pouvez à présent m'indiquer le nom d'une des personnes qui en sont bénéficiaires ?
«Jessica Redon.
«Je vous remercie pour votre patience madame. À présent que l'identification est faite, il me fera plaisir de vous aider pour la suite des procédures. Quelle type de transaction souhaitez-vous accomplir aujourd'hui ?» La voix de ce nouvel employé est tout aussi accueillante que sa consœur. Le service à la clientèle est certainement en tête de liste de priorité dans cette banque, à espérer en même temps que la sécurité.

«Eh bien … est-ce qu'il est possible de connaître le montant, enfin avoir une approximation tout du moins ?» Elle se sent gênée et encore une fois, mal à l'aise, à moins que ce ne soit sa mauvaise conscience qui commence à agir sur elle. Jessica sait très bien qu'elle s'aventure sur un terrain possiblement miné. «C'est que je suis curieuse de savoir combien se trouve placé sur ce compte.

«Mais certainement.»

Alors qu'il lui indique le montant exact et qu'elle en prend note sur le calepin, elle se retrouve sans voix (la bouche lui tombe littéralement), ne pouvant être plus choquée de la somme. Elle ne s'attendait absolument pas à quelque chose d'aussi important que ça, même si Benjamin lui avait laissé entendre qu'il y en avait pour plusieurs millions.

«Est-ce que vous êtes toujours là, madame ?

«Oui … pardon, oui je suis là.» La jeune femme s'efforçait de reprendre ses esprits.

«Souhaitez-vous procéder aujourd'hui à une transaction en particulier ?»

Alors qu'il l'interroge de façon invitante, la jeune femme reste interdite, n'ayant visiblement pas encore très bien réalisé de quel montant il s'agit. La question fait à présent écho dans sa tête à moins que ce ne soit Théodore Lachance qui la lui pose pour une deuxième fois. L'espace d'un instant, elle ne sait plus très bien, tenant entre ses mains le bout de papier chiffonné qui contenait le numéro de téléphone de la banque à Kingston. Pendant que ses yeux se fixent à présent sur d'autres numéros qui s'y trouvaient également écrits, elle réfléchit un bon moment avant de prendre une décision et de répondre à l'employé.

Juste avant de raccrocher, elle se souvient de quelque chose qu'elle avait encore besoin de vérifier avec lui.

«Théodore ? Vous êtes encore là ? Allo ?

«Oui madame, je vous écoute. Y a-t-il autre chose que je puisse faire pour vous aujourd'hui ?

«Eh bien, je me demandais simplement que ce serait-il passé si j'avais perdu l'identifiant et le code du compte. Est-ce qu'il y aurait eu une autre possibilité ?

«Évidemment, nous prévoyons toujours l'éventualité qu'avec le temps ou sous certaines circonstances, ces informations puissent être perdues. Il y a toujours alors la possibilité de procéder à une identification sur place.

«Vous voulez dire passer à la banque ?

«C'est cela.

«Il suffit juste de se montrer et c'est tout ?» Elle ne cache pas son étonnement, trouvant cela un peu trop facile et simplet.

«Pas exactement madame. On vous demandera de vous soumettre à un scanner rétinien.

«Ah oui … évidemment là, c'est pas pareil. Mais je suis encore curieuse, comment faites-vous pour vous le procurer au départ sans qu'une personne en soit au courant. Vous savez, un peu comme pour ce compte bancaire-ci. Je sais pour sûr que je ne suis jamais allée dans votre établissement pour passer un scanner rétinien.

«Tout est prévu pour que la personne bénéficiaire ne sache jamais rien. On recommande toujours à nos clients de se rendre auprès de l'un de nos partenaires optométristes. Il suffit alors d'expliquer qu'il s'agit de passer des examens de la vue. En général, personne ne se pose de questions. C'est parfait et discret en même temps !» L'employé ne cache pas sa satisfaction dans ce procédé en effet très ingénieux.

«C'est effectivement très bien pensé. Je vous remercie Théodore, vous m'avez bien aidée.»

Quelques minutes plus tard, elle posa le cellulaire sur la table de chevet, l'appel étant fini. Regardant droit devant elle, Jessica ne semble toujours pas plus capable de réaliser tout ce qui vient de se passer depuis la dernière heure. Elle est concentrée, songeuse, perplexe mais ressentant également de l'excitation, le tout baignant dans une énorme dose de mauvaise conscience.
Elle va rester encore ainsi un petit moment à repenser à ce rêve qu'elle a fait, à cette découverte dans la boîte à bijoux qui a conduit à l'appel qu'elle a passé. Elle avait eu raison de dire à l'époque sur Beliceaux qu'il était trop tôt pour exiger de sa mémoire autant de détails. Le collier faisait bel et bien partie de l'ensemble qui avait été pris par Benjamin mais elle n'avait pas eu de réaction en le voyant alors. L'actrice s'en étonne d'ailleurs parce qu'elle n'est pas très friande de ce type de bijou et si elle s'était alors souvenue que sa mère était dans les mêmes

disposions, peut-être alors que les choses auraient été différentes, mais en même temps jusqu'à quel point.

Elle ne peut s'empêcher d'analyser le tout à présent sous un œil nouveau y compris la découverte du compte et l'énorme somme qui y a été placée par les deux familles. Depuis qu'elle a posé son cellulaire, le nom de Grégory Bark ne cesse de trotter dans sa tête de façon incessante. Elle s'attendait en appelant la banque à être redirigé sur le F.B.I., qu'ils auraient réussi à trouver malgré tout la banque (telle une aiguille dans une méchante botte de foin). Peut-être que cet état actuel de semi-léthargie dans lequel elle se trouve, prévaut soit à un appel imminent de Bark pour l'engueuler, soit à une escouade tactique qui fracasserait sa porte d'entrée et lui tomberait dessus, lui exigeant des explications.
Est-ce qu'il l'a jamais crue quand elle avait expliqué avec maintes convictions qu'elle n'était pas au courant de cette affaire, pas plus qu'elle n'en croyait la véracité d'ailleurs, ce qui était absolument vrai à l'époque et ces dernières semaines. C'était inévitable pour la jeune femme de ressasser tout ce qu'elle avait vécu dans les Caraïbes et même en réussissant jour après jour à voir plus clair dans sa mémoire, jamais elle n'avait remis en question l'honnêteté de son père. Cette nuit, elle a découvert une facette de cet homme qu'elle n'aurait jamais cru possible.

Le téléphone restait muet, il n'y avait aucun bruit en provenance de l'extérieur. La jeune femme décida, pour réussir à se calmer les nerfs et tenter (peut-être vainement) de se vider la tête afin d'avoir une chance de retrouver le sommeil avant que le jour ne se lève, d'aller dans la piscine. Même à cette heure-là de la nuit, la température de l'eau reste parfaite, ça va la rafraichir et puis elle ne va pas à l'encontre des recommandations des médecins puisqu'elle n'a pas l'intention de faire de l'exercice. Dans la mesure où de hautes haies d'arbres et de buissons lui assurent une tranquillité et toute la discrétion nécessaire (sans compter qu'on est au beau milieu de la nuit et que tout le monde dort!), elle rentre dans l'eau en gardant ses vêtements (juste un short et un débardeur très léger). Avançant lentement, elle se place au milieu de la piscine, s'installant sur le dos et fixe les rares étoiles au-dessus d'elle en faisant la planche. C'est quelque chose qu'elle aimait faire quand les températures étaient très chaudes (et quand une piscine se trouvait à proximité) et qui sait exercer ses vertus sur son cerveau grâce à la douceur de l'eau. Même si ça prend un peu de temps, elle finit toujours par tomber de sommeil. Il ne lui reste alors généralement plus qu'à se trainer vers l'extérieur du bassin – elle ne veut pas non plus piquer la tête sous l'eau et ne plus émerger – et à s'allonger. Elle espère bien que ce soir, cet exercice saura la bercer malgré tout ce qu'elle a en tête. Jessica prend la décision de dormir sur cette révélation avant de contacter ce cher Grégory Bark. Il sera toujours assez tôt dans quelques heures pour se manifester à lui.

Installée sur une chaise longue de la terrasse de sa villa, Jessica fixait le lever du soleil depuis les tout premiers rayons qui ont fait leur apparition dans un autre ciel sans nuage. À cette heure matinale, il n'est pas encore trop fort pour qu'elle puisse continuer à le suivre s'éveiller lentement, sans abîmer ses yeux (trop de luminosité l'aveugle) mais ses lunettes de soleil trônent quand même non loin sur la table de jardin la plus proche (elles y sont sûrement restées de la veille). Les traits de son visage sont tirés, ses yeux sont encore un peu rouges – signe qu'elle a pleuré durant la nuit. On peut y lire un mélange de confusion et de mauvaise conscience. Les dernières heures ne se sont pas passées aussi facilement qu'elle l'avait d'abord espéré, cette fois-ci, faire trempette sous un ciel étoilé n'a pas réussi à lui vider la tête, la jeune femme n'a pu trouver le sommeil.

Ça fait presque trois heures maintenant qu'elle n'a pas bougé de cette chaise, le regard perdu sur l'horizon, à penser en long et en travers à cette fameuse découverte, à se décider à trouver son juste milieu dans tout ça mais cette décision est plus difficile qu'il n'y parait. Elle ne ressent plus à présent la fatigue, avec l'arrivée du soleil, son corps a compris qu'il devra attendre son tour pour récupérer. C'est la sonnerie du téléphone fixe qui la tire de cet état de léthargie. Prenant son temps avant de bouger, elle finit par se lever et d'un pas sûr se rend à l'intérieur de la maison, saisit le combiné qui était dans la cuisine puis s'en retourne reprendre sa place qu'elle semble affectionner dans le jardin. Étant donné que le répondeur n'est pas enclenché (un oubli de sa part), elle a eu tout le loisir de récupérer l'appareil puisque la personne qui passe ce coup de fil ne semble pas vouloir lâcher prise.

«Allo Jessica, ici Grégory Bark. J'ai bien cru que vous n'étiez pas chez vous.»

Même fatiguée comme une baudruche d'Équateur, reconnaître la voix de cet homme ne manqua pas de la réveiller entièrement. Reprenant ses esprits, elle se cale plus confortablement dans la chaise, la mine sérieuse, tendant l'oreille car la théorie de l'escouade de force est soudainement venue refaire surface.

«Mon dieu mais quel bon vent vous amène à cette heure de ce côté-ci du Pacifique ? Vous n'avez pas fait votre calcul pour le fuseau horaire.» Elle ne peut empêcher son cœur de battre plus vite alors qu'elle s'efforce de lui répondre le plus normalement possible.

«Oui, je sais, il est 7h du matin chez vous. Vous dormiez, navré mais croyez-moi que je me retiens de passer cet appel depuis quelque temps.

«J'essayais en tout cas.

«Pourquoi, c'est votre mauvaise conscience qui vous a gardé éveillée toute la nuit ? Je ne suis pas sûr d'avoir envie de vous plaindre.»

Si elle était devant un miroir actuellement, l'actrice serait certaine de voir son visage se décomposer lentement mais assurément.

«Je suis étonnée que vous soyez déjà au courant, comment ça se fait, c'est tout juste récent ?» Elle se refuse à paniquer, espérant qu'il ne relèvera pas cette émotion dans sa voix.

«Déjà au courant … vous plaisantez, ça fait plusieurs heures que j'ai été mis au courant. Je ne m'attendais tellement pas à ce qui s'est passé que, dès que j'ai su, j'ai décroché mon téléphone. Enfin, qu'est-ce qui vous a pris de faire une telle chose ?» Il utilise un ton de reproche assez marqué envers Jessica.

«Eh bien …» Elle a l'intention de lui répondre mais il ne lui en donne pas le temps.

«La dernière fois qu'on s'est vu, vous m'aviez laissé sur l'impression que vous ne souhaitiez plus avoir le moindre rapport avec eux, particulièrement après ce qui c'était passé.

«C'est exact.» Elle sent de plus en plus le poids de sa conscience lui peser sur les épaules.

«Alors de quelle façon avez-vous l'intention de m'expliquer votre geste ?

«Euh … je ne suis pas certaine de vous suivre.

«Je suis vraiment déçu mademoiselle Redon parce que j'avais imaginé que vous laisseriez cet argent qui, en fin de compte, devait tomber dans les poches de l'État. C'est ce qui se passe dans ce genre de cas ou si vous préférez, quand on a affaire à des criminels qui ont une petite fortune sur leur compte en banque. Personne n'a son mot à dire à part nous, ne me dites pas que vous n'avez pas été prévenue.

«L'argent, oui, et bien c'est par le plus grand des hasard qu'en fait j'ai …» À force d'entendre Bark s'énerver de plus en plus à l'autre bout du téléphone, elle commença à avoir des sueurs froides et à s'agiter sur sa chaise longue.

«Il n'y avait pas de hasard dans votre geste parce que vous avez agi avec la dextérité d'un aigle ! Sitôt que le notaire vous a prévenue pour le testament de Mark Perry, vous n'avez pas attendu ni une ni deux. Immédiatement - et j'exagère à peine – vous avez réparti tout l'argent auprès d'œuvres de charité et autres, absolument tout, jusqu'au dernier cent.

«Le testament de Mark, oui, toute sa fortune qu'il m'a léguée … mais c'était la meilleure chose à faire.» En comprenant finalement la véritable raison de l'appel de Bark, elle se surprend à lâcher un soupir de soulagement en son for intérieur. Le ciel lui semble à nouveau plus bleu. Contente qu'il aborde ce sujet-là, l'actrice retrouve son assurance pour continuer cette conversation avec lui.

«Vous plaisantez ?

«Écoutez, je connais très bien votre opinion en ce qui le concerne mais je n'ai pas oublié que dans cette affaire, il a été manipulé du début à la fin.

«Ne me faites pas pleurer. Vous semblez facilement perdre de vue qu'il a agi de son propre chef. Il était peut-être innocent au départ mais il est devenu cet homme dangereux, un tueur et un criminel. Dois-je vous rappeler les Connoly ou encore l'explosion de l'hôpital de Bridgetown ?» Grégory n'a pas fini de faire ses reproches à la jeune femme.

«Non, bien sûr que non. Ne pensez pas une minute que je joue de mesquinerie ici mais c'est ce que je pense de cet homme, que ça vous plaise ou pas.» C'est la première fois depuis qu'ils ont commencé cette conversation que le ton qu'elle utilise devient ferme. «Je mentirais en disant que je n'avais pas la moindre idée que vous aviez l'intention de mettre la main sur cet argent. Je me suis contentée de faire ce que lui-même aurait souhaité. C'était l'occasion parfaite pour racheter sa vie et les crimes qu'il a commis. N'essayez surtout pas de me donner mauvaise conscience parce que ça n'arrivera pas !» Ayant retrouvé son aplomb, Jessica se redresse et commence à se balader dans le jardin tout en restant proche de la maison (une question de discrétion).

«Vous savez très bien qu'on en aurait eu besoin.» Bark s'est soudainement calmé, comprenant bien au fond de lui ce qui avait poussé l'actrice à agir de la sorte.

«Je le sais bien.

«L'Hôpital Queen Elizabeth fait notamment partie des bénéficiaires, vous avez bien fait. Ne me croyez pas sans cœur, Jessica. Après tout, pourquoi ne pas aussi utiliser de l'argent sale pour aider les autres, la communauté.

«Je comprends votre position mais vous exagérez malgré tout un peu trop les choses. L'argent de Mark vous a peut-être passé sous le nez mais je crois que vous avez récupéré tout ce qui était possible du côté de Benjamin Marelli, n'est-ce pas ?! Je ne pense pas me tromper en disant que vous y avez sûrement trouvé plus.» Cette fois, c'est au tour de Jessica de lui faire des reproches mais sur un ton légèrement taquin.

«Comment va la convalescence ?

«Très bien, merci.» La jeune femme vient de rentrer dans la cuisine et ouvre la porte du réfrigérateur pour en sortir une bouteille d'eau.

«Vous réussissez à ne pas vous plonger dans le travail ? Allez, avouez, je suis sûr que vous avez commencé à lire plusieurs offres de scénarios.

«Pour le moment, je me contente de simples livres ou de rien du tout. On verra ça par contre dans quelques semaines. Je ne garantis pas que l'inaction à long terme ne finira pas par me peser.

«Et la mémoire … est-ce que vous continuez à récupérer les détails de votre passé ?»

Cette fois, la jeune femme a très bien compris à quelle allusion Bark faisait référence.

«Oui, les souvenirs se rangent au fur et à mesure dans l'album familial. Je n'essaie pas de les chercher, je les laisse plutôt venir à moi et puisque je passe mes journées à ne rien faire … Disons que ça facilite le processus et puis, être en Australie, dans un environnement calme et sain, aide grandement … enfin selon mon thérapeute.» Buvant de petites gorgées d'eau fraiche, elle fait à présent le tour de la piscine, prenant soin de regarder où elle met les pieds.

«Est-ce que vous avez du nouveau du côté de cette histoire de bijou et de compte bancaire spécial ? Cela vous dit quelque chose maintenant ?

«Non, rien de ce côté-là.» Jessica lui a répondu presque sans y avoir vraiment réfléchi, les mots étaient sortis de sa bouche tout seuls. Cette fois, par contre, elle s'arrêta net là où elle se tenait, et le regard perçant, regarde droit devant elle, essayant de savoir s'il cachait quelque chose dans ses propos (comme elle!) «Je vous dirais encore la même chose : ce genre de détail, fait surface quand il le souhaite, ça ne se commande pas. Croyez-moi, j'ai essayé depuis deux mois.

«C'est dommage. Je commence à croire comme vous que ce n'était que du vent, qu'il n'y avait en fait rien de concret derrière.» Grégory Bark semble sincère dans le ton qu'il utilise, ne laissant pas de place à une double signification.

«Je continue à le penser aussi d'autant que vous avez cherché sans rien trouver ? Enfin, je dis ça, dans la mesure où vous ne m'avez pas donné de nouvelles, je suppose que vous avez fait chou blanc.» La jeune femme tente de savoir s'il est au courant ou pas.

«Vous avez raison. Nous n'avons rien découvert. Je pense qu'il est temps de ranger définitivement le dossier '*Redon*' aux archives et tout ce qui l'entoure. Il était tellement assoiffé par l'argent, qu'il a fini par en voir partout. On voit ce que l'on veut bien voir, n'est-ce pas ?!

«Absolument.

«Faites attention à vous Jessica. Le Bureau ne s'occupe plus désormais de vérifier ceux que vous croisez. Vous êtes à nouveau laissée à vous-même.

«Il n'y a plus la moindre raison d'être paranoïaque. Ne le prenez pas mal, mais je suis bien contente de cette liberté retrouvée. À présent que le passé est de nouveau là, toute mon attention est dirigée sur mon présent et mon futur.» Pendant un court instant, elle avait voulu lui rappeler que c'était le F.B.I. qui avait fait entrer le loup dans la bergerie mais finalement, elle se ravisa. Elle ne va pas continuer à lui lancer des flèches sur ce sujet pour le reste de sa vie quand même et puis, Bark avait suffisamment regretté son erreur.

«Helen ne manque pas de me donner de vos nouvelles via les réseaux sociaux et les magazines, quoi que ces derniers temps, vous ne donnez pas beaucoup matière à écrire.» Il veut terminer cet échange téléphonique sur une note légère entre eux.

«Je suis certaine que malgré cet isolement, je dois être sûrement en train de vivre une passionnante histoire d'amour selon eux. N'oubliez pas … ne croyez pas tout ce que vous entendez. Prenez soin de vous aussi Grégory, merci pour tout.»

Une fois la connexion coupée, la jeune femme resta encore un instant au même endroit, debout, l'air complètement étonnée. Elle n'en revient pas encore, pas du fait qu'il lui ait reproché l'utilisation de la fortune de Mark en bonnes œuvres et donc, de leur avoir volontairement coupé l'herbe sous les pieds. Elle savait bien, une fois qu'elle avait donné ses consignes, que Bark se manifesterait. Non, à vrai dire, c'est sa réaction à elle et pour être plus direct, le fait qu'elle ait omis sans la moindre difficulté la découverte du compte bancaire secret.

Elle a passé le restant de la nuit à se demander quoi faire : en parler ou pas, se torturer l'esprit en repensant à tout ce qui s'était passé dès le moment où elle avait mis les pieds à La Barbade, il y a deux mois de cela, analysant et pesant le pour et le contre … enfin, bref, elle s'était prise la tête parce que sa soi-disant conscience refusait aussi facilement de fermer les yeux. Et là, maintenant que Grégory Bark était à l'autre bout du téléphone, tendant même la perche … qu'est-ce qu'elle fait : elle décide de se taire et mentir au Gouvernement.

Alors qu'elle commence à faire les cent pas sur le gazon (elle a préféré mettre un peu de distance entre elle et la piscine, c'est plus sûr), elle se demande ce que son silence veut dire. Est-ce qu'elle est devenue une mauvaise personne ? De quoi a-t-elle l'air maintenant ? Tout à coup, elle regarde vers la villa alors que la luminosité extérieure devient de plus en plus présente, et décide qu'elle doit être tout simplement la fille de ses parents. Est-ce qu'elle est prête à vivre avec ce poids sur sa conscience ? Elle ferme les yeux un court instant afin d'être à l'écoute de sa petite voix intérieure, et cette dernière lui répond sans hésiter que oui !

Finalement, son corps va avoir droit à son repos bien mérité. Laissant ses pas la porter jusqu'à l'intérieur de la villa, elle se laisse tomber dans son lit, fatiguée comme après un dur combat. Il est temps de reprendre sa convalescence.

ÉPILOGUE

Shark Bay - Sydney – Australie, 3 mois après les événements

Depuis sa pause loin des studios et de tout travail, la communauté artistique se contente de prendre des nouvelles de Jessica et ceux qui sont proches, passent lui rendre visite ou l'invitent chez eux. Son séjour passé sur l'île se partage entre le repos et des moments de qualité avec de proches amis, franchement rien de bien excitant pour la presse.

Ce soir-là illustre bien ces propos puisque la jeune femme a gentiment répondu à l'appel d'un ami réalisateur qui a organisé une soirée d'anniversaire pour sa femme. Peu de monde y ont été invités, quelques dizaines de personnes à peine, aucun photographe ne trainera dans les parages non plus (ce n'est pas un événement qui les intéresse, ce réalisateur n'est pas encore assez connu) et pour finir, un feu d'artifice. C'est tout à fait ce dont elle a besoin pour passer une agréable soirée en bonne compagnie.

La fête se déroule dans les jardins de cette résidence qui ne manque pas de charme, en fait il ne s'agit que d'un seul mais étant donné qu'il est grand et aménagé en terrasse, on a facilement l'impression d'une multitude. Située tout à côté du Parc Nielsen, entre Shark Bay et Vaucluse Bay, l'habitation est la dernière sur la rue Coolong. Le trajet pour la jeune femme sera très court, à peine une dizaine de minutes de chez elle. Cette proximité sera particulièrement appréciée quand elle voudra rentrer, beaucoup plus tard dans la nuit, beaucoup plus fatiguée et probablement beaucoup moins alerte qu'à son arrivée. Le grand jardin offre l'espace nécessaire pour cette célébration, quant au matériel de pyrotechnie, il a été positionné de façon à faire face à la mer (afin d'éviter tout risque d'incendie avec la végétation environnante). Quelqu'un a été désigné pour assurer le côté sono et faire en sorte que tout le monde y trouve son compte dans différents styles musicaux. Un buffet simple est toujours garni et surtout les verres d'alcools et les bouteilles de bières sont systématiquement remplis, bref tout a été envisagé pour passer un très bon moment.

Le gâteau d'anniversaire était prévu juste avant le bouquet final. Autant dire alors que l'on est bien avancé dans cette célébration - le passage à la journée suivante en n'est pas loin d'ailleurs - où presque tout le monde se connaît. La tenue des invités est simple – ce n'est pas une soirée collet-monté, personne à impressionner ou pour qui poser – mais chacun est habillé avec goût. Après avoir discuté, écouté et rit avec plusieurs, Jessica a besoin de s'éloigner un peu de la masse, non pas qu'elle en est lasse ou blasée mais, ça lui arrive encore de temps en temps de se sentir décalée par rapport aux autres. Les semaines ont passé assurément depuis son séjour dans les petites Antilles mais tourner la page sur les événements qu'elle a vécus, l'est beaucoup moins. Peut-on espérer facilement revenir dans ce monde 'normal' après avoir vu et connu les affres des Caraïbes tels qu'elle les a expérimentés ?

Prenant un peu de distance avec le gros du groupe (personne ne s'inquiète d'ailleurs de la voir s'éloigner pour chercher un peu la solitude), l'actrice, tout en tenant son verre de vin blanc dans une main, va rejoindre le fond du jardin. Proche du bord (elle n'en tombera pas pour autant, un petit muret fait barrage), elle s'arrête faisant face à la baie et à toutes ces lumières qui l'animaient joyeusement. Elle prend une grande respiration pour calmer un peu ses nerfs et resta ainsi à apprécier la vue et le moment présent, ainsi que d'être en vie. Elle n'a pas remarqué qu'elle n'était plus seule, quelqu'un est venu la rejoindre. Il faut dire qu'entre le bruit de la musique et l'herbe à terre, le son de ses pas a été aisément couvert.

«C'est une superbe vue, n'est-ce pas ?! J'avoue ne pas me lasser de ce que je vois. C'est presque unique à Sydney, toute cette succession de bales, leurs formes ... j'adore me retrouver ici.» Alors que cette personne continue à parler, Jessica a cessé de fixer la vue devant elle et pointe son visage vers le sol, osant à peine se retourner pour faire face à son interlocuteur, puisqu'il s'agit d'un homme de par sa voix. «Eddy (l'hôte de maison) m'avait prévenue que ça n'a rien à voir avec les Caraïbes et il avait bien raison. C'est vrai que déjà la taille de l'île fait toute la différence et puis tout y est tellement plus animé ... mais encore là, c'est parce qu'on se trouve du côté où il y a le plus de population, c'est le centre névralgique, alors forcément. Cependant, tout dépend de ce qu'on entend par 'animé'.» La jeune femme sent son rythme cardiaque s'accélérer dans sa poitrine au fur et à mesure que cet homme continuait à lui faire la conversation. «La vie semble être tellement plus … comment dire, légère. Attention, loin de moi l'envie de dire insouciante, mais la façon de vivre est différente, on sent qu'on est loin de tout, presque à l'abri du reste du monde. On sent que tout est possible. Qu'est-ce que vous en pensez ?»

Cette fois, l'actrice pivote doucement sur elle-même jusqu'à se retrouver face à cet homme. Ce dernier lui sourit le plus amicalement possible, attendant patiemment qu'elle lui dise quelque chose. Il n'y a que quelques pas qui les séparent l'un de l'autre. Jessica le fixe intensément, à vrai dire, elle le scrute de la tête aux pieds, le visage légèrement décomposé.

«Excusez-moi de vous regarder avec autant d'insistance … mais, il se trouve que je connais quelqu'un qui avait la même voix que vous …» En même temps qu'elle se décida enfin à parler, elle combla l'écart qui les sépare.

«Qui avait … que s'est-il passé, il l'a perdu sa voix ?» Toujours sur le même ton dégagé et invitant, il la regarde avec douceur, faisant un peu d'humour. N'est-ce pas une caractéristique appréciée par la gente féminine ?

«Il est mort, il y a plusieurs semaines de ça.

«Oh … c'est regrettable. Quel était son nom, peut-être que j'en ai entendu parler ?

«Ben … » Jessica se racle la gorge afin de pouvoir dire son nom clairement sans laisser l'émotion s'emparer entièrement d'elle. «Benjamin Marelli.» Elle arrête ses pas, étant au plus proche de lui, son cœur continuant à battre plus vite.

«Benjamin, c'est un beau prénom … mais est-ce qu'il n'était pas plutôt décédé il y a quinze ans ? J'ai un peu de mal à croire qu'il ait eu plusieurs vies. Êtes-vous certaine qu'il s'agissait bien de cet homme ?» À peine a-t-il fini sa phrase qu'il constate l'impact qu'elle a eu sur la jeune femme. Avec rapidité, il lui prend le verre des mains qu'elle s'apprêtait à lâcher sous le choc, ébranlée. N'ajoutant rien de plus, il plonge son regard dans ses yeux verts magnifiques qui commençaient légèrement à s'embuer, son visage trouvant également le moyen de se décomposer davantage. Ils restèrent tous les deux ainsi pendant un moment, ne faisant plus attention aux autres invités ou à la musique qui continuait à résonner autour d'eux.

«J'ai visiblement confondu avec Mike Connor, autant pour moi.» C'est plus un murmure qu'elle a laissé sortir de sa bouche, l'émotion restant vive.

«Cet homme semble avoir compté pour vous d'une façon ou d'une autre, rien qu'à vous voir ainsi.»

Jessica avance ses mains qui tremblent légèrement vers ce visage familier, et délicatement les y dépose un peu comme un sculpteur le ferait sur son modèle avant de commencer son travail de reproduction. Elle a besoin de toucher ce qu'elle voit pour en avoir le cœur net. Comprenant parfaitement son geste, il se laissa faire presque amusé de la situation. Après quelques secondes passées à cet examen, elle a désormais du mal à retenir ses larmes. Elle ignore si c'est de joie ou de colère, à ce moment-là, elle s'en fiche bien.

«Ce visage me semble …

«C'était nécessaire de changer une chose ou deux afin de ne plus autant lui ressembler.» Ne la laissant pas finir sa phrase, il a pris les devants en répondant à la question qui lui trottait dans la tête depuis qu'elle s'était retournée.

«Mais enfin comment est-ce possible ? Je t'ai vu sauter près de ces rochers … Bark t'avait tiré dessus, il m'a montré les photos de ton corps pour identification … j'ai reconnu ton tatouage !» En disant cela, Jessica qui ne cache pas sa stupéfaction, saisi le bras gauche du jeune homme et le mettant à hauteur de ses yeux (il fait plus sombre à cet endroit du jardin), elle cherche avec empressement le fameux dessin qui se tenait auparavant dans le creux. Elle passe même le bout de ses doigts à l'endroit où il est sensé se trouver mais il n'y a rien, juste une légère cicatrice qu'on peut ressentir au toucher plus qu'à l'œil nu.

«Le laser dans ce domaine fait des miracles de nos jours. C'était aussi douloureux que le jour où je l'ai fait faire.» Le jeune homme garde son calme et son sourire.

«Mais le corps … c'était impossible d'échapper aux récifs.» La jeune femme vient de faire un pas en arrière, désabusée mais ne le lâchant pas pour autant du regard.

«Ma stratégie de sortie était très élaborée, une sacrée préparation mais c'était mon unique chance pour espérer m'en tirer.» Il voit qu'il a suffisamment capté son intérêt pour tout lui expliquer. «Ce que j'ai donné au F.B.I. c'est un cadavre, apprêté pour me ressembler. Il était impératif qu'on me croie définitivement mort. Un corps avait été placé sous l'eau, des hommes attendaient avec bouteilles d'oxygène plus loin pour me récupérer – l'endroit de ma chute était calculé plus ou moins à la zone de notre altercation, ce n'était pas difficile de nager jusqu'à eux. Ce n'est évidemment qu'au dernier moment qu'on lui a infligé la même blessure que Bark m'avait faite (il lui indique un endroit précis dans son épaule droite), le visage avait été au préalable abîmé comme le courant l'aurait fait en jetant mon corps contre les rochers comme un sac … après il n'y avait plus qu'à s'éloigner du lieu. Je suis resté sur Battowia, tout à côté, le temps que la zone soit abandonnée par le F.B.I. – très pratique une île sans propriétaire, personne dessus !» Il s'arrête un moment, constatant qu'elle n'est plus aussi troublée qu'au début. Il veut prendre ça comme un signe encourageant.

«Comment as-tu fait pour ne pas être toi-même blessé dans cette chute ? Tu as forcément dû heurter des rochers ?

«La chance m'a souri, j'ai juste eu des éraflures, rien qui n'ait cicatrisé depuis.»

À cet instant, l'un des serveurs engagés pour la soirée, vint les rejoindre avec un plateau sur lequel se tenaient des verres remplis ou vides.

«Est-ce que vous souhaitez une boisson, Madame, Monsieur ?» Très poli, il les regarde à tour de rôle avec un grand sourire, avançant même le plateau pour leur faciliter le travail.

Jessica, qui sent alors la colère monter en elle, se saisi d'un verre contenant à première vue du vin rouge et d'un geste vif, le jette au visage du jeune homme. Les joues rouges, elle le repose vide sur le plateau, en attrape un autre qu'elle vide dans sa bouche d'un trait avant de le remettre à son tour en place, le tout sous le regard embarrassé du serveur (qui n'y était évidemment pour rien) qui tente d'éponger les vêtements tachés à l'aide de son torchon.

«Je pense que tu as désormais largement les moyens pour t'en payer des neufs, quelles que soient leurs marques.» Alors que l'actrice pivote sur elle-même et commence à s'éloigner des deux hommes, elle revient sur ses pas, l'air toujours aussi remonté. «Ah au fait, avant que je n'oublie … » Elle gifle violemment Benjamin. «Là … on est quitte maintenant !»

Cette fois, elle se détourne d'eux et alla gagner un autre coin du jardin où il n'y a personne. D'ailleurs pendant cette petite scène, aucun invité n'a semblé s'inquiéter de la situation, continuant à passer un bon moment. Ce n'est pas qu'ils se désintéressaient de la jeune femme, à vrai dire ils étaient plus en train de penser qu'il ne s'agissait que d'une querelle d'amoureux. Ne connaissant pas toujours tous les détails de sa vie privée, c'est quelque chose qui leur paraissait très probable. Dans tout ça, Benjamin gardait son calme et tout son aplomb. Il avait déjà pris du plateau un verre d'eau (et non, il n'y a pas que de l'alcool), puis à l'aide du torchon du serveur, enlève toute trace de vin sur son visage. Quant à son polo de couleur foncée qui a été touché, c'est à peine si on voit quoi que ce soit. Rassurant l'employé et le remerciant pour son aide, il dirige ses pas vers l'actrice, prenant soin malgré tout dans un premier temps de laisser un peu d'espace entre eux, il s'arrête ainsi derrière elle, légèrement en retrait. Ses mains dans les poches de son pantalon, il fait comme elle, fixant les lumières qui animaient Vaucluse Bay devant eux.

«Je l'avais bien mérité.» Afin de lui montrer qu'il n'en tenait pas rigueur, il s'adresse à la jeune femme avec douceur. Les traits de son visage sont un peu tendus, pas particulièrement à cause de ce qui s'est passé, mais plutôt pour ce qui s'en vient parce qu'après tout, à date, ils n'ont fait qu'effleurer l'iceberg. Il décida qu'il était temps de se lancer dans l'arène. «C'est bien ce que tu as fait avec l'argent de Mark. Quand j'ai entendu la donation pour aider à reconstruire l'hôpital, j'ai tout de suite compris d'où ça venait. Je me doute par contre que Bark n'a pas dû apprécier ton geste.

«Il a pu se consoler avec tes biens à toi !» Jessica commence à retrouver son calme mais elle a encore un arrière-goût amer en bouche, qu'elle espère réussir à se débarrasser avant la fin de la soirée.

«Sur ces trois comptes bancaires qui étaient notés sur le bout de papier, il y en a un pour toi et un autre pour les Perry.» Il sait qu'il a réussi à capter son attention même si elle ne réagit pas. Cette histoire d'argent représente un obstacle qu'il espère avoir franchi. «Tu es libre de faire ce que tu veux avec l'un ou l'autre, je n'ai pas l'intention d'intervenir d'aucune façon.

«Si je veux en donner le contenu, tu ne diras rien, tu ne m'en empêcheras pas ?» Elle ne peut cacher sa surprise quant à ce qu'il vient de lui dire mais reste malgré tout dans la même position de mécontentement, les bras fermement croisés sous la poitrine, le regard encore dur, pointé vers l'horizon.

«Non.» Le ton de sa voix reste calme mais assuré.

«Je ne devrais pas être étonnée que l'un de ces comptes bancaires soit pour toi, après tout, tu as attendu suffisamment longtemps après cet argent pour en voir finalement la couleur. Et dans la mesure où tous tes biens ont été saisis, ça va te permettre d'arrêter de vivre de l'aumône des gens depuis ces derniers mois.» Elle ne peut s'empêcher de le maltraiter un peu en faisant usage de sarcasme.

«J'avais placé une somme en prévision un jour d'une urgence, alors Bark n'avait pas réussi à mettre la main sur absolument tout.» De là où il se tient, il remarque très facilement que la jeune femme se détend enfin, de par sa posture qui devient moins rigide.

«Toujours dans les activités criminelles ?» Elle espère qu'il ne va pas lui répondre dans l'affirmative.

«Tu as devant toi un honnête conseiller financier. J'ai déjà quelques gros clients dans différents pays, ce qui me fait voyager. Je n'ai pas passé ces derniers mois qu'à panser mes propres cicatrices et blessures.

«Tu as dit '*honnête*' ? Depuis quand cette profession l'est ?!»

Avec l'humour qu'elle vient d'utiliser dans sa phrase, Benjamin voit ça comme un bon signe et après avoir attendu tout ce temps en retrait qu'elle soit plus calme, il finit de combler l'écart qui les sépare. Il pose délicatement les mains des deux côtés de ses épaules, tout contre la jeune femme.

«Pourquoi est-ce que tu es là ? Je veux dire ce soir, à cette soirée bien précise ?» Elle s'adresse à lui avec plus de douceur.

«Eh bien avant tout, je réponds à l'invitation d'Eddy qui est un client et ami.

«Pourquoi être revenu ? Tu aurais pu rester sous les radars indéfiniment.

«C'est pour toi que je suis là. J'ai voulu laisser un peu de temps s'écouler avant de réapparaitre.» Benjamin manque tout d'un coup d'assurance dans sa voix parce qu'il s'apprête à aborder le sujet le plus important selon lui. «Te souviens-tu de ce que je t'ai demandé sur cette plage ?» Il venait de prononcer cette phrase à l'oreille de l'actrice comme s'il voulait ainsi placer l'évocation de ce souvenir dans le même contexte qu'il a été à l'époque : juste entre eux deux et personne d'autre. Il devine bien que sa mémoire la ramène en arrière, près de Congor Bay.

Propriété de Mendocitos – plage privée, La Barbade (3 mois plus tôt).

Alors que Benjamin et Jessica avaient fait l'amour à l'abri des yeux indiscrets (c'est bien pratique d'avoir une plage à soi!), ils venaient juste de sortir de l'eau où ils y étaient restés un moment à s'enlacer tout simplement et à s'embrasser. Ils regagnèrent la serviette de plage où ils s'allongèrent l'un à côté de l'autre, rayonnants, mouillés et ne le cachons pas, semble-t-il heureux. Après quelques minutes passées ainsi, le jeune homme s'était retourné sur le ventre et fixait la végétation devant lui, ou plutôt il laissait son regard s'y perdre, songeur. Il resta un certain moment ainsi avant de briser le silence.

«Jess ... est-ce que tu as confiance en moi ?
«Bien sûr.» Toujours sur le dos, les yeux fermés, elle lui a donné une rapide réponse.
«Non, sérieusement, à quel point penses-tu pouvoir me faire confiance ?» Son visage était sérieux.
«Après ce qu'on vient de faire, je pense pouvoir dire : plutôt pas mal. Pourquoi cette question ?» Intriguée, la jeune femme se mit sur le côté, le regardant avec amusement tout en caressant d'une main le flan de son dos bronzé.
«Tu vas voir et entendre des choses d'ici les prochaines heures, des choses que j'ai faites qui te feront peut-être douter de moi, ou pire, tes sentiments à mon égard pourraient bien changer du tout au tout – quels qu'ils puissent être actuellement.» Finissant sa phrase, il prit à son tour la même position qu'elle, plongeant ses yeux foncés dans le vert des siens.
«Je ne suis pas sûre de comprendre ce que tu essaies de me dire Benjamin. De quoi est-ce que tu parles ?» Dans cette position, elle pouvait facilement remarquer à présent l'expression de son visage et instantanément, elle abandonna son air amusé et intrigué pour laisser le sérieux la gagner.

«Je ne peux rien te dire, je suis désolé. C'est peut-être d'ailleurs mieux ainsi.» Il lui saisit une main qu'il garda précieusement dans la sienne avant d'y déposer un baiser. «Je sais qu'on a passé juste quelques heures ensemble …

«Et il y en aura d'autres.» Elle tenta d'être rassurante pour eux deux, sans être certaine d'avoir réussi.

«Je pensais à tout ce que je t'ai dit, tu sais … avant qu'on ne fasse l'amour. Je n'ai pas joué la comédie pour te séduire, je t'ai montré mon vrai visage. C'est précisément ça que je te demande de garder à l'esprit, de ne pas oublier et j'ai bien conscience que je vais t'en demander beaucoup plus encore.

«Ok, là maintenant je n'irais pas jusqu'à dire que tu me fais peur mais … tu me fais peur Ben. Ce que tu me dis n'a pas de sens, soit un peu plus précis parce que je suis perdue là.»

Il s'efforça de lui sourire mais elle avait du mal à cacher son incompréhension, alors qu'elle le vit se mettre debout et prendre un peu de distance. Elle décida d'attendre un peu, s'asseyant sur la serviette mais gardant un œil sur le jeune homme qui était visiblement plongé dans de profondes réflexions.

«Je n'ai pas le choix de rester aussi mystérieux que ça.»

D'un pas rapide, il s'en retourna à l'endroit où il avait laissé ses vêtements et sortit d'une poche de son pantalon une enveloppe de petite taille. Son angoisse était palpable, l'actrice pouvait facilement le remarquer, c'est pourquoi elle décida à son tour de se tenir sur ses jambes afin de mieux affronter la suite de ce qu'il allait lui dire (c'est ce qu'elle espérait en tout cas). Étant venu la rejoindre, c'est d'une main ferme qu'il lui tendait le papier. «Prends ceci et une fois de retour à la villa, range-le dans un endroit sûr que personne ne pensera à aller chercher, absolument personne, c'est très important !

«Qu'est-ce que c'est ?» L'actrice prit l'enveloppe, jetant un rapide coup d'œil en l'examinant mais ne vit rien d'autre que son nom d'écrit sur l'endroit.

«Quand le moment viendra, tu pourras l'ouvrir et décider d'en faire ce que tu veux. Tu comprendras de quoi il en retourne alors facilement mais, saches que j'ai entière confiance en toi.

Je ne doute pas de qui tu es, de tes idéaux ou tes principes et encore moins de ta vision du monde. C'est en fait sur ça que je compte. Quoi qu'il arrive durant les prochaines heures – et je parle à long terme – reste toi-même Jessica, agis selon ta conscience.

«Il s'agit donc de quelque chose de délicat que même ton meilleur ami ne peut être mis dans la confidence.» Elle essayait tant bien que mal de lui soutirer plus d'informations. «Si je comprends bien, ça revient à dire que tu mets ton sort entre mes mains, c'est bien ça ?! Tu sembles être persuadé que le ciel va s'assombrir ou prendre un virage négatif pour toi et que d'une façon ou d'une autre, mon pouvoir de décision sera non seulement mis à l'épreuve mais qu'il pourra faire la différence dans je ne sais trop quoi ?» Elle restait toujours aussi étonnée, attendant qu'il argumente davantage ses propos.

Essayant d'être moins dramatique, il lui sourit avant de déposer un baiser sur son front.

«Je suis prêt à prendre ce risque. Il y a plusieurs années, je me suis coincé dans un carcan rempli de négativité, pris dans un cercle vicieux que j'avais moi-même créé … enfin disons que depuis un petit moment maintenant, j'ai commencé à entrevoir une autre vision de moi, à penser différemment, à imaginer que celui que j'étais, a changé.

«Et tu ne crains pas de t'exposer ainsi aujourd'hui ? Pourquoi agir de la sorte avec moi ?» Jessica plongea ses yeux dans les siens, tentant de voir à quel point il était sincère dans son discours.

«Maintenant, je suis convaincu qu'il est possible d'un autre lendemain pour moi et c'est à toi que je le dois» Il posa ses mains des deux côtés de son visage, lui souriant avec espoir.

«Moi ? On vient de se rencontrer, c'est à peine si je sais qui tu es ou ce que tu fais, tout de ta vie … » Jessica s'écarta des bras du jeune homme et prit un peu de distance, laissant ses pas la porter vers les vagues qui léchaient le sable non loin de l'endroit où ils se tenaient. Les mains posées sur sa taille, le regard perdu à ses pieds, elle tentait alors de réfléchir à tout ce charabia. Qu'est-ce qu'elle devait en penser ? Quelle attitude

*adopter avec Benjamin, en parler malgré tout à Mark ou pas ?
Tant de questions qui tournaient dans sa tête.*

*Le jeune homme respectait ce moment d'intimité qu'elle venait
de réclamer et la laissa tranquille quelques minutes, même s'il
n'avait envie que d'une chose, aller la rejoindre. C'était lui après
tout qui avait amené la conversation sur ce terrain, il ne pouvait
pas lui demander tant, en restant aussi allusif et espérer qu'elle
lui dirait 'mais pas de problème Benjamin, tout ce que tu veux
Benjamin!'. Comment tout dire à quelqu'un sans rien lui révéler
?*

*Il savait avoir pris un gros risque et était réaliste quant aux
possibilités qui s'offraient à lui durant ces fameuses prochaines
heures. Contrairement à la jeune femme, il avait une très bonne
idée de ce qui s'en venait pour tous, même si des imprévus
étaient inévitables en cours de route. Il venait de prendre une
décision quant à la tournure qu'il souhaitait pouvoir donner à sa
vie malgré le merdier qu'il avait créé et qui s'apprêtait à éclater à
la face de tous. Ce qu'il ressentait en étant avec elle lui
permettait d'être aussi confiant quant à son avenir. Il avait
décidé d'entamer une partie de poker dans laquelle il pourrait ne
pas en voir le bout ou perdre sur toute la ligne.*

*Ne résistant pas plus longtemps, il alla vers l'actrice qui n'avait
pas bougé et posant doucement ses mains de part et d'autre de
ses épaules, déposa son front contre le crâne de la jeune
femme. Cherchant à se réconforter, à savoir quelle position elle
comptait prendre mais surtout, il voulait calmer les battements
de son cœur en étant près d'elle. Sentant qu'elle ne le
repoussait pas, il laissa doucement ses mains descendre le long
de ses bras et finit par déposer ses mains sur les siennes, les
regroupant autour de sa taille. Cette position lui permettait d'être
au plus près de Jessica, de s'imprégner de son énergie, de sa
force, en la serrant dans ses bras alors que pour elle, c'était
impossible de réussir à faire taire ce sentiment de plénitude
qu'elle ressentait à chaque fois qu'il était là.*

*«Je fais confiance à ce que je ressens pour toi, à ce que je
perçois de ta personne quand on est ensemble. Parce qu'il y a*

des fois où on ne peut tout expliquer, qu'il faut savoir se jeter à l'eau et prendre un risque ... ce qu'on appellerait une confiance aveugle. Alors j'ai décidé de ne pas aller contre ce que l'univers m'envoie comme signes mais au contraire de me laisser porter par cette vague, où qu'elle me porte.» Se retournant et passant ses bras dans son dos, elle lui montrait un visage qui affichait la détermination ainsi que ses sentiments, plongeant ses yeux dans les siens, l'enveloppe fermement serrée dans une de ses mains. *«Je ferai ce que tu me demandes sans poser davantage de questions, sans en parler à personne et à vrai dire, sitôt de retour à la villa, je m'efforcerai même d'oublier cette conversation qu'on a eue pour être certaine de ne pas être influencée dans mes futurs choix. Je vais prendre cette chance avec toi non pas parce que tu me le demandes mais parce que je le veux bien.*

«Merci.» Il ne chercha pas à cacher son émotion en l'entendant prononcer ce discours - après tout, c'est ce qu'il avait espéré. «Quoi qu'il arrive ?!

«Quoi qu'il arrive.»

Benjamin l'embrassa avec une nouvelle force en lui, mais sachant très bien que rien n'était gagné pour autant. La partie s'annonçait non seulement des plus délicates mais très longue. Il ne faudra faire aucun pas de travers, ne pas s'éloigner du nouveau plan qui débouchera éventuellement sur le résultat qu'il espérait. Mais pour ça, il devra encore attendre un bon moment avant de pouvoir en avoir confirmation. La patience était désormais sa seule amie.

Le souvenir de cette journée et plus particulièrement de ce moment passé avec Benjamin sur cette plage privée de Mendocitos s'arrêta là pour l'actrice. Elle ne se cache pas qu'elle y avait repensé plus d'une fois depuis le dénouement final de Beliccaux mais ce n'est que maintenant, au fond du jardin de cette propriété, qu'il prend enfin tout son sens.

«Je ne l'ai pas oublié, même dans les moments où je t'ai haï. J'ai passé ces dernières semaines à penser à absolument tout : mes souvenirs passés, notre conversation et ce qui s'était passé après. J'ai tout ressassé, soupesé même le poids de mes convictions. J'ai essayé de savoir ce qu'étaient vraiment le bien et le mal, de quel côté chacun d'entre nous s'était tenu.

«Est-ce que je dois m'attendre à voir débarquer Bark ?

«Si c'était le cas, je n'aurais pas procédé au transfert il y a un mois et j'aurais surtout avoué le tout à Grégory.» Sa voix reste calme. «Tu m'avais demandé de garder en tête l'homme que j'ai connu sur cette plage et jusqu'au dénouement, que quoi qu'il arrive, j'agirais selon mes propres principes et idéaux. Tu as compté sur mes réactions pour agir.

«Je savais que tu serais juste et honnête, je n'en attendais pas moins de toi. Et puis, je ne voulais pas que le F.B.I. puisse d'une façon ou d'une autre te suspecter de complicité dans cette histoire.

«D'où tout ce mystère. Si j'y repense avec attention, tu as toujours fait en sorte de minimiser l'impact du déroulement de ton scénario sur moi.

«Si je ne t'avais pas bousculée, il ne t'aurait alors jamais crue innocente.

«Tu m'as tiré dessus à deux reprises !» La jeune femme vient de se retourner, affichant sa moue qui en disait long. Elle sait très bien que la blesser était effectivement la meilleure chose à faire afin que le F.B.I. ne la mette pas dans son viseur.

«J'ai reçu une balle de Bark et tu m'as fracassé un verre au visage … j'aurais pu perdre la vue !» C'est volontairement que Benjamin jouait un peu à la victime, souhaitant avant tout l'attendrir.»

À cette évocation, Jessica pose doucement sa main à l'endroit où elle l'avait frappé. Il ne reste aujourd'hui qu'une petite cicatrice. Elle caresse avec affection sa joue.

«Tu m'avais demandé d'avoir confiance en toi alors qu'en fait, pendant tout ce temps-là, tu es celui qui a pris le plus grand risque en ayant une confiance aveugle en moi. Tu as tout misé sur moi sans être sûr de quoi que ce soit.» Elle ne parvient pas à cacher l'émotion qui la prenait à la gorge à ce moment précis.

«Une fois que tu aurais découvert toute la vérité, il m'était impossible de savoir de quel côté de la balance tu pencherais. Je te l'ai dit : je croyais en toi. Je savais que, quelle que soit ta décision finale, et malgré ce que tu peux penser, je te respecterais pour qui tu es. J'ai réalisé bien trop tard ce que j'avais fait à l'époque et il était devenu impossible à réparer ce que j'avais tué. Si j'avais pris mon temps, si je n'avais pas été aussi impatient, je suis certain que leur mort aurait pu être évitée.

«Arrête tout de suite de ramener ça sur le tapis parce que là, tu m'en demanderas de trop.» L'actrice a pivoté à nouveau, lui faisant dos pour ne pas qu'il voit, que si elle est prête à tourner la page, elle n'en reste pas moins affectée. Comme le veut l'adage : le temps saura diminuer les blessures.

Se sentant à présent rassuré, Benjamin va la rejoindre, ses mains sur ses épaules, déposant un baiser sur le haut de son crâne.

«Je ne te mérite pas !

«Je crois que tout le monde peut changer, d'un côté comme de l'autre.» Elle sent qu'il fait glisser ses mains le long de ses bras jusqu'aux siennes, qu'il fait croiser sur sa taille. Ainsi, ils sont collés l'un à l'autre. «Je sais que ce que je ressens pour toi maintenant est exactement la même chose que sur cette plage, avant de tout savoir. Je me mentirais à moi-même si j'en décidais autrement. Je n'oublie pas ce que j'ai vu en toi cette journée-là et franchement, ce soir, j'en vois encore plus, et pour ça, je ne peux te repousser. Qui plus est, tu avais raison … je suis bien la fille de mes parents !

«Grise.» Il reprend le même mot qu'il avait utilisé alors sur Beliceaux, amusé par cette connotation.

«Je me situe à mi-chemin, visiblement de la même façon qu'ils l'étaient eux aussi et ça non plus, je ne peux le nier plus longtemps. Je serais bien hypocrite dans le cas contraire et je refuse de vivre ainsi.» Sentant qu'il la faisait pivoter sur elle-même jusqu'à lui faire face, il l'embrasse avec engouement, caressant son visage, rassuré. «Tu sais que je ne fais qu'une pause actuellement, je retournerai devant le feu des projecteurs bientôt.

«Je suis toujours sur la même longueur d'onde que toi … je n'ai pas l'intention de te changer. On ne sera pas les premiers où il n'y en a qu'un qui se met devant les objectifs …

«Alors que l'autre reste derrière. Et c'est pour ça que tu n'as pas pris le risque d'être exactement le même.» C'est à son tour de caresser du bout des doigts le visage du jeune homme. «Je l'aime tout autant ce nouveau visage.»

Plongés dans les yeux l'un de l'autre, aucun d'eux ne prêtent attention à l'effervescence qui est en train de se produire de l'autre côté du jardin, alors que le coup d'envoi pour le feu d'artifice s'apprête à être donné. Les invités, les voyant ainsi, se disent qu'ils avaient bien eu raison de les laisser tranquille dans leur coin.

«Je ne me souviens pas qu'on ait été présentés officiellement ce soir.» Faisant un pas en arrière, elle lui tend une main amicale et chaleureuse attendant qu'il en fasse de même. «Jessica Redon.

«Jake Bluhry, tout le plaisir est pour moi.» Ils se serrèrent la main, amusés de la situation, ne réalisant pas encore qu'au-dessus de leurs têtes, des gerbes aux couleurs et formes variées, illuminaient dorénavant le ciel nocturne de la baie.

«Jake Bluhry … Jake … » Elle prend le temps de répéter quelques fois le prénom dans sa tête afin de bien s'en imprégner. «Jake … j'aime bien, très bon jeu de mots avec le nom de famille, plutôt bien trouvé.» Alors qu'il la serre dans ses bras, elle passe une main à l'endroit où il avait reçu la balle tirée par Bark, puis s'approchant au plus près de son oreille en se mettant sur la pointe des pieds, elle lui murmure suffisamment fort pour couvrir le bruit assourdissant des fusées : «Nous sommes quittes à présent !»

<u>FIN</u>